김광두 원장

자유로운 영혼의
경제학 여정

박영사

나의 경제학우(經濟學友), 김광두 교수.

<출처: 연합뉴스>

내가 아는 김광두 교수는 유연하고 자유로운 영혼을 가진 사람이다.

김 교수의 유연함은 그의 내면에 자리 잡은 삶의 철학에서 비롯되어 말과 행동이 자유롭고 거침이 없다. 40여 년의 세월을 함께하면서 유연하고 자유로운 그의 모습을 봐왔다.

김 교수는 광주제일고 시절에 앞으로 경제학을 공부해서 국가 경제 발전에 이바지하는 꿈을 키웠고, 자유로운 삶을 위해서 교수가 되고 싶었다고 한다.

경제학자로서 그는 경제 현상을 기술 변화의 관점에서 분석한다. 1970년대 말 그가 무역 비교우위 결정요인을 기술 변화 요소에서 찾으려 한 것에서 이미 이러한 그의 학문적 성향은 엿볼 수 있었다. 나는 김 교수와 금융혁신과 기술금융 제도에 관하여 함께 연구한 적이 있었는데, 당시 그는 금융도 기술 변화의 관점에서 연구해야 한다고 역설했다.

1991년 9월 우리는 양지(良知)경제연구회를 함께 만들었다. 당시 김 교수는 경제 현상에 대한 이해와 분석은 다양한 이해관계자들과 다양한 관련 분야를 통섭(統攝)할 때 더 정확해진다는 신념을 피력하며 경제 현안에 대한 올바른 분석과 이해를 촉진하는 공부 모임을 만들자고 말했다. 그가 2015년~2016년에 걸쳐 '보수와 진보의 대화'라는 회의체를 통해서 진영 간의 갈등을 완화하려고 노력했던 것도 이런 신념의 연장선에 있었다고 생각한다.

김 교수의 통섭 신념은 현재도 진행형이다. 그는 국가미래연구원, 경제금융협력연구위원회(GFIN) 등의 이사장을 맡아 기업인·금융인·지식인·정치인·정책 담당자들 간의 소통(疏通)에 진력하고 있다. 그가 정책 소통을 위해서 운영하는 정책 전문 인터넷 매체인 'ifs POST'는 정책 관련자들과 전문가들이 즐겨 찾는 소통의 채널이 되고 있다.

그는 박근혜 전 대통령과 가까웠었다. 박근혜 후보의 경제교사라 불리며 '줄푸세'와 '국민행복론'과 같은 박 후보의 경제 정책을 만들었을 때, 나는 김 교수가 한국경제의 지속가능한 성장에 크게 기여할 것으로 기대했다. 그러나 김 교수는 박근혜 대통령의 소통 결핍을 지적하며 결별했다. 그는 평소 조선의 사색당파(四色黨派)는 상호 소통 부족으로 나라를 어렵게 만든 데 비하여, 세종대왕은 여론에 귀를 기울이고 신하의 고언(苦言)을 수용하여 위대한 업적을 남겼다는 담론을 즐겨 했다. 이런 관점에서 정치인 박근혜의 한계를 본 것으로 나는 이해했다.

김 교수가 문재인 후보 경제 공약의 틀을 잡고 '사람 중심 경제'와 'J노믹스'를 설계하며 문재인 전 대통령을 도울 때도 나는 그의 경제학적 소양과 접근 방식이 우리 경제의 안정적 관리와 성장에 큰 도움이 될 것으로 기대했다. 그러나 그는 학자로서 신념에 어긋나는 '소득주도성장'을 비판하고 자리를 떠났다. 자유인다운 그의 삶의 방식이었다.

김 교수는 언행에 거침이 없으나 소탈하고 따뜻하고 감사할 줄 안다. 그래서 나는 그를 만나면 항상 편안함을 느낀다. 그가 학문적 지주(支柱)였던 고 남덕우 교수의 경제 철학을 기리기 위하여 서강대에 남덕우 경제관(經濟館) 건립을 주도적으로 추진한 것도 인간관계에서 감사를 중요하게 생각하는 그의 마음을 잘 보여준다.

그의 가족은 모두 학자다. 부인도, 장녀도, 차녀도 모두 박사 학위를 받고 학문적 연구 활동을 하고 있다. 그런 의미에서 그는 복도 많은 사람이다. 나는 김 교수와 경제학우로서 평생 친구로 지내게 되어 기쁘게 생각하고 있다.

많은 독자들이 이번에 출간된 김광두 교수의 책을 읽고 그의 유연함과 자유로움을 조금이라도 접할 수 있으면 좋겠다.

2023년 5월
정운찬 동반성장연구소 이사장

머리말

"잘 살아보세. 우리도 한번 잘 살아보세!"

이런 노랫말이 우리의 귓전을 때리던 1960년대 초 나는 고등학생이었다.

과외공부를 하지 않아도 대학입시에 합격할 수 있었던 시절이었다. 고3 학생들은 과외 대신 자신의 미래에 관한 고민과 독서, 그리고 토론을 많이 했다. 나는 그런 과정을 거쳐 직업은 교수, 전공은 경제학을 선택했다.

당시 대학 교수가 되려면 해외 특히 미국 유학이 필수로 여겨졌다. 1960년에 가톨릭 예수회 미국 위스콘신 관구가 설립한 서강대학교는 미국 유학에 유리한 여건을 가지고 있는 것으로 알려져 있었다. 더 나아가 경제학과는 당시 국내 최고 수준의 교수진으로 구성되어 있었다.

나는 서강의 노고산 언덕을 오르내리며 좋은 교수님들로부터 인간적으로나 학문적으로나 큰 은혜를 입었다. 미국 정부가 설립한 EWC Grantee로 선발될 수 있었던 것도 이런 교수님들의 가르치심 덕분이었다.

나는 비교적 넉넉한 장학금의 지원을 받아 미국 대학원 생활 4년간 학업에만 전념할 수 있었다. 그리고 곧바로 귀국하여 국제경제연구원(현 산업연구원 전신)에 자리를 얻었고, 4년 후 서강대 경제학과 교수직을 얻어 마침내 고3 시절의 소망을 이루었다.

경제학은 경제 현상을 분석하는 학문이다. 그 이론은 과거에 일어난 경제 현상의 역사적 전개에 바탕을 두고 형성되고, 새로운 흐름이 발생하면 기존 이론이 보완·수정되면서 새로운 이론이 등장한다. 경제학 교수는 학생들에게 기존 이론 중심으로 가르치지만 경제의 새로운 흐름을 파악하여 경제를 보는 시야(視野)와 시각(視角)을 더 멀고 넓게 가질 수 있도록 도와주어야 한다. 때문에 경제 현상의 변화에 대한 끊임없는 관찰·연구와 현실 참여가 요구되기도 한다.

나는 꾸준히 기술변화가 경제 현상과 질서에 미치는 영향에 대해서 관심을 가지고 연구했다. 서강대 경제학과에 "기술경제학" 과목을 개설한 것도 학생들과 함께 기술변화가 경제에 미치는 영향을 이론적으로 공부하기 위함이었다. 이 과목의 키워드는 "세상에 변하지 않는 것은 없다."였다.

전통적 비교우위론, 독과점이론을 기술 혁신의 관점에서 보면 기존 분석과는 차별화된 논리와 결론이 나온다. 나는 이런 관점을 가지고 자유로운 입장에서 현실 참여를 했다. 서강대는 교수들의 자유를 최대한 보장해주는 학풍을 가지고 있다. 강의, 상담 시간을 제외한 나머지 시간은 나의 자유 의지에 따라 활용할 수 있었다. 특히 방학은 교수가 자유를 만끽할 수 있는 기회를 주었다.

자유로운 경제학 교수 생활을 하던 중 직접적인 현실 참여를 하게 된 것은 1990년대 중반경이었다. 그 이후 정치인들과의 의견 교환 기회가 늘었다. 외환위기 극복 과정에서 선거라는 정치행사가 구조조정 완성이라는 경제 논리를 무력하게 만드는 현실도 겪어보았다.

박근혜, 문재인 전 대통령들과의 인연도 이런 현실 참여 과정의 산물이었다. 두 분을 도와 내가 생각하는 경제 질서를 구현하고 싶었지만 나의 능력 부족으로 그 뜻을 이루지 못했다. 나는 지금도 내가 주창(主唱)했던 "국민행복론"과 "사람 중심 성장경제론"이 우리 경제의 지속 가능한 성장과 국민 후생 증진에 적합한 논리와 정책 체계를 내포하고 있다고 생각한다.

"자유롭게, 또 세상에 유익하게 살고 싶다"라는 삶에 대한 철학을 가지고 경제학 교수를 천직으로 택했다. 지금까지 나름대로 그렇게 살려고 노력했다. 좋은 분들의 도움으로, 학위를 마치고 모교의 교수가 됐고 활발한 현실 참여도 하면서 경제학자로서의 독립적 자유 의지를 유지해왔다.

이런 나의 삶은 아내와 두 딸들의 "Minimal Life"를 즐기는 마음가짐으로 가능했다. 나의 가족이 보다 많은 것을 원했다면 나의 자유로운 영혼은 세속적 편의성에 뒷덜미를 잡혔을 것이다. 나는 나의 영혼을 지켜준 가족에게 큰 고마움을 전하고 싶다.

현재 나의 소망은 우리 사회의 원활한 소통 구조 구축에 도움이 되는 일을 하는 것이다. 진영으로 나뉘어 대립하고 있는 현실을 보면 매우 안타깝고 답답하다. 얼마 남아있지 않은 여생을 이런 일을 하면서 보내고 싶다.

목차

IX 보수와 진보의 대화

X 문재인과 사람 중심 성장 경제

I

서강의 언덕에서

01
POP QUIZ, 연속 3회
"0"점을 받고

1966년, 서강대학 경제학과에 입학한 한 신입생의 봄은 설렘으로 가득했다.

고교 교복을 벗고, 입시 스트레스를 날려 버리고, 무한한 자유를 즐기면서 새로운 세상을 경험하며 막걸리 잔을 높이 들고 이탈리아의 세기의 테너 마리오 란자의 "Drink! Drink!"를 목 터지게 외쳤다. 이 외침은 독일 하이델베르크 대학 학생들의 생활을 배경으로 제작된 "황태자의 첫사랑"이란 영화에서 마리오 란자가 맥줏집의 식탁 위에 서서 생맥주 잔을 들고 신나게 부르는 "축배의 노래"에 나온다. 나는 대학 졸업 직후 독일에 갈 기회가 있었을 때 이 집에 들러 맥주를 마시며 흉내를 내 보았다.

내가 숙식을 해결했던 하숙집은 경의선에 인접해 있었다. 지금은 그 기찻길이 산책하기 좋은 숲길로 조성되어 있다. 기차가 지나갈 땐 모든 소리가 기차 바퀴 소리에 흡수됐다. 그러나 그 소리는 어쩐지 고향 생각을 불러일으켜 오히려 좋았다.

우리 하숙집 마당에는 세면 센터(?)가 있었다. 하나뿐인 공용 수돗물 꼭지가 그곳에 있어서 붐비는 시간에는 시장터를 방불케 했다. 공용 화장실 앞 줄서기 풍경도 흡사했다.(60년대 우리 가정집의 구조는 대부분이 이런 형태였고, 연료는 구공탄(九孔炭)이었다) 영하의 날씨에도 찬물로 얼굴을 씻었다. 몸은 동네 공중목욕탕에서 가끔 씻었다.

당시 한 하숙집에 평균 8명 정도가 있었다. 방 하나에 두 사람이 함께 기거했다. 책상 두 개를 놓고 둘이 누우면 꽉 찼다. 잠을 자는 공간이 식당도 되고, 빽빽하게 둘러앉으면 술집도 됐다. 술안주는 김치가 대세였다.

하숙집 대항 농구 시합은 이런 구성을 배경으로 가능했다. 우리들은 나름대로 작전을 짜고 시합에 임했다. 막걸리 내기였다. 지는 하숙집 팀이 막걸리 값을 냈다. 이기면 좋아서, 지면 화나서, 하숙집에 돌아와 또 마셨다.

학기 초에 신입생들은 각종 막걸리 모임에 초대되었다. 학연, 지연에 관련된 선배들이 환영모임을 했고, 다양한 서클들이 초대해서 가입을 권유했다. 이래저래 막걸리 사발을 수없이 들어 비우고 놓았다.

더 재미있고 설레는 모임은 "미팅"이었다. (요즈음의 세대들은 이런 모임을 뭐라 부르는지?) 다른 대학 여학생들과 단체로 만나 대화하고 사회자 지도에 따라 오락(손수건 돌리기로 노래하기, 포크 댄스 등)도 하는 신기한 새로운 경험이었다. 당시 고교 시절에 남학생이 여학생과 교제하는 경우는 극히 드물었다.

경제학과 과(科)대표와 사교성이 뛰어난 몇몇 클라스 메이트들이 서강대와 지리적으로 가까운 이화여대나 연대, 홍대 앞의 다방

3

01 POP QUIZ, 연속 3회 "0"점을 받고

(요즈음의 커피숍, 카페)이나 빵집에서 죽치고 있으면서 미팅 교섭에 나서곤 했다.

　　이대는 기숙사가 있어서 교섭이 상대적으로 쉬웠다. 당시에는 모바일 폰이 없었기 때문에 여러 사람이 한 곳에 모여 있어야 남녀 간 수급 균형이 가능한 인원을 동원할 수 있었다. 하숙집에는 전화기가 한 대 있었는데 주인 안방에 있어서 주인의 허락을 받아야 사용할 수 있었다.

사진: 대학시절의 필자. 1967년 부산 해운대 해수욕장에서

이런 즐거운 모임들로 시간가는 줄 모르고 지내는데, 사건이 터졌다. 경제학 원론 시간에 치른 "POP QUIZ" 테스트에서 연속 3번 "0"점을 맞은 것이다. POP QUIZ는 예고 없이 보는, 10분 정도의 답안 작성을 주는 시험이다.

당시 경제학 원론 강의는 남덕우 교수님이 담당하셨다. 교재는 Paul Samuelson의 "Economics"였다. 매우 두꺼운 책이었다.

영문 원서를 그대로 사용했다. 따라가기 참 힘들고 벅찼다. 거기에 더해서 매주마다 1회씩 요일 예고가 없는 10분짜리 시험을 보았다. 서강대학의 교육 방침이었다. 예습과 복습을 철저히 하라는 취지였다.

나는 대수롭지 않게 생각했다. 그래서 자유와 즐거움이 가득한 캠퍼스 라이프를 마음껏 즐겼다. 그런데 결과는 참담했다. 연속 3주 3회의 Quiz 시험에서 모두 "0"점을 맞은 것이다. 충격이었다. 이럴 수가!

POP QUIZ 성적이 중요한 것은 이 점수들의 합계가 최종 학점을 결정할 때 10% 이상의 비중을 차지하기 때문이다. 계속 이렇게 나쁜 점수를 맞으면 이 과목에서 "A" 학점을 받기가 거의 불가능해진다. 전공 필수 과목에서 "C" 이하의 학점이 나오면 나의 원대한 계획이 물거품이 된다. 나는 경제학 교수가 되려는 꿈을 가지고 전남 광주에서 서울에 온 촌놈이었다. 그런데 이런 식으로 가면 나의 미래는 어떻게 될까? 불안과 반성이 함께 몰려왔다.

이것이 계기가 되어 나는 막걸리 잔을 던지고 "Economics"를 손에 들었다. 영어 사전과 함께. 이 교과서는 매우 친절하게 경제

이론을 설명했지만, 나의 영어 실력으로는 문장과 단어가 어려웠다. 전체 700페이지가 넘는 내용을 두 학기에 모두 소화하는 계획이었는데, 남 교수님은 첫 Chapter부터 끝 Chapter까지 모두 강의하셨다. 글자 크기도 적어 한 시간 강의를 예습하는데 3~4시간이 걸렸고 복습하는데 1시간 이상이 필요했다.

바라고 바랐던 휴강은 한 학기 중 한 번도 없었고, Pop Quiz도 거르는 적이 없었다. 고난의 행군이었다. (당시 담당 조교가 후에 중앙대 경제과 교수로 봉직한 김인기 선배였는데, 우리 학생들에겐 원망의 대상이었다. 퀴즈 문제와 답안지를 들고 나타날 때 얼마나 미웠던지. 감기라도 걸려 나타나지 않았으면 좋겠다는 우스갯 소리가 우리들 사이에서 흔하게 들렸다.)

당시 서강대 도서관은 현재의 본관 2층에 있었다. 재학생 수가 400명 수준이었고 60년에 개교한 대학이라 규모가 매우 아담한 도서관이었다. 현재 총장실, 부총장실, 회의실 등이 차지하고 있는 공간이 서고로 사용되었고, 복도가 공부하는 공간이었다. 이곳에서 내려 보면 서강대 정문과 그곳으로부터 본관을 향해 올라오는 길, 농구장, 배구장, 그 주변의 캠퍼스 풍경이 보였고, 멀리에는 당인리 화력 발전소와 경의선 철도, 그리고 이 둘 사이의 넓은 평야에는 채소밭들이 펼쳐져 있었다.

이 복도가 이제 나의 주(主)생활 공간이 되었다. 하나의 테이블을 아침 일찍 선점해서 책과 노트를 올려놓고 강의실을 오갔다. 하숙집이 학교와 가까운 곳에 있어 항상 쉽게 선점할 수 있었다. 도서관은 평시에는 밤 10시, 시험 기간에는 11시까지 개방했던 것으로 기억한다. 당시에는 밤 12시부터 새벽 4시까지는 통행금지

시간이었다.

　중간고사(학기당 2회), 기말고사 기간에는 아침 식사를 자제했었다. 시간 절약도 필요했지만 머리를 가장 맑게 유지하기 위해서다.

　결과는 좋았다. 그 이후 Pop Quiz는 대부분 8점 이상이었고, 경제학 원론은 1, 2학기 모두 "A" 학점을 얻었다. 당시 학점은 절대평가였다. 과목에 따라서는 "C" 학점 이하만 주는 경우도 있었다.

　어쨌든 대학 생활 전체를 놓고 회고해 보면 이 시기에 가장 치열하게 공부했다.

　경제학 원론, 거시경제학, 수리 경제학, 국제경제학 등은 모두 영어 원서로 배웠는데, 후에 미국의 대학원에 가보니 그곳 학부 학생들이 들고 다니는 교과서들이었다. 서강 경제학과의 60년대 교육 수준은 당시의 유일한 선진 경제 강국이었던 미국과 동급이었다. 이런 훈련을 받고 갔기 때문에 미국 유학에서 고생을 덜 했다고 생각한다.

02
매판자본, 아현동 협곡,
그리고 마포경찰서

모두 285명의 서강대 학생들이 대학 캠퍼스에서 나와 아현동 고개로 진출했다. 뭔가 다른 날이었다. 교문 앞에서 학생 시위를 원천 봉쇄하곤 했던 경찰들이 보이지 않았다.

1967년 봄 어느 날이었다. 당시 다수의 대학생들이 한일회담(韓日會談)에 반대하면서 거리 시위가 이어졌다.

우리가 분노의 몸짓으로 거리에 나선 것도 대학사회의 그러한 분위기가 격하게 반영된 것이었다.

당시 학생들 사이에서는 '매판자본론(買辦資本論)'이 널리 회자되었다. 외국자본이 들어오면 그것은 우리 경제를 수탈해 가는 수단이 된다는 주장이었다. 이런 주장은 민족자본론을 내세운 학자들에 의해 제기됐고, 중고교의 교육과정에서 일제 강점기의 아픔을 배우고, 반일 감정을 키워온 60년대의 대학생들에게는 매우 매력적인 논리였다. 특히 나는 광주 학생독립운동의 본산으로 광주학생독립운동 기념탑이 교정에 서 있는 광주 서중·일고에서 6년간 교육을 받았다. 근래 또 하나의 기념탑이 건립되었다 한다. 하지만 당시에는 유일한 광주 학생독립운동 기념탑이었다.

민족자본론을 주장하는 학자들은 일본 자본을 들여오려는 국내 기업인들이 매판자본가들이고, 이런 정책을 추진하는 정치인들이나 관료들은 매국노(賣國奴)라고 주장했다. 친일파에 대한 반감을 가득 안고 중고 시절을 보낸 우리 세대가 어찌 참을 수 있겠는가?

당시 서강대의 재학생 수는 400명 수준이었다. 이웃 연세대나 이화여대의 학생 수에 비하면 보잘 것 없었다. 시위대는 일단 수가 많아야 위력적이다. 우리는 아현동 고개에서 연대, 이대 학생들과 합류하기로 되어 있었다. 그러면 수천 명이 되어 시청 앞까지 진출할 수 있으리라는 계산이었다.

그런데 아현동 고개에서 우리는 경찰에 의해 저지당했다. 기대했던 이대, 연대 학생들은 아직 오지 못했다. 아마 학교 앞에서 경찰과 대치 중이었던 것으로 생각한다. 당시엔 휴대폰이 없었기 때문에 현장 진행 상황을 파악할 방법이 없었다.

아현동 고개에서 경찰의 벽에 막혀 지형을 살펴보니 움직일 수 있는 공간이 보이지 않았다. 좌우로는 언덕이 높아 올라가기 어려웠고, 후면엔 이미 경찰이 퇴로를 차단하고 있었다. 머리 위에는 경찰 헬기가 요란하게 배회하고 있었다. 이러지도 저러지도 못하는 막막한 형국이었다.

먼 훗날 살펴보니 당시 한국 경제의 상황이 우리 시위대의 처지와 비슷했다. 1966년 한국의 1인당 국민소득은 130달러 수준이었다. 같은 해, 필리핀의 1인당 소득은 170달러였다. 국민소득을 증대하려면 투자를 해서 국내 고정자본을 형성해야 한다. 그런데 투자를 하려면 저축된 국내 자금이 있어야 한다. 1인당 국민소득이 130달러의 수준에서 높은 수준의 저축이 가능했겠는가?

1차 경제개발 5개년 계획 기간(1962~66년) 중 연평균 국민 저축률은 6.1%였다. 이 자금으로는 빈곤에서 벗어날 수 있는 규모의 투자를 할 수 없었다. 연간 8% 정도는 경제가 성장해야 후진국의 굴레를 벗어날 수 있는 기반을 마련할 수 있다는 평가가 당시 국내외 전문가들의 의견이었다.

8% 성장을 위해서는 총투자율이 16% 수준이어야 했다. 8% 성장에 필요한 규모의 투자를 하기 위해서 외자를 들여오는 선택을 할 수밖에 없었다. 그러나 대학 2년생의 지식과 안목으로는 이런 분석을 할 수 없었다. 감성이 풍부한 시절이었다.

1964년 지금의 조선호텔과 롯데호텔(당시 반도 호텔) 사이에 큰 건물이 준공되었다. 13층 건물로 당시에는 국내 최고층이었다. 이 건물의 당시 이름은 "뉴 코리아 호텔"이었다. 현재 퇴계로 회현역 부근에 있는 '뉴코리아 호텔'과는 전혀 무관한 호텔이었다. 이 건물이 일본 자금으로 지어졌다는 풍문이 정설처럼 시중에 유포되고 있었다. 국내 최고층의 건물에 일본 대사관이 들어서고, 그 내부가 일본색으로 꾸며진다는 풍문도 퍼졌다.

우리를 감각적으로 자극한 것은 눈에 보이는 바로 이 건물이었다. 일본 강점 시대의 재현? 안 돼! 우리가 시청 앞으로 집결하기로 한 이유 중 하나였다.

시간이 흐른 후에 알게 됐지만, 이 건물은 국내 기업인으로서

1950년대에 미군 상대로 건축 청부업을 하여 돈을 모은 경풍산업 <당시의 사명(社名)>의 이상순(李尙舜) 사장에 의해 지어졌으며, 그가 주방 기계, 침대, 위생 도구 등을 고급화하기 위해서 외국 제품 수입 자금으로 일본인과 미국인이 합작한 회사인 "마루베니·이다 아메리카"로부터 25만 달러를 도입한 것이 소문의 진원이었다. (동아일보, 1964년 2월 7일 자 기사와 매일경제, 1968년 11월 27일 자 기사 참조) 이 건물은 1977년부터 임대빌딩(뉴코리아빌딩)으로 전환했고, 현재는 프레지던트 호텔 바로 옆에 위치한 JEI 빌딩으로 개명해서 운영되고 있다.

사진: 1964년 1월 공사 중인 뉴코리아 호텔(오른쪽). 왼쪽은 반도호텔(현 롯데호텔)이었다.
<출처: 서울역사박물관>

거리 시위에 참여한 285명의 서강대 학생들이 아현동 협곡에 완

벽히 갇혀 꼼짝달싹 못하는 상황에서 284명이 경찰 버스에 태워졌다. 한 명은 어떻게 됐을까? 그는 동아일보 사진 컨테스트에서 우수상으로 입상한 김수상 씨였다. 평소에 가깝게 지낸 선배였는데 현재는 호주에 거주하고 있다.

그는 상의 왼편 가슴 부위에 입상 기념으로 받은 동아일보 배지를 달고, 항상 카메라를 메고 다녔다. 동아일보 배지에 카메라를 들었으니, 경찰이 그를 동아일보 기자로 보는 것은 자연스러운 판단이었다.

우리는 버스 안에서 경찰들을 향하여 "당신들은 매판자본의 앞잡이다"고 항의하다 얻어맞기도 했다. 우리가 끌려간 곳은 마포경찰서 유치장이었다. 지하에 있는 유치장으로 가는 길에 주위를 살펴보니 학생들이 던진 돌에 맞아 부상당한 경찰들이 누워있었다. 슬펐다. 우리 젊은이들끼리 왜 이래야 하나!

어떤 경제 사회적 현상을 객관적으로 정확히 안다는 것이 중요함을 이 경험을 통해 새삼 깨달았다. 편견과 잘못된 정보로 우리는 흥분했다. 그 동기는 순수했다. 애국심과 정의감이 매판자본에 대한 분노로 표출됐다. 그러나 매판자본론의 현실적 타당성과 그 근거로 제시된 사례의 진실성에 대해서는 사려 깊게 살펴볼 능력이 없던 시절이었다. 흥분과 분노가 앞서서 교수님들께 여쭈어보는 여유도 갖지 못했던 피 끓는 청춘이었다.

03
신촌, 홍릉, 그리고 청진동

서강고등학교!

1960년대 당시 서강대의 학습 규칙은 대학 생활이 풍기는 자유분방한 분위기와는 거리가 멀었다.

지정좌석제, 3회 지각하면 1회 결석으로, 3회 무단결석하면 FA(Failure by Absence＝F)로 자동 처리. Convocation이라 해서 재학생 전원을 부르는 모임이 있었는데, 이 모임에서 중간고사 성적표를 성적순으로 한 사람씩 호명하여 나눠 주었다.

당시 서강대학교는 경상대학은 물론 인문대, 자연과학대 학생들에게도 모두 경제학 원론을 교양필수 과목으로 듣게 했다. 때문에 시험 기간이 되면 경상대 학생들의 인기가 짱이었다. 특히 콘보케이션에서 성적이 좋은 것으로 밝혀진 소수의 몇 명에게 개인 학습 러브 콜이 쏟아졌다. 나도 그중 하나였다. 이때 개인 학습 대가로 다방(요즈음엔 커피숍이나 카페라고 한다)에 가서 음료를 대접받았다.

당시 신촌 로터리에 있었던 "왕자 다방"이 우리의 아지트였다.

이곳에서는 양파 누나(얼굴이 양파처럼 둥글둥글해서 우리가 만든 애칭) 가 우리들을 반갑게 대해줬다. 돈이 없어 차를 못 마셔도 보리차 를 잘 가져다주고, 음악 리퀘스트도 기꺼이 받아줬다. 이 집은 지 금은 없다.

경제과 교수님들은 휴강이라는 단어를 모르시는 듯했다. 강의 시간 정시에 시작하고 종료 벨이 울릴 때까지 열강했다. 거기에 덧 붙여 POP QUIZ를 1주일에 1회씩 거르지 않았다. 이건 고등학교 때보다 더 했다.

경제학과의 학풍은 POSITIVE ECONOMICS(실증경제학)에 바탕 을 두었다. 객관적 사실을 중심으로 경제 현상을 분석하는 접근 방법이다. 가치 판단을 앞세워서 바람직한 경제 상태를 추구하는 NORMATIVE ECONOMICS(규범경제학)에 대비된다.

이런 학교 분위기·학풍과 다른 공기를 마시고 싶다는 욕구가 경제, 경영, 무역학과 클라스 메이트들 사이에 만연했다. 그래서 돌 파구를 모색했다.

서울대학교 상과대학 학생들과 교류하자는 아이디어였다. 당시 서강대 경상대 학생회장과 서울 상대 학생회장이 만나 이런 교류 의 필요성에 공감했다. 교수님들도 동의하셨다. 당시 서강대 경상 대 학장은 이승윤 교수(전 경제부총리, 재무부 장관, 서강학파 1세대)이 셨고, 서울 상대 학장은 변형윤 교수(학현학파 창시자)이셨다. 현재도 서강학파와 학현학파는 한국의 양대 경제학파로 불린다.

1967년 가을학기부터 두 대학 간 학술토론회와 체육대회를 갖기로 했다. 봄 학기에는 학술모임을 가을학기에는 체육 모임을 했던 것으로 기억한다. 당시 서울 상대는 홍릉에 있었다. 양교의 학생들은 신촌과 홍릉을 왕복하며 모임을 했다.

서울 상대 학생들은 자유분방했다. 그게 참 부러웠다. 학교 분위기가 학생들에게 자유로운 대학 생활을 허용하는 것으로 듣고 느꼈다. 그러나 경제 토론에서는 서강대 발표자들의 논리가 더 과학적이었다.

당시 청진동은 막걸리, 빈대떡의 천국이었다. 대학생들이 즐겨 찾는 곳이기도 했다. 이곳에서 이 교류 모임의 인간적 교류와 낭만이 꽃피었다.

당시 체육대회는 축구, 배구, 농구의 세 종목으로 나누어 승패를 겨루었다. 2승을 하면 우승팀이 되었다. 당시 농구는 상대가 배구는 서강대가 주로 이겼던 것으로 기억한다. 상대 농구팀에 고교 시절 학교 대표선수였던 학생과 움직임이 빠르고 슛이 정확한 학생, 2명이 있었다. 이들의 기량이 뛰어나서 대적할 수 없었다. 서강대 팀엔 배구선수 출신이 한 사람 있었다. 그 학생의 스파이크(Spike)를 상대 선수들이 막지 못했다. 축구 경기는 대등한 게임을 했던 것으로 기억한다.

학술 토론이 끝나거나, 운동 시합이 종료되면 뒤풀이가 따랐다. 뒤풀이 장소로 두 대학의 학생들이 함께 우르르 몰려간 곳이 주로 청진동 막걸리 골목이었다. 아무래도 운동 후 마시는 막걸리가 더 맛있었다. 체육대회 우승컵은 막걸리 한 되(2리터 용량) 크기로 주문 제작했다.

어느 빈대떡 잘하는, "청진옥"이라는 집 2층 전체를 차지하고 우리들은 청춘과 경제를 읊었다. 화제 중에는 연탄값이 왜 오르느냐?, 쌀값이 농민들의 노고에 비해 너무 싸지 않느냐?, 케인즈가 증권투자에 성공한 이유, 칼 마르크스의 자본론이 영국에서 집필된 이유 등도 있었지만, 여학생 뒤꽁무니 따라다닌 에피소드 등도 있었다. 취중 대화가 이어지다 보면 서강대와 서울 상대의 두 학생이 서강대의 한 여학생을 동시에 좋아하고 있다는 사실이 밝혀지기도 했다.

이곳에서 우리는 두 종류의 막걸리 잔을 들었다. 하나가 우승컵이었다. 이 컵에 가득 채운 한 되짜리 막걸리는 그 자리에 둘러앉은 모두에게 필수 과목이었다. 그 이후엔 전통적 사기그릇 하얀색 막걸리 잔으로 능력에 따라 마셨다.

서강대 학생들은 서울 상대 학생들의 자유로운 분위기를 부러워했다. 그러나 한편으론 그들의 학습 내용이 "서강고등학교"에 비해서 부실하다고 느끼기도 했다. 기회비용(Opportunity Cost)의 한 사례였다. 대화의 과정에서 그들은 상대적으로 NORMATIVE ECO—NOMICS에 강하고, 서강대 학생들은 POSITIVE ECONOMICS에 더 익숙하다는 인식도 하게 됐다. 아마 1960년대 당시의 두 대학의 교수진 구성의 차이가 학생들에게 이런 영향을 미쳤다고 생각한다.

이 교류 당시 서강대 경상대 학생회장이었던 김종숙은 현재 미국 L.A.에 거주하고 있다. 그는 촌놈이었던 나의 서울생활 적응을 도와준 고마운 친구였다. 서울 상대 학생회장은 박진원이었다. 미국에 가서 법학으로 전공을 바꾸어 현재 서울에서 변호사 활동을 하고 있다. 서울 상대 학생회 학술부장은 김중수였다. 그는 한은 총재로 활동했다. 서울 상대 농구선수 중 날쌘돌이는 고성규, 서강대 배구팀의 호프는 배종길이었다. 고성규는 귀향하여 제주도에서 고향의 발전에 도움이 되는 봉사 활동을, 배종길은 고향 마산에서 사업을 하고 있다.

김종숙은 LA에 가면, 박진원은 수년 전에, 김중수는 가끔, 고성규는 제주도 세미나 길에, 얼굴을 본다. 배종길은 대학 졸업 후 소식만 듣고 있다. 그 시절 청진동에서 어깨를 비비며 젊음을 나눴던 친구들 그곳에서 다시 만날 수는 없을까? 세월의 흐름이 허무하다.

사진: 1967년 가을. 서울상대와 학술·체육 교류를 시작할 당시 필자(가운데)와 함께 한 김종숙 서강대 경상대 학생회장 (필자 왼쪽)과 이재선 경제학과 학우(필자 오른쪽)

04

패기(覇氣)와 치기(稚氣)
사이에서

"너희들 누구야?"

"경제과 학생들입니다."

"이 강의에 왜 등록했지?"

"영어 공부하러 왔습니다."

"뭐야? 당장 취소해!"

1968년 봄 학기, 영어 영문과 학생들이 주로 듣는 "W.Shake‒
speare의 문학을 다루는 과목"의 강의실에서 담당 교수님(김용권)
과 경제과 학생 3명(이재선, 장광용, 김광두) 사이에 나눈 대화였다. 나
는 그 3명 중 하나였다. 우리는 타의에 의해 수강을 포기했다. 김용
권 교수님은 현재 서강대 경제과에서 도시경제학을 강의하는 김경
환 교수의 부친이시다.

"경제학을 하려면 영어에 유창해야 하고 수학의 기초는 이해해
야 한다."

유학을 준비하는 경제과 선배들이 강조했던 조언이었다. 우리 경제과 학우들 몇 명은 경제학자의 꿈을 키우고 있었다.

2학년 때, 수학과에 가서 대수학(Algebra)과 미적분학(Calculus)의 기초과목을 수강했다. 잘 따라갔고, 학점도 좋았다. 3학년 때, 우리는 영문과에 가서 영어 공부를 하기로 했다. 그래서 선택한 과목이 "Shakespeare론"이었다. 우리가 그때 "문학 공부하러 왔습니다."라고 말씀드렸으면 아마 강의실에서 쫓겨나진 않았을 것이다. 우리는 너무 건방졌다.

1968년 가을학기에 뜻밖의 강의 부탁을 받았다. 당시의 여학생회 회장이 "서울여대에 가서 '결혼이란 뭔가?'를 주제로 강의할 수 있겠느냐"고 문의 겸 요청을 했다. 그 시점까지 나는 여학생하고 이성 교제를 해본 경험도 없었다. 그런데 공부해서 강의하면 된다고 생각하고 "좋다"고 답해버렸다. 어리석은 자신감이었다.

도서관에 가서 결혼의 철학적 의미에 관한 문헌을 여럿 섭렵하며 강의 준비를 했다. 이론적으로 결혼의 개념을 습득하고 용감하게 여학생회장(윤영자, 영문과)과 함께 서울여대로 갔다. 대강의실에 여학생들이 가득 모여 있었다. 이날 난 정말 힘들었다. 강의는 끝냈지만 이어진 질문의 뜻을 정확히 이해할 수 없었다. 뭐라고 엉터리 대응을 했었는지 부끄러웠다.

1968년 봄학기에 영어 공부를 하기 위해서 'Time Magazine 독서 써클'을 만들었다. 영문과 3명, 경상대 2명, 이과대 1명으로 구성된 소규모 학습 써클이었다. 당시에 "Time 지"는 지식인들의 필독서였다. 이걸 들고 다니면 뭔가 있어 보였다. 지도교수로 당시 미국 평화봉사단 일원으로 한국에 왔던 Mr.Stracota를 모셨다.

그런데 막상 시작해 보니 너무 어려웠다. 문장도 내용도 어느 것 하나 쉬운 게 없었다. 참석자들끼리 돌아가면서 그날의 주제를 읽어 발표하면서 대화를 나누는 형식으로 진행했는데 정말 힘들었다. "고상한 영어 클럽"의 이미지를 추구하다 자초한 고행(?)이었다. 이 모임을 함께했던 영문과 김인숙, 백금주, 이한섭, 국제통상학과 남상우, 화학과 한충열 모두 내 마음과 같지 않았을까? 그 진지했던 얼굴들이 아직도 생생하다.

사진: 1967년 C관 학생 식당에서 TIME magazine 독서 클럽의 한 때.
왼쪽부터 남상우, 필자, 백금주, 김인숙, Mr. Stracota

토론 클럽 "서강 Academy"는 당시 서강대 유일한 토론 클럽이 었던 "River—Road"가 정치 사회 이슈 중심으로 움직이는 것을 보고, 학문적 접근을 하는 토론 클럽도 필요하다는 생각으로 시작했다. "River—Road"는 인문·사회과학도 중심이었고, "서강 Academy"는 경상계열 학도가 주류를 이뤘다. "Academy"와 "R—R"간 합동 토론을 할 때, 잘난 척 하려고 무리한 논리를 들이대는 경우도 있었다. "R—R"을 이끌었던 제희우 선배, "서강 Academy"를 함께 했던, 하대원, 이종욱, 최종수 등의 활기찼던 모습이 그립다.

심훈의 장편소설 "상록수"를 감명 깊게 읽고 한때 농과대학 진학을 고민했던 내가 농촌봉사활동 클럽인 "향토연구회"에 참여한 것은 당연했다. 이 모임에선 여름방학을 이용해서 어느 농촌 마을 어르신들과 협의해서 봉사활동을 갔다.

"상록수"의 남자 주인공 "박동혁"을 마음에 담고, 단단한 각오로 현지에 갔다. 그런데 막상 일을 해보니 너무 달랐다. 우리가 이 분들에게 도움을 드리는 것이 아니라 폐를 끼치고 있다는 자각이 들었다. 우리가 하는 일들이 서툴러서 어르신들이 다시 하시곤 했다. 오히려 어르신들이 자식들 같은 우리 먹거리에 신경 쓰시는 모습이 송구스러웠다. 우리가 얼마나 단순한 몽상을 꿈꾸고 현지에 내려왔는지 성찰하고 반성했다. 이 모임의 리더였던 김병욱 선배님(국문과)은 우리의 정신적 귀감(龜鑑)이었다.

KUSA(한국 유네스코 학생회)는 유네스코 한국위원회가 주관하는 학생 써클이었다. 전국 다수의 대학들에 구성되어 있었고 전국적 모임과 교류가 있기 때문에 타 대학 학생들과 어울리고 문화적 인지력을 키우는데 도움이 된다 하여 가입했다.

유네스코 한국위원회에서 다양한 프로그램을 제공하고 학생들은 그 기회를 활용하는 포맷이었는데 즐겁고 유익한 내용들로 구성되어 있었다. 불광동 계곡에서 전국 야영대회를 했던 추억이 모닥불, 계곡물의 종이배에 띄운 많은 촛불과 함께 "아름다웠던 젊은 시절"의 한 장면으로 뇌리에 남아있다. 당시 "KUSA 서강"의 리더는 김병국 선배(경영과)였고, 유네스코 한국위에서 KUSA 활동을 지원해 주셨던 분은 이세기(후에 체육부 장관, 국토 통일원 장관으로 봉직)씨였다.

대학 생활을 풍요롭게 하는 다양한 시도들이 시작은 패기(覇氣)로, 그러나 과정은 치기(稚氣)로 얼룩지는 경우들이 많았다. 이 시기에 부딪혔던 학우들, 소중하고 아름다운 인연이었다. 지금도 눈앞에 어른거린다.

05
서강학파로부터
경제학을 배우다

서강학파(Sogang school of economics)의 산파는 고(故) 김병국 교수님이시다.

50년대 중반 미국 위스컨신 대학에서 화폐금융 이론으로 박사학위를 마치고, 귀국해 한국은행에서 연구활동을 하신 후, 1960년 서강대 창립과 함께 서강대 교수로 부임해 서강학파의 초석을 놓으셨다. 나의 재학 중에는 2학년 때부터 ADB Economist로 해외에 나가 계셔서 가까이 뵐 기회가 거의 없었다. 졸업 후 연초에 세배 드리러 가서 가끔 뵈었다. 호방(豪放)하고 순수한 열정의 경제학자이셨다.

1968년 여름방학.

나는 고 송주영 교수(재정학)님의 배려로 송 교수님의 교수실에서 공부하며 지낼 수 있었다. 당시엔 냉방 시스템이 없었다. 여름엔 속옷 차림으로 책과 씨름해야 했다. 교수실이 편리했던 이유였다.

어느 날 오후, 남덕우 교수님이 아주 즐거운 표정으로 나를 부르셨다.

연구실에서 방금 나오신 모습이었다.

"자네 뭐하나?"

"공부하고 있습니다."

"나하고 시원한 것 마실래?"

남 교수님께서 권하는 자리에 앉았다.

"내가 오늘 '수요의 가격탄력도'를 측정했어!"

당시엔 컴퓨터가 귀했다. 주판(籌板)에서 약간 진화한 수동식 계산기가 일반적으로 활용되었다. 컴퓨터가 소형화된 요즈음에는 소프트웨어를 활용해 통계치를 넣으면 쉽게 구할 수 있는 수치다. 그러나 그 시대엔 매우 어려운 과정을 겪어야 하는 작업이었다.

남 교수님의 이런 분위기가 당시 서강대 경제학과를 풍미했다. 이론으로만 주장하는 것보다 경제 현상을 통계치로 파악하여 경제이론의 현실적 타당성은 물론 현실 적용 시 유효성을 검증해보자는 것이다.

남 교수님은 당시 "가격론"이라는 책을 출간하셨고, 우리는 그 책으로 가격이론을 배웠다. 가격이론의 핵심 개념 중 하나가 '수요의 가격 탄력도'이다. 남 교수님은 시장에서 거래되는 주요 상품들의 가격 탄력도를 실제 측정해 보시고 그 결과에 만족하여 매우 즐거우셨던 것으로 느꼈다.

남 교수님은 1970년대 재무부 장관과 경제부총리로 봉직하면서 한국 경제의 성장에 크게 기여하셨고, 1980년대에는 한국무역협회 회장을 맡아 한국무역의 전진기지로 '무역회관'이라 불렸던 'TRADE CENTER'를 서울 삼성동에 건립하는데 주도적 역할을 하셨다.

"전통적으로 미국의 증권시장에 여성은 들어갈 수 없었다."고 ⑼ 이승윤 교수님께서 '화폐금융론' 강의 시간에 하신 말씀이 아직도 귀에 생생하다.

이승윤 교수님은 '화폐금융론'을 저술하셨다. 이 교수님 또한 김병국, 남덕우 교수님과 함께 '통화승수'를 국내에서 최초로 계측했다. '통화승수'는 한국은행이 본원통화 1원을 추가로 공급할 때 추가로 창출되는 통화량을 의미한다. 한은의 통화정책 의사 결정에 있어서 핵심적 역할을 한다.

이 교수님께서도 통화이론의 현장 적용이 현실에 적합하게 이루어지려면 통화승수와 같은 핵심 계수는 실측되어야 한다고 보고 김만제·남덕우 교수님과 의기투합하셨던 것으로 느꼈다.

이승윤 교수님은 80년대 초, 재무부 장관으로 봉직하면서 경제 안정화에 기여하셨고, 90년에는 경제 부총리로 경제민주화에 힘을 더했다. 성품이 다정다감하셔서, 대학 시절 전공하신 영문학의 낭만을 가끔 우리에게 풍겨주시곤 했다.

고 김만제 교수님은 거시경제학을 강의하셨다. Macdougal – Dernburg의 'Macro – Economics(Mcgraw – Hill edc.)'를 교과서로

사용하셨는데, 이 책에서 처음으로 배운 IS(실물 부문 균형)-LM(금융 부문 균형) 곡선은 매우 흥미로웠다. 이거면 모든 정책을 다 구사할 수 있겠다는 짧은 생각으로 흥분하기도 했다.

1960년대, 대한민국은 미국의 USAID(유엔국제개발처, United States Agency for International Development) 차관(借款)에 크게 의존했다. USAID가 한국과의 효율적인 경제협력을 위해서는, 한국 경제의 거시 분석 모형과 미국이 한국에 공여하는 차관의 경제적 효과 분석이 필요했다. 이런 일을 서강대 경제연구소에 위탁했고, 거시 경제모델 전문가인 김만제 교수께서 그 분석 작업의 주도적 역할을 했던 것으로 기억한다.

이런 전문성과 연구 경험을 바탕으로 김 교수님은 1971년 KDI 초대 원장으로 임명되어 한국 경제 발전에 관한 과제들을 연구하는 싱크 탱크의 역할을 10여 년간 수행하셨고, 1980년대 들어 이승윤 교수님의 뒤를 이어 재무장관, 경제부총리를 역임하며 80년대 후반의 한국 경제 재도약의 기반을 마련하는데 기여하셨다.

이러한 교수님들이 형성한 서강 경제학과의 학풍은 시장경제 원리를 기본으로, 경제 현상을 분석하고, 시장경제의 틀 속에서 정부의 역할을 모색해 보자는 것이었다. 이런 배경 하에서 교수님들은 학생들이 기초 경제이론을 탄탄하게 인지하고, 경제 분석의 도구를 다루는데 능숙하도록 경제학을 교육했다.

당시의 시험은 주관식이었고, 경제학과 학생들은 한 학년에 12~15명에 불과했기 때문에 이런 교육은 체계적이고 효과적으로 이루어질 수 있었다고 본다. 그 결과, 서강 경제과 학생들은 경제 문제에 관해서 "주장보다는 분석을 선행"하는 접근에 익숙해졌고, 이론적 틀이 없는 감성적 주장은 싫어하게 됐다.

1960년대 당시 가장 앞선 경제학 교수님들로부터 경제학을 배우게 된 것은 나의 행운이었다.

사진: 왼쪽부터 김병국 교수, 남덕우 교수, 이승윤 교수

이후 서강학파의 학맥은 1980년대 후반 보사부 장관, 청와대 경

05 서강학파로부터 경제학을 배우다

제수석비서관으로 봉직하면서 한국 경제의 민주화에 진력하신 김종인 교수님(재정학), 1999년에 교육부 장관으로 봉직하신 김덕중 교수님(거시경제학), 80년대 후반 금융통화운영위원으로 봉직하고, 그 이후 금융혁신과 관련된 다양한 활동을 펼치신 김병주 교수님(금융통화이론) 등으로 이어졌다. 이 세 분의 교수님들은 나의 대학생 시절에는 캠퍼스에 계시지 않았다.

II

세파(世波)와 함께

06
현대자동차 취업, 그리고
야간 아르바이트

대학 재학시절엔 당시 대학생들이 흔히 용돈이나 학비 조달 방법으로 택했던 가정교사 아르바이트 경험을 갖지 못했다.

서강대 등록금은 대학장학금으로 면제받았고(당시 서강대 재학생의 20% 이상이 장학금 수혜자), 하숙비와 용돈은 집에서 보내주는 "향토장학금"(우리는 그렇게 불렀다)으로 해결했다.

그런데 현대자동차(사장: 정세영)에 취업한 후에 처음이자 마지막으로 영어 가정교사 경험을 하게 됐다.

1969년(대학 4학년), 10월 1일, 나는 을지로 세운 상가 건물 3층에 자리 잡은 현대자동차 외자과(Import Section)로 첫 출근했다. 고민원기 과장(당시)과 10명 정도로 구성된 조직이었다. 김낙진 대리한 사람을 제외하고 전원이 싱글이었다. 내 옆자리엔 함께 입사한 유현규(연대 상대 졸, 후에 현대전자 런던 책임자)군이 앉았다. 현규와는 요즈음도 가끔 어울린다.

1969년 현재 한국의 자동차 시장은 일본의 도요타자동차와 제휴한 ㈜신진자동차(현 대우자동차의 전신)가 지배적 사업자였다. 현대차는 후발주자로 출발하여 미국의 포드자동차와 제휴했다. 현대차는 신진자동차에 밀려 때로는 직원들의 월급을 현대건설에서 차입한 돈으로 지급했을 정도로 시장 경쟁력이 약했다.

당시엔 "신진"이나 "현대"나 모두 자동차 생산을 단순 조립해서 생산하는 일을 했다. 두 회사 모두 조립용 CKD(Complete Knock Down, 반조립 제품)를 수입했다. 자동차를 분해한 부품을 수입해서 다시 조립한다고 생각해도 무리가 없다고 본다.

현대차는 "영국 포드사"로부터 "코티나"라는 소형 승용차의 CKD를 수입해 울산공장에서 조립 생산했고, 신진자동차는 일본에서 소형 승용차인 "코로나"의 CKD를 수입해 부평 공장에서 조립했다.

외자과는 이 CKD의 수입 업무를 담당하였다. 주어진 업무는 주로 수입신용장 개설, 관련 세무 처리, 통관 절차 진행 등이었다. 그중 신용장 개설이 편안한 일이었고, 세무나 통관은 피곤한 일이었다. 일의 내용보다도 상대하는 기관들의 특성 때문이었다.

신용장은 외환은행 충무로지점을, 세무는 종로 세무서를, 통관은 주로 서울세관을 각각 상대했다. 세무서나 세관의 분위기는 은행에 비해서 훨씬 딱딱하고 기계적이었고, 가끔 외교적 능력도 필요했다. 외환은행 지점 행원들과 친선 축구 시합을 했던 기억이 아득히 떠오른다. 후에 국제경제연구원(현 산업연구원)에서 함께 연구한 고 차동세 박사(전 KDI 원장)가 당시 외은 충무로지점에서 대리로 근무하고 있었다.

그런데 외자과는 직원들이 거의 전원 싱글이었던 관계로 술자리를 자주 가졌다. 대학생 땐 막걸릿집에 다녔는데, 단골 술집이 맥줏집으로 바뀌었다. 술값은 대부분 민 과장이 부담했는데, 회사 업무 추진비와 본인 호주머니 돈이 섞여 있었을 것으로 추정된다.

이게 화근이었다. 맥주에 맛들인 나는 대학 후배들이 회사로 찾아오면 맥주를 대접했다. 때로는 호기가 발동해 꽤 비싼 집에도 갔다. 당시엔 현대차 직원 명함을 제시하면 어디서든 외상이 통했고 (신용카드라는 제도가 없던 시절), 덕분에 비용 의식 없이 즐거운 시간을 함께했다.

후배들과 함께한 즐거운 시간은 외상이 누적되어 가면서 괴로움으로 다가왔다. 당시 내 월급은 3만 원, 하숙비는 5천 원이었다. 그런데 외상값이 십만 원 단위로 쌓인 것이다. 이걸 어떻게 하지?

방법은 투잡을 뛰는 것이었다. "퇴근 후 알바"를 구했다. 다행히 아주 좋은 조건의 알바 자리를 소개받았다. 밤 9시~10시 사이 한 시간 동안 영어 가정교사로 일하고 내 월급보다 훨씬 많은 금액의 수입을 얻을 수 있는 자리였다. 두 달 일하면 빚을 청산할 수 있다는 계산이 나왔다.

마포고교 부근의 하숙집에서 아현동에 있는 대기업 회장(당시에는 재벌)댁까지, 왕복하면서 최선을 다했다. 3개월째 접어들자 나의 열의가 식어갔다. 이제 빚을 다 갚았기 때문이었다. 3개월의 투잡 생활을 마친 후, 술집에서 호기부리는 일은 없어졌다.

현대차에서 일하면서 여러 가지를 느꼈다. 세상은 대학에서 배운 것과 조금 다르게 움직이고 있다는 경험을 했다. 세관에서 하는 업무에서 중요한 것은 통관 속도였다. 나는 초기에 이것은 신청 시점의 순서에 의해서 자연스럽게 이루어진다고 생각했다. 그런데 가끔 그렇지 못했다.

세관 창고에 가보면 수입 화물들이 가득 쌓여 있었다. 요즈음은 디지털 프로그램에 의해서 컴퓨터에 화물들의 위치와 입고 시점 등이 정밀하게 정리되어 있지만, 69년 당시엔 그러지 못했다. 위치 파악은 주로 육안(肉眼)으로 했고, 입고 수량·시점, 출고 신청 시점 등이 모두 수기(手記)로 되어 있었다. 때문에 세관 실무자의 자의적 판단이 통관 속도에 영향을 주었다.

"자의적 판단(恣意的 判斷)"이라는 것이 현장의 실무 처리에서 차지하는 역할이 분명히 있고, 그 자의적 판단의 결과에 따라 업무의 성과가 다르게 나타날 수 있다는 현실을 인식했다. 그 자의성에 호의적 영향을 미칠 수 있는 능력이 필요했다.

사람의 업무 성과도 한 사람의 개인적 능력보다는 동료들과의 원활한 협업 관계 형성 여부에 의해서 더 큰 영향을 받는다는 점도 확인했다. 내 옆자리에 타이피스트가 앉아 있었는데(당시엔 타이프 라이터의 윗부분에 서류를 끼워넣고 서류 위에 타이핑을 해서 필요 서류를 준비했다.) 그녀가 타이핑을 해야 서류를 들고 나갈 수 있었다. 나는 그녀가 어떤 사람 것은 빨리 준비해주고, 어떤 사람 것은 꾸물거리는 것을 보았다.

싱글들로 구성된 외자과의 분위기는 젊고 활기찼다. 유현규와 나는 이 외로운 영혼들을 위해서 좋은 일을 하나 하기로 모의하고,

이대 미술대 학생들과 함께하는 등산모임을 추진했다. 고맙게도 모임이 성사되어 1969년 11월 어느 일요일 수락산 등산길을 외자과 싱글들과 미대 4학년 여학생들이 함께 걸었다. 그날 산자락에서 여대생들이 요리해준 점심 식사는 너무 맛있었다. 등산모임 이후, 등산 동료 여대생들의 졸업전시회에도 모두 몰려가는 등 훈훈한 분위기가 이어졌다. 이때의 사진을 여기 첨부한다.

　나는 유학 가기 전에 현실을 경험하기 위해서 취업했다. 이제 다른 유형의 경험을 하고 싶었다. 1970년 4월 초 현대차를 떠났다. 외자과에서 함께 일했던 고 민원기 과장, 윤장진 대리, 안병달 대리, 고 김평치 대리, 이종대, 김철웅, 이상주, 김명동 선배, 그리고 신입사원의 꿈과 고민을 나눴던 유현규, 김근수, 장영식(재미) 모두 그리운 얼굴들이다.

사진: 1969년 11월, 수락산 등산길을 함께한 현대차 외자과 직원들.
　　　앞줄 오른 편이 필자.

07
농협 하나로 마트 창업에
참여하다

고교 시절 서울농대 고 유달영(柳達永) 교수님의 수필집을 즐겨 읽었다. 그는 인간 상록수로 불리운 분이었다. 심훈의 소설 상록수와 함께 그의 수필집은 삶에 대한 나의 관점에 큰 영향을 주었다. 그는 "사람답게 사는 사람"에 대해서 다양한 측면에서 나에게 감동을 주었다.

현대차를 떠나 새로운 경험을 하려고 기회를 보던 중, 서강대 은사이신 고 황일청 교수님(경영학)께서 한번 들르라는 전갈(傳喝)을 주셨다.

"자네, 농촌운동에 관심 있지?"

"네"

"농협에서 농민들을 위한 유통업을 올해 초부터 시작해서 현재 창업이 진행 중인데, 그 일에 참여하면 어떤가?"

"생각해 보겠습니다."

나는 1970년 6월경 "농협 생활물자구매사업소"로 출근했다. 사무실은 1969년에 폐교된 옛 서울 청계초등학교(현재 지하철 2호선 을지로 입구 역 부근) 건물에 있었다. 사업소장은 연대에서 통계학을 강의하셨던 고 정익주 교수께서 맡고 계셨다. 실무는 서울농대 출신인 고 권순종 씨가 뒷받침하고 있었다. 그리고 유달영 교수님의 따님이 여기에서 일하고 있었다. 모두 상록수 정신으로 무장된 분들이었다.

당시 농촌에서는 공산품들이 생산원가 대비 40% 이상 비싸게 팔리고 있었다. 더 좋지 않았던 것은 품질 좋은 제품보다는 조잡(粗雜)한 모조 제품들이 주로 거래되고 있었다. 이런 현상은 수송 수단이 제한되고 농촌 지역의 거래 단위가 아주 적었기 때문이었다.

농협의 "생활물자구매사업소"는 이 문제를 해결하기 위하여 창립되었다.

생산업체들로부터 직접 대량 구매하여 사업소가 전국 농촌 지역별로 소량씩 나누어 배분하겠다는 것이다. 대량 구매로 매입 원가를 낮추어, 저렴한 가격으로 농민들에게 생활필수품을 판매하려는 것이 사업 목적이었다.

정익주 소장님과 면담을 했다.

"유학을 가려 한다고?"

"네."

"그런데 왜 여기 왔지?"

"가기 전에 좋은 경험을 하고 싶습니다."

"여기에서 언제 떠날 계획이지?"

"죄송합니다. 3개월 정도….'"

"뭐? ~~~, 그럼 고무신을 맡아서 해!"

연대 대학원에서 윤기중 교수님을 모시고 통계학을 공부하고 강의하셨던 분이어서 유학 희망생의 입장을 이해해 주셨다. 감사했다.

당시 농촌에서는 흰·검정 고무신이 주요 생필품이었다. 농민들이 말표·기차표·왕자표·범표 고무신 등을 주로 애용했던 것으로 기억한다. 이 제품들은 주로 부산에서 생산되었다. 서울의 우리 하숙집 식구들도 집에서는 고무신을 신고 다니는 분들이 꽤 있었다.

나는 고무신 생산업체 담당자들과 접촉하여 필요 수량을 구입하고, 그것을 농촌 지역에 배분하는 일을 했다. 말로는 매우 단순하고 쉬운데 실제 해보면 어려웠다. 생산업자들과 수량·단가를 협상해야 했는데, 상대방의 연세가 한창 윗분들이라 "아저씨"라 부르며 대화해야 했다. 나로서는 열심히 했는데 결과는 "꽝"인 경우들이 많아, 권순종 씨의 도움을 자주 받아야 했다.

무엇보다도 연쇄점 창립 초기인데다, 매일 연쇄점들이 추가해서 개설되고 있었기 때문에 발주량을 정확히 파악하기 어려웠다. 생산업체들로 부터의 구입 가격은 함께 일하시는 분들과 상의하고, 남대문 시장 고무신 가게에 가서 탐문도 하고 해서 어느 정도 해결할 수 있었다.

이렇게 구매한 고무신들은 전국에 있는 "농협 연쇄점"으로 배달되었다.

1970년 1월 30일 문을 연 장호원 연쇄점을 선두로 전국에 연쇄점들이 설립되고 있는 과정에 있었다. 1970년 말까지 250개소의 농촌 지역에 연쇄점을 건립하려는 계획이었다.

나와 동료들은 가끔 연쇄점들을 순방했다. 애로 사항을 듣기 위해서였다. 주로 두 가지 어려움들이 제시되었다. 하나는 기존 가게들이 "선택적 덤핑"을 한다는 것이었다. 당시 연쇄점에 공급되는 생필품들의 종류가 다양하지 못했다. 예컨대 고무신을 갖다 놓으면 기존 가게에서 고무신만 싸게 판다는 것이다. 또 하나는 품질 문제였다. 불량품이 가끔 배송되어 온다는 것이다.

첫 번째 문제는 연쇄점에 공급되는 생필품들의 종류를 크게 늘리면서 점차 풀렸다. 기존 가게의 덤핑 능력에 한계가 있었기 때문이었다. 두 번째 문제는 구매사업소의 품질 검사 능력과 공급업체의 품질관리 능력에 관한 것이었다. 이 문제는 공급업체와의 소통 강화와 자체 검사 노력의 강화로 해결하려 노력했으나 계속해서 문제로 남았다.

"오늘 우리 집에서 자고 가지."
"아닙니다. 읍내에 있는 여관에서 자겠습니다."
"이 사람아, 우리 집이 불편하겠지만 그냥 가면 우리가 섭섭해서 안 되지!"
"여보, 닭 한 마리 잡아 삶읍시다."

연쇄점들을 방문할 때마다 우리 농촌 어르신들의 따뜻한 격려를 받으면서 감동을 느끼곤 했다. 허름한 집의 좁은 방이었지만 사람의 훈훈한 인정이 방안에 가득했다. 사람답게 산다는 것이 이런 것 아닐까?

농협의 연쇄점 사업은 농민들이 시중 가격 대비 15% 정도 저렴하게 생필품을 구입할 수 있게 하는 성과를 내서, 농가의 가계비 절감과 해당 지역의 소매가격을 낮추는데 크게 기여한 것으로 평가받았다. 연쇄점들은 1983년부터는 혼수용품을 취급하기 시작했고, 1986년부터는 농수축산물의 도시지역 판매를 시작해서 농어촌의 생산자와 도시의 소비자들을 직접 연결하는 기능을 추가했다.

이런 발전과정을 거쳐 1997년, "농협 연쇄점"은 "농협 하나로마트"로 명칭을 바꾸었다.

9월 초에 나는 정 소장님과 권순종 선배, 유달영 교수님의 따님이신 Miss. 유 누나(성함이 생각나지 않아 송구하다) 등 동료들께 작별인사를 했다. 항상 따뜻한 마음으로 매우 서투른 청년을 지도해주신 분들이었다. 이분들의 순수한 열정과 상록수 정신은 지금도 내 삶의 정신적 고향이다.

나는 이 시기에 경제학자의 삶이란 어떤 것이어야 하는가에 대해서 더 본질적인 성찰과 고민을 하기 시작했다.

사진: 1970년대의 농협 연쇄점

08
수출 최전선에 가까이
가다

수출입국(輸出立國)!

박정희 정부는 수출주도형 경제성장 전략의 깃발을 높이 들었다. 제1차 경제개발 5개년 계획(1962~66년)부터 강력한 수출 드라이브가 시동을 걸었다.

1960년의 한국 수출액은 3,200만 달러 수준이었는데, 수입액은 3억 2,000만 달러였다. 1961년의 수출의 산품별 구성을 보면 농·수·광산품이 72.3%, 공산품이 27.7%를 차지했다. 전형적인 후진국의 수출 구조였다.

이런 미약한 수출액과 후진적 수출 구조가 정부의 수출주도형 성장전략으로 빠르게 변화했다. 1964년에, 수출 금액 1억 2,100만 달러를 달성하고, 공산품 비중이 62%로 상승했다. 1976년엔 수출 금액이 77억 달러를 상회하고, 공산품 비중이 87.8%로 상승했다. (표1 참조)

"한강의 기적"이 일어난 것이다.

표 1 | 수출 산품별 구성 추이(1964~2005)

(단위: %)

	1964	1976
1차 산품	45.4	12.2
제조업	54.6	87.8
경공업	45.4	58.0
섬유	27.7	33.6
비섬유	17.6	24.3
중공업	9.2	29.9
전체 (백만달러)	119	7,715

수출 활동의 최전선에선 수출업자와 수출품 제조업자들이 뛰고, 후방에선 정부가 병참을 담당했다. 한국은 "한국 주식회사(회장: 박정희)" 형태로 유기적 일체가 되어 움직였다.

1965년 2월 청와대에서 첫 회의가 열린 "수출진흥을 위한 정부 민간 확대 회의(수출진흥 확대 회의)"는 말 그대로 "한국 주식회사"의 첫 이사회였다. 박정희 대통령을 중심으로 주요 수출 기업들의 경영자들과 내각의 수출 유관 부서의 장관들이 마주 앉아 회의하는 구조였다.

이 자리에서 박 대통령은 수출업자들의 애로 사항을 물었고, 제기된 애로 사항에 대한 토론을 거쳐 그 자리에서 해결책을 해당 부처의 장관들에게 지시했다.

수출 증대를 최우선으로 의사 결정이 이루어지는 구조였다.

그렇다고 해서 수출업자들의 애로 사항이 즉석에서 각 기업의 독자적 판단에 의해서만 제기된 것은 아니었다. 사전에 업계의 의견을 수렴하는 창구가 있었다. 즉 수출 최전선과 병참사령부를 연결해주는 통신 라인이 구축되어 있었던 셈이다.

이 역할을 했던 조직이 한국무역협회였다.

한국무역협회는 1946년 7월에 창립된 단체로 민간 무역업자들의 모임이다.

이 단체가 수출 증대를 위한 업계와 정부의 소통 창구로서의 역할을 본격적으로 맡게 된 것은 1차 "수출진흥 확대 회의"가 열린 시점 전후라고 본다.

한국무역협회의 초대 회장은 김도연 박사(미 아메리칸대학, 경제학. 대한민국 초대 재무장관)이었으나, 실질적 산파 역할을 한 사람은 초대 상무(실무 총괄)를 지내고, 3~4대(1949.4~1953.4)와 8대~14대(1960.5~1973.4)에 걸쳐 18년 동안 무협의 회장으로 봉사한 이 활(李活, 1907~1986) 씨였다. 특히 그와 박정희 대통령과의 신뢰 관계는 "무역 입국"의 신념을 바탕으로 형성되어 매우 탄탄했던 것으로 알려져 있었다.

나는 70년 9월, 서강대 도서관에서 유학 준비를 시작했다. 대학 캠퍼스의 맑은 분위기를 즐기며 관심 대학들, 장학금 제도, TOEFL 시험, 출국 전 병역 의무 관련 사항 등에 대해서 살펴보고 있었다.

"너 준비 잘되고 있어?"

"이제 시작했습니다."

"너 출국하기 전에 경제 연구기관에서 연구 경험을 쌓으면 어때?"

"좋은 곳이 있습니까?"

당시에 KDI가 갓 설립됐고, 은사이신 고 김만제 교수님이 초대 원장으로 부임하여 연구를 지휘하고 계셨다. 나는 선배가 그곳을 염두에 두고 말씀하는 줄로 생각했다. 그런데 그곳에 가면 나처럼 학사 학위를 가진 사람은 해외에서 온 박사들의 연구 조수 일을 해야 했다. 난 그런 일이 싫었다.

"한국무역협회에서 조사역(調査役) 채용 공고가 나왔던데, 응시해 보지."

"석사 학위가 자격 조건에 들어 있던데요?"

"그래도 시험을 볼 수는 있지 않을까?"

조사역은 영어로 Economist로 번역되던 시절이었다. 독립적 연구를 할 수 있는 직위였다. 당연히 학사 학위자는 자격이 없었다. 그래도 "알아나 보자"하는 마음으로 "합격에 상관없이 응시할 수 있느냐?"고 문의했다. "응시는 할 수 있으나 합격은 어려울 것이다"는 답이 왔다.

"무역 분야에서 독자적 연구를 하면서 유학 준비를 할 수 있다면 정말 좋겠다"는 설렘을 안고 응시했으나 자격 조건 미흡 때문에 큰 기대를 하진 않았다. 그런데 뜻밖에 합격 통지가 왔다.

"이거 뭐가 잘못됐나?"

믿기 힘든 일이었다. 두 사람을 뽑았는데 그중 하나라는 것이었다.

1970년 10월 1일부터 한국무역협회 조사부로 출근했다. 당시 무역협회는 미도파 백화점(현 롯데백화점 영플라자)의 상위 2개 층을 사용하고 있었던 것으로 기억한다. 조사부는 조사과와 출판과로 구성되어 있었다. 나는 조사과에 자리가 주어졌다. 조사과에 4명의 조사역이 있었는데 나는 그들 중 막내였다.

함께 일하시는 분들은 대선배들이었다.

"김 조사역! 당신 이 활 회장님께 깊이 감사드려야 해. 석사 학위가 없어 자격 조건 논란이 있었는데, 이 회장이 결단을 내린 거야."

자격이 없어 불합격으로 처리하려 했는데, 이 활 회장이 시험 성적을 보고 합격자로 받아들이라고 했다는 것이다. 마음속 깊이 감사하는 마음을 새겼다.

사진: 이 활 전 한국무역협회 회장

신입 조사역이 할 일은 당시 무역협회가 발행하고 있었던 월간 '무역(貿易)'지(誌)에 논단을 쓰는 것이었다. 그 시점에 발생한 주요 무역 이슈를 선택하여 자료를 정리하고, 그 성격과 배경, 그리고 전망 등을 주 내용으로 하는 글이었다.

자료 수집부터 글 쓰는 요령까지 많은 것들을 선배 조사역들로부터 배웠다. 장화수, 최단옥, 최동호 조사역, 세 분이 지도해준 덕으로 첫 글을 하나 끝내고 나니 뭐 대단한 일이라도 한 기분이었다. 당시 조사부장은 전영순(?) 씨, 조사과장은 이광수 씨였던 것으로 기억한다. 모든 분들이 풋내기인 나에게 따뜻한 배려와 격려를 보내주셔서 초기 적응의 어려움을 극복하는 데 큰 힘이 되었다.

무협 조사부에서 조사역으로 일하게 된 것은 나에겐 행운이었다. 우선 시간적으로 여유가 있었다. 정시 출근 정시 퇴근의 일상이 가능했다. 퇴근 후, 서강대 도서관에 가서 시간을 보낼 수 있었다. 유학 준비에 필요한 시간을 확보할 수 있어서 좋았다.

사무실이 연구하는 분위기였기 때문에 무역 관련 자료와 책을 다양하게 읽을 수 있었고, 간섭하는 사람이 거의 없어서 "자율 학습"에 익숙해질 수 있었다. 사무실에는 이대 도서관학과 출신 사서(司書; Librarian)가 한 분 있었다. 그분에게 관심 주제와 내가 품고 있는 문제의식을 적어 부탁하면, 관련 자료와 책의 리스트를 만들어 보내줬다.

주제를 선정하는 과정에서 다른 조사역들과 토론을 하기 때문에 그 시점에 한국의 무역을 둘러싸고 어떤 일들이 벌어지고 있는지를 인식하고 이해하는 안목을 기르는 데도 큰 도움이 됐다. 또한 관련 업계, 유관 부서 담당자들에게 문의하여 정보를 얻고 의견을 교환하는 절차를 밟기 때문에 현장의 동향을 인지할 수도 있었다. 당시 정부 관리들과 업계 관계자들은 시간 외 수당도 없이 밤새워 일했다. 그 사명감에서 비롯된 헌신이 없었다면 오늘의 물질적 풍요는 가능하지 않았을 것이다.

사무실의 위치가 명동에 마주 닿아 있어서 퇴근 후 명동거리를 즐길 수 있었던 것도 좋았다. 쎄씨봉은 구경하지 못했지만, 오비 뚜르, 오비 캐빈에 가서 기타 치며 팝송을 부르는 가수들을 따라 함께 흥얼거렸던 추억은 아름답게 남아있다. 월급 받는 날(당시엔 봉투에 현금과 수표를 넣어 본인에게 직접 수교)에는 명동 입구의 유네스코 스카이라운지(당시 최고급 양식당)에 가서 동료들과 함께 칼과 포크를 들고 스테이크를 썰며 수다를 떨었던 일들도 "유치한 호사"로 내 마음의 앨범에 간직되어 있다.

09
미·중 데탕트(détent)와
홍콩·대만 출장

"평화 공존 시대로 나아가자!"

1969년 7월 25일 미국의 닉슨 대통령은 미국의 새로운 대(對)아시아 정책(괌 독트린)을 발표했다. 이 정책은 1970년 2월 그가 국회에 보낸 외교교서를 통하여 세계에 선포되었다.

이로부터 미국의 중국에 대한 외교정책이 급변하기 시작했다. 그동안 진행되어온 미 해군 함대의 대만 해협 순찰이 1969년 11월 중지되었고, 동년 12월엔 미국인들의 중국 여행제한이 해제되었다.

1970년 11월엔 유엔 총회에서 중국 가입을 허용하고 대만을 축출하자는 결의안이 통과되었다. 1971년 4월엔 미국 탁구팀이 중국을 방문하여 "핑퐁 외교"를 했고, 같은 해 10월 중국은 유엔에 가입하고 대만은 탈퇴했다.

1971년 7월 9일 키신저 미 국무장관이 극비리에 중국을 방문하여 주은래(周恩來) 중국 수상과 장시간 회담을 했다. 1972년 2월엔 닉슨 대통령이 베이징을 방문하여 모택동(毛澤東) 주석과 회담하고,

"상해 공동 성명"을 발표했다. 이 성명의 핵심은 미국과 중국이 상호 적대관계를 끝낸다는 것이었다.

사진: 닉슨 미 대통령과 모 중국 주석의 첫 만남, 1972년 2월

이런 과정에서 가장 큰 걸림돌이 대만이었다. "상해 공동 성명"은 "대만은 중국의 1개 성(省)"이라고 명시했다. 이것은 대만에는 큰 충격이었다. 미국은 대만을 오랫동안 지지해왔고 반공 전선의 가장 강력한 우방으로 연대(連帶)해왔기 때문이다.

이런 국제정세의 급변에 따라 한·대만의 관계도 영향을 받지 않을 수 없게 되었다. 당시 한국과 대만은 경제적으로 활발한 교류를 하고 있었다.

"김 조사역! 나하고 대만에 다녀오자!"

"네? (이게 웬 떡, ㅎㅎ)"

"홍콩을 먼저 보고 대만으로 가자고."

1972년 5월경(?), 당시 무협 조사부와 무역 정보 신문인 "무역통신"을 담당하고 있던 고 문형선 상무의 호출이었다. 나는 당연히 내심 쾌재를 불렀다. 문 상무님은 매일경제신문 편집국장 출신으로 국내외 언론인들과 폭넓게 교류하셨던 분이었다. 미·중 관계의 해동(解凍)에 따라 한국의 무역이 어떤 영향을 받게 될 것인지를 홍콩, 대만의 언론인들과 접촉하여 파악하려는 목적의 현지 출장인 것으로 이해했다. 당시 나는 1971년 가을 미국 국무성이 설립한 EWC(East West Center)의 장학생으로 선발되어, 1972년 여름에 미국 하와이로 출국할 준비를 하고 있었다.

"ㅎㅎㅎ! 이게 뭐야. 우리가 자기들 책을 번역했는데 우리 번역본을 입수해서 자기들이 역(逆)으로 번역했잖아?"

1971년 무협 조사과는 JETRO(Japan External Trade Organization)에서 발간한 "중국의 무역"이란 보고서를 번역했다. 그런데 이 한국어판을 일본의 어느 연구소가 일본어로 번역해서 출간한 일이 있었다. 이런 일이 왜 벌어졌을까?

당시에 한국이나 일본이나 중국 경제, 대외무역에 관해서 거의 '깜깜이' 수준이었기 때문이다. 2차 대전 후 형성된 미국 주도의 세계 경제 질서 하에서 미국과 적대관계에 있었고, 서방 국가들에 대해서 경제 외교적으로 폐쇄적이었던 중국을 잘 모르는 것은 당연하기도 했다.

이런 무지(無知)의 상황에서 미국이 중국과의 관계를 적대관계에서 벗어나 평화 공존과 상호 교류·협력으로 새롭게 설정함에 따라, 이 새로운 국제질서의 흐름을 정확히 파악하려는 노력이 경쟁적으로 이루어졌던 시기였다.

나로서는 생애 첫 해외여행이었다. 당연히 설렘으로 가득했다. 홍콩에 가서 그곳 언론인들과 여러 만남을 통해서 의견 교환을 했다. 홍콩의 분위기는 환영 일색이었고, 미·중 수교가 곧 성사되고 미·중 경제교류가 활성화 되면 홍콩이 경제적으로 큰 혜택을 받게 될 것으로 보고 있었다.

나는 대학 시절에 "LOVE IS A MANY SPLENDORED THING(慕情)"이라는 영화를 매우 인상 깊게 감상했다. 이 영화는 윌리암 홀덴과 제니퍼 존스가 주연했다. 스토리가 펼쳐진 장소는 홍콩, 시대적 배경은 한국전쟁이었다.

이 영화의 주제곡이 영화 제목과 같다. 엔디 윌리엄스가 불렀다. "ONCE ON A HIGH AND WINDY HILL IN THE MORNING MIST, TWO LOVERS KISSED~~~" 라는 가사가 포함되어 있다.

"문 상무님! 그 언덕(HIGH AND WINDY HILL)에 가보고 싶은데요."

"그래? 사람 소개해 줄 테니 일과 끝난 후 다녀와."

이 언덕은 빅토리아 파크에 있는 병원 뒤에 펼쳐져 있었다. 영화에서 본대로 나무 한 그루가 그 언덕에 서 있었다. 나는 그 나무 아래 서서 마치 윌리엄 홀덴이라도 된 듯이 감상에 젖었다. 이 영

화에서 윌리엄 홀덴은 미국 언론사 특파원으로서 한국전 취재 중
사망했다.

　대만의 분위기는 완전히 달랐다.
　우리가 방문한 대만 정부의 한 고위 관리는 "미국은 우리를 배신
했고, 한국도 우리를 배신하려 한다. 여기 뭐 하러 왔나. 알고 싶은
거 있으면 빨리빨리 묻고 가라." 아주 싸늘한 반응이었다.

사진: 대만 언론인들과의 만찬. 왼쪽에서 네 번째가 필자, 그 바로 오른 편이 문형선, 그 다음이 대만
　　　언론사 주필

　그 당혹감과 실망감을 충분히 이해할 수 있었다. "국가 간의 관
계란 결국 실리(實利)에 의해서 형성되고 변화한다."는 인식을 새

삼 확인했다. 현지 언론인들도 배신감을 토로하는 것은 마찬가지였다. 그러나 문 상무와의 오랜 교류가 바탕이 되어 우리를 따뜻하게 대해줬다.

나는 어느 신문사 주필과 만찬을 하는 자리에서 서로 인간적 유대감을 느끼기도 했다. 연세(年歲)가 많으신 분이었는데 솔직하고 따뜻한 인품을 느꼈다. 만찬이 끝날 즈음 이분의 부인이 오셔서 부축하고 귀가했다. 아름답고 정겨운 모습이었다.

홍콩과 대만의 현지 방문에서 수집한 자료와 정보를 잘 정리하여 보고서를 작성했다. 그러나 그 보고서보다 더 소중했던 경험은 국제관계의 냉혹한 현실이었다. 인간들 간의 기능적 관계(Functional relationship)보다 더 가변적인 것이 국가 간의 관계라는 인식이 강하게 나의 뇌리(腦裏)에 자리 잡았다.

"내가 김 조사역 덕을 보려고 함께 가자고 했는데, 지내놓고 보니 내가 자네를 수행한 셈이네, ㅎㅎ"

문 상무님의 따뜻한 배려와 호탕한 웃음이 새삼 그립다.

III

경제학의 바다에서

10

EAST WEST CENTER(EWC)와
UNIVERSITY OF HAWAII

"혹시 호놀룰루로 가십니까?"
"네. 그 비행기 타실 건가요?"

NW Airline이 한국의 김포 국제공항을 출발해서 일본의 하네다 국제공항을 거쳐 미국 하와이 경유 L.A.를 가던 시절이었다. 당시에 하와이나 L.A.직항은 없었다.

일본 동경의 하네다 국제공항 화장실에서 우연히 만난 최상진 육군 소령(당시 육사 교관. 후에 전두환 국보위 전문위원, 주 호놀룰루 총영사)과 나눈 대화다.

요즈음엔 나리타 국제공항을 주로 사용하지만 유학길에 나선 1972년 12월엔 나리타 공항은 없었다.

최 소령과 나는 EWC GRANTEE(Full scholarship 대학원생)으로 선발되어 하와이 호놀룰루로 가는 길이었다. 그는 정치학, 나는 경제학 전공이라는 것을 그날 알았다. 나는 원래 예정되었던 8월 출국을 약간 늦춰 12월에 출국했다.

"The EWC promotes better relations and understanding among the people and nations of the U.S. ASIA, and the PACIFIC through cooperative study, research and dialogue."

EAST WEST CENTER(EWC)는 이런 목적으로 미국 의회가 1960년 설립한 교육·연구 기관이다. 미국 의회는 아시아 태평양 지역의 후진국 청년·학자들에게 미국에 와서 공부하고 연구할 수 있는 재정 지원을 해주고, 이들 간의 상호교류와 이해를 촉진함과 동시에 이들의 미국 사회와 문화에 대한 이해도를 높이려는 의도로 이 센터를 설립했다.

전 미국 대통령 오바마의 부친과 모친이 EWC GRANTEE로 와서 이곳에서 결혼했고, 오바마를 낳았다는 것은 잘 알려진 사실이다. 오바마가 졸업한 PUNAU High School은 EWC 캠퍼스에서 걸어서 30분 내의 거리에 있는 하와이 최고의 명문 사립학교이다.

한국에서는 FULLBRIGHT 한국위원회가 이 센터 관련 사무를 보았다. 이 위원회가 위촉한 GRANTEE 선발위원들이 서류 심사와 인터뷰 테스트를 거쳐 장학생들을 선발했는데, 나는 1971년 가을에 선발되어 72년 여름에 EWC에 가기로 되어 있었다. 그 해에 12명(?) 정도가 선발되었던 것으로 기억한다.

당시 미국에 공부하러 가려는 학생들에게 제일 어려웠던 장애 요인이 학비와 생활비 조달 문제였다. 가끔 부잣집 자녀들이 자비(自費)로 유학 가는 경우가 있었으나, 극히 예외적이었다. 1972년 한국의 1인당 국민소득(GDP)은 340달러 수준이었다. 50달러가

해외로 출국할 때 소지하고 갈 수 있는 외화의 한도였다. 유학생의 경우, 결혼했다 하더라도 부부가 함께 출국할 수 없어 일정 기간 동안 헤어져 있어야 했다.

그때나 지금이나 미국의 대학원에서는 다양한 SCHOLARSHIP이 제공되고 있다. 그러나 Research Assistant나 Teaching Assistant가 대종을 이루고 있고, 주어진 의무가 없는 Fellowship은 매우 드물었다. 더욱이 이런 장학금 혜택을 받아도 그 금액이 적어 별도 아르바이트를 하는 경우가 많았다. 때문에 그 시간만큼 자기 공부 시간에 제약을 받게 된다.

EWC GRANT는 이런 측면에서 매우 만족스러웠다. 학비, 책값, 생활비, 주거비 등을 주었고, 결혼한 사람에게는 배우자 수당을 추가로 주었다. Grantee 본인과 배우자의 왕복 항공 요금, 논문을 쓰기 위해 특정 지역으로 여행을 할 경우 소요 비용(여비, 자료 수집비 등)도 지급되었다. 박사 학위 과정에 있는 학생의 경우, 본인이 선택한 특정 대학에 가서 강의를 듣고 싶을 경우, 6개월에 한해서 학비, 여비, 생활비 등을 추가로 지급했다.

의무 사항은 학위를 끝내면 반드시 귀국해야 한다는 것, 하나였다. 때문에 VISA도 "F(학생)"가 아닌 "J(교환)"로 분류되었다. 마음에 걸리는 것은 "UNIVERSITY OF HAWII at MANOA"에서 학업을 한다는 점이었다. 상위 RANKING 대학에 가고 싶었는데, 이 대학의 RANKING은 중위권에 있었다.

선택의 문제였다. 경제적 지원을 충분히 받아 내 시간을 자유롭게 활용하는 것과, 나의 시간은 제약을 받겠지만 좀 더 RANKING

이 높은 대학에서 공부하는 것. 이 둘을 놓고 고민해야 했다. 교수님들과 상담도 하고, 유학하고 있는 선배들과 서신으로 의견 교환도 했다. 나는 내 시간을 자유롭게 활용하는 것이 더 좋은 선택이라는 결론을 내렸다.

EWC GRANTEE들의 특징은 대부분이 직장 경력이 어느 정도 쌓인 분들이라는 점이었다. 대학이나 대학원을 갓 졸업한 사람은 희소했다. 이런 특성은 EWC가 "GRANTEE들은 자국으로 돌아가 국가에 봉사하라"는 입장을 가졌기 때문이었다. 경제과의 경우 경제기획원, 재무부, 한은에서 일하다 오신 분들이 다수 있었다.

최 소령과 호놀룰루 공항에 내리니, Hawaiian Lei(꽃목걸이)를 들고 환영나온 GRANTEE 선배들이 기다리고 계셨다. 꽃 향기와 상쾌한 하와이의 독특한 미풍(微風)에 쌓여, 선배들의 낡은 차를 타고 EWC 기숙사로 달릴 때, 나는 이곳이 바로 PARADISE 아닐까 하는 행복감을 느꼈다.

'HALE MANOA'가 남학생 기숙사, 'HALE KUHINE'가 여학생 기숙사였다. 나는 둘이 함께 쓰는 방을 배정 받았다. 아프카니스탄에서 온 학생이 기다리고 있었다. 그도 경제학 전공이었다. 수염을 기른 멋쟁이였다.(이 친구 이름은 잊었는데, 현재 하와이에 거주하고 있다.) 이 두 건물은 조선왕조의 마지막 황세자였던 고 이 구(玖)씨가 설계했다는 말을 들었다.

사진: Hale Manoa(남학생 기숙사)

　나는 EWC의 TDI(Technology Development Institute) 소속임을 다음날 알았다. 나를 담당하는 Economist는 거시경제학을 전공한 John Richard 박사였고, 사무적으로 지원하는 Program Officer는 Miss.Djunaidy(?) 였다.

　하와이대 캠퍼스는 EWC 캠퍼스와 맞붙어 있었다. 각종 꽃 향기를 맡으며 10분 정도 걸어 하와이대 경제학과에 들렀다. 학과장은 Campbell 교수(First name은 잊었다)였고, 대학원 과장은 Seiji Naya 교수였다. Campbell 교수는 거시경제학을 전공한 스탠포드대 출신인데 American Football에 관심이 많았고, Naya 교수는 국제무역학을 전공한 위스컨신대 출신인데 Boxing 챔피언 출신이었다. 모두 운동을 좋아하고 즐기고 있구나 하는 느낌을 받았다.

　Campbell 교수로부터 전두환 정부 시절에 경제수석비서관을 지낸 고 김재익 박사가 EWC GRANTEE로 여기 경제학과에서 석사 학위를 마치고 스탠포드 대학으로 가서 박사 학위를 받았다는 소식을 들었다. 그 당시엔 이곳 경제학과에 박사 과정이 없었다는 얘기도 함께 들었다.

하와이대학엔 주로 학부 학생들이 이용하는 Singclair Library와 주로 대학원생들이 이용하는 Hamilton Library가 있었다. Hamilton 도서관에 들어가 보았다. 그런데 나의 기준으로는 추울 정도로 냉방 온도가 낮았다. 그곳에서 일하는 Librarian들은 자기 의자 옆에 조그마한 난로를 켜 놓고 일하고 있었다. 이런 일이!

EWC의 본관 건물은 Jefferson Hall이라 불렸는데, 그 건물 뒤편에 아름답게 꾸며진 Japanese Garden이 있었다. 일본 기업들이 모금하여 만들어 놓았다고 하는데, 그 안에 일본의 전통 다실(茶室)도 있었다. 1960년대, 일본은 세계 주요 도시에 Japanese Garden을 꾸며 일본문화를 널리 알리고, 일본의 좋은 이미지를 각인(刻印)시키려는 노력을 했다. 이런 노력이 일본 제품의 고급 이미지와 수출에 크게 기여한 것으로 평가 받았다. 미국, 아시아, 아프리카, 태평양의 젊은이들이 다수 왕래하는 이곳에 필수 코스로 자리 잡은 Japanese Garden! 자연미가 넘치는 Korean Garden은 언제 만들게 될까? 이런 아쉬움이 남았다.

사진: EWC Jefferson Hall(본관)

11

HALE MANOA에서
생긴 일들

미국인 경제학과 클라스 메이트의 기숙사 방에 들렀다.

담배 연기가 가득한 분위기에 3~4명이 담소를 하고 있었다.

"John, 너희들 애연가(愛煙家)들이구나!"

"Kwang doo, 우리 담배 피우는 거 아냐. 이거 마리후아나(Mar-ijuana, 대마초)야!"

"헐!"

기숙사 방에서 마리후아나를 피우다니. 나의 상식으로는 이해하기 어려웠지만, 당시 미국의 젊은이들은 가볍게 즐겼다.

남학생 기숙사는 싱글 룸, 더블 룸, 휴게실, 부엌, 공동 샤워실, 6인 공용 전화 코너, 게스트 라운지, 당구장, 탁구장 등으로 구성되어 있었다.

요리할 수 있는 부엌은 한 개 층에 하나씩 제법 넓게 설치되어 있었는데, 여러 나라 학생들이 공동으로 사용하기 때문에 가끔 요리 공간 확보전(?)이 있었다. 인도 학생들은 카레라이스 요리의 강한 냄새로 다른 나라 학생들이 부엌에서 자진 탈출하게 해서 부엌을 거의 독점하곤 했다.

한국 학생들도 묘안을 냈다. "카레"를 능가하는 요리가 우리에게 있었다. 농과대학 출신 학생들의 아이디어로 우리는 "청국장"을 끓이는 전략을 구사했다. "청국장 대 카레"의 냄새 경연이었다. 당연히 청국장의 승리였다. 인도 학생들이 조용히 부엌에서 나갔다.

이 부엌에서 약식 김장도 했다. 전남대 농대에서 오신 안장순 교수께서 김치 담기에 익숙했다. 우리들이 캠퍼스에 가까이 있는 "Star Market"에 가서 무·배추, 소금, 고춧가루 등을 구입해 오면, 안 교수님이 김치를 담갔다. 일본, 중국 학생들이 주로 얻어갔다.

그런데 어느 날 강의실에서 만난 파키스탄 학생이 "김치 맛이 최고다"라는 칭찬을 했다.

"어떻게 맛을 알지?"

"내 여자 친구가 줘서 먹어봤지."

"한국 여학생?"

그랬다. 우리 요리팀이 어느 여학생의 요청으로 김치를 준 적이 있었다. 그 여학생이 파키스탄 학생과 사귀고 있는지 몰랐었다. 이런!

기숙사 휴게실은 음향기기와 편안한 소파들로 꾸며져 있었다.

유교적 윤리의식을 가진 한국 학생들은 이곳을 유교 윤리(?) 강의실로 활용하기도 했다.

70년대 초, EWC Grantee들은 정부 규정에 따라 배우자·약혼자를 한국에 남겨놓고 홀로 하와이에 왔다. 그런데 가끔 유교적 가치관에 위배 되는 남녀 교제가 눈에 띄었다. 기혼자들은 그런 경우가 없었지만, 약혼자들의 경우 각자의 약혼자가 한국에 있음에도 남녀 간 애정의 꽃을 피우는 모습이 고루한(?) 동료들의 신경을 거슬리게 했다.

선배, 동료 Grantee들이 기숙사 휴게실로 이들을 불러 훈계(訓戒)했다. 요즈음에는 있을 수 없는 인권 유린이다. 그러나 그 당시의 윤리관으로는 가능했다.

"파혼하고 사귀던가, 아니면 헤어져라!"

HALE MANOA에서 생활하는 Grantee들은 대부분 자기 차를 보유했다. 그러나 얇은 호주머니 사정으로 낡고 오래된 차들을 끌고 다녔다. 주로 150~500달러 정도에 구입한 중고차들이었다. 150달러 차는 운전석 유리창이 잘 닫히지 않을 정도로 낡았다. 이 차를 몰고 다니던 친구는 "누가 한번 가볍게 받아 줬으면!" 하는 희망(?)을 토로하곤 했다. 충돌사고 보험금으로 훨씬 좋은 차를 구입할 수 있었기 때문이었다.

이렇게 낡은 차를 사용하다 보니 고장이 잦았다. 수리센터에 가면 비용 부담이 너무 컸다. Grantee들 중 기계 다루는 솜씨가 좋은 사람은 차 고치러 여기 저기 불려 다녀야 했다. 정찬길 명예교수(건대 축산대학)가 이런 봉사활동을 많이 했다. 항상 즐거운 얼굴로 도와주셨다. 나는 잦은 고장이 두려워 무리해서 거금 700달러짜리 차를 구입했다.

사진: 거금 700달러를 투자해 구입한 내 차

기숙사에 들어오지 않고 대신 Housing Allowance를 받는 Single Grantee들도 있었다. 중국 학생 중 이런 경우를 보았다. 이 학생은 자동차를 구입해 숙소로 활용했다. 샤워, 식사 등은 기숙사 시설을 활용했다. 그리고 열심히 저축했다. 놀라웠다.

남학생 기숙사인 Hale Manoa와 여학생 기숙사인 Hale Kuhine 간의 거리는 50미터 정도였다. 달이 밤하늘을 가득 채운 밤에 H.M.의 한 남학생이 H.K.의 정원에서 "사랑의 세레나데"를 부르는 아름다운 정경(情景)도 있었다. 그의 목소리가 두 건물 사이에 울려 퍼져 모두 창밖을 내다보게 했다. 그는 한국 남학생이었고, 그의 간절함이 향했던 창문엔 한국 여학생이 있었다. 이 남학생은 대학 시절에 클럽활동으로 성악을 했었다. 그는 은퇴 후, 2015년경 성악 앨범을 내기도 했다. 이 둘의 사랑은 열매를 맺어 부부가 되었다.

Hale Manoa 1층에 있는 탁구장과 당구장에선 가끔 "내기 시합"이 있었다. 당구를 좋아하는 그룹과 탁구를 좋아하는 그룹으로 나뉘었다. 나는 고교 시절 학교의 탁구팀 선수였다. 우리는 생맥주와 피자를 걸고 땀을 흘렸다. 게임이 끝나면, 차로 15분 정도의 거리에 있는 와이키키에 가서 수영으로 땀을 씻고 "Pizza Hut"으로 갔다. 이기고 "공짜"로 먹는 그 맛은 짜릿했다.

EWC 캠퍼스에 있는 KENNEDY THEATER는 Hale Manoa에 사는 우리들의 문화 공간이었다. 걸어서 5분 거리에 있었다. 그곳에서 아시아 태평양 지역 여러 나라들의 문화를 담은 다양한 공연과 전시들이 펼쳐졌다. 박영서 선배(연극 영화 전공, 현재 뉴욕 거주)와 정자완 여사(문화인류학 전공)의 자상한 해설의 도움을 받아 우리는 문화의 다양성과 그 표현 기법들에 다가서는 기회를 즐길 수 있었다.

이 극장 입구 가까이 동전을 사용하는 국제전화가 가능한 공중전화기들이 설치되어 있었다. H.M.거주 Grantee들은 주로 이 전화기로 한국에 국제전화를 했다. 25센트짜리 동전을 손에 가득 쥐고 전화기에 코인을 계속 집어넣으며 가족 친지들과 소식을 주고받았다. 동전이 떨어져 전화가 끊기면 다음 날에 또 하곤 했다. 기숙사

전화로도 국제전화가 가능했으나 요금이 더 비쌌기 때문에 우리는 이 동전 전화기를 더 선호했다. 국제전화용 동전 교환 수요가 많아서 기숙사 프론트에는 항상 25센트 동전이 가득 준비되어 있었다.

사진: Hale Manoa에서 함께 지낸 Grantee들. 좌측부터 故 유경환 시인(당시 조선일보 문화부, 후에 조선일보 논설위원), 필자, 안문석 교수(당시 KIST, 후에 고려대학교 부총장)

가끔 미국인 가정에서 초대하는 식사 모임이 있었다. Host Family 제도에 의한 것이었다. EWC Grantee들의 미국 가정에 대한 이해를 도와주기 위해서, 한 학생과 한 가정을 연결해서 서로 교류하도록 디자인되어 있었다. 나의 Host Family는 전형적인 미국 중산층 백인이었다. 주로 Beef Steak를 먹으며 서로 관심 사항을 나누었다. 나는 미국 가정의 부모와 자식 간의 관계가 한국과 크게 다르다는 것을 이분들을 통해서 알았다. 고교 졸업 후에는 부모는 자식의 독립성을 존중해주고, 자식은 부모에게 일체의 금전적 의존을 하지 않는다는 것이었다.

HALE MANOA에서의 생활이 안정되면서 초기 유학 생활도 자리 잡아갔다. 이 과정에서 많은 따뜻한 분들의 도움이 있었다. 그분들에 대한 고마움과 그리움이 내 가슴에 남아있다.

12

PALOLO VALLY, BERTANIA STREET, PUNHAU AVENUE에서 비바람을 피하며

나는 1972년 4월 28일 결혼했다.

나의 평생 동반자는 캠퍼스에서 "TIME 독서 클럽"을 함께 했던 김인숙 씨(영문과 졸, 경희대 의상학과 명예교수, 의상학 박사)였다.

그녀가 하와이에 왔다.

나의 출국 후 3개월 정도 지난 후였다.

우리는 처음엔 HALE MANOA 더블 룸에서 지냈다. 그러나 둘이 생활하기엔 불편했다.

밖으로 나가기로 하고 집을 구했다. EWC에서 주는 Housing Allowance의 크기를 고려하여 구한 집이 Bertania Street에 있는 집이었다. 오래된 One Bed Room 목조주택으로 일제 강점기에 사탕수수 노동자로 이주해 온 한국인 할아버지 소유였다. 이 집 마당에 망고나무가 있어서 좋았으나, 집안엔 Lizard(아주 작은 도마뱀)들이 벽을 타고 놀고 있었다. 하와이대 캠퍼스까진 걸어서 10분 거리였다. 이곳에서 6개월을 보냈다. 이 집엔 고 김재익 박사 등 주로 한국인 EWC Grantee들이 살아왔다 한다.

사진1: 하와이에 온 김인숙씨와 다이아몬드 드라이브 해변에서,
1973.

사진2: Bertania street의 목조주택

12 PALOLO VALLY, BERTANIA STREET, PUNHAU AVENUE에서 비바람을 피하며

이곳을 떠나 좀 비싸지만 깨끗한 Punhau Avenue에 있는 아파트로 갔다. 첫 아이 출산에 대비해서였다. 이곳의 명문 사학인 PUNHAU HIGH SCHOOL(오바마 전 미국 대통령이 이 학교 출신) 근처에 있는 집이었다. 식료품 가격이 저렴하여 우리 한국인 학생들이 애용했던 "HOLIDAY MART"와 가까웠다. 호놀룰루를 내려다보는, 울창한 거목들의 숲과 아름다운 계곡을 품고 있는, "TANTALUS 산"에 가까워 가벼운 드라이브하기에도 편리했다.

사진: Punhau Avenue의 아파트

이곳에 살았던 시기에 첫 아이(여)가 "KAISER HOSPITAL"에서 건강하게 태어났다. 나도 그렇지만 김인숙 씨도 앞으로 Advanced Degree 학업을 할 계획을 하고 있어서, 고심 끝에 당분간 아이를 한국의 외가 댁에서 돌보아 줄 것을 협의했다. 이 아이를 깊은 사랑

으로 보살펴주신, 지금은 저세상에 계신 장인, 장모님께 항상 감사
드리고 있다. 그 아이가 지금은 미국의 한 대학에서 정년보장 교수
(Tenured Professor)로 교육 연구 활동을 활발하게 하고 있다.

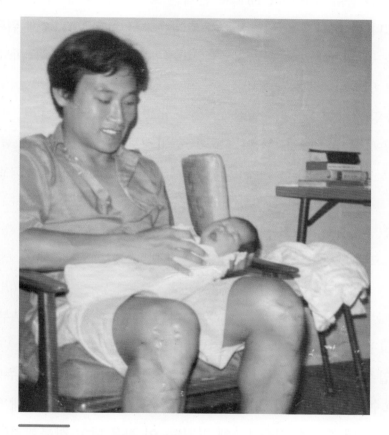

사진: Punhau 아파트에서 첫 아이와 함께

이 아파트는 임대료가 비싼 편이라 장기간 이곳에서 사는 것은
부담스러웠다. 우리는 PUBLIC HOUSE(공공 임대 주택)에 입주 신청
을 했다. 임대료가 저렴하고 Two Bed Room의 넓은(당시 우리 형편

으로는) 집이었다. 이 주택은 저소득층을 위해 건축되었고 하와이 주 정부의 재정 지원을 받아 운영 관리되고 있었다. 선착순이고, 빈 집이 나와야 입주가 가능했기 때문에 기다리는 시간이 필요했다.

이런 종류의 Public House 단지는 호놀룰루 시내 여러 곳에 있었으나 한국 학생들은 캠퍼스와 가까운 PALOLO VALLY에 위치한 집을 원했고 나도 마찬가지였다. 이곳엔 이미 여러 선배들이 거주하고 있었다. 김달현(경희대 명예교수), 정병수(성균관대 명예교수), 고 박종영(당시 공사 교관, 한국외대 명예교수), 민병균(당시 한국은행, 한국외대 명예교수), 정찬길(건국대 명예교수), 이정보(당시 재무부, 전 보험감독원장), 변상진(당시 한국은행, 현재 미국 거주), 최상진(당시 육사 교관, 전 호놀룰루 총영사), 이훈구(연대 명예교수), 안청시(서울대 명예교수)·손봉숙(당시 이화여대, 전 국회의원) 부부, 안문석(당시 KIST, 고대 명예교수), 고 박동운(당시 전남대, 단국대 명예교수)·김애실(한국외대 명예교수, 전 국회의원) 부부, 김국진(당시 연대, 전 주태국대사), 백영철(건국대 명예교수), 권연웅(경북대 명예교수)·이원정(경북대 명예교수) 부부 등이 그곳에 자리 잡고 학업에 전념하고 있었다.

입주 신청한 지 두어 달 후에 입주 가능 일자와 배정된 주택의 동호수가 결정되었다. 2층 건물에 동일 규모의 아파트가 4채 있었다. 나에게 주어진 집은 1층에 있었다. 이 집은 낡고 허름했지만 70년대 초 여의도에 건립되었던 시범아파트 30평형 규모였다. 거실이 넓었고 방 두 개가 쓸만했다.

사진: Palolo Vally의 임대주택

옆집엔 하와이 원주민인 폴리네시안이 살고 있었다. 폴리네시안들은 체격이 매우 크다. 그런 그들이 그 집 현관에서 칼 던지기연습하는 것을 보고 내심 크게 두려웠다. 그러나 알고 보니 그것은 폴리네시안들의 심심풀이 레크레이션이었다. 그들은 아주 순수

12 PALOLO VALLY, BERTANIA STREET, PUNHAU AVENUE에서 비바람을 피하며

하고 부드러운 사람들이었다. 이들과 음식을 나누며 서로 따뜻하게 지냈다.

얼마 후 우리 집 2층에 새 식구가 들어왔다. 구자용(한국외대 명예교수) · 박찬숙(당시 KBS 앵커, 전 국회의원) 부부였다. 이웃 건물에는 안청시 · 손봉숙 부부가, 그 뒷 건물엔 김국진 부부가 살았다. 이런 친근한 사람들이 함께 가까이 살며 생활을 하게 되니 정서적으로 안정감을 느낄 수 있었다.

이 단지 내에 테니스장, 소프트 볼 구장, 실외 수영장 등이 있었다. 우리 집에서 걸어서 5분 거리에 모두 있었다. 나는 대학 시절부터 테니스를 즐겨 했다. 당시 미국의 Jimmy Connors가 랭킹 1위였다. 그의 플레이는 힘이 넘쳤다. 그가 시합하는 날, 나는 테니스 동호인들과 함께 게임을 보고, 곧바로 테니스 플레이를 하곤 했다. 그의 에너지 넘치는 써브와 스트로크 흉내를 내다가 게임이 엉망이 되는 경우가 많았다. 여기 거주하는 주민 대항 소프트 볼 시합도 가끔 열렸는데, 그런 날엔 온 동네가 축제 분위기였다.

나는 이곳에 입주한 후부터 다른 볼일이 없으면 중고자전거를 이용하여 캠퍼스를 왕래했다. 그 당시에도 5단 기어가 장착된 자전거가 있어서 언덕을 오르거나 내려올 때 편리하게 활용할 수 있었다. 학교의 강의실 건물 입구에 자전거 거치대(据置臺)가 있었다. 때문에 대학 지정주차장에 차를 놓아두고 강의실로 걸어가는 시간과 주차료를 고려하면 이 방법이 더 효율적이었다.

이곳에 사는 동안 김인숙 씨는 PACIFIC EXCHANGE SYSTEM 이란 미국 정부 기관에서 일하고 저축하면서 의상 디자인을 공부할 계획을 세우고 있었다. 하와이 대학에는 해당 학과가 없었으나 미술 대학에 유관 강의가 개설되어 있었다. 몇 개의 강의를 들으면서 대학들을 탐색했는데, TEXAS WOMAN UNIVERSITY(at Danton)를 결국 선택했다. 대학에선 영문학을 전공했으나 평소 그림 그리기를 취미로 삼아온 자질을 바탕으로 전문 분야를 바꿨다.

하와이 인구는 주로 폴리네시아인, 백인, 일본인, 중국인, 한국인 등으로 구성되어 있었다. 당시 주지사(George Ryoichi Ariyoshi)는 일본계, 주 상원의원(Daniel Inouye)도 일본계, 호놀룰루 시장(Frank Fasi)은 이태리계였다. 호놀룰루 최고급 저택들이 위치한 Tantalus 산등성이와, 개인용 비치를 가진 Kahala 해변을 일본인들이 대부분 차지하고 있었다. 2차대전 때 일본의 전폭기들이 진주만을 폭격한 지 30여 년이 지났는데 다시 하와이에 일본의 정치·경제 세력이 이토록 융성하게 되었다니! 가슴에 미묘한 파도가 일었다.

하와이에서 공부하고, 아이를 낳고, 꿈을 키우면서 비바람을 피했던 집들과 이웃들. 따뜻했던 많은 고마운 분들의 얼굴이 떠오른다. 모두 건강하고 행복하시길 빈다. 김인숙 씨가 의상학을 공부하러 Texas로 떠나가면서 나는 다시 HALE MANOA의 Single Room으로 들어갔고, 그곳에서 경제학 박사학위를 마쳤다.

13
시장(市場) 메커니즘은
오묘(奧妙)하다

"Kwang doo, 어디 갔다 왔지?"

"???"

Micro−Economics 강의 시간에 Miller 교수와 나 사이에 오간 대화였다. 내가 질문을 했는데, 밀러 교수는 이미 설명한 내용을 다시 설명하기 싫어서 짜증을 낸 것이다. 외국 학생들의 언어 능력에 문제가 있음을 늘 못마땅하게 생각하고 있는 사람이었다.

강의하는 교수들의 발음과 억양이 각각 달랐다. 앵글로 색슨 계통의 백인이 다수이긴 했으나 독일, 프랑스 출신도 있었고, 일본·중국·인도 출신도 있었다. 이들 중 제일 알아듣기 힘들게 발음하는 교수가 Miller 교수였다.

그러나 그의 강의는 Insightful 했다. 시장(市場) 메커니즘이 현장에서 어떻게 작동하는지를 사례를 들어 설명하는 것이 그의 장점이었다.

"수억의 미국 사람들이 아침마다 우유를 마시지?

이 우유들이 어떻게 생산되어 매일 아침 수천만 가구에 배달이 될까?

"이 작업을 누가 지휘하고 감독하지? 전지 전능한 Maestro가?"

그는 이런 화두(話頭)로 강의를 시작하곤 했다.

그는 George J. Stigler의 "The THEORY of PRICE"를 주 교재로, Armen A. Alchian의 "Exchange and Production. Theory in Use"를 부교재로 사용했다.

시카고대학의 스티글러 교수는 가격·시장이론을 현실 경제에 적용하려는 노력을 꾸준히 한 경제학자였다. 프리드만 교수와 함께 시카고학파를 이끌던 사람이다. UCLA의 알키안 교수는 시장의 원리를 세잔느의 그림처럼 아름답게 그리면서 그 효율성을 설명한 학자였다. 두 분 모두 시장경제 신봉자였다.

"시장경제 이론의 핵심은 체제나 국가에 상관없이 다 적용된다."

스티글러, 알키안 그리고 밀러 교수, 모두가 가진 신념이었다. 그들은 "사유재산권이란 그 소유자의 자유로운 선택을 보장하는 권리"이고, "자원배분이 가장 효율적으로 이루어지게 하는 제도" 임을 확신하는 경제학자들이었다.

그러나 "Development Economics"를 연구하고 강의하는 교수들은 견해가 달랐다. 아프리카 Kenya의 Nairobi 대학에 머물면서 아프리카 케냐 경제를 연구한 후 U.H.에 온 John Power 교수나 아시아 국가들의 무역 패턴을 연구해온 Seiji Naya 교수는 시장의 왜곡 가능성과 정부 개입의 타당성을 주장하는 분들이었다.

대학원 학생들은 경제학과 내의 모임으로 이분들이 함께하는 Faculty Seminar에 참여할 수 있었다. 여러 주제에서 이런 견해 차이는 치열하게 충돌했다.

"God Damn you!"와 같은 거친 말과 자기 방을 드나들며 자료를 가져와 제시하며 토론하는 모습이 신선했다.(당시엔 요즈음의 PC 나 iPad, Mobile phone 등 자료를 저장해서 휴대하고 다니는 기기가 없었다.)

그들은 험악한(?) 토론 후, 생맥주를 마시며 담소를 나눈 후 헤어지곤 했다. 이런 풍토와 토론 문화가 부럽기도 했다. 한국에서는 "예의 바른 토론"이 일상화되어 있었기 때문이었다.

그러나 Econometrics를 가르치던 M.Snow 교수는 이런 견해 차이에 전혀 끼어들지 않았다. 그는 철저히 통계 자료를 경제 분석에 활용하는 기법에만 관심을 보였다. 누군가 어떤 연구 결과를 바탕으로 자기의 견해를 주장하면, 그는 그 통계의 출처와 신뢰성, 그리고 사용한 계량 경제 분석 기법에 대해서 질의하고 코멘트했다.

이런 논쟁을 이끌어 학문적 호기심을 고양한 교수는 거시경제학을 담당한 Campbell 교수였다. 그는 호탕한 웃음을 가진 미식축구 광(狂)팬이었다. 그가 가르치는 과목은 시장과 정부의 역할이 혼재하는 특성을 가졌다. 거시 정책은 대부분 Keynsian의 접근을 따르지만, 민간 투자·소비 등은 시장의 원리를 바탕으로 접근했다.

사진: 한국을 방문한 B. Campbell 교수님과 함께 기흥 민속촌에서, 198?년

　　대학원 학생으로서 나에게 강의나 관련 문헌의 학습을 통해서 습득하는 경제학 지식도 좋았지만, 이런 토론 문화를 통해서 다양한 입장과 견해가 있을 수 있다는, 접근 방법의 다양성을 깨닫게 된 것도 좋았다. 이런 경험을 통해서 분석 대상 국가가 처해있는 발전 단계와 국제적 위상에 따라, 접근 방법도 차별화하는 것이 바람직하다는 인식을 하게 되었다.

13 시장(市場) 메커니즘은 오묘(奧妙)하다

Faculty 세미나를 들으면서 선진 경제 강국의 시장 규모와 산업 구조에 적용되는 산업조직이론이 그대로 후진 약소국에 적용될 수 없다는 것도 인지했다. 동일한 수준의 후진 경제 소국이라 하더라도 부존자원과 교육 수준의 차이에 따라 분석 이론과 기법이 차별화되어야 한다는 인식도 뚜렷하게 뇌리에 자리 잡았다.

이런 인식에 따라 나는 John Power 교수를 지도교수로 모시기로 작정하고, 말씀드려 승낙을 받았다. 그는 아프리카는 물론 아시아 국가들의 경제도 연구한 경제발전론 전공학자였다. 그는 University of the Philippines에서 강의하면서 그 대학원 학생과 결혼한 로맨티스트이기도 했다. 나는 그의 지도와 함께 국제무역이론을 강의한 Robert Heller 교수도 자주 찾아뵈었다. 그는 이 과목의 교과서도 저술했고 관련 학술지에 다수의 논문을 발표하며 한창 떠오르는 젊은 경제학자였다.

Power 교수가 한낮에 땀 흘리며 규칙적으로 조깅하던 모습, Heller 교수가 덩치 큰 애견(愛犬)을 교수실에 데리고 다니던 모습이 50년 가까운 세월의 흔적(痕迹) 속에 고스란히 남아있다.

14

경제학 이론, 계량 모델 그리고 외생변수(外生 變數)

"현상만 보지 말고 구조를 살펴라"

지도교수인 John POWER 교수가 나에게 자주 강조했던 조언이었다.

그는 아시아, 아프리카 나라들의 경제를 현장에서 보고 연구한 Development Economics 전문 경제학자였다. 그의 이런 조언은 각국의 역사, 문화, 체재, 인구구성, 경제발전 단계 등에 차이 때문에, 특정 경제이론을 모든 나라에 동일한 방법으로 적용할 수 없음을 체득(體得)한 결과로 느꼈다.

나는 그의 조언을 경제 분석의 기본으로 받아들였다.

"CETERIS PARIBUS" 라틴어로 표현된 이 말이 모든 경제이론의 밑바탕에 깔려있다. 경제학의 핵심 기초이론들은 이런 가정 하에서 성립한다. 만약 "CETERIS PARIBUS"로 설정한 변수들 중 하나라도 변하면 "설정된 이론"에 의한 결론이 달라진다.(CETERIS PARIBUS: ALL OTHER THINGS BEING EQUAL)

예컨대, "가격이 내리면 수요량이 증가한다."라는 수요의 법칙 (LAW OF DEMAND)은 소득이 일정한 것으로 가정한다. 그런데 가격이 내리면서 동시에 소득이 감소하면 어떻게 될까? 그렇다면 어떤 상품에 대한 수요량이 급증(急增)할 때, 가격 하락 요인뿐 아니라 소득 증가 요인도 살펴보아야 한다는 뜻이다.

이렇게 하늘에서 떨어진 것처럼, 외부로부터 주어진 것으로 설정된 변수들을 외생변수(Exogenous variable)라고 부른다. 내생변수(Endogenous variable)가 이론의 틀 내에서 변화하고 상호 영향을 미치는 것과는 달리, 외생변수는 고정된 것으로 설정(設定)된다.

이 외생변수들은 그 특성에 따라 경제이론의 현실 적합성(適合性)에 영향을 미친다. 외생변수의 변동이 심하거나, 외생변수들의 내용과 구성이 다를 경우, 특정 경제이론이 갖는 의미는 관련 분석 대상의 상황에 따라 차별화되는 것이다.

정치인들은 "외팔이(one armed)" 경제학자를 원한다. 그러나 주류(主流) 경제학자들은 항상 "On the one hand ~~~, but on the other hand~~"라는 표현을 쓴다. 그것은 "Other things being equal,"이라는 가정에서 "other things"가 변화할 수 있기 때문이다. 외생변수의 변화 가능성을 고려하면 결론이 달라지기 때문이다.

계량경제학(ECONOMETRICS)은 이런 문제를 해결하기 위해서 여러 가지 수리 통계적 기법을 활용한다. 경제이론을 계량 모형 (Economertic Model)으로 표현하면서 외생변수들을 최대한 내생변수(Endogenous Variable)로 포함하려는 노력도 한다. 그러나 그 한계가 있다.

우리는 일상생활에서 매일 일기예보를 접한다. 기상청이 사용하는 "슈퍼컴퓨터"는 엄청나게 많은 다양한 변수들을 모두 내생변수로 포함해서 기상의 변화를 추적하고 예측한다. 그럼에도 불구하고 가끔 틀린다. 기상 현상과 경제 현상, 어느 경우가 더 복잡할까? 경제 예측이 자주 빗나가는 이유는?

Robert Heller 교수도 비슷한 차원의 문제의식을 제기하곤 했다. 국제무역의 패턴을 결정하는 전통적 비교우위론이 설정하고 있는 가정이 다국적 기업의 적극적 해외직접투자에 의해서 흔들리고 있다는 것이었다. 즉 "동일 상품의 생산 기술은 국가 간에 동일하다"는 가정이 이제 성립하지 않는다는 것이었다. 그도 "CETERIS PARIBUS"에 유의하라는 조언을 한 셈이다.

계량 모델을 연구하고 강의한 SNOW 교수는 이런 고민을 현실적 한계로 인정하면서도, 동일한 방법론을 동원하여, 외생변수들에 대한 다수의 가정(假定)을 수용한 다수의 모형들을 계측하여 상호 비교하면 어느 정도 그 한계를 극복할 수 있다는 의견을 제시했다. 여러 가지 시나리오를 시뮬레이션(Simulation)해서 비교하면 외생변수의 효과를 어느 정도 측정할 수 있다는 주장이었다.

그러나 나는 경제학도로서 가끔 자괴감(自愧感)에 빠질 때가 있었다. 한 이론을 바탕으로 계량 모형을 만들어, 키 펀칭(key punching)을 열심히 해서 컴퓨터를 돌렸는데, 결과가 일반 경제 상식과 다르게 나왔을 때 느꼈던 당혹감!

하와이대학 경제학과는 경제사, 제도경제학 등의 분야에 약했다. 이런 분야의 강의가 없었던 것으로 기억한다. 아쉬웠던 부분이었다. 그것을 보충해줬던 것들이 여러 단과 대학들과 EWC가 주최했던 다양한 세미나였다.

"서 교수님! 그렇게 주장하셔도 됩니까?"

어느 북한 관련 정치학 세미나에서 청중석의 방청객이 주제 발표를 한 서대숙 교수(당시 하와이대, 전 연대 석좌교수)께 항의성 질문을 했다. 서대숙 교수는 당시에 북한과 북한의 정치지도자에 관한 연구 성과로 그 분야의 권위자였다. 이 힐난을 한 분은 북한의 인권 문제에 관심이 많았던 것으로 보였다.

두 사람의 공개 논쟁은 몇 차례 오고 갔는데, 서로의 핵심 관점이 달랐다. 서로 자기가 강조하고 싶은 것에만 분석과 논리의 초점을 맞추고 있었다.

경제학도들 간의 경제 현상에 대한 분석도 유사하다고 생각했다. 외생변수를 어떻게 설정하느냐에 따라서 동일 현상도 다르게 해석할 수 있다. 그렇다면 어느 분석자가 외생변수에 대해서 현실에 더 가까운 가정을 하느냐가 중요하다고 생각하게 되었다.

EWC는 특정 주제를 놓고 세계 여러 나라의 관계 전문가들을 초대하여 국제세미나를 자주 열었다. 산업정책이나 무역정책에 관한 모임들도 다수 있었다. 유치(幼稚) 산업론(Infant industry argument)에 관한 토론이 이런 모임에서는 항상 있었다.

내수 시장규모가 크고 산업발전의 선두 그룹에 속한 국가의 경제학자들은 "Picking the Winners"라는 산업발전전략을 불균형성장의 폐해를 지적하며 바람직하지 못하다고 주장했다. 반면에 국내 축적된 자본이 빈약하고 국내시장 규모가 협소한 후진국의 경제학자들은 "선택과 집중"에 바탕을 둔 산업과 무역정책의 불가피성을 주장하곤 했다. 전략산업을 육성하고 전략 수출상품을 집중적으로 지원하지 않으면 산업·무역경쟁력의 강화가 현실적으로 어렵다는 것이 후진경제국 학자들의 논리였다.

나는 이런 견해의 차이는 각자가 처한 국가적 경제 상황에 따라서 자연스럽게 형성된다고 이해했다. 일정 수준의 국민소득을 이미 달성한 선진국은 현시점에서의 최적 자원배분을 추구한다. 즉 정태적 효율성(Static Efficiency)에 우선순위를 둔다. 그러나 소득수준이 낮아 경제성장이 중요한 나라의 경제학자들은 미래소득의 상승 가능성에 우선순위를 둔다. 현재의 자원배분이 최적이 아니더라도 미래소득의 상승 가능성을 보여주는 자원배분 방법이 있다면 그것을 선택하는 것이다. 즉 정태적 효율성보다는 동태적 효율성(Dynamic Efficiency)에 우선순위를 두게 되는 것이다.

결국 경제성장(Economic Growth)을 최적 자원배분(Optimal Resource Allocation)의 내생변수로 또는 외생변수로 보느냐에 따라 유치산업론과 불균형 성장론의 폐해(弊害)에 관한 논리도 달라지는 것이다.

외생변수! 경제학도들이 풀어야 할 난제(難題)였다.

사진: 경제학 스트레스가 쌓이면 자주 찾았던 HANAUMA Bay. 이곳은
형형색색의 열대어들 천국이었다.

15

악몽(惡夢), 그리고 국
제수지 조정정책

"너를 죽여 버릴 거야!"

"으악~~"

박사 종합시험(Comprehensive Examination)을 앞에 둔 어느 밤의 꿈속에서 일어났던 일이었다. 고급 거시, 미시이론은 필수 시험과 목이었다. 이 두 과목을 포함한 종합시험에 합격하지 못하면 박사 논문을 쓸 자격이 주어지지 않았다.

그런데 밀러 교수는 고약한 문제로 학생들을 골탕 먹이기로 악 명이 높았다. 나도 그 공포감을 벗어날 수 없었다. 그 공포감이 꿈 에 나타난 것이었다.

종합시험은 그동안 배운 경제이론을 어느 정도 정확히 이해하 고 습득했는지를 평가하는 시험이다. 전체적으로 어느 정도 잘 이 해했다고 하더라도 특정 이론의 한 측면에 대해서는 부정확한 지 식을 가지거나 잘 모를 수도 있다. 밀러 교수는 이런 구석을 찌르는 출제를 한다는 것이었다.

1975년 가을학기가 끝나가는 시점이었다. EWC의 Ph.D Grant
는 4년이 지나면 종료되는 조건이었다. 나의 계획은 1975년 말까
지 경제이론 공부 과정을 마치고, 76년 1년 동안에는 박사 논문을
쓰는 것이었다. 76년 말이 4년이 되는 시한이었다.

그런데 밀러 교수가 넘사벽(?)으로 앞을 가로막고 있었다. 진인
사대천명(盡人事待天命)이란 경구(警句)를 되뇌면서 마음을 가다듬
으려 노력했지만, 그에 대한 공포심은 시험 준비기간 내내 지속되
었다.

시험 결과를 기다리는 시간은 하루하루가 지옥이었다.

"낙방하면 어떻게 하지?"

밀러 교수의 잔인한(?) 미소가 나를 괴롭혔다.

종합시험에 합격하고 이제 논문 주제를 결정할 시간이 되었다.
순수 이론보다는 이론을 바탕으로 한국경제의 현실을 분석하는 주
제를 선택하고 싶었다. Power 교수, Heller 교수님과 의견을 교환
했다. 그분들과의 토론을 거쳐 유치산업론(幼稚産業論), 불균형 성장
론(不均衡成長論), 국제수지 조정론(國際收支調整論) 등을 바탕으로 한
국의 국제수지(國際收支) 조정(調整) 메커니즘에 관해서 관심을 가지
고 주제를 탐색(探索)하기로 했다.

EWC는 논문을 쓰려는 학생들에게 자료 수집 활동을 지원해주
었다. 나는 한국에 가서 관련된 분들을 만나고 자료도 얻으려는 계
획을 세워 EWC의 승인을 받았다. 여행비용과 자료 수집 활동비를
지원받았다.

"강남에 땅을 사라!"

서울에 와서 친구들과 무교동 낙지 맛집부터 찾아갔다. 그 매운 맛과 막걸리를 즐기면서 3년 세월을 되돌아보았다. 증권회사에 다니는 친구들의 화제가 단연 흥미진진했다. 그들은 곧 강남에 고속터미널이 들어서고 강남 개발이 본격화될 것이라 했다.(당시에 고속터미널은 동대문에 있었다) 이 친구들은 돈의 여유가 있으면 강남에 땅을 사라는 말을 되풀이했다. 나에겐 그 당시로선 별로 재미없는 화제였으나 후에 보니 그들의 말이 옳았다.

그러나 이들 중 아무도 강남에 땅을 산 사람은 없었다. 이론에는 밝았지만 실행할 자금력이 없었고 빚을 내서 살만한 배짱도 없었다. 요즈음 가끔 만나면 그때 놓친 일확천금(一攫千金)의 기회를 술안주로 삼는다.

당시 고 남덕우 교수님께서 부총리 겸 경제기획원 장관으로 재직하고 계셨다.

남 부총리님을 뵙고 문제의식을 말씀드렸다. 당시 한국은 1973년의 오일 쇼크로 국제수지 관리에 어려움을 겪고 있었다. 1974, 75년 연속 대규모 경상수지 적자를 기록하며 단기 자본도입으로 국제수지의 균형을 유지하고 있었다.

외환 지출을 억제하기 위해서 수입 담보금제도 도입, 해외여행 경비 지급 억제, 정부 외화 사용 규제 강화 등 미시적 행정 조치를 하면서, 거시적으로는 1974년 12월에 대미 환율을 큰 폭으로 인상했다.

74년의 대미 환율 인상은 오일 쇼크 후유증으로 나타난 국제수지 악화에 대응한 정책이었다. 그러나 60년대부터 지속적으로 시행해온 수출보조금과 선택적 수입 관세 차별화 정책은 여전히 유지되고 있었다. 74년의 대미 환율 대폭 조정은, 그동안 저수준의 환율 유지로 원화가 구매력 대비 과대 평가되어온 왜곡을 시정하려는 의도도 깔려 있었지만, 수출 진흥을 통한 국제수지 방어와 국내 경기 부양에 초점이 맞추어져 있었다.

그러나 주요 원부자재, 중간재, 시설재의 해외의존도가 높았던 당시 상황에서 대미 환율의 대폭 인상(원화의 평가 절하)은 국내 물가의 불안이라는 부작용을 수반했다.

수출보조금과 수입 관세의 차별적 적용을 주축으로 수출 확대 전략을 추진했던 시기와는 다른 양상이 나타난 것이었다. 수출 산업에 대해선 균형환율 수준에 적합한 보조금을 얹어주고, 수출용 원부자재와 시설재 수입에 대해서는 관세를 감면해주어 수출 활동으로 자원이 집중되도록 유도해온 것이 60년대 이후 지속되어온 한국의 수출주도형 경제성장 전략이었다. 그 결과 수출은 빠른 속도로 증대되었고 고용 사정이 호전되었다. 그러나 내수산업이 상대적으로 위축되고, 소재 부품 시설재의 수입의존도는 높아 경제의 불균형과 양극화가 심화되어왔다.

전략산업을 선택해서 이를 수출 주종 품목으로 육성하여 수출을 증대하여 경제성장을 추진하는 소형 개방국가에서 국제수지 조정 정책으로 어떤 수단이 바람직할까? 환율, 재정 금융의 거시정책, 선택적 수출 보조와 관세부과 등을 어떻게 활용하는 것이 바람직할까?

남덕우 교수님은 '좋은 문제의식'이라고 코멘트 하시면서 "이론의 틀을 세우고 정책 대안들을 계량 모형으로 시뮬레이션해서 비교 분석하면 의미 있는 논문이 될 수 있을 것"이라는 취지의 조언을 하셨다.

나는 관련 자료를 수집하고 관련 정책 경험자들을 면담한 후 하와이대 연구실로 돌아왔다. 그 이후 관련 문헌들을 읽고, 자료를 정리하고, 컴퓨터 센터를 들락거리고, Power, Heller, Snow 교수님 등의 교수실을 뻔질나게 드나들면서 논문을 준비하고 썼다.(당시에는 인터넷을 통한 자료 수집 방법이 존재하지 않았다)

"YOU SHUT UP!"

나의 논문 지도교수였던 Power 교수가 큰소리로 Snow 교수의 끈질긴 계량 모형 관련 질문을 끝내도록 했다. 휴! 나는 안도의 숨을 내쉬었다. 나는 논문 발표 후 밖으로 나와 대기했다. 잠시 후 Power 교수가 들어오라는 신호를 보냈다. 두근거리는 가슴을 안고 들어갔다.

"CONGRATULATION, Kwangdoo!"

Power 교수가 뜨겁게 나를 껴안아 주었다.

몇 가지 보완을 조건으로 한 "PASS"였다.

[The Balance of Payment Adjustment in Korea]가 나의 박사 논문 주 제목(main title)이었다. 1976년 11월 중순이었다. 12월 중순에 보완 내용에 대한 승인을 받아 최종 논문을 제출했다. 이때 난 아직 29세였다. 나는 1977년 1월에 귀국했다.

사진1: 박사학위 수여식장에서. 왼쪽부터 필자, 지
도 교수인 John Power 교수, 같은 날 학위
를 받은 김달현 경희대학교 명예교수

사진2: 박사학위 수여를 축하하러 Texas에서 온 김
인숙 경희대학교 명예교수와 함께

사진3: 눈을 감고 박사학위 수여식을 즐겼다.

IV

실용(實用), 정책 연구를
하며

16
국제경제연구원(KIEI),
그리고 홍익대 학군단

"해보겠나?"

"네!"

1977년 1월 귀국해서 당시 국제경제연구원(Korea International Economic Institute) 정재석 원장(후에 김영삼 정부에서 경제부총리 역임)과 나눈 대화였다. 정재석 원장은 경제기획원 출신의 엘리트 공무원으로 건설부 차관을 지낸 후 이 연구원의 창립 책임을 맡았다.

1973년의 오일 쇼크를 극복하기 위해서 정부는 건설업계의 중동 국가들 진출을 적극적으로 독려하고 지원했다. 그런 정책적 노력의 일환으로 1975년(?) 중동지역의 경제를 심층 분석할 중동문제연구소를 설립했다. 1977년에 이 연구소를 세계 경제 질서와 지역 경제를 함께 분석하는 기능을 담당하는 국제경제연구원으로 확대 개편했다.

나는 이 연구원의 분석 대상이 세계 경제 질서라는 점과 신생 조직이라는 점에 매력을 느껴 지원했다. 다행히 받아들여져 정 원장님과 최종 면접을 했다.

창립 초기라 구성원이 아직 단출했다. 첫 출근했던 시점에 연구원의 구성원은 30여 명 정도였다고 기억한다. 김기환 박사(전 KDI 원장), 조규하(전 전경련 부회장), 이세기(전 국토 통일원 장관), 강철규(전 공정거래위원장), 김태동(전 대통령 경제 수석비서관), 고 이계식(전 정부개혁실장), 고 이계익(전 교통부 장관), 이종대(전 국민일보 사장) 등이 재직하고 있었던 것으로 기억된다. 연구원의 행정 관련 대내외적 업무는 한갑수(전 농수산부 장관) 씨가 총괄하고 있었다. 특기할 만한 것은 이세기 전 장관은 대학 시절 KUSA 클럽 활동 시에 유네스코 본부에서 학생들을 지도해 주신 분이었다.

정원장은 매우 꼼꼼한 완벽주의자 스타일이었다. 나를 테스트하기 위해 연구원 구성원 전원이 모인 세미나에서 주제 발표를 하라고 했다. 그때 나는 "수출주도형 경제성장 모형 분석"이란 주제로 논문을 준비해서 발표했다.

"정재석 원장, 아파트 투기!"

이런 기사가 신문 지상에 크게 보도된 적이 있었다.

70년대에는 해외에서 박사학위를 받아온 사람들은 희소가치가 있었다. 주요 일간지에서 박사학위 수여 사실을 뉴스로 다루었을 정도였다. 때문에 해외 박사학위 소지자들에게 좋은 대우를 해 주었다.

당시 KDI, KIEI 등은 박사학위를 소지하고 귀국하여 연구원에 취업한 사람들에게 아파트와 업무용 자동차를 제공했다. 정재석 원장은 이런 목적으로 현대건설과 협의하여 압구정동 현대 아파트 7채를 연구원 소유로 매수했다. 당시는 부동산 불경기 국면이라, 아파트가 미분양 상태였고 여러 채를 한꺼번에 매수하기가 쉬웠다. 연구원 소유인지라 소유자 기록 칸에 원장 이름이 명기되었다. 그런데 그 후에 부동산 가격이 폭등하면서 이것이 투기로 보도된 것이었다. 정원장으로선 억울한 일이었다.

나도 이 혜택을 받아 압구정동 현대 아파트에서 살았다. 당시엔 지금 현대백화점이 들어선 자리 주변은 모두 배밭이어서 산책하기 좋았다. 그러나 대중교통망이 미흡해서 불편했다.

시간이 흐르면서 정훈목(전 현대건설 회장), 박웅서(전 삼성 경제연구소 사장), 고 권원기(전 성대 교수), 고 김 정(전 한화 재팬 대표이사), 고 차동세(전 KDI 원장), 양수길(전 OECD 대사), 이재웅(성대 명예교수), 이영선(전 한림대 총장), 이효구(서강대 명예교수), 이명제(부산대 명예교수), 정의광(부경대 명예교수) 박사 등이 참여했다.

정재석 원장은 문장의 완결성을 중시했다. 내용이 좋아도 그 표현 방법이 서투르면 읽는 사람을 설득할 수 없다는 것이 그의 지론이었다. 보고서를 써서 제출하면 문장의 허술함(?) 때문에 기합을 받는 경우가 자주 있었다. 처음에는 화가 났지만 이런 그의 지적이 결과적으로 나에겐 도움이 되었다.

"출국할 수 없습니다."
"앙? 왜요?"
연구원 생활에 익숙하게 적응하면서 재미있게 지내는데, 해외 출장을 다녀오라는 지시를 받았다. 그 시기 나는 30세였다. 당시에 그 나이에는 누구든 병무청의 승인을 받아야 출국할 수 있었던 것으로 기억한다. 나는 "부선망(父先亡) 2대 독자"였고, 이 조건에 해당하는 사람은 병역 면제 대상으로 알고 있었다.

"만 30세 되는 해의 연말까지는 병역 의무가 있습니다. 부선망 2대 독자는 방위병으로 입대해야 합니다. 그전에는 출국할 수 없습니다."

1977년 늦가을 나는 수색에 있는 신병 훈련장에서 훈련을 받기 시작했다. 함께하는 훈련병들은 대체로 19~23세였던 것으로 기억한다. 그런데 훈련복을 입으면 다 비슷해서, 나는 다시 대학 시절의 젊은 나이로 돌아간 느낌이었다.

체력적으로 버거운 일부 과정도 있었지만 사격 훈련은 재미도 있었다. 서부 영화에서 존 웨인은 너무 쉽게 유효 사격을 하던데, 실제 사격을 해보니 그렇지 않았다. 엎드려 조준해서 조심스레 방아쇠를 당겨도 목표물을 빗나갔다.

겨울철에 훈련이 끝나고 홍익대 학군단으로 배치 명령을 받았다. 단장은 대령이었다. 나는 행정실에서 잡무를 보았다. 석탄 난로에 불을 지펴서 행정실을 따뜻하게 유지하는 것도 내가 하는 일 중하나였다. 행정실은 육군 중위와 직업군인 상사(?)가 책임지고 있었다. 동료 방위병 중에 서울대 음대 재학생(성악 전공)이 있었는데, 그로부터 음악에 관한 흥미로운 스토리들을 들었다.

사진: 홍익대 학군단에서 함께 복무한 동료와 함께

홍대에서 학생들을 가르치던 경제 경영과 교수들이 학군단 사무실로 나를 위문 방문한 적이 있었는데 나는 매우 난처했다. 고참병하사가 노골적으로 비아냥거렸고, 학군단장이 앞으로는 오지 않도록 말해달라고 강하게 했다.

1978년 1월에 서강대 박대위 경상대학장님으로부터 한번 보자는 연락이 왔다.

찾아뵈었더니 서강대 경제학과에 국제경제학 전공 교수가 필요한데 올 수 있겠느냐는 말씀을 주셨다. 나는 6월 이후에 제대 예정이라 현실적으로 가을 학기에는 가능하지만 봄 학기에는 어렵다는 말씀을 드렸다. 모교 교수로 봉직하는 것이 나의 희망이었는데 안타까웠다. 교수직은 자리가 비어야 기회가 생기기 때문에 이번 기회를 놓치면 언제 또 기회가 올지 불확실했기 때문이었다.

19~20세의 젊은이들이 함께 근무한 동료들의 대부분이었는데, 이들과의 일과 후 어울림은 즐거웠다. 모두들 미래의 꿈에 부풀어 있었고, 심성이 맑고 선했다. 10년 선배인 노털인 나를 동네 형님처럼 격의 없이 대해줘 고마웠다.

복무기간이 끝날 때쯤, 행정실을 담당하던 육군 중위가 행정실 근무 방위병들을 자기 집으로 초대해서 저녁을 대접했다. 단칸 셋방을 얻어 부부가 살고 있었다. 헤어짐의 아쉬움이 방안에 가득했다.

이분들 모두 건강하게 잘 지내고 계실 것으로 믿는다.

17
다이아몬드의 추억

다이아몬드가 보자기에서 쏟아졌다.

다이아몬드를 가공하는 브뤼셀의 한 보석공장에서 일어난 일이었다.

이 공장을 방문한 한국의 "세계보석산업 연구팀" 앞에 놓인 테이블에 이 공장의 주인인 유대인 보석상이 다이아몬드를 무더기로 쌓아 놓은 것이다. 수북이 쌓인 다이아몬드를 보니 보석으로 느껴지지 않았다.

"이러다가 분실하면 어찌 하려고?"

"천장과 벽면을 살펴보세요."

당시에 우리는 CCTV에 익숙하지 않았다. 천장(天障)과 벽면에 카메라 렌즈들이 다수 꽂혀있었다.

1978년 여름(정확한 일자가 기억나지 않는다), 나는 제대를 하고 국제경제연구원에 복귀했다. 정재석 원장이 보자고 했다.

"수고했다. 체력 단련 잘했지?"

"네!"

"김 박사, 보석에 관심 있나?"

"별로~~~ 돈도 없고요."

1972년 4월, 결혼 준비를 하던 때의 일이 떠올랐다.

장인어른께서 롤렉스 시계 금딱지를 준비했다고 들었다.

대학 시절부터 나는 그런 비싼 결혼 예물은 허례허식일 뿐이라는 입장이었다.

"이런 것이 무슨 의미가 있지?"

"그럼, 어떻게 하지?"

"어른들 입장을 고려해서 모조품으로 하면 어때?"

"좋아요."

당시에 모조 다이아몬드 1캐럿 반지는 만원에 구입할 수 있었다. 겉으로 보기엔 진품과 다름없었다. 나와 김인숙은 이것으로 예식을 폼 나게 마쳤다.

1975년 정부는 보석산업을 수출 특화산업으로 육성하기로 했다. 그 방법으로 귀금속 보석 단지를 조성했다. 정부는 국토의 균형발전을 고려해서 전북 익산에 2만여 평 규모의 보석산업 공단용 토지를 마련했다.

1978년 정부는 산업부, 재무부, 내무부 공무원들과 귀금속 업계 대표들로 구성된 세계보석산업 연구팀을 구성해서 한국산 보석

의 수출 전략을 기획하기로 했다. 정원장이 그 팀에 나를 합류시
킨 것이다.

나에게는 별로 흥미 없는 주제였다. 그러나 정 원장의 강권(强
勸)이니 어쩔 수 없었다. 이 팀에겐 유럽과 아시아의 여러 나라를
방문하여 각국 보석산업의 동향, 구조, 발전 과정과 전략, 애로 사
항 등을 파악하여 한국에 적합한 발전전략을 구상하라는 과제가
주어졌다.

그 첫 방문지가 벨기에의 브뤼셀이었다. 그 도시에서 다이아몬
드 가공업이 번성하고 있었다. 함께 간 업계 인사에 의하면 당시 한
국의 다이아몬드 반지는 대부분 이곳에서 수입한 것이었다.

나는 원석의 주산지가 아프리카의 남아연방이고, 이 다이아몬
드 광산의 주인은 유대인이라는 사실을 이때 알았다. 한국의 다이
아몬드 산업이 발전하려면 원석을 안정적으로 확보해야 하는데 유
대인 광산주들의 협조가 절실하다는 점도 깨달았다. 세계 다이아
몬드 시장은 원석 생산, 가공, 유통의 모든 측면에서 유대인이 지배
적 위치에 있었다.

"이게 시계인가? 보석인가?"

프랑스 파리의 한 고급 시계점에서 주인에게 물었다.

몸통을 다수의 다이아몬드로 장식한 시계들이 유리 금고 속에
진열되어 있었다. 시계에 다이아몬드 장식을 하면 시계의 부가가치
가 크게 상승한다는 주인의 설명이었다.

"이런 시계가 실용성이 있습니까?"

"주로 파티용으로 사용됩니다."

헐! 부자들의 생활이란 이런 거구나! 그 가격이 엄청나게 고가 (高價)였는데, 그저 파티용으로 활용? 마리앙투아네트 프랑스 왕비가 떠올랐다. 고급화되어 더 비싼 제품일수록 더 많이 팔린다는, 수요의 법칙의 예외인, Prestige Goods의 사례를 현장에서 경험했다.

사진: 1978년, 파리 몽마르트르 언덕

보석 연구 여행에 괴로움과 낭만이 함께 했다. 당시엔 해외 출장시에 2인 1실을 원칙으로 했다. 나의 룸메이트는 업계에 계신 분이었는데 코골이가 심했다. 나는 이불을 머리까지 덮고 베개로 귀를 막아 천둥 번개 소리 같은 그분의 코골이 소음을 극복해 보려 했지만 허사였다. 숙면(熟眠)을 못하는 괴로움이 여행 내내 계속되었다. 하필 이분이 나의 룸메이트란 말인가~~~

프랑크푸르트 공항 경유(經由) 길에, 하이델버그 성을 구경하고, 영화 [황태자의 첫사랑]에서 황태자 역을 맡은 테너 마리오 란자가 생맥주잔을 높이 들고 "Drink! Drink!"를 외쳤던 생맥줏집에서 맥주를 마셨다. 나도 테이블 위에 올라가 드링크 송을 부르고 싶었는데 참았다.

당시에 비유럽 지역에서는 인도와 태국의 보석산업이 선진 수준에 있었다. 인도 뉴델리에서 머문 호텔이 과거 인도 마하라자(왕)의 궁궐을 개축한 것이었다. 인도의 보석문화는 마하라자와 마하리니(왕비)의 보석 사랑에서 비롯되었다 한다. 이 호텔 일반 객실의 크기가 유럽의 스위트(suite) 룸 수준이었다.

사진: 1978년, 태국의 한 보석 가공 작업 현장에서

IV 실용(實用), 정책 연구를 하며

지방에 있는 마하라자의 궁을 보면서 그들의 보석 사랑을 엿볼
수 있었다. 벽면이 온통 보석으로 도배된 방도 있었다. 헤아릴수 없
이 수많은 다이아몬드가 벽면에서 빛을 내고 있었다. 인도 입국 시,
인디라 간디 국제공항 출국장을 나서자 어린애들이 손을 벌리던 모
습과 겹쳐 씁쓸했다. 이런 마하라자의 보석 사랑이 인도의 보석산
업 발전의 뿌리였다니!

사진: 1978년, 인도 어느 지방에 위치한 마하라자의 궁성. 이 궁성 안에 보석
　　　의 방이 있었다.

당시 주인도 한국 대사는 후에 외무부 장관으로 재직 중 북한의 아웅산 테러로 숨진 고 이범석 씨였다. 내 입맛과 거리가 먼 인도 음식만 먹다가 대사관저에서 대접받은 한국 고추장은 그야말로 꿀맛이었다.

다이아몬드의 가치는 원석의 품질과 커팅(cutting) 기술에 달려 있다고 했다. 그런데 당시 인도의 커팅 기술이 유럽에 뒤지고 있어서 최고급 시장에서는 경쟁력이 약하다는 현지 업계의 견해를 들었다.

"한국에서 판매되는 다이아몬드 반지는 원하면 구매 가격으로 현금을 환급 받을 수 있습니까?"

"대부분 어렵죠. 그러나 XX Certificate가 첨부된 상품은 구매 원금을 돌려받을 수 있죠."

나는 이 보증서의 발행기관이 미국이나 유럽의 어느 회사였던 것으로 기억하지만 그 이름은 잊었다. 그 보증서가 첨부된 다이아몬드는 현금과 같고 희귀성이 높으면 가격도 상승한다는 것이었다.

"다이아몬드 반지 안 사길 잘했지?"

귀국해서 집에서 큰소리 한번 쳤다.

18

중화학공업의 수출산 업화 전략 연구

"정부는 이제부터 중화학공업 육성의 시책에 중점을 두는 중화학 공업정책을 선언하는 바입니다."

1973년 1월 12일, 고 박정희 대통령은 연두 기자회견을 통해 "중화학공업화 선언"을 발표했다. 이 시점부터 한국의 산업정책, 더 나아가 경제정책은 중화학공업 중심으로 전면 개편되어 갔다.

수출주도형 경제성장 전략을 60년대 이후 추진해온 한국 정부는 경공업 제품 위주 수출증대의 한계를 인식했다. 다른 한편으로는, 북한과의 군사적 긴장 관계를 고려할 때, 1972년에 세계에 공식적으로 선포된 미국 닉슨 대통령의 괌독트린으로 한국 정부는 자립 국방 능력의 강화를 추진하지 않을 수 없었다.

1973년에 중화학공업이 제조업에서 차지하는 비중은 38%로서 1960년의 33.2%에서 크게 벗어나지 못했다. '중화학공업화 선언' 이후 정부가 다양한 육성 정책을 편 결과 중화학공업의 비중이 1977년에 41.6%로 상승했다. 그러나 이것은 성공적 수출주도 경제성장국으로 평가 받는 몇 나라에 비하면 낮은 수준이었다.

표 1 | 100억 달러 수출 시 각국의 중화학공업화율 비교

(단위: %)

국별	공업화율	중화학공업화율	증공업화율
한국 (1977)	28.7	41.6	25.3
대한 (1977)	30.4	53.2	25.7
일본 (1967)	32.5	65.3	47.4
서독 (1960)	42.1	65.3	51.6

주) 경상가격기준, 한국 및 대만을 잠정치임.
자료: 한국, 「주요업무지표」, 경제기획원, 1978.
　　　일본, 「공업통계표」, 통상산업성, 1967.
　　　대만, 「National Income of the Republic of China」, 주계처, 1977.
　　　독일, 「Statisticsches Jahrbuch」, Statistisches Bundesamt, 1962.

위의 <표1>을 보면 100억 달러 수출 시, 중화학공업(이하 중화공)화율(제조업에서 중화학공업이 차지하는 비중)이 서독과 일본은 65.3%, 대만은 53.2%였다. 한국의 41.6%에 비하여 현저히 높은 수준이었다.

한국 내수시장의 협소성(狹小性)을 고려할 때, 중화공 제품들을 해외에 수출하여 수요 기반을 확충하지 않고서는 중화공의 발전이 어렵고 공산품의 지속적인 수출 증대도 한계에 부딪힐 수밖에 없다고 정부는 판단했다.

IV 실용(實用), 정책 연구를 하며

표 2 | 수출의 중화학공업화율 추이

(단위: 백만불, %)

	1972	1973	1974	1975	1976	1977
총수출(A)	1,624	3,225	4,460	5,081	7,715	10,047
공산품(B)	1,427	2,811	3,863	4,187	6,773	8,596
중화학(C)	346	767.0	1,449.1	1,271.2	2,264.2	3,109
중공업(D)	301	677.2	1,305	1,134	2,028	2,883
C/A(%)	21.3	23.8	32.5	25.0	29.3	30.9
C/B(%)	24.2	27.3	37.5	30.4	33.4	36.2
D/C(%)	87.0	88.3	90.1	89.2	89.6	92.7

자료: 「무역통계년보」, 관세청, 각년도.

위 <표2>를 보면, 1973년의 선언 이후 수출의 중화학공업화 비율은 74년에 37.5%로 큰 폭의 상승을 보였으나 그 이후 오히려 감소하여 1977년에는 36.2%에 머물렀다. 이런 추세는, 생산 경험과 기술의 축적을 바탕으로 경쟁력이 형성되는 중화학 공업의 특성을 고려할 때 자연스러운 것이었다. 그러나 정책 당국으로선 뭔가 새로운 전략을 모색하지 않을 수 없었다.

보석산업에 관한 보고서를 마무리하자, 정 원장은 상공부에 가서 김동규(金東圭) 차관보를 만나보고 오라고 했다. 당시 상공부가 중화공 육성의 주무부서였다. 그리고 중화공 담당 차관보가 김동규씨였다.

그는 중화공을 육성하기 위한 다양한 정책이 시행 중인데, 이제 '수출산업화'라는 관점에서 정책 체계를 보완할 시점이 되었음을 강조하면서 그 방법론을 연구해 달라는 부탁을 했다.

여러 가지 관련 문헌을 살펴본 후, 나는 유치산업육성론의 관점에서 서독, 일본, 대만 등의 사례를 살펴보는 것이 바람직하다고 판단하였다. 대만은 당시 중화공 부품산업의 경쟁력이 강했다.

이 연구의 과정에서 생산 공정 기술, 제품 기술은 턴키 베이스(Turn Key base)로 생산설비를 해외에서 도입해 확보할 수 있지만, 계약 조건에 따라 원부자재들을 설비 수출기업에 의존하여 수입해야 되는 경우가 많다는 것을 인지했다. 이런 계약에서는 협상 능력에 따라 기술료 수준이나 원부자재 수입 조건의 호악(好惡)이 결정되는데, 한국과 같은 후발국은 바가지를 쓰는 경우가 많다는 사실도 알게 됐다.

또한 도입된 설비를 효율적으로 운영해서 성능과 품질의 수준이 설비 수출국과 동등하게 되려면 숙련 기능공과 설비의 기술적 특성에 익숙한 기술자들의 역할이 중요한데, 이런 기능공, 기술자들은 상당 기간의 생산 경험이 누적되어야 확보된다는 점도 인식했다. 당시 해외에서 도입한 생산설비가 국내 기술 인력 부재로 유휴(遊休)상태로 방치되어 있는 경우도 있었다.

설비 도입 협상력 제고나 필요한 수준의 기술·기능 인력 확보가 모두 설비 도입과 제품생산 경험의 축적을 선행 조건으로 했다. 이런 면이 표준화된 제품의 저가 대량 생산이 경쟁력의 원천인 경공업의 경우와 달랐다. 즉 중화공 제품의 경우 설비와 기술 시장이 공급자 우위의 특성을 내포하고 있었고, 성능과 품질이 가격보다 더 중요한 경쟁력 결정 요인이었다.

때문에 중화공 제품의 수출 경쟁력을 위해서는 일정 규모의 내수 소비가 선행되는 것이 바람직했다. 이런 관점에서 전쟁은 중화공 발전의 좋은 조건이 될 수도 있었다. 대량 소비와 대량 생산이 가능하고 신기술 제품을 실험할 수 있기 때문이었다.

"김 박사, 그동안 수고 많았어요. 오늘은 내가 한잔 사겠으니 이곳으로 오세요."

명동에 있는 어느 음식점이었다. 이 집에서 김동규 차관보와 나는 마주 앉았다. 연구보고서가 완성된 직후였다.

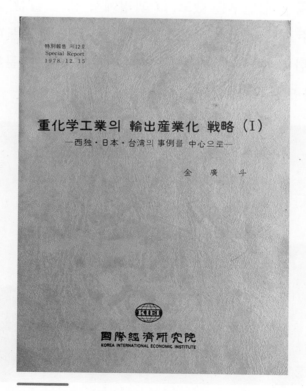

사진: 중화학공업의 수출산업화 전략 - 서독·일본·대만의 사례를 중심으로

나는 다음날 대만에 출장이 예정되어 있어 마음의 여유가 별로 없었다. 그런데 그는 나의 노고에 고맙다는 뜻으로 폭탄주를 권했다. 나로선 처음 마셔보는 독한 술이었다. 후에 알았지만 그는 상공부에서 알아주는 애주가였다. 그와 대작(對酌)을 하다 보니 대취(大醉)하게 되었다. 나는 다음날 대만행 비행기를 놓치고 집에 누워있었다.

이 연구보고서는 상공부의 관련 부서가 유용하게 활용했다는 후문(後聞)을 들었다. 나는 이 연구를 기점으로 플랜트 산업, 엔지니어링 산업 등 산업연구를 했고, 그 과정에서 창원, 울산, 포항 등의 공단을 자주 찾아가서 현장에서 땀 흘리는 분들과 많은 대화를 나누었다. 또한 일본의 통상산업성(通商産業省)을 자주 방문하여 담당 공무원들과 일본의 경험을 공유했다.

사진: 1978년, 창원공단에서 공장장과의 대화

일본의 경험을 배우려는 노력의 과정에서 나는 일본의 중진 경제학자 두 분과 학문적 교류를 하면서 인간적 우정도 쌓았다. 히토쓰바시(一橋)대학의 이빼이 야마자와(山澤一平, 국제무역 전공) 교수와 주오(中央)대학의 사이또 마사루(齊滕 優, 기술이전론 전공) 교수였다. 이 두 분과의 교류는 2016년까지 이어졌다.

이런 과정에서 나는 국제무역에서 비교우위는 부존자원에 의해서 결정되는 부문보다는 공정(工程)·생산에 관련된 기술 요소에 의해서 결정되는 부문이 더 크다는 확신을 하게 되었고, 후속 연구로 기술혁신을 주제로 택했다.

이 시기에 국제경제연구원 동경사무소장으로 봉사하면서 뒷바라지 해주셨던 분이 조규하(趙圭河) 전 전경련 부회장이었다. 그의 폭넓은 일본 인맥이 충실한 연구 자료 수집과 관련 전문가 면담을 가능하게 했다. 연구 활동을 함에 있어서는 김상곤(金相坤) 전 교육부총리, 노응원(盧應源) 충남대 명예교수, 손병암(孫炳岩) 강원대 명예교수, 김형욱(金炯旭) 홍익대 명예교수 등의 도움을 많이 받았다. 조 전 부회장, 그리고 다른 분들 모두 한국에서 건강하게 잘 지내고 있어서 감사드린다.

사진: 1978년 연구원 체육대회에서 정재석 원장과 함께. 나는 축구에서 결승골을 넣어 상을 받았다.

IV. 실용(實用), 정책 연구를 하며

19
석유파동,
박정희 대통령 서거,
경기침체

1979년 1월, 정재석 원장이 경제기획원 차관으로 자리를 옮겼다.

그는 경제기획원 창립의 아이디어 맨이었다. 그는 젊은 시절부터 브리핑의 명수(名手)였다. 그는 경제기획원 초대 경제기획국장을 맡아 경제기획원의 초석(礎石)을 쌓았다. 그가 그의 고향으로 복귀한 셈이었다.

그는 예리하고 깐깐한 완벽주의자 스타일이었지만 인간적으로 따뜻한 사람이었다.

"야 이 거지야!"

그가 즐겨 쓰는 말이었다. 처음 듣기엔 "뭐 이런 사람이 다 있어?" 하는 기분이었다. 그런데 그 말에 애정(愛情)이 배어있었다. 자기가 아끼는 사람에게 주로 이 말을 내뱉는다는 것을 시간이 지나면서 알게 되었다.

"거지들이 여기 모여있다고 전해주세요."

"네?"

1994년 봄, 삼성동 무역회관 중식당에서 나와 식당 종업원 간에 있었던 대화다. 옆방에 정재석 경제부총리가 오셨다는 소식을 듣고 내가 메모 쪽지를 종업원에게 건너 주면서 한 얘기였다.

"야, 이 거지들 다 모였네!"

곧 나타난 정 부총리의 반가워하는 외침이었다.

그는 시장경제 메커니즘의 효율성을 믿는 경제관료이기도 했다. 그는 1993년 12월 경제부총리에 취임하면서 물가안정 정책의 기본 방향으로 규제개혁과 가격자유화를 제시했다. 포퓰리즘의 굴레에 갇힌, 선거에 의해 선출된 정부에서 파격적인 정책이었다. 이런 기본 방향은 중장기적으로는 물가안정의 구조를 구축하겠지만 단기적으로는 물가 불안을 조성할 수 있었기 때문이다.

1979년 당시 한국경제는 매우 어려운 상황에 있었다.

1973년의 1차 석유파동으로 70년대 전반(全般)에 걸쳐 세계 경제가 침체 국면에 있었고, 한국은 1973년 이후 그 회임(懷妊)기간이 긴 중화학공업 투자에 집중하였기 때문이었다.

원유 가격이 4배로 급등한 1차 석유파동은 한국 건설업체들의 중동 진출로 어느 정도 선방(善防)할 수 있었다. 그러나 1979년의 2차 석유파동 시에는 상황이 달랐다. 그동안 국내 저축의 한계로 막대한 중화학공업 투자 소요 자금의 상당한 부분을 해외 차입으로 메꾸었다. 또한 관련 시설재, 중간재 등의 수입으로 무역수지의 적자가 확대되었다. 여기에 유가 폭등이라는 악재가 겹친 것이었다.

투자 자원을 수출 주종 산업이었던 경공업에서 중화학공업으로 급격히 이동시킴으로서 경공업의 경쟁력이 약화되었다. 그 결과 수출 증가율도 낮아졌다. 중화학공업의 특성상 그 투자 성과가 아직 나타나지 못하여 수출시장에서의 경공업 제품들의 빈틈을 중화공 제품들이 메꾸지 못했기 때문이었다.

이런 다중의 악재들로 인하여 성장률 하락, 물가상승, 경상수지 적자 확대, 외채증대, 외환 보유고 감소 등의 경제적 어려움이 겹치게 되었다. 한국은 저성장, 고물가, 외화 부족의 3중고를 해결해야 했다. 한국경제 성장률은 78년의 9.7%에서 79년에는 6.5%, 80년에는 -5.2%로 급속히 하락했다. 물가상승률은 78년에는 11.7%였으나 79년엔 18.8%, 80년엔 38.9%로 급상승했다. 경상수지 적자는 78년의 10.9억 달러에서 79년엔 41.5억 달러, 80년엔 53.2억 달러로 확대되었고, 그 결과 외채는 78년의 148억 달러에서 79년엔 204억 달러, 80년엔 273억 달러로 폭증했다.

1977년 한국은 100억 달러, 80년엔 172억 달러 규모의 수출을 하는 국가였다. 80년 현재 한국은 세계 4대 외채 국가 중 하나였다. 브라질, 멕시코, 아르헨티나에 이어 4위였다. 당시 아르헨티나의 외채는 한국과 비슷한 280억 달러였다. 1980년 당시 한국의 공적 외환보유액은 29.6억 달러에 불과했다.

이런 상황에서 박정희 대통령이 서거하고 국내 정치도 혼란에 빠졌다. 국가 경제의 어려움과 정치적 격변으로 내가 일했던 국제경제연구원도 여러 변화를 경험하게 되었다.

이런 흐름의 와중(渦中)에 고 정소영(鄭韶永) 전 청와대 경제수석비서관이 2대 국제경제연구원 원장으로 부임했다. 그는 60년대 후반 미 위스콘신 대학에서 경제학박사 학위를 받고 박정희 정부에 참여하여 1969년부터 73년까지 경제수석비서관으로 박 대통령을 보좌한 후 75년까지 농수산부 장관을 지냈던 경력을 가지고 있었다.

그의 추진력은 놀라웠다. 부임하자마자 연구원의 봉급을 40% 대폭 인상했다. 국내 최고 대우를 해줄 테니 연구에 더욱 진력해달라는 취지였다. 그의 자존심 또한 대단했다. 그는 박 대통령을 보좌하면서 이룬 성과에 큰 자부심을 가지고 있었다. 그는 경제를 높은 산에 올라 세상을 내려다보는 넓은 눈으로 보라는 조언을 자주 했다. 그는 겉으로는 매우 강했지만 내면은 여렸다. 미흡한 연구 결과물에 대해서는 매섭게 질책하였지만, 사후적으로 해당 연구자의 마음을 어루만져주는 일도 잊지 않았다. 그는 클래식 음악 애호가이기도 했다. 그의 집에 음악실을 마련해서 음악을 즐겼다.

나는 79년부터 산업연구와 기술혁신연구를 병행하면서 정부의 주문 사항에 관한 단기 보고서 작성과 나의 관심 주제에 관한 독립연구를 하고 있었다. 정재석 차관이 지휘하는 경제기획원 직원들의 부탁으로 가끔 거시경제에 관한 짧은 연구도 했다.

광주민주화운동이 신군부의 무력에 의해서 진압된 후, 1980년 5월 31일 국가보위비상대책위원회(상임위원장: 전두환)가 설치되면서 국보위에서 연구원들의 실태조사를 했다. 국제경제연구원을 방문한 조사팀장은 EWC 장학생으로 함께 수학(修學)했던 최상진 박사(정치학, 당시 육사 교관)였다. "세상은 좁다"라는 속언을 실감했다.

국보위 발 국가 출연연구원들의 구조조정설이 나돌면서 1981년 상반기에 정소영 원장이 사퇴하고, KDI의 김만제 원장이 국제경제연구원장을 겸임했다. 나는 80년 겨울, 서강대 경제과에서 제안을 받아 81년 가을학기부터 서강대로 가기로 했다. 대학 입학 당시부터의 열망이 이루어졌다.

사진: 국가경쟁력강화를 위한 기술혁신 연구

1980년 말, 이 변화의 와중에 나는 "국가경쟁력 강화를 위한 기술혁신연구"라는 연구보고서를 책으로 출간했다. 기술 요소가 상품, 산업, 국가경쟁력의 핵심 결정요인임을 이론과 계량작업을 바탕으로 서술하고 증명한 보고서였다. 이 보고서는 81년 가을 이후 서강대 교수로서 과학기술처, 상공부로부터 여러 가지 협력 연구와 자문을 제안받는 기반이 되었다.

1982년 1월, 국제경제연구원은 한국과학기술정보센터(KORSTIC)와 통합하여 산업경제기술연구원이 되었고, 1984년 8월 산업연구원(KIET)으로 재탄생해서 현재에 이르렀다. 산업경제기술연구원 초대 원장은 고 박성상 전 한은총재였다.

정소영 원장께서는 타계(他界)하셔서 그 호탕한 모습을 뵐 수 없어 안타깝다. 정재석 원장께서는 관계(官界) 은퇴 후 장자(莊子)에 심취하셔서 장자처럼 노후를 즐기고 계신 것으로 알고 있다. 다수의 세속적 유혹을 모두 사양하고 한 마리 학(鶴)처럼 고고한 모습을 보여주고 계신 정 원장님께 감사드린다.

V

서강학파의 일원으로

20
백골 부대, 그리고 서강
학보

"학생들 때리지 말아요!"

"넌 뭐야?"

백골 부대라 불리는 데모 진압 경찰들이 학내로 들어왔다. 그들은 눈에 보이는 학생들을 닥치는 대로 두들겨 팼다. 심지어 도서관에까지 진입해서 학생들을 붙잡았다. 그들은 머리에 하얀색 철모를 쓰고 있었다.

나는 이들에게 항의했다. 그 와중에 나와 백골 부대 경찰 사이에 시비가 붙은 것이었다. 그들 몇 명이 나를 에워싸고 폭력을 행사하려 했다. 그 순간 학생들이 몰려와 나를 방어하려 했다.

"야! 그 사람은 교수야. 손대지 마!"

지휘관인 듯한 사람이 뒤에서 소리쳤다. 그 지휘관은 유일하게 UCLA라는 문자가 인쇄된 모자를 쓰고 있었다. 그때 내가 경찰들에게 폭행을 당했다면 상황이 어떻게 되었을까?

서강대 경제과 교수로 부임한 1981년 가을의 캠퍼스는 학생들의 시위로 평화롭지 못했다. 경찰들의 시위에 대한 자세도 매우 거칠었다. 1960년대 후반의 한일회담 반대 시위 당시, 경찰은 학내엔 진입하지 않았었다. 더욱이 대학의 도서관은 학교의 성지(聖地)였다. 그런데 81년엔 시위 진압 경찰이 도서관까지 학생을 잡으러 들어왔다.

이런 분위기에서 강의가 정상적으로 진행되기 어려웠다. 강의실 분위기도 차분하지 못했다. 학생들이 시국에 관한 질문을 할 때 난처했다. 학생들의 정의감을 존중해야 했지만, 자칫 학생들이 일신상 피해를 입는 상황에 대한 우려도 해야 했다. 대학생 때, 시위에 나서는 우리를 막아서는 교수들이 원망스러웠었다. 그런데 내가 교수가 되어 비슷한 상황에 처해보니 학생들의 장래에 대한 걱정을 할 수밖에 없었다.

모교에서의 첫 학기에 나는 경제학 원론, 미시경제학, 국제경제학 등 3과목을 가르쳤다. 당시엔 3과목, 주당 9시간 강의가 교수에게 주어진 기본 의무였다. 강의 요일과 시간은 교수의 선호에 따라 배정되었다. 나는 월, 수, 금을 택했다. 시간은 오전 시간이 좋았다.

나머지 시간엔 산업연구원과 KDI의 연구에 참여했다. 1982년 나는 "기술이전의 비용과 적정성"에 관한 연구보고서를 출간했다. 그 후(83년? 84년?) 나는 프랑스 여행길에 "The Cost and Appropriateness of Technology Transfer"라는 영문 버전으로 프랑스 파리 10 대학에서 이 내용을 학생들에게 강의했다.

나는 강의를 수강생들의 입장에서 이해하기 쉽게 하려고 노력했다. 일상생활에서 접하는 사례들과 용어를 최대한 활용하여 경제이론의 이해를 도우려고 노력했다. 특히 기회비용(Opportunity Cost)에 관하여는 상황이 주어질 때마다 설명하고 그 중요성을 강조했다. 경제행위뿐 아니라 개인, 조직, 국가 모두는 끊임없이 선택에 부딪히고, 그 판단의 합리적 기준은 기회비용이기 때문이었다.

9시 출근, 6시 퇴근. 이것이 연구원 생활이었다. 이런 얽매인 생활 패턴에 비해 대학 교수로서의 일상은 매우 자유로웠다. 월급은 절반 정도로 줄었고, 제공받은 아파트도 연구원 퇴직과 함께 비웠다. 물질적으로 불편해진 것을 "자유"로 보상받은 셈이었다. 12월 중순이 되자 겨울 방학이 시작되었다. 기말시험 채점 등을 끝내고 두 달 정도의 나만의 시간을 가질 수 있었다.

1982년 봄 학기였다. 학생들의 시위는 여전했다. 그런데 학교 본부에서 나에게 서강대 학생들이 편집·발행하는 서강학보사 주간 교수를 맡아 달라 했다. 당시 서강학보사는 소위 "운동권"의 본산이었다. 주간 교수는 감독관이었다.

"나는 여러분들의 정의감을 존중한다. 그러나 여러분들의 미래가 어두워지는 것도 방관할 수는 없다."

내가 학보사 편집장과 기자들을 만나 나누었던 대화의 요지였다. 당시의 편집장은 경제과 학생인 우찬제(현재 서강대 국문과 교수)였다. 그러나 그들과 나의 충돌은 피할 수 없었다.

"XXX는 죽일 놈!"

서강 학보 인쇄소 벽에 쓰여진 낙서였다. 그 'XXX'는 바로 나였다. 나는 "표현의 기법"을 강조했고, 그들은 직설적 표현을 좋아했다. 거기가 충돌 지점이었다.

당시 정부 당국은 대학언론을 검열했다. 기사의 내용이나 표현이 일정 수위를 넘으면 기자를 징계할 것을 학교 당국에 요구하거나 직접 해당 학생기자를 연행하기도 했다. 징계 받거나 연행당한 학생은 취업에서 불이익을 당할 수밖에 없었다. 해외 유학 절차를 밟을 때도 이런 기록을 가진 학생들은 어려움에 봉착했다.

편집장이었던 우찬제는 경제학도의 합리성과 젊은이로서의 정의감을 바탕으로 편집에 임했다. 기사의 배분에 있어서는 합리성이, 기사 내용에는 정의감이 배어 있었다. 나와 그는 많은 대화를 나누었다. 그는 나를 "기득권자"로 보았고, 나는 그를 "표현 기법이 미흡한" 젊은이로 보았었다고 회고한다. 우찬제는 국문학으로 전공을 바꿔 대학원에 진학하여 문학 작품들에 나타난 "돈(MONEY)의 의미"에 대해 관심을 가졌다고 한다.

나는 1982년 가을학기에 부교수 발령을 받았다. 연구원에서의 경력을 인정받은 결과였다. 그리고 서강학보사 주간이라는 보직도 벗어났다. 당시엔 조교수로 임명되면 자동으로 정년이 보장되는 관행이 유지되고 있었다. 그러나 "부교수"는 역시 "조교수"보다는 기분 좋은 호칭이었다.

1960년대 후반의 서강대 경제과는 독보적이었다. 미국 등지에서 학위를 끝낸 교수들이 집단으로 모여 있었고 교육 방법이 소수

정예(精銳)주의였기 때문이었다. 그런데 전두환 정부가 서강대에 입학생 대폭 증원을 요구한 결과 82년 당시엔 소수 정예 교육이 어려워졌다. 또한 해외에서 학위를 받은 경제학자들이 속속 귀국함에 따라 주요 대학의 경제과 교수들의 구성이 비슷해졌다.

그러나 "서강학파"로서의 자부심과 자유 시장경제 체제의 우월성을 바탕으로 하는 학풍은 도도(滔滔)히 흐르고 있었다. 나는 모교에서 교수로 활동하게 된 것도, 서강학파의 일원이 된 것도 행운으로 생각했다. 나를 받아준 박대위 교수, 김정세(金貞世) 교수, 김병주 교수, 조성환 교수, 이효구 교수 등의 당시 경제학과 교수님들께 감사드린다. 당시에 김종인 교수는 휴직 중이셨다.

사진: 석사 졸업생들과 함께, 1982년. 졸업 가운을 입은 학생들 사이에 좌측부터 이효구, 김병주, 김정세, 필자

사진: 서강대에서 처음으로 지도한 석사 학생들과 함께. 좌측부터 송종국(전 과학기술정책연구원장), 기 홍 (전 대상기획 대표이사), 필자, 김원식(건국대학교 명예교수)

21
경제 개방과 수입자유화
정책

김재익(金在益) 박사.

그는 전두환 정부의 핵심 경제 브레인이었다. 때로는 그를 "경제 대통령"이라고 불렀다.

그의 경제 정책의 한 축이 대외 개방이었다. 그는 수입자유화가 경쟁 촉진을 통해서 국내 산업의 경쟁력 강화에 기여할 것으로 보고, 그 정책을 추진했다. 또한 한국의 수출량이 급증하였기 때문에, 한국의 시장도 개방해야 한다는 압력이 국제사회에서 점증하고 있었다. 특히 한국 수출의 주 대상국이었던 미국의 요구가 강했다.

이런 정책 사고와 국제사회의 요구에 따라 한국은 1981년부터 점진적으로 수입자유화 품목을 늘려갔다. 주 정책 수단은 관세 인하였다. 그 속도가 1983년부터 조금씩 더 빨라졌다. 때문에 1983년 이후 수입자유화에 관한 논의가 좀 더 활발하게 이루어졌다.

"김 박사, 생각을 좀 더 해보세요."

"네. 그러나 기본적으로 제 생각엔 변화가 없습니다."

1983년 당시, KDI 원장으로 일하고 있었던 김기환(金基桓) 박사와 나 사이에 나눈 대화였다. 당시 나는 몇몇 언론에 수입자유화 신중론을 제시했다. 중화학공업의 발전 과정과 기술혁신의 과정에 대한 고려 때문이었다. 이런 의견에 대해서 적극적 개방에 찬성하는 김 원장이 조언을 한 것이었다.

김 박사는 국제경제연구원에서 선임연구위원으로 연구 활동을 하던 중 전두환 대통령과 연이 닿아 그를 도와주게 되었다. 김재익 당시 경제수석비서관과 마찬가지로 개방주의자였다. 국제경제연구원에서 함께 일했던 양수길(楊秀吉) 박사도 당시 적극적 개방론자로서 KDI에서 김 원장을 돕고 있었다.

그 시기 수입자유화 정책에 관한 나의 시각은 아래의 동아일보(동아 時論, 1984년, 3월 19일)에 기고한 글, 그리고 "관세제도 개편안"에 대한 의견(매일경제신문, 1983년, 8월 26일)과 같았다. 이런 생각을 보다 긍정적인 틀로 생각하는 것이 좋겠다는 김 원장의 조언이었다.

輸入(수입)자유화의 政策(정책)시각
동아일보 | 1984.03.19 기사(칼럼/논단)

輸入(수입)자유화의 政策(정책)시각
價格(가격)경쟁은 超過(초과)이윤없애 再投資(재투자)의욕 줄이는 結果(결과)

技術(기술)혁신 補完(보완)정책 時急(시급)
輸入(수입)자원은 輸出(수출)로 直結(직결)

정부가 先進(선진)각국의 수입규제 강화에 대응하고 경쟁을 통해 국내산업의 체질을 개선시킬 목적으로 추진해 輸入自由化(수입자유화) 정책이 이제 구체적인 모습으로 우리 앞에 나타났다. 1986년까지의 수입자유화 대상품목이 예시된 것이다.

이 품목들을 살펴보면 농산물이 제외되었고 중소기업형 제품들이 최소한으로 제한되는등 국내산업활동에 미치게 될 수입자유화의 부정적 부작용을 줄여보려는 노력의 흔적이 엿보인다.

우리의 수입자유화 추진이 선진제국의 우리에 대한 수입규제를 얼마나 완화시켜줄 수 있을 것인지는 미지수에 속한다. 낙관적으로 보아 그들의 보호장벽이 크게 낮아진다고 하더라도 수입자유화의 궁극적 목적이라 볼 수 있는 經濟(경제)의 개방을 통한 지속적인 성장을 위해서는 더욱 충분히 논의되어야 할 몇 가지 보완사항이 있다고 본다. 그중 두 가지 사항만 살펴보자.

첫째는 경쟁을 보는 시각에 관한 사항이다. 우리가 말하는 경쟁에는 가격경쟁과 비가격경쟁의 두 측면이 있다. 흔히 「市場原理(시장원리)에 의한 資源配分(자원배분)의 效率性(효율성)」이란 구호가 제창되곤 하는데 이때는 가격경쟁을 머릿속에 두고 하는 말이다. 關稅(관세)를 수단으로 수입을 관리하는 수입자유화정책도 이와 같은 가격경쟁의 이론을 바탕으로 하여 그 긍정적 효과가 제시된다. 그러나 이와 같은 가격경쟁의 효율성은 주어진 한 시점에서의 資源配分(자원배분)의 最適性(최적성)을 의미할 뿐 여러 시점을 잇는 일정기간에 걸친 動態的(동태적) 효율성까지를 포함하는 것은 아니다. 가격경쟁은 新製品(신제품) 新素材(신소재) 등의 기술혁신을 설명할 수 없으며 단지 원가절감에 관계되는 공정혁신만을 분석할 수 있기 때문이다.

이러한 문제의식을 가지고 현실을 면밀히 관찰해 보면 경쟁의 형태로 비가격 경쟁이 오히려 일반적인 현상임을 발견할 수 있다. 수없이 많은 새로운 제품들이 세상에 소개되었다가 사라지곤 하는 현상은 제품차별화를 중심으로 이루어지는 비가격 경쟁의 결과이다. 수요자금융, 아프터서비스, 디자인 포장, 새로운 성능의 개발, 신소재의 사용 등이 제품차별화의 내용을 이룬다. 이와 같은 비가격경쟁이 한 제품의 수명을 결정해 주면서 동태적 경제발전의 원동력이 되고 있는 것이다.

그러면 가격경쟁을 통한 한 시점에서의 정태적 효율성이 곧 비가격경쟁을 통한 동태적 효율성으로 연결되지는 않는가. 그렇다면 문제는 간단할 텐데 이들 간에는 서로 相衝(상충)하는 측면이 있기 때문에 우리는 고민하게 된다. 즉 가격경쟁은 초과이윤이 존재하지 않는 상태에서 最適解(최적해)를 찾아내는 반면에 非價格競爭(비가격경쟁)은 超過利潤(초과이윤)을 기본 전제로 하여 이루어지는 것이다.

현재까지의 경위로 보아 정책당국자들은 가격경쟁이 기술혁신이 주도하는 동태적 효율성까지 보장하는 것으로 착각하고 있는 듯하며 이러한 기본시각상의 오류는 수입자유화가 기술집약형 산업구조의 확립에 기여할 것이라는 정부의 기대 속에 반영되고 있다. 가격경쟁의 효율성을 추구하는 수입자유화정책은 기술적 불확실성과 시장수요 상의 불확실성을 증대시키고 이와 관련해 초과이윤의 가능성을 배제함으로써 국내업계가 기술혁신에 투자할 유인을 크게 감소시키는 결과를 가져올 것으로 전망된다.

이에 따라 高附加價値(고부가가치)를 추구하는 적극적 산업활동이 약화되고 불확실성 아래에서 흔히 야기되는 수동적인 기업운영이 일반화될 가능성조차 있다. 이는 우리의 산업구조를 後進國型(후진국형)으로 후퇴시킬 소지까지 안고 있는 셈이다. 여기에서 우리는 기술혁신정책을 크게 강화할 필요성을 느끼게 된다. 즉 수입자유와의 추진을 통하여 가격경쟁의 효율성을 추구하는 한편 기술적 시장수요 상의 불확실성 증대라는 부작용의 측면을 상쇄하여 기술혁신활동에 관한한 초과이윤을 보장하여 줄 수 있는 보완책이 기술혁신정책의 차원에서 마련되어야할 것이다. 이를 위해서는 商工部(상공부) 科技處(과기처) 등 有關政府組織(유관정부조직)의 개편까지를 포함하는 개혁적인 기술주도 경제정책이 수립되어야 할 것으로 본다.

둘째는 國際收支(국제수지)를 보는 시각에 관한 사항이다. 수입자유화를 추진하는 정책당국자는 수입자유화가 수입경쟁부문에 있던 자원을 수출부문으로 이동토록해 수출이 증대될 것이기 때문에 국제수지상 어려움이 없을 것이며 오히려 국제분업체제가 더욱 강화되어 수출지향적 산업구조가 확립될 것이라고 보고 있는 듯하다. 이러한 사고의 틀 또한 너무 단순하고 위험하다. 수입자유화에 의해서 경쟁력이 약한 수입경쟁산업으로부터 풀려나오게 될 物的(물적) 人的(인적)자원은 수출부문이 아닌 비무역부문으로 이동될 수도 있다. 만약에 수입경쟁산업으로부터 풀려나오게 되는 자원의 대부분이 不確實性(불확실성)이 낮고 이윤율이 높은 국내 非貿易部門(비무이부문)으로 이동할 경우 수입증가를 相殺(상쇄)할 수 있는 수출증가는 기대할 수 없게 된다.

근래에 사치성 서비스업종 빌딩임대업 등이 크게 늘어나고 있음을 低金利(저금리) 때문으로만 간주함은 誤算(오산)이다. 자원의 흐름이 수익성이 높고 안전한 방향으로 이루어짐은 극히 당연한 일이다. 설령 낙관적으로 보아 수출부문으로 자원이 이동한다 해도 그 조정기간이 상당히 소요될 것이고 그 기간 중에는 수입은 증대되는데 수출은 늘지 않아 국제수지가 크게 악화될 수 있다.

이러한 國際收支(국제수지)의 측면에서 두 가지의 보완정책이 강구돼야 할 것이다. 하나는 경쟁력이 약한 수입경쟁산업으로부터 풀려나온 자원의 대부분이 수출부문으로 이동하도록 유도할 수 있는 정책수단의 개발이다. 다른 하나는 이와 같은 자원의 이동이 보다 용이하게 이루어질 수 있도록 지원하여 줌으로써 이동의 기간을 단축하고 이동 시 발생하는 사회적 비용을 극소화할 수 있는 산업조정 정책수단의 개발이다. 이와 같은 보완적 정책수단의 개발 없이는 국제수지상의 어려움을 피할 수 없으리라 본다.

큰 것부터 작은 것까지 모든 정책수단은 정책당국자의 사고의 틀에 의해서 영향을 받는다. 수입자유화를 추진하는 어려운 일을 맡고 있는 정책결정자들의 사고 외 틀이 좀 더 伸縮的(신축적)이고 넓어지길 바란다.

〈西江大(서강대)교수·경제학〉

金廣斗(김광두)

技術(기술)혁신推進(추진) 보완조치 부족
매일경제 | 1983.08.26 기사(칼럼/논단)

金廣斗(김광두)
〈西江大(서강대)교수·經博(경박)〉

이번에 발표된 안은 기본골격은 한국개발연구원이 提示(제시)했던 바와 거의 유사하며 그러한 점에서 80년대의 국제경영여건을 전망하는 눈과 수입자유화의 추진 과정에서의 부작용을 극소화하기 위한 보완조치의 측면에서 만족스럽지 못하게 느껴진다.

수입자유화의 밀접히 관계되는 국제경제의 여건으로서 80년대의 국제무역신장률 전망과 한국 등 일부 중진국들의 과중한 대외부채 및 이에 연관되는 국제금융자금의 추이에 관한 전망 등의 요인을 들 수 있다.

일반적으로 80년대의 세계무역은 소폭적인 增加(증가)에 머무르게 될 것으로 예측되고 있으며, 産油國(산유국)의 오일달러보유고 감소와 선진제국의 저성장으로 인하여 60년대와 70년대에 가능했던 일부 중진국들의 해외차입을 통한 초과수입의 支辨(지변)은 어려울 것으로 전망되고 있다.

우리가 지금 추진하고 있는 수입자유화의 기본목적 중 하나는 과보호된 내수산업의 자원을 수출산업으로 재배분하여 수출을 증대하려고 하는 데 있다.

그러나 이러한 목적은 세 가지 전제조건이 충족될 때 달성이 가능하다. 하나는 수출시장에서의 우리상품에 대한 수입수요의 높은 증가이다. 둘째는 자원의 재분배 과정에서 나타나는 수입초과현상을 우리의 국제수지 상황이 견디어낼 수 있어야 한다는 점이다. 셋째는 수입자유화의 진전에 따라 과보호된 내수산업으로부터 유출될 자원이 대부분 수출산업으로 유입되어야 한다는 점이다.

다음으로 문제가 제기되는 부문이 중공업과 기술혁신의 추진을 위한 보완조치가 부족하다는 점이다.

나는 1983~86년 시기에 산업과 기술에 관한 연구를 주로 했다.

"태평양 지역에서의 국가간 중복투자 연구," KDI, 1983.

"국제적 관점에서 본 한국의 산업정책," 한국경제연구원, 1984.

"한국의 첨단산업의 육성과제와 발전전략," 한국과학재단, 1986.

등의 연구보고서를 출간하였다.

사진: 우리나라 尖斷産業(첨단산업)의 發展展望(발전전망)과 政策
課題(정책과제)에 관한 研究(연구)

이 시기에 정부는 대통령이 주재하는 "기술진흥확대회의"를 연 2~3회 정도 개최했다. 이 회의는 과학기술처가 주관했다. 당시 과기처 차관은 조경목 씨, 주무국인 기술진흥국장은 최영환 씨였다. 이분들의 초대로 다양한 주제에 관한 짧은 연구를 하여 "기술진흥확대회의"에 상정했다. 당시 전국경제인연합회의 고 김영우(金永佑) 상무가 여러 차례 작업에 참여해서 현장 감각을 보완했다.

사진: 1983년 이후 수입자유화 논쟁이 활발히 전개되었다. 이 사진은 그런 과정에서 진행된 여러 강연 중 하나

80년대 초, 대학에서 기술경제를 연구하고 가르치는 교수가 희소했다. 서울대의 박우희 교수, KAIST의 이진주 교수 정도로 기억된다. KDI에서는 고 김인수 박사가 기술경제를 연구했다. 이런 희소성 때문에 나는 다양한 기술 경제 경영 관련 모임에 초대되었다. 현존하는 "기술경제 경영 연구회(초대 회장: 박우희)"는 이때 결성되었다.

　　나는 이런 산업과 기술에 관한 연구와 현실 참여가 밑거름이 되어 1986년에 작성된 6차 경제사회발전 5개년 계획(1987~1991)의 공업부문 민간위원장으로 참여했다. 당시 정부측 위원장은 고 안광구 전 상공부장관(당시 산업정책국장)이었다.

사진: 이 시기에 나는 꾸준히 테니스를 즐겼다

22
정치 민주화, 민간 역할
확대, 그리고 기업윤리

서강대 교수 28명이 "시국 선언문"을 발표했다.

1986년 4월 25일이었다. 나도 그들 중 하나였다.

"한국의 민주화와 대학 자율화를 위한 우리들의 견해"라는 제목이었다.

당시 한국 정치는 권위주의 체제였다.

학생들과 진보 진영의 시민들이 꾸준히 정치 민주화 운동을 벌여왔었고 일부 교수들도 동참했다. 이런 흐름 속에 서강대 교수들도 뜻을 모은 것이었다.

西江大(서강대)교수 28명 時局(시국)성명서 발표
조선일보 | 1986.04.25 기사(뉴스)

서강대학교 교수 28명은 24일 '한국의 민주화와 대학자율화를 위한 우리들의 견해'라는 시국성명서를 발표했다. 교수들은 성명에서 '국민이 국가의 기본법인 헌법을 제정 또는 개정하고 대통령 선출 방법을 논의하는 것은 기본적인 권리'라고 전제하고 '따라서 개헌문제에 대한국민의 자유로운 의사표시를 막아서는 안 된다'고 밝혔다.

교수들은 또 대학구내에서의 물리력의 행사와 화학물질의 남용은 대학을 황폐케하고 국력을 낭비한다고 지적하고, '학생들은 어떠한 경우라도 폭력은 정당화될 수 없다는 사실을 인식하고, 민주적 평화적인 방법으로 의견을 제시하라'고 촉구했다.

서명교수는 다음과 같다. 吉熙星(길희성) 金基鳳(김기봉) 金福雄 金舜基 金勝惠(김복웅 김순기 김승혜) 金榮漢(김영한) 金春鎬(김춘호) 金翰奎 金弘明(김한규 김홍명) 朴廣緖(박광서) 朴文守(박문수) 朴鐘大 吳炳善(박종대 오병선) 李甲允(이갑윤) 李道星(이도성) 李鐘旭 李周棟(이종욱 이주동) 任珍昌(임진창) 張達重(장달중) 趙兢鎬 趙玉羅(조긍호 조옥라) 鄭求珣(정구순) 鄭良謨(정양모) 崔載賢 崔賢茂(최재현 최현무) 洪承基(홍승기) 金廣斗(김광두) 李泰旭(이태욱)

이런 뜻에 내가 동참한 것은 권위주의 체제로는 사회적 평화가 이루어지기 어렵고, 경제발전도 지속될 수 없다고 생각했기 때문이었다. 권위주의 체제는 기득권을 바탕으로 움직이기 때문에 국가 구성원들에게 균등한 기회를 제공할 수 없다. 기회를 제약 받는 개인들에게 자유와 공정은 뜬구름일 뿐이다.

경제의 지속적 발전을 가능하게 하는 것은 자율과 창의에 바탕을 둔 기업가정신이다. 권위주의 체제는 권력의 자의적(恣意的) 시장 개입을 가능하게 하여 공정한 규칙에 의한 시장경쟁을 훼손한다. 자율과 창의보다는 정경유착(政經癒着)과 부패의 가능성이 높다.

이런 정치 민주화의 열망에 맞춰 정부가 내놓은 경제정책 관련법 중 하나가 "공업발전법"이었다. 이 법안은 1985년부터 입안되어 1986년 7월 1일부터 시행되었다. 이 법은 1973년의 "중화학공업 선언" 이후 입법 시행된 7대 개별 산업육성특별법들을 단일화하여 대체(代替)한 것이었다.

이 법안이 갖는 의미는 정부의 시장 개입 범위를 축소하고 민간의 자율적 의사결정 범위를 확대한 것이었다. 이 법은 민간 전문가들을 주축으로 한 "공업발전심의회"를 주요 의사결정 심의기구로 설정했고, "유망유치산업"과 "불황 산업"에만 정부가 개입하도록 했다.

공업발전심의회는 후에 산업발전심의회로 명칭이 바뀌었고, 나는 1998년경부터 3년간 그 위원장을 맡았다.

官(관)에서 民主導(민주도)의 政策(정책)기대 工業發展法(공업발전법)(案(안))의 실효성
매일경제 | 1985.09.14 기사(칼럼/논단)

官(관)에서 民主導(민주도)의 政策(정책)기대
工業發展法(공업발전법)(案(안))의 실효성
租減法(조감법)과의 調和(조화)의妙(묘) 긴요

金廣斗(김광두) 〈西江大(서강대)교수·經博(경박)〉

자율과 개방이라는 단순논리가 지배하고 있는 현 경제정책의 큰 흐름 속에서 시장경제의 불완전성을 보완하려는 의지를 담은 공업발전법(案(안))이 상공부에 의해서 준비되었음은 매우 반가운 일이다. 이 법안은 크게 보아 3가지 특징을 갖고 있다.

첫째는 60년대 이후 지속되어온 정부주도의 정책수립을 반성하여 민간의 의견을 최대한 존중하기 위한 제도적 장치를 마련하였다는 점이다. 민간기업·학계·전문가들로 구성될 공업구조심의회의 설치는 기능으로 보아 매우 뜻깊은 일로 본다.

둘째는 합리화 대상 업종을 지정하여 해당 업종의 합리화를 촉진함에 있어서 有望幼稚業種(유망유치업종)과 경쟁력 상실 업종이라는 개념을 도입하였다는 점이다. 이는 지금까지 사용되어온 특정 전략산업의 개념을 우리 산업구조의 변화와 국제무역환경의 변동에 대응하여 적절히 발전시킨 것으로 평가할 수 있다.

셋째는 산업활동에 대한 지원방식을 특정업종별 지원에서 기술수준과 생산성의 향상을 위한 자원으로 전환하였다는 점이다. 즉 업종별 지원은 합리화 대상 업종에 국한시킴으로써 극소화하고 기술투자에 대하여 중점적으로 지원함으로써 산업활동의 양적확대보다는 질적高度化(고도화)에 더욱 力點(역점)을 두겠다는 것으로서 우리 산업의 현위치로 보아 매우 바람직한 방향 설정이다.

그러나 동법(안)이 실제적으로 공업발전에 기여할 수 있기 위해서는 여러가지 해결해야 할 문제가 아직도 남아있음을 매우 안타깝게 생각한다.

첫째 문제는 재무부가 관장하고 있는 조세감면규제법과의 조화를 어떻게 이루느냐 하는 점이다. 왜냐하면 조세감면규제법 47조에 나타나 있는 산업합리화지정대상업종의 기준과 지정절차가 공업

발전법(안)5조가 규정하고 있는 합리화 대상 업종의 기준 및 지정 절차와 상이하기 때문이다.

이와 같은 두 법(안) 간의 차이는 산업합리화의 효율적 추진의 시발점이 될 부실기업의 처리문제에서부터 재무부와 상공부 간의 對立(대립)이 나타날 가능성을 내포하고 있는 셈이다. 실제로 재무부가 부실기업의 정리를 주로 겨냥하여 제시한 조감법 개정안의 내용은 상공부의 공업발전법(안)과의 조화를 크게 의식하여 준비된 것으로 보이지는 않는다. 오히려 재무부는 자신의 '발등의 불' 격인 금융정상화를 염두에 두고 조감법 개정안을 마련한 듯한 인상을 풍긴다.

이러한 재무부의 입장을 고려할 때 재무부 소관인 재정·금융상의 정책수단이 합리화 업종에 대해 공업발전법(안)이 원하는 방향으로 적용될 수 있을 것인지 매우 의심스럽다.

둘째 문제는 공업기술의 향상 노력에 있어서 현재까지 기술진흥확대회의를 주관하여 온 과학기술처와 유기적 협조체제를 어떻게 구축하여 나가느냐 하는 점이다.

공업발전법(안)의 12조(공업기반기술연구사업)와 13조(공업기술개발촉진사업)는 공업기술 및 생산성 향상을 추진하기 위한 핵심 조항이다. 그러나 이 2조항이 실효성을 발휘할 수 있기 위해서는 과학기술처와의 협력이 필수적이다. 制限(제한)된 국가자원의 효율적 사용이라는 측면을 고려할 때 기존 과기처 산하 연구기관의 기능과 중복된 기구를 상공부 산하에 신설한다는 것은 바람직하지 못하며 정부 조직의 개편에 의한 부처 간 업무의 조정이 없는 한 과기처가 지금까지 고유 업무로 관장하여온 사항을 상공부가 다스릴 수는 더욱 없기 때문이다.

이론적으로 우리는 기술혁신의 전과정을 新技術(신기술)의 확보

단계와 사업화의 단계로 나눌 수 있으며 이와 같은 단계이론에 바탕을 두고 과기처와 상공부의 分業體制(분업체제)를 설정할 수는 있다. 그러나 공업발전법(안)이 現實的(현실적)으로 부딪치는 문제는 두 부처 간의 明確(명확)한 업무분담보다는 기술과 산업을 어떻게 유기적으로 연결시키느냐 하는 점이다. 만약에 산업기술을 보는 상공부의 시각이 우선순위의 선정 등의 정책수행에 있어서 과기처의 견해와 일치한다면 두 부처 간의 협조는 자연적으로 이루어질 것이지만 그렇지 못할 경우 기술과 산업의 연계는 쉽게 이루어질 수 없다.

두 부처 간의 시각과 견해가 일치하기란 쉽지 않다고 보는 것이 보다 더 현실적인 인식이라면 공업발전법(안)12조와 13조의 실효성도 제한된 범위 내에서만 나타나게 될 전망이다.

셋째 문제는 工業構造審議會(공업구조심의회)의 효율적 운영에 관한 사항이다.

이 심의회는 동법(안)의 民主導的(민주도적) 성격을 나타내는 상징일뿐만 아니라 동법(안)의 시행을 돕는 두뇌집단이다. 따라서 앞의 2문제가 정부차원에서 잘 해결된다고 할지라도 이 심의회의 지혜를 최대로 수렴할 수 있는 운영체제를 마련하지 못할 경우 동법(안)이 추구하는 공업의 합리적 발전은 이루어지기 어려울 것이다. 때문에 정부 당국은 지금까지 구성되어 왔던 수없이 많은 민주도를 구호로 내건 위원회들이 사실상으로는 정부 결정사항의 추인기구에 불과하였다는 경험을 잘 吟味(음미)하면서 전혀 새로운 각도에서 이 심의회를 운영하는 방법을 연구해야 한다. 현직 정책당국자들이 상당한 自制力(자제력)을 발휘하지 않는 한 또 다른 허구적 명칭으로써 이 심의회가 이용될 가능성이 높다고 본다. 80년대에 들어와 경제정책의 일관성 결여 문제가 끊임없이 제기되어 왔다. 이에 덧붙여 정책의 실효성 또한 매우 중요함을 강조하고 싶다. 호랑이처럼 발표된 정책이 시행과정에서 고양이 역할밖에 못한다면 정부정책에 대한 불신을 더욱 깊어질 것이며 어떠한 정부정책도 불신받는 가운데 성공할 수는 없기 때문이다.

工業發展法(공업발전법)(案(안))의 실효성 제고를 위한 당국의 행정기술 향상을 기대해본다.

3저(3低)의 훈풍!

1985년 가을, 훈훈한 바람이 태평양에서 불어왔다.

미국이 주도한 플라자 합의(1985년 9월 22일)로 일본의 엔화 가치가 폭등하고, 미국의 통화 긴축 완화로 국제금리가 낮아지고 산유국들의 석유 증산으로 국제유가가 하락했다.

환율 효과에 의해 우리 수출의 가격 경쟁력이 강화되고, 외채 금리 지급액과 수입 유가 부담이 경감(輕減)되었다. 이로 인해 만성적 경상수지 적자가 1986년에 흑자로 전환되어 1989년까지 지속되었다.

전두환 정부는 80년대 초의 경기침체를 경제 체질 강화 정책으로 극복하려 했다. 정부는 재정 통화 긴축에 의한 물가안정을 경제정책의 최우선 순위에 놓았다. 선거에 의해 선출된 정부였다면 선택하기 어려운 비인기정책이었다. 그러나 그 어려움을 견디면서 경제 체질 강화, 재정 건전성 회복, 기업의 연구개발 투자 증가 등이 진행되었다.

태평양을 건너온 3저의 훈풍(薰風)이 고통스러운 재활(再活) 훈련 중인 한국경제에 활기를 불어넣었다. 재활 훈련으로 되찾은 경쟁력으로 한국의 상품들은 훈풍을 타고 태평양을 횡단할 수 있었다.

3저 현상으로 경제가 침체기를 벗어나 활황 국면에 진입하면서 정치 민주화와 민간 기업의 자율성이 요구되는 흐름이 더욱 강해졌다. 자율엔 책임이 뒤따른다. 자연스럽게 기업윤리에 대한 재조명(再照明)도 사회적 이슈로 등장했다. 경제성장과 사회통합의 동반(同伴)이 국가경쟁력의 구조적 뿌리임을 주장하는 목소리가 높아졌다.

정치 민주화가 경제민주화와 동반하는 것은 자본주의 발전이 성공한 국가들의 역사적 경험이었다. 한국은 60~70년대의 압축적 고도성장을 바탕으로 "절대적 빈곤"으로부터 탈출했다. 이제는 "노동착취", "중소기업 죽이기"와 같은 압축성장 과정의 잘못된 관행(慣行)은 사라져야 할 때가 된 것이었다.

그동안 정경유착에 의해 재벌이 성장해왔다 하더라도 이제부터는 윤리경영으로 사회 구성원들과 상생하고 기술 중심의 국제 경쟁력을 확보해야 할 경제구조와 시대적 국면에 들어섰다고 나는 판단했다.

정치 민주화가 선언되고, 경제민주화 요구의 봇물이 터진 1987년이 다가오고 있었다.

合意(합의)와 奉仕(봉사)' 기업精神(정신) 배양
매일경제 | 1986.10.02. 논단

'合意(합의)와 奉仕(봉사)' 기업精神(정신) 배양
自由(자유)경제와 企業倫理(기업윤리)
社會(사회)·기업의 共同體(공동체)의식 회복시급
政策的(정책적) 지원 통한 發展(발전) 한계점 도달
부동산 買占(매점)행위로 反企業(반기업) 분위기 자초
무분별한 문어발式(식) 領域(영역)확장 경제效率(효율) 저하
'負債(부채) 규모가 공 기업規模(규모)' 歪曲(왜곡)풍토 근절돼야

金廣斗(김광두)〈西江大(서강대) 經濟學科(경제학과) 교수〉

自律性(자율성) 크게 저하

18세기 영국의 가장한 문제는 가난을 어떻게 해결하느냐 하는 것
이었다. 당시 英國(영국)의 인구는 7백만 명 수준이었는데 그중 2
백만 명 정도가 極貧者(극빈자)들로서 당시의 사회체제로써는 이
들을 도와줄 수 있는 길이 막연했다. 이들이야말로 '無産者(무산
자)(Proletarians)'였으며 정부에서 할 수 있는 일은 기껏 빈민수용
소에 이들을 쏴셔넣는 일이었다.
이러한 극한상황에서 벗어나기 위한 無産者(무산자)들 몸부림 속
에서 근대자본주의의 萌芽(맹아)가 싹텄다.
이 무산자들 가운데 사람들을 집결시켜 무엇인가 만들 수 있는 조
그마한 공장을 세우려고 노력한 사람들이 있었다. 이들은 모든 사
람들의 慾求(욕구)를 충족시켜줄 수 있는 물건들을 생산했다. 이

와 같은 大衆(대중)을 위한 상품 생산체제는 곧 大量生産(대량생산
으로 이어지게 됐고, 이것이 곧 近代資本主義(근대자본주의)의 기
원이 된 셈이다.

이러한 가난으로부터의 탈출 노력의 결과 영국의 자본주의가 전개
된 시기, 즉 1760~1830년 사이에 英國(영국)의 인구는 두 배로 증
가했다. 이것은 절대빈곤으로 인하여 그전 같으면 굶주려 죽었을
아이들이 살아남아 성장하여 성인 남녀가 되었음을 의미한다. 무
산자 혁신가들에 의하여 나타난 자본주의라는 제도가 英國(영국)
을 가난으로부터 벗어나게 해주었으며 현재의 인류가 즐기고 있는
생활의 풍요를 잉태했다.

英國(영국) 사회에서 버림받은 위치에 있던 無産者(무산자)들이
기업가로 변신할 수 있었던 것은 모든 사람의 욕구, 즉 일반대중이
원하는 바를 충족시켜줄 수 있었기 때문이다. 그들이 도시에서 상
류계급의 수요만을 위해 노력했다면 단순한 가공업자에 불과했을
것이고 결과적으로 극빈자들의 고용증대를 통한 절대빈곤의 해결
에도 기여하지 못했을 것이다.

즉 자본주의의 기본 생산체제인 大量生産(대량생산)은 일반 소비
자들의 욕구를 보다 잘 충족시켜줌으로써 가능했던 것이다. 이렇
게 볼 때 소위 대기업이라는 것은 대중의 소비욕구를 가장 잘 채워
줄 수 있는 능력을 갖고 있는 기업으로 볼 수 있다.

그러면 大衆(대중)이란 무엇인가? 이는 한 사회의 모든 구성원을
의미한다. 생산자 자신도, 노동자도, 정부관리도, 성직자도 모두 대
중을 구성한다. 때문에 대중의 욕구를 잘 충족시킨다는 것은 곧 모
든 社會構成員(사회구성원)의 충실한 하인이 된다는 것을 의미한
다. 결국 기업의 성공적인 성장은 사회에의 적극적인 봉사를 통해

사회구성원의 후원을 얻음으로써 가능했으며, 기업의 이러한 노력은 원가절감·제품혁신 등의 형태로 나타났고, 資本主義(자본주의)의 지속적인 발전은 이와 같은 기업과 사회구성원 간의 共同體(공동체적) 협조정신을 바탕으로 이루어져 왔다고 볼 수 있다.

그러나 상품을 통하여 생산자와 소비자라는 관계에서 이루어졌던 初期資本主義(초기자본주의)에서의 기업과 대중 간의 단순한 관계가 자본주의의 발달과 함께 보다 多元化(다원화)되어감에 따라 기업과 사회 간에 마찰의 소지가 많아지게 되었다. 이 부조화는 기업의 적극적 봉사정신에 기초한 대응이 있을 경우 쉽게 풀리겠지만 그렇지 못할 경우 기업과 사회 간의 협조체제가 깨지거나 정부의 對企業規制(대기업규제)가 강화되는 과정을 겪으면서 기업의 자율성을 크게 저하시키는 방향으로 발전하기 쉬우며, 이는 자본주의의 발달을 크게 저해하는 결과를 가져다 줄 것이다.

韓國(한국)에 있어서 근대적 기업의 태동은 3.1운동 이후 일제의 文化政策(문화정책)으로 민족기업에 대한 제약이 완화된 것을 계기로 하여 이루어지긴 했으나, 近代資本主義型(근대자본주의형) 기업가들이 한국사회에 뚜렷한 모습을 나타낸 시기는 1963년 이후로 볼 수 있다.

따라서 한국자본주의의 실질적 形成(형성) 시기는 1963년 이후라고 말할 수 있다.

그러나 60年代(연대)에 그 모습을 나타낸 기업들의 자본축적이 50년대의 企業外的(기업외적) 활동에 상당한 바탕을 두고 이루어졌다는 점에서 한국자본주의의 형성 기반은 선진자본주의 경제와 다르다. 즉 50년대 우리나라 기업들은 귀속재산불하, 원조물자불하, 특혜금융(外資(외자)따먹기) 등 企業外的(기업외적) 활동을 통해 성장한 경우가 많으며 대중에의 봉사를 통하여 대중의 후원을 얻으면서 성장한 경우는 오히려 드물었다. 이러한 기업들의 과거가 현재 우리사회의 대기업 불신풍조의 기원이 되지 않았나 생각된다.

취약한 精神(정신) 기반

60년대에도 대부분의 기업들은 정부주도하에 이루어진 수출드라이브 정책에 참여함으로써 강력한 정부의 지원을 받았고 70년대에도 정부의 중화학공업정책과 지원 하에서 성장해 왔다.

이 과정에서 기업발전은 정부의 강력한 財政(재정)·金融(금융)의 지원, 정부보증에 의한 外資導入(외자도입), 기타 行政的(행정적)·制度的(제도적) 지원을 통하여 이루어졌으며 사회에의 봉사 개념은 기업의 성장에 크게 중요시되지 않았다.

때문에 한국의 자본주의는 先進資本主義經濟(선진자본주의경제)의 基本精神(기본정신)ㅣ기업의 사회에의 봉사를 통한 성장과 자본의 축적ㅣ을 갖추지 못한 상태에서 형성·발달하게 되었다. 즉 英(영)·美(미)나 日本(일본)의 자본주의 체제하에서 기업들이 이룩한 성장의 바탕이 기업의 社會(사회)봉사라는 資本主義(자본주의) 정신과 뛰어난 經營能力(경영능력)의 결합이었다면 한국의 자본주의는 기업들의 정부정책과 經營(경영)능력의 결합을 바탕으로 형성 발달해 온 셈이다.

이러한 성장경험 때문에 한국기업들의 자본주의적 정신 기반은 매우 약하게 됐으며 그 결과 사회의 反企業(반기업) 분위기와 기업인에 대한 不信(불신)풍조를 팽배시키는 여러가지 행위를 自制(자제)하지 못했다. 그 가운데 중요한 행위 몇 가지를 들어보겠다.

첫째는 기업, 특히 巨大企業(거대기업)들의 不動産(부동산) 買占行

爲(매점행위)이다. 소위 부실기업이라고 불리는 기업들조차도 非業務用(비업무용) 부동산을 많이 보유하고 있는 경우가 눈에 띄고 있으며, 일부 기업들은 산업활동에 필요한 자금을 不動産(부동산) 買入(매입)에 사용함으로써 경영상의 어려움에 봉착하고서는 정부의 지원을 요청하는 경우도 있는 것으로 알려지고 있다. 최근에 있었던 증권시장의 활황에 일부 기업들이 수출지원자금을 투자자금으로 사용하였다는 소문도 이러한 맥락에서 충분히 있을 수 있는 일이다. 자본주의 사회에서 이러한 商業主義(상업주의)가 있어서는 안 된다는 주장은 할 수 없다. 그러나 자본주의의 형성과 발달의 주체가 되는 기업의 경영원리는 産業主義(산업주의)에 있어야 한다. 기업이라는 강한 조직이 상업주의에 집착할 경우 기업과 사회는 대립관계에 서게됨으로써 상호협조체제가 무너지고 이는 자본주의의 건전한 발달을 저해하며, 더 나아가 企業(기업) 스스로의 成長(성장)도 어렵게 되기 때문이다.

더구나 한국 기업들의 성장이 정부의 강력한 지원에 크게 힘입었다는 점과 그들이 부동산이나 증권의 매입에 사용한 자금이 정책금융의 한부분일 가능성이 있다는 점은 사회의 反企業(반기업) 감정을 유발하기에 족하고도 남는다.

둘째는 巨大企業集團(거대기업집단)들의 문어발식 영역확장 행위이다. 굴지의 기업집단이 아이스크림사업에 진출해서 영세업자들을 모두 망하게 한다거나 두부공장을 만들거나 대규모 음식점 또는 빵집을 경영함으로써 사회적 비난을 받았던 경험을 우리는 기억하고 있다. 이러한 극단적인 경우가 아니더라도 기업이나 산업의 경쟁력 강화와는 무관한 사업영역을 부동산 매입식 영토확장의 개념을 가지고 파고드는 경우가 흔히 노출된다.

이러한 문어발式(식) 영토확장은 기업과 경제의 효율성을 저하시킴은 물론 연관되는 다른 사회구성체에 피해를 줌으로써 사회적 갈등을 심화시킨다는 데에 문제가 있다. 더 나아가 이러한 행위는 경제력집중문제를 초래하여 소득분배에 관한 사회·정치적 대립을 유발한다.

특히 대기업이 중소기업에 적합한 업종에 진출하여 막강한 자본력을 바탕으로 중소기업을 망하게 하는 행위나 대기업이 중소기업과 하청관계를 맺고 있는 경우 그 유리한 입장을 이용하여 불공한 거래를 강요하는 행위 등은 대기업의 자본주의정신 부재현상을 잘 나타내주고 있으며 모든 사회구성체의 강한 반발을 사기에 충분하다.

셋째, 거대기업집단일수록 자기자본보다는 타인자본에 의존하는 부채의존형 경영을 하는 자세를 보이고 있다는 점이다. 즉 韓國(한국) 30大(대)기업의 자기자본 비율은 17%에 불과하나 韓國(한국)의 제조업 전체 평균은 22%이다.

따라서 우리 사회에 있어서 기업의 규모란 負債(부채)의 규모에 의해서 결정되는 셈이다. 때문에 중소기업이 성장하여 대기업이 되고, 대기업이 성장하여 巨大企業(거대기업)이 되는 資本主義體制下(자본주의체제하)의 정상적인 단계가 없이 巨額(거액)의 外資(외자) 또는 은행자금의 借入(차입)기회를 포착한 기업이 곧 재벌기업의 가능성을 갖게 된다는 인식이 사회구성원들 사이에 자리잡게 되었다.

더 나아가 이러한 負債依存型(부채의존형) 거대기업들이 不實化(부실화)되었을 경우 사회에 막대한 不實債權(부실채권)의 부담을 안겨주게 되며 실제로 일부 기업의 부실채권의 규모는 수조원의 규모인 것으로 추정되고 있다.

經濟(경제)정책도 문제

이러한 일부 巨大企業(거대기업)들의 존립樣態(양태)로 인하여 사회구성원들은 기업을 불신하게 되고 기업과 관료의 유착을 통한 特惠(특혜)가 巨大企業(거대기업) 生成(생성)의 常道(상도)인 것처럼 인식되는 風土(풍토)가 조성되었다.

우리 기업들의 성장경험과 存立樣式(존립양식)이 자본주의적 정신 기반을 갖출 필요를 못 느끼게 했다면 이는 상당부분 정부의 經濟政策(경제정책)에도 기인한다. 왜냐하면 우리 경제는 지속적으로 정부주도형이었고, 현재도 그렇기 때문이다. 예컨대 내세워지고 있는 自律化(자율화) 구호와는 달리 기업활동의 핵심요소인 資金調達(자금조달)이 정부의 의사에 따라 상당한 영향을 받고 있음은 다 아는 비밀이다.

근래에 이루어진 租稅減免規制法(조세감면규제법)과 韓國銀行(한국은행)의 對(대)시중은행 特融(특융) 그리고 이에 관련된 부실기업의 내용 非公開(비공개) 등은 사회적 합의가 더욱 중요한 시기에 다시 한번 경제정책의 도덕성 缺如(결여)를 노출하면서 기업들의 資本主義精神(자본주의정신) 不在狀態(부재상태)를 연장시켜준 좋은 예이다.

租減法(조감법)은 그 궁극적 효과가 어떻든 간에 일부 부실화된 기업들의 부동산 투자를 事後的(사후적)으로 합리화시켜 준 조치나 다름없다.

韓銀(한은)의 특융은 금융기관이 어떠한 사유에서든 간에 무분별하게 대출해준 결과 안게된 不實債權(부실채권)을 국민에게 넘겨준거나 다름없는 조치이다. 이러한 조치의 영향을 받고 있는 국민들은 그 배경이 되고 있는 不實企業(부실기업)들에 관하여 당연히 알 권리가 있다. 국민에게 공개됨으로써 대외적인 면에서 어떠한 불이익이 우리 경제에 주어질 수도 있겠지만 자본주의정신을 바탕으로 한 국민적 합의를 위해서 이는 마땅히 공개되어야 하는 것이다.

경제정책 수행상의 이와 같은 도덕결여는 기업들의 경기 원칙(Rule of Game) 부재를 당연한 것으로 받아들이게 하여 자본주의 발전의 주체로서 기업이 갖추어야 할 정신적 기반을 경시하게 하는 기업풍토를 존속시키며 더 나아가 사회의 反企業(반기업) 분위기가 확대발전되어 정부에 대한 불신까지 만연되는 결과를 가져오고 있다.

기업의 자본주의적 정신기반의 不在(부재)는 어떻든 현재까지는 기업의 발전에 중요한 저해요인으로 고려되지 않아도 괜찮을 정도였다. 왜냐하면 국민들은 절대빈곤의 해결에 가장 큰 관심을 가져왔고 정부도 이를 위해서 국내시장 보호 등으로 기업의 시장수요를 확보해주었기 때문이다.

그러나 이제 기업활동의 경제·사회적 여건은 바른 속도로 변화하고 있으며 그중 가장 중요한 특성이 경제의 국제화와 양적 자본주의에서 질적 자본주의에로의 이행이다.

경제의 국제화에 따라 기업들이 享有(향유)해왔던 '보장된 국내시장'은 이제 외국기업의 진입에 의해 위협받게 되었다.

수요자에의 봉사라는 정신적 기반 위에서 기업활동을 해온 先進資本主義(선진자본주의) 기업과의 경쟁에서 국내기업이 생존하기 위해서는 우리 사회와의 협조관계를 정립하여 상호간에 공동체 의식을 회복하여야한다. 日本(일본) 식민지 시대를 살았던 우리 선배들은 民族資本(민족자본)으로 설립된 은행이나 공장을 共同體(공동체) 의식으로 바라보았으며 그 결과 韓國人(한국인) 공장이나 은행이 그 영세성을 극복하면서 생존·번영할 수 있었음을 상기해야 한다. 현재와 같은 反企業(반기업) 분위기가 해소되지 않을 때 국제화의 거센 파도 앞에서 국내 기업의 경쟁적 도태가 예견된다.

量的資本主義(양적자본주의)에서 質的資本主義(질적자본주의)로의 이행은 소득수준의 상승에 따라 이루어지는 대세이다. 量的資本主義(양적자본주의)란 절대빈곤으로부터의 탈피와 생활에 필요한 상품의 양적 해결이 중요시되는 초기자본주의적 상황을 의미한다.

質的(질적)자본주의 移行(이행)

이러한 상황에서는 필요한 제품의 量的(양적) 確保(확보) 자체가 문제이기 때문에 만들기만 하면 팔리는 販賣者市場(판매자시장)(Seller's Market)이 형성되며, 量的(양적)인 의미에서의 절대빈곤의 해결문제 때문에 個體(개체) 또는 特定集團(특정집단)의 利益極大化(이익극대화)의 경향이 사회 전체적으로 흐른다.

그러나 이와 같은 量的(양적)인 문제가 경제성장으로 인하여 해결되면서 점차 質的(질적)인 문제에 社會構成員(사회구성원)들의 관심이 모아지게 된다. 質的(질적)문제에의 관심의 내용들로서 需要者(수요자)의 선택이 중요시되는 購買者市場(구매자시장)(Buyer's Market), 貧富(빈부)격차의 완화와 기회의 平等(평등), 쾌적한 주거환경 등 社會的(사회적) 편익의 중시 등을 들 수 있으며, 이에 따라 기업의 社會的(사회적) 책임이 크게 강조되는 추이를 보이게 된다.

이러한 경우 국내기업은 외국기업과의 경쟁에서 생존하기가 매우 어려운 입장에 서게 되고, 나아가 사회적 불안이 조성된다. 상황이 이러한 지경에 이르면 이는 정치성을 내포하게 되며 이에 따라 정부의 개입이 강하게 나타나게 되고 결과적으로 기업은 그 自律性(자율성)을 他意(타의)에 의해서 크게 제약 받게 됨으로써 스스로 위축되지 않을 수 없게 된다.

이러한 점들을 고려할 때 경제의 국제화와 質的資本主義時代(질적 자본주의시대)로의 이행은 기업의 자본주의적 精神基盤(정신기반)을 강요하는 셈이며, 기업이 이러한 대세의 흐름에 역행하려 할 때 기업과 사회는 모두 바람직하지 못한 결과에 직면하게 될 것이다.

韓國(한국)경제의 오늘을 있게 한 주역 중의 하나가 기업과 기업인임을 부정하는 사람은 드물다. 그러나 韓國(한국)기업의 급속한 성장이 자유경쟁시장을 통해서 이루어진 측면보다는 정부의 정책적 지원을 받아 직접·간접적으로 국민과 사회의 부담과 협조하에 이루어진 측면이 더욱 강하기 때문에 그 사회적 책임이 크게 부각되는 것이다.

한편 기업 스스로도 경제의 국제성 증대와 質的資本主義時代(질적 자본주의시대)로의 이행이라는 큰 물결의 흐름에 순리대로 대응치 못할 경우 사회로부터 버림받아 그 생존에 위협을 받게 되고, 더 나아가 정부의 강력한 간섭을 불러들이게 되어 자율적 생명체로서의 기능을 상실하게 된다는 점을 인식해야 한다. 韓國(한국)자본주의의 건전한 발전을 위해서 사회적 합의를 중시하는 기업정신의 배양이 요청되고 있는 것이다.

사진: 1980년대 당시 다양한 최고경영자 연찬회가 있었다. 제주도에서 열린 어느 하계 모임에서 연대 송 자 교수와 함께

V 서강학파의 일원으로

23

일본을 알자: 히토쓰바시(一橋)대학 객원 교수로

Rising Sun!

1980년대, 세계는 일본 경제를 이렇게 불렀다.

일본의 도요타 승용차가 미국 도로를 누볐고, 일본의 소니 가전 제품들이 미국 가정의 부엌과 거실을 채웠다. 일본 투자자들이 뉴욕의 초고층 빌딩들을 매수했고, 할리우드의 주요 영화 제작사들이 일본인들의 손으로 넘어갔다.

프랑스 파리의 루브르 박물관은 손에 깃발을 든 일본인 관광객들로 붐볐고, 파리의 패션가는 일본 여성들이 누볐다. 런던의 해러즈(Harrods) 백화점은 일본인 고객으로 가득했고 로마의 트레비(Trevi) 분수는 일본 동전으로 넘쳤다.

2차 대전 패배로 폐허가 된 나라의 경제가 어떻게 이런 성공을 거두게 됐을까?

1986년 여름, 하와이의 EWC에서 한일 경제학자들이 모여 일본 경제의 성공 스토리에 관해서 세미나를 한 적이 있다. 나는 그 세미나 토론장에서 야마자와 이빼이(山澤 一平)교수를 만났다. 1979년 이래 나와 교유(交遊)가 있었던 일본 히토쓰바시 대학 경제학부 교수였다.

그는 나에게 "일본으로 와서 일본 경제를 연구하는 것이 어떻겠느냐?"는 제안을 했다. 자기가 있는 대학의 경제학과에 자리를 마련할 수 있다는 호의와 함께.

나는 1987년 9월부터 1년간 안식년(安息年)을 가질 수 있었다. 대학에서의 안식년이란 1년간의 유급 휴가를 의미했다. 안식년을 미국보다 일본에서 지내는 것이 더 좋을까? 귀국해서 주위 교수들과 의견을 나눈 뒤 일본행을 결정했다.

1987년 여름 나는 일본 재단(Japan Foundation)의 Fellow Grant (여행비, 생활비 제공)를 받아 히토쓰바시 대학 경제과의 한 교수실에 자리 잡았다. 일본 경제를, 특히 일본의 산업을 알고 싶었다.

구니타치(國立)역은 도쿄역에서 40분 정도 걸리는 지하철역이다. 이 역을 나서면 우람한 벚꽃 가로수가 둘러싼 4차선 대로가 뻗어있고, 그 길을 따라 10여 분 걸으면 히토쓰바시 대학 캠퍼스가 있다.

사진: 히토쓰바시 대학 입구에서

　내가 숙소로 구한 집은 캠퍼스에 붙어 있었다. 이 집에서 일본인
들의 절약과 공동체 정신을 실감했다.
　나는 일본식 단무지를 대량 구입해 냉장고에 방치하는 경우가
많았다. 어느 날, 이 집 주인 할머니가 냉장고를 살펴보더니, "단무
지가 너무 많은데, 남겨두려면 나에게 달라"고 하셨다.

이 분은 내가 빌린 것과 같은 집을 8채 보유하고 있었다. 그런데 이런 절약 정신이 몸에 배어 있었다. 난 내심 놀랐고, 나를 되돌아보았다.

내가 사는 주택가의 주민들은 매주 일정한 날 아침에 모두 대형 쓰레기 봉지를 들고 골목을 나와 대로변의 지정된 장소로 옮겨 놓았다. 쓰레기 수거차는 좁은 길에 들어오지 않고 대로에서 신속하게 쓰레기 수거 작업을 했다. 일본의 뒷골목이 깨끗한 이유를 알았다. 이웃과 쓰레기 수거 작업자에 대한 따뜻한 배려가 돋보였다.

히토쓰바시 캠퍼스는 아름다웠고 나의 교수실은 적막(寂寞)했다. 나는 야마자와 교수의 도움으로 경제학부 몇몇 교수들과 친교를 맺고 그들의 세미나에 참여하면서 일본을 알려는 노력을 시작했다.

일본 사회엔 다양한 벤쿄카이(勉強會)가 있었다. 다양한 목적의 공부 모임이었다. 소수가 모여 서로의 관심 사항에 관한 지식과 의견을 나누는 이런 모임은 대학 내는 물론 대학 외에도 많았다. 나도 이런 모임 몇 군데에 가입하였다.

도쿄에 있는 아시아경제연구소(Institute of Developing Economies)는 풍부한 자료를 보유한 도서실과 연구역량이 축적된 인력을 보유하고 있었다. 야마자와 교수의 도움으로 이곳의 자료에 쉽게 접근하고, 이곳의 연구자들과 자주 만나 의견을 나눌 수 있었다.

특히 이곳에서 열리는 다양한 주제의 세미나에는 전문가와 교수는 물론 일본 정부 관료, 기업인들도 참여했기 때문에 나에게 큰 도움이 되었다.

일본경제연구센터, 노무라종합연구소 등도 일본 경제를 이해하는데 도움이 되는 풍부한 연구 자료와 경험이 축적된 연구 인력을 보유하고 있었다. 필요할 경우, 이들 연구 기관들을 방문하여 자료를 보고, 관련 연구자들과 토론을 하는 기회를 갖기도 했다.

구니타치와 도쿄, 도쿄시 내에서의 이동은 모두 지하철을 활용했다. 당시 도쿄의 지하철망은 거미줄처럼 이어져 있어 매우 편리했다. 그러나 요금이 저렴하진 않았다.

일본인들은 다양한 마쓰리(祭り) 놀이 문화를 즐겼다. 각 지역마다 지역 특성을 나타내는 마쓰리들이 펼쳐졌다. 구니타치에서는 벚꽃 마쓰리가 제일 인상적이었다. 나도 동료들과 어울려 캠퍼스 벚꽃 나무 밑에 돗자리 깔고 둘러앉아 사케를 즐겼다.

사진: 일본의 한 마쓰리에서

이 시기에 한국인으로서 특이한 경험은 은행원이 나의 집에 찾아와 은행 돈을 빌려갈 것을 권유했던 일이었다. 한국에서는 은행 돈 빌리기가 어려웠는데, 은행원이 집까지 찾아와 돈을 빌려 가라고 하다니! 일본은 이미 국내 저축이 투자를 초과하는 나라였다. 그래서 해외 투자에 적극적으로 나선 것이었다.

나는 이 시기에 일본사회를 지배하는 이데올로기를 공동체 중심주의로 인식했다. 개인들은 자기가 속한 조직, 지역, 국가를 위해 개인을 희생할 수 있다는 의식구조를 갖고 있는 것으로 느꼈다. 미국이나 유럽 자본주의 국가들의 개인주의 이데올로기와는 달랐다.

이러한 이데올로기는 전국시대(戰國時代)와 도쿠가와 이에야스(德川家康) 시대를 거치면서 형성된 가문(家門)중심 공동체의식이 메이지유신(明治維新)을 거치면서 국가공동체 중심으로 발전되어온 결과로 보여졌다.

이런 사회적 의식구조는 1868년에 도쿠가와 가문을 무너뜨리고 메이지(明治)천황을 앞세운 엘리트 사무라이들이 그들이 전통적으로 누려왔던 특권들을 포기하는 개혁을 함으로서 공고해졌다.

이러한 공동체 중심주의 이데올로기의 토양(土壤)에 메이지유신을 통한 선진 제도와 기술 도입이 뿌리를 내려 매우 효율적인 사회적 생산 체제(Social Production System)가 자리 잡았다.

이런 역사적 흐름을 거쳐 1980년대에 일본 경제는 강한 제조업 경쟁력을 바탕으로 미국 등 세계시장을 누비게 되었다. 그 강한 경쟁력은 빠른 선진 기술 도입·모방과 숙련노동자들의 높은 노동

생산성으로 가능했다.

그러나 공동체 중심주의는 어두운 그림자도 안고 있었다. 정부의 민간 활동에 대한 개입이 강했고, 조직문화가 경직적이었다. 민간이나 개인이 자율에 의한 창의력을 발휘하기엔 적합하지 않은 여건이 조성되어 있는 셈이었다. 이런 특성은 표준화된 제품의 경쟁력 강화엔 도움이 되겠지만, 차별화된 고성능 첨단 기술제품과 서비스에는 장애가 되겠다고 생각했다.

나는 1988년 8월 1년간의 히토쓰바시 캠퍼스 생활을 마치고 서강대의 노고산 언덕으로 돌아왔다. 히토쓰바시 대학에서 큰 도움을 주신 야마자와 교수의 강녕(康寧)을 빈다.

사진: 87년 가을, 일본 황궁의 정원에서

23 일본을 알자: 히토쓰바시(一橋)대학 객원교수로

VI

정치 민주화와 외환
위기를 겪으며

24

정치 민주화, 노조 활동의
분출, 그리고 금융실명제

1988년 2월 직선제로 노태우 대통령이 선출되었다.

1972년 말에 유신헌법(維新憲法)이 확정된 이래 16년 만에 국민이 직접 투표로 선출한 대통령이었다.

한국 사회는 민주화의 열기로 가득했다.

권위주의 정부에서 억눌려 왔던 노조 활동이 화산의 용암처럼 분출되었다. 오랫동안 억압된 반작용으로 때로는 너무 거칠기도 했다.

절대빈곤으로부터 탈출하기 위해 60년대 이후 1987년까지 한국 정부는 성장 위주의 경제 사회정책을 견지해왔다. 그 과정에서 노조 활동은 억압되었고, 지역·계층 간 소득재분배와 복지정책은 가볍게 다루어졌다.

1987년의 정치적 민주화와 함께 노조 운동의 활성화와 소득재분배, 복지 이슈가 사회적 담론으로 등장한 것이었다.

정치적 의사결정에 있어서 국민 모두는 동등한 권리를 가지고 참여한다. 대기업 주인이나 노동자나 모두 한 표씩을 행사할 수 있다. 표에 민감한 정치인들이 다수의 유권자들 주장에 더 귀를 기울이게 되는 것은 당연하다.

자본주의 발달의 전개 과정을 보더라도 이런 흐름은 당연했다. 시장의 효율성이 공정·정의라는 사회적 가치와 조화를 이루면서 민주주의와 자본주의는 함께 발전해 왔다. 한국 경제가 절대빈곤을 벗어나고, 한국 정치가 민주화됨에 따라 이제 분배에 관해 새로운 패러다임이 필요한 시대적 국면이 된 것이었다.

한국 경제가 1986년부터 호황 국면에 접어든 것도 이런 패러다임 전환의 여건으로 작용했다. 한국 경제는 1986년에 12.2%의 경제 성장률, 2.8% 물가 상승률, 45억 달러의 국제수지 흑자를 기록했다. 고성장, 저물가, 국제수지 흑자의 세 마리 토끼를 잡은 것이다. 이런 호황은 88년까지 지속되었다. 1987년 한국의 1인당 국민소득은 3,480달러로 중진국의 문턱을 넘어섰다.

나는 분배 이슈에 관한 나의 의견을 아래와 같이 제시했다.

分配(분배)의 「게임 룰」
조선일보 | 1989. 04. 04 기사(칼럼/논단)

우리 경제의 앞날을 어둡게 보는 견해가 늘어나고 있다. 이는 요사이 심화하고 있는 가진 者(자)와 못가진 者(자) 사이의 갈등이 바람직한 방향에서 해소될 가능성이 높지 않다고 보기 때문이다.
없는 자들은 있는 자들을 부정하고 부패한 「도둑놈」들로 매도하면서 혁명적인 수단에 의해서만 이들로부터의 수탈을 면할 수 있다고 주장하고 있다. 반면에 있는 자들은 없는 자들이 능력과 노력의 대가 이상을 요구함으로써 남의 재산을 탈취하려 하고 있다고 주장하면서, 「旣得權(기득권)의 城(성)」을 더욱 높이 쌓으려는 성향을 나타내고 있다.

누가 옳고 누가 그르든 간에 이러한 극한대립이 우리 경제의 앞날을 어둡게하고 있다는 것만은 분명하다. 부부싸움이 심한 집안이 잘될 리 없는 것과 같은 이치이다.

어찌하다 우리의 꼴이 이렇게 되어버렸는가? 이것은 우리 사회가 민주자본주의라는 옷을 만드는 과정에서 경제라는 「바지」에만 주력한 나머지, 정치라는 「저고리」는 소홀히 한 결과가 아닐까?

사람들은 자유스러움과 평등함을 동시에 원한다. 그러나 사람들 사이에는 능력과 노력의 차이가 있어 개인 간에는 불평등이 빚어질 수 있다. 經濟活動(경제활동)의 自由競爭(자유경쟁)이 가진 자와 못 가진 자라는 불평등한 계층을 낳게되는 것이다.

못 가진 자들은 그러나 공정한 경기규칙이 지켜지지 않은 경쟁의 결과는 받아들일 수 없다는 입장이다. 즉 가진 자들이 현재 소유하고 있는 富(부)는 경기규칙을 위반하여 획득한 것이기 때문에 그 정당성을 인정할 수 없다는 것이다.

그들은 가진 자들이 이 규칙을 만들고 심판 역할을 하는 한 공정한 규칙은 있을 수 없고, 설혹 그것이 있다고 하더라도 지켜지지 않는다고 믿는다. 따라서 공정한 경기규칙의 제정과 집행이 보장되어야하는데, 이것은 가진 자와 못 가진 자 간의 정치적 평등에 의해서만 가능하다고 보는 것이다.

그런데 기존 정치체제는 가진 자들의 기득권을 보호할 수 밖에 없는 체질이어서 「혁명적 수단」에 의하지 않고서는 정치적 평등과, 부정한 방법으로 축적된 富(부)의 재분배가 어렵다고 보는 것이 그들의 견해다.

그러나 못 가진 자들도 50년대의 절대적 빈곤을 잘 기억하고 있다. 그렇기 때문에 혁명적 수단이 가져올 경제적 침체를 그들이라고 해서 반가워할 이유는 없다. 따라서 가진 자들이 부정한 富(부)의 사회적 환원과 경기규칙의 공정성 회복에 열과 성을 보여준다면 양자 간의 갈등은 해소될 수 있는 셈이다.

그런데 가진 자들이 아직까지는 이러한 노력에 소극적이며, 심판의 역할을 맡고 있는 정부도 강력한 의지를 갖고 있지 않은 것 같다.

특히 정부-여당은 5共(공)비리의 청산을 못함으로써 심판관으로서의 신뢰성을 상실하고, 야당들은 경기규칙의 의미도 제대로 인식하지 못한 채 우왕좌왕하고 있다. 한마디로 가진 자들은 기득권의 보호에만 주력하고 있고, 못 가진 자들은 점점 극단적인 방법에 의존하려고 하고 있으니, 우리 경제의 앞날은 어떻게 될 것인가? 그저 캄캄하고 답답할 뿐이다.

분배 이슈와 함께 제기된 것이 권력과 부를 가진 계층 일부의 탈세, 비리, 대형 금융 부정의 척결 이슈였다. 그 핵심 과제로 떠오른 것이 금융실명제(金融實名制)였다.

가명이나 차명(借名)으로 금융거래를 할 경우, 상속·증여 재산의 정확한 포착(捕捉)이나 과세가 어려웠다. 전두환 정권의 어두운 면을 보여준 이철희·장영자 어음 사기 사건과 같은 대형 금융 사고의 이면엔 비실명 금융거래가 도사리고 있었다.

권력형 비리에서 수수(授受)된 자금의 흐름도 대부분 비실명거래로 이루어졌기 때문에 추적이 어려웠다.

조세 정의 실현과 권력형 비리 척결, 그리고 투명한 사회 구현을 위해서 실현되어야 할 제도였다. 이 제도는 전두환 대통령이 1983년에 실시를 선언했으나 여야 정치권의 강력한 반대로 좌절됐었다. 노태우 대통령 후보가 이 제도를 공약으로 내걸어 다시 정치·경제계의 의제가 되었다.

"나하고 100만 원 걸고 내기하자!"
"좋지."

금융실명제의 실시 여부를 놓고 나와 사채(私債)업자인 내 친구가 나눈 대화였다. 사채업계에서 큰돈을 모은 이 친구는 금융실명제는 실현될 수 없을 것이라고 단언했다. 그 이유로 사채업자들의 막강한 현금동원력을 들었다. 그 돈으로 정치인들을 매수(買收)할 수 있다는 뜻이었다.

나는 대통령의 공약이니 실현될 것이라고 주장했다.

그런데 시간이 흐르면서 분위기가 이상하게 돌아갔다. 금융실명제 실시의 부작용들이 제기되면서 점점 그 추진력이 약화되고 있었다. 내 친구는 100만 원을 달라고 나를 채근했다.

당시 나는 금융실명제는 실시되어야 한다는 의견을 여러 모임에서 주장했다. 금융실명제가 실시되지 않은 채 노태우 정권은 막을 내렸다.

구더기 무서워 장 못담그나
동아일보 | 1990. 03. 06 기사(칼럼/논단)

요즈음 「구더기 무서우니 장담그지 말자」는 주장이 나돌고있다. 金融實名制(금융실명제)를 연기(=반대)하자는 측은 자기들의 주장을 유포하면서 경제위기론을 더욱 확대조장하고 있다.

89년 6월 현재 우리나라에 있어서 금융자산의 實名化率(실명화율)은 금액기준으로 98.2%였다. 그렇다면 延期論者(연기론자)들은 결국 나머지 1.8%라는 극소수의 떳떳하지 못한 금융자산 소유자의 입장을 대변하거나 금융자산 실명화를 두려워하는 그들의 대응이 경제에 미칠 악영향을 염려하고 있다고 볼 수 있다.

이를 연기론자들이 내세우는 논리 중 객관적으로 일견 타당성이 있는 것은 크게 보아 두 가지이다. 하나는 금융자산의 實名化(실명화)로 인해 떠다니게 될 막대한 규모의 가명 부동자금의 향방이고 다른 하나는 기업과 기업주의 家計(가계)가 일폐화된 상태에 매우 익숙해있는 일부 기업주들의 기업의욕상실이다.

우선 증권시장에서 가명 및 借名(차명)으로 거래돼 온 주식이 문제다. 기업주에 의해서 위장분산된 주식들이 實名制(실명제)의 영향으로 賣渡(매도)되어 浮動資金化(부동자금화)할 것으로 보이는데 그 규모는 위장분산이 7조원, 가명 및 차명이 12조원 정도로 추산되고 있다. 그러나 이 중 5조원 정도는 작년 말 경에 이미 證市(증시)를 빠져나간 것으로 알려져 있다. 한편 은행 단자등에 非實名(비실명)으로 예치되어 있는 금액은 2조5천억원 정도인데 이 자금도 금융기관에서 빠져나갈 것으로 예상된다.

24 정치 민주화, 노조 활동의 분출, 그리고 금융실명제

實名(실명)기피 1.8%

따라서 총 11조원 규모의 자금이 증시와 금융기관을 떠날 것으로 추산되는데 문제는 이 과정에서 증시가 받을 영향과 이 자금의 향방에 따라 부동산 시장에서 나타날 극심한 투기, 그리고 海外(해외)로의 資金逃避(자금도피) 가능성 등에 있다.

증권시장의 경우 지난해에 이미, 5조원 규모의 자금 이탈이 있었기 때문에 금년에는 3조2천억원 정도가 추가로 시장을 떠날 것으로 보인다. 정부는 이에 대응하여 이미 6조원 규모의 자금을 준비해 놓았기 때문에 큰 불안은 없다고 본다. 자금의 해외도피는 본질적으로 불법일 뿐 아니라 外換(외환)관리제도의 효율적인 운용으로 극소화할 수 있다고 본다.

그러나 부동산 시장의 경우 문제는 심각하다. 무엇보다도 금융자산은 액면금액이 그대로 노출됨에 비해서 부동산의 課標額(과표액)은 최대치로 보아도 시가의 40% 수준을 넘지 못하고 있고 앞으로도 60% 이상을 반영하기는 어렵다고 보기 때문에 증여 상속 또는 재산 감춰두기에 부동산이 상대적으로 유리하다. 더 나아가 부동산 시장에 있어서 수요는 實需要(실수요)의 몇 배를 초과하는 투기수요의 형태로 나타나는 반면에 공급은 가격상승의 기대에 대해서 극히 탄력적으로 감소하는 특성을 갖기 때문에 11조원의 부동자금은 최소한 30조원 이상의 부동산 시장 교환효과를 초래할 수도 있다. 그런데 여기서 잊지 말아야 할 사실은 그동안 경험으로 보아 非實名(비실명)의 자금은 金融實名制(금융실명제)가 아니라도 기회만 생기면 언제든지 투기자금으로 사용되어 왔다는 점이다. 따라서 11조원 모두가 實名制(실명제)로 인하여 추가로 투기자금화한다고 볼 수는 없다.

금융실명제가 기업의 公金(공금)과 기업주의 私金(사금) 간의 互換性(호환성)을 제한함으로써 기업주의 기업의욕을 저하시킬 것으로 보는 판단은 당장의 현실에는 적합하다. 그러나 우리 경제의 급속한 국제화, 기업활동의 고도화, 勞組(노조)의 감시기능 활성화 등 기업의 내외환경의 변화를 전망하여 볼 때 낡은 방식의 기업경영으로는 기업의 생존이 어렵게 될 것임을 알 수 있다. 金融實名制(금융실명제)는 기업경영의 합리화를 촉진하는 기능과 새로운 기업환경에서 어차피 생존할 수 없는 기업주들을 보다 빨리 은퇴시키는 기능을 함으로써 오히려 발전적 차원에서 바람직한 企業人(기업인)사회의 창출에 기여할 것이다.

종합적으로 보아 연기론자들이 내세우는 이유 중 부동산 투기의 재연 가능성이 金融實名制(금융실명제) 실시의 가장 큰 걸림돌로서 남는다.

여기에서 우리는 경제가 구조적으로 안고 있는 두가지 문제점을 되새길 필요가 있다. 하나는 가진 자와 못 가진 자 간의 갈등이고 다른 하나는 자금흐름의 왜곡이다. 前者(전자)는 노사 간의 갈등이라는, 後者(후자)는 생산자금의 財(재)테크로의 流出(유출)이라는 쉽게 눈에 보이는 현상으로 이해할 수 있다.

證市(증시)와 不動産(부동산) 투기

우리 사회의 갈등구조는 그 밑바닥에 富(부)의 정당성에 대한 부정적 인식을 깔고 형성되어 있다. 금융실명제는 地下(지하)경제를 양성화하고 租稅(조세) 부담의 형평성을 제고함으로써 富(부)의 정당성 회복에 크게 기여할 것이다. 산업평화 없이는 우리 경제의 선진화가 불가능하다는 점을 고려할 때 금융실명제 실시는 반드시 이루어져야 하는 것이다.

자금의 흐름은 어떤가. 우리는 60년대 이후 국가적 목적을 달성하기 위해서 기업들에 제공된 政策(정책)금융이 기업들에 의해서 他目的(타목적) 轉用(전용)되는 경우가 있었음을 안다. 설비투자나 기술투자를 증대할 목적으로 지원된 자금을 증권이나 부동산의 취득에 사용할 경은 경제정책은 전혀 예상 밖의 결과를 가져오게 된다. 금융실명제는 돈에 꼬리표를 붙이는 효과를 갖게 되므로 이러한 왜곡된 자금흐름을 막아 생산적 목적으로의 資金投入(자금투입)을 극대화할 수 있다. 여기에서 우리는 本末(본말)의 문제에 부닥치게 된다. 금융실명제 실시라는 本(본)과 부동산 가격의 폭등 가능성이라는 末(말) 간에 갈등이 생기는 것이다. 그러나 항상 本(본)은 本(본)이고 末(말)은 末(말)일 뿐이다. 本(본)을 추구하되 末(말)에 대한 副次的(부차적) 고려를 하면 된다. 浮動(부동)자금의 부동산 시장 진입을 차단하는 보완책을 연구하여 병행하면 된다.

구더기 무서워 장 못담그는 어리석음을 범해서는 안 되는 것이다.

이 시기에 소득분배, 금융실명제, 경제개혁 등을 중심으로 다양한 논의가 방송국, 신문사 주최로 활발하게 이루어졌다. 나는 KBS의 "심야토론"을 비롯한 방송매체와 여러 신문사의 좌담회에 활발히 참여했다. 당시 경제기획원의 강봉균 차관보, 대우경제연구소의 이한구 소장, 서울대의 송병락 교수, 민정당의 서상목 의원 등이 주요 토론 파트너였다.

사진: 90년 전후 다양한 토론회들에 참여했다. 매경 경제 대토론회의 한 모습.
좌측부터 故 김상철 변호사(전 서울시장), 필자, 이형구 경제기획원차관
보, 곽상경 고려대학교 교수

    이 시기에 서강대 경제과는 경제 현장에서 활동하고 있거나 경
제정책에 관여하고 있는 분들에게 시장경제의 효율성을 널리 알리
고 교육할 필요가 있다는 취지에서 특수대학원인 "경제정책 대학
원"을 설립하기로 하고 추진해서 1990년 겨울 어렵사리 교육부의
승인을 받아, 1991년 봄학기부터 신입생을 받았다.

    김병주 교수께서 대학원장을, 나는 대학원장보를 맡아 새로운
경제학 교육 영역을 개척하는 일을 시작했다. 나는 경제대학원에

기술경제학 과목을 개설해서 강의용으로 기술경제학 교재를 준비했다. 이 과목은 2년여 후에 서강대 학부에, 5년여 후에 서강대 일반대학원에도 개설했다. 교육용 교재는 강의 대상에 따라 그 목적에 적합하게 각각 별도로 준비했다. 학부에서는 Gerhard Rosegger의 "THE ECO — NOMICS OF PRODUCTION AND INNOVATION; an in — dustrial perspective."를, 대학원에서는 학술지들에 게재된 기술 경제와 기술 혁신 관련 Article들을 모아 강의 교재로 사용했다.

技術經濟學

Economics of Technology

西江大學校 經濟大學院

사진: 서강대 경제대학원에서 기술경제학 강의용으로 집 필한 기술경제학

당시 대학에서 운영하는 특수대학원들은 일반적으로 출결석 관리가 느슨하고, 학사관리도 너그러웠다. 첫 학기 입학생들 중에는 이런 관행을 기대했는지 CEO, 장군, 국회의원 등이 다수 포함되어 있었다. 그런데 모든 것을 엄격하게 관리하는 서강대의 교육 원칙을 체험한 후 이들 중 대다수가 중도 포기하고 떠났다.

3학기째부터는 지식의 습득에 목마른 30~40대의 중간 관리자

들이 주류를 이루었다. 경제대학원은 후에 국회의원, 기자들을 주 대상으로 하는 단기 프로그램을 신설하여 운영했다. 사회적 영향력이 큰 분들이 시장경제의 효율성을 깊이 있게 이해하도록 도와주기 위해서였다.

사진: 학부에서 기술경제학 교재로 사용한 책

24 정치 민주화, 노조 활동의 분출, 그리고 금융실명제

25
삼성 자동차, 기술은행
그리고 김영삼 대통령

1992년 여름, 서강대학교 경제과 졸업생들 몇 명이 나의 교수실로 찾아왔다.

모두 삼성 그룹에서 일하고 있는 제자들이었다.

"교수님, 삼성에 700여명의 서강 졸업생이 있습니다."

"그래? 다들 잘하고 있지?"

"네. 그런데 교수님 때문에 좀 난처합니다."

"???~~"

1992년 7월 13일, 경제정의실천시민연합에서 삼성의 자동차 시장 신규 진입을 주제로 토론회가 있었다. 나는 삼성의 자동차 산업 진입에 반대하는 주제발표를 했다. 몇 가지 이유를 제시했지만, 삼성은 반도체산업에 집중 투자를 하는 것이 한국경제와 삼성을 위해서 더 바람직하다는 논리가 핵심이었다.

제자들이 날 찾아온 것은 이 주장 때문이었다.

교수는 제자들에게 약하다. 그들의 앞날이 나 때문에 어려움을 겪게 되는 일이 생기면 곤란하다.

나는 당시 경제력 집중의 폐해와 자동차 산업의 과잉투자, 그리고 세계 메모리 반도체업계의 동향을 보고 있었다. 그 결과 삼성은 메모리 반도체에서 시스템 반도체로 영역을 확장하기 위한 투자를 하는 것이 더 바람직하다는 견해를 가지고 있었다.

제자들과는 생맥주를 마시고 헤어졌지만, 속이 씁쓸했다. 이런 식으로 전문가의 고언을 받아들이다니…….

1997년 외환위기를 촉발한 요인 중 하나가 기아자동차의 경영 부실이었다. 삼성 자동차도 외환위기의 와중에 구조조정 대상이 되어 해외 기업에 매각되었다. 나는 삼성이 자동차 산업 진입을 위한 투자 자금으로 그 당시에 주문형 반도체 개발을 시작했다면 오늘 현재 대만의 TSMC보다 더 강한 경쟁력을 보유하고 있지 않았을까 생각한다.

三星(삼성) 商用車(상용차) 참여 이렇게 본다 - 經實聯(경실련) 공청회
매일경제 | 1992.07.14 기사(텍스트)

주제발표 金(김) 廣(광) 斗(두) 西江大(서강대)교수
수출경쟁력 한계 對日(대일) 예속 우려
重複(중복)투자로 과당경쟁…문어발확장 규제명분 잃어
輸入(수입)자유화 하는 판에 규제는 語不成說(어불성설)

林東昇(임동승) 三星(삼성) 경제研(연)소장
"中(중)·東南亞(동남아) 수출산업 육성" 무리한 발상
李鐘大(이종대) 起亞(기아)경제研(연)소장
大(대)기업 업종전문화 정책 – 一貫性(일관성) 결여
姜哲圭(강철규) 서울시립大(대)교수
"경쟁원칙 중시…중복 아니다" 판단
金弘徑(김홍경) 상공부국장
토론내용 紙上(지상) 중계

삼성중공업의 대형상용차 생산 참여문제와 관련, 14일 경제정의실천시민연합(經實聯(경실련))은 정부, 학계, 삼성, 기아 등 관계자들을 초청, 공청회를 가졌다. 이날 공청회에서는 재벌의 경제력 집중, 구조조정기의 산업정책, 기술자립 등 여러가지 측면에서 참석자들 간에 첨예한 공방을 벌였다. 주제발표 내용과 토론내용을 요약, 소개한다. 〈편집자註(주)〉

三星(삼성)의 대형상용차 생산 참여는 여신관리규정8조4항(신규업종참여억제)과 12조 및 14조(주력업체의 기존 영위업종과 직접 관련 없는 업종에 대한 투자금지), 외자도입법 시행령 24조를 위반한 것으로 업종전문화 등 정부의 기존 산업정책의 골격을 완전히 뒤흔들어버릴 위험성을 내포하고 있다.

현재 三星重工業(삼성중공업)이 영위하고 있는 업종은 선박엔진, 건설중장비, 철구조물 등을 생산하는 특수산업용 기계 및 장비제조업종으로 제반 규정을 검토해 봤을 때 자동차제조업과는 단위업종이 같지 않은 것으로 되어있으며 대형상용차는 분명히 자동차로 분류되어 있다.

대형상용차의 경우 업체당 적정 생산규모가 연간 2만~2만5천대라고 상공부 스스로 밝혔음에도 불구하고 현재 국내 4개사의 대형상용차 출생산량이 2만8천대(91년 말)에 그치고 있는 상황에서 신규참여를 허용한 것은 중복·과잉투자라는 비난을 받아 마땅하다.

상공부와 三星(삼성)은 수출확대를 통해 문제해결이 가능하다고 주장하고 있으나 자동차 대국인 日本(일본) 조차도 대형상용차 수출은 높은 관세율과 운송비로 인해 극히 저조한 실정이다.

상공부가 수출에 관한 조건을 달지 않고 三星(삼성)의 상용차 생산을 허용했다는 점과 三星(삼성)이 계획하고 있는 생산규모가 97년 4천8백대인 점을 고려할 때 수출경쟁력을 갖추기 어렵다는 것은 자명하다.

현재 대규모 기업진단들은 내부자 거래, 상호지급보증, 금융자금과 유능인력의 독점, 정치권과의 밀착 등 불공정한 시장경쟁전략을 구사할 수 있는 각종 수단을 보유하고 있다.

이러한 불공정 경쟁환경을 완화 규제할 수 있는 기존제도의 개선 보완폐지나 새로운 제도의 신설이 선행되지 않는 상황에서 자유경쟁의 논리만을 앞세울 경우 경제적 효율성은 달성될 수 없다.

자유경쟁체제는 공정한 경쟁의 선행조건들을 마련한 후 일반원칙으로서 적용되어야 하며 이러한 원칙없이 특정 업종의 특정 업자에게만 선별적으로 적용하고 다른 경우에는 경쟁제한적인 규제를 계속하는 것은 바람직하지 못하다.

또 이것은 국내 자동차부품 기술의 낙후를 초래할 것이며 더 나아가 對日(대일) 경제예속을 한층 심화시킬 것이다.

三星(삼성)의 대형상용차 생산허용이 자유로운 시장진입의 원칙에 따른 것으로 이해될 경우 다른 재벌들의 각종 신규사업 참여를 규제·제한할 수 있는 논리적 근거는 더이상 존재할 수 없게 될 것이다.

현재의 상황에서 대기업들이 막강한 자금력, 인력, 조직력 등을 바탕으로 자유경쟁의 논리를 앞세워 모든 업종에 뛰어든다면 국제수준에서 볼 때 전업종에서 규모의 영세성을 초래, 국제경쟁력을 상실하게 될 것이다.

나는 기술혁신 정책에 관한 연구를 지속했다.

1991년 5월엔 "연구 결과의 상업화 촉진 방안에 관한 연구"를 발간했고, 1992년 11월엔 서울대 정운찬 교수와 함께 "금융혁신과 기술금융 제도에 관한 연구"를 발간했다.

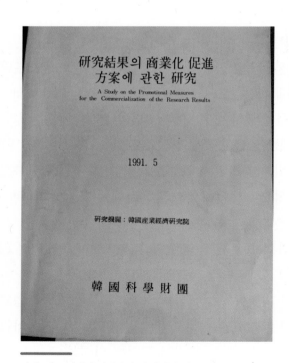

사진: 연구 결과의 상업화 촉진 방안에 관한 연구

사진: 금융혁신과 기술금융 제도에 관한 연구

　　정운찬 교수와는 1980년대 후반부터 가까이 지낸 사이였다. 그러나 그와 공동연구를 한 보고서는 이것이 처음이었다. 나는 그의 인간적 소박함, 사회적 정의감을 좋아했다. 1990년, 그와 나는 양지(良知) 경제연구회라는 공부 모임을 만들어 오늘까지도 계속하고 있다. "양지(良知)"는 조 순 교수님이 지어주신 이름이었다. 이 모임엔 국내의 중진 경제학자들, 엘리트 경제관료, 그리고 언론인들이 함께하고 있다.

사진: 제주 한라산 등반길에서. 좌측부터 필자, 故 정병휴 교수님, 정운찬 교수.
90년대 초반

　　이 두 보고서를 바탕으로 나는 여러 모임에서 주제발표도 하고 토론에 참여하기도 했다. 1992년 겨울에 기술은행의 설립을 주장한 것도 이런 연구의 결과를 근거로 한 것이었다.

「技術(기술)주력업체制(제)」 도입 필요
매일경제 | 1992.12.08 기사(뉴스)

投資(투자) 부축 위해 與信(여신)관리 제외 바람직

「기술銀行(은행)」도 신설해야

産技(산기)민간協(협)서 金廣斗(김광두)교수 제안

기술개발에 대한 금융지원제도 개선을 위해 기술투자를 활발히 하는 업체를 주력업체로 지정, 여신관리에서 제외하는 방안이 제시됐다.

또 기술개발투자에 대해 정상금리보다 낮은 금리로 자금을 제공하는 한편 기술금융전문 금융기관의 설립이 필요한 것으로 지적됐다.

8일 상공부에 따르면 이날 산업연구원에서 열린 산업기술민간협의회에서 金廣斗(김광두) 서강大(대)교수는 '기술금융제도 개선방안' 발표를 통해 현행 기술금융제도가 자금규모가 절대적으로 부족한데다 기술금융의 非(비)전문화로 자금운영의 효율성이 저하돼 있고 중소기업에 대한 지원도 부족한 상태라고 지적하고 이같이 제안했다.

金(김)교수는 기존의 주력업체에 대해 일정수준 이상의 기술투자를 의무화하거나 일정수준 이상의 기술투자를 하는 업체를 주력업체로 새로 지정, 여신관리에서 제외함으로써 여신관리제외 혜택이 기술개발투자로 직접 연결되도록 '기술주력업체제도'를 도입해야 한다고 주장했다.

金(김)교수는 또 기술금융에 대한 금리차별화를 위해 이차보전제도를 도입, 기술개발투자에 대해 정상금리보다 낮은 금리로 자금을 대출토록 하고 공공기관의 손실분에 대해서는 정부가 재정자금으로 보상해주는 한편 공업발전기금과 중소기업구조 조정기금

중 일부를 기술금융에 대한 이차보전용으로 전환해야 한다고 강조했다.

金(김)교수는 이와 함께 가칭 '한국기술은행'이라는 기술금융전문 금융기관을 신설, 기술금융 취급기관을 한국산업은행과 한국기술은행으로 이원화해 한국산업은행은 대기업을 주대상으로 사업화 단계를 지원하고, 한국기술은행은 중소기업을 주대상으로 연구개발사업화의 전단계를 지원토록 해야 한다고 말했다.

"연구 결과의 상업화 촉진 방안에 관한 연구"는 상업화 전 과정에서 나타나는 애로 요인을 설문조사 방식으로 파악했다. 인력, 금융, 기술정보 등 여건 요인들도 있었지만, 대기업의 기술 탈취나 불공정 구매 관행, 그리고 수입 개방 계획과의 충돌 등 시장 내적 상황과 제도적 요인들도 주요 애로 요인으로 분석되었다.

"경제 발음 못하시죠?"

"씰데 없는 소리! 왜 못해."

"그럼 해보시죠."

"기~영제!"

참 소박한 대통령 후보였다.

김영삼 후보와 몇몇 교수들이 여의도 어느 식당에서 오찬을 함께 할 때, 김영삼 후보는 나의 짓궂은 질문에 웃음으로 답했다.

나는 대선에는 엄청난 경제적 비용이 소모되는 만큼, 그 비용을 줄일 수 있는 방법이 있었으면 좋겠다는 의견을 말씀드렸다.

大選(대선) 경제비용 1兆(조)6千(천)5百億(백억) 넘는다
동아일보 | 1992.12.18 기사(뉴스)

西江大(서강대) 金廣斗(김광두)교수 산출
선거운동 8千(천)4百億(백억)원 직접비용 발생
投票日(투표일) 휴무 생산액 7千億(천억)원 감소 추산

이번 대통령 선거를 치르면서 우리 경제가 부담한 비용은 어느 정도나 될까.
얼마 전 美國(미국)의 대통령 선거에서 보듯이 투표는 민주주의 사회의 가장 큰 축제로서 당연히 경비가 따르게 마련이다.
서강대 金廣斗(김광두)교수는 최근 대통령 선거를 치르기 위해 우리 경제가 부담한 비용을 직접비용과 간접비용으로 구분해 다음과 같이 산출했다.

우선 직접비용
각 대통령 후보는 이번 대선운동기간 중 3백67억원 한도의 법정선거비용을 사용할 수 있도록 돼 있었다.
적어도 이 상한선을 채웠을 것으로 간주되는 民自(민자) 民主(민주) 국민 3黨(당)만을 합해봤을 때 이 비용은 1천1백1억원이 된다.
물론 이 돈은 3당만을 기준으로 했을 뿐 아니라 이들이 모두 법정선거비용 상한선을 준수했다고 가정했을 경우이기 때문에 실제로는 이보다 훨씬 많은 돈이 선거에 투입됐다고 보는 것이 타당하다.

선거운동을 하기 위해서는 운동원이 필요하게 마련인데 이번 선거에서는 대략 10만 명 가량의 인원이 선거운동에 투입됐을 것으로 추산되고 있으며 이를 근거로 얼마 전 大宇(대우)경제연구소는 법정선거운동기간(28일) 동안 이들 10만명의 선거운동원이 생산을 하지 않은데서 발생하는 비용을 8천4백억원 정도로 추산한 바 있다.

그러나 이 계산도 각 정당들이 실제로는 법정선거운동기간보다 훨씬 전부터 사실 상의 선거운동을 벌여왔다는 점은 감안할 때 최소한으로 산출된 것이라고 할 수 있다.

다음으로 투표 당일인 18일이 휴일이 됨으로 해서 감소되는 부가가치생산액은 7천억원 정도로 추산된다.

이 같은 세 가지 항목들을 합할 경우 이번 선거로 인한 경제적 부담은 최소한 1조6천5백억원이라는 계산이 나오게 된다.

그러나 선거를 치르는데 들어가는 비용은 이 같은 비용에 그치는 것이 아니다.

우선 선거를 앞두게 되면 기업들이 투자를 기피하게 된다.

올해의 극심한 투자부진은 경기가 침체한데도 원인이 있지만 상당부분 정치적 불확실성에 기인한다는 것이 전문가들의 지적이다.

정부관계자나 재계인사들, 경제전문가들은 한결같이 우리나라의 경우 금리보다도 정치적 상황이 투자를 좌우한다는 의견을 내놓고 있다.

정치적 불확실성은 기업들로 하여금 내년도 사업계획을 짤 수 없도록 만들고 있다.

기업뿐만 아니라 정부까지 아직도 내년도 경제운용계획을 짜지 못하고 있는 것만 봐도 선거에 따른 간접비용이 만만치 않음을 알 수 있다.

물론 이같은 비용이 들어간다는 이유로 선거를 치르지 말자는 주장을 있을 수 없다.

민주주의 사회를 유지하는데 선거는 필수적인 것이며 여기에 들어가는 돈은 최선의 체제를 지키기 위해 당연히 들어가는 비용으로 간주하는 것이 마땅하다.

그날의 오찬은 김덕룡 의원이 주선한 모임이었다. 나는 고 차동세 박사(전 KDI 원장, 전 LG경제연구원장)의 소개로 김덕룡 의원과 가끔 식사를 나누는 사이였다.

이 만남이 내가 정치인들을 알고 교분을 쌓는 시발점이었다. 1992년 말의 대선에서 김영삼 후보가 당선되었고, 김덕룡 의원은 소위 정치 실세 중 한 사람으로 회자(膾炙)되었다.

그는 지적이고 진정성 있는 정치인이었다. 그는 공부 모임을 하나 만들었다. 그 이름은 기억나지 않는다. 그 모임에 이명박 전 대통령, 이인제 전 대통령 후보, 김형오 전 국회의장, 박헌기 전 국회 법사위원장 등이 참여했고, 학계에선 고 차동세 박사, 이달곤 서울대 교수, 이기수 고대 교수, 박재창 숙대 교수, 그리고 필자 등이 참여했다.

사진: 알프스의 샤모니 부근 어느 고성이 있는 소도시에서. 1994년
독일에서 국제세미나에 함께 참석한 후. 좌측부터 김덕룡 의원
과 필자

　1993년 8월 12일, 김영삼 대통령은 금융실명제를 전격적으로 실
시했다. 노출되지 않은 채 전광석화(電光石火)처럼 시행된 개혁 조
치였다. 그의 용단(勇斷)에 정치권과 재계, 금융계는 충격을 받았으
나 국민들은 환호했다. 나도 그의 "기~영제" 발음을 떠올리며 큰
박수를 보냈다. 이 조치는 쉽게 할 수 없는, 김영삼 대통령이었기에
가능했던 신선한 개혁으로 평가받았다.

　그러나 이 제도가 실효성을 가지고 정착되는 데에는 제도적 보완과 시간이 필요했다. 나는 이 제도의 정착을 위한 의견을 제시했다.

실명제 정착의 길 전문가 제언〈3〉

조선일보 | 1993.09.15 기사(칼럼/논단)

실명제 정착의 길
전문가 제언〈3〉
자금출처 조사기준 완화를
金(김) 廣(광) 斗(두)
비현실적 조세제도

솔직히 세무서는 우리 국민 모두에게 공포의 대상이다. 세무서에서 전화왔다는 소리만 듣고도 어지러움증을 느끼는 민초들이 너무나 많은 것이 우리의 현실이다.

따라서 국세청 통보나 세무조사라는 말이 주는 심리적 부담감은 실로 엄청나다고 볼 수밖에 없다. 실명제 실시에 관한 대통령의 긴급명령에 포함되어 있는 국세청 통보라는 항목이 관심의 초점이 되고 있는 것은 이런 의미에서 매우 당연하다.

사실 영세 사업자나 대기업이나 오랜 세월에 걸쳐 탈세의 관행에 안주해 왔다. 이것은 무엇 때문이었던가. 조세제도, 세무행정, 탈세본능의 합작이 아니었던가. 세무당국과 사업자들이 조세제도의 비현실성을 명분으로 상호 묵인 하에 탈세 관행을 반복해온 것이 아닐까.

각종 세율도 국제적으로 비교해 보면 한국이 높은 편이다. 이 때문에 세금을 정직하게 내고서는 살아남을 수 없다는 인식이 업계에 가득 차 있어왔고, 세무행정의 일선 책임자들도 이런 현실을 인정해왔다고 본다.

이러한 인식의 공유를 통해 그동안 대기업들의 비자금 조성이 암묵적으로 인정되어 왔고, 유통시장에서 무자료 거래가 방치되어 왔다. 결국 과세표준이 되는 거래 외형액의 산정에 있어서 사업자들이 일정률의 연간 증가액만을 자진해서 신고하면 세무당국이 이것을 받아들여 왔고, 이 일정률은 실제 증가율보다 낮은 수준에서 설정되어 온 관행과도 밀접하게 연관되어 있다.

부가세의 과세 특례자의 범위도 역설적으로 보면 세무당국과 사업자들 간의 탈세인식의 공유를 뒷받침하고 있다. 현행법에 의하면 연간 외형 3천6백만원 이하가 특례자의 범위이다. 이것은 매월 3백만원 이하의 외형 거래를 의미하는데, 현실적으로 소규모의 구멍가게라 하더라도 이런 정도의 거래액으로서는 생계를 유지하기 어렵다. 법률대로라면 과세특례자는 극소수에 불과해야 한다. 그런데 현실은 개인 일반과세자의 70% 정도가 과세특례자에 해당된다.

탈세묵인의 관행

이것은 무엇을 의미하는가. 세무당국과 사업자들이 상호 동의 아래 외형을 축소하는 稅源(세원) 감추기 작업을 공동 수행했다고 볼 수밖에 없다.

이런 외형 감추기 작업은 금융관행의 뒷받침을 받았기 때문에 더욱 쉬웠다.

금융기관들의 예금유치경쟁은 가명, 차명, 盜名(도명) 등 각종의 아이디어를 동원하는 지경에 이르렀고, 이것은 금융쪽에서 사업자들의 외형 감추기를 성공적으로 도와주는 결과를 가져왔다. 예컨대 연간 1억원의 외형을 올리는 회사라도 사업주의 실명으로는 3

천만원만 금융거래되고, 나머지는 다른 이름으로 분사되는 일들이 자연스럽게 발생했다.

실명제 내용 중 과거에 대한 세무조사는 이와 같은 비실명 금융거래에 의한 과거의 탈세를 겨냥하고 있다. 결과적으로 조세제도, 금융관행, 세무행정 등의 보이지 않는 보호막 뒤에 숨어있던 세원이 상당부분 양성화할 것으로 보인다.

그러나 우리는 최근까지도 경기 활성화의 정책수단으로 간혹 세무조사 면제가 사용되어왔음을 상기할 필요가 있다.

이것은 세무조사가 경제활동을 위축시킨다는 점을 정부가 충분히 인식하고 있었음을 의미한다. 동시에 정부가 탈세 관행의 책임이 비현실적 조세제도, 세무행정의 편의주의, 왜곡된 금융 관행 등에 있었음을 인정했다고 해석할 수 있다.

새삼 말할 필요 조차 없지만, 과거의 청산은 정치적-사회적 도덕성 확립에 도움이 된다. 하지만 정부 스스로 인정하는 제도적 장치의 구조적 결함이 그대로 남아있는 상태에서 '과거에 대한 세무조사'가 몰고 올 국민적 불안함과 경제활동의 위축 또한 경시할 수만은 없다. 게다가 세무행정의 업무수행능력의 한계도 무시할 수 없는 현실이다.

이런 현실을 바탕으로 생각할 때 긴급조치상의 세무조사는 세가지 방향에서 원칙의 재정립이 필요하다. 첫째, 현재 5천만원으로 되어 있는 국세청자금출처 조사 기준의 대폭 인상이다. 이 액수는 경제의 현실을 고려할 때 지나치게 엄격하다.

둘째, 과거의 탈세에 대한 추징금 부담의 완화이다. 현재 복식부기를 요구받고 있지 않은 외형 2억5천만원 이하 5천만원 이상의 사업자에게는 탈세 사실이 있었더라도 추징금을 법정 금액보다 크게 경감시켜주는 것이 좋다. 탈세 사실이 있었더라도 추징금을 법정 금액보다 크게 경감시켜주는 것이 좋다.

셋째, 외형거래액이 5천만원 이하의 사업자들에게는 일체 과거를 불문해야 한다.

여기에는 물론 부작용이 따를 수 있다. 그러나 도덕성과 경제성의 조화, 그리고 세무행정의 업무능력 등을 종합 고려할 때, '큰고기'만을 잡으려는 지혜가 필요하다.

〈서강대 경제학과 교수〉

나는 1992년 4월부터 1993년 10월까지 MBC 라디오의 육성 칼럼니스트로 활동했다. 일주일에 2~3회 20~30분씩 특정 이슈를 주제로 나의 의견을 말로 제시하는 일이었다. 고 김동길 연대 교수, 박재창 숙대 교수 등도 이 프로그램의 칼럼니스트였던 것으로 기억한다. 방송 시간은 오전이었다. 무슨 말을 해도 아무런 간섭이 없어서 마음껏 신나게 떠들었다.

매일경제신문의 비상임 논설위원으로 사설을 기고했던 시기는 1991년 11월부터 1992년 12월까지였다. 1993년부터 나는 상공부 업종전문화협의회 위원, 과학기술처 과학기술정책 협의회 위원으로 활동했다. 한편 서강대에서는 1991년 2월부터 1993년 2월까지 기획관리실장의 보직을 맡았다. 당시 서강대 총장은 고 박 홍 신부님이셨다. 박 홍 신부님께서 투병하실 때 자주 뵙지 못해 지금도 가슴이 시린다.

26
금융통화운영위원과
한국은행

나는 1995년 9월 금융통화운영위원으로 임명됐다.

산업계의 입장을 전해달라는 취지로 대한상공회의소 추천이었다.

당시 금융통화운영위원회 의장은 재무부 장관이었다. 한은 총재도 위원 중의 한 사람이었으나, 재무부 장관을 대신해서 회의를 주재(主宰)했다.

한은과 은행감독원이 금통위의 의사결정 대상기관이었다.

한은 부총재, 은행감독원장은 회의에 참석했으나 의결권이 없었고, 한은의 임원들은 회의에 배석했다. 위원들은 비상근이었기 때문에 월 150만원의 보수를 받았다.

경제학 교수로서 금통위원으로 일하게 된 것은 영광스럽고 매우 유익한 경험을 쌓는 기회였다. 당시 이규성 전 재무부 장관이 금통위원으로 계셨고, 후에 박재윤 전 재무부 장관도 금통위원으로 합류했다.

금통위 회의에 참석해보니 한은의 문화가 꽤 폐쇄적이라는 느낌을 받았다. 금통위 회의 자료를 회의 후 회수해가는 일이 흔했다.

"이거 왜 회수해가는 거죠?"

"시장에 미칠 영향이 커서~~~"

"뭐요? 금통위원들을 못 믿겠다는 거요?"

나는 화가 나서 강한 어조로 말하고 금통위원들을 믿으라고 했다. 그 후로 자료를 회수해가는 일은 없었다.

한은 내부에서는 금통위원들을 지나가는 손님으로 보는 듯했다. 당시 금통위원들 간의 소통을 위해서 위원 중 간사를 호선해서 정했는데, 내가 호선되었다. 나는 금통위원들과 금통위 회의록 공개에 관한 의견을 교환했다. 거의 모두 공개를 찬성했다.

동료 위원들과의 사전 교감 후, 나는 금통위 정례회의에서 회의록 공개를 제안했다. 한은 임원들은 시장에 미칠 영향을 근거로 비공개를 주장했지만, 논의 끝에 시차를 두고 사후적으로 공개하기로 했다. 그 이후 한은의 금통위 회의록은 사후적으로 공개되고 있다.

금통위는 법적으로 통화 금융정책과 은행 건전성 감독에 관한 최고 의사결정 기구였다. 위원들은 그에 상응하는 자부심과 책임감을 가지고 일했다. 그 책임감의 무게 때문에 한은 임직원들에게 관련 정보를 요구했다. 한은은 국내 최고 수준의 엘리트 집단이었다. 이 우수한 인재들이 정리해서 보고하는 자료의 질적 수준은 만족스러웠다. 나는 거시 금융에 관해서 이 분들로부터 많이 배웠다.

그러나 때로는 한은 임직원들의 협조가 미흡하다고 느끼는 경우들이 있었다. 위원들이 이 문제를 해결하기 위한 토론을 했다. 당시 금통위는 한은과 은감원의 인사권을 가지고 있었다. 결론은 그 동안 수동적으로 자동 패스해왔던 인사권을 이제부터는 일부 행사하자는 것이었다.

"총재님, 이번 인사 관련 회의에서 잠시 자리를 비워주시죠."
"왜요?"
"승진 인사를 금통위원들 의견에 따르기로 했다는 뜻을 몸으로 보여주시는 거죠."

사진: 1996년, 금통위 출장으로 워싱턴 방문 중. 링컨 동상 앞에서

26 금융통화운영위원과 한국은행

"좋습니다."

당시 총재는 이경식 전 경제부총리였다. 그는 유머를 즐기고 화끈한 열려있는 성격의 사나이였다. 사전 교감이 있었다. 이 이례적 상황이 발생한 후, 한은 임직원들의 금통위원들에 대한 협조는 더욱 만족스럽게 되었다.

사진: 1998년, 금통위 회의. 좌측부터 최연종 부총재, 필자, 김인준, 윤석범, 안승철, 이재웅, 진철환 총재, 김재윤

나는 금융정책이 산업 현장의 흐름에 대한 지식을 토대로 이루어지면 좋겠다는 희망을 가지고 있었다. 금통위 회의에서 금통위원들의 산업현장 방문을 제안했던 이유였다. 작전 본부가 최전방의 상황에 집착하면 전체적인 전략 수립에 바람직하지 못하다는 반론도 있었다. 그러나 금통위원들의 정례적인 산업 현장 방문은 실현되었다.

우리는 전국 각지의 생산 현장을 찾아가 애로 사항을 청취했다. 그 지식이 통화정책과 은행 건전성 감독에 어떤 영향을 미쳤는지 분석해 보진 못했다. 그러나 나는 현재도 생산 현장에 대한 이해 없이는 어떤 종류의 경제정책도 높은 실효성을 가지기 어렵다는 견해를 가지고 있다.

산업 현장의 다양성을 고려하지 않고 획일적인 정책 수단을 시행할 경우, 그 정책은 성공하기 어렵다. 정책 대상들의 정책 소화 능력에 격차가 있기 때문이다. 나는 정책 대상별로 차별화된 정책이 그 실효성의 기준에서 세련된 정책이라고 생각했고, 지금도 그렇게 생각한다.

사진: 1995년, 금통위원회 산업 시찰 현장. 좌측부터 이재웅 위원, 김인준, 한 사람 건너 이규성, 윤석범, 유시열 부총재, 필자, 김재윤, 추인석

나는 대학 시절부터 테니스를 즐겼다. 그런데 한은에도 테니스 마니아(mania) 들이 있었다. 당시 조사 담당 김영대 이사가 그중 한 분이었다. 금통위원들이 재미있는 제안을 했다. 김영대 이사와 내가 단식 경기를 하고, 모두 각자의 판단에 따라 판돈(?)을 걸자는 것이었다.

예컨대 이 총재는 나의 승리에, 은행감독원장은 김 이사의 승리에 10만 원씩을 각각 걸었다. 이렇게 모인 판돈은 경기 후 회식비로 쓰기로 했다. 경기 심판은 박재윤 위원이 맡았다. 장소는 한은 강남 사무소 테니스 코트였다.

나도 자신이 있었지만, 김 이사도 자신감이 넘쳤다. 그는 "매일 아침 테니스 동호회에서 운동을 한다"고 심리전까지 폈다. 우리는 여름의 해가 긴 어느 날, 업무시간이 끝나자마자 경기를 시작했다. 3세트 2승으로 승자를 결정하는 경기였다. 결과는 무승부였다. 1 대 1 스코어에서 3세트의 승부가 어두워질 때까지 나지 않아 박재윤 심판이 무승부를 선언했다.

그날 이 총재를 비롯한 한은 임원들과 금통위원들은 우리 게임에서 있었던 재미있는 장면을 안주로 초등학생들이 운동회를 끝낸 기분으로 즐거운 회식을 했다. 그날 게임은 실질적으로 내가 졌다. 스트로크에서 내가 밀렸다. 나는 로빙(lobbing)을 활용해서 위기를 넘기는 경우가 많았다. 나도 몸놀림이 빠른 편인데, 김 이사는 마치 적토마(赤兎馬)처럼 뛰었다.

사진1: 세기의 대결의 개회식. 좌측부터 필자, 김영대 이사 그리고 심판석에 앉은 박재윤 위원

사진2: 1996년, 한은에서 세기의 대결을 무승부로 마치고 이경식 총재로부터 무언가 기념품을 받았다. 좌측부터 이경식 총재, 필자, 김영대 이사

1995년 나는 서강대 경제대학원에 "기술이전 협력론" 강의를 개설했다. 기술경제학 수강 후 들을 수 있는 과목이었다. 1996년에는 일본 도쿄에서 열린 일본 국제경제학회 정기학술대회에서 "기술혁신중심의 신산업전략"이란 영어 논문을 발표했다.

사진: 경제대학원 강의용 '기술이전협력론' 교재

사진: 1996년, 일본 국제경제학회에서 논문 발표 후, 오랜 교류를 해온 일본 중앙대의 사이토 마사루 교수와 함께. 사이토 교수는 "기술이전론"분야에서 훌륭한 연구 업적을 쌓은 분이었다. 앞줄 좌측부터 이석봉 특파원, 필자, 사이토 교수, 안충영 중앙대 교수

　한편 서강대 본부에서는 1995.2~1996.8 사이에는 21세기 기획단 장을 맡아 서강대의 장기발전계획을 마련했다. 그 계획은 가톨릭의 대와의 통합 프로젝트도 포함되어 있었다. 이 프로젝트는 현재까지 도 실현되지 못하고 있다.

사진: 1996년, 서강대 21세기 기획단장 시기에 서정호 부총장과 함께. 좌측부터 필자, 서정호 부총장,
       故 윤여덕 교수(당시 총무처장)

VI 정치 민주화와 외환위기를 겪으며

27
외환위기와 냉혹한
국제금융 자본

"본인이 대통령에 당선된다면 동 협의 내용을 협의된 대로 이행하겠습니다."

1997년 12월 IMF의 캉드쉬 총재가 한국의 대통령 후보들에게 서명을 요구한 내용이다. 왜 대통령 후보들에게까지 이런 서명을 요구했을까?

한국 정부는 1997년 12월 3일, "대기성 차관 협상을 위한 양해각서"에 동의했다. 이 내용은 한국의 경제정책 주권이 한시적으로 IMF에 넘어갔음을 의미하고 있었다. 한국으로선 치욕스러운 날이었다.

1997년 초부터 한국의 외환 보유액에 대한 외신기자들의 전화 문의가 많았다. 필자가 한은의 담당 부서를 통해 보고받기로는 200억 달러 수준의 가용 외환 보유 잔고가 있었던 것으로 기억한다. 그 시점에서는 그 정도면 위험한 상황은 아닌 것으로 보였다.

1997년 10월 나는 대우 그룹 김우중 회장과 대우의 해외투자 현장을 방문했다. 김 회장도 한국경제의 어려운 상황을 인지하고 있음을 대화 중 느꼈다. 그러나 그도 상황이 국가부도의 위기에 빠질 것으로는 보지 않는 듯했다.

사진: 1997년, 셰익스피어 생가에서. 김우중 회장과 여행 중

1997년 10월 27일 열린 대통령 주재 확대 경제 장관 회의도 한

국경제는 기초조건(Fundamental)이 건실하기 때문에 동남아 국가와 같은 외환 및 금융시장의 위기 상황으로 전개되지는 않을 것으로 전망했다. 되돌아보면 참 어처구니없는 정부의 판단이었다.

그러나 11월 중 외환시장은 패닉(Panic) 상태로 돌입하였다. 해외 자본의 자금회수가 급격히 증가하고, 신규 외화 차입은 거의 불가능하게 되었고, 차입금의 만기 연장 비율도 현저히 낮아졌다. 외환시장에선 달러화 매수세는 강했고 매도세는 아주 약했다. 은행, 종금사 등 해외 차입이 많았던 금융사들이 모두 한은의 외환 보유액에 매달렸다.

한은 외환 보유액은 1997년 11월 말, 72.6억 달러에 불과했다. 이제 국가부도 위기에 직면한 것이다. 그해 12월 3일 한국 정부가 IMF에 백기 투항한 배경이다.

이런 외환시장 상황의 가속적 악화 원인에 대해서는 경제 분석에 바탕을 둔 여러 견해들이 있다. 나는 정부의 무능보다도 대통령 선거를 가장 중요한 원인으로 생각했다. 대선 후보들이 경제 논리를 무시한 정치 논리로 부실기업 문제를 다루었다. 시장 원리로 움직이는 국제금융 자본들의 눈에 이런 상황은 비정상이었다. 나는 이런 정치 행태가 IMF가 대선 후보들에게 "이행 각서" 서명을 요구한 배경으로 작용한 것으로 이해했다.

경기 규칙이 경시(輕視)되고 도덕적 해이가 경제 사회 질서를 흔드는 정치 상황이었다. 대마불사(大馬不死), 은행 영생(銀行永生)이라는 반시장(反市場) 의식이 기업계와 금융계를 뒤덮고 있었다. 구조조정이 절실했지만 대선 정국이라는 상황이 그 추진을 불가능하게 했다.

국제금융계는 이점을 주시(注視)했다. 경쟁력이 약화되고 채산성이 떨어져 적자가 쌓인 기업을 "국민기업" 운운하며 국가가 살리겠다고 외치는 후보들을 보고 한국 정부의 대응 정책과 부채상환 능력에 의구심을 갖게 된 것이다.

자본의 논리는 냉혹하다. 채권 원리금 회수 가능성에 조금이라도 의심이 생기면 즉각 회수 조치를 한다. 정치적 고려나 인간적 배려는 안중에 없다. "기초조건 건전", "국민기업" 운운할 때 이들은 위험 신호를 감지하고 있었다.

나는 1997년 4월 1일 방송 3사의 "경제를 살립시다"라는 공동 프로그램에서 MBC의 앵커로 출연해서 경제 상황을 생방송으로 시청자들과 공유했다. 6월 하순에는 국제경제학회 여름 세미나에서 "대외 지향형 경제의 정책과제"를 발표하고, 가을에는 서강대의 경상논총에 "외채 현황과 대응 방향"이라는 논문을 기고했다. 내가 할 수 있는 일은 이 정도였다. 금융 통화 운영위원이었지만 어떤 다른 의미 있는 일도 하지 못했다.

국제신용평가사들도 뒷북만 쳤다. 한국이 IMF에 구제금융을 신청한 것이 1997년 11월 22일이었다. 그런데 3대 국제신용평가사들은 97년 11월 25일까지 한국을 "A" 등급으로 평가했다. 97년 1월부터 외자들의 탈출이 진행되고 있었고, 한은의 외환보유액이 지속적인 감소 추세를 보이고 있었는데도, 이들은 신용등급을 내리지 않았다.

한국 정부가 백기를 든 12월 3일이 지난 12월 11일에야 이들은 신용등급을 대폭 내렸다. 이들은 2008년 미국의 금융 위기 때도 사전적 신용등급 조정을 하지 못해 경고등(警告燈) 역할을 하지 못했다.

당시 한국의 금융시장 종사자들이나 정부 당국자들은 국제금융 시장의 금융 기법과 관행에 대해서 익숙하지 못했다. 한국의 자본 자유화 역사가 짧았기 때문이었다. 그나마 외국계 펀드의 한국·홍콩 지사에서 일하는 한국인들이 전문적 조언을 주었다. 나도 이들 중 몇을 만나 해외 펀드들의 생리와 금융 기법을 배웠다.

재정경제원과 한국은행의 갈등도 사전적 대응을 어렵게 했다. 대표적인 것이 환율 정책이었다. 당시 재정경제원은 환율을 방어 하려는 정책을, 한은은 환율 절하로 시장의 움직임을 수용하려는 정책을 제시했다. 외환시장을 관리하는 두 조직이 서로 정반대의 환율 정책 방향을 내놓은 것이었다. 이런 혼선을 조정할 조직도 개인도 없었다.

이런 혼선을 나는 정치 계절의 부산물로 보았다. 두 조직의 구성 원들은 한국은행법 개정을 둘러싼 정치 게임을 하기 위해 여의도로 몰렸고, 금융 외환시장 안정은 뒷전으로 밀렸다. 금통위는 이 와중에 어떤 역할도 할 수 없었다. 참 부끄러운 현실이었다.

IMF의 구제금융 제공조건은, 한편으로는 한국이 스스로 못한 경기 규칙 확립과 부실기업 구조조정을 가능하게 했으나, 다른 한편으로는 생산성은 높았으나 재무관리가 부실했던 한국의 기업과 은행들을 외국계 펀드들에게 "Fire Sale" 하도록 상황을 조성하는 부작용을 초래하기도 했다.

대선이라는 정치 쓰나미에 한국경제의 방파제가 무너진 한 해였다.

사진: 1997년, 기아자동차, 김선홍 회장과 함께

28

외환위기 극복과 미완
(未完)의 구조조정

외환위기 와중에 탄생한 김대중 정부는 1998년부터 IMF가 제시한 고금리와 긴축을 정책의 뼈대로 혹독한 구조조정을 집행했다. 기업도산, 대량실업 등으로 한국 사회는 시련을 겪었다. 신용경색으로 사업성은 유망한데도 일시적인 자금 수급에 애로가 생긴 기업들까지도 도산의 위기에 내몰렸다.

그러나 국제금융시장에서 다시 신뢰를 회복하여 외화 부족 문제를 해결하고, 금융 흐름의 신용경색 국면을 벗어날 수 있는 근본적인 방법은 부실기업과 부실 금융회사들의 구조조정이었다. 우리 기업 금융회사들의 건실성 회복을 보여주지 않으면 해외 민간부문에서의 외화 차입이 어려움은 물론 국내 신용경색 현상도 벗어나기도 어려웠다.

나는 1998년 1월 8일 김대중 당선인의 인수위 주최 세미나에서 "구조조정을 제대로 해서 경제체질을 강화해야 우리 경제가 재생할 수 있다"는 점을 주장했다. 이 세미나에서 시민단체를 대표해

서 나온 고 박원순 전 서울 시장을 만나 의견을 교환했다. 그의 명
복을 빈다.

1998년 1월 18일에는 김대중 당선인의 "국민과의 대화"가 KBS
주관으로 열렸고, 나는 패널리스트로 참석해 평소의 주장을 의견으
로 제시했다. 김 당선인의 경제에 관해 식견이 깊다는 것을 느꼈다.

사진: 국민과의 대화

1998년 6월 16일, 나는 조선일보 "논쟁" 란에 당시 진행 중이었
던 중복 과잉 투자 업종의 빅딜(Big Deal)에 관한 의견을 제시했다.
논쟁의 상대는 정운찬 교수였다.

한두 달 시한(時限)정해 강요하면 부작용
조선일보 | 1998.06.16 기사(칼럼/논단)

서강대 교수 김광두(金廣斗)

최근의 빅딜 논의는 기업들이 채산성을 생각하지 않고 마구잡이로 사업을 확장했기 때문에 발생했다. 따라서 기업 채산성을 높이는 방향으로 교통정리할 필요성이 생겼다.

문제는 빅딜을 성사시키는 방법이다. 빅딜을 이루는 방법으로는 ① 정부-정치권이 직접 개입하거나 ② 은행이 빅딜 대상 기업체에 돈을 빌려주지 않음으로써 자연도태시키는 방법이 있다.

정부는 현재 ①의 방법을 통해 빅딜을 추진하고 있는 것 같다. 이 방법은 빠른 시간 내에 빅딜을 성사시키고 기업 및 산업구조조정을 이룩할 수 있다는 시간상의 장점을 갖고 있다. 하지만 너무 위험한 측면이 많다.

첫째, 정치권이나 정부가 구조조정 대상 기업을 짧은 시간 내에 속속들이 파악하기 어렵기 때문에 부작용이 많이 생길 수 있다는 점이다. 잘 알지도 못하는 기업들을 떼어내 다른 재벌에 떠맡기면 반드시 좋은 결과가 나온다고 장담하기 어렵다.

둘째, 기업마다 문화가 다르기 때문에 빅딜 성공을 확신하기도 어렵다. 서로 다른 문화와 전통 속에서 일해온 근로자들이 받는 문화적충격 때문에 기업이 효율적으로 작동할 수 있을지 불투명하다.

셋째, 공정하고 명백한 빅딜 기준을 만들기 어렵다는 점도 있다. 국제경쟁력 강화나 재무구조 개선처럼 모호한 기준을 제시하게 되면 빅딜을 흥정하는 과정에 결국 정치권력이 개입, 정경유착에 빠질 가능성이 있다.

넷째, 정치권이나 정부는 구조개혁을 서두르고 가시적인 성과를 내기 위해 시한을 정해놓고 일을 추진할 것이다. 그러나 이렇게 시간을 정해놓고 무리하게 일을 추진하는 것은 상당한 부작용을 낳게 된다.

물론 정부 입장에서는 경제위기가 날로 심각해지고, 외환위기의 재발 방지를 위해서도 외국 투자자의 신뢰를 회복하는 일이 시급할 것이다. 재벌의 과감한 구조개혁이 신뢰도 회복의 중요한 수단이 되는 것은 말할 것도 없다.

하지만 1~2달 내에 부실한 계열사들을 빅딜을 통해 정리하라고 하는 것은 무리라고 생각한다. 시장경제에서 문제는 항상 당사자들이 주체가 되어 해결되어야 한다. 빅딜의 시한을 정하는 문제는 특히 그렇다.

예컨대 현대자동차가 삼성자동차를 인수할 경우 경영이 건실한 현대자동차마저 부실화될 가능성이 있다. 이런 결과가 예상된다면 정부에서 인수하라고 한다고 해서 어느 기업이 마음이 내키겠는가.

사전에 이런 부작용에 대한 충분한 연구가 기업과 정부 차원에서 있어야 한다. 그렇지 않고 딜(deal)만 강요했을 경우 나타날 부작용은 나중에 누가 책임을 지겠는가.

필요하면 정부나 정치권, 외국인 전문가가 참여하는 적극적이고 충분한 토론과정을 거쳐야 한다. 정부도 결과분석과 예측을 통해 감을 잡고 빅딜을 추진해야지 지금처럼 무조건 밀어붙이기식으로 하는 것은 곤란하다.

1998년 열린 각종 토론회에서 나는 이런 어려움을 다시 겪지 않기 위해서는 부실기업·금융회사들의 구조조정을 제대로 해야 한다는 주장을 폈다. 당시 KBS 기자들의 요청으로 KBS에 가서 구조조정의 필요성과 방법론에 관해서 강의를 하기도 했다.

사진: KBS 강의. KBS 연주홀에서

1998년 가을에는 MBC가 기획한 "개혁만이 살 길이다"라는 프로그램을 MBC의 담당자와 함께 논의해 영국, 프랑스, 미국 등을 여행하며 해당 국가들의 경험을 현장 취재하였다.

영국에서는 행정개혁을, 프랑스에서는 노동 개혁을, 미국에서는 노사관계 변화와 신기술 기업의 탄생, 성장에 각각 초점을 맞추어 취재하였다. 이 취재 여행은 유럽과 미국을 2회로 나누어 진행했다.

파리에서 노동자들의 시위 현장을 배경으로, 런던에서 민영화된 우체국 안에서, 뉴욕에서는 맨하탄의 선상(船上)에서, 취재와 관계자 면담 내용을 메모 없이 브리핑하는 화면을 내보냈는데, 그 촬영 순간의 긴장감이 아직도 뇌리에 남아있다.

프랑스의 노동부 어느 국장이 "미국의 노사관계는 동물의 세계"라는 의미의 표현을 해서 놀랐던 적도 있었다. 미국에서는 IBM 본사가 있는 뉴욕 근교의 소도시에서 이른 아침 홀로 공원 산책을 나간 적이 있었다. 풍광에 취해 한참 돌아다니다가 숙소에 돌아갔더니 경찰차들이 기다리고 있었다. 함께 갔던 MBC 기자, PD, 촬영 기사들이 나를 실종된 것으로 경찰에 신고했다고 했다.

아일랜드 공화국에서는 기업의 공장에 정부 관리가 상주하며 민원을 원 스톱으로 처리해주는 현장을 보았다. 미국의 디트로이트에 있는 포드자동차에서는 Ford 3세가 비서의 수행 없이 홀로 사무실에서 나와 Wagon형 자기 차를 자기가 운전하고 떠나는 걸 보고, 한국 재벌들의 행태가 떠올라 감동하기도 했다.

디트로이트에 위치한 미국 금속노조를 방문해서 노조 간부들과 의견 교환을 했다. 그들은 투쟁보다는 재훈련, 전직 훈련에 더 큰 관심을 가지고 있었다. 그 주된 이유는 일본 도요타 자동차의 미국 시장 잠식에 있음을 알고 경쟁이 가져다주는 변화를 체감하기도 했다.

어느 교수를 인터뷰하러 방문했던 필라델피아에 있는 U.Penn. 캠퍼스에서는 주차해 놓은 차 안에 벗어놓은 스웨터를 도둑맞은 씁쓸한 경험도 했다. 미국 자본주의의 어두운 면을 몸으로 겪었다고나 할까.

1998년 봄 어느 날, 나는 대치동 은마상가의 주택은행 "금 모으기" 창구 앞에 줄 서 있었다. 1998년 1월 5일 시작해서 3월 14일까지 계속된 "금 모으기" 운동은 외화유동성 확보의 한 수단이었다. 나는 아이들 돌반지를 비롯해서 조모님 환갑잔치에서 받은 금반지까지 모두 들고 갔다.

우리 국민들의 단합된 노력은 감동적이었다. 당시 금 모으기 운동에 349만 명, 전국의 1,509만 세대의 23%가 참여했다. 총 226톤(당시 가격으로 22억 달러)의 금이 모였다. 한국민들의 이런 노력은 전 세계를 감동시켰고 한국의 국제신인도를 올리는데도 기여했다. 무책임 정치와 무능 행정부 그리고 대기업과 금융회사들의 방만 경영과 도덕적 해이가 초래한 국난을 민초들이 단결하여 극복한 또 하나의 사례였다.

IMF와의 협약에서 중요한 또 하나의 약속이 자본 자유화였다. 외국인들의 한국 금융자산에 대한 투자가 크게 개방되었다. 1997년 말 한국의 증시에서 외국인이 차지하는 비중은 10% 수준이었다. 이것이 자본자유화 조치 이후 30% 수준까지 빠른 속도로 증가했다.

IMF와 약속한 기업 개혁 조치도 진행되었다. 당시 김대중 대통령이 5대기업 그룹 총수와의 회동에서 제시한 5대 원칙이 그 실행 방안이었다. 투명 경영, 상호 지급보증 해소, 재무구조 개선, 중소기업과의 협력과 핵심 부문으로 선택과 집중, 지배주주와 경영진의 책임 강화가 그 5대원칙이었다. 학계에서 꾸준히 제기해온 원칙들이 IMF라는 외부의 힘에 의해서 정부의 원칙으로 제시되고 재계의 동의를 얻었다.

대기업 간 빅 딜(Big Deal)과 대기업집단의 구조조정이 이 원칙 하에서 추진되고 집행되었다. 현시점의 SK 반도체는 당시엔 현대반도체와 LG전자의 반도체 사업부였다.

이런 구조조정과 개혁 조치들은 1999년 상반기까지는 강력하게 추진되었다. 노동 개혁도 그중 한 부분이었다. 그 핵심 목표는 노동시장의 유연성 제고였고, 그 추진 주요 수단은 고용조정 제도와 근로자 파견제의 도입이었다.

그러나 1999년 하반기부터 이런 개혁 조치들의 추진이 느슨해졌다. 금융시장이 어느 정도 안정되고 경제성장률도 플러스로 전환될 것으로 예상되는데 따른 결과이기도 했으나 더 큰 이유는 2000년 4월에 치러질 총선이었다.

"김 교수, 우리 당이 총선에서 지면 다 소용없어요."

내가 1999년 하반기 언젠가 당시 집권당의 어느 회의에 참석했을 때, 지속적인 구조조정을 주장하는 나의 의견에 대한 어느 중진 국회의원의 코멘트였다. 2000년 4월의 총선을 의식한 당시 여당이 국민들에게 고통을 안기는 개혁 조치들을 표 계산의 차원에서 부담스러워했던 것으로 느꼈다.

김대중 대통령의 재임 중 그 분을 네 번 뵈었던 것으로 기억한다. 국민과의 대화에서 패널리스트로 2회, 청와대의 경제정책 관련 회의에 민간 전문가로 참여해 1회, 그리고 이시형(현 세로토닌 문화원장) 박사와 둘이서 청와대를 방문하여 TV 중계 대화를 1회 했다. 2회차(2000년 11월 13일) 국민과의 대화에선 정부 정책에 대해서 날 선 비판을 했다. 당시 청와대 경제수석비서관으로 일하던 내 친구 이기호가 방송 다음 날 청와대 비서실이 나에 대해 섭섭해하는 분위기를 전달하기도 했다.

청와대에서 진행된 두 사람과 대통령의 대화 녹화 준비 시간에 분장, 넥타이 색깔 고르기에 대해서 비서관이 자꾸 간섭하자 "허허 이런~~~"하시던 모습이 뇌리에 남아있다. 개인적으로 뵈었을 때는 따뜻한 이웃집 아저씨의 인간미를 느꼈다.

"나는 이것이 내가 해야 할 일이지만, 일요일에 이렇게 시간을 내주어 고맙다. 따뜻한 차라도 한잔 대접하는 것이 나의 도리다."

녹화가 끝나자 다음 스케줄을 재촉하는 비서관에게 하신 말씀이었다. 김 대통령과 이 박사, 그리고 나는 함께 차를 마시며 10여 분 담소를 나누고 헤어졌다.

나는 1999년 가을에 양 호 서강대 선배, 남성일 서강대 교수와 협력하여 서강 경제학과 졸업생들을 구성원으로 하는 서강경제인

포럼을 창립하였다. 시장경제의 효율성을 기준으로 당시의 경제 현안을 공부하고 상호 친목을 다지려는 목적이었다.

사진: 서강경제인 포럼. 좌측부터 필자, 양 호 회장, 고 이승윤 교수, 이한택 총장, 고 남덕우 교수, 고 김재원 박사

1999년 말에 나는 친구들과 함께 청량리역에서 야간열차를 타고 태백산의 정상에서 일출을 맞으며 2000년에 우리나라에 국운이 돌아오기를 기원했다.

사진: 태백산 정상에서 일출을 맞으며

28 외환위기 극복과 미완(未完)의 구조조정

VII

정치 논리와 시장 논리

29

이인제(李仁濟)
전 경기지사와 21세기
국가경쟁력연구회

1997년 대선에서 세대교체 바람으로 파란을 불러온 이인제 전 경기지사가 1999년 4월 말 귀국했다. 그는 대선에서 신한국당을 탈당, 국민신당을 창당하여 대선에 출마했으나 3위로 패배했다. 그 후 연구 생활을 한다는 명분으로 미국 워싱턴으로 떠났다가 돌아온 것이다.

그와는 1993년경부터 김덕룡(金德龍) 의원이 주도한 공부 모임에서 함께 토론하고 여가도 즐겼다. 그 모임에는 이명박 전 대통령, 김형오 전 국회의장, 박헌기 전 국회 법사위원장도 참여했다. 김덕룡 전 의원은 당시 김영삼 대통령의 핵심 측근으로 정치 실세로 불렸다.

이인제 전 경기지사가 김영삼 정부에서 노동부 장관으로 재임하던 시기에 나의 조모님께서 별세하셨다. 그는 우리 집에 밤에 조문 와서 자정이 넘어서 귀가했다. 나는 그때 매우 고마웠다.

그가 경기지사로 일할 때는 그의 관저에서 간혹 식사를 같이하기도 했다. 그러나 그가 신한국당을 탈당하여 제3당 후보로 대선에 출마한 이후에는 만난 적이 없었다. 나는 신한국당의 소위 9룡이 경선할 때는 김덕룡 의원의 경제정책을 자문했다.

사진: 김덕룡 의원과 함께, 꿈을 나누었다.

그런데 1999년 여름 어느 날 이 전 지사로부터 전화가 왔다. 저녁을 함께하자는 제안이었다. 나는 반가운 마음으로 식당으로 갔다. 그의 보좌진 2명이 식사가 끝날 무렵 동석했다. 두 분 다 아는 사람들이었다. 한 사람은 김창석 비서실장으로 이인제 씨와 서울 법대 동기로 나의 고교 후배였고, 다른 한 사람은 과거에 김덕룡 의원을 보좌했던 사람이었다.

29 이인제(李仁濟) 전 경기지사와 21세기 국가경쟁력연구회

"도와 달라! 정책 공부를 하고 싶다."

"경제문제는 좀 알고 있지만 다른 이슈는 모른다."

"그럼 경제문제를 도와 달라"

"좀 생각해보겠다."

그날 맥주잔을 나누며 그와 나 사이에 오간 말이었다. 나는 1992년 이래 그와의 교류에서 그의 진취적 성품과 정치개혁에 대한 열정을 보아왔다. 그러나 그가 일시적 인기에 흥분하여 대선 경선 결과에 불복하고 탈당한 것에 대해서는 못마땅하게 생각하고 있었다.

당시 나는 서강대에서 경상대학장의 보직을 맡아 일하고 있었다. 좋은 교수를 모셔오는 것이 학장의 소임 중 하나였다. 동국대에 하버드대에서 국제무역 분야를 전공, 박사 학위를 마치고 귀국한 송의영 교수가 있었다. 교수들이 모두 송 교수를 서강대에 모셔오는 것이 바람직하다는 의견을 주었다. 그런데 그는 귀국할 때 동국대 당국과 일정 기간은 동국대에서 봉직하기로 약정(約定)을 했다. 그 기간이 지나야 다른 대학으로 옮길 수 있는 상황이었다.

"전후 관계상 결례입니다만, 송 교수를 서강대로 모셔 가고 싶습니다."

"김 학장이 온다고 해서 예상을 하고 있었습니다. 젊고 유능한 학자의 선택을 존중하겠습니다."

당시 동국대 송석구 총장님을 그의 집무실에서 뵙고 나눈 대화였다. 송 교수는 현재 서강대에서 학생들을 가르치고 있다. 나는 경상대 교수 초빙 때, 원로 교수들이 적극 개입하는 것보다는 젊은 교수들이 합의해서 결정하는 방식이 좋겠다는 뜻을 원로 교수님들께 말씀드리고 동의를 얻었다. 이런 교수 선정 방식이 서강 경제과의 탁월한 교수진 구성과 교수들 간의 화합에 크게 기여했다고 자평한다.

이인제 전 지사의 요청을 받아들이기로 했다.

"경제학은 현실에 바탕을 둔 학문이다. 정치인들이 경제문제에 바람직한 식견을 갖도록 도와주는 것은 경제학자로서 할 일이다"

이것이 그동안 김덕룡 의원의 공부 모임에 참여하고, 그의 자문에 응했던 이유고 평소 나의 소신이었다.

그런데 시간이 지나면서 점점 요청 사항이 확대되어 갔다. 몇몇 학자들과 함께 다른 분야도 도와 달라 했다. 그것이 확대되어 창립된 모임이 "21세기 국가경쟁력연구회"였다. 이 모임은 1999년 11월 20일 창립세미나를 가졌고, 언론은 이 연구회를 이인제 대선 싱크 탱크로 불렀다.

사진: 2000년 5월, 뉴욕의 한 세미나장에서. 이인제 지사와 함께. 좌측부터 서승환 교수, 이 지사, 필자.

나는 이 연구회의 회장을 맡았다. 그런데 이 연구회에 가입하고 싶어 하는 사람들이 많았다. 나도 놀랄 지경이었다. 결국 500여 전문가들이 이 모임의 회원이 되었다.

나는 1999년 가을에 산업은행의 요청으로 "부실화된 대우자동차 처리 방안"을 연구하기 시작했다. 2000년 봄에 그 연구 결과를 산업은행이 주관한 언론인들 초청 "오크벨리 토론회"에서 먼저 설명하고, 다음에 국제통상학회에서 발표했다.

나는 "해외 매각"이 바람직하다는 결론을 내렸다. 이 결론에 대한 찬반 논쟁이 다양하게 전개되었다. 나는 장하성 교수가 주관하는 '참여연대'의 토론회에 가서 이 연구 결과를 설명하고 토론하기도 했다. 당시 현대자동차도 인수 의향을 가진 기업 중 하나였다.

결과적으로 미국의 G.M.이 대우자동차를 인수했다. 연구 과정과 인수의 흐름을 보면서 1997년 김우중 회장과 여행할 때 방문했던 대우차 폴란드 공장이 떠올랐다. 그곳은 한국전쟁 때 북한이 사용한 트럭을 제조했던 공장이었다. 한국전쟁 때 생산된 트럭 한 대가 공장부지 내에 전시되어 있었다. 김우중 회장의 뜻이라고 했다.

"21세기 국가경쟁력연구회"가 창립되어 움직이자, 이인제 전지사는 또 하나의 요청을 했다. 자기 후원회 회장을 맡아 달라는 것이었다. 나는 난처했다. 돈을 모을 능력이 없을 뿐 아니라, 정치자금에 가까이 가는 것은 금기(禁忌)로 여기고 있었기 때문이다.

"못 합니다."

"이름만 빌려주세요. 다른 일들은 실무자들이 다 알아서 합니다."

"고민해 보겠습니다."

심연(深淵)에 한 발짝씩 점점 빠져들어 가는 기분이 들었다. 오랫동안 고심을 하고 있는데 세상 경험이 많은 어느 선배가 "교수들이 정치인 후원회장을 맡는 경우는 많으니, 부담 느끼지 말고 이름만 빌려줘도 된다."고 조언했다. 몇 가지 조건을 전제로 하고 맡기로 했다.

"권노갑 고문을 소개해 주세요."

이인제 전 지사가 당황한 표정으로 단상에 있는 나에게 다가오면서 한 말이었다. 내가 회장이 되고 2000년에 처음으로 세종문화회관에서 열린 후원회에서의 에피소드다.

나는 정치인들을 잘 몰랐다. 후원회 모임은 명목상 후원회가 주최하고 후원회장이 주관했다. 실무적인 일엔 일체 관여하지 않았기 때문에 누가 오는지 사전에 알지 못했다. 나는 단상에서 오신 분들을 소개했다. 내가 아는 교수들부터 소개했다. 그런데 그곳에 권노갑씨 등 유력 정치인들이 대거 온 모양이었다. 나는 누가 누군지 모르기 때문에 그분들을 소개하지 않았다. 이 지사는 나에게 사람 이름들이 적힌 메모지를 건네주었다.

2000년 5월 이인제 전 지사와 함께 미국 여행을 갔다. 이 지사 부부와 그의 비서 한 분, 그리고 경제학 교수 한 분이 일행이었다. 이 여행은 뉴욕과 워싱턴이 주 목적지였다. 나는 그에게 뉴욕의 증권시장과 신용평가사들을 방문하기를 권했고 함께 현장에 가서 관계자, 전문가들과 의견을 교환했다. 그는 워싱턴 방문에서 미국의 여러 정치인들과 면담했다.

사진: 2000년 봄, 21세기 국가경쟁력연구회의 한 세미나를 마치고 식사 시간에. 좌측
부터 필자, 김은숙 여사(이 지사 부인), 이인제 지사

이 여행에서 나는 대통령에 뜻을 가진 정치인에게 많은 사람들
이 접근하려 한다는 것을 알았다. 가는 곳마다 수많은 사람들이 그
를 만나길 원했고, 서울에서 뉴욕에 미리 와서 공항에서 기다리고
있던 사람들도 30여 명이었다.

29 이인제(李仁濟) 전 경기지사와 21세기 국가경쟁력연구회

2000년 6월 나는 서울은행 사외이사로 선임되었다. 2000년 7월에는 1999년 2월에 구 공업발전법을 개정해서 입법된 산업발전법에 기초한, 산업자원부의 산업발전심의회의 위원장으로 위촉되었다. 당시 산자부 장관은 장재식 새천년민주당 국회의원이었다. 나는 후임인 신국환 장관과 협의하여 심의회 산하에 14개 분과의 민관협의회를 설치해서 민간 업계의 의견을 최대한 반영하도록 했다.

2000년 하반기에 들어가자 이 지사 주변에 사람들이 구름처럼 몰렸다. 이 지사가 새천년민주당의 가장 유력한 대선 후보로 부상함에 따른 것이었다. 나는 그 사람들이 점점 이 지사를 에워싸는 분위기와 그들 간의 충성 경쟁이 비등(沸騰)하는 모습을 보았다. 충성 경쟁의 내용은 그에게 환심을 사려는 것들로 정책 아이디어와는 별 상관이 없었다.

나는 누가 원하면 도와주는 스타일이다. 그러나 경쟁적으로 누구에게 다가서서 그의 입맛에 맞추는 언행은 싫어한다. 나는 나의 "자유로운 영혼"을 항상 최우선 순위에 두고 살아왔다. 대학 교수가 되고 싶었던 이유이기도 했다. 그런데 이 지사 주변 분위기가 확 달라졌다.

나는 뒤로 빠지기로 내심 작정하고 행동했다. 그러나 공개적으로 그 뜻을 밝히지는 않았다. 정책 싱크 탱크와 후원회를 다 책임지고 있는 사람이 뒤로 물러서는 모습이 공론화되면 이 지사에게 피해를 줄 것으로 판단했기 때문이었다. 그의 캠페인에 지장을 주고 싶진 않았다. 그러나 내심 염려는 했다. "저런 식으로 좋은 소리에만 휩싸여서는 성공하기 어려울 텐데….”

이 지사는 2001년 말, 노무현 후보에게 새천년민주당의 대선후보 경선에서 패배했다. 강한 자에게 몰려드는 사람들은 대부분 그 사람의 기능적 효용가치(效用價値)를 보고 혓바닥 충성을 하는데, 그 강자(强者)는 흔히 그걸 좋아하고 그 달콤한 말에 귀를 기울이게 된다. 그러나 사람으로서 흔히 갖는 이런 인간적 약점을 극복한 지도자가 역사적으로 보면 큰 업적을 남겼음은 우리 정치지도자들이 되새겨 볼만한 일 아닌가 싶다.

30
정치 논리 성행(盛行),
산업 발전 심의회

2000년 총선 이후 경제개혁 분위기가 퇴조되기 시작했다. 구조조정을 통한 경제체질 강화 노력도 점차 힘을 잃어가고 있었다.

2001년에 들어와 집단 이기주의와 도덕적 해이의 확산이 뚜렷해졌다. 정치 논리가 경제 논리를 압도하는 경우들이 흔히 눈에 띄었다. 행정부의 고위 공무원들이 유력 정치인들의 입김에 휘둘리는 상황도 나타났다.

나는 이런 현상에 대한 우려를 동아일보 지면을 통해서 호소했다.

도덕적 해이는 마약이다
동아일보 | 2001.12.10 경제시평

국민세금을 바탕으로 운용되는 공적자금의 부실이 우리를 슬프게 하고 있다. 공적자금은 외환위기를 극복하기 위해 불가피하게 조성되고 사용되었으나, 그것이 지원 받는 기업들과 금융기관들의 도덕적 해이를 초래하게 될 것이라는 우려의 목소리도 컸음을 우리는 기억하고 있다. 그런데 그 우려가 현실로 나타났음을 보고 허탈한 마음을 금할 수 없다.

▼ 신상필벌 원칙 없어 ▼

우리는 1997년의 외환위기가 왜 초래되었는지 너무나 잘 알고 있다. 우리 사회에 만연 되어 있는 도덕적 해이 때문이었다. 기업들은 채산성과 경쟁력을 경시하면서 부채의존형 과잉투자를 지속했고, 금융기관들은 정상적인 대출심사 과정을 지키려는 노력을 게을리했다. 정부는 폐쇄적 행정편의주의에서 벗어나지 못한 채 국민을 속이려는 무사안일의 자세를 보여줬고, 정치인들은 국가의 미래에 대한 비전 제시는 게을리 하면서 권력의 꿀단지 나눠먹기에만 열중했다.

이번에 밝혀진 잘못 관리된 7조원의 내용을 보면 이러한 도덕적 해이가 더욱 심화되었다는 인식을 갖게 된다. 공적자금 조성의 원인을 제공했던 부실기업의 일부 기업주들이 거액의 재산을 해외로 도피시켰고, 부실금융기관들의 일부 파산 관재인들은 해당 금융기관들의 골프회원권을 이용해 근무시간 중에도 골프를 했다. 공적자금을 조성하고 관리해온 정부의 핵심 책임자들 중 자성하는 자세를 보여준 사람은 별로 없고, 정치인들은 진실 파악과 대책 마련보다는 내년 대선을 겨냥한 큰 목소리 내기에만 열중하고 있다. 어느 것 하나 변한 게 없는 것이다.

우리 경제는 외환위기를 극복했다. 그리고 내년 하반기부터는 경기가 회복되리라는 전망도 나오고 있다. 그러나 이것은 일시적 흐름일 가능성이 크다. 세계 역사를 되돌아볼 때 도덕적 해이가 만연

된 국가가 경제강국이 된 적이 없기 때문이다.

18세기 영국이 산업혁명에 성공했던 것은 시민정신 때문이었고, 미국이 세계 최강국으로 영국의 뒤를 이어 부상할 수 있었던 것도 19세기 미 국민의 청교도 정신에서 뿌리를 찾을 수 있다.

그렇다면 우리 사회에 만연해 있는 도덕적 해이의 근본 원인은 무엇인가. 하나는 역사의식의 결여이고 다른 하나는 신상필벌 원칙의 부재라고 생각한다. 일제 강점기의 일본 경시청 고등계 형사가 대한민국 정부의 경찰 간부로 변신해 독립운동가들을 괴롭혔던 경험, 군사독재시대의 권력 하수인들이 민주화된 정부에서도 권력의 중심에 서 있는 모습들, 기업은 망했어도 그 기업의 주인들은 엄청난 부를 보유하고 호화사치 생활을 하고 있는 꼴 등등을 보면서 우리 사회의 구성원들은 도덕적 해이를 통해 얻는 게 잃는 것보다 더 많다는 것을 배웠을 것이다.

지연 학연 등 각종 연고주의, 투명하지 못한 각종 제도, 이것에 바탕을 둔 부정부패 등은 우리 사회에서 신상필벌의 원칙을 약화시켰다. 자기 할 일을 제대로 하지 않거나 할 능력이 없어도 끈만 잘 잡고 줄만 잘 서면 자리를 유지하고 높은 수입을 올릴 수 있다면, 누가 최선을 다해 마땅히 해야 할 일을 할 것인가.

▼ 시장경제 효율성 파괴 ▼

21세기의 국제질서는 세계화와 무한경쟁을 바탕으로 형성되어 가고 있다. 국가 간의 관계는 경제적 실리를 기준으로 각국 이익의 극대화 관점에서 경쟁과 협조 관계가 새롭게 형성되고 있다. 이러한 새로운 세계질서의 형성 과정에서 한국의 국제적 위상과 국민들의 생활 수준이 향상되기 위해서는 국가 경쟁력이 강화되어야 한다. 국가경쟁력 강화 없이 무한경쟁과 경제적 실익중심으로 움직이는 국제사회에서 우리 국민의 위상과 생활수준이 향상될 수는 없는 것이다.

이런 관점에서 도덕적 해이의 만연이 심화되고 있는 것은 참으로 슬픈 일이다. 우리의 미래가 어둡기 때문이다.

마약이 사람의 의식을 파괴하듯이 도덕적 해이는 시장경제시스템의 효율성을 파괴한다. 경제주체들이 도덕적 해이라는 마약 때문에 합리적 의사 결정을 할 수 없기 때문이다. 효율성은 경쟁력의 핵심이다. 이것이 무너질 때 우리 경제는 무한경쟁의 파도에 휩쓸려 세계 경제의 밑바닥으로 서서히 가라앉게 될 것이다.

도덕적 해이라는 마약의 뿌리를 뽑는데 우리 모두의 지혜를 모아야 할 때이다.

〈김 광 두 (서강대 교수·경제학)〉

집단이기주의 경제 망친다
동아일보 | 2002.02.04 시론

우리의 주식시장이 활기를 띠고 있다. 외국인들이 우리 경제를 밝게 보고 있기 때문이다. 그러나 우리 마음속에는 불안이 도사리고 있다. 정치인들의 목소리가 점점 커지고 있기 때문이다. 국가경제의 미래보다는 당장의 득표전략으로 모든 경제 현안에 접근하는 정치인들이 지방선거와 대통령선거를 거치면서 우리의 경제환경을 얼마나 오염시킬 것인지 심히 염려되기 때문이다.

▼ 정치권-이익단체 목소리 높여 ▼

97년의 경제위기도 정치인들에게 상당한 책임이 있었다. 연말의 대통령선거를 앞두고 나타난 권력누수의 현상은 경제정책을 무력화시켰고, 이것은 결과적으로 외환위기를 초래했다. 이러한 권력누수는 정치인들의 정권다툼으로 더욱 심화되었으며, 정치권은 각종 이해관계의 상충을 조정해야 하는 정치본연의 기능을 상실했다. 정치인들은 오히려 득표전략에만 몰두해 사회 구성원들 간의 갈등을 조장했으며, 이러한 정치논리는 정부로 하여금 상호 모순되는 정책들을 집행하고 실효성 없는 정책들을 남발하게 했다.

이러한 상황에서 관료사회가 무사 안일한 모습을 보이고, 각 경제주체들이 집단이기주의 차원에서 비합리적 행태를 취한 것은 어쩌면 당연한 일이었는지도 모른다. 97년 당시 한국경제의 대외신인도를 크게 떨어뜨린 기아자동차에 대한 처리 방안의 혼선은 바로 정치권의 정치논리와 행정당국의 무소신이 어우러져 나타난 현상이었다.

김대중 대통령은 연초 우리 경제의 경쟁력을 세계적 수준으로 높인다는 방침을 밝히고 이에 관련된 여러가지 정책수단을 제시했다. 이러한 정책수단들은 국내외 여건과 조화를 이룰 때 그 성과가 크게 나타날 것이다. 먼저 대외 여건을 보면, 세계경제는 일본을 제외하고 하반기부터는 회복세를 보일 것이고, 특히 미국의 정보기술(IT) 산업의 거품이 가라앉아 IT관련 투자가 다시 활발해질 것으로 전망된다. 일본경제와 엔화 환율을 제외하곤 대외여건은 좋은 편이다.

국내적으로는 소비심리가 좋아지고 있고, 건설과 설비투자도 회복되는 조짐을 보여주고 있다. 기업의 신용불안이 크게 해소되고 있고, 저금리 기조가 지속되는 가운데 금융권의 기업대출 여력도 개선되고 있다. 원화 환율과 수출 부문이 불안요인으로 남아 있으나 전체적으로 국내 경제는 회복의 바닥을 다지고 있음이 분명하다.

그러나 가장 불안한 복병은 남아 있다. 그것은 정책의 일관성에 관한 문제다. 97년의 경험을 통해 우리는 권력의 누수와 대통령 선거가 정책의 일관성에 어떤 악영향을 미쳤는지 잘 알고 있다. 경제정책이란 교차로의 신호등과 같다. 교통신호등이 일관성을 유지하면서 안정적으로 작동될 때 교차로의 교통질서가 유지된다. 경제정책이 일관성과 안정성을 잃을 때, 경제질서에는 혼란이 발생하며 기업의 투자활동이나 가계의 소비활동은 왜곡되거나 위축된다.

그런데 요즈음 나타나고 있는 여러 상황들은 심상치 않다. 특히 대기업들의 입장을 대변하는 전경련이 정치관련 목소리를 높이고, 모 재벌그룹 회장이 정치자금에 관한 소신을 밝히고 있는 것은 전에 없던 일이다. 노동자 집단, 교원 집단, 의사 및 약사 집단, 농어민 집단 등의 집단이기주의에 경제정책의 일관성이 훼손되는 것을 보아온 입장에서 재벌과 전경련의 힘있는 목소리까지 들리니 어쩐지 경제정책의 불안정성이 염려되지 않을 수 없는 것이다.

대내외의 여건이 대체적으로 좋다고 하더라도 각종 이익집단들의 상충되는 목소리를 국가이익이라는 공동선의 차원에서 조정하지 못하면 경제정책의 일관성은 훼손되고, 이에 따라 우리 경제의 회복도 늦어지며, 김 대통령의 연두 구상도 희망사항으로 그치게 될 것이다. 때문에 97년의 쓴 경험을 거울 삼아 우리 모두 두 가지 사항에 공동 노력을 해야 한다.

▼ 경제정책 흔들리지 말아야 ▼

하나는 행정당국이 정치논리에 휩쓸리지 않도록 격려해주고 보호

해주자는 것이다. 이익집단들의 이기적 집단행동으로부터 정책당국자들이 받는 압력을 국민이 막아주자는 것이다. 또 하나는 정치인들에 대한 감시기능을 강화하자는 것이다. 소위 대선 예비주자들의 발언을 계속 추적해 그들의 논리구조와 논리의 일관성을 분석하자는 것이다. 상충되고 모순된 논리를 발견해 각종 매체를 통해 이들의 실체를 국민에게 알리자는 것이다.

이러한 두 가지 노력에는 언론, 시민단체, 지식인 등의 연대가 필요하다. 이러한 노력이 가시화하면 각종 이익집단들과 이들의 표를 의식한 정치인들이 경제정책의 일관성을 훼손하는 일은 크게 줄어들 것이다.

〈김광두 서강대 교수·경제학〉

이런 분위기에서 나는 산업발전심의회를 통해서 나름대로 산업발전을 위한 노력을 했다.

사진: 산업발전심의 위원장 시기, 창원의 한국중공업을 방문해서

2001년 10월 산업발전심의회는 "2010년 산업 발전 전망과
비전"을 심의해서 채택했다. 그 내용 중에 신기술산업과 서비스산
업의 중요성과 성장성 예측이 들어 있었다. 특히 반도체와 통신기
기 산업, 그리고 전자상거래의 성장 가능성에 대한 평가와 예측도
중요한 부분을 차지했다.

2001년 12월에, 산업발전심의회는 "기업 퇴출 과정 개선"에
관한 협의를 통해서 진행되고 있는 기업 퇴출의 문제점을 사회적
이슈화했다. 그 중요한 지적 사항은 기업 퇴출이 금융 논리만을 기
준으로 해서 선정되고 집행되는 것은 바람직하지 않다는 것이었다.

30 정치 논리 성행(盛行), 산업 발전 심의회

어느 기업의 성장성과 기술축적의 관점에서 보는 평가가 외면되고, 단기간의 재무구조만 분석해서 퇴출 여부를 결정하기 때문에 국가 경제의 미래와 국제 산업 분업 구조에서 한국의 차지하는 역할이 경시되는 부작용이 발생하고 있다는 것이었다.

금융 논리는 단기적 관점이 지배하지만, 투자회임기간이 긴 신기술산업이나 중화학공업은 장기적 관점에서 보아야 한다. 단기적으로 재무구조가 취약해질 수 있지만 장기적으로는 성장성이 높거나 기술전파의 외부성이 높다면, 퇴출 대상의 선정에서 재고되어야 한다.

나는 이인제 싱크 탱크와 후원회장이라는 책무를 맡은 후유증으로 학계에서 중립성을 인정받지 못했다. 괴로운 시간이었다. 나는 그 불신을 회복해서 경제학 교수로서의 신뢰성을 회복하려 노력했다. 열심히 강의하고 연구했다.

나는 2002년 9월 한국산업조직학회 학술 세미나에서 "한국제조업의 경쟁력 수준과 강화 방안"을 발표했다. 나는 이 논문에서 제조업이 고용 창출의 뿌리임을 주장했다. 흔히 제조업의 직접적 고용 효과만을 계측하는데, 제조업 생산을 직접적으로 지원하는 관련 서비스 업종의 고용에 미치는 효과도 계측해야 한다는 점을 강조했다. 왜냐하면 관련 서비스가 제조업 생산을 직접적으로 지원하고 그 제조업 생산이 없으면 이 서비스업종은 생존할 수 없기 때문이다.

이 논문은 좋은 평가를 받았다. 동료 경제학자들이 내가 정치인들을 떠나 다시 연구에 몰두함을 인정하는 기회가 되었다.

2002년 12월 노무현 후보가 대통령으로 당선되었다. 나는 이 시점에 한국응용경제학회 회장으로 선임되었다. 한국응용경제학회는 이론을 현실에 접목(椄木)시키는 노력을 할 목적으로 조직된 학회였다. 학계의 동료들이 다시 나를 순수 경제학자로 인정해 주어서 매우 기뻤다.

31
노무현 대통령과 서강
시장경제연구소

　노무현 대통령의 집권 이후 그의 소탈함과 솔직함이 국민들에게 매력적으로 다가왔다. 그러나 아파트 등 주택가격의 폭등으로 그의 경제정책은 비판의 도마 위에 올랐다.

　나는 2004년 여름 일본 국제경제학회 전국대회에서 "The National Competitiveness of Korea: Present Position and Perspective"라는 논문을 발표하면서 노 대통령의 경제정책이 한국의 국가경쟁력에 미칠 부정적 영향을 우려하기도 했다.

　국가경쟁력은 국제경쟁력과는 다른 개념이다. 한 나라의 국제경쟁력은 그 나라가 생산하는 상품이나 서비스의 경쟁력을 의미한다. 국가경쟁력은 생산 입지로서 한 나라의 매력도를 의미한다. 국가경쟁력이 강한 나라에서 생산하는 제품이나 서비스의 국제경쟁력은 강하다. 이곳으로 투자자들이 몰려온다.

　현재의 국제경쟁력이 강하다 해도 국가경쟁력이 약하면 지속적인 투자가 이루어지지 않고, 기업들이 해외로 생산 거점을 옮겨가기 때문에 결국 그 나라가 생산하는 상품과 서비스의 국제경쟁력이 유지되기 어렵다.

세계 경제질서가 개방과 시장원리에 의해서 움직이고 있는데, 어느 한 나라가 정부의 시장 개입을 강화하면 그 나라의 국가경쟁력은 약화된다.

노무현 정부는 부동산시장에 잘못된 방법으로 개입하여 결과적으로 부동산 가격 폭등을 초래했다. 이런 면에서는 문재인 정부와 유사했다. 나는 이런 시장 개입을 보고 국가경쟁력이란 개념에 관심을 가지고 연구를 해서 일본 학자들의 평가를 받고 싶어 일본 국제경제학회에서 발표했다.

2004년 가을 나는 이런 문제의식을 가지고 "국가경쟁력 플랫폼"이란 연구모임을 만들었다. 연세대학교 정창영 교수와 이영선 교수, 고려대학교 이필상 교수 등이 함께 시작했다. 이 모임은 국가경쟁

사진: 한국의 국가경쟁력과 정책방향. 국가경쟁력 플랫폼이 국가경쟁력에 관한 연구의 첫 작품으로 2006년 1월에 발간한 연구보고서이다.

력을 깊이 있게 공부하려는 목적을 가지고 있었다.

우선 국가경쟁력이 강한 국가들을 찾아가 살펴보기로 했다. 당시 우리들의 판단으로는 북구의 국가들이 성장과 분배를 적절히 조화롭게 추구하고 있었다. 국민 간의 화합이 이루어지고 있고, 사회적 평화와 적절한 수준의 경제 성장도 지속되고 있는 나라들이었다.

노 대통령 집권 이후 한국 사회는 심각한 진영 갈등을 경험하고 있었다. 이러한 정치·사회적 갈등의 근저에는 양극화로 인한 계층 갈등이 자리 잡고 있었다. 우리의 관심은 이런 갈등을 어떻게 완화하고 지속적 경제성장을 이룰 수 있느냐에 있었다.

나는 한국경제신문과 상의하여 취재기자와 사진기자가 동행하기로 했다. 동시에 국무총리실과 협의하여 담당 사무관 두 사람도 동행하기로 했다. 당시 국무총리실 국무조정실장은 한덕수 현 총리였다. 그도 한국의 국가경쟁력에 깊은 관심을 가지고 있었다. 당시 동행했던 한경 차병석 기자는 후에 편집국장이 되었고, 총리실 사무관들은 후에 국장으로 승진했다는 소식을 들었다. (한경 2004년 10월 3일 보도 참조)

한국경제신문은 이 심층 취재 내용을 "국가경쟁력을 높이자"라는 제목으로 8회 연속 기획기사로 보도했다.

나는 스웨덴의 발렌베리(Wallenberg) 가문의 행태가 제일 인상적이었다. 최근에는 아스트라제네카를 개발한 가문이다. 이 가문이 스웨덴 경제에서 차지하는 비중은 한국의 삼성보다 훨씬 크다. 이

가문의 신조는 "존재하되 드러내지 않는다."였다. 그 가문은 스톡홀름 시내에 별장을 소유하고 있었다. 그곳을 찾아가 보았다.

큰 저택이었는데 경비하는 사람이 보이지 않았다. 누구든 쉽게 접근할 수 있는 분위기였다. 그런데 그 집은 발렌베리 가족과 그가 경영하는 회사 직원들이 공동으로 사용하고 있다는 사실에 놀랐다. 이런 "나눔의 배려"가 스웨덴 국민 화합의 정신적 문화임을 깨달았다.

나는 2004년 말 한국국제경제학회 연말 총회에서 학회장으로 선출되었다. 나는 영문 학회지(International Economic Journal)를 통해서 다른 나라들의 학자들과 학문적 교류를 하는 것을 주요 사업으로 구상했다. 모금해서 조성한 학회예산의 상당 부분을 이 학회지에 배분했다.

이 학회지는 그 국제적 성격을 강화하기 위해서 영국 런던의 한 출판사에서 발간하도록 했다. 당시 이 저널의 편집인은 연대의 이제민 교수로 그는 이 저널의 편집인으로 10여 년 봉사하면서 해외 저명 학자들도 이 저널에 기고하도록 하는데 기여했다. 이 저널은 현재도 계속 발간되고 있다.

나는 2005년에 국제경제학회지인 "국제경제연구(제11권 1호)"에 "이데올로기와 국가경쟁력"이라는 연구 논문을 게재했다. 그 논문에서 분배적 정의와 경제 성장 간의 조화로운 추구 없이는 사회적 평화와 지속적 성장이 어렵다는 결론을 제시했다.

2005년 8월 하순에는 브라질의 상파울루 대학의 국제세미나에 참가해서 "Financing Economic Development: The Role of Government, Banks, Capital Market"을 발표했다. 이 대학에서 사회주의적 교육의 현장을 보았다. 대학에서 제공하는 한 과목의 수강생 수가 1천명 단위였다. 무상교육의 결과였다. 교육의 질이 유지될 수 있는지 의문이 들었다.

"대통령님의 경제정책은 F 학점입니다."

2005년 8월 25일, KBS 1 TV가 주최한 국민과의 대화에서 패널리스트로 참여한 내가 노 대통령께 질문하면서 드린 코멘트였다. 그런데 나는 이 대화와 대화 후 함께한 식사 시간의 환담에서 노 대통령의 진면목을 가까이서 느낄 수 있었다.

그는 이런 매우 무례한(?) 나의 코멘트에 성의껏 답했다. 식사 시간에 어느 수석 비서관이 언론의 비판에 대한 불평을 늘어놓자, "그렇게 생각하지 마라. 그런 비판은 언론이 당연히 할 일이다."라고 했다. 나에게는 "국민과의 대화 토론에서 시간 제약 때문에 반론의 기회를 드리지 못해 미안하다"고 말씀하셨다. 내가 "선거공약에 무리한 내용이 많았다"고 지적하자 "그때는 상황을 정확히 몰라서"라고 했다.

매우 솔직하고 진정성이 있는 열린 마음의 소유자였다. 새삼 그의 명복을 빈다.

2006년 4월 19일엔 중앙일보 후원으로 국가경쟁력플랫폼이 주관하는 국가 부채의 적정 범위(範圍)에 관한 집중 토론회를 열었다.

당시 그 범위를 놓고 여·야당은 물론 학계에서도 논쟁이 분분했다.

　　당시 기획예산처와 협의해서 재정학자들과 기획예산처의 관료들 간에 의견을 나누자는 취지였다. 나는 당시 기획예산처 변양균(현 윤석열 대통령 경제 고문) 장관과 만나 열린 마음으로 토론해서 바람직한 범위 설정을 모색해보자고 제안했고, 그도 흔쾌히 동의해서 이루어진 토론 모임이었다.

　　노무현 정부의 일부 청와대 참모들이 "시장경제 원리로 경제문제를 풀던 시대는 끝났다"고 공언하는 분위기를 보고 나는 서강대 경제학과 교수들과 협의하여 2006년 6월 "서강 시장경제연구소"를 발족시켰다. 이론과 실증을 통한 연구를 바탕으로 그들이 잘못 생각하고 있다는 점을 널리 알리기 위해서였다. 은사이신 고 남덕우 교수님과 고 이승윤 교수님의 전폭적인 지지가 있었다.

사진: 노무현 정부의 시장경제 원칙 훼손을 우려하는 필자의 입장을
이코노미스트지가 커버스토리로 보도

이 연구소의 첫 번째 작품이 '경제자유도의 국제 비교'였다. 그 결과는 한국의 경제자유도가 낮은 수준에 있다는 것이었다. 그리고 이것은 한국의 국가경쟁력을 훼손하고 있다는 점도 지적했다. 이 보고서는 그 후 매우 유용하게 활용되었다.

2006년 7월 나는 서강대학교 교학부총장으로 선임되었다. 그런데 바깥 세상은 어느새 2007년 대선이 화제가 되고 있었다. 5년이란 세월이 순식간에 흘렀다.

사진: 아르헨티나의 대평원에서. 좌측부터 이경태 전 OECD 대사, 최양부 당시 아르헨티나 대사,
필자, 2005.8

VIII

박근혜, 줄푸세,
국가미래연구원

32

2007년 박근혜 대선
캠프

"박근혜 의원과 저녁 식사를 함께합시다."

2006년 초겨울 어느 날이었다.

고 차동세 박사(전 KDI 원장)의 제안이었다.

내가 서강대를 졸업한 1970년에 박근혜 전 대통령은 서강대에 입학했다.

당시 서강대 생물학과에는 5.16 군사 혁명 당시 총리직(내각 책임제에서)을 맡고 있었던 장 면 박사의 친동생인 장 진 교수가 봉직하고 있었다. 장 교수는 박정희 대통령의 딸인 박근혜의 입학 성적, 학업 성적 등에 많은 관심을 보였다고 한다.

나는 종종 박근혜 학생에 관한 에피소드를 들으면서 그녀의 이름에 친숙해 있었다. 그녀가 입학식에 참석하기 얼마 전까지 진창길이었던 신촌 로터리와 서강대를 잇는 길이 입학식 일자에 맞춰 포장도로로 바뀌었다는 소식을 들은 기억이 있다. 그녀가 졸업하고 모친상의 비극을 겪은 후의 여러 스토리들도 익히 듣고 있었다. 1990년대 후반에는 가끔 서강대 동문들 모임에서도 얼굴을 본 것으로 기억한다. 그녀는 서강 커뮤니티에서는 하나의 전설이었다.

1990년대 후반, 박근혜 의원을 보좌하는 누군가가 나의 교수실을 방문한 적이 있었다. 그는 나에게 정책담당 보좌관의 추천을 부탁했다. 나는 당시 KDI에서 연구 활동을 하고 있던 어떤 분을 소개했었다. 그런데 이 사람이 당시의 비서실장보다 먼저 태어났던가 보다. 비서실장이 난처해한다 해서 그만두었다. 이 자리를 후에 맡은 사람이 이재만 씨(박 정부 청와대 총무비서관)였다.

나는 그녀에 대해서 호기심(好奇心)을 가지고 있었다. 박정희 전 대통령의 딸은 어떤 사람일까?

"좋습니다."

나는 여의도에 있는 식당(양식으로 기억한다)에서 다른 경제학자 또 한 분과 함께 어울려 그녀와 저녁 식사를 했다.

품격 있는 세련된 매너를 느꼈다. 매우 겸손했고, 예의 바른 레이디(Lady)였다. 그녀의 눈초리에는 박정희 대통령의 날카로움이 담겨있었다. 경제에 관련된 여러 이야기를 경청하는 자세가 진지했다.

그러나 나는 그녀의 대선 캠프에 참여할 생각은 없었다. 경제학자가 정치인을 도울 경우 겪게 되는 후유증을 나는 이미 경험했기 때문이었다.

나는 당시 이명박 전 대통령 캠프로부터도 참여의 손짓을 받고 있었다.

　그와는 1992년부터 친분이 있었다. 그와 나는 김덕룡 의원이 주도한 공부 모임(10인 규모의 소모임)의 멤버였다. 그와 나는 이 모임에서 공부할 때는 물론 회식이나 등산, 스키장에 갈 때도 함께 했었다. 그는 내가 69년 10월 현대자동차에 입사했을 때, 현대그룹의 전설이었다.

　그의 친형 이상득 의원의 친구로 후에 방송통신위원장을 지낸 최시중 당시 "갤럽" 회장은 나와 "남산 클럽"이라는 모임에서 친하게 지내는 사이였다. 최 회장은 "9인회"라는 골프 모임을 하고 있었는데, 그 모임에 나를 초대할 정도로 가깝게 지냈다. 그로부터 세상 돌아가는 얘기들을 많이 듣고 배웠다.

　당시 이명박 대선 후보의 싱크 탱크를 책임지고 있었던 백용호 교수(이명박 정부의 공정위원장, 국세청장, 정책실장)는 나와 형 동생처럼 지낸 사이였다. 항상 조용하고 진지한 성격으로 미시금융이 전공이었다. 그가 서대문 갑구에서 민주당의 장재식 현역의원에 도전할 때, 그가 길가에 서서 지나가는 사람들과 악수할 줄도 몰라 어정쩡한 자세로 서 있었던 모습이 지금도 눈에 선하다. 그는 그 선거에서 졌으나 이 시점에 종로에서 도전한 이명박 후보와 교분을 쌓았다고 한다.

　"내가 박근혜를 도와야겠어. 김 교수도 도와주면 어때?"
　나의 은사이신 고 남덕우 교수님께서 이런 취지의 말씀을 하셨다.
　나는 경제학자로서 그리고 한 사람으로서 남 교수님을 존경해왔다.

그는 모든 면에서 나의 롤 모델이었다.

그분의 말씀은 항상 신중하고 무게감이 있었다. 그 당시 서강대 커뮤니티를 구성하는 동문들도 나에게 박근혜를 도우라는 분위기가 강했다.

"네. 알겠습니다."

당시 내 나이가 60세였다. 나는 그 때까지의 강의, 연구, 각종 세미나와 사회활동 참여 등의 경험을 토대로 "이제부터 교과서나 책을 써야지" 하는 계획을 가지고 있었다. 그러나 일단 접기로 했다.

나는 2007년 1월 22일 박근혜 캠프에서 그녀를 만났다. 현명관 전 삼성생명 회장, 고 차동세 박사, 최외출 교수(현 영남대 총장) 등이 함께 자리했다. 이 당시 박근혜 캠프의 정책은 유승민 의원이 총괄하고 있었고, 이재만 박근혜 의원실 보좌관이 가까이서 박 의원의 정책 심부름을 하고 있었다.

사진: 2007년 1월 22일, 뉴시스 보도 사진

"이번엔 이명박이 이겨. 박근혜는 어려워."

최시중 회장이 뉴스를 보고 전화를 주셨다. 그는 여론조사를 바탕으로 주장했다. 나의 선택이 현명하지 못하다는 의견이었다.

"형님! 이 후보가 섭섭해 하시네요. 인연으로 보아 우리 쪽에 오실 것으로 기대하셨다는데~~~"

백용호 교수가 유감의 뜻을 전해왔다. 그는 이 캠프에서 일하다가 좌절감을 느낄 때면 나에게 푸념을 늘어놓고 다시 마음을 가다듬던 마음 약한 학자였다.

두 사람에게, 그리고 이명박 후보에게 모두 미안했다. 그러나 나에게 가장 중요했던 것은 남덕우 교수님의 말씀이었다. 그로부터 경제학의 기초를 배웠고, 항상 국가 이익을 우선시하면서 경제학자로서 끊임없이 연구하고 글을 쓰면서 물질적 욕심으로부터 자유로웠던 그의 영혼을 나는 따르고 싶었다.

"선생님, 집이 없으셔서 어떻게 해요."

"재산세 부담이 없어서 더 좋아. 집주인이 나가란 말만 안 하면 좋겠어."

한때 아드님의 사업에 보증을 섰다가 집을 날리신 적이 있었다. 그 시기에 둔촌동의 어느 빌라에 세 들어 사시면서 하신 말씀이었다. 이런 인생관을 가지고 평생을 사신 분이셨다. 그가 재무부 장관, 경제부총리를 지낸 후의 에피소드이다.

그는 고위 공직에 봉직할 때도 제자들의 전화를 항상 반갑게 받고 상담에 성의껏 응대해 주셨다. 그가 시행한 경제정책을 경제이론을 들어 설명해 주신 적도 가끔 있었다. 그의 마음속엔 제자들에게 제대로 경제이론을 익혀 경제 현실을 분석하는 능력을 심어주고 싶은 열망이 항상 내재하고 있었다.

내가 박근혜 캠프를 선택한 것은 승패의 전망이나 인간관계를 떠나 은사님을 따른 결과였다. 나는 정책 자문그룹의 좌장을 맡으신 남 교수님을 실무적으로 뒷받침해드리면서 박근혜 후보를 도왔다.

33
2007년의 "줄푸세"

노무현 정부는 시장에 적극적으로 개입했다.

그 대표적 사례가 부동산 정책이었다.

그 결과 부동산 가격은 폭등했고, 자산 양극화는 더욱 심화되었다.

정부의 힘을 과신한 결과였다. 이러한 인식의 오류는 문재인 정부에서도 반복되었다.

2000년대 초의 세계 경제질서는 시장원리에 기반을 둔 개방과 세계화의 물결이 휩쓸고 있었다. 세계 시장으로의 수출이 경제에서 가장 중요한 비중을 차지하고 있는 나라가 이 물결에 역행하면 어떻게 될까? 나는 이런 문제의식(問題意識)을 가지고 있었다.

나는 내가 소장직을 맡고 있었던 서강 시장경제연구소에서 수행한 연구 결과에서 민간 경제 주체들의 경제적 의사 결정의 자유도가 한 나라의 국가경쟁력 강화와 국민후생 증대에 매우 중요함을 확인했다.

또한 국가경쟁력 플랫폼의 연구 조직인 국가경쟁력연구원에서
도 서울대 김병연 교수와 필자 등이 공저로 2007년 1월에 "경제
제도와 경제적 성과"라는 연구보고서를 발표했다. 이 연구는 세계
를 각 국가에서 운용되고 있는 경제 제도에 따라 미 영국권, 유럽
대륙권, 북구권, 지중해권으로 구분하였다. 이 연구에서는 공산주
의권에 대한 분석은 불필요한 것으로 보고 진행하지 않았다.

사진: 경제제도와 경제적 성과 보고서, 2007.1.

분석의 대상이 된 국가들은 모두 시장경제를 기본으로 하는 민주 자본주의 체제 국가였다. 그러나 자유, 복지, 노조 등의 강약이 이 네 권역별로 차이가 있었다. 이들 중 경제성장, 양극화라는 두 측면에서의 성과를 종합해서 볼 때, 그 성과가 제일 좋은 곳이 스웨덴 등 북구권이었고, 제일 나쁜 곳이 그리스 등 지중해 연안국이었다.

경제성장이나 고용에서는 가장 좋은 국가가 미 영이었으나 양극화가 심해서 사회적 갈등이 심각했다. 미 영과 북구의 중간쯤이 독일, 프랑스 등 유럽 대륙 국가들이었다.

북구 국가들의 경제 제도에 내포된 특성은 그들 국가의 오랜 역사적 경험과 그들 고유의 문화에 의해서 형성된 것이었다. 이들 국가는 기업의 자유는 최대한 보장해서 기업들이 좋은 성과를 내도록 하되, 그 성과에 대해서는 고복지 지출을 위해 자본가와 노동자에게 모두 조세 부담을 무겁게 하는 것을 기본으로 하였다. 우선 과일나무를 잘 자라게 해서 좋은 과일이 많이 열리게 하고(세원의 확보), 그 풍성한 과일을 고루 나누어 주려는(고복지) 시스템으로 이해되었다. 유럽 대륙 국가들에 비교해서 기업의 의사결정의 자유도가 높다는 것이 특징적이었다.

그러나 복지 지출의 우선순위는 의료, 교육, 여성 평등(수준 높은 공립 보육원, 공립 유치원 포함) 등에 주어졌다. 실업수당, 생계보조금 등의 이전적 지출은 우선순위에서 후순위로 설정되어 있었다. 즉 국민 모두의 신체적, 지적 능력 향상을 촉진하는, 특히 어린이 건강과 지적 능력 함양을 위한, 사회적 서비스의 제공에 재정 지출의 우선순위가 주어진 것이다.

　이런 사회적 서비스(Social Service)의 제공은 어려운 환경에 처한 젊은이들이 "부모 찬스"로부터 발생하는 신체적, 지적 능력 배양의 불평등 조건을 극복할 수 있게 도와주고, 여성에게 남성과 동등한 일할 기회를 가질 수 있게 한다.

사진: 양극화와 경제정책 보고서, 2007.1.

세금을 거두어, 국민 모두에게 건강과 지적 능력 향상을 위한 균등한 기회를 제공하고, 특히 여성이 겪는 출산과 보육으로 인한 경력 단절의 애로를 해소해줄 수 있는 용도에 지출하는 구조였다. 이것은 결과적으로 인적 역량 강화와 노동력 공급 증대로 기업의 경쟁력 강화에도 도움이 되는 구조다. 즉 성장과 분배의 선순환을 유도하는 경제 사회 제도로 이해되었다.

국가경쟁력 플랫폼은 KDI, KIEP와 공동으로 2006년 2월, 10월, 12월 3회에 걸쳐 "한국경제의 양극화"에 관한 세미나를 열었다. 거시적인 측면, 교육의 측면, 금융자산 소유의 측면에서 각각 소득과 자산의 양극화를 그 원인과 대책을 중심으로 살펴보았다.

관련 분야 연구업적을 쌓은 분들이 모여서 집중 토론을 했다. 미 하워드대의 고 곽승영 교수, 현재 산업은행 회장인 성신여대 강석훈 교수, 현재 대통령 사회수석 비서관인 서울대 안상훈 교수, 전 한국경제연구원장 좌승희 박사, 고려대 김경근 교수 등과 KDI, KIEP, 금융연구원의 관련 분야 연구자들이 자리를 함께했다.

여기에서 얻은 주요 결론 중 하나가 한국경제의 "잠재성장률" 제고가 양극화 완화의 기본 조건이라는 것이었다. 성장률이 높았던 시기보다 성장률이 낮았던 시기에 소득과 자산의 양극화가 더 심화되었다는 경험적 연구 결과들이 발표되었고, 그 결과에 토론 참석자들 간에 성장의 구조와 내용에 관한 의견 차이가 있었지만 대체로 동의하는 분들이 다수였다.

그렇다면 일자리, 성장, 양극화 완화는 모두 잠재 경제성장률과 연계된다. 잠재성장률을 올리는 것이 일자리를 늘리고 성장률을 제고하고 양극화를 완화할 수 있는 기본 조건이라는 논리가 성립하는 것이다.

그러면 잠재성장률을 올리려면 어떻게 해야 할까? 생산함수의 생산요소를 중심으로 분석하는 방법이 있고, 더 본원적으로 사회경제 제도를 중심으로 분석하는 방법이 있다. 생산요소의 축적과 생산함수의 효율성이 제도에 의해서 영향을 받기 때문이다.

나는 이런 연구와 토론의 과정을 거치면서 "풍부한 사회적 자본을 바탕으로 한 민간 주도의 공정한 시장경제"가 답이라고 생각했다. 이 공정의 개념 속엔 "기회의 균등"이 내재되어 있었다. 북구와 같은 사회적 서비스의 국가제공과 여성의 출산, 보육으로 인한 일할 기회 제약 해소 등이 "기회의 균등" 개념에 포함되어 있었다.

민간 주도란 작은 정부를 의미한다. 작은 정부란 예산 규모로 판단할 수도 있고, 민간에 대한 규제의 크기와 강도로 파악할 수도 있다.

공정한 시장경제란 민간의 자유와 창의가 최대한 보장되지만 이러한 경제활동에의 "참여"와 참여 이후 생산, 거래시장에서의 '경쟁'이 공정하게 이루어지는 경제질서를 의미한다. 여기에서 "참여의 공정"이란 경제활동에 참가할 수 있는 조건이 사전적으로 균등하게 주어져야 함을 함축했다.

이러한 시장경제가 효율적으로 작동하려면 경제활동의 기반이 되는 사회적 신뢰도가 높아야 한다. 그렇지 않으면 시장 거래 비용이 높아질 뿐 아니라 경제 주체들 간의 유기적 연결 고리가 약해져 경제 전체의 순환이 원활하지 못하게 된다. 사회적 신뢰는 경제라는 유기체를 구성하는 구성 인자들 간의 원활한 상호작용을 가능하게 하는 윤활유 역할을 하는 것이다.

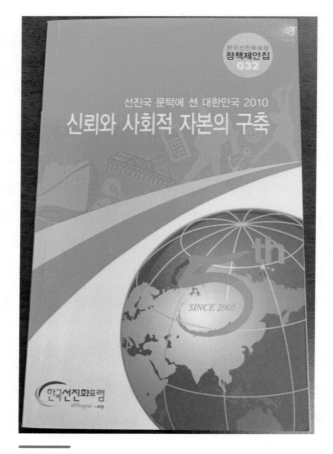

사진: 신뢰와 사회적 자본의 구축 보고서. 사회적 자본에 관해서 간결하게 잘 정리된 보고서가 2010년 한국선진화포럼(이사장: 남덕우)에 의해서 발간되었다. 그전에도 여러 보고서가 있었다.

2007년 이른 봄 어느 날 박근혜 캠프의 정책 자문 모임이 강남의 팔레스호텔(지금은 없어졌음)에서 있었다. 이 모임에서 나는 이런 나의 평소 생각을 털어놓았다. 그리고 우선 단기적으로는 세금 규모를 줄이고, 정부 규제를 대폭 풀고, 법 앞에 모두 평등하고 법이 엄격하게 적용되도록 법질서를 확고하게 바로 세워야 한다는 주장을 했다. "법질서를 바로 세우자"라는 뜻 속엔 부패 척결이 내포되어 있었다.

그리고 "줄푸세"의 성과로 성장 잠재력이 높아지고 세원(稅源)이 증대되면, 중장기적으로는 북유럽식 복지제도를 도입하는 것이 바람직하다는 첨언을 했다. 당시의 경제 상황이 나빴기 때문에 민간 투자의 활성화를 통한 잠재성장률 제고가 선결(先決)되어야 한다고 판단했고, 세원 증대(稅源增大)에 바탕을 두지 않는, 재정적자를 통한 복지 지출 증대는 지속 가능하지 않다고 보았기 때문이었다. 나는 잠재성장률이 제고되면 환경세의 도입으로 복지 재원을 충당할 수 있다고 보았다.

이 논리와 주장이 당시의 참석자들에 의해서 받아들여졌고, 이 것이 "줄푸세"란 줄임말로 사용되었고, 박근혜 후보의 대표적 정책 상품 중 하나가 되었다.

2007년 6월 11일에 박근혜 캠프는 "줄푸세" 추진위원장으로 나를 임명했다. 그러한 주장을 캠프의 어느 팀에선가 "줄푸세"라는 이름의 약칭으로 작명하여 활용하기로 했던 모양이다. 그 이후 박근혜의 대선 경선 선거 유세장에는 "줄푸세" 구호를 담은 피켓과 플래카드 등이 등장했고, 이명박 후보도 본선에서 "줄푸세"를 활용했다.

박근혜 "줄푸세 정책으로 경제 살리겠다"
노컷뉴스 | 2007.05.29 기사
[CBS정치부 정보보고]

▣ 한나라당 대선주자 정책비전대회

▶ 박근혜 전 대표 기조 연설문

= 존경하는 국민 여러분, 호남의 당원 동지 여러분, 정권창출의 대장정을 이곳 광주에서 시작하게 된 것을 뜻 깊게 생각합니다.

우리 경제, 어떻게 살릴 것인가? 저는 이렇게 생각합니다. '바꿔야 산다' 우리 경제의 체질을 근본적으로 바꿔야 살 수 있습니다. 그러려면 무능하고 무책임한 정권부터 바꿔야 합니다.

지도자의 국가관과 시장경제에 대한 신념이 확고하고, 외교안보를 튼튼히 하고, 국민의 힘을 하나로 모아야만 경제도 살 수 있습니다. 크기만 하고 무능한 정부, 불법파업과 집단 이기주의, 기업은 규제로 묶이고, 국민의 마음은 갈라져 있는 것 -- 이것이 우리경제의 큰 병입니다.

저 박근혜는 이 병을 고치는 데 제 모든 것을 바치겠습니다.

저는 3가지 정책을 반드시 추진하겠습니다.

첫째, '줄푸세 정책'으로 우리 경제를 확실히 살려놓겠습니다. 줄푸세는 줄이고, 풀고, 바로 세우자는 것입니다. 세금과 정부규모는 줄이겠습니다.

불합리한 규제는 과감히 풀겠습니다. 법질서와 원칙은 바로 세우겠습니다. 저는 정부부터 개혁하겠습니다. 방대한 조직을 확 줄이고, 기능을 민간과 지방에 대폭 이양해서 미래형 서비스 정부를 만들겠습니다. 일자리를 만드는 것은 기업입니다. 기업의 의욕을 북돋우고 기업의 자율을 최대한 확대해서, 기업이 신바람나게 투자하고 일자리를 만들 수 있도록 하겠습니다.

중소기업과 자영업에 대해서는 특단의 대책을 세우겠습니다. 저는 산업단지회생 프로젝트로 중소기업의 경쟁력을 올리고, 100만개의 새로운 일자리를 만들어 낼 것입니다. 그리고 지방경제가 자립할 수 있도록 전폭 지원하겠습니다.

이곳 호남의 숙원사업인 새만금 사업, 여수박람회, J 프로젝트와 광주문화중심도시 같은 사업이 꼭 성공할 수 있도록 뒷받침할 것입니다.

둘째, 21세기의 신성장동력을 적극 키워서 희망찬 미래를 열겠습니다.

이제는 산업화 사회에서 지식기반 사회로 바뀌고 있습니다. 21세기 경쟁에서 우리가 이기는 길은 바로 사람입니다. 선진국들은 진작부터 교육과 과학기술에 국가의 사활을 걸고 있습니다.

저는 교육과 과학기술을 혁명적으로 업그레이드 시키는데 바로 착수할 것입니다. 이것은 전자공학도 출신인 저의 오랜 구상입니다. 그리고 미래의 성장동력은 많은 돈을 쓰기 보다는 적은 돈을 들여 큰 효과를 볼 수 있는 방향으로 가야 합니다.

저는 시베리아 횡단철도와 열차페리를 우리 미래의 성장동력으로 키우겠습니다. 그래서 자자손손 후세들이 먹고 살 수 있는 든든한 기반을 만들겠습니다.

셋째, 국민의 생활비 부담을 확 덜어드리는 민생경제정책을 펴겠습니다.

지금 핸드폰 요금, 사교육비와 기름값... 이런 것 때문에 대다수 국민들이 고통받고 있습니다. 통신요금은 규제를 풀고 경쟁을 도입하면 30% 이상 낮출 수 있습니다.

유류세와 사교육비, 보육비, 노인 의료비 등 생활비에 거품을 빼기 위한 정책을 강력히 펴서 생활비 고통을 덜어드리겠습니다.

이렇게 줄푸세 정책과 신성장동력, 그리고 생활비 거품빼기 정책을 일관되게 추진하면 우리 경제도 살리고 민생도 편안하게 할 수 있습니다.

7% 경제성장과 5년간 일자리 300만개를 더 만들고, 5년 뒤에는 1인당 국민소득 3만 달러 시대를 열 수 있습니다. '5년 안에 선진국' 진입이 가능해지는 것입니다.

존경하는 국민 여러분, 당원동지 여러분, 약속과 신뢰, 그리고 원칙은 저 박근혜의 정치생명입니다.

3년 전 신안에 왔을 때, 목포와 신안을 잇는 압해대교 건설을 도와달라는 여러분의 말씀을 듣고 저는 서울로 올라가 챙기고 또 챙겨서 예산을 따냈습니다.

저는 국민과 당원 여러분께 드린 약속은 반드시 실천할 것입니다. 국민의 화합 속에 대한민국을 5년 안에 선진국으로 반드시 만들어내겠습니다.

감사합니다.

'줄푸세 타고 747로' … 한나라 대선공약 슬로건
한국경제신문 | 2007.10.24 기사

한나라당은 대선 정책 공약 슬로건으로 '줄푸세를 타고 747로'를 내놓기로 했다.

경선 과정에서 이명박 후보가 내세웠던 '대한민국 747(연 7%성장, 10년 내 1인당국민소득 4만달러 및 세계 7대강국 달성)'과 박근혜 전 대표의 '줄푸세(세금을 줄이고, 규제는 풀며, 법·원칙은 바로 세우기)'공약을 합친 것이다.

당 일류국가비전위(위원장 김형오) 관계자는 24일 "줄푸세와 747 구상을 접목한 것은 이 후보가 강조하는 일류국가와 국민성공시대를 향한 약속"이라고 말했다.

〈홍영식 기자〉

그러나 나는 "줄푸세"라는 단순화된 구호로의 압축으로 나의 전체적인 논리 구조가 충분히 설명되지 못했다는 아쉬움을 가지고 있었다. "공정"에 관한 부분이 들어갈 공간이 없어졌기 때문이다. 단기적으로는 민간 투자 활성화를 통한 잠재성장률 제고에 초점을 맞추었지만, 중장기적으로는 북유럽식 사회적 서비스의 국가제공이 공정의 개념에 포함되어 있었는데 그 부분이 빠진 것이다. 이 부분은 전문가의 설명이 필요한 내용이었다. 그러나 쉽게 대중의 감성에 호소할 수 있는 정치적 구호가 더 매력적이었다. 여기에 무슨 이론적 설명을 붙일 여유 공간이 없었다.

이 아쉬움을 마음에 담아 놓았다. 나는 2011년 1월 초 박근혜 의원에게 전달한 "행복 국가론"이란 사회 경제정책 제안 보고서에서 "국정 5대 기본 가치" 중 하나로 "사람 중심 경제(성장과 복지의 조화)"를 제시했다. 또 2017년 대선에서 문재인 후보가 자신의 경제 비전으로 제시한 "사람 중심 성장경제"도 이런 맥락에서 작성된 것이었다. 2011년의 "행복 국가론"과 2017년의 "사람 중심 성장경제"에 관에서는 후에 상세히 기술하려 한다.

34
2008년 금융위기와 구조 조정

2008년 2월 25일, 이명박 대통령이 취임했다.

그러나 그의 길은 초반부터 험난했다.

4월에 한미 쇠고기 협상 결과가 발표되면서 광우병 논란이 발화(發火)되었다.

이 협상은 2006년 2월에 노무현 대통령의 결단으로 시작된 한미 FTA 협정 추진의 연장선상에서 이루어졌다. 그러나 쇠고기 협상의 내용이 문제였다. 미국에서 광우병이 발생해도 쇠고기 수입을 중단할 수 없다는 내용이 들어있었다. 이명박 정부는 궁극적으로 한미 FTA 협정체결의 성사가 가장 중요하다고 보고, 그 목적의 달성을 위해서 이 정도는 양보할 수 있다고 판단했던 것으로 추정된다.

그러나 이것은 국민 보건 위생에 관한 건이었고, 여기에 일부 과장된 비과학적 여러 설(說)들이 국민들의 위험 의식을 더욱 고조(高潮)시켰다. 그 결과 대규모 시위가 발생했고 국민 여론도 크게 나빠졌다. 이명박 정부가 대선 공약으로 내세웠던 경제정책은 추진 동력을 잃었다. 정치 상황이 나빠지면 경제정책은 뒷전으로 밀리는 것이 민주정치의 일반적 패턴이다.

나는 이 대통령의 당선인 시절에 민간 주도 시장경제의 효율성을 꾸준히 주장했다.

"경제자유도 제고시 7% 잠재성장 가능"
연합뉴스 | 2008. 01. 22 기사 중 발췌

(서울=연합뉴스) 박대한 기자 = 새 정부가 7% 성장 목표를 실질성장률에서 잠재성장률로 바꾼 것과 관련해 우리 경제의 자유도가 제고될 경우 7% 잠재성장은 달성 가능하다는 의견이 제시됐다.
22일 중구 코리아나호텔에서 대외경제정책연구원(KIEP)과 한국국제경제학회가 '새 정부의 국제경제 분야 추진과제'를 주제로 공동개최한 정책토론회에서 참석자들은 이명박 대통령 당선인이 제시한 공약과 향후 정책방향 등에 관한 다양한 의견을 개진했다.
다음은 이날 주제발표자들의 발표문 요지.

◇ 김광두 서강대 교수

잠재 경제성장률은 경제·사회적 시스템 변화에 따라 수정될 수 있다. 그 변화가 효율과 경쟁원리에 바탕을 둔 시장친화적 방향으로 이뤄져 경제·사회 질서가 유연해지고 경제적 자유도가 제고될 경우 잠재성장률은 상향조정이 가능하다.
한국의 경제·사회시스템을 보다 시장친화적인 모델로 전환해 경제자유도를 높이기 위해서는 ▲법과 질서의 확립 ▲정책과 규제의 시장친화성 제고 ▲정부조직 혁신과 공기업 민영화가 중요하다. 한국개발연구원(KDI)의 분석에 따르면 법·질서 준수 수준을 올림으로써 잠재성장률을 1% 정도 상승시킬 수 있고, 이를 바탕으로 시장 친화적 경제·사회 체제로 전환하면 추가 성장률 제고가 가능하다. 따라서 이명박 정부 하에서 법·질서의 확립이야말로 가장 우선적으로 추진돼야 할 과제다.

또 진입규제의 수준을 현재의 절반으로 낮출 경우 총요소생산성이 연평균 0.5% 상승한다는 연구가 있으며 포괄적인 규제개혁을 통해 잠재성장률을 추가로 1% 이상 제고할 수 있다고 본다.

영국의 대처 수상은 정부조직을 개편하고 공공서비스 부문을 축소함으로써 정부 생산성을 높이고 행정서비스의 질적 수준을 개선했다. 동시에 공기업의 민영화를 강력히 추진해 국가 재정수지는 물론, 공기업들의 경영을 개선시켰다.

이러한 시장친화형 정부부문 개혁으로 영국의 경제자유도는 크게 향상됐고 경제의 총요소생산성도 상승했다는 평가를 받고 있다. 우리도 이렇게 한다면 잠재성장률을 끌어올릴 수 있다.

나는 이 당선인의 경제정책 브레인이었던 백용호 교수와 정치 고문역을 했던 최시중 갤럽 회장에게도 이런 주장을 되풀이해서 전했다. 그들도 나의 주장에 모두 공감했다. 그러나 광우병 사태로 이명박 정부의 "규제 혁파" 정책은 길을 잃었다. 이 대통령의 지지율이 21% 수준까지 떨어지는 상황에서 기존 질서에 변화를 초래하는 어떤 정책도 추진되기 어려웠다. 2022년 8월 현재의 윤석열 정부와 유사했다.

더구나 당시 여당이었던 한나라당도 친이(親李)와 친박(親朴)으로 갈라져 어려움에 빠진 이(李) 정부를 효과적으로 도와주지 못했다. 친박 세력은 정치적으로 친이 세력보다 더 강한 영향력을 여의도에서 행사하고 있었다.

이 시기 미국에서는 금융위기가 태동(胎動)하고 있었다. 2007년 초 미국에서는 부동산 시장에 거품이 형성되면서 부동산을 담보로 한 채권을 기초로 다양한 파생금융상품이 발행·유통되고 있었다. 이런 금융상품들은 부동산 가격의 상승에 그 기반을 두고 있었다. 만약 부동산 가격이 하락으로 돌아서면 이런 파생금융 상품들의 수익기반이 무너질 뿐 아니라 투자자들의 원금 회수도 어렵게 되어있는 매우 취약한 구조였다.

다수의 경제 전문가들이 우려했던 대로 거품은 꺼지기 시작했다. 금융시장에 거대한 싱크홀(Sinkhole)이 생긴 것이다. 이 싱크홀에 처음으로 빠진 금융회사들이 서브 프라임 모기지(Sub-prime Mortgage) 회사였다. 이 회사들은 저신용 등급의 개인들이 주택 가격 상승기에 주택을 추가로 매입하려 할 때 이들이 매입할 주택을 담보로 높은 금리로 대출해주어 높은 수익을 추구하는 비즈니스 모델을 가지고 있었다.

부동산 거품이 지속되는 한 문제가 없으나 부동산 가격이 하락하게 되면 이 회사들은 채권 회수에 어려움을 겪게 된다. 담보 주택의 시장가격이 대출 금액보다 더 낮아지게 되기 때문이다. 부동산 거품이 꺼지면서 이 회사들이 파산하게 됨은 예정된 경로였다.

문제는 여기서 끝나지 않았다. 이 모기지 회사들의 채권을 담보로 모기지 회사들에 돈을 빌려준 금융회사들, 또 이 금융회사들의 대(對) 모기지 회사 채권들로 구성된 펀드를 운용하던 회사들 등등이 파산했다. 그 연쇄효과는 꼬리에 꼬리를 물고 나타났다. 부동산 거품이라는 모래 위에 구축된 거대한 파생금융 상품의 성(城)이 무너져 내린 것이다.

2008년 9월 이 금융시장의 거대한 부동산 거품 싱크홀에 미국 굴지의 투자은행인 리먼 브라더스(Lehman Brothers)까지 빠지면서 미국의 금융위기는 국제금융위기로 확산되었다. 한국의 외환 금융시장도 그 쓰나미를 피할 수 없었다. 1997년의 외환위기 이후 한국의 금융 외환시장은 국제 금융시장과 밀접하게 연계(連繫)되어 있었고, 미국의 금융시장이 국제금융시장에서 차지하는 비중이 절대적으로 컸기 때문이다.

정권 초반인 2008년 봄에 광우병 사태로 경제정책의 추진력을 잃고 정책 체계를 정비하지 못한 상태에서 이명박 정부는 가을에 태평양에서 밀려온 금융 쓰나미에 휩쓸리게 되었다. 이제는 이 금융위기 극복에 모든 정책 역량을 쏟아부어야 했다. 2007년 대선 과정에서 내세웠던 "줄푸세 타고 747로"는 되짚어볼 여유가 없었다.

한국의 외환시장은 2008년 12월에 한·중간, 한·일간 체결한 통화 스왑(Swap)으로 안정되기 시작했고, 금융시장도 미국이 2009년 2월에 발표한 금융 안정 정책 이후 서서히 안정성을 회복하기 시작했다. 코로나19 극복을 위해 거의 무제한으로 풀어놓은 통화량의 홍수로 자산시장의 거품이 형성된 2020~21년의 세계적 현상이 앞으로 어떤 양태를 보이고 어떤 경로로 파급되어 갈지 참고 되는 경험이었다.

나는 미국에서 잉태된 금융위기 쓰나미가 한국을 덮칠 때 한국 경제의 뿌리를 생각했다. 뿌리 깊은 나무는 바람에 흔들리지 않는다. 그 뿌리는 무엇일까? 나는 당시 한국경제의 뿌리는 산업 경쟁력이라고 보았다. 그렇다면 이 위기를 산업경쟁력 제고(提高)의 계기로 삼는 것이 바람직하며, 그 수단은 기업과 금융회사들의 구조조정(構造調整)이라고 판단했다. 이 금융쓰나미는 구조조정 대상 기업이나 금융회사들을 선별할 수 있는 좋은 기준을 제공하기 때문이다.

금융위기, 죽어야 벗어난다
매일경제 | 2008. 11. 25 오피니언

금융시장 불안이 지속되고 있다. 시중에 돈이 돌지 않고 있다. 이대로 가다간 중소기업은 물론 건실한 중견기업마저 부도 위기에 처할 수 있다. 대통령이 직접 나서서 원활한 자금 공급과 저금리를 강조했고, 한국은행 등 관계기관들이 유동성 확대와 기준금리 인하 등 정책을 취해 왔음에도 정책효과는 아직 나타나지 않고 있다. 왜 이럴까? 우리 경제 주체들이 불확실성의 함정에 빠져 있기 때문으로 본다. 그동안 우리 정책당국이 보여준 대응은 뒷북치기, 엇박자, 판단오류 등으로 믿음직스럽지 못했다. 은행 등 금융회사들의 경영상태도 외신이 전한 내용과 유사하다. 건설업체들의 재무구조가 부동산시장 불황으로 매우 취약하고, 수출·내수시장이 급속도로 얼어붙는 상황에서 어느 기업이 어떤 상태에 있게 될지 모두 불안하다. 아무것도 믿을 수 없다는 심리가 팽배할 수밖에 없는 것이다.

이런 상황에서는 현금을 보유하고 있는 것이 최선의 자기보호책이다. 짙은 안개가 낀 고속도로에서는 주행을 하지 않는 것이 사고방지책 아닌가. 그러니 돈이 돌지 않을 수밖에 없는 것이다.

그럼 어떻게 해야 할 것인가? 짙게 깔린 불확실성을 제거해야 한다. 그 방법이 바로 구조조정이다. 구조조정을 통해 경제 주체들이 거래 상대방이 옥인지 돌인지를 구분할 수 있게 해서 옥은 선택하고 돌은 버릴 수 있도록 해줘야 한다.

구조조정 대상은 부실 경영을 한 금융회사들과 기업들이 다 포함되어야 할 것이다. 그러나 현실적으로 일시에 모든 대상을 구조조정하긴 어렵기 때문에 선후가 필요하다. 그런 관점에서 일부 건설회사, 일부 저축은행, 일부 조선회사들에 대한 실사와 그 결과에 따른 구조조정이 선행되어야 하고, 그 이후 다른 부문들을 살펴보아야 한다. 이러한 구조조정은 선제적이고 속도가 빠른 게 좋다. 그래야만 불확실성이 빨리 걷혀 돈이 돌게 되고 또한 돈이 돌아야 흑자도산을 막을 수 있다.

그렇다면 구조조정의 실무 주체는 누가 되는 것이 바람직할까.

기업을 잘 알고 시장에 직접 참여하고 있는 은행들이 주체가 되어야 한다. 외환위기 당시처럼 은행과 기업이 짜고 분식회계를 용인하는 관행은 거의 사라졌다고 본다. 지나치게 수익성만을 추구한다고 비난받을 정도로, 대통령의 강요성 발언을 무조건 수용하지 않을 정도로, 과거의 '금융기관'이었던 은행들은 '금융회사'로 변신했다. 그들이 거래 기업들을 상대적으로 제일 잘 알고 있다.

그런데 은행들의 경영상태가 기업 구조조정을 추진하고 수행할 만큼 건전한가? 여기에는 의문이 있을 수 있다. 그러나 현 시점에서는 은행들에 외화차입에 대한 지급보증, 은행채 매입 등을 통한 유동성 공급 등을 더 해주어서라도 이들을 앞세우는 것이 바람직하다. 이러한 구조조정 과정에서 특히 경계해야 할 것이 정치논리이다. 1997년에 기아자동차를 정치적 관점에서 본 정치지도자들 때문에 국제금융시장에서 한국의 신인도가 얼마나 큰 타격을 받았는지 되새겨 보아야 한다. 현재 진행 중인 대주단 협약을 통한 건설업체 구조조정은 하나의 선례가 될 것이다.

그런데 구조조정 과정에서 가장 큰 시련을 겪게 될 집단이 있다. 퇴출 근로자, 영세업자, 영세 서민들이다. 이들에게는 구조조정 적응 프로그램에 의한 생존권 보장 차원의 지원이 필요하다. 그 내용이 전직, 전업을 위한 지원이든, 생계비 보조금 지급이든, 사회적 안전망으로 이들을 보호하는 장치가 마련되어야 한다.

금융시장 불안이 실물경제에 미치는 악영향을 극소화하고 금융시장 안정이 가능한 한 이른 시일 내에 회복될 수 있도록 하기 위해 구조조정의 신속한 추진이 바람직하다. 그러나 그것이 성공적이기 위해서는 정부의 종합적이고 체계적인 청사진과 액션플랜이 투명하고 일관성 있게 제시되어야 한다.

대통령은 은행들에 중소기업에 대한 특별한 금융 배려를 요구하는데, 금융위원장은 건전성 기준으로 은행들 간의 인수·합병을 추진하겠다고 으름장을 놓는 이런 혼란스러운 정부 모습으로는 아무것도 이루어질 수 없다.

[김광두 서강대 경제학과 교수]

그러나 구조조정은 정치적으로 어려운 일이었다. 그 과정에서 대량실업이 발생할 수 있고, 구조조정 대상 기업이 위치한 지역 경제가 휘청거릴 수 있기 때문이다. 1997년 외환위기 때는 IMF라는 외부의 힘이 부실기업 구조조정을 강요했다. 그러나 2008년에는 그런 상황까지는 가지 않았다. 우리 자율적으로 구조조정을 해야 했다.

　　1997년의 구조조정이 2000년의 총선 때문에 미진(未盡)하게 끝났듯이 2008년의 금융위기를 미래 지향적으로 극복할 수 있는 기반이 될 산업의 구조조정도 우리 내부의 힘만으로는 어려웠다. 구조적 취약성을 그대로 안은 채, 한국은 2008년의 미국 발 금융위기를 이렇게 넘기고 있었다.

35

KDI 원장 사양(辭讓)과
HAR-COM의 시동(始動)

"형님! MB께서 형님이 KDI 원장을 맡아주셨으면 합니다. 그렇게 하시죠."

"고마운 말씀입니다. 그런데 나는 지금 교과서를 쓰고 있고, 박근혜 의원에게 의리도 지키고 싶소. 양해의 뜻을 전해주세요."

내가 아끼는 후배인 백용호 교수가 이명박 정부 초기에(언제였는지 정확한 기억은 나지 않는다) 나에게 전화해서 나눈 대화였다. 그는 이명박 정부에서 공정거래위원장, 국세청장, 청와대 정책실장 등을 역임한 MB의 최측근이었다. 그는 요즈음도 나를 만나면 그때 얘기를 되새기며 나를 "세상 물정 모르는 서생(書生)"이라고 놀려댄다. 박근혜 집권 후, 박 대통령과 나의 관계를 비꼬는 말이기도 하다. MB는 5년의 기간을 내다보면서 나에게 그런 제안을 했다는 것이 그의 주장이다.

KDI는 한국의 최고 경제정책 싱크탱크이다. 그 책임자가 되는 것은 경제학자로서 보람 있는 일이었다. 그러나 나는 당시 정년이 얼마 남지 않은 경제학 교수로서 교과서를 쓰는 일이 더 중요하다고 판단했다. 또 한편으로는 박근혜 의원에 대한 인간적 의리도 생각했다. 대선 경선에서 패배한 후, 의기소침해 있는 한 사람을 쉽게 떠날 수는 없었다.

"김 교수, 이제 우리 쪽으로 오지!"
"감사합니다. 그러나 인간적으로 그럴 수는 없잖아요."

이명박 후보가 대선에서 승리한 직후 나와 최시중 갤럽 회장이 점심을 함께하면서 나눈 대화였다. 이유는 같았다. 교과서 쓰기와 박근혜에 대한 인간적 의리였다.

나는 그가 이 당선인의 친형인 이상득 의원과 아주 가까운 사이라는 것을 알고 있었다. 그리고 이 당선인에게 정치적 조언을 하는 사람 중 하나라는 소식도 들었다. 그런 그가 진정성을 가지고 인생 선배로서 조언했다. 여러 가지 고마운 말씀도 많이 해주셨다. 정치인들의 인간관계에 대해서도 그분 나름의 경험을 전해주었다.

그가 이명박 정권의 시기에 그에게 부여된 권력에 불어 닥치는 유혹과 풍파를 견디지 못하고 어려운 시련의 시기를 거치게 된 것은 나에겐 마음 아픈 일이었다. 세상 경험이 풍부한 인생 선배의 조언은 귀 기울여 들어야 한다는 것을 한참 후에야 체감했다. 최시중 회장께서 항상 건강하시길 기원한다.

그러나 내가 살아오면서 지켜온 가치관은 의리 없는 인간관계는 무의미하다는 것이었고, 그런 관계가 지배하는 세상은 살벌하다는 것이었다. 나는 의리라는 가치를 존중하지 않는 사람과 사람의 관계는 상업적 거래관계라고 생각했다. 그런 관계는 거래가 끝나면 끊어진다.

나는 대학 시절 민경석 신부님이 한 학기 동안 강의하신 "The meaning of man"이라는 "인간철학" 과목에서 인간관계에 대한 철학적·신학적 해석을 많이 듣고 배우고 공감했다. 의미 있는 (Meaningful) 인간관계란 뭘까? 민 신부님의 강의와 강의 시간에서의 질문, 그리고 개인적 만남과 토론을 통해서 나는 "의리"가 핵심이라는 내 나름대로 결론을 얻었었다. "의리 있는 따뜻한 세상"이 내가 꿈꾸는 삶이었다.

나는 박근혜라는 사람과 비즈니스를 하고 있다고 생각한 적이 없다. 나는 그녀의 애국심과 성실성에 끌렸고, 그녀가 경제에 대해서 보다 현명한 인식을 해서 그녀의 부친이 이룩한 한국 경제의 "산업화"를 이어받아 한국을 경제선진국으로 이끌어 가는 정치지도자가 되길 바랐을 뿐이었다. 이러한 마음가짐이 은사이신 남덕우 교수님의 자세이기도 했다. 이런 입장에서 나는 항상 박근혜를 대했다.

나는 그동안 교과서 쓰는 일을 하지 않았다. 대학생 시절의 경험과 그동안 출판된 국내 교과서들을 보면서 원서로 공부하는 편이 학생들에게 더 도움이 되겠다고 판단했기 때문이다. 그러나 원서 교과서가 저자들이 거주하고 생활하는 나라의 경제 질서와 문화·사회 관행을 전제로 설명하기 때문에, 학생들이 그것으로 한국의 현실을 이해하기에 어려움을 겪는 경우들이 있었다.

경제학 원론, 거시·미시 이론 등 기초 과목에서는 이런 어려움
이 덜했으나 산업조직론과 같은 과목에서는 국별 상황 차이가 주는
이론 해석의 차별화 필요성이 있었다. 미국이라는 거대 내수시장
국가와 한국이라는 협소한 내수시장의 국가는 세계시장에서의 국
제경쟁력이라는 관점에서 독과점이론의 해석이 달라야 한다고 생
각했다. 내 강의 시간에는 수강생들에게 말로 설명했다. 그러나 보
다 더 많은 경제학도들에게 도움을 주고 싶었다.

사진: 산업조직론 2nd edition

2008년 말, 나는 제자인 계
명대의 공명제 교수와 이런
문제의식을 가지고 산업조
직론(産業組織論; Industrial
Organization Theory)을 함께
집필하기로 했다. 한국의 특
수성을 학생들이 이해하는데
도움을 주기 위해 교과서의
각 장(章)에 다수의 한국 사례
를 넣어 주기로 기획을 했다.

실제 사례들을 찾아 교과
서에 게재하다 보니 지적 재
산권 문제가 있었다. 공정거
래위원회의 심판 사례를 인용하는 것에는 문제가 없었으나, 여러
일간지들이 보도한 기사는 해당 매체의 동의를 얻어야 했다. 다행

히 관련 매체들이 교과서에 게재할 목적이라면 문제없다는 양해를 해줬다. 이 교과서를 2009년 가을학기에 맞춰, 8월에 출간했다.

이 순간에도 지구상에 존재하는 모든 것은 변하고 있다. 그 변화의 원동력은 무엇일까? 나는 기술 혁신이라고 생각한다. 이런 인식이 내가 기술경제학이라는 분야에 관심을 가져 공부하고 학생들에게 가르쳐온 이유였다. 이 분야는 경제학자가 연구하기엔 한계가 있었다. 그러나 경제학의 분석틀을 가지고 그 변화의 결정 요인들을 연구할 수는 있었다. 기술 용어의 이해가 어려웠으나 관련 전문 분야 교수들에게 배우며 이해하려 노력했다.

사진: 경영대학원 교재로 사용한 산업경제론

이 분야를 다루는 원서 교과서는 몇 개 눈에 띄었다. 나도 그중 하나를 선택해서 학부 학생들을 가르쳤다. 그러나 현장에서 일하면서 공부하는 경제대학원이나 경영대학원 학생들을 위해서는 한국적 현상을 쉽게 설명할 수 있는 한국어 교재가 필요했다. 나는 서강대에서 경영대학원 학생 강의용으로 "산업경제론"을, 경제대학원용으로 "기술경제학"과 "기술이전·협력론"을 학내 출판을 해서 강의해 왔다.

나는 이러한 내용을 보다 체계적으로 교과서로 출간하고 싶어 2009년 9월부터 집필을 시작했다. 강의용 교재를 준비할 때 모아 놓은 문헌들이 이미 준비되어 있었고, 일부 새롭게 발표된 논문이나 연구보고서의 주장을 보완하면 되었다. 그러나 이 작업은 미완에 그쳤다.

2009년, 박근혜 의원은 차기 대선을 준비하고 있었다. 여러 옛 동료들이 다시 뭉쳐 박 의원을 돕고 있었다. 그리고 경제 공부도 산발적이지만 지속하고 있었다. 2009년 봄 어느 날 나는 박 의원과 이들이 모이는 식사 자리에 참석했다. 이 자리에서 경제 공부를 이제부터 체계적으로 진행하자는 합의가 이루어졌다. 그리고 그 공부 모임을 내가 주도하기로 했다. 내 생년월일이 제일 빨랐기 때문으로 나는 이해했다.

참석자들은 공부모임의 이름을 "Harmony and Competitiveness: HAR-COM)"로 하기로 했다. 우리는 한국 경제를 바라보는 눈이 이제부터 산업경쟁력을 바탕으로 한 성장에 더해서 국민화합으로 시각을 넓혀야 한다고 생각했다. 이 취지에 부합하게 공부의 콘텐츠도 기획했다. 이 모임에는 신세돈, 최외출, 안종범, 김영세 등이 주 참가자였다. 그러나 주제에 따라서 폭넓게 다양한 전문가들을 초대했다.

최외출 영남대 교수(2022년 현재 총장)는 박 의원이 초선 국회의원에 당선된 1998년 이전부터 박 의원을 도와준 사람이었다. 그는 육영수 장학금의 혜택을 받아 대학을 마칠 수 있었기 때문에 그 은혜를 갚고 싶은 마음이었다고 한다. 신세돈 교수는 2002년부터, 안종범 교수는 그전에는 이회창 후보를 도왔었고, 2006년부터 박 의원을 도왔다고 했다. 김영세 교수는 이혜훈 의원의 부군으로서 이 의원을 통해서 간접적으로 박 의원을 도와줬다고 했다.

이 모임의 심부름은 이재만 당시 박근혜 의원 정책보좌관이 담당했고, 외부 초청전문가들은 나와 다른 분들이 협의하여 선정했다. 이 보좌관은 매우 성실한 사람이었다. 이 모임 관련 모든 것은 자원봉사였으며 밥값이나 음료값은 박 의원이 부담했다.

나는 정윤회 씨가 뒤에서 박 의원을 돕고 있다는 설(說)을 들은 적은 있었으나 최순실이라는 이름은 들은 적이 없었다. 나는 박 의원에게 영향력을 행사하는 보이지 않는 세력이 있으리라는 것은 상상도 못했다. 그만큼 박 의원의 독립적·주체적 인격을 믿었고, 또한 그동안 알고 지낸 대통령을 꿈꾸는 정치인 중 누구도 그런 그림자 세력을 가지고 있지 않았기 때문이었다. 배우자가 큰 영향력을 발휘하는 경우는 물론 있었다.

HAR－COM 모임은 2주일에 1회를 기준으로 진행되었다. 이 모임의 초기에 집중 토론을 거쳐 성안(成案)한 개념 중의 하나가 "원칙이 바로 선 자본주의"였다. 이 개념을 박 의원은 2009년 5월 6일 미국 스탠포드 대학 방문 연설에서 꺼냈다. 이것은 성장과 분배적 정의의 조화를 추구하는 자본주의를 의미했다. 바로 Harmony와 Competitiveness의 조화를 반영한 것이다.

박 의원은 참 열심히 공부했다. 해외 출장이나 지방 선거 지원에 다녀와서도 충혈된 눈으로 공부 모임에 나와 경청했다. 간혹 공부 모임이 3~4시간으로 길어지는 경우가 있었는데도, 꼿꼿한 자세로 학습에 임했다. 이런 그녀의 자세를 보며 나는 책임감을 더 무겁게 느꼈고 우리 모두 더욱 진지하게 준비하고 진행했다. 그녀는 해외 출장을 다녀올 때 간혹 포도주 한 병을 가져와서 만찬을 즐겁게 하기도 했다.

HAR−COM 모임이 점점 깊이를 더해감에 따라 나는 기술경제학 교과서의 집필에 집중하기 어려워졌다. 나는 10월경까지 여섯 장(章; Chapter)의 초고(草稿)를 완성했다. 총 14장을 계획했기 때문에 12월 말까지 집중하면 교과서 원고의 초고를 모두 마칠 수 있었는데 아쉬웠다.

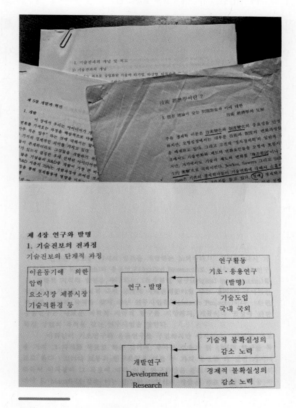

사진: 기술경제학 교과서 초고들

35 KDI 원장 사양(辭讓)과 HAR-COM의 시동(始動)

2010년 11월까지 계속된 HAR-COM 모임에서 다루었던 주요 내용을 정리한 USB를 나는 지금도 간직하고 있다. 가끔 그것을 꺼내 본다. 다시 보아도 "이렇게 다양한 주제들을 우리가 공부했구나" 할 정도로 내용이 풍부하다. 그 내용이 4권의 자료집으로 인쇄되어 있고, 그 또한 내가 보관하고 있다. 그러나 한편으로는 허탈(虛脫)하기도 하다. 이렇게 열심히 준비해서 공부했는데 박근혜의 오늘은 왜 이렇게 됐을까. 내 나름대로 생각해본 박근혜의 실패 원인은 후에 서술하겠다.

그러나 이 모임 때문에 나는 기술경제학 교과서 집필을 놓쳤다. 2010년 12월에 HAR-COM이 국가미래연구원으로 확대 개편되고 내가 그 원장직을 맡게 되면서 나는 다시 교과서 작업을 할 수 없게 되었다. 지금이라도 다시 쓰고 싶은데 그동안 기술 혁신 생태계의 변화가 많아서 다시 소화할 자신이 없다. 그리고 뇌의 노화(老化)로 학문적 집중력도 많이 떨어진 상태다.

36
국가미래연구원 창립과
박근혜

2010년 늦여름이었던가?

HAR－COM의 박근혜 공부 모임 날이었다.

박 의원으로부터 그날 공부를 시작하기 30분 전에 둘이 따로 만나자는 연락이 왔다. 상의할 일이 있다는 것이었다.

"정치, 경제, 사회, 과학기술, 보건복지, 문화 예술 등 각 분야에서 신뢰 받고 있는 전문가를 10여 분 정도 모셔서 모임을 만들면 어떨까요?"

"10여 분으로 한정하실 필요가 있을까요? 우리나라에 민간의 독립적 연구 조직이 없는데, 그런 연구소를 만들면 좋지 않을까요?"

이렇게 시작된 대화는 각 분야를 망라하는 소수의 전문가 집단을 구성하여 정치 경제 사회 현상을 통섭(統攝)과 융합(融合)의 관점에서 관찰하고 분석할 수 있는 연구원을 만들자는 결론으로 끝맺음을 했다.

당시 박근혜 의원은 대선을 겨냥한 정책 아이디어 뱅크를 염두에 두었고, 나는 장기적으로 독립적 민간 싱크 탱크를 꿈꾸었다.

박 의원은 그동안 자기가 만나면서 의견을 들어왔던 다양한 분야의 전문가들을 연구원 회원으로 추천했다. 정치 외교, 과학기술, 보건복지, 의료, 문화 예술 등 다양한 영역의 전문가들이었다. 나는 주로 경제전문가들을 추천했다.

나는 연구원의 지속성을 유지할 수 있는 운영 시스템을 정립하기 위해 국내외 여러 연구 조직들의 운영 실태를 살펴보았다. 정치인 박근혜의 정치 일정과 무관하게 하나의 민간연구소로서 자리 잡고 발전하려면 어떤 조건들이 충족되어야 할까?

국내에서는 정부 출연 연구소, 그리고 대기업과 경제단체 산하 연구원들이 지배적 위치를 차지하고 있었다. 이들의 운영 예산은 정부나 대기업 출연으로 충당되고 있었다. 그 결과 이 연구소들의 연구 내용 기획은 물론 연구 결과에 관한 의사 표현의 독립성이 제한되어 있었다. 대학 연구소나 시민 단체 연구소들은 영세했고, 더 나아가 연구비 출처에 따라 주문자의 요구를 거스르기 어려운 입장에 있는 것으로 인식되었다.

미국의 대표적 싱크탱크들을 살펴보았다. 이들은 소액 다수의 일반 시민 후원자들의 지원으로 운영 예산의 상당한 비중을 충당하고 있다는 공통점을 가지고 있었다. 그리고 세계 최강국의 이점으로 해외 대기업들의 후원을 받고 있다는 공통점도 가지고 있었다. 이 연구소들은 대부분 워싱턴에 소재하고 있었고 국회의원들과의 교류가 활발한 점이 눈에 띄었다.

나는 연구인들이 연구 내용을 자기의 주체적 의지에 의해서 분석 정리하고 그 결과를 자유롭게 발표할 수 있는 연구자의 "독립성"을 최우선의 가치로 삼기로 했다. 그러한 가치의 실현을 위해서는 연구원 운영 경비의 자체 조달 능력이 핵심 과제였다. 그 자금이 정부나 대기업으로부터 나오게 될 경우, 연구자들의 독립성이 보장되기 어렵다고 판단되었다. 이런 저런 검토 끝에 연구 활동에 참여하는 연구자들의 회비와 소액 다수의 후원금으로 연구원 경비를 충당한다는 원칙을 세웠다.

동료들과 상의하여 연구자들의 회비는 월 5만 원, 후원금은 월간 상한 1백만 원으로 정했다. 그 돈으로 시작하면서 좋은 성과를 내면 소액의 후원인들이 다수 생길 것으로 기대했다. 후원인들의 경우 대기업은 제외하고 독립적 기술 능력이 있고 자생적 경쟁력을 보유한 중소기업 중심으로 탐색해보기로 했다. 이 원칙에 따라 박근혜 의원도 연구원 설립 후 회원으로 참여하여 매월 5만 원의 회비를 냈다.

연구원이 추구하는 가치는 무엇으로 설정하는 것이 바람직할까? 창립 멤버들과 브레인 스토밍(Brain Storming)을 거쳐 "개혁적 보수"를 그 가치로 삼기로 했다. 그 내용에 관해서는 김승권 박사(사회학)가 초안을 만들고, 그 초안을 바탕으로 집중 토론을 거쳐 2011년 현재의 "개혁적 보수"라는 가치의 개념을 도출했다. 이 내용은 다음 회에 상세히 소개하겠다.

연구원의 이름에 관해서는 여러 가지 의견이 오갔다. "국가"라는 단어와 "미래"라는 단어가 제일 많이 거론되었다. 결론은 국가미래연구원으로 낙착되었다.

연구원의 설립 추진은 박 의원의 요구에 따라 극비로 진행되었다. 그녀는 본인이 참여하는 이런 움직임을 직접 참여자 이외의 누구에게도, 특히 언론에 노출되지 않기를 원했다. 어떤 분들이 참여하고, 언제 어느 장소에서 창립식을 할 것인지 등이 모두 대외비를 유지하며 진행되었다. 그녀는 이런 측면에서는 가끔 지나치다고 느낄 만큼 세심(細心)했다.

2010년 12월 27일이 D－DAY였다. 12월 26일 오전까지 조용하게 잘 넘어갔다. 그런데 오후에 '박근혜 의원이 싱크 탱크를 만든다'는 기사가 떴다. 나는 박 의원이 매우 곤혹스러워 할 것으로 보고, 누가 기자들에게 귀띔했는지 수소문해 보았다. K모 의원이라는 말을 듣고 박 의원에게 사전에 기사가 나갔음을 알렸다.

"기사가 떴는데, 일자를 바꿀까요?"

"누가 그랬나요?"

"K모 의원이 실수했다고 합니다."

이때 나는 처음으로 박 의원의 화난 목소리를 들었다. 항상 부드럽고 예의 바른 사람의 목소리가 전혀 다른 톤의 거친 고음으로 변해 있었다. 박 의원이 그녀의 자발적 의사에 반(反)하여 그녀가 추진하고 있는 어떤 일이 밖으로 알려지는 것을 극히 싫어한다는 것을 그녀의 화가 잔뜩 배어든 육성을 통해서 체험했다.

"지가 뭔데~~~"

"날짜를 바꿀까요?"

"그대로 하시죠."

2010년 12월 27일 삼성동 COEX 그랜드볼룸에서 국가미래연구원의 창립식이 열렸다. 총 78명이 창립 멤버로 참여했다. 현역 국회의원으로서는 박근혜 의원과 이한구 의원이 참여했다. 이한구 의원은 나의 오랜 친구였다. 이들은 전문 분야별로 15개 분과로 나누어 각자의 역할을 맡았다. 박 의원은 거시경제 분과에 소속되었다.

사진: 2010년 12월 27일 삼성동 COEX 그랜드볼룸에서 국가미래연구원의 창립식에 참석한 박근혜 의원 (우측)과 필자. 뒤쪽 사람들은 취재진

국가미래연구원의 창립 소식이 나가자 다양한 전문가들이 참여

의사를 전달해 왔다. 또한 다수의 국회의원들이 전문가들을 추천했다. 나는 매우 곤혹스러웠다. 본인들이나 추천인들이 원하는데 그것을 거절하기가 쉽지 않았다. 그들 중 선별적으로 받아들였지만 얼마 지나지 않아 200여 명으로 연구자 수가 급증했다. 그에 따라 분과도 18개로 늘어났다.

서로 다른 배경과 전문성을 가진 분들이 200명 이상 모였고, 나는 이분들 모두와 소통하고 이분들 상호 간의 소통을 도우면서 연구원 전체가 융합과 통섭의 분위기에서 움직이도록 하는 역할을 하려고 노력했다. 그 과정에서 나의 체중이 늘고 뱃살이 불룩해졌다. 우리의 소통 문화엔 소주와 삼겹살의 역할이 중요하기 때문이었다.

나는 몇 분의 동료들과 상의하여 마포에 있는 한 건물에 사무실을 정했다. 국회와 가까운 위치를 구하려 했다. 그런데 여의도는 임대료 부담이 컸다. 마포지역 사무실의 임대료가 상대적으로 저렴했다. 조그마한 면적이었다.

당시에는 아직 후원인들이 없었기 때문에 우선 회원들의 호주머니에서 십시일반으로 돈을 모아 임대료, 사무집기 등을 준비해야 했다. 넉넉한 공간을 마련할 수 있는 재정적 여유가 없었다. 혹자는 유력 정치인이 참여하는 연구원이기 때문에 재정적으로 여유가 있을 것으로 보았지만, 연구원이 설정한 자격 조건에 맞는 후원인을 찾기가 쉽지 않았다.

연구원은 설립 초기에 후원인들의 후원금에 대한 세무 처리를 돕기 위해 기획재정부의 심사를 거쳐 '지정기부금단체'로 등록했다. 전국적으로 수천 개의 지정기부금단체가 등록되어있는 상황이었다. 그런데 당시 민주당에서 강한 비판이 나왔다. 박근혜 의원이 공개적으로 정치자금을 받는 창구로 국가미래연구원을 활용하려 한다는 주장이었다.

나는 "정치란 이런 거구나!"하고 웃었다. 연구원이 정치 자금성 후원금에 휩쓸리면 그 수명이 짧다. 나는 그걸 잘 알고 있었다. 나는 국가미래연구원을 지속 가능한 독립적 민간연구소로 발전시킬 꿈을 가지고 있었다. 그렇기 때문에 1인당 월 후원금의 상한을 1백만 원으로 정했고 후원인의 자격조건도 제한했다. 나를 포함해서 연구원에 참여하는 모든 전문가들은 월 회비 5만 원씩을 내면서 지식 봉사를 했다.

국가미래연구원이 2023년 현재에도 건재한 것은 이런 정신이 유지되었기 때문이다. 현재도 연구원에 참여하는 전문가들은 월 5만 원의 회비를 내면서 지식 봉사를 하고 있다. 연구원이 발행하는 정책 전문 인터넷 신문인 'ifsPOST'에 기고하는 모든 분들도 원고료 없는 지식 봉사를 하고 있다. 이런 정신의 뒷받침으로 ifsPOST는 광고 없는 정책전문지로 그 위치를 확고히 하고 있다.

박근혜 의원이 대통령에 당선되자, 나는 박 대통령에게 회원 탈퇴를 권유했다. 그리고 박 대통령도 흔쾌히 받아들여 국가미래연구원을 탈퇴했다. 그것으로 박근혜라는 정치인과 국가미래연구원의 관계는 끝을 맺었다.

국가미래연구원의 활동은 박근혜 대통령의 당선 이전까지는 비공개적으로 이루어졌다. 정치적으로 민감했기 때문이었다. 그러나 그녀가 대통령에 당선되고 국가미래연구원을 탈퇴한 후, 국가미래연구원의 활동은 공개되었다.

2013년 3월 3일, 국가미래연구원은 독립적 민간연구기관으로 활동을 시작했다. 그 첫 번째 작품이 민생지수, 국민행복지수, 국민안전지수였다. 이 지수를 통해서 박근혜 정부의 경제 사회정책을 모니터링하고 평가하면서 과거 노무현, 이명박 정부와 비교하려는 목적이었다. 이 지수들은 그 이후 현재까지 매 분기별로 계측, 분석하여 발표하고 있다.

다음은 국가미래연구원 창립과 관련한 당시 동아일보의 인터뷰 기사이다.

동아일보 2010년 12월 29일자 인터뷰 기사 내용

"난 정책 파는 학자… 정치에 관심 없어"

〈박근혜 싱크탱크 '국가미래연구원' 김광두 원장〉

"정치인에게 정책 아이디어를 제공하는 데 있어 가장 중요한 것이 신뢰다. 그런 점에서 박근혜 전 대표가 함께할 수 있는 정치인이라고 생각했다."

한나라당 박근혜 전 대표의 싱크탱크로 여겨지는 국가미래연구원의 '좌장'을 맡은 김광두 서강대 경제학과 교수(63·사진)는 28일 동아일보와의 인터뷰에서 이같이 말했다.

김 교수는 27일 열린 발기인 총회에서 미래연구원 원장으로 선출됐다. 정치권에서는 미래연구원의 출범을 박 전 대표의 대선행보

신호탄으로 보고 있다. 학자와 전직 관료, 기업가 등이 망라된 미래연구원에서 박 전 대표의 정책이 집대성되지 않겠느냐는 것이다.

서울 마포구 신수동 서강대 연구실에서 미래연구원의 법인설립에 필요한 서류들을 준비하고 있던 김 교수는 1시간여 동안 진행된 동아일보와의 인터뷰에서 "나는 정치에는 관심이 없다"고 강조했다. 자신의 행보가 '폴리페서(polifessor·학교와 정치권을 오가는 교수)' 논란 등 불필요한 오해를 받을까 경계하는 듯했다.

— 미래연구원이 출범하자 다들 박 전 대표의 싱크탱크가 떴다고 해석한다.

"박 전 대표도 참여하는 것일 뿐 박 전 대표의 싱크탱크는 아니다. 2008년 금융위기를 보면서 통섭 연구가 필요하다고 생각해 뜻이 통하는 학자들과 의기투합한 것이다. 연구원 이름도 내가 붙였다."

— 박 전 대표는 연구원에 어떻게 참여하게 됐나.

"내가 올여름 박 전 대표에게 연구원 설립 취지를 설명했더니 '나도 같은 생각'이라며 참여하고 싶다고 했다. 참여 희망 지인들에게 박 전 대표의 참여 사실을 알리자 일부 회원은 '오해를 살 수 있다'며 참여하지 않았다. 또 박 전 대표의 참여 사실을 알고 일부 정치권 인사가 참여를 희망해 (거절하느라) 힘들었다. 구체적인 얘기는 하고 싶지 않다."

— 박 전 대표와 주기적으로 만나는 '5인회' 멤버라는데….

"나도 신문 보고 5인회라는 말을 알았다. 5명만 모이는 게 아니다.

사안이 있으면 관련 분야 교수들이 모여 스터디를 한다. 필요에 따라 박 전 대표와 함께한다. 박 전 대표와 주기적으로 만나는 것은 아니다. 최근에는 감세나 재정건전성 문제 등을 놓고 박 전 대표와 토론했다."

— 차기 대선의 화두는 무엇이라고 생각하나.

"사회통합이다. 사회통합을 위해서는 복지와 신뢰가 가장 중요하다. 복지와 신뢰는 맞물려 있다. 복지정책이 제대로 작동하지 않는 것은 규제가 너무 많기 때문이다. 규제를 풀려면 정부에 대한 신뢰가 있어야 한다."

— 박 전 대표가 최근 발의한 사회보장기본법을 놓고 알맹이가 없다는 비판이 있다.

"내용도 모르고 비판을 위한 비판을 하는 것이다. (김 교수는 이 대목에서 종이에 관련 내용을 써가며 자세히 설명했다) 사회보장기본법은 말 그대로 기본법이다. 프레임을 만드는 법이다. 내용이 뭐냐고 묻는데 그건 개별법에 담는 거다."

— 개별법에 담길 내용은 무엇인가.

"서로 내용을 내놓으면 그걸 놓고 토론해야 하는 것이다. 사회보장기본법은 라이프사이클(생애주기)에 맞춰 사회서비스를 제공하는 데 초점을 맞춘 것이다. 사회서비스 제공은 고용창출과 직결되고 민간의 참여를 유도할 수 있어 정부 재정에 막대한 부담을 주지 않는다."

— 김 교수 스스로는 정치참여에 관심이 없나.

"연구원에 참여하는 교수 중에 일부는 관심이 있을지 모르지만 나는 없다. 예전에 실제 공천 제의도 받았지만 정치는 나의 라이프 스타일과 맞지 않는다. 나는 정책을 파는 것이다."

— 정책을 판다는 게 무슨 의미인가.

"아무리 좋은 정책이나 아이디어도 법과 제도가 뒷받침되지 않으면 의미가 없다. 믿을 수 있는 정치인에게 좋은 아이디어를 제공해 실제 정책에 반영시키는 것이다."

— 그래도 계속 정치권과 인연을 맺지 않았나(김 교수는 2007년 한나라당 대선 경선 당시 박 전 대표의 대표적 공약인 '줄·푸·세'(세금은 줄이고, 규제는 풀고, 법질서는 세우기)를 만들었고, 2002년에는 민주당 대선 후보에 도전한 이인제 의원을 도왔다).

"나는 지금까지 (대선에 이길지) 승산을 보고 정치인을 돕지 않았다. 믿을 수 있는 사람에게 정책을 판 것이다. 정책을 파는 데 있어 가장 중요한 것이 신뢰다. 그런 점에서 박 전 대표는 함께할 수 있는 정치인이다."

— 어떤 점에서 박 전 대표가 남다른가.

"박 전 대표는 거짓말을 하지 않는다. 늘 진지하고 학구적이다. 대통령의 딸답지 않게 나눔과 베풂이 몸에 배어 있다."

— 박 전 대표와는 언제부터 가깝게 지냈나.

"같은 서강대 동문이니 오래전부터 알고 있었다. 직접적으로 가까워진 것은 2007년 경선 때다. 박 전 대표의 후원회장을 지낸 남덕우 전 국무총리가 내 은사다. 당시 남 전 총리가 직접 박 전 대표를 도와 달라고 부탁했다."

— 미래연구원의 앞으로 활동은….

"내년 1월 둘째 주쯤 분과별로 모임을 열어 앞으로 논의할 과제를 정할 것이다. 통섭이 필요한 과제는 여러분과 회원들이 함께 논의할 예정이다. 이런 모임은 회장이 설치면 안 된다. 회원들이 자발적으로 일을 할 수 있도록 할 것이다."

— 분과 모임에도 박 전 대표가 참여하나.

"본인 스케줄이 있을 텐데 참여할 수 있겠나."

〈이재명 기자〉

37

국가미래연구원의 정체성
(正體性, IDENTITY):
개혁적 보수(改革的 保守)

흔히 언론에서는 우리 사회가 보수와 진보로 갈라져 있다고 표현한다.

그러나 보수와 진보를 구분하는 이론적 배경을 살펴보면 그런 갈라치기가 정확한 표현이라고 보기 어렵다.

어떤 정책을 논의하더라도 그 정책이 내포하는 가치가 있다. 예컨대 특정 현안의 해결을 논할 때, 정부와 민간의 역할 분담에 있어서 정부에 방점을 두는 견해와 민간에 방점을 두는 견해로 나누어질 수 있다. 정부가 모든 것을 해결할 수 있다고 보는 견해는 공산·사회주의의 이념적 가치를 반영하고, 민간에게 맡기면 최적의 해결책이 나온다고 보는 견해는 자유방임주의라는 극단적 시장주의의 가치를 반영한 것이다.

우리 사회에서는 전자(前者)에 가까운 주장을 하는 사람이나 정치 집단을 "진보"로, 후자(後者)에 가까운 주장을 하는 사람이나 정치 집단을 "보수"로 단순 양분(兩分)하려 한다. 과연 그런 단순 분류가 타당한 것일까?

국가미래연구원은 논의 끝에 정책 연구 조직으로서 "개혁적 보수"를 추구하는 가치로 삼았다. 따라서 이 연구원이 발표하는 정책들은 이 가치에 충실하려 노력하고 있다. 그러면 개혁적 보수란 무엇을 의미하는 것인가?

연구원의 창립 회원들은 이 가치의 기초 개념의 초안(草案)을 김승권 박사(사회학, 당시 한국보건사회연구원 선임연구위원)에게 위탁했다. 그 초안을 놓고 여러 회원들의 브레인스토밍을 거쳐 그 개념을 최종적으로 정리했다. 이 가치에 바탕을 두고 이 가치의 실현을 위해서 국가미래연구원은 부단히 노력해 왔고 지금도 노력하고 있다.

2013년에 최종 확정한 "국가미래연구원의 지향점 — 개혁적 보수의 이념적 가치와 실천 전략"을 소개하면 다음과 같다.

국가미래연구원의 지향점
'개혁적 보수'의 이념적 가치와 실천전략

Ⅰ. 국가미래연구원의 이념적 가치, "개혁적 보수"

[개혁적 보수의 이념적 가치와 실천]

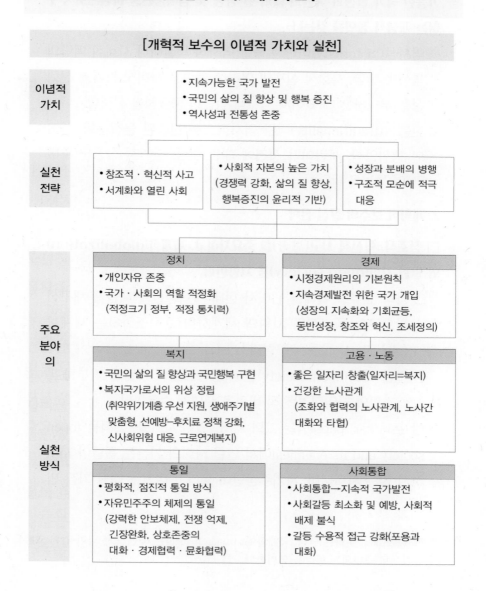

이념적 가치

- 지속가능한 국가 발전
- 국민의 삶의 질 향상 및 행복 증진
- 역사성과 전통성 존중

실천 전략

- 창조적 · 혁신적 사고
- 서계화와 열린 사회

- 사회적 자본의 높은 가치
  (경쟁력 강화, 삶의 질 향상,
  행복증진의 윤리적 기반)

- 성장과 분배의 병행
- 구조적 모순에 적극 대응

주요 분야의

정치
- 개인자유 존중
- 국가 · 사회의 역할 적정화
  (적정크기 정부, 적정 통치력)

경제
- 시정경제원리의 기본원칙
- 지속경제발전 위한 국가 개입
  (성장의 지속화와 기회균등,
  동반성장, 창조와 혁신, 조세정의)

복지
- 국민의 삶의 질 향상과 국민행복 구현
- 복지국가로서의 위상 정립
  (취약위기계층 우선 지원, 생애주기별
  맞춤형, 선예방–후치료 정책 강화,
  신사회위험 대응, 근로연계복지)

고용 · 노동
- 좋은 일자리 창출(일자리=복지)
- 건강한 노사관계
  (조화와 협력의 노사관계, 노사간
  대화와 타협)

실천 방식

통일
- 평화적, 점진적 통일 방식
- 자유민주주의 체제의 통일
  (강력한 안보체제, 전쟁 억제,
  긴장완화, 상호존중의
  대화 · 경제협력 · 문화협력)

사회통합
- 사회통합→지속적 국가발전
- 사회갈등 최소화 및 예방, 사회적
  배제 불식
- 갈등 수용적 접근 강화(포용과
  대화)

1. "개혁적 보수"의 개념적 정의

□ 국가미래연구원이 지향하는 "개혁적 보수"란 역사성(historicity) 과 전통성(traditionality)을 존중하는 기본적 가치를 바탕으로 지속 가능한 국가 발전과 국민의 삶의 질 향상 및 행복증진을 이념으로 추구 하는 개념적 정의를 갖는다.

※ 역사성(historicity)이란 독특한 역사적 특질이나 사회적 맥락의 특성을 말함. 사회적 실재의 이러한 측면은 사회적 평가에 신뢰 성을 부여하는 데 있어서 역사적 접근의 중요성을 신뢰함.

※ 전통성(traditionality)이란 역사적으로 전승된 물질문화, 사고 와 행위양식, 사람이나 사건에 대한 인상, 갖가지 상징군(象徵 群)의 특성을 말함.

2. 개혁적 보수의 실천 전략

□ 창조적, 혁신적 사고(思考)를 중요시하고, 세계화(globalization) 와 열린 사회(open society)를 지향한다.

○ 양적 교류의 확대를 넘어서 현대 사회생활을 새롭게 재구성 함으로써 독자적인 차원의 세계사회로 구조화하는 세계화 (globalization)를 추구한다.[1]

○ 열린 사회(open society)를 지향함으로써 독단을 거부하고, 스스로와 타인의 발전적 비판을 폭넓게 수용한다.

※ 칼 포퍼(karl popper)는 그의 저서 "열린 사회와 그 적들"(open society and its enemies)에서 열린 사회의 기본은 독단이 지배 하지 않는 사회이며, 자기주장만이 옳다고 여기는 것을 가장 먼

---

1 세계화(globalizaion)와는 달리, 국제화(internationalization)는 국민 또는 국가 간의 교류 가 양적으로 증대되는 현상을 의미한다.

저 배제하였음.

□ **사회적 자본(social capital)이 국가경쟁력 강화, 정치·경제 발전, 국민의 삶의 질 향상 및 행복 증진을 지지하는 윤리적 기반(ethical infrastructure)임을 분명히 인식한다.**

　　○ 사회적 자본은 물적, 인적 자본에 대응하는 개념으로서 신뢰, 사회적 네트워크, 규범, 믿음, 규율 등이 대표적이다.

　※ 1990년대 들어 전 세계적으로 인적, 물적 자원보다 사회적 자본이 국가 경쟁력이나 국력의 실체로서 작용하며, 심지어는 경제 발전에도 중요한 영향을 주고 있음.

□ **성장과 분배를 병행 추진하고, 구조적 모순(矛盾)에 적극 대응함으로써 국가의 지속발전 가능성을 극대화하며, 국민의 삶의 질과 행복을 최대화한다.**

　　○ 선성장 후분배 또는 낙수효과(trickle down effect) 보다는 성장과 분배의 동시 추진을 추구한다.

　※ 낙수효과(trickle down effect)는 대기업의 성장을 촉진하면 뒤를 이어 중소기업과 소비자에게도 혜택이 돌아가 총체적으로 경기를 활성화시키게 된다는 경제 이론이며, 성장으로 대기업과 상류층의 경제적 부(富)가 축적되면 넘쳐흘러서 저절로 중소기업과 중·하류층도 혜택을 입게 된다는 의미

3. 개혁적 보수의 실천 방식

□ 정치적 측면의 실천 방식

　　○ 기본적으로 개인의 자유를 존중하고, 국가·사회 역할의 적정화를 추구한다.

　　　- 적정 크기(optimum size)의 정부, 적정 통치력(optimum

power of government)의 국가를 표방한다.[2]

※ (신)보수주의와 (신)자유주의는 작은 정부, 강한 국가 추구함.

□ 경제적 측면의 실천 방식

○ 시장경제원리의 기본원칙 아래 지속적 경제발전을 위한 능력 중심 및 기회균등, 동반성장, 창조와 혁신, 조세정의를 중시한다.

- 성장의 지속화와 배분적 정의(능력에 따른 대우와 기회균등)[3]를 동시에 달성하는데 국가경영의 초점을 맞춘다.

- 자유로운 경쟁을 추구하고 공정·상생의 질서(동반성장)가 존중되는 경제체제를 지향한다.[4]

- 창조(creation)와 혁신(innovation)에 기반한 기업 및 산업 발전을 추구한다.

- 조세제도는 기업과 개인의 "안전성"과 "부(富)의 배분적 정의"를 동시에 달성할 수 있도록 균형을 유지한다.

□ 복지적 측면의 실천 방식

○ 국민의 삶의 질 개선과 국민행복 구현을 위해 명실상부한 복지국가로서의 위상을 정립(定立)한다.

---

2 정부의 크기, 국가의 강약에서의 「적정(optimum)」은 세계적, 국내적 경제 환경 등 시대적 상황에 따라 수준의 유연성이 필요하기 때문에 중요하다.

3 배분적 정의는 상대적 평등 개념으로서 각각의 개체는 모두 동일할 수 없으므로 각각의 특성에 맞게 국가는 기회의 평등이 보장되도록 하는 것이다. 이와의 반대개념인 평균적 정의는 절대적 평등개념으로서 기계적 평등을 의미한다. 직접세인 소득세, 재산세 같이 재산과 소득의 많고 적음에 영향을 받고, 누진세율이 있어서 많을수록 세율 또한 상승하게 되어 부자는 그만큼 세금을 많이 내고 가난한 사람은 적게 내어 부(富)의 재분배 효과를 발휘하므로 전자의 가치를 지닌다. 반대로 간접세인 부가가치세와 같이 부자나 가난한 사람이 동일한 율의 세금을 부과하게 되어 후자의 가치를 지닌다.

4 다시 말해 재벌의 경제력 집중을 적정수준에서 억제하며, 전체적으로 "공정"한 사회를 추구한다.

- 취약·위기계층을 위한 복지를 우선적으로 추진하고, 전체 국민의 삶의 질 향상과 행복 증진을 추구하는데 국가역량을 집중한다.
- 수요자 중심의 생애주기별 맞춤형 복지를 추구하고, '선예 방-후치료' 정책을 강화하며, 전달체계의 선진화로 '복지 효율성'을 극대화한다.
- 신사회위험[5]에 적극적으로 대응하고, 근로연계복지(workfare)를 강조하며, 개인의 능력을 향상시키기 위한 사회적 투자를 확대하여 자립·자활을 중요시한다.
- 개인 및 가족의 노력(자립의지 강화와 도덕적 해이 예방)과 사회 각계각층의 참여(봉사와 후원)를 중요시 하며, 이를 유도하기 위한 국가의 노력을 강조한다.

□ **고용·노동 측면의 실천 방식**
○ 좋은 일자리 창출과 건강한 노사관계가 국가의 발전과 전체 국민의 삶의 질 향상에 크게 기여할 것임을 분명히 한다.
- "일자리=복지"임을 인식하고, 좋은 일자리(decent jobs)를 늘리기 위하여 최선을 다한다.
- 조화와 협력의 노사관계에 기반을 둔 기업운영을 중요시하며, 노사 간 대화와 타협을 중요한 덕목으로 강조한다.

□ **통일 측면의 실천 방식**
○ 남북통일은 평화적이면서 점진적 통일 방식을 추구하며, 자유민주주의 체제여야 한다.

---

5 신사회위험에 대한 합의된 정의는 없으나, 돌봄 관련 위험, 노동시장 유연화 관련 위험, 지속적 저성장-저고용 관련 위험 등이 대표적이라 하겠다.

37 국가미래연구원의 정체성(正體性, IDENTITY): 개혁적 보수(改革的 保守)

- 이를 위해 강력한 대북안보 체제를 구축하여 전쟁을 억제하고, 긴장을 완화하기 위한 노력을 중요시 한다.
- 상호존중의 원칙을 기반으로 한 남북대화, 경제협력, 문화협력을 적극 지지한다.

□ **사회통합 측면의 실천 방식**

○ 지속적 국가발전을 위해 사회통합(social integration)을 중요한 덕목으로 설정한다.
- 사회갈등을 최소화하고 예방하기 위한 다양한 정책을 개발하며, 사회적 배제(social exclusion)를 불식한다.
- 사회갈등을 국가발전 동력으로 승화하기 위해 포용과 대화를 기반으로 한 "갈등 수용적 접근"을 중요시한다.

II. 이론적 배경

1. 우파 vs. 좌파, 보수 vs. 진보의 역사

□ **우파와 좌파는 프랑스 대혁명기에 등장한 개념이다.**

○ 혁명이 성공해 루이16세를 처형하고 시민들은 왕이 없는 혁명정부를 세워 국민의회를 만들었는데, 여기에서 바로 우파와 좌파라는 개념이 나왔다.

○ 의회에서는 서로 대립되는 2개의 세력이 있었는데, 하나는 온건 보수적 성격의 지롱드당이었고, 다른 하나는 급진 개혁적 성격의 자코뱅당이었다.
- 지롱드당은 의회의 오른쪽에 앉아서 우파 혹은 우익(right-wing)이라고 불렸고,
- 자코뱅당은 의회의 왼쪽에 앉아있어서 좌파 혹은 좌익(left-wing)이라고 불렸다.

□ **보수주의의 원조는 영국의 에드먼드 버크(Edmund Burke)이다.**[6]

○ 프랑스 대혁명에 비판적이었고 진보주의와 합리주의에 대해 비판적이었다.

○ 그는 역사와 전통을 소중하게 생각하였는데, "자신들의 조상을 되돌아보지 않는 사람들은 결코 후대를 전망하지 않는다"고 했으며, 전통은 당연히 중시되어야 하고, 조상들의 유산이 파괴되어서는 안 된다고 하였다.[7]

□ **그럼에도 불구하고 보수와 진보를 엄밀히 규정하는 것은 어려우며, "보수=우파", "진보=좌파로 규정하기도 하지만, 달리 볼 수도 있다.**

○ 보수주의에는 여러 갈래의 입장들이 혼재하고 보수주의를 칭하는 명칭도 전통적 보수, 신우파 또는 뉴라이트(the New Right), 신자유주의(Neo-liberalism) 또는 네오콘, 즉 신보주의(Neo-conservatism) 등 다양하다[8·9]

- 정통적 보수는 현 기득권층이 가지고 있는 사상으로 현재 상황에 대단히 만족하고 큰 변화를 싫어하는 경향을 가지지만, 어느 정도의 변화는 인정한다.

- 뉴라이트(the New Right)는 1980년부터 유럽에서 싹트기

---

6 이원범(2012). 한국 보수세력의 계보와 사상: 전통보수주의와 신보수주의. 평화학연구 제13권 1호.

7 강정인·김상우 역(1997). 에드먼드 버크와 보수주의. 문학과 지성사. 이완범(2012). 한국 보수세력의 계보와 사상: 전통보수주의와 신보수주의. 평화학연구. 제13권 1호. 재인용.

8 Müler, Jan-Werner(2006). Comprehending conservatism: A new framework for analysis. Journal of political Ideologies. 11(3).

9 신종화(2012.6). 신보수주의에 대비한 우리나라 보수주의의 특성. 한국정책연구 제12권 제2호.

시작한 일종의 정치사상운동으로 타 민족에 대해 배타적이
고, 민족주의 운동을 근저에 두고 있으며, 복지국가론을 비
판하면서 공공정책을 위한 시장기구의 부활과 시민권의 제
한을 주장한다.

- 네오콘은 강경 보수로, 예를 들면 국가 안보를 매우 중요시
하는 입장을 견지한다.

※ 우리나라에서 보수주의 정당은 새누리당(정통 또는 중도 경향)
과 민주당(진보 경향)을 들 수 있음.

○ 진보주의 역시 보수주의와 마찬가지로 여러 입장들이 혼재
하고 진보주의를 칭하는 명칭 또한 정통적 진보, 신좌파 또는
뉴레프트(the New left) 등 다양하다.

- 전통적 진보는 현재 상황에 크게 불만족하고 많은 영역에서
의 혁신을 당연히 요구하는 경향을 가진다.

- 신좌파, 즉 뉴레프트(the New Left)는 정통진보의 실패와
그들의 정치적 무관심 및 무능력을 비판한다.

※ 우리나라에서 진보주의 정당은 통합진보당을 들 수 있음.

□ 미국에서 보수주의라는 용어는 20세기 초의 진보주의시대 테오도어
루스벨트 정부의 등장과 더불어 나타나기 시작하였고 본격적인 용어 사
용은 뉴딜시대 이후부터라고 한다.[10]

○ 즉, 민주당의 프랭클린 루스벨트 대통령과 그 지지자들이 뉴
딜정책의 정치적 좌표를 '리버럴(Liberal)'로 규정하였고,

○ 그 반대자들을 보수주의자로 부르면서부터 자유주의(리버럴

---

10 신종화(2012.6). 신보수주의와 대비한 우리나라 보수주의의 특성. 한국정책연구 제
12권 제2호. 재인용.

리즘)와 보수주의라는 개념이 널리 쓰였다.

□ 서양식 정통분류에 의하면, 보수와 진보, 우파와 좌파는 다음과 같이 분류된다.

○ 우파와 좌파가 정치적으로 통용되는 개념이라면, 보수와 진보는 정치적으로 뿐만 아니라 개인적으로도 통용될 수 있는 개념으로 이해된다.

- 보수는 우파(시장경제주의와 작은 정부, 개인의 능력과 노력 중심, 즉 서구세계의 일반적 지향성)의 경향과 맥락을 같이 한다.

- 진보는 좌파(사회주의적 지향으로, 자유경쟁시장원리보다는 국가에 의한 개입과 관리에 의한 복지평등을 추구, 따라서 큰 정부와 국가복지의 확장 지향)의 경향과 맥락을 같이 한다.

2. 보수(우파)와 진보(좌파)의 이념/가치

□ 보수(우파)와 진보(좌파)의 가치 차이

○ 보수(우파)는 정치적으로 자유주의적 성향을 추구하고, 경제성장과 효율을 중시하며, 대북안보를 중시한다.

- '시장'을 중시하기 때문에 작은 정부를 선호하고, 정부 규제도 가능한 축소하여 많은 기능을 시장에 맡기는 경향이다.

- 개개인의 능력과 노력을 정책의 중심에 둔다.

- 역사와 전통을 관찰함으로써 향후 나아갈 방향을 제대로 판단할 수 있다고 본다.

- 보수(우파)의 장점은 시장이 활성화되므로 "경제 살리기"에 용이하다.

- 보수(우파)의 단점은 "경쟁과 효율성"을 중시함으로써 "부

익부 빈익빈(富益富 貧益貧)"이 심화될 가능성이 있다.

○ 진보(좌파)는 정치적으로 사회주의적 성향을 추구하고, 평등과 부의 재분배를 중시하며, 남북대화와 경제협력을 중시한다.

　- 진보(좌파)는 '정부'를 중시하기 때문에 큰 정부를 선호하고, 시장을 지배하에 두고 통제하려 한다.

　- 자유경쟁 시장원리보다는 "국가에 의한 개입과 관리"를 정책의 중심에 둔다.

　- 세금을 많이 걷어서 복지를 확장하는 정책을 우선시 한다 (무상복지, 보편적 수당 등 보편적 복지를 선호).

　- 진보(좌파)의 장점은 전 국민의 "부(富)의 평등"을 추구하는 것이다.

　- 진보(좌파)의 단점은 "부(富)의 평등"이긴 하지만 다 같이 잘 사는게 아니라 다 같이 못살게 될 확률이 높으며, 결과적으로 부(富)의 평등은 이루어지나 경제는 악화될 우려가 있다.

보수주의	진보주의
• 자유민주주의	• 민주사회의, 수정주의
• 안정적	• 급진적
• 헌법적 가치 중시	• 기존체제의 변화 추구
• 개인주의	• 단체주의
• 노블레스 오블리주	• 루소 국민주권사상

☐ **보수주의의 개념과 보수주의적 정책의 특성**

○ 이에 대한 해답은 쉽지 않으며, 보수주의 자체도 모호한 개념이다. 서구의 보수주의도 그 개념과 특성이 명확하게 정리되어 있지 않다.

○ 우리나라도 보수주의는 더 더욱 모호하며, 보수주의 연구자

중에는 우리나라 보수주의의 존재를 의심하기도 한다.
- 즉, 우리나라에 보수주의자는 존재하나 보수주의는 없다고
주장하는데, 이는 우리나라 보수주의의 내용과 특성이라고
일반적으로 수용되는 것이 아직은 없음을 나타낸다.[11]

○ 보수주의는 일반적으로 전통, 권위, 질서의 가치를 강조하고,
현상유지를 선호한다.
- 내일이 오늘보다 반드시 좋을 것이라는 확신이 없기 때문에
현상을 유지하는 것이 최선이라고 판단한다.
- 그렇지만 현 상태가 혼란스러울 경우에는 과거를 동경하거
나 자유주의 기본이념을 옹호하기도 한다.
※ 급진주의가 사회변혁을, 자유주의는 개혁을 주장하는 것과는 대
조적임.

□ **현대 보수주의는 역사적·철학적으로 상극이었던 두 정치이념 즉 고
전적 자유주의와 전통적 보수주의를 섞어 놓은 것이라 한다.[12]**
○ 더욱이 서구 부소주의의 신자유주의나 신보수주의가 모호할
수밖에 없는 이유는 이러한 용어들이 그 지지자들이 아니라
이러한 입장에 반대하는 사람들에 의하여 주로 사용되고 있
기 때문이라고 한다.
○ 즉, 스스로를 신자유주의자로 자처하면서 신자유주의 사회이
론을 체계적이고 명확하게 제시하는 학자들이 없기 때문에

---

11 신종화(2012.6). 신보수주의와 대비한 우리나라 보수주의의 특성. 한국정책연구 제
12권 제2호.

12 슈메이커, 폴(2010). 진보와 보수의 12가지 이념. 조효제 역(2008). 후마니타스, Paul
Schumaker. From Ideologies To Public Philosophies: An Introduction to Political
Theory. John Wiley and Sons. Ltd.

신자유주의의 정체성은 매우 모호할 수밖에 없는 것이다.

○ 서로 다른 관심과 관점에서 자신을 비판하는 사람들에 의해 개념과 내용이 규정되었기 때문에 신자유주의는 내적 연관성이 미약한 다양한 주장들의 결합체로 나타났다는 것이다.

3. 중도 보수와 중도 진보의 출현

□ **한국사회 뿐만 아니라 전 세계적으로 이념의 복잡화와 다양성의 확산으로 인하여 보수(우파)와 진보(좌파) 모두 극단적 위치에 있으면 많은 비판을 받게 되었다.**

○ 중도는 어느 한 쪽의 논리에 치우치지 않고, 자기 논리를 기반으로 하면서 사회정의와 합리성의 어느 하나 또는 둘 다를 선택하는 것이다.

○ 많은 비판에 직면하기 보다는 보다 합리적인 방안을 강구하기 위하여 극단주의보다는 중도적 입장을 표방하고, 서로의 장점을 일정부분 수용(포용)하겠다는 변화된 입장을 취하는 경향을 보이게 된다.

  - 그럼으로써 자신들의 조직의 가치를 증대하고, 지지층을 보다 넓히게 된다.

○ 결과적으로 중도 보수(우파), 중도 진보(좌파)의 용어가 등장하게 되었고, 본래의 원칙이나 관행보다는 혁신적 변화의 가치를 가지게 되면서 '개혁적 보수' 또는 '개혁적 진보'의 칭호를 갖게 된다.

  - 개혁적 중도 보수(우파)는 보수주의를 기반으로 진보주의의 입장을 일정부분 수용한다는 입장이다.

  - 개혁적 중도 진보(좌파)는 진보주의를 기반으로 보수주의의

입장을 일정부분 수용한다는 입장이다.

□ **진보(좌파)와 보수(우파) 모두 「제3의 길(the Third Way)」을 모색하였으나 성공적이지는 못하였다.**

○ 실용주의적 중도좌파 노선을 일컫는 「제3의 길」은 영국의 사회학자 앤서니 기든스(Antony Giddens)가 자본주의와 사회주의의 한계를 극복하기 위해 제안한 새로운 이념 모델이다.
  - 「제3의 길」의 출발점은 전후 세계정치를 주도해 왔던 전통적 사회민주주의와 신자유주의를 극복하자는 것이다.
※ '사회민주주의(제1의 길)'가 1945~1975년의 시기를 주도했다면, 1975~1995년은 '신자유주의(제2의 길)'가 지배하였음.

[그림] 우파와 좌파의 제3의 길

평등

[진보(좌파)]
• 경제적: 자유＜평등
• 정치적: 자유＞질서
  * 미국: 자유주의/유럽: 사회민주주의

[포퓰리즘]
• 경제적: 자유＜평등
• 정치적: 자유＜질서

우파의 제3의 길

좌파의 제3의 길

[자유지상주의]
• 경제적: 자유＞평등
• 정치적: 자유＞질서

[보수(우파)]
• 경제적: 자유＞평등
• 정치적: 자유＜질서

자유

자유   질서

자료: 김일영(2010), 한국보수에게 미래는 있는가: 네오콘(뉴라이트)의 종언과 프로콘의 등장을 기대하며, 한반도선진화재단 · 한국미래학회 · 좋은정책포럼 공편, 보수와 진보의 대화와 상생, 나남, 표 재구성

○ 진보진영의 사회민주주의는 국가가 시장과 사회에 개입하여 복지국가를 건설하는 것으로 혼합경제체제를 확립하고, 완전고용을 추구하며, 누진세를 포함한 다양한 전략으로써 평등

37 국가미래연구원의 정체성(正體性, IDENTITY): 개혁적 보수(改革的 保守)

을 추구하였다.

- 그렇지만 국가 주도의 경제와 복지는 관료주의와 비효율성을 야기하고 개인의 자유와 창의성을 제대로 발전시키지 못했다.

- 이러한 문제점의 인식으로 나타난 「제3의 길」은, 정치적 측면에서는 좌·우파를 초월한 중도 좌파적 실용노선을, 경제적 측면에서는 무한경쟁으로 인한 시장경제 폐단을 막기 위해 자본주의와 사회주의를 결합하여 정부가 간여하는 새로운 혼합경제를 추구하였다.

- 「제3의 길」의 정책적 지향점은 정부역할 축소, 공공지출 축소, 세금 인하, 복지개혁, 유연한 노동시장, 공급위주 고용정책, 법인세 인하를 통한 기업경쟁력 향상 등을 주요 내용으로 한다.

- 이와 같은 노력에도 불구하고 진보진영의 「제3의 길」은 세계적 경제 불황의 지속, 복지체제의 불안정, 복지개혁에 대한 국민적 저항, 신사회위험에의 대응 등에서 많은 문제점을 안고 있다.

○ 뚜렷한 이념적 기반이 없이 침체되어 있는 상태였던 보수진영은 기존의 보수(Old right)와는 다른 명칭으로 새로운 보수(New right)를 표방하면서 보수의 혁신과 새바람을 불러일으키는 노력을 하였다.

- 신자유주의는 국가역할을 최소화, 개인의 창의성, 시민사회의 자율성, 전통적 가족과 민족의 보존을 통한 사회적 질서 유지 등을 중요시하였으며, '대처리즘'과 '레이거노믹스'가 대표적이다.

- 그렇지만 빈부격차의 심화와 사회해체의 위기에 직면함으로써 결과적으로 신자유주의는 「제3의 길」을 선택하는데 실패했다.
- 한국에서 뉴라이트(New right)는 자유주의를 이념적으로 지향하고 있으며, 대외개방정책, 인류보편의 가치(예, 인권)에 기반한 대북정책, 개인의 자유 강조 등을 중요시하였다.
- 「제3의 길」을 선택한다는 취지에서 출현된 뉴라이트(New right)는 자유주의를 의미와 가치를 지닌 독자적 범주로 정착시키는 데는 성공하였으나, 정치화·권력화됨으로써 많은 문제와 비판에 직면하게 되었다.

38
행복국가론

"무엇 때문에 대통령이 되고 싶으신지요?"

"국민이 행복한 나라를 만들고 싶습니다."

"한 사람에게 행복이란 무엇이라고 생각하시죠?"

"사람이 자기의 자아(自我)를 실현(實現)할 때, 행복하지 않을까요?"

2010년 말, 언젠가 박근혜 의원과 내가 나눈 대화이다. 박 의원은 국민이 행복한 나라를 만들려면 어떻게 해야 하는지를 고민해 달라고 했다.

나는 박 의원이 대통령이 되면 국정 운영을 국민의 행복 증진에 초점을 맞출 것으로 인식했고, 그것은 바람직하다고 생각했다. 그렇다면 국민의 행복을 결정하는 요인들은 뭘까? 나는 여러 문헌을 보고 동료 교수들과 브레인 스토밍, 그리고 설문조사를 하여 10대 요소를 추출하였다. 그 최종 정리는 서강대 남주하 교수가 맡아 했고 남교수는 10대 요소에 관한 분석을 어느 학회에서 발표해 검증을 받았다.(어느 학회였는지 기억이 나지 않는다.)

그렇다면 이 10대 요소들을 국민의 자아실현에 도움이 되는 수준으로 끌어올리려면 어떻게 해야 할까? 이 방법론이 국정 운영과 정책체계의 골격(骨格)이 될 것이다.

나는 이런 목적으로 "행복국가론(幸福國家論)"이란 글을 써서, 동료들에게 코멘트를 받고, 그 내용을 가다듬어 최종적인 안(案)을 정리했다. 이 안을 박 의원에게 보냈고, 이 안에 들어있는 제안들 하나 하나를 구체화하는 작업을 대선 기간 중 국가미래연구원의 회원들이 주로 해야 할 일로 설정했다.

아래에 지난 2011년 1월 내가 작성한 행복국가론과 그에 관련된 언론 보도들을 소개한다.

행복국가론

목차

Ⅰ. 비전(Vision)

더불어 행복한 국가

Ⅱ. 가치(Value)

A. 최고 가치

- 자유민주주의
- 국민 모두의 행복

B. 기본 가치

1. 국가안보
2. 화 합
3. 신 뢰
4. 사람 중심경제(성장과 복지의 조화)
5. 미래지향

Ⅲ. 목표

-국민행복 10대 요소의 충족

◈ 물질적 요소

- 보육/교육
- 의료
- 주거
- 일자리
- 노후대책

◈ 사회·문화적 요소

- 안전(안보, 치안, 식품, 재해)
- 문화예술·스포츠

· 쾌적한 생활 환경
· 정의로운 법치와 공정한 법 진행
· 부패 일소

Ⅳ. 핵심 7대 과제

A. 신뢰사회 구축

1. 원칙이 바로 선 자본주의 질서 확립

2. 안전한 사회 질서

B. 일자리 중심의 경제성장(국민행복의 물질적 기반)

1. 고용잠재력 강화(과학기술 등 성장요소, 여건·제도, 일자리 창출형 산업구조)

2. 성장동력 창출(미래의 먹거리)

3. 안정적 경제 운용(거시경제 안정성)

4. 세계 질서와의 조화

C. 미래지향형 사회 안전망 설치

1. 맞춤형 플러스 생활복지시스템 확충

2. 튼튼한 사회적 이동 사다리 설치

D. 생활복지 서비스 산업의 육성

1. 민·관 분업 협력(협치) 체제 구축

2. 환경 기초 서비스 확충

E. 저탄소 친환경 경제·생활 활동 여건 조성

1. 기후변화 협약

2. 녹색산업

3. 대중교통·철도

F. 균형발전

1. 지 역

2. 남 녀

3. 대·중·영세기업

4. 산업·금융

G. 신뢰받는 효율적 정부 운용(투·깨·유(3C), 법·원·약(2PL)
정부)

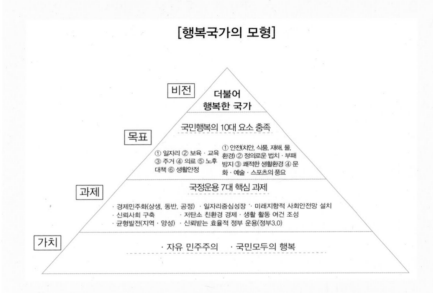

[행복국가의 모형]

VI-1. 행복국가 추진전략 구도

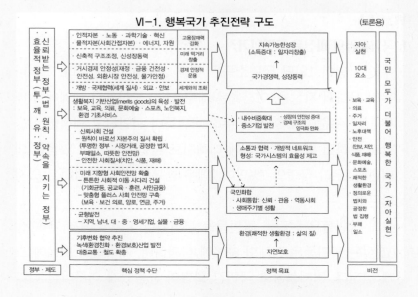

VI-2. 경제 성장 잠재력 제고 전략의 구도

· 성장잠재력=F(자본, 노동, 총요소 생산성, 사회적 자본)
· 총요소생산성=F(기술스톡, 인적자본, 산업구조, 고도화, 산업관계 심화)
· 산업구조, 산업연관관계=F(R&D, 혁신, 설비투자)

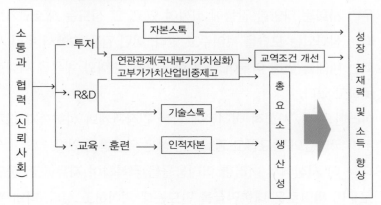

VII. Q&A

1. 국가운영의 비전은 무엇인가?

- 우리 국민의 1인당 국민소득은 현재 2만달러 수준이다. 그러나 우리 사회의 자살율, 이혼율은 매우 높고, 출산율은 세계에서 매우 낮은 수준이다. 이것은 우리 국민들이 편안하고 쾌적한 삶을 살지 못하고 있으며, 미래에 대해서도 불안을 느끼고 있음을 의미한다. 우리 국민의 7%만이 "매우 행복하다"고 생각하고 있지 않은가!

- 우리 국민들은 선진국 국민들을 부러워한다. 한국에서 계속 살고 싶은 국민들은 전체의 63%에 불과하며, 캐나다의 91%에 크게 뒤진다. 경제성장과 국민간 화합이 균형있게 이루어진 나라에서 우리 국민들은 살고 싶어한다. 이 균형이 국민들의 삶을 행복하게 해주기 때문이다.

- 우리 사회는 어떤가? 우리 경제의 성장 잠재력은 점점 약화되고 있고, 5년·10년 뒤에 무엇으로 먹고 살아야 할 것인지 불안한 상태에 있으며, 소득격차는 더욱 벌어지고 있다.

  우리 사회는 다양한 갈등에 휩싸여 있고, 그 정도는 해소되기보다는 심화되는 모습을 보여주고 있다. 이런 갈등 속에서 우리 사회는 미래를 위해 이루어 내야 할 유연한 변화와 혁신을 제대로 못하고 있다.

  이러한 경제·사회적 어려움에 남북 긴장관계의 심화까지 겹쳐 우리 국민들의 풍요롭고 평화로운 삶은 위협받고 있다.

- 나는 이 시점에서 이러한 어려움들을 극복하여 자유롭고, 풍요로우며 평화로운 대한민국을 만드는데 기여하고 싶다. 나의 평생의 꿈은 대한민국이 국민 모두가 더불어 행복한 나라가 되도

록 하는 것이다.

- 더불어 행복한 나라가 되기 위한 필요·충분 조건들이 국민들에게 골고루 충만해질 수 있도록 하는데 나의 모든 것을 바치고 싶다.

2. 국정운영의 철학이 될 가치(Value)는 무엇인가?

- 최고 가치는 자유민주주의 체제와 국민 행복이다. 민주주의라는 정치질서와 시장경제라는 경제 질서의 기본 틀 속에서 국민 모두의 행복을 추구함을 국정운영의 가장 높은 가치로 삼을 것이다.

- 체제수호를 위해서는 국가 안보가, 국민 모두가 더불어 행복하기 위해서는 국민 화합, 신뢰사회, 사람 중심 경제, 미래지향적 사고가 가장 중요하다고 본다. 이 다섯 가지를 기본가치로 삼겠다.

3. 더불어 행복한 국가가 되기 위해서 충족되어야 할 핵심요소들은 어떤 것들인가?

- 크게 보아 10대 요소가 일정 수준 충족되면 국민들이 더불어 행복한 국가가 될 수 있다고 본다.

- 우리들의 삶은 물질적 측면과 사회·문화적 측면으로 둘러싸여 있다. 이 두 측면이 조화롭게 충족되어야 우리의 삶이 평화와 풍요를 즐길 수 있다. 이러한 조화로운 풍요 속에서 우리는 자아실현을 통한 행복을 느낄 수 있다고 본다.

- 나는 이런 인식을 바탕으로 사회·문화적 측면과 물질적 측면에서 각각 5대 요소들이 충족되어야 한다고 본다.
- 사회·문화적 요소들로써는
  ① 안전(안보, 치안, 식품, 재해)

② 정의로운 법치와 공정한 법 집행

③ 부정, 부패 일소

④ 문화예술, 스포츠의 융성

⑤ 쾌적한 생활환경 등을

- 물질적 요소들로써는

① 일자리

② 보육·교육

③ 주거

④ 의료

⑤ 노후대책 등을 들 수 있다.

4. 그렇다면 이들 10대 행복요소들의 충족은 어떻게 추진할 것인가?

- 이들을 충족시키기 위해서 국정을 7대 과제의 해결에 중점을 두고 운영할 것이다.

- 첫째는 신뢰사회의 구축이다. 신뢰사회 구축 없이는 경제 성장에도 한계가 있으며 국민화합도 어렵다.

  신뢰사회 구축을 위해서는 ① 원칙이 바로선 자본주의 질서의 확립 ② 치안, 식품, 재해 등에서 안전한 사회질서 확립이 요구된다.

- 둘째는 일자리 중심의 경제성장이다. 국민행복을 위해서 일자리와 물질적 기반은 필수조건이다. 일자리 중심의 경제성장으로 일자리를 창출하고 물질적 기반을 확충해 나가야 한다. 이러한 성장을 위해서는 네 가지 요인들이 중요하다.

  ① 생산 활동에 필요한 생산요소와 생산 활동에 영향을 미치는 여건과 제도 등에 관련된 성장기반의 강화

  ② 성장의 내용과 산업구조를 산출물보다는 일자리 창출의 극대

화에 더욱 도움이 되는 방향으로 유도

③ 이러한 일자리 창출형 성장이 지속적으로 다이나믹하게 움직일 수 있도록 강하게 이끌어 가는 성장 동력의 창출

④ 성장기반이 흔들리지 않고, 성장 동력이 유지·강화될 수 있도록 경제신호등을 잘 관리하는 안정적 경제 운용

⑤ 세계경제 질서의 변화에 대응하고 조화를 이루어낼 수 있는 잘 훈련된 국제감각

- 셋째는 미래지향형 사회안전망 구축이다.

그 내용으로써 두 가지 핵심사항을 제시할 수 있다.

① 국민 모두의 미래희망과 꿈의 실현이 가능하게 도와주는 튼튼한 사회이동 사다리 설치

② 맞춤형플러스 생활복지서비스의 생애주기별 제공

- 넷째는 생활복지의 기반이 될 서비스 산업의 육성·발전이다.

보육·교육·의료·문화예술·스포츠, 노인건강·복지, 환경기초서비스에 관련된 서비스 산업들은 국민들의 생활복지에 대한 욕구를 충족시켜 복지 수준을 올리는 데도 중요하고, 산업으로써 고용 창출과 내수확대 효과가 커서 경제의 안정적 성장에도 크게 기여한다.

이 산업의 육성·발전을 스웨덴 타입의 민·관 협력 체제를 통하여 추진하면 재정부담을 극소화하면서 좋은 성과를 낼 수 있다고 본다.

- 다섯째는 저탄소 녹색사회를 구축하여 국민생활의 환경을 쾌적하게 조성하는 일이다.

이것은 ① 녹색세제개혁

② 동아시아시장 탄소시장 개설

③ 국토의 환경안보강화

④ 환경자원의 통합관리

⑤ 환경자원가격의 합리화

⑥ 취약계층에 대한 환경기초서비스 제공 및 품질향상

⑦ 대중교통·철도망 확충등을 통해서 추진할 것이다.

- 여섯째는 균형 발전이다.

발전의 성과가 ① 지역간 ② 남·여간 ③ 대·중·영세기업간 ④ 산업과 금융간 균영있게 나누어질 수 있도록 정책 프로그램을 입안·집행할 것이다.

- 일곱째는 신뢰받는 효율적 정부 운용이다. 정부가 효율적이기 위해서는 투명하고, 깨끗하고 유능해야 한다. 이들 중 투명성 강화에 최우선 순위를 둘 것이다. 신뢰받는 정부가 되기 위해서는 효율적임과 동시에 법을 준수하고 공정하게 집행하며, 원칙과 약속을 지켜야 할 것이다. 이들 중 정의롭고, 공정한 법질서 확립에 최우선 순위를 둘 것이다. 효율성과 신뢰성을 정부운용의 양대 키워드로 삼겠다.

5. 이러한 국정철학과 국정운영 전략의 특징은 무엇인가?

- 첫째는 신뢰사회건설을 통한 성장과 국민화합의 조화로운 추구이다. 우리사회 구성원들 간의 갈등 심화와 소통 단절은 국민화합과 안정적 성장의 최대 걸림돌이다. 때문에 이 문제는 우리 정치권이 해결해야 할 가장 시급하고 중요한 과제이다.

우리 사회의 불신풍토 심화는 민주주의 국가체제의 근간인 법과 원칙이 정의와 공정성에서 의심을 받고, 힘 있는 계층들이 부패와 도덕적 해이에 빠지고, 시장경제의 중심질서인 경쟁에서 뒤진 약자들이 꿈과 희망을 잃게 된 상황에서 나타난 현상이다.

법과 원칙이 힘있는 계층 앞에서 무력화되고(유전무죄, 무전유죄), 힘 있는 계층은 법 위에서 부정부패를 일삼고 사회적 책임을 무시한다면 힘없는 계층은 국가체제를 믿으려 하지 않을 것이다. 시장에서의 경쟁에서 실패를 경험한 사람들도 경기규칙의 공정성을 의심하게 되면 패배를 인정하지 않으려 할 것이고, 패배를 인정하더라도 생존권이 보장 안 되는 상황에 부딪히게 되면 시장질서 자체를 믿지 않으려 할 것이다.
이런 정치·경제 상황에서 국가 공동체 구성원들간의 화합을 어렵다.

이러한 불신사회는 사회구성 주체들 간의 소통과 협력을 어렵게 하여 국가자원의 활용, 국가시스템의 운용 등에서 효율성을 저해한다. 이것은 곧 국가경쟁력과 성장 기반·동력의 약화를 초래하여 경제성장잠재력을 저하시킨다.

때문에 신뢰사회의 건설은 지속적 성장과 국민화합을 위해서 반드시 이루어져야 한다(국가와 시장의 지배구조인 법과 시장이 흔들리면 신뢰라는 사회적 지배구조도 흔들린다. 국가, 시장, 사회의 지배구조가 흔들리면 그 국가, 사회, 경제는 발전할 수 없다).

정부와 시장거래의 투명성제고, 정의로운 법치와 공정한 법집행, 부패와 비리 일소, 취약계층에 대한 사회적 배려 등을 통한 원칙이 바로선 자본주의 확립을 이러한 신뢰사회건설의 초석이다.

취약계층에 대한 사회적 배려로써 계층상승의 사다리를 넓고 튼튼하게 해줄 수 있는 공교육, 서민금융 활성화 등 사회적 이동성제고 정책이나 생애주기(Life Cycle)에 따른 생활복지 제공의 기반이 되는 사회적 서비스 산업의 육성·발전이 중요하다. 이런 맥락에서 사회적 이동성제고, 생활복지를 중심으로 복지정책을 강화하겠다.

신뢰사회건설은 성장과 복지, 국민화합을 동시에 추구할 수 있는 다목적 종합전략이며, 선진사회진입을 위한 핵심과제이다.

- 둘째는 생활복지의 기반산업(사회적 서비스 산업)을 중점적으로 육성하겠다는 점이다. 사회서비스산업은 성장과 생활복지를 동시에 가능하게 하는 산업이다.

이 산업은 신규 일자리 창출효과가 매우 크고, 그 특성상 내수산업으로써 수출의존으로부터 발생할 수 있는 경기변동의 완충에 기여할 수 있다. 더 나아가 인구 고령화·핵가족화·소외계층에 대한 배려 강화 등의 추세에 따른 수요증대와 삶의 질적 수준 향상 욕구에 따른 고급화 요구 등에 부합하는 신성장 동력 산업이기도 하다.

또한 소득보전형 복지와 사회적 서비스산업의 육성, 발전을 통한 생활복지의 조화가 복지수준제고의 지속가능성 측면에서 우월하다는 것이 유럽국가들의 경험이다.

이 산업은 그 특성상 주로 복지 수요를 충족하는 정부의 역할이 매우 중요하나 스웨덴의 경험을 보면 민간과 정부의 역할 분담을 통한 효율적 공급체계의 수립이 또한 가능하기 때문에 재정 부담을 줄이는 방안을 찾을 수도 있다.

- 셋째는 정부행정의 투명성을 극대화하겠다는 점이다. 정부정보를 가능한 최대한의 범위에서 공개하여 국민의 알권리를 충족시켜주겠다는 것이다. 정부정보의 공개는 부정부패의 일소, 행정편의주의, 공무원의 직무평가에 획기적인 전환점을 마련할 것이다.

- 정부 부처 간, 정부 부처 내 각 국과 간의 집단이기주의에 의한 정보독점으로 발생하는 행정시스템의 경직적이고 비효율적 운용도 행정정보의 전면적 대국민 공개로 크게 개선될 것이다.
  민간부문 시장에서의 투명성도 정부의 영향을 받아 크게 높아져 기업분식회계, 증권시장에서의 부당거래, 대·중소기업간의 불공정거래 등도 점점 어려워질 것이다. 그 결과 시장의 효율성이 크게 높아지게 될 것이다. 이러한 투명성 쓰나미는 입법부, 사법부도 덮치게 될 것이고, 그것은 입법, 사법 활동에 대한 국민감시능력강화로 이어지게 될 것이다.
  이렇게 행정, 입법, 사법부와 시장의 투명성이 제고되면 국가경쟁력이 강화되어 경제성장이 촉진되고, 법과 원칙이 준수되고 약속이 지켜지는 사회적 풍토도 자연스러운 결과로 나타나 신뢰사회의 정착에도 크게 기여하게 될 것이다.

- 넷째는 일자리 창출형 경제운용이다.
  일자리는 국민행복을 위한 핵심요소이다. 또한 일자리는 복지의 기본이기도 하다.

성장률이 높다 하더라도 일자리 창출효과가 제한적이라면 국민

행복은 균형을 잃을 것이고, 그것은 본인이 추구하는 "더불어 행복한 나라"의 모습이 아니다.

때문에 경제활동의 내용이나 성장의 구조가 일자리 창출형으로 이루어지도록 유도하기 위한 정책 체계를 만들어 운용할 것이다. 사회적 사회적 서비스 산업의 육성, 적극적 노동·인력 정책, 중소·영세기업의 발전 생태계 조성 등이 정책의 큰 줄기가 될 것이다.

6. 신뢰사회 구축을 위한 사회적 안전망이나 사회적 계층 이동 사다리 강화 정책 그리고 생활 복지기반 산업육성정책 등은 모두 복지정책의 범위에 속하기도 한다. 따라서 이를 정책추진에 따른 재정 수요 증대가 예상되는데, 이것은 어떻게 해결할 것인가? 이것은 기존의 줄푸세 정책과 상치되는 것은 아닌가?

물론 이러한 정책은 재정수요를 증대시킬 것이다. 나는 이에 대해서 세 가지 방향에서 액션프로그램을 구상할 것이다.

첫째, 기존복지비 지출 중 저달체계에서 누수요인을 찾을 것이다. 상당한 누수가 있는 것으로 인식하고 있다. 동시에 사회보장법의 전면개편으로 단순화될 복지행정으로 중복행정의 낭비요인이 감소하고, 그 결과 기존 복지지출이 어느 정도 절약되는 효과가 있을 것이다.

둘째, 재정지출의 효율성제고와 낭비요인제거 등을 통해서 절약할 수 있는 방안을 찾겠다.

셋째, 신뢰사회구축과 생활복지기반산업의 육성은 성장친화적임이 선진 여러 나라의 경험을 통해서 밝혀졌다. 때문에 그 자체가 세수증대효과를 갖는다. 그 경제성장 효과가 어느 정도 재정에 도움이 될 수 있을 것인지 탐색해 보겠다. 동시에 사회서비스산업을 민·관 협치체제로 운용함으로써 정부재정에 주는 부담을 경감시키는 정책 프로그램을 입안, 시행시키겠다.

이 세 가지 채널을 통한 재정 지출 절약과 세입증대로 맞춤형 생애주기별 생활복지 정책으로부터 발생할 수 있는 재정수요증대를 충족시킬 수 있을 것으로 기대한다. 그러나 이러한 프로그램에도 불구하고 재정지출의 수요 증대가 지출절약과 세입증대효과를 초과할 수 있다. 그 경우에는 "줄푸세"의 기조는 유지하되 구조변화를 추진할 수 있다.

그 액션 프로그램은 연구하겠지만 5년 전에 비해 심화된 사회적 갈등과 양극화를 반영한 정책운용의 신축적 대응이라는 관점에서 접근할 것이다.

7. MB, 참여정부, 경선공약과의 차이

A. MB정부와의 차이(우에서 중도로)

1) 성장중심에서 복지와 성장의 조화추구로
   - 신뢰사회 건설, 생활복지 기반 산업 육성에 큰 비중
2) 실용주의에서 원칙·신뢰·나눔·배려에 바탕을 둔 원칙이 바로 선 민주주의·시장경제로

B. 참여정부와의 차이(좌에서 중도로)

1) 유럽대륙형 소득 보전형 보편적 복지에서 한국형 맞춤형 생활복지로 전환
2) 성장희생에 의한 복지 추구로부터 복지와 성장의 조화로 (신뢰사회, 생활복지 기반 산업을 고리로)

C. 경선공약과의 관계

1) 신뢰사회 건설을 더욱 강조
2) 사람 중심 경제라는 기조에서는 동일
3) 그 동안의 사회적 갈등·양극화 심화로 국민화합·복지에 대한
   비중 확대 맞춤형 플러스 생활복지 정책 도입
4) 줄푸세의 기조는 유지. 단 사회적 갈등, 양극화 치유에 적합한
   방향으로 줄푸세의 구조 변화 추진

정치의 계절···'행복지수'가 뜬다
문화일보 | 2012. 05. 11. 기사

올 12월 대통령선거를 앞두고 여야 대권주자들 간 경쟁이 시작된
가운데 기획재정부가 그동안 박근혜 새누리당 비상대책위원장이
이슈를 선점한 경제적 '행복지수'의 도입 필요성을 적극 주창하고
나서 주목된다.

재정부는 11일 우리나라의 경제적 행복지수 개발 필요성을 강조한
'행복지수의 세계적 중요성과 시사점' 보고서를 냈다. 행복지수란
기존 국내총생산(GDP) 개념이 삶의 질을 제대로 반영하지 못한다
는 문제의식에서 출발한 새로운 경제지표로, 노벨 경제학상 수상
자인 조지프 스티글리츠가 그 필요성을 집중 강조해 왔다.

박 위원장의 싱크탱크격인 국가미래연구원(원장 김광두)은 6월 중
'박근혜식 경제 행복지수'를 연구원의 한 회원 이름으로 국내 학술
지에 게재할 계획이다. 여기에 같은 달 브라질 리우데자네이루에
서 열리는 유엔지속가능개발회의(GSD)에선 행복지수에 대한 논
의를 진전시킬 계획이어서 행복지수가 뜨거운 화두로 떠오를 전
망이다.

국내에선 박 위원장이 사실상 주도권을 선점한 키워드로 인정되고 있다. 박 위원장은 지난해 9월 통계청 국정감사에서 "국민의 행복이나 삶의 질을 주요 국가지표로 설정하고 이와 관련된 세부 지표를 체계적으로 관리하는 방안을 검토해볼 수 있다"며 행복지수를 만들어야 한다는 점을 주장한 바 있다. 이에 따라 국가미래연구원은 행복지수 개발 작업을 주도적으로 준비해 왔고 6월 회원인 남주하(경제학) 서강대 교수가 한 학술지를 통해 발표하게 된 것이다.

김광두 원장은 "박 위원장의 관심으로 연구를 시작했지만 어디까지나 이는 개인적인 학술 작업"이라고 해명했다.

재정부는 행복지수 개발의 국제적 분위기에 맞춰 적극적인 드라이브를 걸고 싶은 마음이 내심 강해 보인다. 그러나 이는 여권의 특정 대선 주자와 직결된 키워드인 상황이어서 다소 주저하는 모습이다.

김만용 기자

"기존 GDP 대체" 박근혜 행복지수 제시
조선비즈 | 2011. 11. 07. 기사

박근혜 행복지수는 - "국민소득 몇 달러로 표시하듯 행복度 얼마인지 수치로 제시" 고용률·건강·의료 등 10개 지표 묶어 발표
전문가들도 찬반양론 - "성장 중심주의 탈피 바람직", "현 정부 정책과 별 차이 없어"

박근혜 전 한나라당 대표 측이 조만간 '스티글리츠식 행복지수'를 내놓을 예정이다.

'스티글리츠 행복지수'란 노벨 경제학상 수상자인 조지프 스티글리츠 미 컬럼비아대 교수가 니콜라 사르코지 프랑스 대통령의 요청으로 기존 GDP(국내총생산)를 대체할 수 있는 행복 GDP를 발표한 것을 말한다.

MB노믹스와 박근혜 전 한나라당 대표 측이
각각 중시하는 10개 경제지표 비교

이명박 정부	박근혜 전 한나라당 대표측
❶ 경제성장률	고용률
❷ 1인당 국민소득	사회안전
❸ 세계 경제순위	건강 및 의료
❹ 기업(외국인) 투자	소득 5분위 배율
❺ 기업 규제 수준	지니계수
❻ 국가 R&D(연구개발)	교육
❼ 경상수지	1인당 가계부채
❽ 환율	저축률
❾ 기업이익	절대적 빈곤율
❿ 노동생산성	물가상승률

※ MB노믹스가 중시하는 경제지표는 747경제공약
(7% 성장·1인당 국민소득 4만달러·7대 경제강국)
외에, 곽승준·강성진 논문에 주로 언급된 지표들을
발췌한 것임

자료: 곽승준·강성진 논문 '한국경제 7% 성장의 필요성과
전제조건', 국가미래연구원 연구자료.

박 전 대표 측 관계자는 6일 "성장률, 경상수지, 가구소득 등 기존의 경제지표로는 국민의 행복도를 측정하는 데 한계가 많아 국민들의 경제적 행복을 결정하는 주요 지표들을 하나로 모은 '행복지수'를 곧 발표하겠다"고 밝혔다. 이 관계자는 또 "스티글리츠 행복지수와 기본 개념은 유사하지만 한국 실정에 보다 적합한 지표들을 별도로 선정해 작업을 진행하고 있다"고 덧붙였다.

◇ 10개 지표로 구성된 '박근혜식 행복지수'

박 전 대표의 싱크탱크 역할을 하고 있는 국가미래연구원(원장 김광두 서강대 명예교수)은 주요 지표별로 중요도에 따라 순위를 매겨서 행복지수를 산정하고 있다.

행복지수를 구성하는 1~10위까지의 지표는 고용률, 사회안전도, 건강 및 의료 지표, 소득 5분위배율(상위 20%의 가처분소득이 하위 20% 가처분소득의 몇 배가 되는지를 나타내는 비율), 지니계수(소득 불평등 정도를 0~1 사이의 수치로 지수화한 것), 교육지표, 1인당 가계부채, 저축률, 절대적 빈곤율(중위소득 50% 이하인 가구가 전체 가구 가운데 차지하는 비중), 물가상승률이다.

박 전 대표 측 관계자는 "1인당 국민소득이 몇 달러라고 표시되는 것처럼 한국인들의 행복도가 얼마인지 수치로 제시할 것"이라며 "국제 비교도 가능하다"고 했다.

이와 관련, 박 전 대표는 지난 1일 자신이 주최한 세미나에서 "이제는 (성장률 등) 거시지표보다 국민 개개인의 꿈을 중요하게 여겨야 한다"며 "앞으로 고용률을 경제정책 중심 지표로 삼아야 한다"고 말한 바 있다. 행복지수를 내놓기에 앞서, 행복지수를 구성하는 1순위 지표를 먼저 소개한 셈이다.

◇ "양적 성장을 강조한 MB정부와 차별화하겠다"

앞서 스티글리츠 교수가 개발한 행복지수는 주거환경, 소득, 직업, 공동체생활, 교육, 환경, 정치참여도, 보건, 삶의 만족도, 사회안전, 일과 삶의 균형 등 11개 세부지표로 이뤄져 있다. 박 전 대표 측 지표와 비교하면 좀 더 주관적인 항목이 많다. 이 스티글리츠 행복지수에서 한국은 OECD(경제협력개발기구)의 34개 회원국 가운데 26위로 나타난 바 있다.

반면 '박근혜식 행복지수'에 포함되는 10대 세부지표는 경제적 고통과 관련 있거나 경제적 분배 상태를 나타내는 것들로 구성돼 있다. 박 전 대표 측 관계자는 "경제성장률, 실업률, 경상수지, 수출액 등 계량 지표를 강조했던 현 정권과 비교하면 경제철학에 있어 큰 차이를 발견할 수 있을 것"이라고 말했다.

이 같은 움직임에 대해 경제 전문가들 사이에서도 찬반양론이 일고 있다.

한 소장파 경제학자는 "보수층이 성장 중심 패러다임에서 벗어나 한 사회의 진정한 행복이 무엇인지를 진지하게 고민하는 것 자체는 바람직한 현상"이라고 말했다.

반면 한 경제전문가는 "이명박 정부도 글로벌 금융위기를 계기로 상생(相生)과 동반성장을 강조하면서 달라진 모습을 보이고 있다"며 "현 정부의 경제정책과 크게 차별화되지 않는 데다, 최근의 민심 변화에 지나치게 휘둘리는 것은 아닌지 경계할 필요도 있다"고 말했다.

박유연 기자

"포퓰리즘 판치려는 상황… 막으려면 일자리뿐"

조선비즈 | 2011. 11. 03. 기사

[성장에서 고용으로 보수 대전환, 왜 지금인가… 국가미래연구원 김광두 원장 인터뷰]
"기회의 평등 빼앗긴 대중들, 투표로 자본주의 심판 원해
포퓰리즘은 대안될 수 없어… 아르헨티나 · 그리스… 나눠 먹다 결국 망했지 않나
성장률 조금 손해보더라도 고용창출 큰 서비스업 지원을"

"자본주의가 극단적인 효율을 추구하다 보면 '빈부격차 심화'와 '공정성 상실'이란 두 가지 부작용을 유발합니다. 과거 칼 마르크스가 출현할 때가 그랬죠. 지금도 비슷한 덫에 걸려 있습니다."
박근혜 한나라당 전 대표의 싱크탱크인 '국가미래연구원'의 김광두 원장(서강대 명예교수)은 전날 박 전 대표가 성장률에 집착하기보다 고용률을 경제정책의 중심지표로 삼겠다며 보수의 대전환을 선언한 배경을 이렇게 설명했다.
덫에 걸린 상황에선 억눌려왔던 대중의 욕구가 분출하기 마련이다. 그 통로는 정치로 귀결된다. 김 원장은 "우리 사회를 유지하는 양대축인 민주주의와 자본주의를 평등의 관점에서 본다면 민주주의는 1인 1표라는 결과의 평등이고 자본주의는 누구나 돈을 벌 수 있다는 기회의 평등인데, 지금 대중들은 자본주의가 결과는 물론 기회의 평등에도 실패했다는 사실에 분노를 느끼면서 결국 민주주의를 통해 자본주의 권력을 심판하자는 생각을 갖게 된다"고 말했다.
이런 상황은 포퓰리즘(대중영합주의)이 발호할 환경을 조성한다는 것이 김 원장의 설명이다. 문제는 포퓰리즘이 문제의 해결책이 될 수 없다는 데 있다.

"과거 포퓰리즘으로 흘렀던 아르헨티나, 그리스를 보세요. 나눠 먹다 망했어요. 사회주의 정권이 잡으면 사회가 공정해지느냐 하면 그렇지도 않아요. 역사적 경험이에요. 그래서 성장을 계속 하면서 빈부 격차와 부정부패를 해결하는 방법을 찾는 것입니다."

그는 그 방법의 핵심이 바로 일자리라고 말했다. "소득 분배가 가능하고 양극화로 흐르지 않는 성장 구조가 되려면 일자리가 생겨야 합니다. 그리고 법질서를 지키고 부정부패가 없어 모두가 공정함을 느끼는 사회 질서도 형성돼야 합니다."

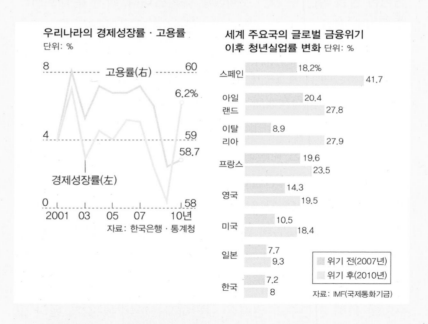

우리나라의 경제성장률·고용률
단위: %
자료: 한국은행·통계청

세계 주요국의 글로벌 금융위기 이후 청년실업률 변화 단위: %

국가	위기 전(2007년)	위기 후(2010년)
스페인	18.2%	41.7
아일랜드	20.4	27.8
이탈리아	8.9	27.9
프랑스	19.6	23.5
영국	14.3	19.5
미국	10.5	18.4
일본	7.7	9.3
한국	7.2	8

자료: IMF(국제통화기금)

— 현재 우리나라의 상황이 마르크스가 등장할 때처럼 심각하다고 판단한 것인가.

"외환위기 이후로 중산층이 점점 얇아져 현재는 지나치게 얇아져 있다. 양극화로 인한 사회적 갈등이 칼 마르크스가 나온 흐름과 유사하다. 공정성 문제도 대두되고 있다. 불신이 팽배해 있다. 게임을 할 때 공정한 룰 갖고 해야 하는데 그게 안 되고 있다. 저놈은 부정부패해서 돈 버는데 나는 그걸 못해서 졌다는 심리가 생긴다. 승복을 안 하려고 한다. 그런 의식이 20~40대에 강하다. 20대는 일자리, 30대는 공정성 의식, 40대는 자기 노후 불안에 대한 불만이 심하다."

— 고용률을 높일 수 있는 구체적인 방법이 있는가.

"일자리 창출 효과가 큰 서비스산업을 육성해야 한다. 서비스 내에서도 복지 관련 산업의 고용창출 효과가 크다. 사회서비스 산업이 그것이다. 보육, 노인건강관리, 장애 지원 등을 위한 산업이 고용효과도 아주 크고, 중소기업형이다. 또 그 자체가 내수산업이다. 채산성 문제가 생길 수 있는데 정부가 보조해주면 해결할 수 있다. 우리 사회의 복지수요도 만족시키고 고용 효과도 낼 수 있는 일석이조의 방법이다. 다른 한 축은 지식서비스산업이다. 이를 위해서는 높은 수준의 교육이 필요하다. 젊은이들이 꿈을 가질 수 있는 산업이 될 수 있다. 대기업 경쟁력 강화 인프라도 될 수 있다."

— 일자리 창출은 이명박 정부도 최우선 과제로 삼았지만, 원하는 대로 일자리 창출이 안 됐다.

"물론 이 같은 아이디어는 모두가 가질 수 있는 것이고 또 갖고 있는 것이다. 그런데 MB정부의 큰 흐름은 성장 중심이었다. '747(7%

성장, 1인당 국민소득 4만달러, 세계 7위 경제대국)'이란 틀을 통해 자원을 배분했다. 자식이 여럿 있는데 누구한테 우선순위를 두느냐에 따라 결과는 달라진다. 정책도 마찬가지다. 어느 쪽에 우선순위를 두느냐에 따라 결과가 달라진다. 공무원의 행정력, 수단, 전달 체계, 예산을 얼마나 투입하고 배분했느냐에 따라 결과가 달라진다. 이명박 정부에 우리의 아이디어는 우선순위가 아니었다. "

— 이명박 정부도 집권 초반에는 성장을 내세웠지만 글로벌 금융 위기 이후에는 궤도를 수정했다.

"이명박 정부도 변하고 있다. 인정한다. 그런데 정책이란 것은 입안부터 집행까지 효과가 나타나는 데 시간이 걸린다. 지금 시점에서 '이거 하겠다'고 하면 효과 내기 어렵다. 중요한 것은 집권 초에 청사진을 제시한 후 하나의 콘셉트로 정비된 출발을 하는 것이다. 이명박 정권은 분명 초기 개념이 성장 우선이었다. 이제 와서 바꿔서는 효과를 내기 어렵다."

박유연 기자

39

대선 캠프의
국민행복추진위원회와
박근혜 후보의 소통 문제

"국민행복시대를 열겠습니다."

"정치의 본질은 국민의 행복 증진에 있습니다."

"국민행복추진위원회를 구성하겠습니다."

2012년 8월 20일, 박근혜 의원의 새누리당 대선 후보 수락 연설에 포함된 내용들이다. 나는 이런 내용의 선언을 그녀의 대통령이 되고 싶은 소망에 담긴 내면적 자아의식(自我意識)의 표출로 이해했다.

새누리당은 박근혜 대선 캠프의 정책 공약을 집대성하는 조직으로 국민행복추진위원회를 구성했다.

"김 교수, 나하고 함께 일해야겠어."

"축하드립니다. 무슨 일을 도와드릴까요?"

"박근혜 후보가 당신이 힘찬경제추진단장을 맡아 주었으면 하는데~~~"

8월 27일, 국민행복추진위원장으로 임명된 김종인 교수와의 대화였다. 그는 경제민주화추진단장을 겸임했다.

"그런데 박근혜 후보가 선생님께 권한을 어느 정도 위임했는지요?"

"전적으로 내게 맡기기로 했어."

"확신하십니까?"

"그럼! 여러 차례 다짐했어."

"그럼 좋습니다. 그러나 한 달쯤 더 두고 보셔야 할 겁니다."

김종인 교수님은 나의 서강대 경제학과 선배 교수이시고, 광주 서중 선배이시기도 하다. 이런 인연으로 나는 김 교수님과 개인적인 친분 관계를 오랫동안 가져왔다. 내가 이런 질문을 던졌던 이유는 박근혜 후보의 세심(細心)한 업무 스타일과 간접 소통 위주의 소통 방법 때문에, 김종인 교수의 강한 주체성(主體性)이 좌절감을 느낄 가능성을 우려했기 때문이었다.

경제민주화추진단이 분배 이슈를 중점적으로 다룬다면 힘찬경제추진단은 성장 정책을 핵심 과제로 다루는 팀이었다. 내가 제시했던 "행복국가론"은 성장과 분배의 조화로운 추구를 모색했고 그 최적 해법은 "좋은 일자리"의 지속적 창출이었다.

힘찬경제추진단은 이런 관점에서 "좋은 일자리 창출을 통한 양극화 완화"를 추구하는 산업전략을 성안했다. 한편 경제민주화추진단은 재벌의 경제력집중과 정경유착, 과도한 사익 추구 경영, 중소기업 착취 등의 불공정거래에 관심의 초점을 맞췄다.

힘찬경제추진단의 산업전략은 산업 부문별 투자 증대와 산업 부문 간 투자 배분, 산업 경쟁력 강화와 구조조정, 산업별 일자리 창출 잠재력 분석 등을 주로 다루었다. 그 바탕엔 경제성장의 지속성 추구가 깔려있었다. 지속적 성장 없이 양극화 완화의 실현은 어렵다고 판단했기 때문이었다. 그 접근 방법은 주로 동태적(動態的, Dynamic)이었다.

경제민주화는 기존 산업 조직의 재편을 통한 산업 체질의 강화와 공정한 거래 질서의 확립을 통한 분배 구조의 개선을 주 관심사로 설정한 개념이었다. 그 분석 방법은 주로 정태적(靜態的, Static)이었다.

궁극적으로 지향하는 바는 양극화 완화를 통한 국민 통합이었으나 그 방법론의 초점이 달랐다. 때문에 김종인 교수와 나는 서로 다른 의견을 가진 것으로 보였고, 그것이 언론에서는 "갈등"으로 표현되었다.

그러나 김종인 교수와 나는 인간적으로 항상 대화하고 소통하는 사이였다. 인간적 갈등은 전혀 없었다. 단, 경제를 보는 눈에 있어서는 차이가 있었고, 그 차이를 서로 이해하고 있었다.

당시 힘찬경제추진단이 입안해서 제출한 자료 중 기억에 남는 것들은 "양극화 해소를 위한 거시경제적 대처방안", "좋은 일자리 창출형 균형 성장 전략", "고용 친화적 복지 구축 방안" 등이다.

당시 김종인 교수와 이한구 새누리당 원내 대표 간에 경제민주화 추진에 관한 거친 설전(舌戰)이 있었다. 이 설전도 경제학자로서 서로의 견해 차이에서 표출(表出)된 것일 뿐 인간적 갈등은 아니었다고 본다. 나는 두 분과 가까이 지냈기 때문에 설전을 중재할 의향이 있었다. 그러나 박 후보가 말렸다. 건전한 토론은 바람직하다는 것이 그녀의 견해였다.

　그러나 속내는 정책 갈등이 요란할수록 정책 홍보나 대선 전략에 도움이 된다는 정치인 특유의 판단이 있었던 게 아닐까 하는 생각도 해본다.

　국민행복추진위원회는 초기에 20명으로 구성되었다. 그중 8명이 국가미래연구원 회원이었다. 국가미래연구원의 회원들 간에 이루어진 통섭(統攝)의 경험이 바탕이 되어 이 여덟 분들은 20명 상호 간의 소통과 협력에 윤활유(潤滑油) 역할을 했다고 자평한다.

　그러나 대선이 진행되면서 박 후보의 정책 공약들이 국민행복추진위원회가 아닌 다른 곳에서 튀어나오는 일들이 종종 있었다. 행복추진위에 참여하고 있는 사람들이 저 공약은 누가 제안했지? 하고 궁금해 하면서 김종인 위원장에게 문의하기도 했다. 그러나 그도 정확히는 모르고 있는 경우도 있었다.

　"차 한 잔 할까?"

　"네."

　국민행복추진위원장으로 임명된 지 한 달여 지난 어느 날 김 위원장이 보자고 했다.

　"무슨 일 있으십니까?"

　"김 교수, XX 알아?"

　"알죠. 그런데 왜요?"

　"XX의 영향력이 대단한 것 같아!"

　"박 후보가 선생님께 정책에 관해서는 전적으로 위임하셨죠?

그런데 실제 상황은 그렇지 못한가요?"

"― ― ― ― ―"

나는 이런 상황을 예기(豫期)하고 있었다.

박 후보의 정책 소통 라인의 최종 게이트 키퍼(Gate Keeper)가 XX였다. 그의 역할은 박 후보에게 보고되는 정책 아이디어들을 받아서 박 후보에게 전달하는 일이었다. 박 후보의 바쁜 일정을 고려할 때, XX가 100% 심부름만 한다면 이런 역할을 맡을 사람은 필요했다고 본다.

그런데 구조적으로 그가 김 위원장과 박 후보의 사이에 있었고, 이 구조를 잘 아는 사람들은 김 위원장을 통하지 않고 XX를 통하여 박 후보와 소통하려 했을 것이라는 추론이 가능하다. 여기에 혼선과 갈등, 그리고 정보왜곡(情報歪曲)의 소지가 있었다.

나는 이런 문제의 잠재성을 박근혜 의원(후보 선출 이전)에게 제기한 적이 있었다. 당시 박 의원은 XX, YY, ZZ의 세 사람에게 정책, 정치, 일정 등 부분별 소통의 최종 Gate Keeper 역할을 맡기고 있는 것으로 나는 인식하고 있었다. 물론 직접 소통하는 사람이나 경우도 있었지만 매우 제한적이었던 것으로 기억하고 있다.

"XX 등이 성실한 사람인 것은 잘 압니다만, 이들에게 외부와의 모든 소통 라인을 주로 의지하는 것은 바람직하지 않습니다."

"그들은 나의 심부름꾼일 뿐입니다. 이들이 예의 바르지 못한 언행이라도 했어요?"

추가 설명을 했지만, 내 말의 취지를 잘 이해하고 받아들이지는 않았다. 그 일이 있은 후, 나는 그동안 가까웠던 XX와 서먹서먹한 사이가 되었다.

내가 김 위원장에게 "전적으로 위임받았느냐?"고 확인했던 것은 이런 소통 라인의 구조를 염두에 두고 있었기 때문이었다. 나는 이 소통 구조가 김 위원장의 강한 주체성을 건드렸다고 인지했다.

나는 누구든 대통령에 당선되는 것도 중요하지만 대통령으로서 좋은 성과를 내는 것이 더 중요하다고 생각했고, 그 생각엔 지금도 변함이 없다. 그런 관점에서 박 후보의 간접 소통 위주의 소통 방식은 그녀의 성공적인 대통령직 수행에 중대한 장애물이 될 것으로 판단했다. 대선 캠프에 참여하고 있던 분들이나 새누리당 중진 국회의원 다수도 그런 우려를 하고 있었다. 그러나 누구도 그런 우려를 박 후보에게 전달하기를 꺼리고 있는 분위기로 나는 느꼈다.

대선 캠페인이 진행되고 있었던 어느 날, 여의도 캠프에서 핵심 멤버들 15명 정도가 모인, 박 후보가 주재(主宰)하는 회의가 있었다. 나는 이날 소통 문제를 제기하기로 마음을 먹었다. 마음 속으론 이런 일은 상대적으로 자유로운 교수라는 직업을 가진 사람이 할 수 밖에 없다고 생각했다.

"박 후보님은 소통에 문제가 있습니다."

모두 침묵을 지키는 가운데 자리를 함께한 김종인 교수가 "일리 있는 말입니다"라고 유일한 코멘트를 했다.

"최근에 있었던 일을 염두에 두고 하신 말씀인 듯한데 그것은 오해입니다. 그것은 이러 이러한 전후 사정으로 생긴 일입니다."

"이번 일뿐 아니라 과거로부터 박 후보님의 소통 방식엔 문제가 있습니다."

"~~~ ~~~ ~~~"

회의실엔 깊은 침묵이 흘렀다. 누구도 아무 말도 하지 않았다. 박 후보는 매우 당혹스러워 했고, 화가 난 듯도 했다. 그리고 아무런 답도 하지 않았다.

그날 저녁, 박 후보의 핵심 참모였던 최경환 의원이 내일 점심식사를 함께할 수 있겠느냐는 전화를 했다.

우리는 마포의 어느 식당에 마주 앉았다.

"무슨 일 있어요?"

"박 후보가 제주도로 유세를 떠나면서 어제 왜 그러셨는지 여쭤보라고 해서요."

"최 의원은 박 후보의 소통 방식에 문제가 없다고 생각하세요?"

"~~~"

"그 문제의 개선을 조언 드렸을 뿐인데, 무슨 문제가 있어요?"

(최 의원이 박근혜 정부에서 경제부총리로 봉직하고 있을 때, 나에게 정부로 들어올 것을 권유한 적이 있었다. 나는 그 제안을 고사하면서 최 부총리에게 박 대통령께 직언을 많이 해달라고 부탁했고, 그는 최선을 다하고 있다고 답했다.)

그런 일이 있은 후, 박 후보와 나 사이도 서먹서먹해졌다. 나는 최 의원과의 대화에서 박 후보의 한계를 느꼈다. 나의 표현 방법이 너무 직설적이고, 거칠었거나 서툴렀을 수도 있었다. 그러나 그 취지는 소통 방식에 문제가 있으니 고치도록 노력해 달라는 것이었다.

그런데 박 후보는 그 지적을 조언으로 받아들이지 않고 불만으로 소화한 듯 했다.

박 후보의 간접 소통 방법엔 변화가 없었고, 김종인 위원장도 이제 그 문제를 직접 체험하게 되었다. 결국 이런 소통의 장애 문제로 박 후보와 김 위원장은 결별하게 되었다.

내 속마음도 두 차례의 소통 문제에 관한 박 후보와의 직접 충돌 이후 박 후보로부터 멀어져가고 있었다. 그녀의 간접 소통 방식이 개선되지 않는 한 성공적인 대통령이 되긴 어렵다고 판단했기 때문이었다. 그러나 나는 그런 마음을 밖으로 내비치지는 않았다. 나의 박 후보에 대한 부정적 인식의 노출이, 박 후보의 대선 캠페인에 조금이라도 누를 끼치게 되지 않을까 하는 우려 때문이었다.

나는 대선 기간에 정책 관련 다양한 언론 인터뷰를 했다. 그들 중 진보 진영에 속하는 분들과의 대담을 여러 차례 한 바 있다. 여러 언론기사 중에서도 대선 당시 진보와 보수 진영 간의 시각 차이가 잘 나타나 있는 [한겨레 신문 2012년 12월 12일자 대담 기사]와 [경향신문 2012년 9월 4일자 대담 기사]를 차례로 소개한다.

"민주, 기업현실 고려 안 해" "새누리, 경제민주화 공약 모순"
한겨레 | 2012. 12. 12 기사

'박-문 캠프 경제좌장' 김광두-이정우 대담

박근혜 문재인 후보가 9, 10일 각각 대선 공약집을 내놨다. 재벌개혁을 핵심으로 한 경제민주화의 실천, 복지국가 실현, 일자리 창출 및 비정규직 감축 등 큰 틀에서 시대정신을 반영한 공약들이 들어 있다. 총론은 엇비슷해 보이지만, 공약의 각론과 이행 방안으로 들어가면 두 후보 진영간 가치와 철학의 차이점이 도드라진다. 〈한겨레〉는 박 후보의 '경제적 멘토'(스승)로 불리는 김광두 국가미래연구원장(박근혜 캠프 힘찬추진경제단장·서강대 교수)과 문 후보 쪽 경제정책을 총괄하는 이정우 경북대 교수(문재인 캠프 경제민주화위원장)와의 초청 대담을 통해 상대 후보 공약의 실현 가능성과 실천 의지 등을 살펴봤다. 대담은 안재승 〈한겨레〉 경제·국제 에디터의 사회로 11일 한겨레신문사에서 진행됐다. 아래는 대담 주요 내용이다.

사회자(이하 사회) 상대 후보의 경제정책을 총평식으로 평가해줬으면 한다.

김광두(이하 김) 민주통합당(민주당)이나 새누리당이나 결국 국민 잘 살게 해보자는 것이다. 하지만 서로 가치의 우선 순위가 다르다. 그러다보니 방법론에서도 차이가 난다. 민주당은 어떤 정책을 쓸 때 세계시장에서 경쟁하는 우리 기업에 미칠 영향을 충분히 고려 안하는 것 같다. 또 국가부채(나라가 진 빚)에 대한 의식이 약하다. 문재인 후보는 박근혜 후보보다 60조원이나 많은 190조원의 (공약 이행에 필요한) 재원을 어떻게 마련하겠다는 것인지, 다 증세를 하겠다는 것인지…국가부채가 늘어날 가능성 많다. 경제민주화도 중요하지만 경제 위기관리, 성장도 중요하다. 그런데 민주당은 경제민주화가 수단인데 궁극적 목표로 보는 치우친 인식이 있다.

기존 순환출자 해소

김 "출자분 해소하다 경영권 위험, 외국자본에 인수당할 우려 있어"
이 "기존 출자 인정은 반칙 용인, M&A 위협론은 개혁 막는 논리"

이정우(이하 이) 새누리당이 경제민주화와 복지국가를 강조한 것은 과거 한나라당 견줘 진일보한 것이라고 본다. 다행이라고 생각한다. 과거 새누리당은 늘 성장과 일자리만 강조했다. 이제 시대정신이 요구하는 방향으로 가고 있다고 생각한다.
그런데 동시에 '줄푸세'(세금은 줄이고 규제는 풀고, 법 질서는 세운다)를 강조한다는 것은 모순이라고 생각한다. 어제(10일) 티브이

2차 후보 토론에서, 박 후보가 줄푸세와 경제민주화가 같은 것으로 본다고 얘기했다. '지하경제 활성화'는 말 실수라 심각한 문제가 아니라고 보지만, 그 말은 도저히 납득이 안 가는 심각한 것이다. 내가 이해하기로는 서로 반대말이다. 양립할 수 없는 것을 양손에 움켜쥐고 같이 하겠다는 것은 (앞으로) 많은 정책의 혼선과 충돌이 불가피할 것이다. 이게 바로 새누리당 경제 공약의 가장 근본적인 문제다.

사회: 그 동안 기존 순환출자 해소, 출자총액제한제 부활 문제, 재벌개혁 문제 등이 경제민주화 내용 중에서도 쟁점으로 형성됐다. 이번엔 이 교수께서 먼저 박 후보 쪽 경제민주화와 재벌개혁에 대해서 평가해달라.

이: 서로 비슷한 게 많다. 결정적 차이가 출총제와 기존 순환출자 문제다. 박 후보는 티브이 토론에서도 신규 순환출자는 금지하면서도 기존은 인정하겠다고 했다. 그런데 순환출자가 오랫동안 허용돼왔지만 편법이고 일종의 '반칙'이다. 법을 바꿔 이번 기회 바로잡자면 당연히 신규도 금지하면서 기존 것도 금지(해소)하는 게 맞다. 다만, 약간의 시간적 여유를 주는 게 맞다. 3년간 유예 기간 주면 재벌들이 충분히 해소할 수 있다. 그렇게 됐을 때 비로소 잘못된 관행을 바로잡을 수 있다. 안 그러면 현상유지로 쭉 가게 된다. 순환출자 한 재벌과 안 한 재벌 사이에 형평성 문제도 생긴다. 순환출자를 해온 재벌은 특혜를, 순환출자를 안하면서 기업활동 한 재벌은 기회를 상실한 것이 된다. 다시 (순환출자를) 할려고 해도 신규는 금지해 대단히 억울하게 된다. 원칙 지켜온 재벌은 억울하게 되고, 반칙한 재벌은 봐주는 꼴이 된다. 그래서 원칙대로 가야한다.

김: 재벌문제는 공정거래와 지배구조란 2가지 측면이 있다. 공정

거래 측면에서 서로 크게 다르지 않다. 지배구조 측면에서 박 후보는 기존 순환출자는 그냥 놔두겠냐는 것이다. 순환출자는 외환위기 때 생긴 것이다. 아이엠에프(IMF) 체제에서 부채 비율(부채/자기자본)을 낮추라고 하니까, 그 과정에서 기업들이 순환출자를 통해서 자산을 늘렸던 것이다. 이게 처음부터 경제력 집중을 목적으로 생긴 게 아니다. 결과적으로 그걸 활용해서 좋지 않게 활용했다고 볼 수 있다.

그런데 민주당이 하라는대로 하게 되면 순환출자 고리를 자르는데 약 8.5조원이 든다. 업계에서는 최대 20조로 본다. 재벌총수나 그 일가가 이 돈을 내면 아무 상관이 없다. 못 내면 경영권을 포기해야 한다. 순환출자 (고리) 밖에 있는 계열사에서 돈을 대도 경영권을 유지할 수 있다. 그런데 고리 밖에 있는 계열사가 돈이 없으면 문제가 발생한다. 외국 펀드(론스타를 예로 듦)가 들어와 그 가운데 우량 계열사를 인수하면 어떻게 할거냐?

이: 순환출자 고리를 끊는다고 해서 엠엔에이(기업 인수 및 합병) 당할 위험은 별로 없다. 지금까지 해외(자본)한테서 공격적으로 엠엔에이 당한 기업 사실은 전부 다 경영 투명성이 없고, 지배구조 문제가 생겼을 때였다. 에스케이(SK)가 소버린한테 공격당한 것은 최태원 회장이 법을 어겨 감옥에 가 있을 때였다. 정상적인 경우 외국 엠엔에이 당할 기업 별로 없다. 엠엔에이 위험으로 개혁 하지 말라구 하는 것은 보수파가 써온 무기인데, 근거가 아주 박약하다.

김: 소유권 1%로 100% 지배한다는 것을 박 후보가 염려 안했겠냐? 그래서 국민연금에서 의결권 행사하겠다는 것이다. 국민연금이 주요 재벌의 상당한 주식을 갖고 있어, 의결권 행사하면 (총수가) 함부로 지배권 행사 못한다. 새누리당은 경제에 미치는 부작

용을 고려하면서, 국민연금을 통해 얼마 안되는 소유 지분으로 지배권 행사하는 것을 컨트롤(관리)하겠다는 것이다. 민주당은 의욕이 상대적으로 강해 부작용을 깊이 있게 생각 안 한 것 같다. 새누리당은 성장과 민주화, 위기관리를 골고루 생각하는데, 민주당은 경제민주화 쪽에 치중해서 본다. 김종인 국민행복추진위원장과 박 후보가 트러블(마찰)이 생기면서, 민주화를 상징하는 인물을 팽 당하는 것을 보니 경제민주화 의지가 없다거니 하는데, 아니다. 박 후보 쪽은 좀 더 종합적으로 보는 것이다.

또 모든 정부 부처의 의사결정 과정을 국민이 투명하게 접근할 수 있도록 '정부 3.0' 공약을 시행하게 되면 (재벌의) 많은 문제가 해결될 것으로 본다.

이: 정부 3.0의 상세 내용은 모르겠지만, 그게 요술 방망이는 아닐 것이다. 정부 '4.0', '5.0'을 갖다놔도 부정부패는 못막는다. 우리 현실에서 그런 식으로는 개혁이 안 된다. 아무리해도 정경유착에 빠질 수 있다.

김: 그런 식이라면 해결책이 없다.

이: 감시만 해서는 안 된다. 제도개혁을 해야 한다.

김: 에스케이가 공격당했던 것은 (재벌중) 총수 일가의 소유지분 가장 적었기 때문이다. 지배구조가 제일 취약하다.

사회: 이쯤해서 줄푸세로 넘어가자. 김 교수께서 반론을 펴달라.

김: 민주당이 잘 모르고 함부로 얘기한다. 줄푸세가 뭐냐. 세금 줄이고, 규제 풀고, 법질서 세운다는 것이다. 그런데 민주당 정권 10년 동안 세금 안 줄였냐? 다 줄였잖냐?

이: 줄인 것도 있고, 늘린 것도 많다.

김: 소득세와 법인세 모두 줄였다.

39 대선 캠프의 국민행복추진위원회와 박근혜 후보의 소통 문제

이: 참여정부 때 조세부담률(조세/국민총생산)이 최고로 올라갔다.

김: 구조를 봐야 한다. 민주당이 소득세와 법인세 갖고서 많이 얘기하는데 김대중, 노무현 정부 때도 다 낮췄다. 이명박 정부만 낮춘 게 아니다. 그것 갖고서 부자감세라고 얘기하는 것은 무리다. 규제 푸는 것에도 민주당이 (줄푸세를) 혼동하고 있다. 큰 틀에서 풀자는 것인데, 재벌한테만 풀어주자는 것으로 이해하고 있다. 왜 일자리 창출 효과가 큰 서비스산업에서 고용이 안 일어나냐면, 규제가 많아서 그렇다고 얘기한다. 우리가 얘기하는 규제는 경제 활동 전반에 대한 규제이지 특정하게 재벌 규제만 아니다. 국민 후생 관련해 나쁜 것은 규제하고, (풀어서) 좋은 것은 풀어줘야 한다. 또 기술변화 속도가 빠르다. 경제 주체들이 빨리 적응하지 못하면 경쟁에서 지는데, 적응력 키워주는 차원에서 세계적으로 규제를 풀어주자는 추세다.

야당은 법질서 세우자는 것을 노조 탄압하려는 것 아니냐고 하는데, 재벌들이 전부 집행유예를 받는 것은 법 집행이 제대로 안돼서다. 그런 면에서 공정하게 법 적용하겠다는 것이다.

이: 줄푸세가 5년 전 한나라당의 대선 후보 경선 때 나왔는데, 당시 김 단장께서 만들었다는 소문이 있다. 맞나?

김: 맞다.

이: 다시 말하지만 줄푸세는 부자감세 그리고 규제완화다.

김: 왜 부자감세라고 하나? 세금 낮추자고 했는데.

이: 부자가 세금 많이 내니, (감세하면) 저절로 부자감세가 되는 것이다. 또 불필요한 규제 완화 누가 반대하겠냐, 그런 규제는 풀어야 한다. 그런데 이런 것 역대 정부 누구나 해왔던 것이다. 그럼에도 불구하고 규제완화 되는 게 있고, 안 되는 게 있다. 규제 완화는 역

사와 철학의 문제다. 미국에서 대공황 일어나기 전 1932년까지 공화당의 3번 연속 집권 아래 추진된 게 바로 감세, 규제완화, 법질서 세우기였다. 그걸 보고서 김 교수께서 줄푸세를 세웠을 것으로 보진 않지만, 일치하고 있다. 이런 게 미국 보수 우익의 철학이다. 그로 인해 미국에서 양극화 극단적으로 심해지고, 대공황의 주요 원인이 됐다는 게 유력한 학설 중 하나다.

법 질서란 것도 보수가 진보운동 탄압의 빌미로 써왔던 것이다. 약자가 민생파탄에 들고 일어났을 때 가차 없이 탄압했던 수단으로 '로앤 오더'(법과 질서)가 쓰인, 역사적 배경을 봐야 한다. 진공 상태에서 재벌 총수든 노동자든 똑같이 적용되겠지만, 실제 현실에서는 다르다.

김: 자본주의 역사는 사이클(순환주기)이 있다. 1930년대 대공황 하나만 갖고서 볼 수 없다.

이: 2008년 금융위기 원인도 정확히 줄푸세 때문이다. 부시가 '월가'(미 금융자본을 상징) 요구를 다 들어주고 규제완화를 한 게 한 원인이었다. 미국의 부시 전 대통령이 '월가'의 요구를 다 들어주고 규제완화를 한 게 원인이었다.

김: 그렇게 보고 싶은 분만 그렇게 본다. 기본적으로 (금융위기 원인은) 부동산 불경기 때문이다.

'줄푸세' 공방

이 "부자감세…미국 금융위기 원인, 법질서 세우기, 진보진영 탄압빌미"
김 "김대중·노무현 정부 때도 감세, 법질서란 재벌에도 공정한 법적용"

이: 부동산 문제가 대공황이나 2008년 위기의 주원인이 아니다. 기

본적으로 줄푸세 때문이다.

사회: 두 분 다 경제 전문가여서, 역사적인 얘기까지 나온 것 같다. 재벌개혁을 중심으로 한 경제민주화는 여기에서 정리하자.

김: 하나만 더 추가하자. 이 교수는 부패의 가장 중요한 원인이 뭐라고 보나?

이: 글쎄, 정경유착 때문 아닌가?

김: 규제 때문이다. 규제를 하는 공무원과 정치인이 힘을 발휘하기 때문이다.

이: (웃음으로 넘김)

사회: 두 후보 모두 일자리를 가장 중요한 공약 중 하나로 내걸었다. 비정규직 문제까지 포함해 상대방의 공약을 평가해달라.

김: 일자리를 좀 나누자는 것이나 비정규직을 정규직으로 바꾸는 것은 민주당이나 새누리당이나 다 노력하겠다는 것으로 보인다. 다만 그 방법이 민주당은 좀 더 강제적인 규정을 강조한다. 새누리당은 상대적으로 좀 (강제성이) 약하다. 시장 경제 바탕으로 해서

유도하겠다는 것이다. 있는 것 나누고 차별받는 것 도와야 하지만, 장기적으로 일자리 만들어야 한다. 우리는 기존 제조업과 지식문화산업, 생활복지산업을 중심으로 연간 45만개의 일자리를 새롭게 만들겠다.

이: 일자리 만들기는 내용이 대동소이하다. 제조업 계속 중시하고 지식문화산업은 당연히 가야 할 방향이다. 생활복지 산업도 겹치는데 다만 명칭에서 우리는 '4대 서비스 분야'로 얘기한다. 복지나 보육, 의료, 노인요양 이런 분야의 일자리가 거의 선진국에 견줘 절반 수준에 불과하다. 여기에서 일자리 많이 늘어나면 사회서비스 개선되고 국민 삶의 질도 개선될 뿐만 아니라 일자리도 만들어진다. 또 인적 자본 투자의 성격도 갖으면서 성장 촉진 효과가 있다.

사회: 가계부채의 규모나 질이 안 좋은 상태. 우리 경제의 시한폭탄으로 여겨지고 있다. 새누리당은 부채 탕감 쪽에 중점을 두고 있고, 민주당은 최고 이자율 제한법 개정을 추진하면서 차이를 보이고 있다.

김: 가계부채 중 322만명 정도의 금융채무 불이행자의 빚 탕감해주겠다는 것이다. 기초생활수급자는 최대 70%, 일반인은 50% 한도 내에서 하되, 무조건 탕감해주겠다는 것은 아니다. 자활 의지를 판단하고, 은닉 재산 살펴보겠다는 것이다. 또 돈을 잘못 빌려준 금융기관의 문제이기도 하니까, 금융기관에 50~70%의 책임을 묻겠다. (채무자가) 나머지 30~50%를 안 갚으면, 정부가 책임지겠다.

이: 부채 탕감에 대해서 굉장히 걱정된다. 새누리당은 이런 부채 탕감에 민주당보다 더 반대해왔었다. 부채는 이것만 있는 게 아니라, 농가 부채 등 여러가지가 있다. 왜 농가부채는 탕감 안해주고 가계부채는 탕감해주냐고 할 때 설명이 안 된다. 주위에서 '민주당에선

뭣하냐? 박 후보가 대통령 되면 부채 탕감해준다고 하는데'라면서 민심이 요동치고 있다. 그런데 이는 나쁜 선례를 남기는 '포퓰리즘' 이라고 생각된다.

김: 가계부채가 1000조가까이 된다. 322만명은 어차피 갚을 능력이 없는 사람으로 구분된다. 결국 금융기관이 다 떠안을 수밖에 없다. 결국 부실채권 되는 것이다. 그 과정에서 내년에 경제가 어려워지면 (어떻게 하나?)…정말 생계를 위협 받는 수준의 사람한테는 정부가 지원해야 한다.

물론 도덕적 해이 발생할 소지가 있다. 그래서 심사해서 '지금부터 열심히 살테니 이번 한번만 기회를 달라'(자활의지)고 하는 사람을 파악하는 노력을 하겠다는 것이다. 그리고 금융기관이 50~70% 자기 돈 부담하고 최초에 1조8000억의 기금만 갖고 시작한다. 기금에서 좀 손해가 날 순 있다.

이: 선심성이다. 나쁜 선례로 볼 수밖에 없다. 소문나기 시작하면 빚을 안 갚으려는 움직임이 나타날 수 있다. 우리 경제의 근본 체계가 흔들릴 수 있다. 경제 뇌관을 잘못 건드릴 수 있다. 이런 정책은 해선 안 된다. 기금이 정부자금이 아니라고 말하고 있지만, 결국 정부 보증이다. 나중에 정부가 떠안게 된다. 국민 세금으로 내서 결국은 해결해야 하는 사태가 올 확률 높다. 세상에 공짜는 없다. 돈이 하늘에서 떨어지는 것도 아니다. 원칙 갖고서 해야 한다. 가계부채 문제는 잘못 빌려준 쪽에도 상당한 책임이 있는데, 은행이 회수 못할 채권을 회수할 수 있도록 하는 '은행 행복기금', '국민경제 뇌관기금'이 될 수 있다.

김: 도덕적 해이 가능성은 있다. 그러나 은행 행복기금은 아니다. 은행도 50~70% 손해다. 나머지 30~50%도 회수할려고 한다. 회수

안 되는 부분이 기금에서 손실처리 된다. 그 부분은 정부 부담이 될 수 있다.

하지만 기초생활수급자이거나 다중채무자이거나 현재로선 빚갚기가 어렵다. 파산하고, 죽도록 놔둘거냐 하는 고민이 있다. 또 이 과정에서 금융시장이 위축되면 다른 경제 부문에 미치는 파급효과 나타나, 사회적 비용이 커질 수 있다는 것도 고려해야 한다.

이: 은행행복기금이 아니라고 했는데, 손실의 50~70%만 은행이 부담한다는 얘기는, 은행이 나머지 30~50%을 회수하게 된다는 얘기다. 은행으로선 횡재다. 부실채권은 평균 액면가의 7% 수준에 사고 팔린다. 은행으로선 7% 회수할 것을 30~50% 회수하게 된다.

김: 그렇게 생각할 수 있는데, 외환위기 때 왜 공적자금을 투입했나? 신용불량자들이 정말 희망을 잃을 때 우리사회가 갖게 되는 부담을 완화해보자는 좋은 측면이 있다.

이: 불가피할 때 그렇게 할 수 있다. 아이엠에프 때 160조원의 공적자금 투입은 합리적이었다. 하지만 지금 상황에서 한다면 자칫 심각한 도덕적 해이만 낳을 수 있다. 또 농가부채는 어떻게 할 거냐?

김: 농가 부채는 와이에스(YS) 정부 때부터 계속 해줬던 거다. 그렇게 얘기하면 복지 정책에 대해서도 근본적인 얘기(의문이) 나올 수 있다.

이: 복지는 복지대로 논리가 있다.

김: 이것(가계부채 탕감)도 일종의 복지다.

사회: 두 당의 공약 가운데 가장 차이가 나는 게 재원 마련이다. 경제 공약을 실천하려면 천문학적인 재원이 필요한데, 양쪽의 입장이 갈려 있다. 민주당 쪽에선 증세가 불가피하다는 것이고, 새누리당에선 증세 없이도 세출구조조정 등으로 가능하다는 입장이던데?

이: 세금의 낭비 및 누수 현상 막는 게 첫 번째다. 그리고 지출구조 (예산 쓰임새)의 전환이 필요하다. 대표적으로 4대강 같은 과거 '토건국가'식 그런 지출은 줄여야 된다. 그 다음에 30조원에 이르는 비과세 감면을 상당히 과감히 축소해야 한다. 그렇게 해도 어느 정도 증세가 불가피하다. 우선 부자증세로 가야 한다. 소득세와 법인세가 중심이 돼서 (증세를) 하고, 보완적으로 자본이득 과세가 따라와야 한다. 그래서 이명박 정부 들어서 19.3%까지 떨어진 조세 부담률을 참여정부 때 수준인 21%를 넘어서 22% 정도까지 올라가야 (재원조달이) 가능하다고 본다. 두 당이 복지국가를 지향한다고 했는데 그럴려면 상당한 세수의 증대 없이는 안 된다. 증세는 불가피하다고 본다.

김: 우리가 증세 안하겠다는 것이다. (예산) 낭비 요인 줄이고, 세금 탈루와 체납, 비과세 감면에서 충분히 (재원조달이) 가능하다고 본다. 또 국세청과 금융정보분석원(FIU)가 정보 교류가 안 되고 있는데, 정보 교환되면 탈루 및 체납액이 현저히 줄 수 있다. 그렇게 하면 증세 없이도 (5년간) 130조원 조달이 가능하다고 본다.

사회: 공약을 잘 지키는 게 어렵다. 실천 의지가 중요하다. 박 후보 공약을 보면 골목상권의 영세상인 생존권을 보장하겠다고 했는데, 유통산업발전법 개정안의 대선 전 처리가 불가능하게 된 것 같다. 당장 할 수 있는 것도 안하면서 공약을 과연 실천할 수 있겠냐는 의문이 나오고 있다.

김: 새누리당이 그 법안을 국회 법사위원회에서 보류하고 있는 이유는 대형할인마트의 개점 시간 문제 때문인 것으로 안다. 밤 10시 전에 문을 닫자는 게 개정안의 취지인데, 월급쟁이 부부의 항의가 많았다. 그 시간에 구멍가게 여는데도 없다. 시간 조정에 대해서

10시 보다 좀 늦게 합의되지 않겠냐?

재원마련 방안

이: "증세 불가피···부자증세 필요

조세부담 높여야 복지국가 가능"

김: "증세없이 낭비요인 줄여 충당

비과세 감면 등 5년간 130조 조달"

이: 박 후보가 1차 티브이 토론 때 (마트 개점) 시간 문제뿐만 아니라 농민들 납품 업체 문제를 거론했다. 나중에 알아보니 대형마트에서 하는 한국체인점스토어에서 보낸 편지의 논리와 같았다. 잘못하면 대형마트 기득권 지키기에 새누리당이 이용당할 수 있다.
김: 어느 자료를 보느냐에 따라서 주장이 달라질 수 있다. 새누리당이나 국회 법사위 국회의원한테 들어온 이메일 항의가 많다는 것을 같이 봐야한다.

사회: 민주당이 지금 출총제 부활, 공정위 전속 고발권 폐지 등 재벌개혁을 많이 내놨는데, 왜 참여정부 때 하지 못했냐는 얘기가 나온다. 그 때 못한 것을 지금 실천할 수 있겠냐?
이: 그런 지적을 많이 받는다. 티브이 토론에서도 박 후보가 비슷한 얘기를 하셨다. 참여정부 때와 지금은 불과 5년이 지났지만 시대적 상황이 많이 달라졌다. 그 때만 해도 시장만능주의 전성시대였다. 재벌개혁은 감히 꺼내지도 못했다. 그걸 꺼내면 반시장주의 몰매를 맞았다. 이제 재벌개혁을 새누리당까지 얘기할만큼 시대적 상

39 대선 캠프의 국민행복추진위원회와 박근혜 후보의 소통 문제

황이 많이 달라졌다.

그리고 참여정부도 오판과 실수를 많이했다. 출총제는 예외규정을 둬 많이 후퇴했다. 전속고발권도 폐지도 안했다. (재벌개혁을) 후퇴시킨 면이 꽤 있다. 그런데 몇년 사이 재벌의 문어발식 확장 급속히 심화됐다. 이번엔 제대로 하려는 강한 의지를 갖고 있다.

김: 노무현 전 대통령도 좋은 의지를 많이 가지고 있었다. 그런데 참여정부 초기 공약을 삼성경제연구소에서 대부분 만들어줬고, 참여정부 경제정책의 삼성보고서 의존도도 높았다. 의지가 있어도, 실제 실현할 능력 면에서 툴(수단)이 약하면 실현하기가 어렵다는 얘기다.

이: 얘기가 좀 과장됐을 가능성이 있다. 당시 경제 정책 만드는 과정에서 일부 삼성경제연구소 보고서가 들어왔을지 모르나, 전체 판을 좌우할 수 있을 정도 아니었다. 청와대 안에 '이지원'(인터넷 보고)이 있었는데, 삼성보고서가 꽤 올라가는 것은 봤다. 누군가 올리면, 그 보고서를 중간에 막을 이유는 없다. 그런데 그걸 갖고서 삼성 입김이 작용했다고 하는 것은 과장이다.

정리 류이근 기자
사진 이정아 기자

김호기·김상조의 대논쟁-시대정신(5) 양극화 해소 - 김광두 국가미래연구원 원장
경향신문 | 2012. 09. 04 정리

"내가 만든 줄·푸·세 포기 안 했다… 세금 줄이는 것은 포기"

박근혜 새누리당 대선 후보의 '싱크탱크'인 국가미래연구원 원장인 김광두 서강대 명예교수는 한국의 양극화 원인으로 성장과 고용의 불일치, 자산소득의 불평등, 부패를 들었다.

김 교수는 양극화 해소의 대안으로 박 후보가 제시한 경제민주화에 대해 "국민 입장에서는 성장만으로 안 된다는 것이다. 성장과 분배를 조화롭게 보자는 취지에서 경제민주화 개념을 잡은 것"이라고 설명했다. 2007년 박 후보의 공약인 '줄·푸·세'(세금은 줄이고, 규제는 풀고, 법치는 세운다)를 입안한 그는 "복지문제가 대두된 만큼 세금 줄이는 것은 포기하고, 규제 완화는 기회균등을 위해 유지하며, 법질서는 세우겠다"고 밝혔다.

김호기 연세대 교수는 양극화의 한 해법으로 "대기업, 중견기업, 중소기업의 균형발전이 요구된다"며 중견기업 육성을 제안했다. 김상조 한성대 교수는 "양극화 해소는 정책 내용도 중요하지만 집행 과정에서 갈등을 조정하는 소프트웨어, 의사 결정자의 자세도 중요하다"고 지적했다. 이들의 대담은 지난달 29일 서울 마포구의 국가미래연구원에서 진행됐다.

▲ 김호기 교수
"박근혜 후보의 '줄·푸·세' 신자유주의 세계화 전형… 양극화 문제의 주범"

▲ 김광두 원장
"결국 신뢰에 관한 문제… '정부 3.0' 투명성 확보, 시민·노조에 정책 공개"

▲ 김상조 교수
"정부의 시혜적 조치 지속가능 못한 실패 모델… 수평 협력체제로 가야"

김호기 연세대 교수(이하 김호기)=대선의 시대정신이 경제민주화, 복지, 사회통합으로 모아지고 있다. 경제민주화가 시대정신이 된 이유는 무엇이라고 생각하나.

김광두 국가미래연구원장(이하 김광두)=경제협력개발기구(OECD) 보고서를 보면 공정과 양극화 해소, 이 둘을 고민하고 있다. 경제민주화는 그것을 해결하기 위한 하나의 수단이라고 본다.

김호기=박 후보가 한나라당 때의 선진화 담론을 포기하고 경제민주화와 생애주기 맞춤형 복지로 옮겨간 것을 어떻게 평가하나.

김광두=선진화나 경제민주화나 지향하는 바는 비슷하다. 한국의 경제, 문화, 사회를 선진국의 민주주의와 시장경제 수준으로 가자는 것이다. 다만 선진화가 갖는 이미지는 성장이다. 국민 입장에서는 지금과 같은 성장으로는 안된다는 것이다. 그래서 성장과 분배를 조화롭게 보자는 경제민주화 개념을 잡은 것이다.

김상조 한성대 교수(이하 김상조)=개발도상국 중 한국은 성장과 분배라는 두 마리 토끼를 동시에 잡은 예외적인 나라라는 평가가 일반적이었다. 그런데 언제부터인가 양극화가 가장 심각한 문제로 대두됐다.

김광두=사람들이 일반적으로 느끼는 대로 생각하면 된다. 잘사는 사람은 더 잘살고, 못사는 사람는 더 못살고 대기업은 잘되는데 중소기업은 이게 뭐냐는 것이다. 양극화는 전 세계적인 고민이다. 기술진보와 세계화의 영향이 그 요인으로 꼽힌다. 한국이 유독 심한 이유는 수출주도형 성장으로 성장과 고용이 일치되지 않기 때문이다. 자산소득의 불균등도 심하고 부패도 문제다.

김호기=1990년대 중반 〈세계화의 덫〉이란 책에서 '20 대 80'이라는 사회 테제가 제시됐는데 지난해 월스트리트 점령 시위대는 '1 대 99%' 사회를 내걸었다. 영미형 '자유시장 경제' 국가는 양극화가 심화되고, 대륙형 '조정시장 경제'를 추진한 나라는 피해가 상대적으로 적다. 신자유주의 세계화가 양극화를 가져온 주요 원인 중 하나가 아닌가.

김광두=무역 자유화나 직접 투자 자유화는 양극화와 관련이 없다. 양극화는 금융시장 자유화 때문이다. 2008년 금융위기 이후 여러 나라가 국제 투기자금인 '핫머니' 규제를 들고 나왔다. 다자간 모임에서 협의해야 하는데 금융강국들이 이 모임을 주도한다. 국내 시장에 해외 자금이 들어오고 나갈 때 '토빈세'(단기성 외환거래에 부과하는 세금)를 가지고 통화위기 등 폐해를 완화해볼 수 있는데 많은 나라가 동시에 실시하지 않으면 자본 유출 위험이 있다.

김호기=신자유주의 전형이 2007년 박근혜 후보의 '줄·푸·세'다. 경제민주화로 패러다임 변화를 제시했는데 줄·푸·세는 완전히 포기했나.

김광두=줄·푸·세는 내가 만든 것인데, 포기 안 했다(웃음). 세금의 경우 노무현 정부의 경제성장률이 세계 평균 성장률보다 낮았기

39 대선 캠프의 국민행복추진위원회와 박근혜 후보의 소통 문제

때문에 법인세를 감면해 기업 투자를 유도하자는 것이었다. 규제는 유연성에 관한 것으로, 국가 간 경쟁에서 구조조정이 빨리 일어나야 이길 수 있다. 지금은 어떤가. 2008년 금융위기 이후 양극화가 관심사항으로 떠올랐다. 박 후보는 2009년 스탠퍼드 대학 강연에서 '원칙이 바로 선 자본주의' 이야기를 했는데 지금 말하는 경제민주화하고 내용이 거의 같다. 우리는 세금을 줄이는 것은 포기했다. 복지가 중요하게 대두됐기 때문에 세금을 줄일 수 없고, 조금 늘려야 할 것이다. 규제를 푸는 것은 새로 기회를 갖는 경제주체들이 생기기 때문에 기회균등을 위해 좋다. 법질서를 세우는 것은 당연하다. 신자유주의랑 무슨 상관이 있나.

김상조=원칙은 변함 없는데 상황에 따라 대응을 유연하게 해나간다는 의미로 해석된다. 문제는 노무현 정부 시절 한국 성장률이 세계 평균보다 낮아 성장을 촉진해야 한다는 판단이 정확했느냐는 의문이 든다.

김광두=노무현정부의 경제 성장률이 나쁘지 않았지만 세계 평균 성장률보다 낮았다. 그렇다면 다른 측면, 노 전 대통령이 추구한 분배라도 좋아졌어야 했다. 그런데 분배도 나빠졌다.

김상조=양극화 해소를 위해서는 중소기업과 자영업자 문제에 주목할 수밖에 없다. 중소기업들이 발전해 괜찮은 일자리를 만들지 않고서는 양극화 문제를 해결할 수 없다.

김광두=중소기업과 영세기업을 구분해 봐야 한다. 중소기업은 하도급 관계가 주로 문제가 된다. 지금 시점에서 더 중요한 것은 영세기업이고 그중에서도 소매업과 음식업이다. 과밀업종이다. 대기업 중심의 수출주도형 성장 전략을 추구하다보니 이렇게 됐다. 성장 구조 자체가 중소기업이 설 자리가 약한 구조다. 윈윈 전략으로 가야 한다. 대기업을 혼내 중소기업을 잘되게 하거나 소매업과 음식점을 살리기 위해 기업형 슈퍼마켓(SSM)을 하지 말라는 식의 방법보다 중소기업과 영세업자를 지원하는 방법을 찾아야 한다. 금융과 세제 쪽에서 지원해야 하는데 기업은행이 설립 취지에 맞게 중소기업은행으로서 역할을 하도록 해야 한다. 중소기업을 전담하는 금융 인프라 부문도 구축해야 한다.

김호기=산업체제 생태계의 관점에서 대기업, 중견기업, 중소기업의 균형발전이 요구된다. 중견기업 육성도 중요하다.

김광두=시장을 무시하고 특정 기업집단을 키워주는 것은 안 된다. 중소기업이 중견기업으로 성장하는 과정에서 대기업 견제나 외국기업의 덤핑으로 죽는 문제를 해결해야 한다. 공정거래위원회와 금융위원회 역할이 중요하다. 자영업자도 근본적으로 경쟁력을 올려줘야 한다. 정부는 금융, 세제, 도시계획상의 지원을 해야 하고, 재벌이 개입하면 막아줘야 한다.

김상조=시혜적 조치는 지속 가능성이 없음을 지난 30년간 중소기업 정책의 실패가 보여줬다. 중소기업이나 자영업자 대책의 핵심은 이들이 공동으로 경쟁력을 높일 수 있는 수평적인 협력 메커니즘을 강화하는 인프라 구축이 아닌가.

김광두=그 전제조건이 신뢰다. 자기들끼리 믿어야 한다. 정부가 그들이 서로 협조할 수 있도록 신뢰관계를 이끌어내는 데 노력해야 한다. 따라서 정부부터 믿게 해야 한다.

김호기=경제적 양극화에선 산업, 소득, 노동시장이 핵심 이슈다. 한국의 경우 정규직과 비정규직의 노동시장 양극화가 심각하다. 박후보 해법은 무엇인가.

김광두=새누리당 총선 공약이 있다. 상시적 업무는 정규직화하고,

사내 도급업체에서 일하는 사람들은 도급업체가 바뀌더라도 고용을 승계하는 것 등이다. 같이 고민할 것은 기존 노조의 양보 정신이다. 기존 노조가 비정규직의 정규직화 과정에서 조금 양보해야 한다. 초과수당이 줄어드는 것은 수용해줘야 하는데 현재 풍토는 비정규직을 정규직화하더라도 기존 임금 수준을 유지해달라는 것이다. 동일노동 동일임금은 방향은 좋지만 동일노동을 무엇으로 정의하냐는 문제가 있다. 차별 시정도 차별 개념에 대해 구체적으로 들어가면 논쟁이 벌어질 수 있다. 최저임금 상향은 생존권 문제로, 취지에 동의한다.

김상조=노·사·정 3자관계로 노동시장 구조를 정상화하기 위한 박 후보 전략이 있나.

김광두=그것을 공통적으로 꿰뚫어가면서 해결할 수 있는 게 교육훈련이다. 기업이 교육훈련 인력풀을 현재보다 5%만 늘리면 좋겠다. 일자리가 생기고 정년도 62세로 늘려줄 수 있다. 기업 입장에서는 비용이지만 노동 생산성을 현저하게 올려주기 때문에 기업 경쟁력이 올라갈 수 있다.

김호기=청년실업도 문제다. 고용 없는 성장에다 높은 대학 진학률, 구인·구직자 간의 다른 눈높이에 따른 인력수급 불인치인 '잡 미스매치'가 중요한 요인이다.

김광두=소프트웨어 산업에서 청년 일자리를 만드는 것을 생각하고 있다. 박 후보가 첫 공약으로 내세운 행정 개혁인 '정부 3.0'이 있다. 이를 위해서는 소프트웨어 쪽 투자가 필요한데 정부가 이를 유도해 일자리를 만들려고 하고 있다.

김호기=교육·주거·소비 영역의 사회·문화적 양극화도 심각하다.

김광두=교육 양극화는 공교육 수준을 높이는 방법밖에 없다. 공교

육 시설을 현대화해야 한다. 경제가 하반기부터 나빠질 텐데 경기
극복 방안으로도 공교육 시설 현대화가 의미가 있다. 학생들이 사
교육 교사를 공교육 교사보다 더 좋다고 평가하는 상황을 바꾸려
면 교사에 대한 대우나 교권 확립 문제를 생각해야 한다. 문화시설
은 지역균형 발전 차원의 투자 접근이 있어야 한다.

김상조=양극화 해소는 정책 내용도 중요하지만 집행 과정에서 갈
등을 조정하는 소프트웨어, 의사 결정자의 자세도 중요하다.

김광두=결국 신뢰 문제다. 갈등이 생겨도 당사자 간 신뢰나 중재자
에 대한 신뢰가 있으면 어느 정도 해결이 된다. 정부가 신뢰를 못
얻었다. 그래서 박 후보가 내세운 게 '정부 3.0'이다. 행정 정보를
컴퓨터로 민간이 볼 수 있게 해주겠다는 것이다. 정보를 투명하게
해 신뢰 문화가 형성돼야 갈등이 해결된다.

김상조=줄·푸·세에서 법치주의를 너무 기계적으로 해석한 듯하
다. 법치를 적용할 때 기득권 세력에게는 더 엄중하게 해야 하고,
약자들이 마지막 수단을 통해 호소하는 데에는 사회가 아량을 보
일 필요도 있다.

김광두=사회적 현상을 개별 주체별로 고려하면 법치가 안 된다. 법
은 획일적 기준이다. 집행자들이 부자한테 유리하게 법을 적용하
고, 약자한테 불리하게 적용하면 그게 부패다.

김호기=박 후보가 후보 수락 연설에서 제시한 핵심 키워드는 국민
통합이다. 정부에 의해 추진될 경우 위로부터 시도라는 점에서 권
위주의적 성격을 갖게 될 가능성이 높다.

김광두='정부 3.0'은 정부가 우선 투명해지고 모든 정보를 국민과
공유한다는 정신이다. 다 보여주면 믿을 것 아닌가. 그것을 바탕으
로 시민들과 협치하겠다는 것이다.

39 대선 캠프의 국민행복추진위원회와 박근혜 후보의 소통 문제

김호기=역사는 진자운동이라고 한다. 생애주기 맞춤형 복지는 노무현 정부의 사회투자 정책과 유사하고, 박 후보의 '정부 3.0'은 노무현 정부가 추진한 '거버넌스(협치)'를 떠올리게 한다. 박 후보 정책에서 노무현 정부의 향기가 느껴진다.

김광두=뭐 하려고 노 전 대통령을 베끼나(웃음). 결과론적 해석이다. 박 후보 문제의식의 변화가 먼저이지, 노무현 정부를 따라한 것은 아니다.

김상조=과거 한국의 보수와 진보 진영의 전통적 의제가 성장과 분배로 나눠졌는데 요즘은 상호 침투하고 있다. 긍정적 변화라고 볼 수 있는데 유권자들에게 선택 기준이 모호해지는 측면도 있다. 한국사회 미래는 어떤 모델로 가야 하나.

김광두=영미형, 지중해형, 유럽 대륙형, 북구형 등 네 개 모델로 나눌 수 있다. 지중해형은 실패했고, 영미형과 북구형이 성장과 복지 측면에서 유럽 대륙형보다 나은 것으로 평가된다. 우리에겐 북구형이 맞는 것 같다. 북구형은 시장경제의 기본 정신을 살린다. 스웨덴 발렌베리 가문이 한국 삼성보다 더 세지만 사회에서 그 가문을 인정한다. 기업과 종업원이 세금을 엄청 많이 낸다. 세금도 사전적 기업행위보다 사후적 결과에 대해 걷는다. 복지면에서 북구형 보편적 복지는 한국사회에서 이야기하는 것과 다르다. 한국사회에서는 달라고 하면 다 주는 것으로 오해하는데 북구는 교육, 의료, 여성 세 부문에서 무상교육을 해주고 의료로 건강을 좋게 하고 여성을 경제활동에 많이 참여시켜서 사회의 생산성을 올리자는 것이다.

■ 박근혜 '싱크탱크'의 김광두 원장에 재벌개혁 문제 물으니 "삼성 하나죠"

김광두 국가미래연구원장, 김호기 연세대 교수, 김상조 한성대 교수는 지난달 29일 대담에 앞서 서울 마포구 공덕시장을 찾았다. 세 사람은 마천루 사이에 조그맣게 남아있는 공덕시장 곳곳을 둘러보며 양극화의 심각성에 공감했다. 물론 그 해결책을 놓고 보수적인 김 원장과 진보적인 두 교수의 나침반은 달랐다.

김광두 원장은 새누리당 박근혜 대선 후보의 싱크탱크인 국가미래연구원을 이끌고 있다. 2007년 박 후보의 공약인 '줄·푸·세'의 입안자인 그는 학계에서 시장주의를 강조하는 정통 '서강학파'로 통한다. 박 후보의 경제민주화 정책을 주도하는 김종인 전 청와대 경제수석 역시 서강학파다.

김호기 교수가 본격적인 토론에 앞서 서강학파의 기여와 한계를 묻자, 김 원장은 "경제발전 방식은 정부가 주도했지만, 시장경제의 수단인 가격, 금리, 환율을 활용했다"고 '서강학파답게' 답변했다.

김 원장의 양극화에 대한 입장 역시 시장주의 틀을 고수했다.

그는 "파이는 키워가되 조금 더 나누는 것을 더 고르게 나누자. 파이가 적어지면 그것은 하향평준화"라고 밝혔다. 전통적인 보수 노선에서 벗어나지 않는 견해다.

김 원장은 '줄·푸·세'와 관련해서도 세금을 줄이는 부분은 증세 필요성을 언급하며 포기를 선언했지만, 규제 완화와 법 질서 강화는 옹호했다. 김 원장은 2012년 박 후보의 노선을 2007년의 '일탈'이 아닌 일관성을 갖춘 '진화'로 보고 있었다. 박 후보의 경제 조언그룹 중 김종인 전 수석이 좌파라면, 김 원장은 이한구 원내대표·최경환 의원 등의 우파에 가깝다.

이런 김 원장이 한국사회의 미래 모델로 북유럽형을 제시한 것은 다소 의외다. 다만 그는 이 모델에서도 대기업 인정, 사전적 과세

등의 시장적 요소를 강조했다.

양극화 해법을 놓고 김 원장과 두 교수의 입장은 평행선을 달렸지만 한 문제에서는 통했다. 김상조 교수가 "재벌개혁 문제는 그 대상이 30대 기업으로 집약되는데, 양극화는 복잡하고 이해관계자도 많다"고 하자, 김 원장은 "(재벌문제는) 삼성 하나죠"라고 말했다. 김상조 교수도 "솔직히 말하면 삼성"이라며 맞장구를 쳤다.

강병한 기자

■ 김호기 교수 대화 후기 - 내가 본 김광두

대담에 앞서 김광두 원장, 김상조 교수와 함께 서울 공덕시장을 찾았다. 젊은 세대들은 어떨지 모르겠지만, 재래시장은 여러 생각을 떠올리게 한다. 시장을 처음 구경한 것은 초등학교 시절 도시로 이사 나와 장을 보러 가시는 어머니를 따라 갔을 때였다. 대학에 들어와 자본주의 시장이 근대 민주주의와 함께 모더니티의 놀라운 발명품임을 배우기도 했다. 시장경제의 빛과 그늘을 깨닫게 해 준 사회 과학자는 〈거대한 변환〉을 쓴 칼 폴라니(Karl Polanyi)다.

시장을 둘러본 다음 마포대교 북단에 가까운 곳에 위치한 국가미래연구원에서 대담을 나눴다. 김광두 원장을 개인적으로 잘 알지는 못하지만, TV 토론에서 더러 뵈었던 분이라 편안한 마음으로 이야기를 나눌 수 있었다. 서강대 경제학과에서 오랫동안 학생들을 가르치신 터라 서강학파 이야기가 나오고, 박근혜 새누리당 대선 후보의 '줄푸세'에서 경제민주화로의 패러다임 전환에 관한 이야기도 나왔다.

평소 김 원장을 합리적 시장주의자라고 생각해 왔는데, 이번 대담에서도 김 원장은 때로는 차분하게 때로는 열정적으로 자신의 견해를 피력했다. 김 원장의 견해는 사회학자 울리히 벡(Ulrich Beck)이 말한 '신자유주의 좌파'(제3의 길)에 가깝다. 1990년대 중반 등장한 제3의 길이 중도좌파의 대표적인 흐름이라는 것을 상기할 때, 생애주기 맞춤형 복지를 포함한 박근혜 후보의 주요 정책이 '제3의 길'과 유사한 점은 우연이 아닌 것으로 보인다. 우리 사회 이념구도가 좌클릭하면서 나타난 결과일 것이다.

대담을 마치고 잠시 마포를 걸었다. 여기는 40대의 내가 살던 곳이다. 그 때 우리 사회는 신자유주의가 절정에서 위기로 나아간 시기다. 이번 대선은 산업화 시대와 민주화 시대를 결산하는 선거인 동시에 포스트 신자유주의 체제로 가는 도정에서 치러지는 첫 번째 선거이기도 하다는 사실을 다시 한 번 떠올리게 됐다. 과연 우리 국민들은 어떤 체제를 선택하게 될까?

김호기 연세대 교수 · 복지국가민주주의싱크네트 운영위원장

■ 김상조 교수 대화 후기 - 내가 본 김광두

김광두 교수는, 자주 만난 건 아니지만, 정운찬 교수와의 개인적 인연을 매개로 내가 대학원 다니던 시절부터 사석에서도 뵐 기회가 더러 있었다. 정운찬과 김광두, 요즘 이 두 분 행보를 볼 때마다 해답 없는 의문이 머리를 맴돈다. 지식인의 정치 참여문제다. "현실 참여는 지식인의 의무"라는 조순 선생님 지론에는 전혀 이견이 없으며, 그런 의미에서 나도 나름대로는 현실 참여의 길을 걸어 왔다. 그러나 제도 정치권에 들어가는 것은 성격이 다르다. 이건 단순히 지식인의 의무 차원에서 판단할 일이 아니라, 자신의 모든 것을 던

질 용기와 함께 조직, 자금, 인맥 등 현실적 요건을 필요로 하는 것이기 때문이다. 정치 참여한 지식인 중 성공한 사례가 거의 없다는 것을 상기하면, 요즘 이 두 분의 정치 행보는 서커스를 보는 것처럼 아슬아슬하기만 하다.

대담 과정에서도 아슬아슬함은 이어졌다. 2007년 한나라당 경선 당시 박근혜 후보의 '줄푸세' 공약(세금은 줄이고, 규제는 풀고, 법치는 세우자) 입안자로 알려져 있는 김광두 교수가 요즘의 변화된 상황을 일관되게 설명하는 것은 결코 쉬운 일이 아니다. 한편으로는 줄푸세 중에서 세금 줄이는 것만 포기했지 나머지 두 가지는 계속 유지되고 있다고 강조하면서, 다른 한편으로는 한국 사회의 미래 청사진으로 북구 모델이 바람직하다고 답변했을 때에는, 뭔가 실타래가 꼬였다는 느낌을 지울 수 없었다.

물론 변하지 않는 사람은 없다. 더구나 김광두 교수의 말처럼 '기본 원칙은 유지하되, 상황에 따라 유연하게 대처하는 것'이 보수의 최대 강점임을 감안하면, 김광두 교수 또는 박근혜 후보가 놀라운 유연성을 보이는 것 자체를 문제 삼기는 어렵다.

그러나 5년 전의 기억이 그렇게 쉽게 사라지지는 않는다. 30여 년 전의 박정희 대통령에 대한 기억도 생생하게 되살리는 일들이 심심찮게 벌어지는 한국 사회에서 말이다. 그렇다면, 마지막 질문이 남는다. '한국 보수 세력의 변치 않는 기본 원칙은 무엇인가? 그건 게 과연 있기나 한 건가?'

김상조 한성대 교수·경제개혁연대 소장

40
박근혜 대통령의 영광과
좌절, 그리고 외천본민
(畏天本民)

　국가미래연구원은 2011년 10월 1일, '외천본민(畏天本民)'이란 책을 발간했다. 세종대왕의 국정운영을 깊게 연구해온 신세돈 교수가 집필했다.

　이 책을 출간한 목적은 당장엔 박근혜 의원이 대통령이 될 경우에, 또 길게는 모든 대통령들의 국정운영에, 도움을 주기 위해서였다.

　"하늘을 우러러 사람을 근본으로!"

　세종대왕의 국정 철학을 담은 말이다.

　세종은 중요한 국사를 결정함에 있어서 소통을 제일 중요하게 생각했다.

　여러 사람의 의견을 직접 묻고 또 들었다. 의정 대신과 육조 신하들의 의견은 물론 과거 시험장에 나온 선비들의 의견도 들었으며, 전 국민을 대상으로 여론조사를 실시하기도 했다. (외천본민 참조)

　"나는 부덕하고 능력이 모자라다"

"곳곳에 훌륭한 인재가 있다."

이런 생각으로 전국의 인재를 등용하고 그들의 의견을 직접 듣는 것을 본인의 당연한 의무로 여겼다.

"정치의 요체는 사람을 얻는 것이고, 백성은 국가의 근본이다." 라는 그의 국정 철학은 백성의 말과 의견을 두루 듣는 행동으로 실체화되었다.

사진: 외천본민 책 표지

이런 국정 철학과 겸손한 자세를 참고해주기를 바라면서 이 책을 출간했고, 박근혜 의원에게 그 취지와 내용을 말하고 책도 전달했다.

2012년 12월 19일 박근혜 후보가 대통령으로 당선되었다.

"신뢰"를 상표로, "국민행복"을 구호로 외친 박근혜 당선인에 대한 기대는 컸다. 박 후보가 얻은 51.6%의 득표율은 이런 높은 기대를 반영했다.

박 후보의 당선 후, 필요한 준비를 거쳐 국가미래연구원은 2012년 3월 3일, 독립적 민간 연구기관임을 선언하고 모든 활동을 공개하기로 했다. 그 전에 박 대통령께는 국가미래연구원을 탈원(脫院)하실 것을 제안드렸고, 박 대통령은 흔쾌히 탈원했다.

박근혜 인수위, 내각, 대통령 비서실에 국가미래연구원 회원들이 다수 포진했다. 그 시기, 언론은 국가미래연구원을 권력의 산실이라고 불렀고, 이 과정에서 나는 인수위원장, 총리, 부총리 등 다수의 자리에 지상(紙上) 발령을 받았다. 이런 평가는 세상의 일반 상식으로 볼 때, 당연한 것이었을 수도 있다. 그러나 나의 지향점은 다른 곳에 있었다.

나는 우리 사회에 믿을 수 있는 독립적인 민간 싱크 탱크를 하나 구축해서 발전시키고 싶은 꿈을 가지고 있었다. 경제학자로서 그 꿈의 실현이 나에겐 가장 절실했다.

국가미래硏 '홀로서기'…박근혜 정부와 거리두기>(종합)
연합뉴스 | 2013. 03. 03. 기사

홈페이지 론칭…"朴대통령 회원 아니다…상호 독립적"

박근혜 대통령이 당선되기까지 싱크탱크 역할을 하며 정책적 뒷받침을 해온 국가미래연구원이 독립 기관으로 탈바꿈을 시도한다.

'박근혜 싱크탱크'라는 꼬리표를 떼어내고 앞으로는 독립성·중립성을 갖춘 민간 싱크탱크로 '홀로서기'를 하겠다는 것이다.

서강대 교수를 지낸 김광두 원장은 3일 마포구 서강대 마테오관에서 홈페이지 론칭 행사를 갖고 "정부나 대기업으로부터 자유로운 상태에서 독립적 싱크탱크로 발전하겠다"고 밝혔다.

김 원장은 박 대통령과의 관계에 대해 "지금부터 상호 독립적인 관계이고, 박 대통령은 우리 회원도 아니다"라며 "어떤 정치세력에게도 자유롭게 얘기하겠다"고 강조했다.

박 대통령은 2010년 12월 연구원 출범때 발기인으로 참여했지만,

지난해 대선 이후 회원직을 탈퇴한 것으로 전해졌다.

특히 이날 행사에서 선보인 영상물 가운데 두 개가 '소통'을 주제로 한 것도 이런 맥락으로 읽힌다. 새 정부의 '불통' 논란을 건드리고 있기 때문이다.

서강대 김학수 교수는 '새 정부에 바란다'라는 영상에서 "새 정부가 들어서면 국민의 정보욕구가 강해지는데 이를 채우지 못하면 불통 이미지가 생긴다"면서 "새 정부는 언론을 매개체로, 국민과 소통해야만 생산성을 올릴 수 있다"고 지적했다.

김 교수는 이어 작년 12월 27일 당시 윤창중 인수위원회 대변인이 밀봉된 봉투를 열어 인선 내용이 담긴 서류를 꺼내 읽은 사례를 거론하며 "그게 (불통 이미지의) 대표적 사례"라고 꼬집었다.

분야별로 박 당선인을 도와온 '5인 공부모임' 멤버 신세돈 숙명여대 교수는 '세종대왕 리더십'이란 제목의 영상에서 "세종대왕의 리더십은 자기 잘못을 인정하고 직언을 받아들이는 소통"이라며 "우리 정치에도 시사하는 바가 많다"고 말했다.

연구원이 국민행복지수·민생지수·국민안전지수 등 3대 지수를 개발해 새 정부를 평가하겠다는 것도 박 대통령과의 정치적 거리두기로 이해된다.

결과가 좋으면 객관성에 문제가 제기될 수 있지만, 반대로 결과가 나쁘면 자연스럽게 박 대통령을 비판하는 역할을 하게 되기 때문이다.

그러나 박 대통령의 '색채 지우기'는 만만치 않은 작업이라는 지적도 많다.

상당수 연구원 회원들은 새누리당 대선기구에 이어 대통령직인수위원회에서 핵심 역할을 맡으며 현 정부의 탄생을 견인했기 때문이다.

일부 인사는 새 정부의 청와대와 내각에 중용됐다.

연구원은 앞으로의 '홀로서기'를 위해 새 내각에 입각한 회원들은 본인 의사에 따라 회원 자격 여부를 결정하기로 했다.

다만, 새 정부에 기용된 회원들은 박 대통령과 마찬가지로 자연스럽게 탈퇴 절차를 밟을 것으로 보인다.

이준서 기자

[기자수첩] 국가미래연구원과 안철수에 대한 기대
조선비즈 | 2013. 03. 04. 오피니언

지난 2년여간 박근혜 대통령의 당선을 도운 싱크탱크 '국가미래연구원'이 3일 홈페이지 론칭 행사를 갖고 정부와 대기업으로부터 자유로운 '독립적' 싱크탱크로 재출범했다. 김광두 원장은 "미국 '헤리티지 재단'처럼 개혁적 보수의 가치를 바탕으로 국민의 입장에서 정책대안을 제시하겠다"고 밝혔다.

정치권에서 당에 소속되지 않은 전문가 중심의 정책연구소가 설립된 것은 바람직한 일이다. 그동안 우리 사회에서 정책 담론이 형성돼 온 과정은 대부분 선거를 통해서다. 국회의원을 뽑는 총선보다는 대통령 선거의 영향이 더 컸다. 그런데 대선 공약은 대부분 뚝딱뚝딱이었다. 대통령 후보는 자기 성향에 맞는 교수나 전문가, 정치인들을 모아 캠프를 구성하고 후보의 신임을 받는 몇 명이 중심이 돼 여기저기서 모인 사람들과 정책을 생산했다. 당내 연구소인 여의도연구소(새누리당)와 민주정책연구원(민주당)이 있지만 대선 공약과 정책에는 큰 영향을 미치지 못했다. 이들 당내 연구소는 정치적 쟁점 분석과 단기정책 개발에 치중했을 뿐 장기적 연구 및 정책개발을 거의 하지 못했고, 할 수 있는 인적 역량을 갖추고 있지도 않다.

한 관계자는 "정책도 오래동안 숙성되고 발전돼야 하는데 캠프에서 대선을 앞두고 짧은 시간에 정책을 만들다 보니 정책 검증과 실현가능성 평가 등이 미흡한 경우가 많다"며 "미국의 경우 보수 진영은 헤리티지재단, 진보 진영은 브루킹스연구소가 장기적인 정책개발을 주도하고 공화당과 민주당이 이들의 정책을 활용한다"고 지적했다. 교수 등 100여명의 전문가 중심으로 구성된 국가미래연구원의 출범은 이런 점에서 큰 의미를 갖는다.

국가미래연구원이 보수 진영의 정책연구소로 굳건히 자리잡기 바란다. 또 진보진영에도 이 같은 정책연구소가 만들어지면 좋겠다. 그러나 진보 성향의 학자들 중에서 김광두 원장과 같은 역할을 할 사람은 쉽게 떠오르지 않는다.

진보 진영에서 가장 적합하다고 생각되는 사람은 '안철수'다. 물론 차기 대선후보로, 국회의원 또는 정치인으로 역할을 할 수 있겠지만 그 전 단계로 진보 진영의 장기 정책을 생산하는 싱크탱크를 먼저 구축해 놓는 게 어떨까. 지난 대선 때 안철수 후보 역시 정책보다는 개인의 능력과 이미지로 '떴다'. 한 때의 바람으로 끝나지 않으려면 구체적인 정책으로 승부를 거는 게 바람직하다.

안철수 전 서울대 교수는 자신이 보유한 안철수연구소 주식의 절반을 사회에 기부하기로 했기 때문에 이를 연구소 운영재원으로 활용할 수도 있다. 대기업 연구소 정도의 인적 역량을 가진 연구소를 충분히 만들 수 있는 조건이다.

국가미래연구원이 출범하는 날, 안 전 교수는 서울 노원병 보궐선

　나는 박근혜 의원이 대통령으로 당선되기 전, 박 의원과 소통 문
제로 충돌했던 경험과 그 충돌 후 겪었던 후유증으로 보아, 대통령
으로서의 권위가 추가된 상황에서 박근혜 대통령의 소통 장애 문
제는 더욱 심각해질 것으로 전망했다.

　박근혜 대통령이 청와대에 거주하면서 가까이서 보았던,
1960~70년대에 박정희 대통령이 행사했던 수직적 리더십은
2013년의 대한민국에서는 적합하지 않았다. 더욱이 그 권위주의
시대에도 박정희 대통령은 5개의 여론 수렴 채널을 통해서 민심과
정책 아이디어를 다양하게 직접 청취했고, 긍정적인 보고만 하려
는 관료들에게 부정적인 면도 보고하도록 독려했다. 그가 말년에
실패한 것은 고 차지철 경호실장에게 과도한 힘을 주어 소통 채널
이 좁아졌고, 그 결과 정보 왜곡이 심화되었기 때문으로 나는 평가
하고 있었다.

　박근혜 대통령의 권위주의, 수직적 리더십, 간접 소통 위주의 소
통 방식 등은 외천본민의 세종대왕과는 정반대의 행태였고, 21세
기의 대한민국과는 어울리지 않는 국정운영 스타일이었다. 나는 박
근혜 정부의 성공을 바랐지만, 박 대통령의 리더십 스타일이 바뀌
지 않는 한 그 전망이 밝지 않을 것으로 보고 있었다.

국가미래연구원은 박근혜의 국정운영 성과를 타 정부와 객관적으로 비교 평가하기 위해서 국민행복지수·민생지수·국민안전지수를 개발하고, 박근혜 대통령에 대한 젊은 세대의 평가를 여론 조사를 통해서 모니터링하기로 했다. 나는 당장에는 그 결과를 청와대 비서실에 알려 국정운영에 참고하도록 하고, 길게는 이어지게 될 여러 정부들의 성과를 비교하는 자료로 활용할 목적을 가지고 있었다. 여기에서는 서민들의 물질적 생활수준을 나타내는 민생지수의 내용을 간략하게 소개하겠다.

민생지수는 일반국민의 생활이나 생계 상태의 수준을 나타내는 통계지표이다. 2003년 1분기를 100으로 놓아 기준치로 삼았다.

민생지수는 총 11개의 구성요소로 되어 있다. 그중 통계치가 커질수록 지수에 긍정적인 영향을 미치는 긍정 요소로 고용구조, 고용의 질, 실질소득, 주가, 실질 주택가격이 포함된다. 반면 통계치가 커질수록 부정적 영향을 미치는 부정적 요소로 실질 식료품비, 실질 주거 광열비, 실질 기타 소비지출, 실질 교육비, 실질 비소비지출, 실질 전세 가격 등이 포함된다. 이러한 긍정과 부정요소들을 종합평가해 매 분기별로 민생지수를 산출, 발표한다. 국가미래연구원은 현재도 민생지수와 함께 국민행복지수, 국민안전지수 등 3대 민생관련지수를 매분기별로 작성, 발표하고 있다.

아래 도표는 노무현 정부, 이명박 정부와 박근혜 정부 5년을 민생지수로 평가한 결과를 보여주고 있다.

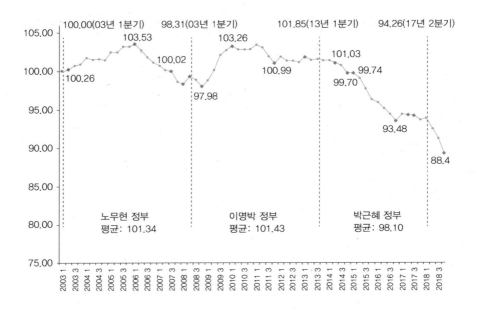

이 도표를 보면 박근혜 정부가 노무현, 이명박 정부에 비해서 민생지수가 더 낮아졌다. 박근혜 대통령의 "국민 행복 시대"는 실패로 끝났음을 알 수 있다.

20－40 세대들의 박근혜 대통령에 대한 인식은 예상했던 대로 소통에 문제가 있는 것으로 나타났다. 실제로 대통령 비서실장이 박 대통령을 직접 면담하는 일이 쉽지 않고, 여당 대표나 국회의장도 박 대통령과 통화하기 어렵다는 소식이 들리기도 했다. 심지어 어느 비서실장은 재임 기간 중 대통령과 딱 세 차례 독대했을 뿐이라는 믿기 힘든 에피소드도 들렸다.

"2040세대, 朴 도덕성 높지만 소통능력 낮아"
뉴스1 | 2013. 04. 24. 기사

국가미래硏 조사… 향후 5년 직무수행 "보통일 것 33.1%"

박근혜 대통령은 2040세대(20~40대)를 대상으로 한 대통령으로서의 덕목 및 수행능력 설문조사에서 '도덕성'에선 가장 높은 점수를 받은 반면, '의사소통 능력'에선 가장 낮은 점수를 받은 것으로 나타났다.

24일 박 대통령의 '싱크탱크'로 알려진 국가미래연구원(원장 김광두)이 여론조사 전문기관 '베스트사이트'에 의뢰, 지난 1~8일 전국 19~49세 성인남녀 1024명을 상대로 실시한 온라인 설문조사 결과에 따르면, 박 대통령은 '도덕성'에서 5.31점(10점 만점)으로 가장 높은 점수를 받았고 '복지국가 수행능력' 5.12점, '비전제시 능력' 5.03점을 얻었다.

이어 '경제성장 수행능력' 4.98, '공정사회 수행능력' 4.88, '한반도 평화관리' 4.74, '갈등조정 능력' 4.42, '의사소통 능력' 4.31점의 순이었다.

이는 박 대통령이 새누리당 대선후보군으로 분류되던 지난해 5월 같은 기관이 실시한 조사(1087명 대상)에 비해 전반적으로 항목별 점수가 떨어진 것으로 특히 '의사소통 능력'과 '갈등조정 능력'은 각각 1.42점과 1.33점 하락했다.

이번 조사에서 응답자들은 대통력의 덕목으로 도덕성(26.4%)을 가장 중시했고, 이어 의사소통 능력(20.5%), 공정사회 수행능력(18.7%), 갈등조정 능력(10.8%), 경제성장 수행능력(8.3%), 비전제시 능력(6.8%), 복지국가 수행능력(5.8%), 한반도 평화관리 능력

(2.7%)의 순으로 중요도를 뒀다.

박 대통령의 주요 정책별 추진력 평가(5점 만점)에선 '저출산/고령화 완화 및 대응'(3.14점)이 가장 높은 점수를 받았고, '국가 성장 잠재력 확충'(3.07점), '인재양성을 위한 교육정책'(3.04점), '기업의 경쟁력 강화'(3.02점), '일자리 창출'(3점), '일과 삶의 양립기반 구축'(2.98점), '공정사회 확립'(2.9점), '사회통합 강화'(2.85점)의 순으로 집계됐다.

박 대통령의 향후 5년간 직무수행과 관련해선 '보통일 것'이란 응답이 33.1%로 가장 많은 가운데, '잘할 것' 31.3%, '잘 못할 것' 24.8%, '잘 모르겠다' 10.8%였다.

이와 함께 우리나라에서 경제적 부(富)가 얼마나 공정한지에 대해 질문한 결과, '공정하지 않은 편'이란 응답이 52.7%로 가장 많았고, '전혀 공정하지 않다'도 40.7%나 돼 대부분 '불공정하다'는 인식을 갖고 있는 것으로 조사됐다. '공정한 편'이란 응답은 6.3%, '매우 공정하다'는 0.4%였다.

빈부 격차 문제에 대해선 '매우 심각하다' 54.9, '약간 심각한 편' 38.3, '심각하지 않은 편' 5.4, '전혀 심각하지 않다' 1.4%였다.

빈부 격차가 발생하는 이유에 대해선 응답자의 55.2%가 '사회의 구조적 문제'에서 원인을 찾았다. 이어 '부모를 잘 만나고, 못 만난 차이'(16.7%), '정부의 잘못된 정책'(14.0%), '개인의 능력'(7.1%), '개인의 성실성'(5.7%), '기타'(1.3%)의 순이었다.

개인의 노력으로 사회·경제적 지위가 상승할 수 있는지에 대한 질문엔 '그렇지 않은 편'이 51.2%, '전혀 그렇지 않다'가 9.5%로 부정적 의견이 60%를 넘어섰다. 긍정적 의견은 39.4%('대체로 그런 편' 36.5%, '매우 그렇다' 2.9%)였다.

개인의 노력에 따른 사회적 대우와 관련해선 '노력에 비해 대우가 낮은 편'이란 응답이 71.9%, '노력에 비해 매우 낮다'가 16.4%로 '노력 대비 사회적 대우가 낮다'는 응답이 88.3%를 기록했다. '노력에 비해 대우가 높은 편'은 10.9%, '노력에 비해 매우 높다'는 0.7%로 집계됐다.

경제성장과 소득분배의 중요성에 대한 질문엔 응답자의 66.3%('소득분배가 더 중요한 편' 52.4%, '소득분배가 훨씬 더 중요하다' 13.9%)가 소득분배 쪽에 무게를 뒀다. '경제성장이 더 중요한 편'이란 응답은 26.7%, '경제성장이 훨씬 더 중요하다'는 7.1%였다.

임금피크제와 관련해선 '찬성하는 편'이 67.8%, '매우 찬성'이 16.5%로 찬성 여론이 더 많았다. '반대하는 편'은 14%, '절대 반대'는 1.7%였다.

이번 조사의 표본오차는 95% 신뢰수준에 ±3.06%포인트다.

장용석 기자

세종의 소통문은 넓었다.

"대소신료는 각자 깊이 생각하여 임금의 잘못이나 정책의 하자나 민생의 질고를 숨김없이 말하여 달라. 틀린 말이라도 죄 주지 않겠다."(외천본민 참조)

박 대통령의 소통문은 좁았다.

"대면보고(對面報告), 그게 필요하다고 생각하세요?"(2015년 1월 12일, 신년 기자회견)

나는 이 신년 기자회견을 보고 박 대통령에 대한 기대와 희망

40 박근혜 대통령의 영광과 좌절, 그리고 외천본민(畏天本民)

을 모두 접었다. 세종의 겸손함을 전혀 찾을 수 없었다. 지난 2년의 국정운영 성과가 좋지 않았고, 많은 국민들이 불통(不通)의 시정(是正)을 요구하는데도, 자기성찰(省察)과 반성의 자세가 전혀 보이지 않았다.

이런 소통 차이의 결과는 극과 극으로 달랐다.

세종은 한글 창제의 위업을 이루었다. 박근혜 대통령의 꿈은 처절하게 좌절되었다.

41

창조경제론

박근혜 정부는 경제정책의 핵심 개념으로 창조경제(Creative Economy)를 내세웠다. 그러나 주요 핵심 관계자들이 그 개념을 각자 나름대로 해석하여, 각자 내세우는 정책 아젠다들이 전체적으로는 서로 조화를 이루지 못하고 오히려 혼선을 일으켰다.

창조경제를 주창(主唱)했던 박 대통령 본인도 개념을 명확히 제시하지 못했고, 그것을 집행할 장관들도 이해가 덜 된 상태인 것으로 보였다. 이런 상황에서 창조경제 추진이 제대로 되긴 어려웠다.

국가미래연구원은 그 개념을 명확히 하기 위해 관련 전문가들을 초청해서 2013년 4월 17일 은행회관에서 당시로선 국내 최초로 창조경제 세미나를 열었다. 이 세미나에서 그 개념과 성공조건들이 제시되고 토론되었다.

<제1회 공개정책세미나>

창조경제의 성공을 위한 정책방향

○ 일시: 2013. 4. 17(수) 13:30

○ 장소: 은행회관 14층 세미나실

국 가 미 래 연 구 원

나는 창조경제를 "새로운 아이디어를 바탕으로 한 신산업이나, 또는 기존 산업에 신기술이 융·복합된 산업을 활성화하는 것이다" 라고 정의했다.

나는 창조경제의 성공을 위한 8가지 조건을 제시했다.

1. 거시 경제의 안정성

2. 창조적 인력의 확보

3. 지적 재산권 보호

4. 공공 정보의 공유

5. 융합 통섭의 연구 개발 사업화 인프라 구축

6. 창업 금융의 원활한 작동

7. 대 중소기업 상생 구조의 정착

8. 창의력 저해하는 규제 철폐

이런 조건은 내가 기술경제학을 바탕으로 생각하는 창조경제의 순환구조를 바탕으로 도출한 것이었다.

창조경제의 순환구조

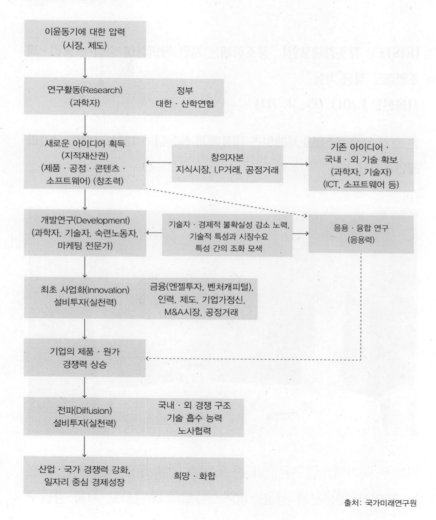

출처: 국가미래연구원

나는 창조경제(The Creative Economy, 2005)라는 책을 집필하여 이 분야의 원조(元祖)로 알려진 영국의 존 호킨스(John Howkins) 박사 (1945.8.3.~, 영국 존 호킨스 창조경제연구센터 대표)와 대담(2013.5.31.) 에서 창조경제에 관한 개념과 국별 차별성에 관해서 의견을 나누었다.

[KISTEP 창조경제포럼] "창조경제는 개인 창의성이 중심… 농업·제조업에도 적용 가능"
서울신문 | 2013. 05. 31. 기사

존 호킨스 호킨스어소시에이츠 대표에게 듣는다 - 대담 김광두 국가미래연구원장

김광두 국가미래연구원장과 존 호킨스 호킨스어소시에이츠 대표 는 30일 서울신문과 서울스피커스뷰로의 후원으로 서울 강남구

삼성동 백암아트홀에서 진행된 제4회 '한국과학기술기획평가원 (KISTEP) 창조경제포럼'을 앞두고 대치동 이비스앰배서더호텔에서 한 시간가량 대담을 나눴다. 두 사람은 창조경제가 개인과 국가에 따라 다른 양상으로 나타날 수 있는 전혀 새로운 산업인 만큼 한국적 창조경제의 모델 개발이 중요하다고 입을 모았다. 다음은 대담의 주요 내용.

김광두(이하 김) 한국에서 박근혜 대통령이 창조경제를 화두로 삼으면서 많은 한국 사람들이 당신을 만나고 싶어 했다. 당신의 저서 '창조경제'는 나에게도 많은 영감을 줬다. 책을 쓰게 된 계기가 있을 텐데.

존 호킨스(이하 호킨스) 원래 쓰려던 책은 컴퓨터·정보·네트워킹 등에 관한 내용이었다. 하지만 자료를 모으다 보니 중요한 부분을 놓치고 있다는 것을 깨달았다. 사람들이 데이터나 정보를 이용하면서 상상력과 창의성이라는 새로운 방식을 사용하고 있는 것을 봤다. 그래서 창조경제라는 제목을 붙였다.

김 한국은 경제의 변혁기를 맞고 있다. 박 대통령은 창조경제라는 비전을 내세웠다. 창조경제를 어떻게 이해해야 하나.

호킨스 개인에게 중점을 두는 것이다. 개인의 상상력이 발휘되면, 이를 통해 혁신을 이룰 수 있다. 개인의 창의성을 중심에 두면 농업이나 제조업 등 전통 산업에도 창조경제를 적용할 수 있다. 흔히 경제의 변화를 농업→제조업→서비스→창조경제 등의 순서로 보지만, 창조경제를 별개로 떼어내 다른 것과 결합하면 어느 산업에서나 창의성의 적용이 가능하다.

김 책을 쓸 당시의 영국은 어땠나. 상상력을 활용한 회사들이 번성했는가.

호킨스 그런 기업들은 '창조벤처' 정도에 불과한 작은 규모였다. 시간이 흐르면서 작은 회사들이 합쳐져 하나의 거대한 그룹이 만들어졌다. 이렇게 만들어진 '창조그룹'들이 다른 산업의 발전을 주도하는 안내자이자 선도자 역할을 한다. 컴퓨터 소프트웨어, 디자인 등의 분야가 다른 분야를 성장시키는 견인차가 된 거다.

김 한국의 창조경제에는 난관이 많다. 기업인이나 자본가들이 창조벤처를 어떻게 수용하는가에 문제가 있다. 지적재산권 등에서 상충될 가능성이 높다.

호킨스 창조적인 사람과 이를 상업화하려는 비즈니스맨의 이익은 기본적으로 대립 관계다. 이런 긴장은 수백년간 이어져 왔다. 하지만 새롭게 태어나고 활성화되는 미디어나 콘텐츠 같은 산업에서는 이 같은 문제가 비교적 쉽게 풀릴 수 있다.

김 결국 보상체계의 문제가 아니겠나. 작가와 PD, 자본가를 예로 들면 작가는 조금, PD는 그보다 많이, 자본가는 나머지 대부분을 가져가고 있다. 박 대통령이 중요시하는 경제민주화 역시 이 같은 구조를 뛰어넘기 위한 정책들이다.

호킨스 그 선을 넘어서야 창조경제가 구현된다. 작가나 소프트웨어, 디자인 등 아이디어를 가진 사람들은 새로운 방식으로 일하고, 거기에 맞는 새로운 보상체계와 조직 구조가 만들어져야 한다.

김 창의성과 비즈니스 간의 조화라고 말할 수 있겠다. 이를 위해서는 시장 메커니즘이 중요한가, 아니면 정부의 개입이 중요한가.

호킨스 영국의 경우 정부의 개입은 원칙적으로 없었다. 하지만 균형이 깨진다고 판단될 경우에는 이례적으로 개입한 사례도 있다. 방송 콘텐츠 제공자와 망사업자 같은 경우였다. 기본은 시장 메커니즘이다.

김 분명히 힘의 불균형이 있다. 대기업은 규모가 크고 인적 자원도 풍부하고 돈도 많고 능력 있는 변호사도 있다. 반면 아이디어를 가진 개인이나 중소기업은 약하다. 돈도 없고 컨설턴트도 없다. 그래서 협상에서 대기업이 훨씬 유리할 수밖에 없다. 힘의 균형을 통해 공정한 협상이 이루어지기 위해 정부의 개입이 필요할 수도 있다. 지적재산권의 가치결정에도 대기업이 더 큰 힘을 발휘할 수 있다.

호킨스 정부가 어떤 이유 때문에 공정한 협상이 이뤄지지 않는 것인지 원인을 파악할 필요는 있다. 문화산업만 놓고 봐도 영화, 음악, TV, 디자인 모두 각기 비즈니스 모델이 다르다. 계약 절차, 계약 관련 상법, 회사 내규, 지적재산권 관련법 등 여러 가지 원인이 있을 수 있다. 시장 내에서 솔루션을 찾아야 한다. 정부의 개입은 시장의 왜곡을 초래한다.

김 청년 실업이 문제다. 그런데 창조경제는 구조가 바뀌는 일인 만큼 일자리 창출에 시간이 걸린다.

호킨스 지금 박 대통령의 입장은 1997년 토니 블레어 총리와 비슷하다. 블레어는 창조경제가 영국의 미래라고 생각했다. 그래서 젊은이들만이 아니라 그들의 부모를 바꾸려고 했다. 디자이너, 소프트웨어 개발자, 패션 디자이너 등 창조적 직업에 대해 예전 부모들은 안정적이지 않다며 반대했다. 하지만 이제는 부모들이 재미있고 가치 있는 일이라고 생각한다. 물론 위험을 감수해야 한다. 창조적 일을 하기 위해 위험을 감수하는 사람이 50~60%는 돼야 창조경제가 구현된 사회다. 영국 정부의 역할은 이런 선택을 하는 사람들을 지원하는 일을 우선시하는 것이다.

김 창조경제 체제에서는 재능이 있는 사람과 없는 사람 간 소득 격차가 커질 수 있다.

호킨스 하지만 창조경제가 소득 불균형을 일으키는 주범은 아니다. 얼마나 열심히 일하느냐, 자신의 상상력과 재능을 얼마나 잘 쓰느냐에 따라 더 큰 보상을 받을 수 있다. 창의적인 개인은 금전적 보상보다 일 자체에서 얻는 개인적 만족감이 더 크고, 그것이 동기부여가 된다. 따라서 프리랜서들이 느끼는 만족도가 높다. 큰 조직은 안정적인 일자리를 제공하지만 재미는 별로 없다.

김 한국의 교육 제도는 창의성을 억누르는 시스템이라는 지적을 받고 있다. 좋은 대학에 가려면 성적을 잘 받아야 하는데 상상력을 발휘하거나 호기심이 있으면 오히려 성적이 좋지 않을 수 있다.

호킨스 교육은 모든 국가의 문제다. 난 교육(가르치는 것)보다는 배움(배우는 것)이 중요하다고 본다. 자기가 원하고 필요할 때 공부하는 거다. 대부분 대학 때까지는 공부를 열심히 하다 직장을 얻으면 중단한다. 하지만 배움은 항상 이어져야 한다. 평생 배워야 한다.

김 배움은 개인의 노력인가, 조직적인 체계인가.

호킨스 교육은 정부의 의무다. 하지만 배움은 개인의 의지다. 내가 주도하고, 내가 비용을 지불한다. 사회가 발전하기 위해서는 개개인의 배우고자 하는 의지와 능력이 중요하다.

김 한국에서는 창조경제의 롤모델을 이스라엘로 본다.

호킨스 이스라엘은 특수한 상황이다. 문화, 경제, 인구, 투자구조 등 모든 면에서 특화된 모델이다. 한국의 롤모델이 이스라엘이 돼야 하는지는 의문이다. 한국은 이미 성공한 대기업이 있고, 유례 없는 성장을 이루고 있다. 이것이 한국의 장점이다. 이를 창조적인 시각에서 한국적 모델로 만들어 나가는 것이 더 낫다고 생각한다.

김 창조경제에서의 창업은 실패에 대한 부담이 있다.

호킨스 창조경제는 한 번 히트를 치기 위해 엄청난 실패를 겪는 것이 당연하다. 누구도 처음에 성공할 수 없다. 전통적 산업과는 다르다. 실패를 안 했다는 것은 시도를 안 했다는 것이다. 실패했다고 손가락질하거나 기회를 빼앗으면 안 된다.

김 한국은 다르다. 실패하면 기회가 없다. 가장 큰 문제는 금융시스템이다. 실패하면 신용도가 떨어지고 다시 기회가 없다.

호킨스 미국은 다르다. 오히려 실패를 안 하면 투자를 받지 못한다. 투자 구조를 볼 필요가 있다. 많은 경우 투자의 90%가 빚으로 이뤄진다. 독일이나 미국 등 기업가정신이 발달한 곳은 자본금 형태로 투자가 이뤄진다. 실패하면 빚이 남지만, 자본금은 잠식되는 것으로 끝이다.

김 창조경제에서 중시하는 지적재산의 경우 한국에서는 잘 만들어진 평가시스템이 있으면 도움이 된다고 보고, 이에 맞춰 지표를 개발하고 있다.

호킨스 지적재산권의 가치는 사고파는 당사자 간에 결정할 문제다. 제도나 지표 등 외부 기준에 따르는 것은 적합하지 않다.

김 그 부분에서는 생각의 차이가 분명한 것 같다. 실리콘밸리의 경우 참고할 자료가 있다. 에이전시들이 특정 지적재산권에 대해 가격의 범위를 어느 정도 정해준다. 그래서 상대적 약자인 아이디어 제공자나 벤처기업과 대기업 및 자본가 간의 힘의 균형을 어느 정도 맞춰 준다. 불균형은 불공정으로 이어진다. 벤처캐피털 역시 자본금이 아닌 빚으로 펀딩을 한다. 불확실성 때문이다. 이 같은 불확실성을 해소하기 위해서는 분명 지표가 필요하다.

호킨스 투자를 꺼리면 결국 아이디어를 가진 기업은 투자를 받기 위해 외국으로 빠져나갈 것이다. 벤처캐피털은 자체적으로 사업

계획과 가능성을 판단할 수 있는 능력이 있어야 한다.

김 그렇다면 벤처캐피털의 능력 향상을 위한 교육이 필요한가.

호킨스 벤처캐피털이 살아남기 위해서는 필요에 의해 자연스럽게 역량을 갖춰야 한다. 기업가 정신을 교육하기는 쉽지 않다. 교육이 전혀 도움이 안 된다는 것은 아니다. 하지만 누가 교육을 제공하느냐가 더 중요하다. 교육은 기존 기업들이 할 역할이다. 엄청난 성공을 거둔 한국의 대기업들은 차세대를 위해 스타트업(창업자)에 투자하라고 말하고 싶다. 성공한 대기업이 더 높은 위험부담을 지는 것이다.

김 한국에선 정부의 규제가 과도하다. 난 항상 유연성이 중요하다고 강조한다. 새로운 아이디어를 내고 그것을 개발하는 활동에서 유연성이 확보되려면 정부의 개입이 최소화돼야 한다. 선택의 권리를 보장하는 거다. 한국의 경우 1960~1970년 정부가 산업화를 주도하면서 기업에 많은 인센티브를 제공했다. 그 대가로 정부 지침에 따르는 것이 요구됐다.

호킨스 어려운 문제다. 하지만 한국은 정부가 주도해, 결국 큰 경제 성장을 이뤘기 때문에 잘못됐다고도 할 수 없다. 다만 기술과 개개인은 급격히 변하고 있다. 그래서 과거의 시스템 대신 새로운 회사와 새로운 경제 방식이 필요하다. 아이디어를 가진 벤처기업들이 많이 생길 수 있는 환경을 조성하는 것이 필요하다.

김 박 대통령의 비전은 반드시 성공해야만 한다. 그래서 경제 구조의 혁신이 필요하다. 예를 들어 한국은 스마트카를 만들 수 있는 기술력이 있다. 하지만 스마트카를 만들려면 스마트폰에 있는 무선 통신 기술이 들어가야 하는데, 그걸 하려면 무선통신사업권을 따야만 한다. 기존 업체의 반발이 심하다. 진입장벽이 있는 거다.

이 모든 규제를 완화하는 것이 법적 차원의 문제인데 이해당사자
들의 입장이 엇갈리고, 정당 간 합의 도출도 쉽지 않다. 조언해 줄
부분이 있나.
호킨스 결국 모두를 설득하는 것이 관건이라고 생각된다.

정리 박건형 기자
이범수 기자

나는 기술경제학에 바탕을 둔 기본 구도와 여러 국내 세미나에
서의 의견 교환, 그리고 이 용어를 최초로 사용한 호킨스 박사와의

사진: 한국형 창조경제의 길, 2013.9.

토론을 바탕으로, 김영욱 박사(당시 중앙일보 논설위원)와의 대담을 통해서 창조경제를 쉽게 설명하는 책을 출간하기도 했다.(2013년 9월 2일)

창조경제가 화두로 떠오름에 따라 각종 단체에서 강의 요청이 많았고, 나는 최선을 다하여 이 요청에 응했다. 때로는 교통 사정이 좋지 않은 지방에서 요청이 와도 가능한 모두 현장에 갔다. 이 개념을 정확히 이해하는 사람들이 많을수록 창조경제 관련 정책의 성공 가능성이 높아진다고 판단했기 때문이었다.

2013년 6월경, 중소기업중앙회로부터 국가미래연구원과 공동으로 중소기업 창조경제확산위원회를 만들어 중소 벤처 기업들의 창조경제 활동을 지원하자는 제의가 왔다. 나는 기꺼이 동의했다.

2013년 7월 23일, '중소기업 창조경제확산위원회'가 출범했다. 나는 이 자리에서 당시의 김기문 중소기업중앙회 회장과 공동위원장으로 위촉됐다. 이 위원회엔 다수의 벤처 기업인들과 관련 전문가들이 참여했다. 이 모임은 매월 1회씩 열려 많은 정책 아이디어들을 제안했고, 박 정부가 끝날 때까지 지속되었다. 박 정부 이후엔 '중소기업 혁신 생태계 확산위원회'로 개명하여 그 활동을 지속했다.

사진: 중소기업 창조경제확산위원회 출범식. 우측부터 윤창번 박근혜 청와대 미래전략 수석 비서관, 필자, 최문기 과학기술정보통신부 장관, 김기문 회장. 최 장관과 윤 수석은 국가미래연구원 회원이었다.

나는 미래사회는 과학자들의 새로운 지식 창출에 의해서 새로운 모습으로 바뀐다고 보았다. 경제전문가들과 과학자들이 함께 모여 공부할 수 있으면 좋겠다는 의견을 몇 분의 정부 출연 연구소장들과 나누었다. 모두 서로 사고의 영역을 넓히는데 도움이 되겠다는 의견의 일치를 보았다. 이 분들과 협의하여 과학자들과 경제전문가들이 함께하는 민간미래전략위원회를 2014년 3월에 구성했다. 이 모임은 격월로 모여서 "급속히 변화하는 신기술의 새로운 세계"를 공부했고, 지금도 계속하고 있다.

2016년 5월에는 농협에서 창조경제 개념을 농업에 적용하여 농업의 첨단화를 추진하자는 제의를 받았다. 같은 해 8월 11일, 농협

중앙회 서울 본관에서 '창조농업 추진위원회' 발대식이 있었다. 나는 김병원 농협회장과 함께 이 위원회의 공동위원장을 맡았다. 이 위원회에 디지털, 바이오 분야의 다수 전문가들이 참여하여 우리 농업의 부가가치 제고와 생산성 향상을 논의하고 관련 아이디어를 제시했다. 이 위원회도 박 정부 이후엔 '미래농업 추진위원회'로 이름을 바꾸었다.

박근혜 정부의 창조경제는 준비 부족과 관련자들의 인식 미흡으로 실패했다. 창조경제는 하나의 비전이고 그림이다. 그 순환과정이 원활하게 움직이도록 인프라를 하나 하나 깔아가는 노력이 필요했다. 박근혜 정권이 인프라를 잘 구축해 놓으면 다음 정권이나 다다음 정권이 창조경제의 꽃을 피울 수 있었다. 그러나 박 정권 임기 내에 성과를 보려고 정책 자원을 엉뚱한 곳에 낭비했다. 이명박 정부의 녹색경제와 유사한 실패 경로를 밟은 것이다.

그러나 창조경제가 추구했던 새로운 아이디어를 바탕으로 한 신기술 산업 활성화는 오늘 현재도 우리 경제의 과제이다. 박 정부가 내실 있는 인프라를 구축해 놓았더라면 오늘 우리 경제에서 신기술 산업이 차지하는 비중과 역할이 훨씬 더 클 것이다.

문제의 본질은 어떤 정부든 아무리 좋은 비전을 제시해도 그 내용을 정부 당국자들이 제대로 소화하지 못하고 있거나, 정책의 성공조건인 관련 인프라의 내실 있는 구축 단계를 거치지 않고 5년이란 임기 내에 눈에 보이는 성과를 원한다면, 그 비전은 헛된 꿈으로 끝날 수밖에 없다는 데 있다.

42

경제체질 개선을 위한 전략 과제: 산업 구조조정, 금융 감독 체제 개선, 국가재정의 효율

나는 2013년 현재의 관점에서, 우리 경제의 체질을 개선하기 위해서 어떤 부문에 대한 연구가 중요할지 연구원 동료들과 협의했다. 창조경제는 현안 과제였다.

그것에 더해서 연구원으로서는 다양한 주제들을 연구해야겠지만, 나의 입장에서는 세 가지 연구를 하고 싶었다. 금융 감독체제 개선, 산업 구조조정, 국가재정의 효율화 등에 나는 관심이 깊었다. 이 세 분야에 대한 연구 과정을 간략하게 소개하면 다음과 같다.

1. 금융 감독 체제 개선에 관한 연구

2013년 7월 연구원과 외부 전문가들이 한 팀이 되어 런던으로 떠났다. 세계 금융의 선진국인 영국의 금융감독시스템을 배우기 위해서였다. 이 연구 여행의 스케줄은 마침 영국 대사관의 후원으로 매우 유익하게 잘 짜여졌다. 금융감독 기구들의 책임자들과 관련 전문가들을 최대한 만날 수 있었고, 필요 자료도 최대한의 협조를 얻었다.

사진: 2013.7. 런던 Queenhithe에 있는 Millenium
　　　Footbridge에서

　　마침 2013년 10월 일본 외무성에서도 좋은 기회를 마련해 주었
다. 일본의 아베노믹스에 관해서 관찰하고 토론할 수 있도록 다수
의 일본 고위 관료, 전문가들을 만나고 기업 현장을 방문할 수 있
는 스케줄을 마련해 주었다. 그중에 일본 중앙은행의 구로다 하루
히코(黑田 東彦) 총재와의 면담도 들어 있었다. (그는 2022년 현재도 총
재로 재임하고 있다)

사진: 2013.10. 구로다 전 일본중앙은행 총재와 간담 후

　그와의 만남에서 아베노믹스는 물론 일본 금융산업과 일본의 금융감독시스템에 관해서도 의견을 나누어 영국의 경험에 추가해서 나의 생각을 정리하는데 도움을 얻었다.

　나는 이 연구의 마무리를 위해서 2013년 11월 12일 금융감독체계에 관한 국제세미나를 열었다. 영국 FOS(Financial Ombudsman Service)의 Adrian Daily 정책부장이 "영국의 소비자 보호 관점에서 금융규제개혁"을, 윤석헌 교수(금융감독원장, 2018.5~2021.5)가 "바람직한 금융감독체계 개편방안"을 각각 발표하고, 국내외 10여명의 전문가들이 토론자로 참여했다.

　이러한 연구와 토론의 과정을 거친 연구의 결과를 나는 신성환 교수(당시 홍익대, 현 한은 금융통화운영위원)과 함께 정리하여 3부로 나누어 국가미래연구원의 당시 홈페이지(현재의 ifsPOST)에 2014년 2월에 발표했다.

> **〈영국의 금융감독제도와 금융산업경쟁력〉**
>
> **1부, 영국의 금융감독제도 개편과 평가**
> **2부, 영국의 금융산업경쟁력 평가**
> **3부. 한국 금융산업 및 감독체제 개편에 대한 제언**

후에 살펴보니 3부가 수록되어 있지 않아 그 내용을 재편하여 2019년 2월에 3부로 나누어 다시 ifsPOST(정책 전문 인터넷 신문)에 발표했다. 관심 있는 분들은 이 사이트에서 내용을 상세히 볼 수 있다.

　　1부: https://www.ifs.or.kr/bbs/board.php?bo_table＝research&wr_
　　　　id＝539

　　2부: https://www.ifs.or.kr/bbs/board.php?bo_table＝research&wr_
　　　　id＝540

　　3부: https://www.ifs.or.kr/bbs/board.php?bo_table＝research&wr_
　　　　id＝541

2. 산업 구조조정에 관한 연구

산업 구조조정은 우리 경제가 안고 있는 상시 과제이다. 산업 경쟁력 강화와 산업구조 고도화가 추진되기 위해서는 상시적인 산업 구조조정이 이루어져야 하기 때문이다.

그러나 현실은 그렇지 못하다. 구조조정에는 항상 고통이 따르기 때문이다. 고통을 포퓰리즘이라는 마약으로 치유하려는 정치인들이 구조조정의 가장 큰 걸림돌이긴 하지만 우리 경제 질서에 내재된 장애 요인들도 많다.

은행, 자본시장, 법정관리에 관련된 각종 제도와 관행, 노사 간의 조정 부담 분담, 금융과 산업 전략 간의 시각차 등이 효율적이고 효과적인 상시 구조조정을 어렵게 한다. 이들 하나 하나의 구조적 문제와 이들 상호 간의 부조화로 발생하는 시스템 오류에 대한 정확한 진단과 개선 방안이 마련되어야 한다.

이런 방안 마련을 위해서 국가미래연구원은 2014년 3월부터 2015년 10월까지 5회에 걸쳐 관련 전문가들을 초청하여 세미나를 열었다.

세미나 일자와 주요 주제를 간추려 보면 다음과 같다.

〈1회(2014.3): 기업 구조조정 정책 방향〉

* 기업구조조정 시스템의 혁신 방향 (발제: 김광두, 국가미래연구원장)

* New Trend in Debt Restructuring: From Bail―out to bail in
(발제: Mr. Graeme Knowd(Associate M.D., Moody's)

42 경제체질 개선을 위한 전략 과제: 산업 구조조정, 금융 감독 체제 개선, 국가재정의 효율

〈2회(2014.11): 선제적 기업 구조조정 정책〉

* 경제회복의 전제: 기업구조조정 메커니즘의 혁신(발제: 양원근, 한국 금융연구원)

* 국내 기업구조조정 메커니즘 현황 및 문제점(발제: 정용석, 한국 산업은행)

* 자본시장을 통한 선제적 기업 구조조정 메커니즘(발제: 장정모, 자본시장연구원)

〈3회(2015. 5. 13): 회생절차 제도 및 운용 개선 방안〉

* 회생절차 제도의 효율성 제고 방안(발제: 정용석, 한국산업은행)

* 회생절차의 현황과 개선 방향(발제: 임치용, 김앤장 법률사무소)

* 구조조정제도 이용 효율성 제고 방안 — 채무자의 회생절차 이용을 중심으로(발제: 이청룡, 삼일회계법인)

〈4회(2015.10.21.): 배임죄, 이대로 좋은가?〉

* 법적, 경제적 측면에서의 배임죄 구성요건(한만수, 법무법인 호산)

〈5회(2015.11.24.): 구조조정, 산업과 금융의 조화〉

* 우리나라 산업, 기업의 부실 현황과 구조조정 과제(오영석, 산업연구원)

* 기업 구조조정 추진 제약 요인과 향후 과제(구정한, 한국금융연구원)

* 한국수출입은행의 산업·기업 구조조정 추진 방안(김성철, 한

국수출입은행)

　이런 다양한 측면에서 하나 하나의 주제를 숙성시켜 가면서 진행한 세미나의 결과를 집대성해서 책을 발간했고, 구조조정 관련 기관들과 전문가들에게 참고 자료로 제공했다.

사진: 기업구조조정 장애요인과 해소방안, 2015.12.

　나는 이 과정에서 산업경쟁력과 산업구조고도화 이슈를 지속적으로 논의하는 포럼의 필요성을 느끼고 산업경쟁력 포럼을 구성했다. 이 포럼의 창립식이자 첫 모임은 2015년 7월 16일 서울시청 앞 플라자 호텔에서 열렸다. 이 모임은 아침 7시에 시작하는 세미나

42　경제체질 개선을 위한 전략 과제: 산업 구조조정, 금융 감독 체제 개선, 국가재정의 효율

로 그 이후 2022년 10월 현재까지 62회에 걸쳐 진행해 왔다. 그 내용은 ifsPOST에 보고서와 토론자의 토론문을 그대로 게재하고 있으며, 발표와 토론의 전 장면을 동영상으로 국가미래연구원 유튜브에 올리고 있다.

사진: 2015.7.16. 산업경쟁력포럼 창립식 날, 덕수궁을 바라보며

3. 국가 재정 효율화

재정은 국가 운용의 마지막 보루이다.

재정이 어려워지면 국제사회에서 신용불량자 취급을 받게 되고 국가에 어려움이 닥칠 때 정부의 대응 능력이 취약해 진다.

그러나 정치 민주화와 이 정치 질서의 핵심인 선거는 포퓰리즘을 필요악으로 수반한다. 그 결과 재정 건전성이 위협 받게 된다.

이런 흐름을 제도적으로 완화할 수 있는 방안은 없을까? 나는 정치 민주화의 역사가 긴 유럽의 여러 나라들의 경험이 알고 싶었다. 그들은 어떻게 했을까?

사전 조사와 토론을 거쳐 연구의 방향과 구성을 설계한 국가미래연구원의 재정 연구팀은 2014년 6월 유럽의 몇 나라와 OECD 본부의 방문길에 올랐다.

우리는 프랑스 파리에 있는 OECD 본부의 연구자들과 깊은 토론을 하고, 관련 자료를 얻어 국별 특성을 먼저 파악하고 이해하는 과정을 선행했다. 그 이후 독일, 프랑스의 재정 관료, 전문가들과 집중 토론을 하고 참고 문헌을 얻었다.

이런 과정을 거쳐 우리가 얻은 핵심 결론은, 재정지출 통제 제도의 실효적 작동 여하, 중장기 재정 운영 계획의 명시적 구체성 수준, 재정 준칙 불이행 시의 제재 조치나 자동 교정장치의 구체적 법적

사진: 2014.6. 파리에 있는 OECD 본부 앞에서

강제성 유무, 재정감시기구의 독립성 보장 여부 등으로 정리되었다.

여기에 고령화의 진전에 따라 모든 국가가 공통적으로 겪게 되는 사회복지 지출의 증대, 연금제도의 불안정성 대두 등에 어떻게 대응하느냐 하는 문제가 있었다.

이 문제를 다루는 키워드로 우리는 "이전 지출보다는 사회적 투자로"와 "세대 간 회계(Inter-generational accounting)"를 선택해서, 그 개념을 기준으로 문제를 풀어나가는 방안을 제시했다.

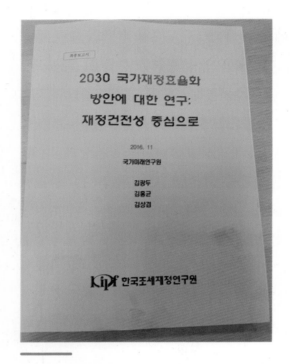

사진: 2030 국가재정효율화 방안에 대한 연구: 재정건전성 중심으로, 2016.11.

2015년 3월 나는 한경 TV가 주최한 국제세미나에서 미국의 노벨상 경제학자인 스티글리츠(Joseph E. Stiglitz) 교수와 공식 행사 이전에 둘이서 1시간 이상 사적인 대화 시간을 가질 기회가 있었다. 나는 그에게 재정 건전성 이슈를 꺼냈다. 이런 저런 의견을 나누다가 그는 의미있는 이슈를 던졌다.

사진: 2015.3. 스티글리츠 교수와의 토론

    그는 미국 부유층들의 "합법적 탈세"를 설명했다. 보통 사람들은 잘 모르거나, 보통 사람들에게는 해당(該當)되지 않는 세법 지식을 활용하여 부유층들이 "기묘한 절세"를 한다는 것이었다. 만약 이 "합법적 탈세"를 방지할 수 있다면 거액의 세금이 국고로 들어올 수 있다는 것이 그의 주장이었다.

    문제는 "합법적"을 "불법적"으로 고치면 해결되는데 그것은 기득권 카르텔의 집단 방어력 때문에 현실적으로 어렵다는 것이었다. 그와 나는 쓴웃음을 나누며 헤어졌다. 이 순간 나의 뇌리에는 전국의 경치 좋은 곳에 자리 잡은 개인용 별장인 것으로 느껴지는, 그러나 어느 회사의 회계장부에는 "연구소", "연수원"으로 기장 되어 있을, 멋있는 집들이 스쳐 갔다. 그는 인간적으로 매력 있는 경제학자였다.

IX

보수와 진보의 대화

43

보수와 진보 간의 소통 채널 구축: (上) 재벌·노동 개혁

"장 교수, 우리 보수와 진보 진영 간의 대화 채널을 만들어 봅시다."

"좋습니다."

나와 당시 경제개혁연구소의 이사장이었던 장하성 교수(문재인 정부 초대 청와대 정책실장, 2대 주중대사)가 의기투합했다. 이런 우리의 뜻에 경제개혁연대 소장이었던 김상조 교수(문재인 정부 초대 공정거래위원장, 3대 청와대 정책실장)도 합류했다.

우리의 문제의식은 이 사회가 좌우 진영 간 대립으로 경직성이 심화되고 있고, 이것은 국가 발전을 위해서 바람직하지 못하다는 데 있었다. 정치인들 간의 대화가 어려우니 지식인들이 앞장서서 대화의 물꼬를 터보자는 뜻을 가지고 우리 셋은 뭉쳤다.

나는 견해 차이는 어느 사회에서나 있지만 그 차이 때문에 초래되는 갈등과 분열은 대화를 통한 소통으로 어느 정도 완화할 수 있다고 생각했다. 나의 이런 생각은 스웨덴의 사회적 소통기구인 정치 박람회가 스웨덴 사회의 화합에 크게 기여하고 있다는 점, 그리고 80년대 말 노동운동이 한창일 때 내가 민노총 간부들과 토론을 하면서 느꼈던 경험에 바탕을 두고 있었다.

우리는 "보수와 진보 함께 개혁을 찾는다"를 간판으로 걸고 좌우 진영 간의 소통을 위한 세미나 시리즈를 진행하기로 했다. 장 교수와 김 교수가 발표와 토론에 참여할 진보 진영의 인사들을 섭외하고, 나는 보수 진영의 논객들을 섭외하기로 했다.

세미나는 우선 <시즌 1>과 <시즌 2>로 나누어 진행하고, 특정 시점에 발생하는 관심 사항에 관한 특별 토론회도 병행하기로 기획했다. <시즌 1>의 대주제는 "한국의 재벌기업, 무엇을 어떻게 개혁해야 하나?"로 하고, <시즌 2>의 대주제는 "양극화와 불평등을 논한다"로 하기로 했다.

당시 이 기획의 취지와 내용을 소개했던 글을 소개한다.

보수와 진보, 함께 개혁을 찾는다 - 국가미래연구원과 경제개혁연구소·경제개혁연대의 합동토론회 시리즈를 시작하며
ifsPOST | 2015. 06. 22. 김광두 국가미래연구원장

1. 보수-진보의 대화체 설치 취지
한국사회는 일상적 변화나 굴곡이 아닌, 전혀 새로운 흐름 속에 들어와 있다. 그간의 추격형 경제성장은 한계에 봉착했다. 지금 우리는 글로벌 경제, 지식기반경제라는 새로운 세상에서 살고 있다. 이런 상황에서 저성장, 양극화, 청년실업, 경제적 불평등 심화, 계층이동성 감소, 저출산, 고령화 등 미증유의 구조적 난제들이 우리를 둘러싸고 있다.

한국경제가 위중한 국면이다. 그러나 불행하게도 지식인들조차, 보수든 진보든, 문제의 실체적 개선을 위한 진지한 노력은 제쳐둔 채, 각각의 교조적 진영논리를 재생산하고 판매하느라 바쁘다. 국가미래연구원(이사장 김광두 서강대 석좌교수)과 경제개혁연구소(이사장 장하성 고려대 교수)·경제개혁연대(소장 김상조 한성대 교수)는 우리 사회의 이런 진영 싸움을 개탄한다. 민주주의 시장경제체제는 사상과 아이디어의 자유 경쟁을 통해 진화한다. 그러나 그간의 이분법적인 진영논리 싸움은 이런 열린 지적 경쟁이 아니라, 상당 부분 진영논리를 확산시켜 기득권을 지키고 강화하려는 이익집단들의 대립의 산물이다. 이래서는 한국사회의 미래를 찾을 수 없다.

개혁적 보수의 국가미래연구원과 합리적 진보의 경제개혁연구소·경제개혁연대는 한국사회의 문제와 장래에 대해 많은 대화를 했다. 이를 통해, 양 기관은 기존의 진영논리로는 한국사회의 구조적 난제들을 풀 수 없다는 것, 진영논리의 틀을 깨고 현실 문제의 실체적 해결을 위한 변화와 개혁을 찾아야 한다는 것에 뜻을 같이 했다.

물론 국가미래연구원과 경제개혁연구소·경제개혁연대의 토론이 보수와 진보의 이념적 차이를 완전히 해소할 것을 목표로 하는 것은 결코 아니다. 그것은 가능하지도 않고 바람직하지도 않다. 각기 개혁적 보수와 합리적 진보를 지향하는 두 단체가 각각의 주제와 사안에서 어디까지 동의할 수 있는지, 어디에서부터 의견이 달라지는 지를 확인하는 것이 가장 큰 목표다. 이러한 과정을 통해 불필요한 오해와 불신의 소지를 제거하고, 상호 이해와 합의의 기반을 넓히는 것이 보다 중요한 목표다.

일단 국가미래연구원과 경제개혁연구소·경제개혁연대가 대화를 시작하지만, 뜻을 같이 하는 단체와 개인의 참여를 희망하며, 이를 위해서 양 단체는 서두르지 않고 한걸음 한걸음씩 나아갈 것이다. 무엇보다, 양 단체는 특정 세력과 이익집단에 의존하지 않고 독립적 위상을 견지하면서 객관적 의견을 낼 것을 약속한다.

2. 토론회 개최

이런 취지 하에 양 단체는 '보수와 진보를 넘어, 함께 한국사회에 긴요한 변화와 개혁을 찾기 위한 토론회' 시리즈를 시작하려고 한다.

"보수와 진보, 함께 개혁을 찾는다." 토론회 시리즈는 보수와 진보의 거대담론을 놓고 일회성의 토론을 벌이려는 것이 아니다. 보수와 진보 지식인들이 독립적으로 실사구시 입장에서 한국사회에 긴요한 변화와 개혁을 찾고 토론함으로써 상호 이해의 기반을 넓히고, 이를 토대로 진정으로 국민을 위한 정책 어젠다와 방향을 모색하려는 것이다. 한국사회의 구조적 문제에 관한 다양한 주제들을 토론 테이블에 올릴 것이며, 가능하다면 새로운 정책 패러다임과 구체적인 실천방안도 모색할 것이다.

국가미래연구원과 경제개혁연구소·경제개혁연대는 보수와 진보의 시각차가 큰 중요 주제를 선정해 당해 주제 내의 세부 사안들을 다루는 토론회를 월 1회 개최하고, 관련 세부 사안들을 모두 다루고 나면 다음 주제로 넘어가는 방식으로 토론회 시리즈를 진행하고자 한다. 단, 긴급을 요하는 사안이 있을 경우에는 특별 토론회를 개최할 수도 있다.

3. 첫 번째 토론주제 선정: 재벌기업의 개혁

보수와 진보의 진영논리 싸움이 가장 치열한 분야 중의 하나가 재벌기업 관련 정책이다. 1997년 외환위기 발생을 계기로 재벌개혁이 추진되었고, 지난 대선에서 경제민주화 조치들이 공약되는 등 여러 번 개혁이 시도되었지만, 달라진 바는 별로 없다. 최근에도 재벌 3세로의 무리한 경영권 승계, 경남기업 성완종 회장의 정관계 로비 등 다양한 사안들이 국민적 의혹과 개탄의 대상이 되고 있다. 이에 본 토론회 시리즈의 첫 번째 주제로 재벌기업 문제를 다루고자 한다. 이것은 매우 어려운 과제이다. 그러나 실사구시의 자세로 열린 대화에 임한다면 많은 부분에서 공감대가 형성되고 이를 바탕으로 실현 가능한 개혁 방안들이 나올 것으로 기대한다.

4. 토론 시리즈의 구성

토론 시리즈: "한국의 재벌기업, 무엇을 어떻게 개혁해야 하나?"

(1) 경제권력(재벌)과 민주주의·시장경제, 어떻게 조화시켜야 하나?

(2) 재벌의 소유·지배 구조는 기업·국가경쟁력에 독인가, 약인가?

(3) 재벌의 사익편취는 어떻게 막을 것인가?

(4) 재벌의 경제력 남용과 상

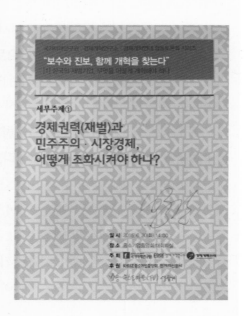

생경제, 어떻게 보아야 할 것인가?

(5) 재벌의 경영권 승계 관행, 어떻게 평가하고, 풀어나가야 할 것인가? (기업가 정신, 기업경쟁력, 국가 경제 등)

(6) 재벌개혁 실패, 반복하지 않으려면 어떻게 해야 하나?

"진영 논리 깨고 변화·개혁 모색하려 진보·보수 모였다"
한겨레 | 2015.06.25. 기사

국가미래연구원-경제개혁연대 합동토론회 주도한 김광두 원장

김광두 국가미래연구원장이 23일 서울 마포 연구원에서 연구원과 경제개혁연대·경제개혁연구소가 함께 여는 합동토론회에 대해 설명하고 있다.

"개혁적 보수와 합리적 진보 세력이 우리 사회의 진영논리를 깨고 변화와 개혁을 이루기 위해 힘을 합쳤습니다."

김광두 국가미래연구원장(서강대 석좌교수)은 23일 서울 마포 연구원에서 〈한겨레〉와 만나 연구원과 경제개혁연대·경제개혁연구소가 공동으로 30일부터 매달 한번씩 '보수와 진보, 함께 개혁을 찾는다'를 주제로 합동토론회를 시작한다고 밝혔다. 토론회는 한국경제의 화두인 재벌문제를 시작으로 금융, 조세, 노동 등 우리사회의 핵심쟁점들을 계속 다뤄갈 계획이다.

연구원은 김광두 원장이 중심이 되어 2010년 말 '개혁적 보수'를 기치로 내걸고 설립된 '독립적 민간 싱크탱크'다. 김 원장은 2012년 대선에서 박근혜 캠프에 참여해 공약을 만드는 등 중요한 역할을 했지만, 최근 "나를 대통령의 경제 가정교사라고 부르는 것은 적절치 않다"고 선을 그었다. 경제개혁연대는 1997년 설립된 참여연대 경제개혁센터의 후신으로 소액주주 권익보호, 기업지배구조 개선, 정부의 재벌·금융정책 감시 등을 주된 활동으로 하는 개혁진보성향의 경제전문단체이고, 경제개혁연구소는 그 자매기관이다.

30일부터 매달 합동토론회 열기로
첫 주제 재벌문제 6차례 집중 논의
"토론으로 오해·불신을 제거하고
상호 이해·합의 기반 넓힐 수 있어
큰 이슈 발생땐 공동의견 낼 수도"

- 보수와 진보 합동토론회의 취지는?

= 한국경제는 위중한 국면이다. 저성장, 양극화, 청년실업, 경제적 불평등, 저출산, 고령화 등 미증유의 구조적 난제들이 우리를 둘러싸고 있다. 그러나 불행히도 보수와 진보는 각각의 교조적 진영논리를 재생산하고 판매하느라 바빴다. 이래서는 한국사회의 미래를 찾을 수 없다. 우리사회의 갈등구조가 심한 것은 소통부족 때문이다. 소통만 되면 갈등의 상당부분을 해소할 수 있다. 그래서 지식인들부터 소통하는 노력을 하기로 했다. 개혁적 보수인 연구원과 합리적 진보인 경제개혁연대 · 경제개혁연구소가 힘을 합치기로 했다.

- 어떻게 성사됐나?
= 오래 전부터 이런 생각을 해왔다. 경제개혁연대와 경제개혁연구소는 그동안 꾸준히 연구활동을 해오며 진보진영을 대표하는 곳이어서 제안을 했다. 경제개혁연구소의 장하성 이사장(고려대 교수)과 경제개혁연대의 김상조 소장(한성대 교수)이 선뜻 뜻을 같이했다.

- 준비과정에서 어려움은 없었나?
= 참여자들에게는 일종의 사회봉사다. 두 기관 소속의 발표자와 토론자는 무보수다. 외부 참여자도 소정의 수고비만 지급할 계획이다. 사회에 이런 뜻을 제대로 전달하고 사회적 대화 분위기를 만들려면 언론의 도움이 필요하다. 그래서 언론도 보수와 진보 각각 한곳씩 협조를 요청했다. 진보를 대표하는 〈한겨레〉는 후원에 선뜻 응했는데, 보수 쪽은 결국 이뤄지지 않았다.

- 언론 역시 진영논리에서 자유롭지 못한 현실을 보여주는 것 같다. 최근 현안 중에서 진영논리에 갇혀 해결방안을 못 찾는 사례를 꼽는다면?

= 공무원 연금개혁이 대표적이다. 보수는 재정적자의 심각성을 강조한다. 국가재정의 건전성을 유지하고 연금의 지속성을 확보하기 위해 공무원들이 '더 내고 덜 받는' 방안을 주장한다. 반면 진보는 퇴직 이후 인간적 생활보장이라는 연금의 기본 기능을 강조하며 부자증세를 대안으로 내놓는다. 연금의 지속가능성이 유지되는 범위 안에서 연금 혜택 수준을 결정해야 한다.

- 첫 번째 주제를 재벌로 잡았는데?

= 보수와 진보 간에 가장 시각이 대립된 주제가 재벌문제다. 재벌의 폐해를 강조하는 시각과 재벌이 없으면 글로벌 경쟁에서 이길 수 없다는 시각으로 나뉘어 있다. 재벌문제는 총 여섯번으로 나눠 논의할 계획이다. 가장 먼저 갈수록 힘이 세지는 경제권력(재벌)과 시장경제 및 민주주의를 어떻게 조화시킬 것인가를 다룬다. 연구원에서 신광식 연세대 겸임교수가, 경제개혁연대에서 김상조 교수가 각각 발제를 맡는다. 이어 재벌의 소유지배구조, 사익편취, 경제력 남용과 상생문제, 경영권 승계 등과 같은 세부 주제를 논의한다. 마지막으로 그동안 여러 재벌개혁 논의가 있었음에도 실패한 원인을 다룬다.

- 최근 미국계 헤지펀드 엘리엇이 삼성물산과 제일모직 간 합병을 반대해 논란이 되고 있다. 엘리엇은 합병이 이재용 삼성전자 부회장의 경영승계를 위해 것으로, 다른 주주들의 권익이 침해됐

다고 주장한다. 반면 삼성은 엘리엇을 단기차익을 노린 먹튀 자본이라고 공격하는데?

= 헤지펀드는 속성상 돈벌이가 되면 뛰어든다. 시장개방이 된 우리 현실을 감안하면, 엘리엇이 뛰어들도록 만든 틈이 무엇인지 반성해야 한다. 한국기업들이 헤지펀드에 당하는 것을 보면 기분은 나쁘지만, 글로벌 스탠다드에 맞게 지배구조 개선 등 내부 정비를 해야 한다. 그렇지 않으면 엘리엇이 아니더라도 다른 헤지펀드들이 언제든 들어오지 않겠나?

- 토론회에서 합의가 쉬울까?

= 몇 차례의 토론만으로 보수와 진보의 이념적 차이가 완전히 해소되기는 어려울 것이다. 하지만 각각의 주제와 사안에 대해 어디까지 동의할 수 있는지, 어디서부터 의견이 달라지는지를 확인하는 게 중요하다. 이런 과정을 통해 오해와 불신을 제거하고 상호이해와 합의의 기반을 넓힐 수 있다. 조선 당파싸움의 원인도 소통과 대화부족으로 인한 오해였다. 서로 대화도 안하고 죽이려고만 했다. 첫 토론회는 내가 사회를 볼 계획인데, 상대방 주장이 옳으면 '네 말이 맞다'고 솔직히 인정하는 분위기를 만들려고 한다.

- 문제를 해결하려면 토론 결과가 정책으로 이어져야 할 텐데.

= 토론회를 진행하면서 생각하려고 한다. 꿈이 있다면 진보와 보수의 갈등 때문에 정책이 제대로 만들어지지 못하고 싸움만 벌인 주제들에 대해 해법을 마련하는 것이다. 이것이 잘되면 새롭게 큰 이슈가 발생했을 경우 두 기관이 공동으로 의견을 낼 수도

43 보수와 진보 간의 소통 채널 구축: (上) 재벌·노동개혁

있을 것이다.

- 토론회는 언제까지 할 계획인가?

= 시한은 없다. 계속할 것이다.

- 2년 뒤 대통령선거에서 공동으로 정책 제안을 내놓는 것도 염두에 두고 있나?

= 구체적으로 얘기된 것은 없다. 다만 두 기관 사이에 대화와 신뢰가 쌓이고 공통의 건설적 입장이 마련되면 더 좋은 일도 할 수 있을 것이다. 스웨덴에는 각 진영의 사람들이 모여 정책을 논의하는 '정치박람회'가 있다. 합동토론회가 잘되면 학자들 뿐만 아니라 정치인, 언론인 등이 함께 참여해 한국판 정치박람회가 가능할 것이다.

곽정수 선임기자

이 시리즈에 더하여 특별 토론회를 4차례 열었다. 특별토론의 주제들은 다음과 같다.

〈특별토론〉
① 노동시장 개혁, 어떻게 할 것인가? (2015.8.31.)
② 가계부채 문제 어떻게 해결할 것인가? (2016.2.3)
③ 부실기업 실태와 구조조정 방안 (2016.3.8)
④ 국가채무 현황과 재정건전성 강화 방안 (2016.4.26.)

새누리당 김무성, 새정치민주연합 문재인 대표를 비롯한 참석자들이 31일 서울
여의도 중소기업중앙회에서 열린 국가미래연구원 주최 '노동시장 개혁, 어떻게
돼야 하나?' 토론회에서 기념촬영을 하고 있다. 왼쪽부터 장하성 교수, 김 대표,
김광두 원장, 문 대표, 박영선, 천정배 의원.

이 대화 채널을 통한 소통 내용을 널리 알리기 위하여 언론사
의 협조를 구했다. "보수와 진보 간의 소통"이라는 취지에 맞추어
보수 언론과 진보 언론이 함께 소통의 내용을 보도해주기를 희망
했다.

우선 진보 언론으로 구분되는 한겨레 신문이 동참했다. 초기에
는 보수 언론은 소극적이었다. 그 결과 초기에는 한겨레신문이 전
면을 할애해서 적극적인 보도를 하고, 토마토TV가 전부를 녹화하
는 후원을 해줘서 ifsPOST 유투브가 그 필름을 방송했다.

토론이 진행되어 가면서 중앙일보 홍석현 회장이 그 취지에 공
감하여 중앙일보도 적극적으로 보도를 하게 되었다. 이런 흐름을
보고 국회TV도 동참했다. 국회TV가 세미나 내용을 생방송으로 내
보내기로 한 것이다.

보수 언론, 진보 언론이 함께 그리고 진영 간 대립이 격심한 국회의원들을 주(主)시청 대상으로 하는 국회 TV가 생방송을 하게 됨에 따라 우리의 소통 노력과 그 내용이 널리 알려지게 되었다. 이 시리즈에 참여하여 발표와 토론을 하신 분들은 ifsPOST와 한겨레신문, 중앙일보에서 관련 주제별로 살펴볼 수 있다.

> **"한국의 재벌기업, 무엇을 어떻게 개혁해야 하나?" 토론 시리즈 보러 가기**
>
> **(1) 경제권력(재벌)과 민주주의 · 시장경제, 어떻게 조화시켜야 하나?**
> 주제발표1: https://ifs.or.kr/bbs/board.php?bo_table=research&wr_id=252
> 주제 발표2 : https://ifs.or.kr/bbs/board.php?bo_table=research&wr_id=253
> 토론: https://ifs.or.kr/bbs/board.php?bo_table=research&wr_id=254
>
> **(2) 재벌의 소유 · 지배 구조는 기업 · 국가경쟁력에 독인가, 약인가?**
> 주제 발표1 : https://ifs.or.kr/bbs/board.php?bo_table=research&wr_id=264
> 주제 발표2 : https://ifs.or.kr/bbs/board.php?bo_table=research&wr_id=265
> 토론: https://ifs.or.kr/bbs/board.php?bo_table=research&wr_id=263

(3) 재벌의 사익편취는 어떻게 막을 것인가?

주제발표1: https://ifs.or.kr/bbs/board.php?bo_table=research&wr_id=284

주제발표2: https://ifs.or.kr/bbs/board.php?bo_table=research&wr_id=283

토론: https://ifs.or.kr/bbs/board.php?bo_table=research&wr_id=282

(4) 재벌의 경제력 남용과 상생경제, 어떻게 보아야 할 것인가?

주제발표1: https://ifs.or.kr/bbs/board.php?bo_table=research&wr_id=291

주제발표2: https://ifs.or.kr/bbs/board.php?bo_table=research&wr_id=292

토론: https://ifs.or.kr/bbs/board.php?bo_table=research&wr_id=290

(5) 재벌의 경영권 승계 관행, 어떻게 평가하고, 풀어나가야 할 것인가? (기업가 정신, 기업경쟁력, 국가 경제 등)

주제발표1: https://ifs.or.kr/bbs/board.php?bo_table=research&wr_id=306

주제발표2: https://ifs.or.kr/bbs/board.php?bo_table=research&wr_id=307

토론: https://ifs.or.kr/bbs/board.php?bo_table=research&wr_id=305

(6) 재벌개혁 실패, 반복하지 않으려면 어떻게 해야 하나?

https://ifs.or.kr/bbs/board.php?bo_table=research&wr_id=322

특별토론 보러가기

① 노동시장 개혁, 어떻게 할 것인가? (2015.8.31.)

주제: https://ifs.or.kr/bbs/board.php?bo_table=research&wr_id=277

토론: https://ifs.or.kr/bbs/board.php?bo_table=research&wr_id=276

② 가계부채 문제 어떻게 해결할 것인가? (2016.2.3)

주제: https://ifs.or.kr/bbs/board.php?bo_table=research&wr_id=336

토론: https://ifs.or.kr/bbs/board.php?bo_table=research&wr_id=335

③ 부실기업 실태와 구조조정 방안 (2016.3.8)

주제: https://ifs.or.kr/bbs/board.php?bo_table=research&wr_id=349

토론: https://ifs.or.kr/bbs/board.php?bo_table=research&wr_id=348

④ 국가채무 현황과 재정건전성 강화 방안 (2016.4.26.)

주제: https://ifs.or.kr/bbs/board.php?bo_table=research&wr_

id=362

토론: https://ifs.or.kr/bbs/board.php?bo_table=research&wr_
id=363

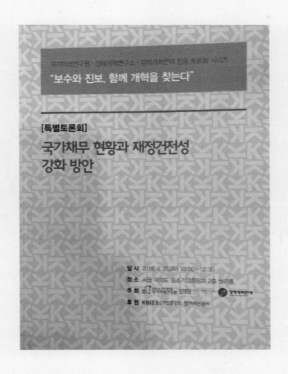

한편 중소기업중앙회는 이 세미나가 열리는 중소기업중앙회 대
회의실이나 그랜드 볼룸을 무상으로 제공해주어 주최 측의 비용 부
담을 가볍게 해주었다. 다른 소요 비용은 국가미래연구원과 경제개
혁연구소가 절반씩 부담했다.

첫 토론회를 보도한 한겨레 신문의 기사 소개를 통해 당시의 분
위기를 전하고자 한다.

개혁적 보수 "친재벌 정책으로 민주주의 위기"
합리적 진보 "정부의 시장개입은 만능 아니다"
한겨레 | 2015. 06. 30. 기사

'보수와 진보, 함께 개혁을 찾는다'를 주제로 국가미래연구원과 경제개혁연구소·경제개혁연대가 30일 오후 서울 영등포구 여의도 중소기업중앙회에서 공동주최한 합동토론회에서 발제자와 토론자, 내빈들이 함께 손잡고 기념사진을 찍고 있다. 왼쪽부터 김상조 한성대 교수, 김진방 인하대 교수, 최정표 건국대 교수, 박영선 국회의원, 김덕룡 전 국회의원, 김한길 국회의원, 김광두 국가미래연구원 이사장, 김상곤 새정치민주연합 혁신위원장, 신광식 연세대 경제대학원 겸임교수, 이혜훈 전 국회의원, 좌승희 한국개발연구원 국제정책대학원 초빙교수.

보수 성향의 신광식 연세대 교수는 현 정치권이 재벌의 과도한 영향력을 제대로 통제하지 못하고 오히려 유착됨으로써 시장경제와 민주주의 모두 위기에 빠졌다고 강도 높게 비판했다. 진보 쪽의 김상조 한성대 교수는 경제민주화가 이슈였던 2012년 대선에서 야당이 패배한 것은 '선명성의 함정'에 빠졌기 때문이라며, 보수와 진보 모두 상대방만 비판하면서 같은 편 내부에서는 토론과 비판을 금기시해왔다고 반성했다.

개혁적 보수를 표방하는 국가미래연구원과 합리적 진보를 표방하는 경제개혁연대·경제개혁연구소가 공동주최한 월례 연속 합동토론회 '보수와 진보, 함께 개혁을 찾는다'의 첫 번째 행사가 '경제권력(재벌)과 민주주의·시장경제, 어떻게 조화시켜야 하나'를 주제로 30일 서울 여의도 중소기업중앙회 대회의실에서 열려, 발표자와 토론자들 모두 기존의 '진영논리'를 깨는 솔직하고 날카로운 주장을 폈다.

신광식 연세대 경제대학원 겸임교수는 '친재벌에서 친시장으로의 전환'이라는 발표에서 "대기업들과 이익집단들은 경제력을 기반으로 정치 과정에 상당한 영향력을 행사해 자신의 이익을 보호·강화하기 때문에 이를 제대로 규율하지 못하면 민주주의 이상은 허울일 뿐"이라며 "정치가 제 역할을 하려면 대기업이나 상층 사람들이 아니라 국민 대다수의 이익을 반영해주는 진정한 민주주의가 필요한데, 우리의 정치는 제 역할을 하고 있는가"라고 '정경유착'의 폐해를 지적했다.

신 교수는 "우리 정치는 재벌들의 과도한 영향력을 통제하지 못했고, 재벌 주도 성장과 낙수효과를 내세워 친기업 정책을 펴왔으며, 빈번히 국민 전체의 이익보다 대기업들과 엘리트들의 이익에 맞게 시장을 형성·관리해왔다"며 "이런 정치-재벌의 관계로는 경제사회의 문제를 해결할 수 없고 진정한 민주주의·시장경제를 할 수 없다"고 지적했다. 그는 "우리 정치는 빈번히 국민 전체의 이익이 아니라 재벌 기업들의 이익에 맞게 시장을 형성·관리해왔다. 이명박 정부의 법인세 인하가 대표 사례"라고 비판했다.

김상조 한성대 교수는 '재벌, 시장과 사회의 건전한 구성원으로 거듭나야'라는 주제의 발표에서 "한국의 진보진영은 정부의 역할 강화를 주창하면서도 정작 정부를 신뢰하지 못하는 딜레마에 빠져 있다"며 "정부가 시장에 개입하는 것만으로는 시장의 모든 문제를 해결할 수 없고, 시장이 제대로 작동할 수 있도록 만드는 것이 우선 과제"라고 말했다. 김 교수는 "정부가 시장에 개입하는 경우에도 그 수단은 매우 다양하기 때문에 정책 하나하나의 효과에 매몰될 것이 아니라 정책체계 전체의 합리성을 높여야 한다"며 "경제민주화가 최대 이슈였던 2012년 대선에서 문재인 후보가 박근혜 후보에게 주도권을 뺏기고 실현 가능성에서도 신뢰를 받지 못한 것은 선명성이 부족해서가 아니라 오히려 '선명성의 함정'에 빠졌기 때문"이라고 지적했다. 김 교수는 "재벌 개혁을 비롯한 경제민주화는 혁명이 아닌 진화의 과정이어서 세심하고도 신중하게 접근하는 전략이 필요하다"며 "한국의 보수와 진보는 진영논리에 빠져있어 상대편의 논리에는 날선 비판을 가하면서도 같은 편의 허점에 대해서는 너무 관대하고, 같은 편 내부에서는 토론과 비판을 사실상 금기시한다"고 지적했다.

이날 토론회는 김광두 국가미래연구원 이사장(서강대 석좌교수)이 사회를 맡고, 좌승희 한국개발연구원 국제정책대학원 초빙교수, 이혜훈 전 새누리당 최고위원, 최정표 건국대 교수, 김진방 인하대 교수가 토론자로 참석했다.

곽정수 선임기자

보수·진보 모두 소통부재에 문제의식…"머리 맞대고 얘기하면 해법 나올 것"

한겨레 | 2015. 06. 30. 기사

[보수-진보 합동토론회] 토론회 이모저모

이번 보수·진보 합동토론회에서는 김광두 국가미래연구원 이사장(서강대 석좌교수)과 좌승희 케이디아이(KDI) 국제정책대학원 초빙교수, 신광식 연세대 경제대학원 겸임교수 등 보수 성향 학자들과, 김상조 경제개혁연대 소장(한성대 교수)과 장하성 경제개혁연구소 이사장(고려대 교수), 김진방 인하대 교수(경제학부), 최정표 건국대 교수(경제학) 등 진보 성향 학자들이 보기 드물게 한자리에 모여 재벌 문제를 놓고 열띤 토론을 벌였다. 김상곤 새정치민주연합 혁신위원장, 김한길·박영선 새정치민주연합 의원을 비롯해 이혜훈 전 새누리당 의원과 김덕룡 전 한나라당 의원 등 정치권에서도 여·야를 아울러 참석했다.

김광두 교수는 모두 인사말에서 "오래전부터 우리 사회에서 왜 이렇게 소통이 안 될까, 생각이 다르다고 해서 왜 서로 말도 안 하는가에 문제의식을 갖고 있었다"면서 "소통 분위기를 만드는 일은 지식인보다 정치 쪽이 좀 더 어려울 것 같아 우리가 먼저 시도에 나섰다"고 말했다. 김 교수는 또 "이번 연속토론회에서 앞으로 (재벌개혁 등) 예민한 주제가 논의가 될 것 같다"고 덧붙였다.

이어 김상곤 혁신위원장은 축사를 통해 "재벌은 우리나라의 자랑스러운 모습이기도 하지만 한편으로 부끄러운 모습을 보여주기도 했다"고 밝혔다. 그는 1997년 국제통화기금(IMF) 관리체제를 예로 들며 "자신의 업적을 위해 무리한 정책을 추진한 대통령, 금융시장을 과도하게 개방한 무능력한 관료에 책임이 있지만, 문어발식으로 확장한 재벌의 방만 경영에 1차적 책임이 있다. 그로 인한 영향이 20년이 지난 지금까지 양극화, 청년실업, 저출산 등 여러 어려움을 낳고 있다"고 짚었다. 김한길 의원은 "정치권 밖에서나마 합리적 보수와 따뜻한 진보가 함께 나아갈 길을 찾는 작업은 참으로 뜻 깊고 절실하게 필요한 일"이라며 "대화와 타협으로 합의점을 찾아가는 생산적 정치를 위해서라도 이 자리는 소중하다"고 덧붙였다.

박영선 의원은 "권력이 재벌로 넘어갔다는 얘기는 이미 오래전부터 나온 얘기"라며, "보수 진영은 권력 집중 현상에 대해 과거 것은 인정해주고 지금부터 잘 해보자는 것이고, 진보 진영은 과거 잘못된 것도 고쳐야 하지 않느냐는 입장 차이가 있지만 머리를 맞대고 얘기하면 해법이 있을 것"이라고 덧붙였다. 김덕룡 전 한나라당 의원은 "지속 가능한 정책을 생산해서 답답한 국민에게 희망을 주었으면 한다"며 "박근혜 대통령의 경제 가정교사로 불렸던 김광두 교수가 주도하고 장하성 교수가 함께 뜻을 모아 이런 특별한 자리를 마련한 것 같다"고 말했다.

이날 행사가 열린 중기중앙회 대회의실에는 시민 80여명이 모여 한국의 재벌 문제에 관심을 보였다. 토론 현장은 국가미래연구원 누리집에서 온라인으로 생중계됐다.

송경화 기자

44

보수와 진보 간의 소통
채널 구축: (中) 불평등
어떻게 해결해야 하나?

소득과 부의 불평등은 자본주의 시장경제 체제의 어두운 그림자이다.

시장경제의 효율성으로 인류는 물질적 풍요를 누리게 됐다. 1차 산업혁명 이전 인구 800만의 영국에서 어떤 해에는 200만 명이 식량이 모자라 사망한 적도 있었다.

"보이지 않는 손"에 의해서 움직이는 시장경제 질서의 도입으로 영국에서 산업혁명이 일어났고, 그 결과 영국 국민은 절대 빈곤으로부터 탈출했고, 영국은 세계 최강국이 되었다.

그러나 시장경제의 경쟁에서 초래된 승자와 패자 간의 물질적 소유의 격차는 시간이 흐를수록 커져만 갔다. 이런 흐름에 대한 반작용으로 칼 마르크스(Karl Heinrich Marx)의 자본론(Das Kapital)이 출간되어 공산주의 이론의 기초가 되었다.

영국 사회도 1950년대 이후 70년대까지 복지병에 걸려 정치사회적 혼란을 겪으면서 국력 약화를 경험했다. 그러나 구소련 체제와 동구권의 몰락은 시장경제 체제의 우월성을 보여준 역사적 경험이었다.

세계 여러 나라들의 경험을 보면 시장경제의 어두운 그림자인 소득과 부의 불평등 문제를 현명한 방법으로 소화한 국가들은 지속 성장을 유지했고, 그러지 못한 나라들은 중도 좌절했다.

이런 문제의식을 가지고 "보수와 진보, 함께 개혁을 찾는다"는 시즌 2의 주제로 "불평등 어떻게 해결해야 하나"를 설정했다.

구체적으로는 5개의 세부 주제로 나누어 진행하기로 했다.[13]

① 소득과 부의 불평등: 실상과 원인 및 전망

② 노동(시장) 불평등, 그 원인과 해법

③ 교육의 불평등, 백년대계의 개혁 방향은?

---

13 "불평등 어떻게 해결해야 하나" 토론 시리즈 보러가기

① 소득과 부의 불평등: 실상과 원인 및 전망
주제: https://ifs.or.kr/bbs/board.php?bo_table=research&wr_id=369
토론: https://ifs.or.kr/bbs/board.php?bo_table=research&wr_id=370

② 노동(시장) 불평등, 그 원인과 해법
주제: https://ifs.or.kr/bbs/board.php?bo_table=research&wr_id=376
토론: https://ifs.or.kr/bbs/board.php?bo_table=research&wr_id=377

③ 교육의 불평등, 백년대계의 개혁 방향은?
주제: https://ifs.or.kr/bbs/board.php?bo_table=research&wr_id=394
토론: https://ifs.or.kr/bbs/board.php?bo_table=research&wr_id=395

④ 금융시장에서의 대-중소기업 격차
주제: https://ifs.or.kr/bbs/board.php?bo_table=research&wr_id=401
토론: https://ifs.or.kr/bbs/board.php?bo_table=research&wr_id=402

⑤ 조세부담의 불평등
주제: https://ifs.or.kr/bbs/board.php?bo_table=research&wr_id=412
토론: https://ifs.or.kr/bbs/board.php?bo_table=research&wr_id=413

④ 금융시장에서의 대－중소기업 격차

⑤ 조세부담의 불평등

'불평등 해결' 토론회 찾은 여야 "비정규직 비극 뒤엔 철밥통" "정책담당자, 자본에 휘둘려"

중앙일보 | 2016.06.08. 기사

불평등 해소를 위한 보수·진보 합동토론회가 7일 서울 여의도 중소기업중앙회에서 열렸다. 이날 토론회에는 여야 정치인들이 대거 참석했다. 왼쪽부터 김무성 전 새누리당 대표, 심상정 정의당 대표, 김광두 국가미래연구원장, 안철수 국민의당 대표, 정우택 새누리당 의원, 박영선 더불어민주당 의원, 송재희 중소기업중앙회 상근부회장, 무소속 홍의락·유승민 의원. 김종인 더민주 비대위 대표와 정진석 새누리당 원내대표는 사진 촬영 전에 자리를 떴다. 토론회는 국가미래연구원·경제개혁연구소·경제개혁연대가 주최했다.

국가미래연구원·경제개혁연구소·경제개혁연대가 7일 서울 여의도 중소기업중앙회에서 '보수와 진보, 함께 개혁을 찾는다－불평등 어떻게 해결해야 하나'를 주제로 한 토론회를 개최했다. 중앙일보와 한겨레신문이 후원하는 토론회다. 이 토론회에 참석한 여야 지도부는 '흙수저·금수저'로 상징되는 불평등 문제에 대해 각자의 진단을 내놨다. 여야 모두 불평등을 해결하지 못한 데 대해 반성했지만 해법에선 온도 차가 났다.

새누리당 정진석 원내대표는 경직된 노동 시장 문제를 지적했다. 그는 서울 지하철 구의역 스크린도어 사고를 언급하며 "19세 비정규직 젊은이의 비극 뒤에는 철밥통처럼 단단한 정규직의 보호가 숨어 있었다"고 주장했다. 그러면서 "청년은 월 140만원을, 메트로 퇴직자는 월 440만원을 받았다. 이는 조선시대 양반·상놈 구조보다 더 심각한 수탈구조"라며 "경제 생태계와 일자리 생태계에 대한 전면적 점검이 필요하다"고 강조했다.

더불어민주당 김종인 비상대책위원회 대표는 "정치권과 정부의 경제정책을 담당하는 분들이 자본의 힘에 억눌려 해결책을 찾지 못하고 있다"고 말했다. 그는 "우리나라 한 대통령이 '권력이 시장으로 넘어가서 정치권이 아무것도 할 수 없다'고 말했다"며 "말은 그렇게 하면서도 정치적 해결 수단을 하나도 제시하지 못하고 10여 년이 흘렀다"고 지적했다.

김 대표가 인용한 '대통령의 발언'은 노무현 전 대통령이 2005년 재계 대표단에 했던 말이다. 결국 노 전 대통령을 비롯해 이명박·박근혜 정부도 불평등을 방치했다는 비판이다.

국민의당 안철수 대표는 "우리가 상상할 수 있는 거의 모든 분야에서 격차가 심각하게 진행되고 있고 한 분야의 격차가 다른 분야의 격차를 악화시키는 악순환의 고리로 얽힌 복잡한 구조로 돼 있다"며 "(각자의) 차이를 인정하고 최적의 공통분모를 찾아야 한다"고 말했다. 정의당 심상정 대표는 "경제민주화는 몇 가지 경제 프로그램이나 징벌로는 이뤄지기 어렵다"며 "경제 주체 간 균형적인 발전이 이뤄지려면 경제 주체의 균형 잡힌 참여가 보장돼야 한다"고 주장했다.

이날 토론회에는 새누리당 김무성 전 대표와 무소속 유승민 의원이 방청객으로 참석했다. 토론회가 끝난 뒤 김 전 대표는 '6월에 대선 도전 의사를 밝힐 거란 말이 있다'는 기자들의 질문에 "전부 소설로 만든 말"이라고 선을 그으면서 "국가적 위기는 통합된 국민의 힘으로 극복해야 한다. 강력한 리더십으로 위기를 극복하기 위해선 양극화 문제를 해소해야 한다는 생각에 이 문제에 대해 고민해왔다"고 말했다.

강태화 기자
조문규 기자

전문가들이 본 불평등 실상과 원인 "고소득자 통계 누락 많아…불평등 수준, 공식자료보다 심각"
중앙일보 | 2016.06.08. 기사

"보수와 진보로 갈리면 대화와 소통이 안 되는 게 현실입니다. 우리부터 공통분모를 찾읍시다."(김광두 국가미래연구원 원장)

국가미래연구원·경제개혁연구소·경제개혁연대가 주최한 보수-진보 합동토론회가 7일 시작됐다. 이번 토론회 소주제는 '소득과 부의 불평등: 실상과 원인 및 전망'이었다. 참석자들은 우리 사회의 불평등 정도가 실제로는 공식통계보다 심각하다는 데 의견을 같이했다.

첫 발제자로 나선 김낙년 동국대 경제학과 교수는 "대표적인 소득분배 지표인 지니계수가 불평등 수준을 과소평가하고 있다"고 지적했다. 김 교수는 "표본조사인 가계동향조사에선 연 소득 2억원 이상의 상위 소득자가 대부분 누락되고 있으며, 금융소득도 한국은행의 국민계정에 나타난 전체 금융소득의 5% 정도만 파악되고 있다"고 말했다. 고소득자가 실제보다 적게 파악될수록 지니계수는 낮게 나타나 소득 불평등이 개선됐다는 오해를 빚을 수 있다. 그는 "국세통계를 이용해 문제점을 보정하면 우리나라 지니계수는 매우 높은 수준이며, 특히 1996~2006년 기간 동안 급상승했다"고 했다. 두 번째 발제자인 홍민기 한국노동연구원 연구위원도 "상위 10% 소득이 전체 소득에서 차지하는 비중은 99~2006년 급등해 2014년에는 불평등이 심각한 수준인 미국과 비슷한 47.9% 수준"이라고 말했다.

불평등의 원인에 대해선 다양한 진단이 나왔다. 김낙년 교수는 ▶90년대 이후 중국 등 저임금 국가와의 교역이 늘어나면서 고용증가율이 급락했고 ▶외환위기 이후 대기업을 중심으로 성과주의 보수체계가 확산됐으며 ▶80년대 이후 최상층의 소득세 부담이 줄어들었기 때문이라고 봤다. 홍민기 연구위원은 "소득 불평등에서 근로소득의 불평등이 가장 중요한 역할을 한다"고 분석했다. 근로자 평균임금 대비 최고경영자의 평균 보수는 한국이 30~40배로 미국(350배)보다는 낮지만 유럽(15~20배)보다는 높다.

이정우 경북대 경제통상학부 명예교수는 자본소득(자산소득)의 중요성을 강조한 프랑스 경제학자 토마 피케티의 분석을 인용하며 "정부가 토지정책을 제대로 펴지 못했던 탓에 부동산 투기가 심했다"며 "세계에서 가장 비싼 축에 드는 부동산 가격이 불평등의 원인"이라고 분석했다. 최경수 한국개발연구원(KDI) 인적자원정책연구부장은 "지식자산 투자와 지식경제 생산이 증가한 덕분에 우리나라 최상위층의 소득 증가세가 2000년대 이후 특별히 빠르게 나타나고 있다"고 했다.

소득과 부의 불평등 중에 어느 쪽이 더 심각한지에 대해서도 의견이 갈렸다. 홍민기 연구위원은 근로소득의 불평등에 주목한 반면, 주상영 건국대 경제학과 교수는 "부와 자본소득의 불평등이 노동소득의 불평등보다 훨씬 심하다"고 했다. 이날 토론회에선 '일자리가 최고의 복지' '성장 친화적인 불평등 해소' 같은 보수 성향의 주장이 많이 나오지는 않았다. '세금 만능론'을 경계한 최경수 KDI 박사의 언급이 외롭게 들렸다. 최 박사는 "소득 상위 1%의 집중이 문제라고 하더라도 소득의 원천이 다양하고 복잡하기 때문에 이를 조세만으로는 해결할 수 없다"며 "경쟁법적으로 접근하는 방안을 검토해야 한다"고 말했다.

* 지니계수

소득분배의 불평등 정도를 보여주는 대표적인 지표. 0에 가까울수록 소득이 평등하게 분배되고 있음을 의미하며 1에 가까울수록 소득 불균형이 심하다는 뜻이다. 통계청 가계동향조사에 따르면 2015년 한국의 지니계수는 0.295로 전년보다 0.007 하락했다. 이는 집계가 시작된 2006년 이후 가장 낮은 수치다.

서경호 기자

보수-진보 합동토론회 '시즌2'…한국사회 불평등 해법 찾는다

한겨레 | 2016.06.02. 기사

장하성 교수 사회…국가미래연·경제개혁연·경제개혁연대 참여

개혁적 보수와 합리적 진보가 함께 참여하는 합동토론회에서 한국 사회의 최대 화두인 불평등의 해법을 찾는다.

국가미래연구원(원장 김광두 서강대 석좌교수), 경제개혁연구소(이사장 장하성 고려대 교수), 경제개혁연대(소장 김상조 한성대 교수)는 오는 7일 오전 9시부터 서울 여의도 중소기업중앙회에서 '불평등 어떻게 해결해야 하나'를 대주제로 하고, 첫 번째 세부주제로 '소득과 부의 불평등: 실상과 원인 및 전망'을 잡아 토론회를 연다. 지난해 6월 '보수와 진보, 함께 개혁을 찾는다'는 기치를 내걸고 시작한 합동토론회는 올해 4월 재정건전성을 주제로 한 열 번째 토론회를 끝으로 〈시즌 1〉을 마쳤다. 6월부터 시작되는 〈시즌 2〉에서는 몇 차례에 걸쳐 불평등의 실상과 원인을 살펴보고 해법을 찾을 계획이다.

우리 사회의 불평등은 매우 복잡하고 풀기 쉽지 않은 문제인데 그동안 그에 관한 인식과 논의는 이념에 함몰됐다는 지적이 많았다.

보수는 양극화와 불평등 문제를 경시하며 경제민주화나 복지 확대를 포퓰리즘이라고 비난하고, 기업투자 증대와 성장만이 해법인 것처럼 주장한다. 반면 진보는 시장과 성장을 경시하며, 약자 보호와 재분배가 모든 문제를 해결해줄 것처럼 주장한다. 국가미래연구원, 경제개혁연구소, 경제개혁연대는 이런 진영논리의 대립은 '귀머거리들의 대화'일 뿐이고, 지식의 부족과 아이디어의 빈곤을 드러내는 것이라고 반성하며, 성장을 해치지 않으면서 양극화와 불평등을 완화할 방안을 찾아야 한다고 밝혔다.

토론회 사회는 장하성 이사장이 맡고, 주제발표는 김낙년 동국대 교수와 홍민기 노동연구원 연구위원이 나선다. 토론자로는 이정우 경북대 명예교수, 강신욱 보건사회연구원 기초보장연구실장, 최경수 한국개발연구원 인적자원정책연구부장, 주상영 건국대 교수가 참여한다. 또 김종인 더불어민주당 대표, 안철수 국민의당 상임공동대표, 심상정 정의당 대표가 축사를 한다.

보수와 진보 지식인이 함께하는 합동토론회는 우리 사회의 뿌리 깊은 진영논리에서 벗어나 변화와 개혁을 함께 모색하는 자리로서, 〈한겨레〉와 〈중앙일보〉, 중소기업중앙회가 후원한다.

곽정수 기자

이런 시리즈로 토론을 진행하는 과정에 새정치민주연합 측에서 두 차례의 보수 진보 토론회 참석 요청이 있었다.

그중 하나는 2015년 4월에 있었던 정책 엑스포 행사였다. 이 행사에 "소득주도성장과 최저임금 인상론, 어떻게 볼 것인가?"를 주제로 하는 토론회가 있었다. 이 토론회에 보수 진영 논객으로 나를 초대하면서 진보 진영에서 세 사람이 참여하니 보수 진영에서도 세 분이 오셨으면 한다는 의견도 전했다. 나는 김종석, 김동원 교수 두 분과 함께 이 토론에 참석해서 개방경제 시대에 소득 주도 성장은 적합하지 못한 개념이라는 주장을 폈다.

朴대통령 경제 선생님, 문재인의 소득주도 성장을 논하다
한국일보 | 2015.04.08. 기사

김광두 "방법론 취약해 현실성 문제" 비판
김호기 "유일한 경제 대안···미국서 성공 사례" 반박

2012년 대선 때 박근혜 대선후보 캠프에서 경제정책 틀을 짠 김광두 국가미래연구원장이 7일 새정치민주연합 주최 토론회에서 문재인 대표가 주창하는 소득주도 성장론을 비판했다. 문 대표의 정책 멘토로 알려진 김호기 연세대 사회학과 교수는 이를 적극 반박해 여야 대리전을 방불케 했다.

국회에서 열린 새정치연합의 '보수·진보 토론회'에 토론자로 참석한 김 원장은 "(소득주도 성장론이 목표로 하는) 불평등 해결이 필요하지만, 인류 역사상 이를 모두 실현한 시기는 없었다"며 "주주자본주의와 글로벌 개방 경제 시대에서 소득주도 성장론의 방법론은 매우 취약해 현실성 문제를 고민해야 한다"고 주장했다. 이어 그는 "노동분배로 소득을 올린다는 발상이 아니라 연구개발을 통해 시장 경쟁력을 확보해 노동분배를 이루는 것이 기술 변화가 빠른 현 시대에 합당할 것"이라며 문 대표 정책이 현 경제 질서와 동

떨어 졌음을 간접적으로 지적했다.

역시 토론자로 나선 김 교수는 즉각 반론을 폈다. 그는 "경제체제가 파탄 난 뒤 세계 경제학자들이 유력한 대안으로 내놓은 것이 소득주도 성장론"이라며 "소득주도 성장은 미국 포드 자동차 회사 창립자인 헨리 포드가 도입해 성공한 사례가 있고, 버락 오바마 미국 대통령도 최저임금을 올려 기업의 환영을 받고 있다"고 반대 근거를 제시했다. 그는 "현 시대의 한국에선 성장 이후 재분배가 아니라 소득주도 성장과 최저 임금 상승을 통해 분배를 먼저 개선하는 것이 유일한 해결책"이라며 문 대표의 정책에 힘을 실어줬다.

김 원장도 물러서지 않았다. 그는 "(소득주도 성장론의) 방향은 공감하지만 세계 각국이 협조하지 않으면 해결될 수 없다"고 강조하고 "포드가 성공한 것은 당시 일본의 도요타가 없었기 때문인데 과거 데이터를 2015년 한국에 대입하는 것은 문제가 있다"고 주장을 굽히지 않았다.

진보와 보수를 각각 대표해 토론회에 참석한 학자들도 의견이 나뉘었다. 진보진영 경제학자들은 2008년 글로벌 금융위기 이후 소득주도 성장론이 세계적 흐름이라는 점을 재차 강조하면서 최저임금 인상이 경제 안정성을 보장해 경제발전을 이룰 것이라 입을 모았다. 반면 보수진영 학자들은 기업과 정부가 소득주도 성장론에 동조해 비용을 부담할 가능성이 낮은 데다 최저임금 인상은 부의 평등이 아니라 자영업자와 소규모 기업장 근로자들의 생활고만 악화시킬 가능성이 높다고 반박했다.

정재호 기자

다른 하나는 새정치민주연합의 싱크탱크인 민주연구원에서 "4차 산업혁명시대, 미래전략과 신산업육성방안"이란 주제의 토론회를 국가미래연구원과 공동 주최하자는 제안이었다. 발표자와 토론자들을 합의하여 선정하기로 하고 제안에 응했다.

이 두 경험을 통해서 나는 새정치민주연합과의 정책 소통 채널을 열었고, 그 후에도 필요할 경우 서로 의견을 교환했다.

한편 2016년 후반기에 들어 정계에서는 개헌 논의가 활발히 제기되었다.

이 이슈에 대한 보수 진보 진영 간의 콘센서스 도출을 위해서 "보수와 진보 함께 개혁을 찾는다"의 특별 토론 주제로 "국가운영체제와 개헌"을 선정하여 보수 진보 진영의 정계 인사들을 초대하여 세미나를 열었다.

여야 개헌파 "최순실 게이트, 오히려 개헌 필요성 반증"
연합뉴스 | 2016.10.27. 기사

"제왕적 대통령제의 폐해" 개헌 논의 재점화 시도

여야의 개헌파들은 27일 최근 최순실씨 국정개입 의혹 파문이 정국을 강타한 와중에도 개헌 논의를 정상적으로 추진해야 한다고 한 목소리를 냈다.

박근혜 대통령이 지난 24일 국회 시정연설을 통해 임기내 개헌 추진을 선언하면서 급물살을 타는가 싶던 개헌 논의는 최순실씨 파문의 여파로 동력을 잃은 상태이지만, 개헌파들은 오히려 제왕적 대통령제의 폐해가 여실히 드러난 이 사건이 오히려 개헌 논의의 불씨를 되살릴 기회라는데 의견을 같이했다.

이날 오전 여의도 중소기업중앙회에서 열린 '국가운영체제와 개헌' 토론회에서 새누리당 김무성 전 대표는 "최순실 사태 같은 일이 앞으로 생기지 않도록 국정운영 체계를 바꾸는 개헌이 돼야 한다"고 말했다.

여권의 잠룡으로 꼽히는 김 전 대표는 "현재까지 밝혀진 것 외에 앞으로 더 얼마나 나올지는 모르겠지만, 분명히 크기가 커질 것"이라며 "5년 단임제 이후에 6명 대통령이 재임 중 친인척이 구속됐고 5명은 출당 당했는데, 현 대통령은 과연 어떻게 될지 정말 안타까운 심정으로 보고 있다"고 말했다.

그는 "제왕적 대통령제에서 승자가 모든 걸 가져가니 패자는 불복 선언하고 상대방이 망해야 5년 뒤 우리에게 기회가 온다는 식으로 사사건건 국정 발목을 잡아 왔다"며 "개헌으로 국회 의사결정 구조가 바뀌고 정치권이 극한대립에서 벗어나면 민생을 위한 정책 구조가 훨씬 신속하고 효율적이 될 것"이라고 말했다

그는 이어 "범국민개헌특위를 구성해서 정치와 별개 사안으로 반드시 추진해야 한다"고 덧붙였다.

야권의 잠룡인 더불어민주당 김부겸 의원도 "많은 분이 이 근본에는 결국 제도의 실패가 있다고 말한다"며 "6대 대통령이 모두 권력의 사적집단에 의한 농단에 다 빠졌고 결과적으로 권력이 끝났을 때 꼭 측근들이 형사처벌을 받았다"고 말했다.

김 의원은 "이젠 허심탄회하게 우리들의 부끄러운 자화상을 직시하고 드러내놓고 토론해야 한다"며 "감당할 수 없는 정치·경제·사회적 강자들의 횡포로부터 억울함 없이 살고자 하는 국민의

44 보수와 진보 간의 소통 채널 구축: (中) 불평등 어떻게 해결해야 하나?

기대와 꿈을 실현하고 보호하기 위해서라도 이 두터운 기득권의 벽을 깰 용기가 있어야 한다"고 말했다.

그는 이어 "대한민국을 한 번 '리셋'하자는 것"이라며 "혁명에 버금가는 대대적인 개헌을 할 용기 없이 이 시기를 그대로 넘어간다면 대한민국 미래는 만만치 않을 것"이라고 말했다.

김 의원은 또 "지금 여야의 대선주자들이 자신들의 유불리에 따라서 개헌 문제 언급 하는 것을 삼가야 한다"며 "정 지금 개헌 문제 감당이 어려우면 자신들의 그림을 내놓고, 적어도 자신들의 임기와 결부해서 이 문제를 어떻게 풀겠다고 국민 앞에 당당히 약속하면 될 일"이라고 말했다.

정세균 국회의장은 축사에서 "작금의 상황은 오히려 개헌이 왜 필요한지를 반증해주고 있다"며 "견제받지 않은 권력, 무소불위의 대통령 권력이 가진 한계를 생생하게 보여주고 있기 때문"이라고 말했다.

정 의장은 이어 "개헌이라는 국가적 과제가 특정 권력이나 특정 정파의 이해에 의해 추동돼서는 안 된다"라며 "향후 국회에 개헌특위를 구성해 국민의 다양한 요구와 의견들을 모아 나가겠다"고 밝혔다.

김종인 전 민주당 비상대책위 대표도 축사에서 "최근 발생한 엄청난 사태는 과연 제왕적 대통령 책임제가 아니면 가능했겠느냐"라며 "한 사람의 잘못된 판단으로 나라가 어떤 상황으로 빠질 수 있다는 게 극명히 드러났다"고 말했다.

그는 또 "대통령이 누가 당선된다면 주변에서 누가 가장 영향력을 행사할 수 있는지를 재계가 먼저 포착해 이 사람을 포위하면 대통령이 선거 때 무슨 약속을 했어도 허공에 뜨고 측근에 의해서 모든 국가가 운영되는 게 지난 30년의 역사"라면서 "우리나라 정치체제가 지금 같은 형태로는 아무것도 할 수 없는 형편에 도달했다"며 개헌의 당위성을 강조했다.

27일 오전 여의도 중소기업중앙회에서 열린 국가미래연구원 주최 '보수와 진보, 함께 개혁을 찾다 – 국가운영체제와 개헌' 토론회에서 왼쪽부터 더불어민주당 김부겸 의원, 김병준 교수, 김종인 의원, 정세균 국회의원, 김광두 국가미래연구원장, 김덕룡 전 의원, 새누리당 김무성 전 대표가 기념촬영을 하고 있다.

홍지인 기자

연말이 다가오면서 박근혜 대통령의 탄핵이라는 정치 이슈가 폭풍처럼 한국 사회를 흔들었다. 모두가 탄핵 이후를 걱정하는 듯한 분위기였다. 우리는 "탄핵 이후 한국 사회의 과제와 전망"을 주제로 특별 토론회를 열기로 했다.

이 토론회를 기획할 때, 유력 대선후보로 거론되는 분들이 직접 와서 의견을 발표하고 토론에도 직접 참여하는 방법을 택하기로 했다. 당시의 우리 풍토는 유력 정치인들이 축사를 하고 자리를 뜨는

44 보수와 진보 간의 소통 채널 구축: (中) 불평등 어떻게 해결해야 하나?

것이 관행이었다. 나는 토론에 참여를 초청하면서 토론회가 끝날 때까지 발표와 토론에 참석해달라는 요청을 했다. 다행히 모두 요청에 동의했다.

당시 문재인, 안철수 두 분은 소속 당의 유력한 후보였으나 새누리당은 아직 뚜렷하게 부각된 분이 보이지 않았다. 우리는 고심 끝에 남경필 경기지사를 초청하기로 했고, 당시로서는 잠재력이 있는 것으로 평가받았던 손학규 씨에게도 참여를 요청했다.

안철수 "결선투표 도입해야"… 문재인 "이번 대선엔 불가능"
동아일보 | 2016.12.23. 기사

[대선정국 빅뱅] 문재인-안철수-손학규-남경필, 대선주자 토론회 '4인 4색' 공방

여야 대선주자들이 22일 서울 여의도 중소기업회관에서 열린 '보수와 진보 합동 토론회-탄핵 이후 한국 사회의 과제와 전망'에 참석해 포즈를 취하고 있다. 이날 대선주자들은 토론 시작 전에는 손을 맞잡고 밝은 분위기를 연출했지만, 실제 토론이 시작되자 날선 공방을 이어갔다. 왼쪽부터 더불어민주당 손학규 전 대표, 국민의당 안철수 전 상임공동대표, 민주당 문재인 전 대표, 남경필 경기도지사.

여야의 대선 주자들인 더불어민주당 문재인 전 대표, 손학규 전 대표, 국민의당 안철수 전 상임공동대표, 남경필 경기지사가 22일 국가미래연구원(원장 김광두 서강대 석좌교수)이 개최한 '보수와 진보 합동 토론회-탄핵 이후 한국 사회의 과제와 전망'에 참석했다. 한자리에서 웃으며 악수를 나눴지만 토론회가 시작되자 서로 물고 물리는 치열한 신경전을 펼쳤다.

○ 개헌으로 文 압박 나선 安-孫

정치권의 최대 이슈인 개헌에 대해서는 네 사람의 의견이 엇갈렸다.

손 전 대표는 개헌 주장에 힘을 쏟았다. 그는 "기득권 세력, 특권 세력을 지키자는 것이 호헌"이라며 "시간이 없다고 하지만 1960년과 1987년 개헌은 각각 2개월, 4개월 정도밖에 걸리지 않았다"고 말했다. 그동안 "즉시 개헌"을 주장했던 손 전 대표는 이날 "헌법재판소가 2, 3월에 탄핵소추안을 인용한다면 진행된 개헌 논의를 대선 공약으로 하고 대선을 치르면 된다"며 한발 물러섰다.

안 전 대표는 "개헌을 대선 공약으로 하고 2018년 지방선거 때 함께 투표하자"고 주장했다. 대선 후 개헌을 주장하는 문 전 대표 등 민주당 대선 주자들과 달리 한발 더 나아가 아예 구체적인 개헌 시점까지 못 박은 것이다. 또 "현재 선거제도로는 (후보 간) 연대 시나리오만 난무하고 정책 대결이 실종될 것"이라며 대선 결선투표 방식을 제안했다.

전날 "지금 논의되는 개헌은 정치적 이해관계 속에서 얘기되는 것"이라고 했던 문 전 대표는 이날도 개헌에 대해선 일절 언급하지

44 보수와 진보 간의 소통 채널 구축: (中) 불평등 어떻게 해결해야 하나?

않았다. 비문(비문재인) 진영을 중심으로 한 개헌파의 '개헌 대 호헌' 프레임에 말려들지 않겠다는 의도를 분명히 했다. 그 대신 새누리당을 "가짜 보수"라고 지칭하며 "우리가 결별해야 할 구시대는 바로 가짜 보수의 시대"라고 주장했다. 또 "사회적으로 공정사회, 경제적으로 국민성장이 새로운 대한민국으로 가는 길"이라며 차별화에 나섰다.

남 지사는 "개헌은 대선 전 현실적으로 불가능하다"며 "개헌 없이도 정치적으로 합의할 수 있는 연정부터 하자"고 제안했다.

○ 면전에서 벌인 날 선 대결

조기 대선 가능성이 높아진 가운데 한자리에 모인 네 사람의 대결은 치열했다. 대부분의 공격은 문 전 대표에게 집중됐다. 손 전 대표는 "당장 대권이 코앞에 있는데 (문 전 대표가) 이걸 놓치겠느냐"며 "(개헌 대신) 조기 대선으로 빨리 넘어가려는 것"이라고 문 전 대표를 면전에서 비판했다.

안 전 대표는 문 전 대표가 약속한 '섀도 캐비닛'(예비 내각)에 대해 "선거법상 자칫 매수죄에 해당할 수 있다"고 지적했다. 또 "2012년 대선 후보를 양보했다"며 문 전 대표를 겨냥했다.

이에 맞선 문 전 대표는 안 전 대표의 결선투표제 제안에 "헌법이 개정되지 않으면 이번 선거에는 불가능하다"고 일축했다. 2018년 지방선거 때 개헌 투표를 하자는 제안에 대해서는 "제가 모든 이야기를 다 답하겠느냐"고 피했다. 문 전 대표와 안 전 대표가 함께 토론회에 참석한 것은 2012년 대선 이후 처음이다.

'헌법재판소가 탄핵소추안을 기각할 경우'에 대한 질문을 받은 남 지사는 "헌법 안에서 해결해야 한다. 헌법 테두리를 벗어난 행동과 주장은 옳지 않다"고 말했다. '탄핵 기각 시 혁명밖에 없다'는 문 전 대표의 발언을 비판한 것이다. 이에 대해 문 전 대표는 "(기각 시) 국민의 분노가 폭발하고, 저항권을 행사하려는 상황이 돼 정치권도 그 상황을 제어하기 어렵게 되지 않을까 하는 우려가 있다"고 설명했다.

사드(THAAD·고고도미사일방어체계) 배치에 대해 문 전 대표와 안 전 대표는 "다음 정부에서 논의되거나 재검토돼야 한다"고 답했다. 반면 남 지사는 "주권 국가 간 결정을 바꿀 수는 없다"고 했다.

○ 새누리당 비판에는 한목소리

대선주자들이 거의 유일하게 공통된 목소리를 낸 것은 새누리당에 대한 비판을 할 때였다. 안 전 대표는 "친박(친박근혜)이 국민의 손에 쫓겨날 때까지 맨 앞에서 싸우겠다"며 "저들은 민주공화국의 일원이 될 자격이 없다"고 직격탄을 날렸다. 이런 안 전 대표의 발언에 남 지사는 "걱정하지 않아도 새누리당은 해체된다. (친박은) 역사의 흐름 속에 지탱될 수 없다"고 거들었다. 남 지사는 지난달 새누리당을 탈당했다. 문 전 대표도 "새누리당이라는 상류 기득권 세력이 이끌어온 대한민국은 정상적인 나라가 아니었다"고 말했다. 손 전 대표는 "내년 2, 3월이면 정당 구도와 대권 구도의 '빅뱅'이 일어날 것"이라며 "앞으로 정당이 더 만들어질 것"이라고 전망했다.

손 전 대표는 이날 토론회 직후 '국민주권 개혁회의 광주·전남 보고회'를 위해 광주로 향했다. 민주당 김부겸 의원도 이날 광주를 찾아 개헌의 필요성을 역설했다. 개헌파 인사들이 야당의 텃밭인 호남 공략에 나선 것이다.

한상준 기자

45

보수와 진보 간의 소통 채널 구축: (下) 시대정 신과 공정한 사회

2017년은 대선의 해였다.

국가미래연구원은 대선을 앞두고 2016년 현재 한국 사회의 시 대정신을 추출하는 빅데이터 분석 작업을 했다.

그 결과 공정과 통합이 2017년의 대선을 관통할 시대정신인 것 으로 파악했다.

내년 대선 시대정신은⋯ 공정, 통합, 안전
동아일보 | 2016.09.28. 기사

온라인 글 30억건 빅데이터 분석
2년간 국민이 최다 언급한 이슈⋯ 세월호-남북긴장-권력형 비리 順

국민이 생각하는 내년 대선의 시대정신은 △공정 △통합 △안전이 었다. 공정한 경쟁과 사회 통합, 안전한 사회를 이룰 수 있는 리더 가 대권을 거머쥘 수 있다는 얘기다.

27일 동아일보와 국가미래연구원(원장 김광두 서강대 석좌교수)은 빅데이터 분석 전문기업인 ㈜타파크로스에 의뢰해 2014년 7월 1일부터 올해 6월 30일까지 2년간 소셜네트워크서비스(SNS)와 포털사이트의 블로그, 카페 등 온라인상에서 관심을 모은 이슈를 분석했다. 분석 대상 글은 29억5076만2084건에 이른다. 빅데이터 분석을 통해 국민이 생각하는 내년 대선의 시대정신을 파악하기 위해서다.

분석 결과 지난 2년간 국민이 가장 많이 언급한 이슈는 세월호 진상 규명이었다. 2014년 4월 발생한 사건임에도 올해 상반기까지 사회 분야의 최대 이슈는 세월호였다. 이어 남북관계 긴장, 성완종 게이트 등 권력형 비리, 일자리 불안, 헬조선 순이었다. 이들 이슈와 관련한 단어를 분석하면 △정치 분열 △사회 투명성 부재 △리더십 부재 △윤리의식 부족 △대기업 및 기득권층의 독식 구조에 대한 불만이 두드러졌다. 정치는 리더십을 잃고, 사회 양극화는 심화되고, 시민들은 윤리의식을 잃고 있다는 진단인 것이다.

이 같은 이슈와 연관어를 통해 추출한 시대적 과제는 △책임 공정 사회 △사회 경제적 안전과 성장 △국민 소통과 대화 △남북 평화와 통일 △일자리 창출과 임금 개선으로 파악됐다. 김광두 원장은 "시대적 과제를 관통하는 키워드, 즉 대선의 시대정신은 공정, 통합, 안전으로 요약된다"고 분석했다.

이에 앞서 지난달 동아일보와 국가미래연구원은 정치·경제·사회 분야 전문가 522명을 대상으로 대선 시대정신에 대한 설문조사를 실시했다. 당시 전문가들은 '일자리 창출'과 '공동체 회복'을 가장 시급한 과제로, 이를 실현할 핵심 가치로 공정과 혁신, 정의, 통합을 꼽았다. 결국 전문가와 국민 모두로부터 공감을 얻은 대선 시대

정신은 '공정과 통합'인 셈이다. 대선 후보들이 이런 시대정신을 구현하기 위해 어떤 정책과 비전을 제시할지 주목된다.

이재명 기자

2016년 10월 16일, 중앙 선데이 초청으로 참석한 3인 토론에서도 동일한 의견이 도출되었다. 국가 운영을 전체적으로 조감한 경험이 있는, 노무현 정부의 김병준 청와대 정책실장과 이명박 정부의 백용호 정책실장 그리고 필자가 3시간여 동안 의견을 나누었다.

이 토론에서 세 사람은 "공정성 회복"이 시대적 과제임에 공감했다.

공정성에 대한 신뢰부터 회복해야 나라도 경제도 산다
중앙일보 | 2016.10.30. 기사

중앙SUNDAY 지령 503호

[최순실 국정 농단] 역대 정권 브레인 3인의 격정 토론-대한민국, 어디로 가나

"최순실 사태는 국가 기강, 사회 기강이 무너진 것이다. 법과 규칙을 왜 지켜야 하느냐는 의문이 생기니 공정한 경쟁이 필수적인 시장 경제가 제대로 돌아갈 리 없다. 박근혜 대통령은 아주 어려운 벽에 부딪히면 대단한 반전을 보여줬다. 이번에 책임 총리를 통해 공정한 질서를 반드시 세우겠다는 의지만 보여줘도 경제에 긍정적인 영향을 미칠 수 있을 것이다."

좌측부터 김병준(노무현 정부 청와대 정책실장) 국민대 행정정책학부 교수, 김광두(국가미래연구원장) 서강대 경제학부 교수, 백용호(이명박 정부 대통령 정책실장) 이화여대 정책과학대학원 교수.

김창우 기자

이런 시대정신을 반영하여 "보수와 진보, 함께 개혁을 찾는다"의 시즌 3 주제로 "공정성 실현"을 설정했다. 공정성을 실현하기 위한 방안으로 먼저 떠오른 것이 공권력의 오남용과 세무 행정의 불공정이었다. 우리는 이 두 주제를 먼저 다루어 보기로 했다.

1. 공권력의 오남용 방지: 검찰 등 권력기관의 개혁 방안(2017.1.24.)

이 세미나의 가장 뜨거운 화두(話頭)는 검사장 직선제였다. 참석자들 간 찬반 토론이 치열하게 벌어졌다. 이 토론회의 내용을 담은 보수 진보 두 신문의 보도 내용을 소개한다. 상세한 내용은 ifs-POST에서 볼 수 있다.

"직선제 도입해 정치검찰 부패 고리 끊어야" 보수·진보 토론회

중앙일보 | 2017.01.24. 기사

〈사진설명〉 보수진보 토론회 '공권력의 오·남용 방지: 검찰 등 권력기관의 개혁 방안'이 24일 서울 서울 여의도 중소기업중앙회 2층 릴리홀에서 열렸다. 국가미래연구원·경제개혁연구소·경제개혁연대가 주최하고 중앙일보가 후원했다. 이날 발제와 토론에는 왼쪽부터 황운하 경찰청 수사구조개혁단장, 백혜련 더불어민주당 국회의원, 김진욱 변호사(참여연대 공동운영위원장), 하태훈 고려대학교 법학전문대학원 교수, 나승철 변호사(전 서울지방변호사회 회장), 하태경 바른정당 국회의원, 김윤상 변호사(전 대검찰청 감찰1과장) 등이 참여했다.

국민이 검찰총장을 직접 뽑는 날이 올까.

1000만 촛불 민심이 사법개혁 논란으로 옮겨 붙은 가운데 24일 서울 여의도 중소기업중앙회에서 '검찰 등 권력기관의 개혁 방안'을 주제로 '보수·진보 토론회'가 열렸다. 검찰의 기소·수사권 독점과 정치권력에 기댄 편파 수사 등 문제의식과 사법개혁의 필요성에는 보수·진보가 따로 없었다. 이날 토론회의 초점은 사법권력의 선출

권한을 투표를 통해 국민들에게 돌려주자는 데 맞춰졌다. 검찰총장 직선제나 지방검사장 직선제, 대법관국민심사제 등 대안도 백가쟁명식으로 제시됐다. 토론회는 국가미래연구원과 경제개혁연구소·경제개혁연대가 주최하고 중앙일보·한겨레·중소기업중앙회가 후원했다.

진보 측 발제자로 나선 참여연대 소속 김진욱 변호사는 지방검사장 직선제를 주장했다. 전국 18개 지방검찰청 검사장을 주민직선제로 선출하면 정치검찰화를 차단하는 한편 중앙집권적, 상명하복식 조직 문화를 쇄신할 수 있을 것으로 기대했다. 김 변호사는 "가습기 살균제 사건과 정윤회 문건 수사를 보면 검찰이 국민을 잘 보호하고 있는지, 어느 곳을 보고 수사하는지 알 수 있다"며 "말단 조직까지 장악하는 검찰총장 1인 지배체제는 검찰의 정치화와 부패로 이어진다. 주민의 감시와 견제가 필요하다"고 강조했다. 이어 "선출방식은 4년 임기의 교육감 선거방식을 참고할 필요가 있으며, 해당 지청의 검사 인사권 등 검사장으로서의 권한을 보장해야 한다"고 주장했다.

이 의견에 곧바로 공세가 쏟아졌다. 선거라는 제도 때문에 법리에 근거해야 할 사법판단이 자칫 '정치화'할 수 있다는 것이다. 하태경 바른정당 의원은 "탄핵 통과 이후의 촛불집회와 맞불집회는 모두 헌법재판소의 판단에 영향을 미치려는 행동"이라며 "사법권은 권력은 물론 여론에서도 독립될 필요가 있다. 양심과 판단에 따르지 않으면 사법당국의 권위가 떨어질 수 있다"고 지적했다.

검찰 출신인 백혜련 더불어민주당 의원도 "검사장을 투표로 선출하면 국민이 정당성을 부여해주는 셈이라 그야말로 견제 받지 않는 권력기관이 될 것"이라며 "검찰이 더욱 정치화될 수밖에 없다.

지방검사장을 선출할 정도로 지방자치가 활성화 돼 있지도 않다"고 우려했다.

백 의원은 검찰을 견제하는 한편, 권한을 분산할 수 있는 공수처 신설을 주장했다. 백 의원은 "공수처는 탈검찰 조직으로서 견제와 균형을 맞추는 한편, 법무부의 문민화를 꾀할 수 있다"며 "공정거래위원회의 전속고발권 폐지, 국가정보원 정보 수집 기능의 검·경 이관 등 모든 권력기관 개혁의 첫 단추가 될 것"이라고 기대했다.

하 의원은 "6만 경찰 조직에 수사권이 있다면 특정 정치세력이 사법권을 장악하기 어렵다. 경찰의 수사권을 단계적으로 올려 중대범죄로까지 확대해야 한다"며 검·경 수사권 조정을 대안으로 언급했다.

이런 의견에 대해 대검찰청 감찰과장을 지낸 김윤상 변호사는 "정치권력을 잡고 칼날을 휘두르려는 의도가 아닌지 의심스럽다"고 저격했다. 김 변호사는 검찰총장 직선제의 필요성을 주장했다. 검찰총장이 제왕적 대통령의 유무언의 압력에서 벗어날 수 있는 시스템을 마련해야 한다는 것이다. 김 변호사는 "검사장 직선제는 대통령제 같은 검찰 조직을 마치 의원내각제로 바꾸자는 것에 불과하다"고 평가한 뒤 "사법부에도 직접 민주주의를 실현해야 한다"고 강조했다.

이에 하 의원은 "국민이 공공영역까지 고민을 강요하는 것이 행복한 국가냐"며 "직선제 대통령을 선출해도 훌륭한 사람이 뽑히는 것은 아니다. 결국 선거를 잘하는 사람이 뽑힐 가능성이 크며, 자칫 포퓰리즘적 판결이 난무할 수 있다"고 반박했다.

보수 측 발제자인 나승철 변호사는 검찰은 물론 법원도 개혁 대상이라고 주장했다. 나 변호사는 "검찰이 때리는 손이라면 법원은 며 살을 잡은 손"이라며 "지난 대선의 선거무효 소송 판결을 4년째 미루는 등 권력과 재벌의 눈치를 보는 것은 법원도 마찬가지"라고 지적했다. 이어 "법원의 독립성을 지키고 국민 중심의 판결을 끌어내기 위해 '대법관국민심사제' 도입을 검토하자"고 제안했다. 대법관국민심사제란 대법관의 재임 가부 여부를 선거 때마다 표결에 부치는 제도다. 청와대·국회의 대법관 임명 권한을 해치지 않고 대법관의 판결에 대해 국민 의사를 반영할 수 있다. 나 변호사는 "대법원장을 정점으로 한 법원의 피라미드 구조 아래에서는 판사가 굳이 국민의 뜻을 살펴 판결할 필요가 없다"고 비판했다.

한편 토론회가 끝나고 질의응답 시간에 검찰의 무분별한 수사로 인한 국민 피해를 어떻게 막을 것이냐는 의견도 제기됐다. 김광두 국가미래연구원장은 "결과적으로 무죄인 데도 1~2년간의 검찰 조사 끝에 인생이 망가진 국민들이 적지 않다"며 "무리한 수사를 벌인 검사에 대한 내부 감찰을 강화해야 한다"고 호소했다. 신광식 한국개발연구원(KDI) 초빙연구위원도 "억울한 일을 당해도 검·경이 수사에 안 나서면 국민들은 스스로를 구제할 길이 없다"며 "국민의 권리를 확대하는 방안으로 사법 개혁이 이뤄져야 한다"며 검찰총장 등 직선제 안에 찬성의 뜻을 내비쳤다.

김유경 기자

촛불이 외친 '검찰개혁'…검사장 직선제 화두로
한겨레 | 2017.01.24. 기사

45 보수와 진보 간의 소통 채널 구축: (下) 시대정신과 공정한 사회

공수처 신설과 수사권 조정 문제 등 함께 제시돼
"전국 18곳 검사장, 주민들이 뽑아야 민주적 통제"

〈사진설명〉 24일 서울여의도중소기업중앙회에서 '검찰·법원개혁방안'을 주제로 열린보수-진보합동토론회에서 참석자들이 토론하고 있다. 왼쪽부터 황운하 경찰청 수사구조개혁단장, 백혜련 더불어민주당 의원, 하태훈 고려대 법학전문대학원 교수, 나승철 변호사, 하태경 바른정당 의원, 김윤상 변호사.

지난해 촛불집회에서 '박근혜 퇴진'과 함께 시민들 사이에 터져나온 주요 구호는 '검찰 개혁'이었다. '박근혜-최순실 게이트' 초기 머뭇거린 검찰 수사는, 국민이 아니라 정권을 위해 '봉사'해온 검찰 조직이 한국형 권력비리를 떠받쳐왔음을 상징적으로 보여줬다.

대선을 앞둔 정치권에서도 검찰 개혁이 주요 화두로 떠오르고 있는 가운데, 개혁적 보수와 합리적 진보가 함께 하는 보수-진보 합동토론회에서 그 구체적 방안으로 검찰총장 또는 지방검사장 직선제 도입이 제시됐다. 2월 임시국회 통과 여부가 주목되는 고위공직자비리수사처(공수처) 신설에 대해서도 다수가 찬성 의견을 나타냈다. 검찰에 대한 '민주적 통제' 논의가 어떻게 구체화·현실화될지 주목된다.

24일 서울 여의도 중소기업중앙회에서 '검찰·법원 개혁'을 주제로 열린 합동토론회에서 진보 쪽 발제자인 김진욱 변호사(참여연대 공동운영위원장)는 "전국 18개 지방검찰청의 검사장을 모두 지역 주민들이 직접 선출해야 한다"며 '지방검사장 직선제'를 제시했다. 야권 대선 주자인 이재명 성남시장과 박원순 서울시장도 지방검사장 직선제를 대선 공약으로 내놓은 상태다. 미국의 경우 주와 지역 단위로 검찰 책임자를 주민들이 직접 뽑고 있다.

보수 쪽 토론자인 김윤상 변호사(전 대검찰청 감찰1과장)도 "지방검사장 직선제의 취지에 적극 공감한다"며 "다만 방법론적으로는 검찰총장 직선제가 우선 도입돼야 한다"고 주장했다. 김 변호사는 "국민이 제왕적 대통령으로부터 검찰권을 돌려받으려면 국민이 직접 검찰총장을 선출해 권력의 부당한 압력과 수사 간섭을 막아내도록 해야 한다"고 말했다. 그는 "직선제 검찰총장은 법무부 장관의 인사·예산·조직 등의 일반적 지휘·감독이나 수사 지휘를 받지 않는 대신 시민위원회와 국회를 통한 민주적 통제를 받도록 해야 한다"고 지적했다.

발제·토론자들은 공수처 설치도 필요하다고 입을 모았다. 검사 출신인 백혜련 더불어민주당 의원은 "국민의 80%가 찬성하고, 관련 법안도 10여개가 발의된 공수처 신설 안을 국회에서 조속히 통과시켜야 한다"고 주장했다. 대선 주자 중에서는 문재인 더불어민주당 전 대표, 박원순·이재명 시장, 원희룡 제주지사, 남경필 경기지사가 여기에 찬성 의견을 밝힌 상태다. 황운하 경찰청 수사구조개혁단장이 검찰의 직접 수사권 폐지를 주장하는 등 검찰의 수사권

조정 문제도 논의됐다.

보수 쪽 발제자인 나승철 변호사(서울지방변호사회 회장)는 법원 개혁 방안으로 일본처럼 국민들이 대법관을 중간평가하는 '대법관 국민심사제'와 '70살 정년제' 도입을 제안했다.

보수-진보 합동토론회는 국가미래연구원(원장 김광두 서강대 석좌교수), 경제개혁연구소(이사장 장하성 고려대 교수), 경제개혁연대(소장 김상조 한성대 교수)가 공동주최하는 행사로, 개혁적 보수와 합리적 진보를 표방하는 지식인들이 우리 사회의 뿌리 깊은 진영논리에서 벗어나 변화와 개혁을 함께 모색하는 자리다.

곽정수 선임기자

허승 기자

'공권력의 오·남용 방지: 검찰 등 권력기관의 개혁 방안' 토론회 보러가기

주제: https://ifs.or.kr/bbs/board.php?bo_table=research&wr_id=425

토론: https://ifs.or.kr/bbs/board.php?bo_table=research&wr_id=426

2. 세무 행정의 불공정−세무조사의 개혁 방안을 중심으로(2017.3.7.)

기업이나 일반인들이 가장 두려워하는 두 개의 공권력이 있다. 하나는 검찰 수사이고, 다른 하나는 세무조사이다. 1960−80년대 전반에는 이것보다 더 무서워한 것이 중앙정보부 소환이었다. 그러나 정치 민주화가 이루어진 후, 남산의 공포는 약해지고 검찰과 국세청으로부터 걸려 오는 전화가 공포의 대상이 되었다.

우리 사회에서 벌어지는 각종 불공정한 일들이 이들 기관의 수사나 조사 과정에서 발생했다. 이들이 들이대는 잣대가 수사나 조사 대상에 따라 다를 수 있다는 의식이 우리 사회에 널리 퍼져 있는 것으로 우리는 인식했다. 우리가 두 번째 "공정성 실현"의 주제로 세무 행정을 택한 이유였다.

이 토론회의 내용을 보도한 중앙일보와 한겨레신문의 관련 기사를 소개한다.

작년에 더 걷은 세금 10조 … "수건 쥐어짠 결과"
중앙일보 | 2017.03.08. 기사

'세무행정 불공정'주제 난상토론

〈사진설명〉 7일 오전 서울 여의도 중소기업회관에서 열린 보수-진보 합동토론회 참가자들이 '세무행정의 불공정-세무조사의 개혁방안을 중심으로'를 주제로 토론하고 있다. 토론석 왼쪽부터 한만수 변호사, 이혜훈 바른정당 의원, 신광식 연세대 겸임교수, 이창헌 변호사, 이언주 더불어민주당 의원, 이창식 세무사.

실제로 지난해 국세 수입은 242조6000억원. 정부가 예산을 짤 때 예상한 액수보다 9조8000억원이 더 걷혔다. 유력 대선 주자들의 복지공약과 재원마련 방안을 두고 논쟁이 뜨거운 가운데 '세무행정의 불공정'을 주제로 7일 서울 여의도 중소기업중앙회에서 열린 '보수·진보 토론회'에서 정부의 세무행정 문제가 도마 위에 올랐다. 과도한 세무조사 등 당국의 일관성 없는 세무행정이 과세 불평등을 키우는 한편, 경제 활력을 저해하고 있다는 지적이다. 이 문제에 관한 한, 보수와 진보가 따로 없었다. 원인 분석과 해법은 백가쟁명식으로 제기됐다. 토론회는 국가미래연구원과 경제개혁연구소·경제개혁연대가 주최하고 중앙일보·한겨레신문·중소기업중앙회·경제민주화정책포럼 '조화로운 사회'가 후원했다.

사회자로 나선 신광식 연세대 경제대학원 겸임교수는 "지난해 세법이 바뀌지 않았고 경제성장률이 정체됐음에도 세수는 10%대 증가율을 기록했다. 정부가 조세 행정력을 동원해 상당한 세금을 거뒀다는 의미"라고 화두를 던졌다. 세수가 늘어나게 된 배경을 정부의 조세 집행력 강화에서 찾은 것이다. 세무행정이란 세금 징수와 소득 정산, 세무조사 등 조세법 시행 절차 등을 뜻한다.

진보 측 발제자로 나선 이창헌 변호사(경제개혁연대 정책위원)는 "세무조사의 경우 원칙적으로 재조사를 금지하고 있지만 임의로 특정 기업을 세무조사 대상으로 선정해 과세처분을 내린 사례가 있는 등 과세당국의 권한남용 가능성이 있다"며 "세무조사 규정을 어겨도 별다른 제재 수단이 없어 같은 일이 반복될 수 있다"고 우려했다.

보수 측 토론자인 한만수 변호사 역시 "세무조사는 납세자의 신고 납부가 적절했는지 여부를 가리기 위한 불가피한 조치"라면서도

"자산의 소유관계 등 과세 요건을 판단·해석하기 어렵고 세무공무원의 자의적 판단이 개입될 소지가 크다는 내재적 한계가 있다"고 지적했다. 이어 "세무공무원 개개인에게 과세 목표치 할당량이 있기 때문에 과도한 세무조사를 벌이는 것은 물론 바기닝(협상)을 벌이는 경우가 있다"고도 비판했다.

진보 측 토론자인 이창식 세무사(택스테크 대표 세무사)도 "세무공무원들은 소득세 자료 등을 토대로 추징할 세액 등 목표를 미리 정해놓고 세무조사를 시작한다. 기억하기 어려운 소득 사항까지 캐물어 과태료를 부과하는 경우가 발생한다"고 현장의 상황을 설명했다.

이런 문제에 대해 이 변호사는 납세자보호위원회를 국세청에서 독립시키는 한편, 세무당국이 부당하게 과세한 세금을 환급할 경우 가산금을 5배로 늘려 지급하도록 관련 규정을 바꿔야 한다고 주장했다. 한만수 변호사는 조세공무원의 조세형사법 교육 강화 및 서비스 평가 제도 도입과 바기닝에 대한 처벌 규정 등을 해법으로 제시했다. 서울지방국세청장을 지낸 전형수 김앤장법률사무소 고문은 복지 수요 및 세금 부담 증가에 대비해 조세형평성을 높일 방안을 마련해야 한다고 주장했다. 세금 집행의 불평등은 자칫 조세저항으로 이어질 가능성이 있어서다. 전 고문은 보수 측 발제자로 참석했다.

전 고문은 "135개에 달하는 복지재원을 마련하기 위해 빈번한 세무조사 등 세정을 강화한 것이 국민들의 반발을 부르는 한편 조세 관청에 대한 불신, 국가 경제에 부담으로 이어졌다"고 지적했다. 그는 "대기업의 범법적 세금 탈루, 외국자본의 탈세를 원천적으로 차단할 수 있는 방안을 마련하는 한편, 소득 종류와 규모 간, 업종

간에 형평성 있는 납세가 가능하도록 제도와 통계를 정비할 필요가 있다"고 강조했다.

세무행정의 예측가능성이 중요하다는 지적도 나왔다. 이언주 더불어민주당 의원은 "국세청 등 상부조직은 조세 목표를 달성하기 위해 명령을 내릴 뿐이지만 매분기, 매년 비슷한 금액의 세금을 내던 중소기업·소상공인은 세무조사 등 세정 변화에 미처 대응하지 못해 경영상 어려움에 빠질 수 있다"고 호소했다.

이 세무사 역시 "같은 업종에 규모가 비슷한 기업이라도 어떤 회사는 5년에 한 번, 다른 곳은 10년에 한 번 세무조사를 벌이는 등 일관성이 없다"며 "정기적으로 세무조사를 받는 기업은 성실하게 납세하지만, 장기간 세무조사를 안 받는 기업의 경우 탈세의 가능성이 커진다"고 지적했다.

이혜훈 바른정당 의원은 "평시에는 눈을 감고 있다가, 재정이 필요할 때 세금을 많이 거두는 것을 두고 국세청은 '탄력적 세정'이라고 하지만 이는 공정성에 어긋난다"며 "국세청의 과도한 재량부터 줄이는 것이 개혁의 첫 출발"이라고 말했다.

한편 김광두 국가미래연구원장은 "지난해 세수가 초과했음에도 추가경정예산을 편성한 점은 이해가 안 간다. 정부의 세정과 거시경제 정책 간 조화가 고려됐으면 한다"고 말했다.

김유경 기자
김상선 기자

보수·진보, 박근혜 정부 무리한 세무조사 비판 '한목소리'
한겨레 | 2017.03.07. 기사

2%대 성장에 근소세 14.6% 급증…국세청 '마른수건 쥐어짜기'
세무조사 공정·객관성 제고해야…조세범칙심의위 투명성 과제

〈사진설명〉 7일 오전 서울 여의도 중소기업회관에서 열린 보수-진보 합동토론회 참가자들이 '세무행정의 불공정-세무조사의 개혁방안을 중심으로'를 주제로 토론하고 있다. 토론석 왼쪽부터 한만수 변호사, 이혜훈 바른정당 의원, 신광식 연세대 겸임교수, 이창헌 변호사, 이언주 더불어민주당 의원, 이창식 세무사.

개혁적 보수와 합리적 진보가 함께하는 보수-진보 합동토론회에서 박근혜 정부가 복지재정 충당을 위해 무리한 세무조사로 세수 확대를 한 것에 대한 비판이 쏟아졌다. 또 무리한 세무조사를 개선하기 위한 방안으로 세법의 관련 조항을 명확히 하고, 납세자 보호 제도를 강화할 것을 한목소리로 제안했다.
국가미래연구원(원장 김광두 서강대 석좌교수), 경제개혁연구소(이사장 장하성 고려대 교수), 경제개혁연대(소장 김상조 한성대

교수)가 7일 서울 여의도 중소기업중앙회관에서 '세무조사 개혁'을 주제로 공동주최한 토론회에서 보수 쪽 발제자인 전형수 김앤장 고문(전 서울지방국세청장)은 "박근혜 정부 초기에 복지재원 마련을 위해 지하경제 양성화를 명분으로 세무조사를 강화해 세 부담이 급증하고 무리한 과세가 이뤄졌다"며 "세 부담의 형평성에 대한 국민적 공감대가 크게 미흡해 세무행정의 투명성·객관성 높이기와 공정한 세무조사 관행 확립이 중요하다"고 지적했다. 전 고문은 무리한 세무조사 사례로 회사와 대표자는 물론 가족을 대상으로 하는 중첩 조사, 4~5년이 아닌 2~3년 만에 이뤄지는 갑작스러운 세무조사, 몇년 전에 과세하지 않고 일단락된 사안에 대한 세금 부과, 오래전 일에 대한 무리한 자금 출처 증빙 요구를 꼽았다.

사회를 맡은 신광식 연세대 경제대학원 겸임교수는 "2016년 국세 수입이 242조원으로 2015년 대비 11.3% 증가했는데, 경제성장률이 2.7%에 그치고 세제에 큰 변화가 없었던 점을 고려하면 세무조사 강화가 주요 원인"이라며 "박근혜 정부의 무리한 세무조사는 지난해에도 전혀 변하지 않았다"고 지적했다. 보수 쪽 토론자인 이혜훈 바른정당 의원도 "지난해 급여소득자가 부담한 근로소득세가 14.6%나 급증해 정상 수준(경제성장률 수준)의 6배에 육박한 것은 국세청이 세무조사를 동원해 '마른 수건도 쥐어짜기'를 했기 때문"이라고 비판했다.

진보 쪽 발제자인 이창헌 경제개혁연대 정책위원(변호사)은 "현행 세무조사 규정이 모호해 국세청의 권한 남용 위험성이 있고, 국세청이 법 위반을 하더라도 별다른 제재가 없어 과오가 반복될 가능성이 크다"고 지적했다. 그는 개선책으로 세무조사 결정에 대한 소송 제기와 부과처분 취소 등으로 국세를 환급받을 경우 얹어주는 가산금(연 1.8% 이자 적용)을 현재의 5배로 증액, 납세자보호위원회와 납세자 보호관리관 제도의 독립성 강화 등을 제시했다. 또 장기 과제로 위법한 세무조사를 한 공무원에 대한 형사처벌을 꼽았다. 전형수 고문도 "세무조사를 통한 세수가 연간 5조~6조원 정도로 전체 국세수입 242조원에 비하면 얼마 안 된다"며 "세수 증대는 세무조사 강화가 아니라 세법 개정을 통해 이루는 것이 바람직하다"고 말했다. 전 고문은 개선안으로 세법상 세무조사 세부기준 등 규정 강화, 독립적 세무조사 관리위원회 설치, 정기조사 위주의 세무조사 운용, 납세자 조세항변권 부여 등 제도 개선을 강조했다. 이어 불필요한 압수수색 및 금융계좌추적 금지, 세무조사 정보 공개, 개인 재산 취득 자금 출처에 대한 직접조사 기준 완화, 중소기업 세무조사 억제, 국내보다 해외 중심의 세무조사 전환, 복지예산 집행에 대한 세무조사·감사를 통한 누수 관리도 제안했다.

이혜훈 의원은 지방국세청 산하 조세범칙조사심의위원회의 개선 필요성을 강조했다. 심의위는 일반 세무조사와 달리 명백한 탈세 행위를 엄하게 처벌하기 위해 조세범칙조사 적용 여부를 결정한다. 이 의원은 "심의위가 자의적 판단에 따라 고의로 탈세한 재벌 기업에는 면죄부를 주고, 반대로 혼내주고 싶은 기업은 지나치게 엄하게 제재한다", "지방국세청장이 심의위 위원장을 맡아 내·외부 위원 선임에 대한 전권을 갖고, 위원들의 자격요건이 허술하며, 국회에조차 위원 명단을 비공개하고 있다"며 개선을 요구했다. 김상조 경제개혁연대 소장도 "롯데시네마의 총수 일가에 대한 일감 몰아주기 사건은 경제개혁연대가 2007년에 처음 문제 제기를 했는데, 국세청은 9년이 지난 2016년에서야 600억원의 증여세를 부과했고, 고의성이 없다며 검찰에 고발도 하지 않았다"고 지적했다.

45 보수와 진보 간의 소통 채널 구축: (下) 시대정신과 공정한 사회

보수-진보 합동토론회는 진영논리에서 벗어나 변화와 개혁을 함께 모색하는 자리다. 이날 토론회는 2015년 6월 첫 토론회 이후 19번째 행사로, '공정성 실현'을 대주제로 한 시리즈토론으로는 '검찰개혁'에 이어 두번째다.

곽정수 선임기자
이충신 기자

세무행정의 불공정: 세무조사의 개혁방안을 중심으로' 토론회 보러가기

주제: https://ifs.or.kr/bbs/board.php?bo_table=research&wr_id=435

토론: https://ifs.or.kr/bbs/board.php?bo_table=research&wr_id=437

우리는 "공정성 실현"에 관한 토론을 지속할 계획을 가지고 있었다. 그러나 김광두, 김상조가 대선의 회오리에서 문재인 후보와 손을 잡게 됨에 따라 "보수와 진보, 함께 개혁을 찾는다" 시리즈는 더 계속할 수 없게 되었다.

중앙일보와 한겨레신문의 공동 보도를 잘 살펴보면 초점과 관심의 차이가 느껴졌다. 그러나 두 신문이 공동으로 하나의 주제를 취재 보도한 것은 크게 의미 있는 일이었다. 그 전이나 후에 이런 일은 없었다.

국회방송의 생방송 보도도 인상적이었다. 토론 내용이 영상을 통해 적나라하게 전해짐에 따라 우파 정당과 좌파 정당 소속 의원들의 유연한 사고 형성에 도움을 주었다고 자평했다.

2014년 12월 25일 국회에서 열린 김한길, 유승민 의원의 "진영논리 극복" 토론회와 유사한 보수 진보 정치인들 간의 대화체가, 우리의 이런 노력을 계기로 광범위하게 형성되기를 간절히 희망하면서 "보수와 진보, 함께 개혁을 찾는다"라는 시도를 우리는 매우 아쉬운 마음으로 마무리했다.

김한길 유승민 김광두, 한 자리 모여 무슨 얘기?
데일리안 | 2014.12.19. 기사

29일 국회서 여야 의원 80여명 모여 토론회 진행
김한길-유승민, 상생과 협력 정치의 필요성 강조

〈사진설명〉 29일 국회 귀빈식당에서 김한길 새정치민주연합 의원과 유승민 새누리당 의원이 공동 주최한 '우리정치의 공동목표를 찾는 여야 국회의원 토론회-오늘, 대한민국의 내일을 생각한다' 토론회가 김무성 새누리당 대표와 문희상 새정치민주연합 비상대책위원장을 비롯한 여야 의원들이 참석한 가운데 진행되고 있다.

〈사진설명〉 29일 국회 귀빈식당에서 김한길 새정치민주연합 의원과 유승민 새누리당 의원이 공동 주최한 '우리정치의 공동목표를 찾는 여야 국회의원 토론회-오늘, 대한민국의 내일을 생각한다' 토론회에서 김무성 새누리당 대표가 인사말을 위해 단상으로 이동하며 문희상 새정치민주연합 비상대책위원장과 인사를 나누고 있다.

당 대표를 지낸 김한길 새정치민주연합 의원과 TK의 핵심 중진 유승민 새누리당 의원 그리고 박근혜 대통령의 경제교사로 불리는 김광두 국가미래연구원 원장까지, 좀처럼 보기 드문 조합의 인물들이 29일 한 자리에 모였다.

이날 오전 국회 귀빈식당에서는 국회등록 국회의원 연구단체인 '내일을 생각하는 국회의원 모임'이 주최한 '오늘, 대한민국의 내일을 생각한다' 토론회가 열렸다. 이 자리에는 이례적으로 김무성 새누리당 대표와 문희상 새정치연합 비상대책위원장 등 여야 의원 80여명이 참석했다.

국민에 희망을 주는 정치를 만들자는 취지로 열린 이날 토론회에서 김 의원과 유 의원은 차례로 주제 발표를 했고, 김 원장과 진보

진영 학자인 신광영 중앙대 교수가 각각 지정토론을 맡았다.

'산업화와 민주화를 넘어 인간화 시대로'라는 제목으로 첫 번째 발제에 나선 김 의원은 "우리 사회는 구성원 모두가 존엄한 존재로 살아갈 수 있는 공동체로부터 점점 더 멀어져가고 있다"라며 "산업화와 민주화를 넘어서는 인간화 시대는 국민 개개인의 행복한 삶을 우선적으로 추구해 국가발전을 도모해야 한다"고 주장했다.

김 의원은 "박근혜 당시 대선후보 역시 이러한 시대적 요구에 경제민주화와 복지를 공약으로 앞세웠다"면서 "그러나 박근혜 대통령 취임 이후 내가 보기에는 대통령께서 산업화 시대의 가치와 행태를 고집하고 있는 것처럼 보인다"라고 박 대통령을 겨냥하기도 했다.

김 의원은 그러면서도 "이제는 무엇보다 사람의 가치를 우선하는 사회가 돼야 한다는 것을 정치권이 공감하고 여야가 동의해야 한다"며 "그럴 때에 우리 정치가 지금보다 훨씬 더 생산적일 수 있을 것"이라고 강조했다.

그는 이어 "여당이 하면 무조건 독선이고 야당이 하면 무조건 발목잡기라는 익숙했던 정쟁의 굴레와 결별을 결심해야 한다"며 "낡은 이념과 진영논리를 넘어 국민의 삶을 위해 여야가 경쟁하는 모습이 국민이 원하는 '상생의 정치'일 것"이라고 덧붙였다.

이어 마이크를 넘겨받은 유 의원은 정치권에서 성장과 복지가 함께 가는 국가전략을 찾아야 한다고 주장했다. 여야가 먼 장래를 바라보고 꼭 필요한 일을 위해 합의를 도출하는 것이 필요하다는 요지의 말이었다.

유 의원은 현재의 '저부담 저복지'의 정책이 '중부담 중복지'로 지향돼야 한다고 설파했다. 그는 "증세없는 복지는 허구이기에 어떤 세금을 더 거둘지 단계적 방안을 고민해야 한다"며 "기업의 사회적 책임, 종교단체의 복지 기능, 시민들의 자발적인 자선과 기부 등의 제 3의 대안도 필요하다"라고 밝혔다.

유 의원은 이어 "성장에 대한 수렴과 합의에 대해 노동과 자본을 늘리고 총요소생산성을 늘리는 정책에 합의를 해야한다"며 "자본의 축적과 투자를 방해하는 모든 제도들을 개혁해야 한다"고 말했다.

그는 끝으로 "보수는 복지를, 진보는 성장을 새로운 눈으로 보고 고민하며 양 진영 모두 성장과 복지를 동시에 추구해야 한다"며 "진영의 포로가 된 정치에서 벗어나 새로운 의제를 놓고 치열하게 경쟁하는 정치가 정치의 본류가 되기를 희망한다"라며 말을 맺었다.

두 의원이 모두 여야 상생 정치의 필요성을 강조한 가운데 김 원장은 "교육과 금융의 균등한 분배를 위해서는 나눠줄 것이 있어야 하고 그것을 만드는 것이 성장"이라고 설명했다.

김 원장은 "성장과 복지를 접근할 때 핵심키워드는 서로 보완적이고 도움이 될 수 있는 '지속가능성'이 돼야 한다"며 "경제, 사회, 정치 질서의 유연성이 있어야 지속가능성을 이야기 할 수 있다"라고 전했다.

한편, 정성호 새정치연합 의원의 사회로 진행된 이번 행사에서 김 대표, 문 비대위원장, 이석현 국회부의장, 박영선 전 새정치연합 원내대표 등 총 4명이 축사를 통해 모임을 빛냈다.

김 대표는 축사에서 "끊임없는 여야의 대립과 갈등으로 국민들의 정치혐오는 우려할 만한 수준이지만 여야는 여전히 낡은 이념과 진영논리에 갇혀 있다"며 "정치권부터 이념적 타협을 이루면서 향후 최소한 50년을 바라보는 공통의 지향점을 찾아야 할 것"이라고 밝혔다.

이어 "향후 2~3년은 우리 사회가 선진사회로 나아갈 수 있는 골든타임"이라며 "이 시기에 정치가 조타수의 역할을 해야 하며 조타는 여야가 한 손을 이룰 때에 가능할 것"이라고 강조했다.

문 비대위원장 역시 "세상에서 가장 빠르게 산업화와 민주화가 된 나라를 고르라면 대한민국"이라면서도 "그 압축된 성장 속에서 우리가 많이 놓친 부분이 있다는 것도 분명하다"라고 자성했다.

그러면서 "산업화와 민주화, 성장과 복지를 아우르는 오늘의 대화가 진실로 뜻깊다고 생각한다"며 "앞으로 우리가 뜻을 모아서 선진화되는 과정 속에서 이것이 농축되고 응집된 힘으로 현실화 되는 계기가 되기를 간곡히 바란다"고 당부했다.

문대현 기자

X

문재인과
사람 중심
성장 경제

46
문재인 후보와의 만남

2016년 초가을로 기억한다.

연세대 김호기 교수가 전화를 했다. '민주당의 최재성 의원이 국가미래연구원 방문을 희망하는데 어떻게 생각하느냐'는 내용이었다.

나는 보수 진보 대화체에서 여러 민주당 인사들과 의견을 나누었고, 민주연구원의 연구자들과도 정책에 관한 의견을 교환해오고 있었기 때문에 거부할 이유가 없었다.

어느 날 최 의원이 연구원에 찾아왔다. 그는 연구원 운영에 관해서 묻고 나는 설명하면서 첫 만남을 마쳤다. 그런데 얼마 후 그가 저녁을 함께하자고 했다. 연구원과 가까이 있는 마포의 어느 허름한 식당에서 만나 여러 세상 돌아가는 이야기들을 나누었다.

그런데 그가 뜻밖의 화제를 꺼냈다.

"문재인 의원에 대해서 어떻게 생각하느냐"는 것이었다. 나는 내가 그동안 여러 여야 정치인들과 언론계 인사들에게서 들은 대로 얘기했다.

"문 의원은 성품이 좋은 사람이다. 그런데 계파 중심의 패권주의를 추구한다더라."

최 의원은 "그렇지 않고 열린 마음의 소유자"라고 했다. 내가 들어온 소문과는 다르다는 것이었다. 우리는 이런저런 사람 사는 이야기들을 나누고 헤어졌다.

얼마 뒤 최 의원이 민주당 의원들 몇 분의 모임에 와서 경제 강의를 해달라는 요청을 했다. 나는 몇 분 모이느냐고 묻고 그 숫자에 맞추어 강의 자료를 준비해 그 모임에 갔다. 신촌의 어느 뷔페 스타일 식당이었다. 그 자리에 임종석 전 의원, 김태년·진선미 의원 등이 있었다. 한국 경제 문제에 관한 강의, 질의, 토론을 하고 헤어졌다. 그중 임종석 전 의원은 그의 초선 의원 시절 한 TV 프로그램에서 얼굴을 마주한 적이 있었고, 다른 분들은 초면이었다.

그리고 얼마 후 최 의원이 연구원으로 나를 만나러 왔다. 이번엔 꽤 진지한 얼굴이었다.

"문 의원을 도와주실 수 없을까요?"

"나는 이제 즐겁게 살 나이입니다. 그런 일을 할 인생 시계는 지났죠."

솔직한 나의 마음이었다. 당시 내 나이가 만 69세였다.

그리고 얼마 후, 당시 문 의원 비서실장직을 맡고 있었던 임종석 씨의 전화를 받았다.

"문 후보께 경제 강의 한번 해주실 수 있으신지요?"

"국가미래연구원으로 오시면 하겠습니다."

당시 문재인 의원은 여론 조사에서 차기 대통령 후보들 중 1위였고 대세론의 선두에 있었다. 나는 이런 요구를 그가 받아들이지 않을 것으로 보고 부드럽게 거절하는 방법을 선택했었던 것이다.

그런데 "일자를 정해주면 그날 저녁 시간에 도시락을 준비해 가겠다"는 답이 왔다.

나는 내심 당황하면서 문 의원에게 할 강의를 준비할 수밖에 없었다.

이런 말들이 오가는 과정의 어느 날, 김호기, 김상조 교수가 나에게 상의할 일이 있다고 연구원을 방문했다. 당시 나와 두 김 교수는 김병준, 백용호 교수 등과 함께 정기적으로 "단순 가담"이라는 정책 공부 모임을 하고 있었다. 이 재미있는 모임의 명칭은 김상조 교수의 작명이었다.

김호기, 김상조는 문 의원을 조건부로 도울 뜻이 있다고 했다. 그 조건이란 나의 동참이었다. 내가 문 의원을 도와주지 않으면 자기들도 문 캠프에 참여하지 않겠다는 뜻이었다.

2016년 초겨울 어느 날 저녁때 문 의원이 임종석 전 의원과 함께 연구원에 왔다. 도시락은 내가 준비했다. 나는 김호기, 김상조 교수에게 동석을 권유했고, 그들도 이 자리에 참석했다. 3시간여의 강의, 질의, 토론을 함께하면서 그의 면모를 일부 느꼈다. 겸손하고 참을성이 많은, 그러나 자기 소신도 강한 사람이라는 인상을 받았다.

그리고 얼마 뒤, 임종석 실장의 초청을 받아 나는 김호기, 김상조 교수와 문 의원, 임종석 실장과 함께 청진동 어느 음식점에서 빈대떡에 막걸리를 마셨다.

"나를 도와주세요."

"곤란합니다."

"보수와 진보의 대화를 주도하셨지 않아요? 나도 보수와 진보의 통합을 원하는 사람입니다. 우리는 같은 뜻을 가지고 있지 않습니까?"

이런 설왕설래와 막걸리를 마시면서 여러 가지 인간적인 대화를 나누었지만 나의 부정적 입장은 변하지 않았다.

그해 연말, 나는 예정했던 대로 미국 로스앤젤레스의 U.C.L.A.를 방문하고 귀국 길에 유학 생활을 했던 호놀룰루에 들러 나의 박사 과정을 지원해준 EWC(East West Center)에 가서 옛 동료들을 만났다. 물론 와이키키와 다이아몬드 헤드. 선셋비치를 비롯한 하와이의 아름다운 풍광도 다시 즐겼다.

2017년 1월 하순쯤 나는 귀국했다. 2월 초 쯤이던가? 최재성 의원이 문 의원과 아침 식사를 함께하자는 연락을 했다. 서로 의견 교환을 더 해보자는 것이었다.

시청 앞의 어느 식당에서 셋이 마주 앉았다.

"이제 도와주세요."

"아직 아닙니다. 그런데 나에게 무엇을 기대하시는지요?"

"경제 정책의 차원에서 보수와 진보의 통합에 기여하는 역할을 해주셨으면 합니다."

(나는 마음속으로 그런 역할이라면 해볼 만한 가치가 있다고 판단했다. 내가 보수와 진보의 대화체를 구성하고 재벌, 불평등, 공정 등에 관한 양 진영 인사들 간의 토론회를 지속하면서 추구했던 것이 그런 역할이었다.)

"알겠습니다. 그러나 현직 대통령이 헌법재판소에서 현재 심판을 기다리고 있습니다. 과연 박근혜 대통령이 헌법의 기준으로 국정농단을 했는지 아직 불분명 합니다. 이런 상황에서 차기 대통령을 준비하는 분을 돕겠다고 나설 수는 없습니다. 탄핵 인용 여부가 결정된 이후 마음을 정하겠습니다."

2017년 3월 10일 헌법재판소는 재판관 전원 일치로 '대통령 박근혜 탄핵 소추안'을 인용하고, 박근혜 대통령은 대통령직에서 파면되었다.

나는 헌법재판소의 결정을 확인한 후, 2017년 3월 15일 문재인 캠프에 참여해서, 보수와 진보의 통합을 추구한다는 기치(旗幟)를 내건 "새로운 대한민국 위원회" 위원장을 맡았다. 이 위원회의 부위원장으로 경제 분야는 김상조 교수가, 사회 분야는 김호기 교수가 선임되었다. 이 위원회는 국회의원들과 전문가들이 혼합되어 구성되었다.

문재인 '박근혜 경제 교사' 김광두 영입 …'줄푸세' 설계 경제학자
동아일보 | 2017.03.15. 기사

더불어민주당 대선주자인 문재인 전 대표가 김광두 국가미래연구원장을 캠프에 영입했다. 김광두 원장은 지난 2012년 대선 당시 박근혜 후보의 경제 정책을 이끌어 박근혜 전 대통령의 '경제 가정교사'로 불렸다.

문재인 전 대표 측은 15일 "김광두 원장과 김상조 경제개혁연대 소장, 연세대 사회학과 김호기 교수가 캠프에 합류했다"고 밝혔다. 박 전 대통령의 모교 서강대학교 교수로 재직 중인 김광두 원장은 지난 2007년부터 박 전 대통령을 도왔다. 그는 박 전 대통령이 2007년 한나라당 대선후보 경선에서 이명박 전 대통령에게 패배한 뒤 만든 5인의 스터디그룹에도 김명세 연세대 교수, 신세돈 숙명여대 교수, 최외출 영남대 교수, 안종범 전 대통령경제수석비서관과 함께 참여했다.

김 원장은 지난 2010년 박 전 대통령의 싱크탱크 역할을 한 국가미래연구원을 만들었다. 지난 2012년 대선 당시에는 박 전 대통령의 경제 핵심 공약이었던 '줄푸세(세금은 줄이고, 규제는 풀고, 법치는 바로 세우고)' 정책과 '원칙이 바로 선자본주의(Pathway to the disciplined capitalism)'를 내세웠다.

하지만 김 원장은 박근혜 정부 출범 초기부터 정부 기조와 달리 '증세 없는 복지는 허구'라는 입장을 내놓는 등 정부에 쓴소리를 하면서 박근혜 정부와 멀어졌다. '최순실 국정농단' 사건 이후에는 정경유착 구조에 대해 비판하며 '전경련 해체'를 주장하기도 했다.

문 전 대표는 15일 열린 기자회견에서 "김광두 원장은 저와 다른 길을 걸어왔지만, 대화하면서 우리가 지켜야 할 가치가 하나 힘을 확인했다"고 밝혔다.

김광두 원장은 "욕먹는 길로 들어서는 것을 잘 알지만, 욕 안 먹고 논평만 하는 것이 비겁하고 무책임하다는 생각이 들었다"며 "새로운 대한민국의 통합과 균형을 위해 헌신하겠다"고 말했다.

동아닷컴 디지털뉴스팀

김광두 원장, 문재인 "보수·진보 가치 따로없다… 진영 넘어설 것"
머니S | 2017.03.15. 기사

문재인 전 더불어민주당 대표는 오늘(15일) 김광두 국가미래연구원 원장을 영입한 데 대해 "새로운 대한민국의 첫 출발은 보수와 진보의 경계를 뛰어넘는 것이라고 생각한다"고 강조했다. 김광두 국가미래연구원 원장은 보수성향 경제학자로 분류된다.

문 전 대표는 이날 당사에서 김 원장 등에 대한 영입 기자회견 이후 질의응답에서 "대한민국이 적폐를 청산하고 공정하고 정의로운 사회, 원칙과 상식이 통하는 세상을 만드는 것이라고 한다면 거기에는 보수와 진보의 가치가 따로 있을 수 없다"며 "양극단 사람들을 제외한 개혁적이고 합리적인 진보, 개혁적이고 합리적인 보수는 함께할 수 있다"고 설명했다.

그는 앞서 기자회견에서 김 원장을 포함한 진보(김상조 한성대학교 교수), 중도진보(김호기 연세대학교 교수) 학자 3명을 영입하며 "진영에 갇힌 대통령은 성공한 대통령이 될 수 없다"며 "진영을 넘어 원칙 있는 통합을 만들어 가겠다"고 호소했다.

이어 "연정은 전혀 다른 얘기"라며 "정부를 구성함에 있어 정강정책을 달리하는 다른 정당들이 정책적 합의를 거쳐 일정한 장관직을 배분받는, 그렇게 해서 정부의 권력을 나누는 것"이라고 설명했다.

그는 "원칙적으로는 소연정이 원칙이다. 그러나 일부 대연정이 있는 것은 소연정만으로 의회 다수를 형성할 수 없을 때 주로 내각제 국가에서 내각을 구성하기 위한 방편으로 하는 것"이라며 "지금 우리는 대통령제이기 때문에 그것과도 맥락이 다르다"고 주장했다.

이어 "자유한국당의 경우에는 지금도 탄핵 결정에 불복하는 모습을 보여주고 있다. 그런 정당과 지금 단계에서 대연정을 논의하기는 어렵다고 생각한다"며 "자유한국당이나 바른정당에 계신 분들 가운데서도 개인별로는 적폐 청산과 개혁이라는 가치에 함께한다면 같이 할 수 있는 분들이 있을 수 있다고 생각하지만 그러나 그것 역시 정당과 정당이 함께 정부를 구성하고 권력을 나누는 연정과는 전혀 다르다"고 덧붙였다.

김나현 기자

47

사람 중심 성장 경제와 인적자본(Human Capital): 문재인 후보의 경제 비전

한국 경제는 진영 갈등으로 여건 변화에 적절히 대응하지 못하는 상황에서 벗어나지 못해왔다. 노무현 정부의 경험에 의하면 경제정책의 입안에서 국회 통과를 거쳐 관련 부처에서 집행할 때까지 평균 3년이 소요되었다.

이런 진영 갈등은 동태적 효율성(Dynamic Efficiency)에 정책의 우선순위를 두는 우파 정치 세력과 사회적 가치(Social Value: 공정, 평등, 정의)에 우선순위를 두는 좌파 세력 간의 대립이 여러 수준의 선거 과정을 겪으면서 첨예화(尖銳化)되었기 때문이다.

국내외 경제 상황이 급변할 때, 시의(時宜)적절한 정책 대응이 요구된다.

그러나 한국 정부는 우파 정권이든 좌파 정권이든 정치적 의사결정 과정에서 좌파와 우파 간의 가치 충돌과 대립으로 시의적절한 대응을 하기 어려웠다.

역사적으로 이러한 충돌은 민주 자본주의라는 정치 경제체제를 가진 국가들이 흔히 경험했다. 이 갈등을 통합의 노력을 통해서 극복한 국가들은 선진 강국이 되었고 그러지 못한 국가들은 후진국의 굴레를 벗어나지 못했다.

특히 1995년을 기점으로 하는 세계화(Globalization)의 물결과 2000년대에 불어닥친 디지털(Digital) 기술혁명으로 효율성과 사회적 가치의 병립(竝立)은 더욱 중요하고 어려워졌다.

나는 문재인 후보가 이 갈등을 구조적으로 해결할 수 있는 경제 비전을 내세우고 그것을 실행에 옮길 수 있기를 희망했다. 그렇지 못하면 한국은 진영 갈등 구조의 굴레에서 벗어날 수 없고, 자본주의 시장경제의 효율성 추구도 공정 정의 등 사회적 가치의 실현도 지속 가능하지 않다고 생각했기 때문이었다.

나의 이런 문제의식은 박근혜 전 대통령에게 제시한 "국민 행복론"과 "원칙이 바로 선 자본주의(Disciplined Capitalism)"에도 내포되어 있었다.

그런 문제 의식을 가지고 경제 비전을 모색하면서 다시 살펴본 문헌들이 스웨덴 자본주의, 포용적 성장 이론(Inclusive Growth Theory), 미국 민주당의 Hamilton Project, 인적자본(Human Capital)에 관한 경험적 연구와 이론들, 그리고 대한민국 헌법 등이었다.

나는 세계화라는 국제 경제 질서와 디지털 기술이 주도하는 급변하는 기술 환경하에서, 사람(노동)과 기업(자본)이 함께 경쟁력을 키워 모두가 윈윈(Win‒Win)할 수 있는 전략적 수단이 "사람에 대한 존중과 사람을 위한 투자"라고 판단했다.

구체적으로 노동자들 모두에게 스스로를 높은 수준의 인적자본으로 변환(Transform)할 수 있는 기회와 여건을 국가가 제공하면 노동 생산성 상승과 기업경쟁력 강화가 병행 성취되어 노동 소득과 일자리 증대가 동시에 가능해질 수 있다는 논리 구조가 성립한다.

J.M.Keynes는 경제정의(Economic Justice)의 구체적 성과를 Macro Wage Bill(총임금 = 일자리 수 x 거시적 균형 임금)의 크기로 정의했다. 일자리가 늘고 임금 수준이 상승하면 총임금은 증대되고 경제정의는 실현되는 것이다. 나는 국민 행복론에서도 소득과 일자리 증대가 사람 행복의 기본조건이라는 점을 강조했다.

일시적으로 정부가 이전지출을 통해서 노동자들의 소득을 증대시킬 수 있다. 그러나 이것이 생산성 상승과 병행하지 않으면 기업경쟁력 강화와 무관하거나 노동자들의 도덕적 해이로 오히려 기업경쟁력을 약화시킬 수 있다. 경제가 세계화되어 있는 상황에서 기업경쟁력 약화는 일자리의 감소를 초래한다. 이렇게 되면 복지성 이전 지출도 세원 감소와 이에 따른 정부 재정의 한계로 그 지속 가능성이 낮아진다.

여기에서 인적자본이란 "일정 수준" 이상의 축적된(투입이나 체화된) 지식과 노 하우, 건강 그리고 탄력성(Resilience)을 보유한 사람을 의미한다. 탄력성은 외적 변화에 대한 대응 능력을 의미한다.

이런 측면을 고려할 때, "일정 수준"은 국별로 차이가 있다. 여러 국가들의 노동자에게 축적된 지식, 노 하우, 탄력성의 평균 수준이 다를 수 있기 때문이다. 즉 어느 나라에서는 인적자본으로 분류되는 노동자가 다른 나라에서는 단순 노동자로 분류될 수 있는 것이다.

여러 경험적 연구의 결과에 의하면 "일정 수준"의 절대적 높이가 더 높은 국가가 고부가가치의 상품과 서비스를 생산할 수 있고, 세계시장에서 더 큰 시장 점유율을 확보할 수 있다. 인적자본이 풍부한 나라가 결과적으로 더 많은 일자리를 확보하고 더 높은 임금을 지급할 수 있게 되는 것이다.

여기에서 지식(Knowledge)과 노 하우(Know How)는 다른 의미를 갖는다. 지식은 교육 훈련을 통해서 투입된 것으로 문장이나 기호로 표현할 수 있으며(Codified), 다수가 동시에 사용할 수 있는 범용성(Non-excludable)을 내포한다. 한편 노 하우는 현장 경험의 축적을 통해서 몸과 머리에 습득한 것으로, 문장이나 기호로 표현하기 어려운(Non-codified) 그 사람만이 가지고 있는 그 사람 고유의 능력(Excludable)이다.

이런 논리 구조를 바탕으로 나는 "사람 중심 성장 경제(Economy for Human Progress)"의 큰 그림을 그렸다. 이 작업 과정에서 김상조 교수가 공정 경제 부분을 맡아서 작성했고, 나의 논리 구조에 대해서도 유익한 조언을 해주었다.

당시 문재인 후보에게 제시하고 설명드린 "사람 중심 성장경제"의 기본 구조는 아래와 같다. 이 그림을 바탕으로 몇 가지 사례와 정책 수단을 들어 구체적인 정책 내용의 구성을 제안했다.

〈사람 중심 성장경제: Economy for human progress〉

- 사람의 자유와 창의가 존중되고, 사람의 사람다운 삶을 보장하는 경제 -

- 왜 사람 중심 성장경제인가? -

• 헌법정신에 기초한 국가의 역할

(헌법 제119조 1항: 창의, 2항: 기회균등, 34조: 인간다운 생활을 보장, 헌법 10조: 개인의 기본적 인권 보장)

• 시대정신인 공정혁신통합을 구현하고, 시대적 최우선 과제인 일자리 창출에 역점

• 국민 한 사람 한 사람의 입장에서, 자유·창의·기회·인권, 인간다운 삶이 존중되고 보장되는 경제 질서의 구축

[공정성, 혁신성, merit goods의 공급확대]

• 국민은 집단적 성격이고, 사람은 개인적 성격

국민 한 사람으로서 "나의 행복한 삶을 실현가능하게 해주는 경제"가 더 구체적이고 피부에 와닿음

• 사람을 중심에 설정함으로써, 국가, 기업, 조직, 정책의 운용이 그것을 구성하는 "사람들"의 정신적, 물질적 풍요에 초점을 맞춰 이뤄지게 하는, 국정운영의 철학

- 사람 중심 성장경제의 실현을 위한 경제 정책 비전 -

〈사람 중심 성장경제: Economy for human progress〉

I. 일자리의 지속적 창출 (사람다운 삶의 기본조건 충족)

> **1. 사람을 위한 투자와 산업 육성**
>
> : 보육·교육·재교육·건강의료·요양, 안전, 환경산업, 문화·예술·체육산업(경기회복의 선도·전략 산업으로써 merit goods에 대한 집중 투자·지원)
>
> : 경쟁과 효율의 기본원칙, 민간주도, 정부의 merit goods에 대한 지출은 보완역할(정부와 보전·지원 대상 민간조직간의 성과계약제)

① 일자리 창출효과의 극대화 효과

② 내수, 중소기업형, 양극화 완화 효과

③ Human Capital 축적(T.F.P ↑), 창의력 제고 효과

④ 여성의 노동시장 참여율 제고 효과

⑤ 삶의 질 수준 제고 효과(인간다운 삶의 기본요건 충족)

⑥ 계층간 이동성 제고

> **2. 혁신 생태계 조성: 자유와 창의가 핵심. 4차산업혁명에 동참, Global competition에 대응**

- 정부의 기초·기반기수루 투자(T.F.P ↑) 증대

- Human Capital 축적

- 기업의욕, 창업의욕 고취 여건 조성

- 미국의 Silicon valley, 스웨덴의 Science Park의 생태계 벤치마킹

(경영권 보장, stock option, 외국인의 적대적 M&A 대책 등 혁신 저해 요인 제거)

- 인력의 이동성 제고: 노동보호의 역작용

> **3. 농업의 부흥: 농민과 첨단 농기업의 공동번영체 구축(새로운 일자리 창출, 농지 가치의 제고, 농가소득의 증대)**

> **4. 국가경쟁력 강화 인프라 구축**

- Big Data, Software(4차산업혁명의 쌀)
- Energy (T.F.P ↑)
- 물류 (T.F.P ↑)

II. 경제체질강화

> **기업구조조정**

: - 한계기업: comprehensive package programme, 선제적 구조조정 시스템 구축

(저항극소화(Safety Net, Collective Risk Sharing System): 사회적 투자, 복지지출)

> **가계부채조정**

: - 취약·한계가구: 180만 한계가구 (300조)

> **공정한 경제질서 확립**

- 경제민주화 2.0

- 특권 경제질서 개조(지대추구 원천 봉쇄)
- 공정성 관련 법질서 확립

정부역할 재정립

- 경제는 민간주도
  (창의력 극대화. 규제는 Negative System. 사후적 규제.
  대기업의 교육·재훈련·저임근로자·지역경제에 대한 기여 시
  스템 구축)
- 정부는 공정성 확립, merit goods의 공급 증대, 혁신 생태계조성,
  국가경쟁력 강화 인프라 투자, 재정건정성 유지(재정준칙)

저출산 고령화 탈피

III. 세계경제에의 적극적 참여

통일시대대비 남북경제 협력준비

세계화 질서에 능동적 참여

IV. 전략적 고려 요인

재정투자와 재원관련 프로그램

- 구조조정, 사회적 투자, 국가경쟁력 인프라 투자, 기초·기반기술
  투자에 소요되는 재정규모
- 재정과 금융기법의 융합(사회적 투자와 민간기업의 혼합)
- Tax Reform: 효율과 공평의 조화
- 국민연금, 정책금융자금의 역할

- 실행계획을 포함한 법률제정(장기재정전망, 10년 단위, 적정 국민 조세 부담률 수준)

정부의 역할 재정립과 행정효율성 제고

- Big Data에 기반한 정부 행정 시스템 구축
- Negative System으로의 규제혁파와 관련 정부조직과 역할 조정
- 공정성 확립, 관련조직의 내실화 보강 (공정거래위원회, 특허청, 국세청, 법집행기구 등)
- 사회적 투자·복지 지출의 지배구조와 효율성 관리 (Outsourcing privatization) (재정의 효율성)
- 국가 기초기반 기술 관리 시스템의 효율성 관리
- 행정 투명성(주요 정책의사 결정과정, 즉시/사후 공개 의무화)

V. Key Players: 민간, 중소기업

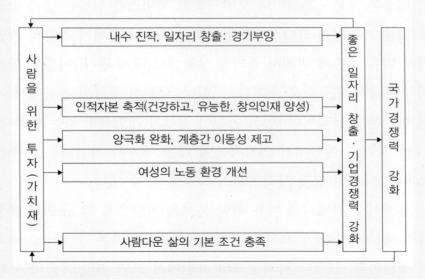

사람중심 성장경제의 선순환 구조

이 경제 비전의 핵심은 사람에 대한 투자이다. 이 투자란 사람의 지식과 노 하우의 축적, 건강 증진, 그리고 인간 의지의 탄력성 제고 등을 위해서 이루어지는 지출 행위를 의미한다. 이 지출 행위의 규모가 화폐단위로 표현되면, 그 총액을 인적자본에 대한 투자 지출이라 한다.

사람에 대한 투자는 가치재(Merit Goods)에 대한 투자와 이에 따른 가치재 산업의 발전에 의해서 인적자본 축적으로 연결된다. 가치재는 그 사회적 편익이 시장 가격보다 커서 시장 메커니즘에 의해서 공급되는 양(量)보다 더 많이 공급되는 것이 사회적으로 바람직한 재화와 서비스이다. 가치재는 특정 그룹의 사람들에 한해서 혜택을 주기 때문에 국가사회의 모든 구성원들에게 혜택을 주는 공공재(Public Goods)와는 다르다.

가치재로서 대표적인 것이 교육-훈련, 보건-의료 등이다. 취약 계층은 교육-훈련이나 보건-의료 서비스를 원하는 만큼 받을 수 없을 가능성이 크다. 때문에 지적 능력이나 신체적 건강의 측면에서 여유 계층에 비해서 불리한 상황에 처하게 된다. 이런 상황은 취약 계층의 대물림을 초래할 수 있다. 사회적 통합의 관점에서 이런 현상은 개선되어야 한다. 이것이 정부가 개입해야 하는 이유다.

한 국가의 예산에서 인적자본에 대한 투자가 차지하는 비중을 보면 그 나라의 경제 사회정책의 특성을 알 수 있다.

경제적 관점에서는 비용 편익 분석을 바탕으로 그 규모가 결정되기 때문에 그 결정 요인은 기계 설비 등 물적자본(Physical Capital)과 동일하다. 그러나 사회정책의 차원에서 보면 취약 계층의 사회적 이동성(Social Mobility) 제고 등 사회통합을 지향하기 때문에 그 국가가 추구하는 사회적 가치(Social Value)의 중요성에 따라 그 크기가 영향받는다.

　　문재인 후보는 이 기본 구조를 반영하여 2017년 4월 12일 "사람 중심 성장경제"를 그의 경제 비전으로 발표하였다.

문재인 대통령 후보, '문재인의 경제비전 - 사람 중심 성장경제'
더불어민주당 | 2017.04.12. 브리핑

〈사진 출처: 한겨레〉

□ 시간: 2017년 04월 12일(수) 09시50분
□ 장소: 더불어민주당사 2층 브리핑룸

47　사람 중심 성장 경제와 인적자본(Human Capital): 문재인 후보의 경제 비전

"사람 중심 경제로 국민성장 이룩하겠습니다."

존경하는 국민 여러분 저는 오늘, 저 문재인이 추구하는 새로운 대한민국의 경제비전을 밝힙니다. 핵심은 사람 중심 경제입니다.

국민은 누구나 인간으로서의 존엄과 가치를 가지며, 행복을 추구할 권리를 갖습니다. 일할 권리, 인간다운 생활을 할 권리도 헌법이 정한 국민의 권리입니다. 또한 헌법은 개인과 기업의 자유와 창의를 존중하고 균형 있는 성장과 적정한 소득의 분배를 유지하는 경제 질서를 명시하고 있습니다.

경제비전을 통해 헌법정신을 구현하고, 헌법적 가치를 경제운영의 중심에 두겠습니다. 헌법정신에 맞는 새로운 대한민국의 경제중심은 바로 사람입니다.

경제의 중심을 바꾸겠습니다.

산업화 시대의 경제관행을 4차 산업혁명 시대에 맞게 바꾸겠습니다. 그간의 경제정책은 기업에 사회적 자원을 몰아주는 것이 시작이었습니다. 기업에 투자하면 국민에게 혜택이 전달되는 낙수효과를 기대하고 추구한 것입니다. 그러나 한계가 확인됐습니다.

순서를 바꾸겠습니다. 사람에게 투자해 기업과 국가의 경쟁력을 살리는 사람 중심의 경제성장 구조로 바꾸겠습니다.

국민 누구나 소득과 관계없이, 인간다운 삶을 유지하기 위해 꼭 필요한 것이 있습니다. 보육, 교육, 의료, 요양, 안전, 환경과 같은 분야는 시장에만 맡겨두어서는 한계가 있습니다. 국민 누구나 제대로 공급 받을 수 있도록 국가가 과감히 지원하겠습니다.

사람에 대한 투자는 비용이 아니라 혁신과 공정경제의 기본 인프라입니다. 특히 지금은 우리 경제의 성장동력이 상실된 상황입니다. 일자리도 마찬가지입니다. 그동안 기업들이 일자리를 더 늘리도록 국가가 많은 지원을 했지만 해결되지 않았습니다. 오히려 악화되었습니다. 이제는 기존의 방식으로는 일자리가 해결되지 않습니다.

비상경제대책차원에서 사람에 대한 투자가 이뤄져야 합니다. 인간다운 삶의 기본 조건을 충족하고 양극화 완화와 계층 간 이동성을 높여야 합니다. 뿐만 아니라 일자리 창출과 경기부양, 내수 진작이라는 국민경제의 시급한 목표를 위해서도 과감한 국가적 지원이 필요합니다.

국민 여러분. 저는 사람 중심의 경제를 만들기 위해 '사람경제 2017'을 시작하겠습니다.

사람 중심의 경제성장을 위해 대규모 재정자금을 추가 편성 집행하겠습니다. 장기 경기침체가 지속되는 상황에서 재정이 적극적인 역할을 해야 한다는 것은 오바마의 '미국의 회복과 재투자법안(ARRA 2009)'이 만들어낸 일자리 성과로도 확인되었습니다.

살림이 어렵다고 소극적 재정계획을 세워서는 안 된다는 것이 OECD, IMF 등 국제기구의 권고사항이며, 국민들도 공감하고 있습니다. 현재 '중기 국가재정운용계획'은 연 평균 3.5% 증가를 예정하고 있습니다. 연평균 7% 수준으로 적극 확대하겠습니다.

재정자금은 사람에 대한 투자를 중심으로 경제 활력을 회복하고, 미래 성장기반을 구축하는데 쓰일 것입니다. SOC에 집중 투자했던 과거 일본의 실패를 되풀이할 이유가 없습니다.

10대 핵심 분야에 투자하고 일자리를 만들겠습니다. 일자리창출, 4차 산업혁명, 교육보육, 보건복지, 신 농업 6차산업화, 국민생활안전, 환경, 문화관광예술체육, 지역경제 활성화, 사회적 서비스 분야입니다. 특히 4차 산업혁명은 사물인터넷, 빅데이터, 지능정보사회

47 사람 중심 성장 경제와 인적자본(Human Capital): 문재인 후보의 경제 비전

의 기반을 만드는 인프라에 투자해 대응하겠습니다. 이를 통해 연평균 50만개 이상의 신규 일자리가 창출될 것입니다.

5월 10일 새로운 정부가 출범하면 곧바로 추가경정예산안 편성에 돌입해 '사람경제 2017'을 집행해나가겠습니다.

'사람경제 2017'의 재정충당과 재정집행 원칙도 말씀 드립니다. 재정충당은 국민의 동의를 얻겠습니다. 국가부채의 증가를 최소화하는 방법으로 추진하겠습니다. 5년 간 세수자연증가분에서 50조 원을 조달하겠습니다. 부족한 부분은 법인세 실효세율 조정, 정책자금 운용배수 증대, 중복 비효율 사업에 대한 조정으로 충당하겠습니다. 그래도 부족하면, 국민적 동의를 전제로 증세하겠습니다.

재정집행은 가장 효과적으로 하겠습니다. 정부가 재정집행을 주도하는 기존관행을 탈피하겠습니다. 민간주도 집행체계를 구축할 것입니다. 성과계약 제도를 중심으로 효율성을 담보하겠습니다. 현재 진행되고 있는 모든 재정지원 사업을 원점에서 재검토하겠습니다. 중복과 비효율, 불투명한 재정집행이 없도록 할 것입니다.

사람 중심 경제는 더 공정하고, 더 효율적인 경제입니다. 이를 위한 정책방향을 말씀드리겠습니다.

첫째, '갑질'을 몰아내겠습니다.

갑질, 특히 대기업의 갑질은 반칙과 기득권이 만든, 그야말로 경제적폐입니다. 공정한 시장경쟁을 파괴하는 행위입니다. 밀어내기, 후려치기, 몰아주기, 꺾기, 담합, 기술착취, 중간착취를 근절하지 못한다면, 정부가 어떤 중소기업, 소상공인 대책을 내놓아도 효과를 보기 어렵습니다.

공정거래위원회를 전면 개혁하고 공정위-지자체와의 협업체계 구축하겠습니다. 징벌적 손해배상소송제와 집단소송, 단체소송제도도 도입하겠습니다. 중소기업과 국민이 '갑질'과 경제적폐에 대항할 수 있는 다양한 방법을 만들겠습니다.

둘째, 국민연금은 국민여러분께 돌려드리겠습니다.

특정 재벌이 433억원의 뇌물로 3조원에 달하는 국민연금 지분을 사유화한 일이 드러났습니다. 다시는 이런 기막힌 일, 일어나지 않게 만들겠습니다.

국민연금은 국민의 재산입니다. 국민연금공단 이사장은 가장 깨끗하고 개혁적인 인사로 임명할 것입니다. 주주권행사 모범규준, '스튜어드십 코드'도 즉각 도입하겠습니다. 국민연금기금 안정을 위한 최고의 방법은 다음 세대의 국민연금 가입자 수를 늘려 부담을 줄이는 것입니다. 정부가 보육, 임대주택, 요양 분야의 사업을 추진하기 위해 국공채를 발행하는 경우 국민연금이 적극 투자하도록 하겠습니다. 국민연금 국공채 투자는 가장 안전한 투자이며, 기본적인 수익률이 보장됩니다. 국민연금의 국공채 투자는 국공립 어린이집 대기를 기다리는 부모의 마음으로 접근해야 합니다. 치매 어르신을 모시는 자녀의 마음, 전세금을 마련하지 못해 월세로 신혼살림을 시작하는 부부의 마음으로 국민연금의 사회적 역할과 기금의 안정성을 함께 강화하겠습니다.

셋째, 규제철폐가 아닌 규제체제의 재설계가 필요합니다.

4차 산업혁명에 대비해 낡은 규제를 없애고, 규제체제를 네거티브 방식으로 전면 개편, 신산업분야의 규제는 네거티브 방식, 일몰제 적용, 투명성과 신뢰 강화라는 원칙으로 과감히 정리해 나가야 합니다. 규제개혁위원회를 민주적이고 투명하게 운영되도록 전면 개편하겠습니다.

넷째, 자본시장에 역동성을 더하겠습니다.

기술 전문투자 분야에서 모험을 허용하겠습니다. 정부의 사전 규제도 없고, 자금지원도 없으며 투자자 보호도 없는 벤처캐피탈 시장을 만들겠습니다. 스타트업 기술기업에 대한 과감한 투자가 이뤄지는 전문 투자자들의 시장영역을 만들겠습니다. 혁신을 시도하는 기업과 모험에 나서는 스타트업의 가장 든든한 혁신 파트너가 될 것입니다.

다섯째, 네트워크 접속권을 국민의 기본권으로 확립하겠습니다.

네트워크 접속은 국민 기본권이며 핵심 산업 플랫폼입니다. 네트워크의 혁신이 융합의 시대, 초연결의 시대의 핵심입니다. 김대중 대통령께서 '빛의 고속도로'를 개설했듯이 제2의 '빛의 고속도로'를 개설하겠습니다. 무선 인터넷 플랫폼을 확대하고, 국민 누구나 필요한 만큼 자유롭게 무선 네트워크에 접속할 수 있는 시대를 열겠습니다. 네트워크 기본권 확대를 바탕으로, 수많은 기업들이 혁신적 사업을 벌일 수 있는 인프라를 구축하겠습니다.

공정이 혁신입니다. 혁신이 통합입니다. 공정과 혁신과 통합의 길이 사람 중심의 경제입니다. 새로운 대한민국, 공정과 혁신, 통합의 경제를 국민과 함께 만들겠습니다. 감사합니다.

2017년 4월 12일
더불어민주당 제19대 대통령 후보 문재인
국민주권선거대책위원회 공보단

문재인 정부의 초대 경제부총리로 임명된 김동연 후보자는 2017년 6월 7일 열린 인사청문회에서 "사람 중심 성장경제"의 기본 틀과 일치하는 경제운용에 관한 소신을 피력했다.

김동연 "사람 중심 투자, 공정경제, 혁신성장에 정책 우선순위"
연합뉴스 | 2017.06.07. 기사

부총리 겸 기재부 장관 후보자 인사청문회…"살아있는 정책 만들겠다"
"가계부채·부동산·구조조정·보호무역주의 선제적 관리할 것"

김동연 부총리 겸 기획재정부 장관 후보자는 7일 "사람 중심 투자, 공정경제, 혁신성장이라는 3가지 정책 방향에 우선순위를 두고자 한다"고 밝혔다.

김 부총리는 이날 국회 인사청문회에서 모두 발언을 통해 "앞으로 사람이 중심이 돼 지속해서 성장하는 경제를 중점 정책목표로서 제시하고자 한다"며 "이는 일자리 확대와 양극화 해소를 바탕으로 성장 잠재력의 확충이 이뤄질 때 가능하다고 본다"고 말했다.

김 후보자는 고용 없는 성장, 양극화 심화, 저출산·고령화로 한국 경제의 성장 잠재력이 지속해서 약화하고 있다고 진단했다.

여기에 대외 불확실성이 증가하고 있고 4차 산업혁명이라는 도전 과제까지 한국 경제에 던져졌다고 봤다.

그는 사람 중심 투자를 위해 "경제 정책을 고용 창출에 중심을 둬 재설계하고 적극적 노동시장 정책을 통해 인적 자원을 고도화하고 노동생산성을 향상시키겠다"고 밝혔다.

이어 "4차 산업혁명 흐름에 대응하는 교육 개혁, 평생 교육체계 확립 등을 통해 창의적인 인재를 육성하겠다"면서 "사회안전망 확충을 통해 양극화를 완화하고 사회적 이동을 촉진하는 토대를 강화해 나가겠다"고 강조했다.

김 후보자는 노력과 헌신, 성과에 따라 경제주체들이 정당한 보상을 받을 수 있도록 경제 사회 전반의 인센티브 체계도 점검할 방침이라고 말했다.

김 후보자는 "건전한 산업 생태계가 활발히 조성되도록 시장 질서를 확립하고 기업 지배구조를 개선하겠다"며 "노동시장에서 불합리한 차별이 없도록 비정규직 처우 개선 등으로 노동시장 이중구조를 해소해나가겠다"고 설명했다.

연구·개발(R&D), 기술 혁신 등을 지원해 혁신성장을 일구겠다는 청사진도 그렸다.

김 후보자는 "창업과 창직(創職)이 왕성하게 일어나고 글로벌 시장에서 우리 기업의 경쟁력이 더욱 강화할 수 있도록 불합리한 규제와 산업지원제도를 개편해나가겠다"며 "금융, 관광 등 고용 부가가치 창출 효과가 높은 유망 서비스산업을 적극적으로 육성하고 핀테크, 빅데이터, 인공지능 등 새로운 기술에 기반을 둔 서비스시장을 넓혀 나가겠다"고 말했다.

김 후보자는 3가지 정책 방향은 거시 경제 안정과 사회적 자본 확충이 제대로 됐을 때 가능하다고 봤다.

그는 "적극적 거시정책과 함께 가계부채, 부동산, 구조조정, 보호무역주의 등 대내외 리스크를 선제로 관리하겠다"며 "정책의 투명성을 제고하고 각종 의사결정 체계를 개선해 경제주체 사이의 신뢰를 높여나가겠다"고 밝혔다.

김 후보자는 "'그들만의 리그'가 아닌 '국민 모두를 위한 정책', '살아있는 정책', '현장에서 효과가 나타나는 정책'을 만들도록 하겠다"며 "국민의 목소리를 낮은 자세로 듣겠다"고 약속했다.

김수현 기자

48

국민경제자문회의와 '경제 정책회의' 분과 신설

"국민경제자문회의 부의장을 맡아주세요."

2017년 5월 11일 이른 아침 시간에 문재인 대통령이 전화를 주셨다. 선관위가 당선 확정을 발표한 다음 날이었다. 나는 그때 해남 땅끝마을에서 여유를 즐기고 있었다.

"그 조직은 별로 하는 일이 없지 않습니까?"

"지금부터 활성화해서 미국의 NEC(National Economic Council)처럼 운용하려 합니다."

미국의 NEC는 클린턴 대통령이 외교 안보 정책의 NSC(National Security Council)에 상응하는 경제정책 기구로 1993년에 백악관 내에 설치한 조직이다.

이 기구는 네 가지의 직무를 수행하면서 미국의 경제정책 결정과 집행에 매우 중요한 역할을 해왔다.

A. 국내외 경제 이슈에 관한 정책 입안을 조율

B. 대통령에 경제정책 조언

C. 정책 결정과 정책 프로그램이 대통령의 경제정책 목표와 일
  치하도록 확인

D. 대통령의 정책 아젠다 모니터링

그 사무실은 백악관 내에 있고 그 구성원들 중에는 미국 정부 주요 경제부처의 최고책임자들이 포함되어 있다. 그 활동은 미국의 경제정책 전반에 실효성 있는 영향을 미치고 있다.

"국민경제자문회의가 그러한 기능을 수행하는 데 필요한 지원을 하겠습니다. 청와대 경제보좌관은 김 부의장이 조수처럼 활용할 수 있는 사람으로 임명하겠습니다."라는 취지의 말씀도 하셨다.

문 대통령의 이런 제안을 듣고 그가 후보 시절에 나에게 부탁한 역할을 이 기구에서 해주길 원하는 것으로 이해하고 수락했다. 그리고 나는 대통령의 말을 액면 그대로 믿고 나와 호흡을 맞출 경제보좌관 후보를 물색했다.

文대통령 "김광두, 제 시각과 다소 다르지만 손잡을 수 있다"
연합뉴스 | 2017.0.21. 기사

"이론·실무 두루 겸비⋯합리적 진보·개혁적 보수 함께해야"

문재인 대통령은 21일 김광두 국가미래연구원장을 신임 국민경제자문회의 부의장으로 임명한 것과 관련해 "김 원장은 대한민국의 개혁적 보수를 대표하는 경제학자로, 저와 다소 다른 시각에서 정치·경제를 바라보던 분이지만 경제 문제도 합리적 진보와 개혁적

보수가 손잡아야 한다"고 말했다.

문 대통령은 이날 청와대 춘추관에서의 인선 발표에서 이같이 언급한 뒤 "국민 삶을 중심에 놓으면 얼마든지 함께할 수 있고, 우리 경제가 가야 할 길이 성장이냐 분배냐의 이분법이 아닌 성장·분배의 선순환이기 때문"이라고 밝혔다.

문 대통령은 "저는 경제를 살리는 데 국가 역량을 모으기 위해 헌법기구인 국민경제자문회의를 활성화하려 한다"며 "이론과 실무를 두루 경험한 김 원장이 국민경제자문회의 부의장이라는 중책을 맡은 만큼 자문회의가 헌법 취지대로 활성화돼 국민의 삶 개선에 실질적인 역할을 하기 바란다"고 말했다.

〈사진: 김광두 신임 국민경제자문회의 부의장〉

이상헌 기자

김광두 부의장, 朴의 '줄푸세' 주역에서 文의 'J노믹스' 설계자로
파이낸셜뉴스 | 2017.05.21. 기사

문재인 대통령이 21일 초대 국민경제자문회의 부의장으로 임명한 김광두 서강대 석좌교수(70.사진)는 진영논리를 넘어선 인사로 지목된다.

은사 남덕우 전 국무총리와의 인연으로 박근혜 전 대통령의 경제 가정교사 역할을 했던 김 교수는 2012년 대선 당시 박근혜 대통령의 경제공약인 '줄·푸·세(세금 줄이고, 규제 풀고, 법질서 세우기)' 탄생의 주역이었다. 이번 대선에선 더불어민주당 캠프에서 '새로운 대한민국 위원회'의 위원장을 맡아 재정확대를 통해 일자리를 창출하는 문 대통령의 'J노믹스'를 설계한 인물이다.

문 대통령은 이날 청와대 춘추관 인선 발표현장에서 "김광두 원장은 대한민국 개혁적 보수를 대표하는 경제학자로 저와는 다소 다른 시각에서 정치·경제를 바라보던 분이다. 그러나 이제 경제 문제에 있어서도 합리적 진보와 개혁적 보수가 손을 맞잡아야 한다고 생각한다"고 밝혔다.

김 교수는 앞서 2010년 국가미래연구원을 설립해 박 전 대통령의 싱크탱크 역할을 했으며, 2012년에는 새누리당 힘찬경제추진단장을 맡아 박 대통령의 경제공약을 총괄 디자인했다.

김 교수가 올해 초까지 원장을 지낸 국가미래연구원은 지난 정부에서 장·차관 및 청와대 수석을 열 명 넘게 배출할 정도로 박근혜 정부의 인재풀 역할을 톡톡히 했다. 그럼에도 세간의 예상과 달리 정작 그는 박근혜 정부에서 아무런 자리도 맡지 않았다. 오히려 박근혜 정부에 비판의 목소리를 냈으며, 급기야 국가미래연구원이 박 전 대통령의 싱크탱크가 아닌 독립된 개혁적 보수의 싱크탱크라고 독립을 선언하기도 했다. 2015년에는 "내 이름 앞에 '박 대통령 경제 가정교사'라는 호칭이 붙는 경우가 많은데 이런 표현은 이제 적절하지 않다"며 박 전 대통령과 결별을 선언하기에 이른다.

그러던 김 교수가 문재인 대통령과 연을 맺은 건 지난 3월 문재인 캠프에 합류하면서부터다. 정치권이나 학계에서는 김 교수를 '개혁적 보수'로 분류한다. 문재인 캠프의 경제공약이 과도하게 '좌클릭' 될 때는 시장경제의 기반을 벗어나지 않도록 중심을 잡는데 기여했다는 평가가 나온다.

조은효 기자

나는 문 대통령의 진심을 믿고, 그가 나에게 원하는 좌우 진영의 통합을 모색하는 경제정책의 조율에 최선을 다하려는 각오를 다졌다. 나는 이런 역할은 경제학자로서 나에게 매우 보람 있는 일이고, 동시에 분열과 갈등에 휩싸인 한국 사회의 화합에도 기여하는 일이라 생각했다.

그러나 현실적으로 국민경제자문회의의 기존 체제로는 그런 역할을 할 수 없다는 것을 사후적으로 인식했다. 이 조직이 헌법기관으로서 법적 위상은 강하지만 임명받았을 당시의 체제로는 대통령이 부를 때 의견을 전하는 소극적 자문을 할 수밖에 없게 되어있었다.

우선 정책 조율을 할 수 있는 제도적 장치가 없었다. 나는 문 대통령께 말씀드려 정책 조율 기능을 갖는 '경제정책 회의'라는 분과의 신설을 추진했다.

그 과정에서 기획재정부의 소극적 반대가 있었다. 그러나 문 대통령의 뜻임을 인지한 후에 동의했다. 국민경제자문회의 내에 새로운 분과를 신설하려면 관련 규정이 국무회의에서 통과되어야 했다. 청와대 비서실의 도움으로 2017년 가을, "경제정책 회의" 분과 신설안이 국무회의를 통과했다.

이 분과는 대통령, 경제부총리, 청와대 비서실장, 정책실장, 국민경제자문회의 부의장, 의제에 따라 유관 부처의 장관이나 한은 총재 등으로 구성하도록 규정되었다. 이 분과의 의장은 대통령이나, 대통령이 위임할 경우 국민경제자문회의 부의장이 회의를 주재(主宰)하도록 명시되어 있었다.

이 분과의 기본 기능은 정책 조율이었다. 부처 간에 이견이 심하거나, 진영 간에 갈등이 심한 경제정책 등을 의제로 놓고 이 분과에서 자유 토론을 통해서 조율하는 것을 목표로 했다.

이 기능의 추가는 미국 NEC처럼 국민경제자문회의를 운영하겠다는 문 대통령의 뜻을 반영한 것이었다.

나는 이 분과의 신설과 함께 자문회의 인력을 보강할 필요가 있다는 판단을 했다. 자문회의 인력은 주요 부처에서 파견된 공무원들이 주력을 이루었다. 그러나 정책 조율에 도움을 줄 몇몇 부처의 인력이 파견되어 있지 않았다. 이 문제도 청와대 비서실과 협의하여 추가로 파견받았다.

나는 경제 문제를 볼 때 국제적 시각이 필요하다는 견해를 평소에 가지고 있었다. 자문회의가 세계적 시야를 가지고 국내 경제정책을 논의하기 위해서는 해외 다른 나라들의 경제 자문 기구, 싱크 탱크들과 유기적 협조체제를 구축할 필요가 있다고 판단했다.

그런데 자문회의의 예산 구조를 살펴보았더니 이런 목적을 추구하기 위한 항목이 매우 빈약했다. 나는 당시의 기재부 차관과 여러 차례 논의를 거쳐 이 목적에 필요한 예산을 2018년부터 반영하기로 합의했다.

그러나 한 가지 매우 중요한 과제가 남아있었다. 대통령과의 소통 채널 확보 문제였다. 문 대통령은 청와대 경제보좌관을 자문회의와 대통령 사이의 소통 채널로 상정하고, 나에게 "조수처럼 도와줄 사람"을 경제보좌관으로 임명하겠다는 취지의 말씀을 하셨던 것으로 나는 당시에 인식하고 있었다. 그래서 나는 그런 역할을 할 사람을 찾고 있었다.

그런데 문 대통령은 나와 상의 없이 경제보좌관을 임명했다. 내가 전에 전혀 만나본 적 없는 사람이었다. 나는 문 대통령이 나에게 한 말이 있으니 이 사람에게 그가 할 역할을 숙지시켰을 것으로 생각하면서도 한편으로는 의아(疑訝)의 마음을 갖지 않을 수 없었다.

또 한 가지 문제는 청와대 조직상 경제보좌관이 정책실에 소속되어 있다는 점이었다. 이렇게 되면 경제보좌관은 정책실장의 지휘 감독을 받게 된다. 결과적으로 자문회의와 대통령의 소통은 정책실을 통해서 이루어지게 되어있는 셈이고, 자문회의와 대통령의 직접 소통은 쉽지 않게 될 잠재성을 내포하고 있었다.

나는 청와대 조직의 특성과 문 대통령의 일방적 경제보좌관 임명에 대한 우려를 내심 품고 국민경제자문회의 부의장 직무에 임하면서, 문 대통령의 진심이 이들에게 전달되면 본래의 취지가 살려질 것으로 믿었다. 나는 '경제정책 회의' 분과 설립, 인력 추가 파견, 예산 증액 등의 추진 과정에서 청와대 비서실이 보여준 적극적 협조를 고려하여 문 대통령의 본심에 관해서는 전혀 의심하지 않았다.

49
국민경제자문회의의
글로벌 네트워크 구축 (1)

제2의 대처(M.H.Thatcher)가 될 것으로 기대됐던 영국의 리즈 트러스(Liz Truss) 총리가 45일(2022.9.15.~2022.10.20.) 만에 사임했다. 그 이유는 국제금융계의 불신 때문이었다. 그녀가 추진했던 대규모 감세정책이 세계 경제의 흐름에 역행한다는 평가 때문에 영국 파운드화와 국채 가격이 폭락하게 된 것이다. 그녀가 내세운 공약이 국내 정치에선 박수를 받았지만 국제금융계에서는 탄핵을 당한 셈이다.

1990년대 말부터 2010년까지 세계 휴대폰 시장 1위의 강한 경쟁력을 자랑했던 핀란드의 노키아(Nokia Corporation)는 스마트폰 기술혁명의 흐름에서 뒤져, 2011년부터 애플(Apple)에 밀려 현재는 휴대폰 시장에서 그 존재감이 극히 미약하다.

1990년대 후반부터 국제경제 질서는 "교역과 자본의 국가 간 이동의 전면적 자유화"라는 새 물결에 휩쓸려 지각변동을 경험했다. 이에 따라 세계 경제의 동조화(同調化)현상이 뚜렷해졌다. 중국

경제 침체는 한국 수출에 악영향을, 미국의 IRA(인플레이션 감축법, Inflation Reduction Act)는 한국 자동차 수출에 부정적 영향을 미친다.

2000년대 초반부터 미국 실리콘 밸리를 진원지로 하는 디지털 기술의 급격한 변화가 이루어지고, 그것이 전통 제조업의 경쟁력 기반을 흔들었다. 동시에 신기술 기업의 시장진입과 신기술을 매개로 한 업종 간 융복합으로 전통적 산업 분류에 기반한 산업정책에 관한 논리는 의미를 잃기 시작했다.

1997년의 외환위기는 당시 한국의 유력 정치인들과 경제정책 책임자들의 국제금융 생태계에 대한 인식 결여로 촉발된 측면이 강하다. 현재 진행형인 몇몇 유력 정치인들의 포퓰리즘 정책들도 국제경제 질서에 대한 무개념으로부터 비롯된다. 우물 안 개구리들이 우물 밖에서 몰아치고 있는 폭풍을 모른 채 제 목소리 자랑을 하고 있는 격이다.

나는 한국 경제를 분석하고 평가할 때, 현상과 구조를 동시에 살펴야 하고, 국제 질서와 신기술의 변화 추이, 그리고 주요 각국의 경제정책 동향과 그 내면의 흐름을 항상 인식하고 있어야 한다고 생각한다. 그러나 그 방법이 외신이나 해외 전문지를 듣거나 읽는 데 그쳐서는 안 된다. 지명도를 가진 해외 전문가들의 일회성 국내 초청도 좋은 방법은 아니다. 그런 방법들은 정확하고 시의적절한 정보와 지식을 얻는데 적합하지 않다.

국민경제자문회의가 그 자문 기능을 충실하게 하려면 국제전문가 네트워크를 구축해야 한다는 판단은 이런 몇 가지 인식에 기초

하고 있었다. 수시로 상호 소통할 수 있는 높은 수준의 전문성을 갖춘 인적 네트워크 구축이 절실했다.

나는 이런 목적으로 사전 정보를 탐색한 후, 2017년 10월 23일 미국에 갔다.

미국에서 방문하려고 했던 기관들 중 NEC와는 서로 시간 조율을 하지 못했다. 대신 CEA(Council of economic advisers, White House)를 방문했다. CEA에서는 T.Philipson 부의장 등과 NEC와 CEA의 역할과 기능, 그리고 한국 국민경제자문회의와의 상호 유기적 협력 방안을 논의했다.

< CEA는 미국 대통령에게 경제정책을 자문하는 조직이다. 20여 명의 경제학자와 3명의 통계학자 등 총 32명으로 구성되어 있다. 백악관에 제공할 경제자료 및 연간 보고서를 집필한다. NEC가 직접 정책 조정역할을 함에 비해 CEA는 NEC 재무부 등 주요 경제정책 기관에 분석 자료를 제공하는 역할을 한다.>

워싱턴에서는 피터슨 국제경제연구소, 부르킹스 연구소, 헤리티지 재단, IMF, World Bank 등을 방문했다. 국제경제연구소에서는 트럼프의 보호무역 회귀 이슈를, 부르킹스 연구소와 헤리티지 재단에서는 한미관계와 북한 이슈를, IMF에서는 미국의 보호무역주의와 한국의 환율과 가계부채 이슈를, World Bank에서는 미국의 실업률 저하 원인과 한국의 최저임금 인상, 그리고 재정정책 이슈를, 각각 중점적으로 토론했다. 이 과정에서 18명의 전문가들과 의견을 나누었다.

사진: 워싱턴의 한국 전쟁 참전용사 기념관에서, 2017.10.

    뉴욕에서는 뉴욕 연방준비은행, 제이 피 모건(J.P. Morgan), 골드만 삭스(Goldman Sachs)를 방문해서 총재와 수석 이코노미스트들과 의견 교환을 했다.

    뉴욕 연방준비은행의 W.Dudley 총재와는 미국의 통화정책과 한미 간 통화 스왑 이슈에 관해서 의견을 나누고 미국 연방은행의 입장을 들었다. 더들리 총재는 한미 간 통화 스왑은 미국의 체결 기준과 한국의 외환 상황으로 보아 불필요하다는 입장을 분명히 했다.

사진: 뉴욕 연방은행 Dudley 총재와 대담을 마치고, 2017.10.

    J.P.Morgan과 Goldman Sachs에서는 Chief Economist들, Chief Market Strategist들과 토론했다. 그들은 차기 연준 의장으로는 Jerome Powell이 가장 유망하다고 전망했었다. 그들은 연방준비은행과 정부·의회가 서로 독립적인 의사결정을 함에 따라 금리인상과 세금 감면 정책이라는 상호 충돌하는 정책을 병행하여 추진되고 있다는 평가를 했다.

    그들은 미국이 금리를 인상하고 한국이 인상하지 않을 경우에도 미국 투자자들이 한국으로부터 투자금을 회수할 것으로 보지는 않는다(not necessarily)는 견해를 제시했다. 그들은 북한 이슈가 한국의 증권시장에 부정적 영향을 미칠 것으로 보지 않았다. 그들은 한국의 환율이 세계 반도체 사이클에 지나치게 영향(Overshooting)을 받는 경향이 있음을 지적하기도 했다.

이들과의 토론에서 이런 투자회사들이 세계 정치 경제 흐름과 업종·국가별 특성을 신속하게 분석하여 파악하고 있음을 느끼면서 두려우면서 부럽기도 했다.

실리콘 벨리(Silicon Valley)에서는 벤처금융의 운용 실태와 노하우를 집중적으로 탐색했다. 그 목적으로 Top Tier Capital Partners 사와 Silicon Valley Bank를 방문하여 Managing Director들과 의견을 교환했다.

이들을 통해 알고 싶었던 것은 신기술 사업 관련 신기술의 경제성 평가 방법이었다. 부동산이나 사업 실적이 없는 벤처 비즈니스에게 투자나 대출을 할 때 그 위험 부담을 어떻게 회피하는지를 알고 싶었다.

그들의 답은 평가자 육성을 위해 "도제(徒弟)제도(Apprenticeship)를 활용한다."는 것이었다. 즉 신입직원이 경험이 축적된 선배를 따라다니면서 기업 현장을 방문하고, 신기술 정보를 현장에서 습득하면서 기술의 경제성을 파악하는 훈련을 3~5년 동안 받는 과정을 거친 후에 신기술 관련 투자와 대출 업무에 종사하게 한다는 것이었다. 동시에 끊임없는 재교육을 통해서 신기술의 흐름에 관한 새로운 지식을 인지하게 하는 노력을 병행한다고 했다.

나는 미국 방문에서 Dudley 뉴욕 연방은행 총재를 포함한 7분의 전문가들을 해외자문단 후보로 내 마음 속에 점찍었었다.

2018년 2월 25일에는 유럽으로 갔다. 런던, 브뤼셀, 뮌헨, 프랑크푸르트, 파리 등이 방문 목적지였다.

런던에서는 Chatham House, IISS(국제전략문제연구소, The International Institute for Strategic Studies)를 방문했다. 두 싱크 탱크는 외교·안보·군사 분야에서 정상급 연구 실적을 자랑한다. 이 두 곳에서는 한참 논란이 되고 있던 브렉시트(Brexit)에 초점을 두고 의견 교환을 했다. 그들은 경제적 관점에서는 잃을 것이 많으나 일부 정치인들의 감성적 언어가 국민들에게 먹혀들었다는 평가를 했다. 그들은 영국의 글로벌 위상이 점점 약화되고 있다는 상황을 잘 인지하고 있었다.

브뤼셀에서는 CEPS(유럽정책연구센터, Center for European Policy Studies), Bruegel(연구소), 유럽정책센터(EPC) 등을 방문해서 전문가들과 의견을 나누었다. 이곳에서는 노동시장, 사회복지에 초점을 맞추어 토론했다.

뮌헨에서는 FO 연구소, Max Planck Institute for Innovation and Competitiveness를 방문했다.

사진: EU 본부에서, 2018.2.

여기서는 최저임금과 독일의 Industry 4.0과 직업 훈련에 초점을
두고 토론했다.

프랑크푸르트에서는 독일경제자문위원회(GCEE, Geman Council of
Economic Experts)와 프랑크푸르트 대학을 방문했다. 중점은 GCEE
에 있었다. GCEE에서 Christoph Schmidt 위원장 외 여러 자문위
원들과 장시간 토론을 했다. 독일식 혁신, 직업 훈련, 소득 불균형,
최저임금, 노동 개혁 등에 관해서 폭넓은 토론을 했다. 가장 인상적
이었던 것은 독일은 정권이 바뀌어도 정책의 안정적 일관성이 유
지된다는 점이었다.

사진: Schmidt 의장과 토론을 마치고, 2018.2.

이 만남 이후 나와 Schmidt 위원장 사이엔 신뢰와 우정이 쌓여, 그 이후 여러 가지 협력 활동을 하게 되었다. GCEE가 주도하고 있는 선진국 자문기구들의 모임에 한국이 가입하고, 한국에서 2020년에 선진국 자문기구들의 모임을 하기로 하고, 독일에서 한국의 국민경제자문회의와 독일의 GCEE가 공동 세미나를 시작하기로 합의한 것은 Schmidt와 나의 의기투합의 결과였다.

"세상에 毒 없는 건 없어… 한국 최저임금 정책 알맞은 속도 찾아야"
동아일보 | 2018.06.27. 대담

크리스토프 슈미트 독일 국가경제자문위원장
- 김광두 경제자문회의 부의장 진행

사진: 김광두 국민경제자문회의 부의장(왼쪽)이 22일(현지 시간) 네덜란드 헤이그에서 크리스토프 슈미트 독일 국가경제자문위원장과 만나 최저임금, 근로시간 단축 등 한국 경제 현안에 대해 의견을 나누고 있다. 슈미트 위원장은 "한국이 가진 강점을 극대화하라"며 제조업을 업그레이드하는 방식의 혁신을 조언했다.
2022.6.22. 선진국경제정책자문기구 회의를 마치고.

《미국 일본 독일 프랑스 캐나다 등 전 세계 주요 11개국의 정부 경제 정책 자문기구 수장들이 모이는 국제경제정책자문기구 연례 회의가 22일 네덜란드 헤이그에서 열렸다. 올해 멤버가 된 한국도 처음 참석해 세계 경제와 각국의 경제 방향에 대해 의견을 나눴다. 이 회의는 3년 전 독일 경제의 '현인(賢人)'으로 불리는 크리스토프 슈미트 독일 국가경제자문위원장 주도로 만들어졌다. 독일은 한국이 당면한 경제 현안인 최저임금 인상과 근로시간 단축을 미리 경험했다. 또한 제조업의 위기와 분단을 극복하고 연평균 2% 이상 성장과 5% 미만의 실업률로 경제 성과를 내고 있다. 경제 정책 최고자문기구인 국민경제자문회의 김광두 부의장이 22일(현지 시간) 헤이그에서 슈미트 위원장과 만나 한국의 당면한 경제 현안에 대해 물었다. 》

— 올해 1월 한국 정부는 최저임금을 16.4% 올렸다. 최저임금을 올려서 저소득자의 소득을 올리고, 국내 소비와 내수 진작을 장려하자는 목적이었는데 시행 이후 실업률이 올라가고 있다. 과도한 최저임금 인상이 그 주요 원인이라는 진단에 대해 어떻게 생각하나.

"합리적인 의심이다. 독일도 2015년 최저임금제를 도입하는 등 지난 10년간 저소득층을 경제활동과 소비에 참여시키는 방향으로 소득 재분배 정책을 폈다. 한국과 같은 목적에서다. 독일은 두 가지 방향으로 재분배 정책을 폈다. 노동시장 개혁을 통해 저숙련공 고용을 늘려 노동시장에 새로 편입시키는 동시에 임금 격차는 강도 높은 세금 분배로 폭을 줄였다. 시장, 임금, 자본 소득 격차는 컸지만 세금을 낸 이후 소득 차이는 큰 폭으로 줄어들었다. 그러면서 잠재적인 소득과 소비에 일관성이 생겼고 결과적으로 성공했다.

그러나 이 과정에서 정책 추진 속도가 적절하지 않으면 반대의 결과를 낳을 수 있다. 한국은 최저임금을 너무 급하게 올려서 고용이 타격을 받지 않도록 밸런스를 맞추는 노력에 최선을 다해야 한다."

― 반도체 업종을 제외하면 한국 기업들의 영업이익과 순이익이 모두 감소하고 있다. 경쟁력 저하와 함께 최저임금 등 비용까지 오르니 기업들이 힘들다. 그 결과 미숙련 저생산 노동자들에 대한 고용이 줄어들어 소득 불평등은 오히려 심화되고 있다.

"독일도 2005년까지는 실업률이 엄청나게 높았다. 노동 개혁이 시작됐고 저숙련공들에게 낮은 임금을 주면서 고용 자체를 늘렸다. 그리고 낮은 임금은 세금 이전으로 보완했다. 10년 만에 무려 400만 명의 고용이 늘었다. 시장은 최대한 자유롭게 놔두되 세금을 통해 격차를 줄이는 방식이 성공했다. 최대한 많은 일자리를 만들면서 소득 재분배를 이루는 게 현대 시장경제 정책의 핵심이다. 그 과정에서 신중한 접근이 필요하다."

― 최저임금과 함께 주당 근로시간을 68시간에서 52시간으로 줄이는 법안이 통과됐다. 기업들이 곤란해하는 건 3개월마다 그 평균시간을 지켜야 한다는 점이다. 기업에 들어오는 주문이 많을 때도 있고 적을 때도 있기 때문이다.

"노동시간의 유연성은 한국이 계획대로 노동시간을 줄이기 위해 반드시 필요하다. 독일에서도 비슷한 토론이 있었는데 근로시간을 유연하게 하는 건 고용주뿐 아니라 노동자 입장에서도 점점 중요해지고 있다. 과거에는 매일 규칙적인 시간에 나와서 육체적으로 일을 해야 했지만 이제는 근로 형태가 바뀌었다. 디지털 시대에 젊은이들은 가족과의 삶과 일을 병행하기를 원한다. 낮에도 아이를 돌볼 수 있어야 하고 어떤 날은 아이만 돌보는 날도 있어야 한다.

그 대신 저녁에도 일할 수 있다. 고용주 역시 주문이 들어올 때는 소비자의 니즈에 맞춰 모든 노동자를 동원해 일하고, 그 대신 주문이 없을 때는 노동자들이 쉬기를 바란다."

● 크리스토프 슈미트 위원장은

2009년 자문위원으로 임명된 뒤 2013년부터 위원장직을 맡고 있다. 독일 자문위는 경제 각 분야 최고 권위자 5명으로 구성되며 이들은 경제 현인(賢人)으로 불린다. 슈미트 위원장은 노동시장 전문가다. 독일 정부는 매년 11월 자문위가 제출하는 연례보고서에 대한 정책 반영 계획을 두 달 내에 의무적으로 제출해야 한다. 슈미트 위원장은 독일 만하임대를 졸업하고 미국 프린스턴대에서 박사학위를 받았다. 독일 보훔 루르대 경제학과 교수 겸 라인란트 베스트팔렌 경제연구소(RWI) 소장으로 활동하고 있다.

— 독일은 주당 근로시간이 몇 시간인가. 그리고 평균 기준 기간은
  어떤가.
"독일은 주당 근로시간이 48시간이다. 유럽연합(EU) 기준이다. 과거 독일은 평균 8시간, 최장 10시간까지 일 단위로 기준을 정했지만 EU 기준에 따라 주간 단위로 바꾸었고 그렇게 유연성 있게 바꾼 건 현명했다. 독일의 주당 근로시간 48시간은 6개월 단위로 평균을 내서 진행된다."

― 특히 3개월로 강제하면 가장 피해를 보는 건 저생산성 노동자
    들인 것 같다.

"충분히 그럴 수 있다. 특히 고용 기반이 취약한 저숙련자는 고용
이 유지되면서 가능한 한 많은 시간을 일하는 게 아주 중요하다."

― 최저임금 인상과 근로시간 단축 모두 의도가 좋다. 그러나 상황
    을 고려치 않고 너무 급하게 실시하면 실업률은 높아지고 개인
    소득 불균형은 악화될 수 있다. 의도가 중요하지만 더 중요한
    건 결과 아닌가.

"경제 정책에서 매우 자주 발생하는 현상이다. 좋은 의도가 좋은
결과를 가져오는 건 아니다. 독일 역사가 파라셀수스는 500년 전
'독이 없는 건 없다. 얼마나 먹느냐에 따라 독이 될 수도 약이 될 수
도 있다'는 말을 남겼다. 좋은 것도 너무 많으면 전혀 반대의 결과
가 나온다. 좋은 것을 하기 위한 가장 알맞은 양과 속도를 찾는 게
경제정책인데, 정확히 어느 정도가 맞는 건지 알기 어렵다. 정책입
안자가 힘든 이유다."

― 한국 정부 정책입안자는 '정의'라는 가치를 경제에 집어넣고 있다.
    정의는 중요하다. 그러나 그것이 고용을 해친다면 정의롭지 않
    은 것이다. 경제 정책에 있어 정의란 바로 일자리라고 생각한다.

"동의한다. 각 분야에서 정책 성공의 핵심은 많은 이들에게 일자리
를 제공하는 것이다. 사람을 돕는 가장 중요한 방법도 일자리를 갖
게 하고 돈을 벌게 하는 것이다."

― 혁신에는 독일형 '인더스트리 4.0'과 미국형 실리콘밸리, 두 가
    지 타입이 있다. 실리콘밸리는 새로운 아이디어의 사업화를 통
    해 더 높은 수익을 내는 모델이고, 인더스트리 4.0은 기존의 제
    조업을 기반으로 생산성을 높이고 디지털화해서 업그레이드

하는 개념이다. 제조업을 기반으로 하는 한국은 독일형 혁신이 더 어울리는 것 같다.

"서비스 분야에 초점이 맞춰져 있는 미국과 달리 한국과 독일은 제조업을 기반으로 하고 있다. 이럴 때 한 가지 좋은 원칙이 있다. '당신들이 가진 강점을 극대화하라.' 미래에 성공하려면 지금까지 한국을 성공하게 한 게 뭔지를 돌아봐야 한다. 독일 인더스트리 4.0은 지금까지는 성공적이다. 기업과 국가가 서로 결합을 잘했기 때문이다. 시장과 밀접한 혁신은 기업이 맡고, 근본적인 연구는 공공 분야가 맡는 역할 분담이 잘됐다."

— 한국은 대기업이 발전해 있고 독일은 히든챔피언이라고 불리는 중소기업이 강력하다. 시장 자율에 맡겨 놓으니 대기업만 커지고 중소기업이 사업 기반을 잃어버려 대기업을 규제하고 있다. 그런데 사실 대기업과 중소기업은 서로 연결되어 있어서 이분법적인 접근은 맞지 않는 측면도 있어 고민이다.

"독일은 미텔슈탄트로 불리는 중소기업이 발달돼 있다. 노동자의 수는 수백 명에 불과하지만 틈새시장을 발굴해 그 분야만큼은 글로벌 시장을 제패한 기업들이 많다. 그러나 대기업과 그 주변 중소기업의 혁신 이퀄 시스템(혁신을 통한 동반 성장)도 잘 형성돼 있다. 대기업과 중소기업은 서로 장점이 뚜렷하다. 중소기업은 더 빠르고 유연하며 새로운 분야로의 접근이 쉽다. 대기업은 규모가 큰 프로젝트를 맡을 수 있다. 한국이 대기업과 조화를 맞추기 위해 중소기업을 지원하는 것은 아주 합리적인 결정이다. 그렇다고 대기업과 중소기업이 따로 가는 건 결코 아니다."

— 북한과의 대화가 이어지고 있고, 평화 무드가 조성되고 있다. 우리는 진정 평화를 원한다. 독일은 이미 통일 경험이 있다. 한국

은 어떤 준비를 해야 할까.

"결과적으로 독일 통일은 경제적인 측면에서도 아주 성공적인 프로젝트였다. 이제는 고용도 소득도 인프라도 모두 좋아져 경제 번영에 일조하고 있다. 그러나 오랜 시간이 걸렸다. 한국도 오랜 호흡으로 보면서 미리 준비해야 한다. 독일은 소득이 빠르게 올라가다가 통일 이후 2000년대 초반까지 침체기가 왔다. 당시 이코노미스트가 독일을 '유럽의 병자'라고 할 정도였다. 사회주의 경제의 생산 가용성에 엄청난 과대평가가 있었다. 실제 통일 후 보니 동독 지역의 생산 기계는 낡고 파괴돼 쓸모없었다. 또한 환경이 고려되지 않은 난개발이 심각했다. 지역적 갈등도 발생해서 동독에 돈이 흘러들어가면서 서독 내 낙후 지역이 개발 문제에서 상대적으로 피해를 입기도 했다. 이런 갈등은 언제든지 발생할 수 있다. 통일은 육상으로 치면 스프린트 경기가 아니라 마라톤이다."

〈동정민 특파원〉

파리에서는 OECD를 방문해서 Angel Gurria 사무총장과 전문가들을 만났다. 나는 OECD 연구진들과 한국의 국민경제자문회의가 상호 협조하는 방안을 제안하고, 한국의 사람 중심 성장경제에 관해서 설명했다.

사진: OECD 사무총장과의 상호 협력방안 회의, 2018.2.

　　민간 싱크탱크인 국제관계연구소(IFRI)와 프랑스 총리실의 싱크
탱크인 프랑스 전략전망총괄위원회(CGSP)를 방문해서 "중국 제조
2025" 계획과 프랑스 마크롱 수상의 노동개혁에 초점을 두고 토론
했다. 동시에 두 싱크탱크와 한국 국민경제자문회의의 유기적 상
호 협력 방안을 논의했다.

사진1: 프랑스 전략전망 총괄위원회
    Gilles de Margerie 위원장과 함께, 2018.2.

사진2: 프랑스 IFRI Thierry Montbrial 소장과 함께,
    2018.2.

49 국민경제자문회의의 글로벌 네트워크 구축 (1)

이 연구 여행에서 Schmidt 의장을 포함한 6분의 전문가를 내 마음속으로 해외 자문단 후보로 점찍었었다.

50

국민경제자문회의의
글로벌 네트워크 구축 (2)

독일경제자문위원회의 Schmidt 위원장과의 만남을 통해서 선진국 경제정책 자문기구에 가입하게 됨에 따라 자연스럽게 선진 각국의 정책 자문가들과 교류의 채널이 확보되었다.

그러나 그 모임에 미국·유럽·일본은 가입되어 있었으나 중국과 싱가포르는 없었다. 나는 한국경제를 살펴보려 할 때 중국경제의 동향과 중국의 경제정책 방향도 매우 중요한 고려 요인이라고 보았다. 또한 한국경제가 지향해야 할 정부 행정과 경제정책의 방향을 모색할 때 싱가포르의 경험도 참고로 할 필요가 있다고 인식하고 있었다.

나는 우선 중국과 일본을 방문하여 중국의 싱크 탱크와 교류 협력을 모색하고, 일본의 싱크 탱크를 방문하여 아베노믹스의 전개와 성과에 대한 의견을 듣고 싶었다. 그런 후 적절한 기회에 싱가포르를 방문하려는 계획을 세웠다.

나는 3월 18일 베이징에 갔다. 베이징에서는 국무원의 사회과학원(CASS, Chinese Academy of Social Sciences), 국가발전계획위원회의 중국 국제경제 교류 중심(CCIEE, China Center for International Economic Exchange), 그리고 중국 국무원의 국무원 발전연구 중심(DRC, Development Research Center)을 방문하였다.

사회과학원에는 학자들이 많았다. 그러나 다른 두 기관은 전 현직 관료들이 주류를 형성하고 있었다. 사회과학원의 Cai Fang 부원장, CCIE의 Zheng Peiy Zeng peiyan 이사장, DRC의 Li Wei 주임과 미·중 무역전쟁에 초점을 맞추어 의견을 나누고 국민경제자문회의와의 상호 협력 방안을 논의하고, 상호 정례 회의를 포함한 업무 협약 체결에 구두 합의했다.

그들은 미국과의 무역전쟁이 부담스럽지만 중국으로서도 대응 보복 조치를 취할 수밖에 없다는 주장을 했다. 그들은 한국 기업들이 중국의 소비재 시장에도 관심을 가질 필요가 있다는 의견을 개진했다. 사회과학원의 전문가들은 중국 인구의 고령화에 대한 우려를 표하며 양질의 교육 제공 애로가 저출산의 주요인이라는 평가를 했다.

3월 20일 상해로 이동해서 상해 사회과학원(SASS) Wang Zahn 원장, 그리고 다수의 금융 전문가들을 만났다. Wang 원장과 중국의 지적재산권 보호 문제에 관해서 의견을 나누었다. 그도 중국의 지재권 보호가 강화되어야 한다는 의견을 가지고 있었다. 금융 전문가들과는 한중 금융인들 간의 교류와 중국 위안화의 기축 통화 가능성에 관해서 의견을 교환했다.

사진: 상해 사회과학원에서 Wang 원장과 함께, 2018.3.

일본에서는 총합연구개발기구(NIRA, National Institute for Research Advancement), 경제산업연구소, 국립 사회보장인구문제 연구소, 내각부, 아시아개발은행 연구소(ADBI) 등을 방문해서 이 기관들의 이사장·소장·심의관·전문가들과 아베노믹스와 저출산 대책에 초점을 맞추어 의견을 교환하고 상호 협력 방안을 논의했다. 우선 이들 중 한 분을 국민경제자문회의가 6월에 서울에서 개최할 국제 컨퍼런스에 초청했다.

사진: 일본 국립 사회보장인구문제연구소에서 토론을 마치고. 필자(앞줄 왼쪽부터 두 번째) 오른 편이 엔도 하사오 소장, 2018.3.

　이들은 아베노믹스 1단계는 대체적으로 성공적인 것으로 평가했고, 2단계 노동 개혁 등 구조개혁에 중점이 주어지고 있다는 분석을 했다. 저출산 문제는 보육 서비스의 공급 확대와 여성의 노동 시장 진출 확대를 주요 해결 방안으로 추진하고 있다고 했다.

　나는 중국의 싱크탱크들은 관 주도로 구성되어 있고 일부 중복성이 있어서 좀 더 세심하게 살펴보아야 할 필요가 있다는 판단을 했고, 일본의 경우는 연구 전문성 부문별로 접근을 하는 것이 효율적이겠다는 인식을 했다. 나는 중국에서 세 분, 일본에서 두 분을 내심(內心) 해외 자문위원으로 점찍었다.

2018년 6월 28일에는 국민경제자문회가 세계 여러 나라의 전문가들을 초청하여 "사람 중심 성장경제"를 주제로 컨퍼런스를 열었다. 이 컨퍼런스의 주목적은 사람 중심 성장경제를 세계 여러 나라들의 경제 전문가들에게 소개하고 그 내용에 대한 조언을 듣고, 해외 전문가들과의 상시 소통 채널을 확보하려는 것이었다. 이 컨퍼런스에 미, 유럽, 중국, 일본 방문 중 내심 점찍었던 몇 분이 참석했다.

사진: 2018년 국민경제 국제컨퍼런스, 2018.6.

이 모임에 참석한 Paul Krugman과는 다른 모임에서 "양극화,

빈곤의 덫 해법을 찾아서"라는 주제를 놓고 대담―토론을 했다. 나의 느낌으로는 그는 미국의 경제 사회구조에 바탕을 둔 인식으로 한국경제를 보았다.

사진: 폴 크루그먼 교수와 "양극화와 빈곤의 덫"에 관한 대담을 마치고, 2018.6.

2018년 6월 22일에는 한국을 포함한 주요 13개국 정책자문기구들이 함께하는 국제 컨퍼런스가 네델란드 헤이그에서 열렸다. 한국의 국민경제자문회의는 이때 처음으로 회원 자격으로 참여했다. 이 모임의 의장은 독일 GCEE의 Schmidt 의장이었다.

이 컨퍼런스는 오전 10시부터 오후 5시까지 종일 진행되었다. 청중이 없는 참석자들 간의 원탁 토론회였다. 나는 "Economy for Human Progress and Investment in People"이란 주제로 발표하고 토론했다.

사진: 네덜란드 헤이그에서 개최된 선진국 경제정책 자문기구 참석자들과 함께, 2018.6.

사진: "Economy for Human Progress and Investment in People"을 주제로 Paper Presentation 장면, 2018.6.

21일 저녁 시간부터 비공식 교류가 있었다. 심야까지 진행된 Opening Dinner에서 자연스럽게 인간적 대화들이 오갔다. 그런 대화중에 각국 경제정책에 관한 뒷얘기들이 담겨있었다. 이 식사와 대화 시간이 세계 경제의 밑바닥에 흐르는 각국의 동향을 인지하는 데 큰 도움이 되었다.

나는 이 컨퍼런스의 마무리 시간에 2020년에는 한국에서 이 컨퍼런스를 열자고 제안했고, 다수의 찬성으로 그렇게 추진하기로 결정되었다. 2019년엔 프랑스 파리가 개최 장소로 예정되어 있었다.

나는 이 컨퍼런스 개시일 하루 전에 현지에 도착하여 네덜란드 사회고용부 장관과 면담을 했다. 그 목적은 네덜란드에서 여성들의 파트타임제가 보육과 병행하여 성공적으로 이루어고 있는 요인을 알아보기 위해서였다. 북구 국가들 중에서도 여성 파트타임제가 네덜란드에서 가장 성공적으로 운용되고 있었기 때문이다. 나는 이 대담에서 파트타임제 운용과 여성의 사회적 참여에 관해서 많은 시사점을 얻었다.

귀국 후, 독일 GCEE의 Schmidt 의장으로부터 한국의 국민경제자문회의와 독일의 GCEE의 공동 포럼을 11월에 독일에서 열자는 제안이 왔다. 우리는 상호 협의하여 11월 28~29일 독일 비스바덴에 있는 GCEE 본부에서 양국의 자문위원과 전문가들이 참여하는 공동 포럼을 갖기로 했다.

나는 이 공동 포럼에 참석하러 독일에 가는 길에 중국에 들러 지난 3월에 중국의 몇 기관과 합의한 상호 교류 및 협력 방안을 구체화하고 싶었다. 나는 중국의 경우 첫걸음으로 국제경제교류중심과 교류 협력 프로그램을 시작하는 것이 바람직하다는 판단을 했다. 또한 싱가포르에 가서 국가 위기 대응을 위한 미래 예측 시스템을 배우고 그 분야 전문가들과의 교류 채널을 구축하고 싶었다.

2018년 11월 22일 베이징에 가서 중국경제교류중심(CCIEE)의 Zeng Peiyan이사장과 마주 앉았다. 그는 전에 부총리를 역임해 경험이 풍부한 경제 행정 전문가였다. 나는 그와 국민경제자문회의와 CCIEE 간 정기적 전문가 협의회를 연간 2회씩 개최하기로 합의하고 MOU에 서명했다. 그도 이 정례모임에 대해서 큰 기대를 했다.

한 번은 한국에서 한 번은 중국에서 개최하고, 일체의 언론 노출 없이 1박 2일의 집중 토론의 형식을 취하기로 했다. 양국은 각각 5인씩으로 참여 인원을 제한해서 상호 토론의 질적 내실화를 도모하기로 했다. 참여자는 자문위원, 관료, 기업인을 적절히 배분하여 구성하기로 했다. 나는 이것을 시발점으로 보았다. 이 모임을 바탕으로 속마음을 열어놓고 의견을 나눌 수 있는 한중간의 모임을 몇 분야로 더 확대할 계획을 내심 가지고 있었다.

사진: 중국국제경제교류중심 Zeng Peiyan 이사장과 함께, 2018.11.

2018년 11월 24일, 싱가포르에 갔다. 이곳에서 우리가 싱가포르로부터 배워야 할 "국가 위기 대응 및 미래예측 시스템" 관련 워크숍을 가졌다. 싱가포르 국가안보조정국 Chew Lock Pin 국장이 싱가포르가 2005년부터 운영하고 있는 "리스크 평가 및 미래 이슈 탐색"(RAHS: Risk Assessment and Horizon Scanning)에 관해서 상세히 설명해줬다. 나는 이 프로그램을 한국 정부도 도입해서 운영하는 것이 바람직하다고 확신했다. 그런데 이 프로그램을 운영하려면 정부의 모든 정책 정보가 공유되는 Platform 행정이 선행되어야 했다.

나는 문재인 대통령께 플랫폼 행정의 필요성에 관해서 정권 초기에 제안한 적이 있었다.

다음에는 싱가포르의 통상산업부를 방문하여 Chan Sung Sing 장관과 실무진들로부터 '산업혁신 로드 맵(Industry Transformation Map)'에 관해서 설명을 듣고 의견을 교환했다. 그들은 내외 여건 변화에 대응하기 위한 산업 구조의 변화와 관련 정책에 관한 매우 구체적인 시나리오를 가지고 있었다. 이 시나리오는 위에서 언급한 RAHS와 연계되어 있었다.

사진: 싱가포르 Heng Swee Keat 재무장관과 함께, 2018.11.

50 국민경제자문회의의 글로벌 네트워크 구축 (2)

싱가포르는 정권 교체가 미래지향적으로 이루어지는 나라였다. 나는 다음 총리로 내정되어 있는 것으로 알려진 Heng Swee Keat 재무장관과 점심 식사를 하면서 한국의 국민경제자문회의가 원하는 여러 가지 한·싱가포르간 협력 프로그램에 대해 적극적인 지원을 약속받았다. 이 만남과 협력 약속은 당시 주싱가포르 주재 한국 대사관의 안영집 대사의 노고로 가능했다.

나는 싱가포르 국가안보조정 사무국·통상산업부와 한국의 국민경제자문회의가 매년 정기적으로 공동 포럼을 가지기로 합의하고 독일 비스바덴으로 떠났다. 정치·행정의 예측 가능성이 높고, 정책의 일관성이 유지되어 기업 의사 결정이 미래지향적으로 이루어질 수 있는 나라, 미래를 향하여 움직이는 싱가포르가 부러웠다.

2018년 11월 27~28일, 독일 비스바덴 GCEE 본부에서 한국의 국민경제자문회의와 독일 GCEE 합동 포럼이 열렸다. 산업혁신과 노동 개혁, 이 두 주제를 다루었다. 각 주제 별로 양국의 자문위원들과 전문가들이 발표하고 토론했다.

독일 측은 산업혁신을 과학기술 정책, 혁신정책, 디지털 경쟁력 강화의 3부분으로 나누어 독일의 경험과 추진 상황을 설명했다. 노동 개혁 세션에서 독일 측 발표자는 슈뢰더 전 독일 총리의 하르츠 개혁을 설명하고 이것이 유럽의 병자로 불렸던 독일 경제가 부활할 수 있었던 근본 동력이 되었다고 평가했다.

독일 측 발표자는 독일의 최저임금제도는 2015년에 도입되었고, 점진적인 속도로 진행되었으며, 그 결과 초래된 근로 시간 단축으로 노동자들의 월 소득에 의미 있는 긍정적 영향을 미치진 못했다는 평가를 했다.

　우리 측도 이 주제에 독일 측 발표에 상응하는 한국의 경험과 추진 정책에 관한 논문을 발표했다. 토론에서 우리는 독일의 경험과 우리 정책에 대한 조언을 듣는데 중점을 두었다.

　Schmidt 의장과 나는 2019년엔 서울에서 2차 합동 포럼을 열기로 합의하고 세미나를 마무리했다.

사진: 한·독 경제자문기구 공동 컨퍼런스에서 Schmidt 의장과 함께, 2018.11.

　귀국 길에 뮌헨에 있는 BMW 본사를 들러 BMW의 E－Mobility

전략에 관해서 의견을 나누었다. 경영진이 매우 젊다는 점이 눈에 띄었다. Harald krüger 회장이 55세, 임원들이 모두 55세 이하였다. 경쟁업체인 벤츠사와 자동차 수요자들에 관한 Big Data를 공유하는 협력 전략을 취하고 있음이 인상적이었다. 그들과 회의를 마치고 구내식당에서 대화를 이어갔다. 여러 가지 궁금증은 이 식사 시간에 더 많이 풀렸다.

사진: 독일 BMW Harald krüger 회장과 함께, 2018.11.

X 문재인과 사람 중심 성장 경제

나는 우리가 배워야 할 나라들인 독일, 싱가포르와 정기 교류 협력 채널을 구축했다. 알아야 할 나라인 중국과는 연 2회 정기적으로 소수 관료·기업가·전문가들 간의 집중 토론회를 개최하기로 합의했다. 세계 경제의 흐름을 구성하는 주요국들의 경제정책 동향을 파악할 수 있는 경제정책 자문기구 모임에 정규 회원으로 참가했다. 그리고 미국, 일본의 주요 전문가 그룹을 파악하여 해외자문단 구성의 밑그림을 그렸다.

　이제 이런 글로벌 네트워크를 잘 활용하면 국민경제자문회의가 국제적 식견을 가지고 한국의 경제정책 형성에 기여할 수 있게 되었다고 자평(自評)했다.

51

유명무실해진 경제정책회 의와 부의장직 사임

"국민경제자문회의 부의장 직을 사임하겠습니다."

지난 2018년 8월 30일 국민경제자문회의 부의장 자격으로 정책보고를 한 뒤 배석자들을 내보내고 문재인 대통령과 둘이서 마주앉아 가슴에 담고 온 말을 그렇게 꺼냈다. 그리고 두 사람 사이에 여러 가지 대화가 오갔다. 문 대통령의 말씀 중에는 직무 수행을 하면서 겪는 인간적 고뇌(苦惱)도 포함되어 있었다. 나는 당시 경제학자로서 문재인 정부에 참여한 동기(動機)와 기대, 그리고 그 결과에 대한 고민을 하고 있었다.

경제학을 전공한 학자로서 지난 10여 년 동안 몇몇 정치인을 도왔던 것은 내가 생각하는 경제 정책이 현실에서 구현되기를 원하기 때문이었다. 나는 이런 목적의식에서 박근혜 전 대통령도 도왔었다.

내가 문재인 후보를 돕기로 마음을 작정한 것은 경제정책을 통해서 좌우 진영으로 갈라진 우리 사회의 통합에 기여하고 싶었기 때문이었다. 그런 문제의식에서 정리한 경제 정책의 논리 구조가 "사람 중심 성장경제"였다.

문재인 대통령은 후보 시절 내가 제안한 "사람 중심 성장경제"를 받아들여 그의 경제 비전으로 발표하였다. 그것은 국민에게 한 약속이었다. 그래서 나는 그 약속을 믿었다.

사람에 대한 투자의 핵심은 사람의 신체적, 인간적, 지적(知的) 능력을 증강(增强)시키는 데 있다. 일시적 어려움을 극복하는 데 도움을 주는 복지성 보조금은 생계에 도움을 준다. 그러나 그보다 한 걸음 더 나아가서 그 사람의 종합적 능력을 길러주지 않으면 그 사람은 평생 보조금에 의존해서 살아야 한다. 노사관계에 있어서 노동자의 협상 능력도 노동자의 직무능력과 높은 생산성에 바탕을 둘 때 더 강해진다.

문재인 대통령 후보가 2017년 4월 12일 발표한 "사람 중심 성장경제"라는 경제 비전의 내용엔 "사람에게 투자해 기업과 국가의 경쟁력을 살리는 사람 중심의 경제성장 구조로 바꾸겠습니다."가 핵심으로 포함되어 있다.

구체적으로 문 후보는 "교육, 보육, 의료, 요양, 안전, 환경"을 적시하고 이 분야에서 "국민 누구나 제대로 공급받을 수 있도록 국가가 과감히 지원하겠다."고 약속했다. 이런 사회적 서비스의 보편적 제공은 가치재 산업에 대한 투자 증대에 의해서 가능하다. 가치재 산업에 대한 투자 증대가 곧 사람에 대한 투자의 내용을 구성한다.

이 내용이 "사람 중심 성장경제"의 요체(要諦)이다. 나는 문재인 후보의 이 약속에 대한 기대를 걸고 그 효과적 추진을 돕겠다는 동기를 가지고 문재인 정부의 국민경제자문회의에 부의장으로 참여했다. 그 추진에 국민경제자문회의가 실질적 역할을 할 수 있도록 지원하겠다는 문 대통령의 구두 약속을 믿고, 그 역할을 구체적으로 실천할 수 있도록 "경제정책회의"라는 특수 분과를 국민경제자문회의에 신설하기도 했다.

이런 동기와 기대 속에서 나는 2017년 5월부터 2018년 5월까지 1년 동안 문재인 정부 경제 정책의 흐름을 지켜보았다. 그 기간 동안 청와대에서 열렸던 각종 회의에서 내 의견을 기탄없이 제시하고 주장하기도 했다. 나는 사람에 대한 투자, 재정의 지속가능성, 산업 경쟁력 강화, 그리고 행정규제 완화 등에 특히 중점을 두고 의견을 제시했었다.

나는 문 정부 초기 1년 동안 정부 밖의 어떤 자리에서도 나의 개인적인 의견을 개진하거나 정책에 대한 비판을 삼가 하려 노력했었다.

그러나 1년 동안의 경제 흐름과 국민경제자문회의의 역할을 되짚어보면서 나는 "이대로 가면 안 되는데~~~"라는 고민을 했다. 문 대통령을 만나 문제의식을 말씀드려야 되겠다는 생각을 하고, 5월 하순 대통령 면담을 신청했다. 나는 비서실장에게 직접 요청할 수도 있었지만, 청와대의 관행적 규칙을 존중하여 경제 보좌관을 통하여 신청했다.

그런 상황에서 2017년 5월 중순 쯤, 나는 경제 흐름이 좋지 않다는 비판적 의견을 1년 만에 처음으로 내놓았다. 여러 경제 현상의 구조적 흐름이 너무 나빴기 때문이었다. 우리 몸의 혈관에 혈전이 쌓이더라도 우리 몸은 일정 기간 건강하게 움직일 수 있다. 그러나 그 혈전이 한계치를 넘으면 우리 몸엔 이상이 생긴다.

김광두의 작심 비판 "구조적 위기 심각한데 경제팀 고민이 안보인다"
한국경제 | 2018.05.17. 기사

국민경제자문회의 부의장, 정부·靑에 이례적 쓴소리

정부의 경기 판단과 정면 배치된 주장으로 논쟁을 불러일으킨 김광두 국민경제자문회의 부의장(사진)이 이번에는 경제팀을 정색하고 비판했다. 경제가 구조적으로 추락할 위기에 처해 있는데, 내각과 청와대 경제팀에는 이런 고민이 전혀 보이지 않는다는 것이다.

김 부의장은 17일 자신의 페이스북에 "우리 경제의 구조에 대해 고민해야 한다"며 한국 경제가 부닥치고 있는 구조적인 문제를 거론했다. 그는 "요즘 '경제하려는 의지'가 기업인들에게 있는가, 경제정책을 능동적으로 기획하고 열정적으로 운용하려는 의지가 공무원 사회에 있는가"라고 물은 뒤 경제를 키우려는 의지보다 나누려는 의지가 더 강한 분위기, 시대 흐름에 역행하는 복잡 다양한 규제, 노사 간 불균형 등을 문제로 지적했다.

김 부의장은 경제팀의 잘못된 정책 탓에 기업들이 해외로 본사와 공장을 옮기려는 움직임이 도처에서 감지되고 있다고 했다. 그러면서 "반도체 특수(特需) 사이클이 끝나갈 조짐이 보이고 중국의 '제조 2025'가 해일처럼 밀려오는데, 우리는 무엇을 하고 있는가. 대비하고 있는 게 안 보이는 것은 나의 무지 때문인가"라고 문제를 제기했다.

김 부의장은 한국경제신문과의 전화통화에서 "경제는 망가지고 있는데 정부 내에선 괜찮다는 목소리만 나오고 있어 논쟁을 불러일으키려고 의도적으로 글을 올렸다"고 말했다. 그는 "내각과 청와대 경제라인이 경기 지표를 종합적으로 판단하지 않고 보고 싶은 것만 보려고 하는 게 문제"라며 "정책을 펼 때 정의감도 중요하지만 동시에 부작용을 어떻게 극소화할지도 고민해야 한다"고 강조했다.

고경봉 기자

경제도 마찬가지다. 겉으로 보이는 현상이 아무리 좋게 보여도 내면을 구성하고 있는 구조가 나쁘면 경제는 곧 어려워지게 된다. 1997년 외환위기 때, 당시 경제 정책 책임자들은 현상으로 나타나는 거시통계지표만 보고 "펀더멘탈이 좋다"고 했다. 당시 재무구조가 부실화된 다수의 대기업들은 부채로 연명하고 있었고, 금융회사들은 단기외채를 들여다가 국내에서 장기 대출을 해서 그 금리 차익으로 돈벌이에 열중하고 있었다. 매우 위험한 실물과 금융의 경영구조가 형성되어 있었다. 그런데도 현상 지표로 보면 부도

난 대기업 수는 많지 않았고, 금융회사들의 이익 규모는 호황처럼 보였다.

5월 17일에 내놓은 나의 경제 흐름에 대한 우려에 대해서 당시 경제부총리는 "그렇지 않다"는 답을 내놓았다. 만약 국민경제자문회의에 신설된 "경제정책회의"가 활성화되어 있었더라면 나는 그 회의를 통해서 문제를 제기하고 토론했을 것이다. 그러나 대통령이 의장인 그 회의는 유명무실한 상태였다. 문 대통령은 그 시점까지 이 회의체를 활용하지 않았다.

나의 경제 흐름이 나쁘다는 문제 제기 후 3개월이 지난 8월에, 나의 우려가 현실화되고 있다는 보도가 나왔다. 허약해진 경제의 내면 구조가 현상으로 반영되기 시작한 것이다.

'경기침체 논쟁' 김광두가 맞았다…"소득주도성장에 매몰 안돼"
매일경제 | 2018.08.31. 기사

◆ 경기침체 경고등

김광두·김동연·장하성의 경기 인식		
	5월 14일	"여러 지표로 봐 경기는 오히려 침체 국면의 초입 단계에 있다고 본다" (김광두)
	5월 15일	"(최저임금 인상으로 인한) 고용 감소 효과는 분명히 없다" (장하성)
	5월 16일	"경험이나 직관으로 봐서 (최저임금이 고용에 끼친) 영향이 있다고 본다" (김동연)
	5월 17일	"월별 통계를 갖고 (경기를) 판단하기에는 성급한 면이 있다" (김동연)
	5월 17일	"현상은 일시적일 수 있다. 그러나 현상이 나타나게 하는 구조가 추세를 결정한다" (김광두)
	5월 24일	"(당초 목표였던) 3% 성장 경로 유지하고 있다고 생각한다" (김동연)
	7월 12일	"고용 부진에 투자 위축, 도소매 업황 부진 등 경기적 요인이 복합적으로 작용" (김동연)
	7월 22일	"최저임금 이슈로 1년을 보내는 사이 경제 체력이 나빠지고 외부 환경도 악화됐다. 경제 운용의 기본 구조에 대한 전면 재검토가 필요한 시점" (김광두)
	7월 26일	"희망의 싹이 조금씩 자라나고 있다. 수출은 역대 최대 실적을 보이고 있다." (장하성)
	7월 27일	"국민 체감경기와 지표 간 괴리가 있다… 3% 성장 경로 회복되도록 노력하겠다" (김동연)
	8월 12일	"잘못 기획된 정책의 잘못된 결과를 모두 세금으로 메우려 한다" (김광두)

김광두 국민경제자문회의 부의장

한국 경제가 점점 침체의 늪으로 빠져들고 있다. 투자 지표는 IMF(국제통화기금) 외환위기 수준, 고용 지표는 글로벌 금융위기 수준으로 추락했다. 경기 순환변동치는 현재와 미래 상황을 나타내는 지표가 모두 하락하면서 경제 하락 신호를 뚜렷이 보냈다. 기업과 개인의 경기심리는 작년 초 탄핵 정국 수준으로 뒷걸음질했다. 지난 5월 김광두 국민경제자문회의 부의장이 '침체 국면의 초입'이라고 한 말이 두 달여 시차를 두고 확인된 셈이다.

통계청이 31일 발표한 '2018년 7월 산업활동동향'은 반도체 외끌이로 버텨온 한국 경제의 위기 상황을 여실히 보여줬다. 설비투자지수가 1997년 IMF 외환위기 이후 최장기간 마이너스를 기록한 배경이 반도체에 사용되는 기계류 투자 감소 때문이었다.

어운선 통계청 산업동향과장은 "주요 반도체업체가 1년 반 정도에 걸쳐 설비투자를 대규모로 늘리다 설비 증설이 마무리 단계에 들어가며 둔화했다"고 3월부터 계속된 설비투자 부진 이유를 설명했다. 생산 측면에서도 반도체가 큰 비중을 차지하는 정보통신기술(ICT) 분야를 제외한 제조업생산은 7월에 전년 동월 대비 2.5% 감소해 6개월째 감소세를 보였다.

앞서 통계청이 발표한 '2018년 7월 고용동향'에서는 취업자 수가 2708만3000명으로 전년 동월 대비 5000명 증가하는 데 그쳤다는 충격적인 숫자가 나왔다. 취업자 증가 5000명은 2010년 1월 1만명이 감소한 이후 가장 낮은 수치다. 또 7월 월별 지표로 봤을 때는 글로벌 금융위기 직격탄을 맞은 2009년 7월 이후 가장 낮은 성적표였다.

23개월 만에 100 이하 경기선행지수

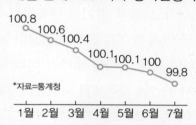

*자료=통계청

4개월 연속 떨어진 경기동행지수

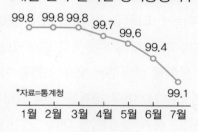

*자료=통계청

'IMF외환위기 이후 최장' 설비투자 감소율 (단위=%)

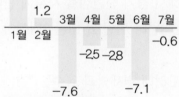

*전월 대비. 자료=통계청

글로벌 금융위기 때와 비슷한 취업자 수 증가 폭 (단위=만명)

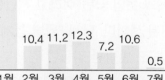

*전년 동월 대비. 자료=통계청

현 경기 상황을 나타내는 동행지수 순환변동치가 올해 4월부터 넉달째 하락세를 이어가고, 향후 경기를 예측하는 지표인 선행지수 순환변동치도 두 달 연속 떨어져 침체 가능성이 높아졌다. 특히 선행지수 순환변동치는 올해 2~4월 하락한 이후 5월 한 달 보합세를 기록했다가 다시 6~7월 하락세를 이어갔다. 사실상 2월부터 하락세를 이어온 셈이다. 특히 최근 개인과 기업의 체감경기가 급격히 얼어붙고 있는 것이 문제다. 앞서 한국은행에 따르면 소비자의 체감경기를 보여주는 소비자심리지수(CCSI)는 8월 99.2로 탄핵 정국인 작년 3월(96.3) 이후 최저 수준으로 떨어졌다. 또 8월 기업들이 인식하는 경기 상황을 보여주는 지표인 업황 기업경기실사지수(BSI)도 74로 작년 2월(74) 이후 18개월 만에 최저를 기록했다.

통계청 관계자마저도 '경기 하강론'에 대해 "근거 없다고 생각하지 않는다"며 인정하는 모양새다. 다만 정부의 공식 경기 국면 전환 선언에는 시간이 걸릴 것으로 보인다. 통계청은 각종 지표와 전문가 의견 등을 종합해서 경기 전환점을 사후에 판단한다. 실제 2013년 3월 경기 저점도 3년여 뒤인 2016년 6월에야 공식 저점으로 정한 바 있다.

이에 대해 강성진 고려대 경제학과 교수는 "경기가 하강 국면에 접어들었다는 해석도 근거가 있다는 통계청 반응은 이례적"이라며 "결국은 정부가 현재 부정적 경제지표가 구조적 문제에서 비롯됐다고 인정한 셈"이라고 말했다.

지난 5월 "경기 침체의 초입 국면"이라고 진단한 김 부의장의 경기진단이 사실로 확인된 셈이다. 당시 "월별 통계를 갖고 판단하기에는 성급한 면이 있다"고 반박한 김동연 경제부총리 겸 기획재정부장관도 뒤늦게 7월 중순부터는 고용 부진과 투자 위축 등 경기 현실이 녹록지 않음을 인정하는 발언을 했다.

직후 기재부는 '하반기 이후 경제 여건·정책 방향' 발표에서 "투자가 부진한 가운데 미·중 무역갈등 심화, 유가 상승 등 대내외 리스크 확대로 하반기 수출·소비 회복세가 다소 둔화될 전망"이라며 올해 성장률 전망치를 3.0%에서 2.9%로 낮췄다.

한편 정부보다 현실적인 경기 진단을 한 김 부의장이 지난 30일 문재인 대통령과 만난 사실이 공개되면서 그가 어떤 조언을 했을지 관심이 쏠리고 있다. 김 부의장은 31일 소셜네트워크서비스(SNS)에 대통령과 면담한 사실을 확인하면서 "전체적 내용의 윤곽은 김의겸 대변인 설명과 부합한다"고 밝혔다. '사람 중심 경제' '백 투 더 베이직'이 핵심 화두였다는 말이다.

그는 7월 초 매일경제와 단독 인터뷰하면서 "궁극적으로 양질의 일자리를 안정적으로 창출할 수 있는 구조와 질서가 구축된 경제가 정의로운 경제"라며 크게 세 가지 정책 방향을 제시한 바 있다. △대기업 발목을 잡는 적폐 청산은 '과거사'만 하고, 미래까지 저당 잡히지 않게 해야 하며 △산업 경쟁력을 높이기 위해 모든 정책 수단을 총동원할 때이고 △혁신의 발목을 잡는 오래된 법을 고쳐야 한다는 것이었다.

김 부의장의 정책 방향은 상당수 경제학자들이 동의하는 방식이다. 김민성 성균관대 경제학과 교수는 "투자가 악화하는 것은 기업들이 향후 경기에 대한 불안감을 갖고 있는 탓"이라며 "미래 먹거리에 대한 확신이 있다면 기업들은 투자에 나설 것이다. 정부는 기업의 기를 살리는 혁신 성장에 주력할 필요가 있다"고 말했다.

조시영 기자 / 문재용 기자

최저임금제의 획일적 급속 인상과 주 52시간제의 획일적 적용 법안 등의 추진 과정에서도 국민경제자문회의는 무력했다. 청와대나 행정부의 이 주제에 관한 공식·비공식 회의에 참여해서 이에 관한 자문회의의 의견을 낼 기회조차 주어지지 않았다. 내가 개인적으로 대통령실 정책실장에게 그 속도와 획일적 적용에 대한 이견(異見)을 전하고, 한편으로는 언론을 통해서 공개적으로 우려를 표했을 뿐이었다.

[단독] "최저임금 급인상, 80代 노인에 20代 청년용 약 처방한 셈"
매일경제 | 2018.07.01. 기사

■ 김광두 부의장 단독인터뷰

김광두 국민경제자문회의 부의장이 최저임금 인상을 중심으로 한 정부의 '소득 주도 성장'에 대해 "80대 노인에게 20대 젊은이 약을 처방한 것과 같다"며 "약에 적응하려면 시간이 많이 걸릴 수밖에 없다"고 지적했다. 김 부의장은 이어 문재인 대통령의 최저임금 1만원 달성 공약에 대해서도 "달성 시점을 당초 목표인 2020년에서 2022년으로 2년 정도 늦추는 것이 바람직하다"고 덧붙였다. 대통령에게 경제정책을 자문하는 김 부의장은 지난달 26일 서울 광화문 KT빌딩 국민경제자문회의에서 매일경제와 단독 인터뷰하면서 "소득 주도 성장이 취지가 좋음에도 잘 작동하지 않는 이유는 바로 '타이밍'이 좋지 않기 때문"이라며 이같이 말했다.

김 부의장은 최근 정부가 주력하고 있는 혁신 성장과 관련해 "혁신은 결국 리스크 테이킹(risk-taking)이고 '뭔가 새로운 것을 해보자'는 분위기가 중요한데 지금 기업들이 너무 위축돼 있어 혁신하기 쉽지 않은 분위기"라며 청와대와 정부가 기업 기살리기에 매진할 것을 주문했다. 그는 또 "규제가 많아 혁신 속도를 늦추고 있고, 기업 내부적으로도 관료주의가 팽배해 능력주의가 실현되지 않고 있다"고 강조했다. 김 부의장은 정부 혁신을 위해 "하나의 홈페이지에서 모든 부처의 업무가 망라될 수 있는 플랫폼을 구축하라"고 제안했다.

조시영 기자

[단독] "경제정의, 일자리 창출없인 안돼…기업들 氣부터 살려야"
매일경제 | 2018.07.01 기사

■ 김광두 국민경제자문회의 부의장

김광두 국민경제자문회의 부의장이 지난달 26일 서울 광화문 KT빌딩 국민경제자문회의 사무실에서 가진 인터뷰에서 "양질의 일자리를 창출하는 구조와 질서가 구축돼야 정의로운 경제"라고 설명하고 있다.

김광두 국민경제자문회의 부의장은 청와대와 정부, 여당이 추구하는 경제 정책과 관련해 "나무 뿌리가 썩고 있는데 당장 배고프다고 과일만 찾는다"고 평가하면서 보다 근본적인 대책 마련을 주문했다. 그는 "한국 경제에 비전이 안 보이는데, 정부가 몇 달 앞만 보고 정책을 세우면 되겠느냐"고 일갈했다. 김 부의장은 혁신성장이 지지부진한 이유로 국회가 법 개정에 협조하지 않는다고 탓하는 관료들에게 "정부가 솔직하게 털어놔야 국회도 협조할 것 아니냐"고 말했다. "정부가 잘못된 방향으로 갈 때 옆에서 충고하는 게 내 역할"이라며 현실을 직시하는 경제석학의 면모를 보여준 이번 김 부의장 인터뷰는 지난달 26일 오전 서울 광화문 국민경제자문회의 사무실에서 2시간가량 진행됐다. 다음은 일문일답.

- 청와대와 여당은 경제에서도 '정의' 개념을 중시합니다. 지금 우리 경제에서 정의가 제대로 실현되고 있다고 보십니까.

▷국민 후생과 관련해 가장 중요한 게 일자리입니다. 서민들이 일자리를 갖지 못하면 경제에 해악이 되는 '양극화' 상황이 더 나빠집니다. 일자리가 줄어들고 있는데 양극화가 완화된다고 하는 것은 말이 안 됩니다. 따라서 시장경제 체제에서 정의로운 경제는 궁극적으로 양질의 일자리를 안정적으로 창출할 수 있는 구조와 질서가 구축된 경제입니다. 경제정책도 이에 맞춰 정의를 실현해야 합니다. 저는 이를 '양질의 일자리를 지속적으로 창출할 수 있는 경제 구조와 질서를 구축하는 데 유효한 정책 수단들의 조합'이라고 얘기하고 싶습니다. 현실적으로는 산업경쟁력으로 귀결됩니다. 지금처럼 세계화가 심화된 상황에서 산업경쟁력이 확보되지 않으면 일자리가 생기지 않습니다. 산업경쟁력을 높이는 경제구조와 그런 구조가 공정하게 돌아갈 수 있는 질서가 잘 배합돼야 경제에서 정의가 실현되는 것입니다.

- 일자리를 만들어내는 산업경쟁력을 어떻게 확보할 수 있을까요.

▷세계 경제가 플랫폼 비즈니스로 흘러가고 있습니다. 한 사업자가 모든 데이터와 소프트웨어를 가지고 비즈니스 모델을 짭니다. 소싱(Sourcing)은 글로벌하게 이뤄지고 있습니다. 연구개발(R&D)은 실리콘밸리에서 하고, 원자재는 아일랜드에서 가져오고 하는 식이죠. 이런 글로벌 밸류체인의 관점에서 경쟁력을 봐야 합니다. 한국 경제 주축인 제조업의 경쟁력을 결정하는 데 핵심 밸류를 누가 갖고 있는지를 잘 살펴야 합니다. 최근 트렌드는 공장 제조부문의 부가가치는 낮고 전 단계인 기획과 연구개발, 후 단계인 마케팅의 가치가 더 높습니다. 전후 단계에서 뒤처지면 제조부문이 아무리 잘해도 전체 가치 창출 규모는 작을 수밖에 없습니다. 이쪽의 경쟁력을 높이는 데 집중해야 합니다.

- 제조업만으로는 일자리 창출이 어려우니 서비스업을 더 육성해야 한다는 말씀인가요.

▷제조업을 과거의 잣대로만 보면 안 됩니다. 디지털기술 발달로 인한 자동화로 제조업 자체에서는 고용이 줄고 있습니다. 하지만 이 자동화·효율화를 돕는 생산서비스업은 계속 성장하고 있습니다. 제조업 대표국가인 독일은 스마트공장을 늘리는 '인더스트리 4.0' 계획으로 제조업을 업그레이드하고 있습니다. 독일에서는 일자리가 늘고 있습니다. 우리 경제에서도 제조업과 생산서비스 비중을 함께 보면 10년간 38% 선을 꾸준히 유지하고 있습니다.

- 정부는 '혁신성장'으로 일자리 창출에 나서려고 하는데요. 잘되겠습니까.

▷혁신은 결국 리스크 테이킹(risk—taking)입니다. '뭔가 새로운

51 유명무실해진 경제정책회의와 부의장직 사임

것을 해보자'는 분위기가 중요한데 지금 기업들은 너무 위축돼 있습니다. 혁신하기 쉽지 않은 분위기입니다. 기업 내부적으로도 관료주의가 팽배해 있습니다. 오너 2~3세 밑으로 내려가면서 도전정신이 약화됐고, 구성원들도 위험을 감수하기를 싫어합니다. "해봤어?" 하는 오너 대신 "조심해!" 하는 오너 밑에서는 보신주의만 득세합니다. 능력주의가 혁신의 중요한 패러다임인데, 현재 우리 기업 분위기가 능력주의와 맞지 않습니다. 여전히 규제도 엄청나게 많아 혁신의 속도를 늦추고 있습니다. 핀테크 사업을 해보려면 금융위원회, 과학기술정보통신부 등 관계 부처를 다 돌아야 하고, 이들 부처는 자기들끼리 따로 놉니다. 정부 자체도 플랫폼 정부로 만들어야 합니다. 예를 들어 홈페이지에 가서 기획재정부 사무관이 '최저임금'을 치면 고용노동부의 모든 정책이 죽 떠야 합니다. 지금은 부처가 다르면 소통이 안 됩니다. 혁신 능력의 공급요소인 인재 육성에도 힘을 쏟아야 합니다. 인공지능(AI)만 해도 미국과 중국엔 있는 슈퍼탤런트(슈퍼인재)가 한국엔 한 명도 없습니다. 선수가 없는데 어떻게 메달을 따겠습니까.

일자리 만드는 경쟁력 키우려면
제조잘해도 R&D·마케팅 뒤지면
전체 가치창출 규모 작을수밖에
제조 前後단계 경쟁력 높여야

정부, 혁신성장 추진하겠다는데
혁신 '리스크 테이킹' 필요한데
지금 기업들은 너무 위축돼있어
정부는 '플랫폼 정부'로 변신을

위축된 기업 기 살리려면
한국 대기업 오너 영향 절대적
'이젠 과거 잘못만 고치면 된다'
정부가 확실한 선 그어줘야

- 기업들이 혁신적 인재를 어떻게 키울 수 있을까요.

▷개인적인 아이디어가 있습니다. 기업들이 하는 직무훈련 교육을 아주 심화시키는 겁니다. 일주일~한 달짜리 교육을 6개월~1년으로 확 늘리는 겁니다. 새로운 기술 변화에 적응한 직원들의 업무능력이 높아지고, 종업원 충성도도 함께 올라가 기업에는 이득입니다. 또 이들이 교육을 받으러 간 사이 필요한 인력을 더 뽑을 수 있습니다. 정부가 이런 쪽에 재정 지원을 하면 윈윈이 될 겁니다. 대표 기업 서너 군데만이라도 이런 제도를 도입하면 사회 분위기가 바뀔 것 같습니다.

- 위축된 기업들의 기는 어떻게 살릴 수 있을까요.

▷한국 대기업들은 대부분 오너 체제라 오너들이 처한 분위기에 영향을 많이 받습니다. 주요 재벌 총수들이 구속되고, 재판 중인 상황에서 기업 분위기가 좋을 리 없지요. 이젠 정부가 "과거 잘못만 고치면 된다"고 확실히 선을 그어줘야 합니다. 대기업을 모두 적대시할 필요는 없습니다.

- 대기업 노조 문제도 심각하지 않나요.

▷전체 근로자들 중 10%만 노조로 조직화돼 있는데, 그 10%가 무섭습니다. 생산 현장에서 노조가 갖는 힘이 너무 커서 기업들이 리스크 테이킹을 하는 데 걸림돌이 되고 있습니다. 일본과 프랑스 같은 선진국을 보면 한마디로 쫄딱 망한 후에야 일자리가 소중하다고 정신 차리곤 했습니다. 다양한 방법론이 있겠지만 노조가 대변하지 않는 90%의 비조직화된 근로자들 의견을 들을 수 있는 채널이 필요합니다.

- 공정위가 일감몰아주기 규제를 강화하는 것도 기업을 위축시키고 있는데요.

▷김상조 공정거래위원장이 추진하는 것은 공정한 경쟁질서를 해치는 행위, 즉 대주주가 자기 이익을 위해 회사 이익에 손해를 끼치는 사익편취를 처벌하는 것입니다. 이를 규제하는 것은 당연합니다. 다만 공정경제를 잘하는 기업과 그렇지 않은 기업의 옥석은 가려줘야 합니다. 또 기업들이 글로벌 경쟁력을 유지하기 위해서 어쩔 수 없이 하는 부분에 대해서는 획일적인 법 적용을 지양해야 합니다. 예를 들어 적기에 공급하는 게 중요하거나, 기술의 보호가 기업경쟁력의 핵심이 되는 소재·부품의 경우는 기업이 내재화할 수밖에 없는데, 이런 부분은 좀 분리해서 봐야 합니다.

■ 現 경제정책, 나무 뿌리 썩는데 과일만 찾는꼴…근본적 비전 먼저 세워야

- 청와대와 정부가 추진하는 소득주도성장 정책이 왜 비판을 받고 있다고 보나요.

▷모든 정책은 현실에 무엇인가를 처방하는 약과 같습니다. 크든 작든 부작용이 있을 수밖에 없습니다. 정책이 실현될 여건을 고려하지 않고 집행하면 약의 독성에 따른 부작용이 더 커집니다. 결과적으로는 본래 시도했던 것과는 다른 방향으로 갈 수 있습니다.

- 급격한 최저임금 인상으로 일자리가 사라지고 있다는 지적도 있는데요.

▷고용 상황이 나빠지는 건 지난 1년간의 소득주도성장 정책 때문이라고만 볼 수는 없습니다. 기본적으로 기업들의 경쟁력이 지난 5년간 약화된 것이 핵심 원인입니다. 중국에 밀리고, 미국이나 일본은 따라가지 못하고 있습니다. 저소득층 임금을 올리면 소비가 늘

어난다는 좋은 취지의 소득주도성장이 잘 작동되지 않는 이유는 바로 '타이밍'입니다. 대기업을 보면 반도체 석유화학 등 일부 기업만 잘나가고 있습니다. 전반적으로 물건이 잘 팔리지 않고 있습니다. 공장 가동률은 70%대 초반까지 떨어졌고, 재고는 늘고 있습니다. 중소·영세기업은 더 상황이 좋지 않아 고용을 줄이는 쪽으로 대응할 수밖에 없습니다. 약을 투입할 때는 잘 살펴서 투입량과 투입속도를 계량해야 합니다. 지금은 체질이 약화된 몸에 너무 센 처방을 한 게 아닌가 싶습니다. 80대 노인에게 20대 젊은이 약을 준 꼴입니다. 약에 적응하느라 시간이 많이 걸릴 수밖에 없습니다.

- 그럼에도 청와대와 정부는 소득주도성장에 대한 홍보 문제만을 제기합니다.

▷답답한 일입니다. 대통령에 대한 국민 지지도가 높으니 '우리가 잘하고 있다'고 생각하는 것 같습니다. 냉정하게 보면 일자리는 국민 모두에게 가장 중요한 것입니다. 홍보 문제가 아닙니다. 분명히 일자리가 나빠지는 현상이 나타났는데, 그건 왜 고민하지 않습니까.

- 다음달 중순까지 내년도 최저임금 인상폭을 결정해야 합니다. 2020년 1만원 공약을 달성하려면 올해 16.4%에 이어 내년과 후년에도 15.3%씩 올려야 합니다.

▷그래서는 안 됩니다. 속도를 조절해야 합니다. 1만원 달성의 시점을 당초 예상보다 2년 늦춰 2022년으로 해도 공약은 지키는 것이라고 생각합니다. 이 정도면 국민도 수용하지 않을까요.

- 그렇다면 경제를 반전시킬 계기가 있을까요.

▷경제가 하루아침에 좋아지지 않습니다. 몇 달 단위로 성과를 내려 해선 안 됩니다. MB정부 때 자원외교니 하며 쓸데없는 짓을 많

이 했고, 박근혜정부 때 부동산만 띄운 결과가 지금의 침체입니다. 근본적 문제를 해결하기 위해서는 비전을 설정한 뒤 '이 방향으로 가자'고 해야 합니다. 나무 뿌리가 썩고 있는데, 당장 배고프다고 과일만 찾으면 안 됩니다. 근본적인 문제를 해결하며 가야 합니다.

- 대통령이 아무리 혁신성장을 강조해도 국회 협조가 없어 정부가 어려움을 겪는다는 평가도 나옵니다.

▷모든 것을 솔직하게 다 얘기하고 협조를 구하면 됩니다. '어렵다'고 다 털어놓고, 정부와 국회가 서로 상의해야 합니다. '경제가 이렇게 어려우니 힘을 합하자' 이런 분위기를 만들어가야 합니다.

■ He is…

△1947년 전남 나주 출생 △광주제일고 △서강대 경제학과 △미국 하와이주립대 경제학 박사 △서강대 경제학과 교수 △한국은행 금융통화위원회 위원 △서강대 부총장 △국가미래연구원 원장 △서강대 경제학부 석좌교수 △국민경제자문회의 부의장

정혁훈 경제부장 / 조시영 기자 / 이충우 기자

5월 하순에 신청한 문 대통령 면담은 3개월이 지나도 일정이 잡히지 않는다는 소식만 들렸다. 면담에 관한 소통 채널에 문제가 있다고 판단한 나는 임종석 비서실장에게 직접 전화해서 면담 요청을 했다. 곧바로 일정이 잡혔다.

그런 우여곡절 끝에 잡힌 날짜가 8월 30일이었고, 그제서야 문 대통령을 만나 경제전반에 관한 문제점 등을 보고할 수 있었다. 전

체적인 보고 내용에는 경제 흐름에 대한 분석, 사람 중심 성장경제의 기본 틀에 충실해야 한다는 제언 등이 포함되어 있었다. 이 자리엔 경제수석 비서관, 경제보좌관도 배석했다. 나의 사임 의사 표명은 경제보고가 끝난 후 이 두 사람을 내보낸 뒤의 단독 면담에서 이뤄진 것이다.

"주 52시간 근무제의 탄력적 운용 방안에 대해서 김 부의장이 주재해서 논의해 주세요."

문 대통령과의 그날 단독 면담에서 대통령이 나에게 요청한 과제였다. 국민경제자문회의의 경제정책회의를 열어 주 52시간 근로의 탄력적 적용 문제를 논의하고, 바람직한 결론을 도출해달라는 취지의 말씀이었다.

"그 모임은 대통령님이 의장이시니, 대통령님께서 주재하셔야 합니다."

"김 부의장이 그 문제의 본질을 잘 알고 있고, 기획재정부·정책실 모두와 대화가 잘되니 김 부의장이 나의 위임을 받아 주재해 주세요."

나는 그의 요청을 수용했다. 나는 주 52시간제가 탄력적으로 운용되는 것이 바람직하다는 의견을 가지고 있었다. 그리고 그 요청의 배경엔 나의 사임 이유에 대한 문 대통령의 배려가 있는 것으로 판단했다.

그러나 나는 이런 일은 1회성으로 그칠 가능성이 높다고 생각했다. 문 대통령이 논란이 많은 주요 경제 정책 이슈가 있을 때 경제정책회의를 직접 소집, 주재하고 경우에 따라서는 부의장에게 위임하는 자세를 보여주고, 청와대의 조직 구조가 국민경제자문회의와 대통령이 직접 소통할 수 있도록 바뀌지 않는 한 경제정책회의는 앞으로도 유명무실해질 것으로 판단했다.

왜냐하면 문 대통령과의 대화에서 대통령께서 앞으로 경제정책회의를 그렇게 적극적으로 활용하고 대통령과 국민경제자문회의와의 직접적 소통 채널을 구축할 것으로 나는 느끼지 못했기 때문이다. 내가 52시간 탄력 운용에 관한 행정부 내의 합의를 도출하는 과제는 수행하겠다고 약속드렸지만, 사임 의사를 접지 않은 이유였다.

[단독] 'J노믹스 설계자' 김광두, 文 만나 "소득주도성장 우려"
문화일보 | 2018.08.31. 기사

어제 청와대서 단독면담 확인
소득성장 방향성에 우려 전달 … 고용·경제지표 악화 등도 설명
경제위기에 대한 대응책 건의 … 집권 2기 정책기조 변화 주목

김광두(사진) 국민경제자문회의 부의장(의장은 대통령)이 30일 청와대에서 문재인 대통령을 단독 면담해 일자리·경제지표의 악화에 대한 우려와 함께 경제정책의 전환을 건의한 것으로 확인됐다. 여권의 핵심 관계자는 31일 문화일보 기자에게 "문 대통령과 김 부의장 두 분이 30일 오

후 청와대에서 만났다"고 확인했다. 이 관계자는 "두 분이 주요 경제정책과 최근 논란이 되는 민생 현안에 이르기까지 폭넓은 얘기를 나눈 것으로 안다"고 밝혔다.

문재인 정부가 추진 중인 소득주도성장론을 둘러싼 논란이 커지는 상황에서 헌법기관이자 대통령 경제자문기관인 국민경제자문회의의 실질적 책임자인 김 부의장이 문 대통령을 단독으로 만남에 따라 논의 내용에 관심이 쏠린다. 특히 최근 김 부의장이 현 정부 경제 정책에 대해 비판적인 입장을 거듭 밝혀온 데다 같은 날 이뤄진 개각에서 대선 캠프 출신 대신 관료가 인선되는 등 실용 색채가 강화돼 집권 2기를 맞은 문재인 정부가 경제 정책 기조의 전환에 나설지 주목된다.

김 부의장은 문 대통령과의 면담에서 소득주도성장론의 속도와 방향성에 대한 우려를 전달하고 각종 경제지표 및 경상수지 악화, 산업경쟁 구조의 취약성 등을 구체적으로 설명한 것으로 알려졌다. 또 청와대 정책 참모 일각에서 고용의 질이 좋아지고 가계소득이 올랐다는 주장이 나오지만 실상은 그렇지 않다는 점을 분명히 전달한 것으로 전해졌다.

평소 김 부의장은 문 대통령의 '사람 중심 성장경제'의 요체는 일자리이며 따라서 경제 성과는 일자리 창출에 성공했느냐를 놓고 평가해야 한다고 주장해왔다. 김 부의장은 실제로 문 대통령에게 통계와 각종 지표를 들어 현재 일자리 상황이 악화하고 있다는 점을 설명했으며, "정부가 현 상황이 경제위기라는 점을 인정하고 대응체계를 마련해야 한다"고 건의한 것으로 알려졌다. 김 부의장은 또 대통령에게 민간 영역의 목소리를 전달하기 위한 국민경제자문회의가 본래의 설립 취지대로 운영되어야 한다는 뜻도 전한 것으로 전해졌다. 김 부의장은 지난 5월 기획재정부가 현 경제 상황에 대해 "회복세가 지속되고 있다"고 하자 자신의 페이스북을 통해 "정부가 신뢰를 잃으면… 오히려 침체국면 초입 단계에 있다"고 반박하면서 경기 논쟁을 불러일으켰었다.

허민 선임기자

2018년 10월 23일, 국민경제자문회의의 경제정책회의 분과가 열렸다. 김동연 기획재정부장관, 임종석 청와대 비서실장, 장하성 청와대 정책실장, 성윤모 산업통상자원부 장관, 이재갑 고용 노동부 장관, 홍남기 국무조정실장, 김현철 청와대 경제보좌관 등이 참여하고, 내가 문 대통령의 위임을 받아 회의를 주재했다.

이 회의에서 주 52시간 근로제의 탄력적 운용을 추진하기로 모든 참석자들이 합의했다. 그 핵심은 주 52시간 근로제의 단위 기간을 업종별 특성과 계절적 요인을 고려하여 확대할 수 있다는 것이었다.

靑·정부 "내달 초·중순쯤 근로시간 단축 실태조사 결과 발표"(종합)
연합뉴스 | 2018.10.23. 기사

국민경제자문회의, 현장우려 전달…"근로시간 유연성·노동자 건강권 보호 등"
'근로시간 단축 연착륙·산업경쟁력 강화' 방안 마련하기로
"일자리 창출 위해 산업경쟁력 강화 필요"…연말 대통령 주재 회의서 논의

김광두 국민경제자문회의 부의장

대통령 직속 국민경제자문회의는 23일 분과회의 중 하나인 경제정책회의를 김광두 부의장 주재로 열어 산업경쟁력 강화와 근로시간 연착륙 방향에 대해 논의했다고 청와대가 밝혔다.

김현철 청와대 경제보좌관은 이날 브리핑에서 "국민경제자문회의에서 산업경쟁력 강화 필요성과 기본 방향을 청와대·정부에 제안했다"며 "글로벌 가치 사슬이 변화하고 우리 경제 최대현안인 일자리 창출을 위해 궁극적으로 산업경쟁력을 강화해 일자리를 늘릴 여건 조성이 필요하다는 데 참석자 모두 공감했다"고 말했다.

김 보좌관은 "향후 국민경제자문회의가 산업경쟁력 강화 방안을 마련해 연내 대통령 주재로 열릴 국민경제자문회의 전체회의에서 논의하기로 했다"고 언급했다.

근로시간 단축 연착륙 방안 논의와 관련해 김 보좌관은 "올해 7월 근로시간 단축 제도 시행 이후 산업 현장에서 제기되는 여러 우려를 국민경제자문회의가 전달하고 논의했다"며 "참석자들은 근로 시간 단축 제도는 장기적으로 삶의 질 개선과 일자리 창출·생산성 향상을 위해 성공적으로 정착되도록 연착륙 방안을 마련할 필요가 있다는 데 공감했다"고 설명했다.

김 보좌관은 "국민경제자문회의는 설문조사를 비롯해 부처에서 파견된 직원들이 지방의 산업단지를 둘러보는 방식으로 기업과 근로 자의 생생한 목소리를 취합하고 있다"면서 "민간위원들의 의견까지 김 부의장이 취합해 정부와 청와대에 설명했다"고 전했다.

그는 "연착륙 방안은 기업뿐 아니라 노동자도 고려해야 한다. 기업 은 근로시간 활용 유연성 같은 게 반영되고, 노동자 입장에서는 건 강권 보호 등이 마련될 수 있는 조화로운 연착륙 방안을 마련할 필 요가 있다는 데 공감했다"고 부연했다.

그는 "정부는 산업현장 실태조사와 당사자들에 대한 광범위한 의 견 수렴으로 조속한 시일 내에 근로시간 단축 제도의 개선방안을 마련하기로 했다"고 밝혔다.

이어 "산업현장 실태조사에는 노동자들의 근로시간 관련 의견을 취합하고 경영자들의 근로시간 단축제에 대한 의견, 우려 등을 모 두 반영할 것"이라며 "11월 초나 중순쯤 실태조사 결과를 발표할 것"이라고 말했다.

이날 회의에서 논의된 근로시간 단축제의 연착륙 방안이 산업계 의 어려움을 해소해주고자 하는 것 아니냐는 물음에 김 보좌관은 "기업계 의견도 반영하지만 노동자 의견도 반영해야 한다"고 대 답했다.

김 보좌관은 "예를 들어 탄력근로제를 도입해야 한다는 의견도 있 으나 그것을 도입하면 임금이 줄어드는 문제도 생긴다"면서 "정부

나는 이 회의를 열기 전에 김태년 민주당 정책위의장, 문성현 노사정위원회 위원장과 대화를 나누고 그 제도의 탄력적 운용에 대해서 공감을 얻었다. 문 위원장은 노사정위원회의 의사를 묻는 절차는 필요하다는 의견을 말했다.

그런데 이 탄력근로제를 시행하려면 근로기준법을 개정해야 했다. 문 대통령이 11월 5일 청와대에서 여·야·정 국정상설협의체를 열었던 것도 이 법안 개정을 설득하기 위해서였다. 이 회의에서 대통령과 여야 원내대표들은 2018년 연말까지 탄력근로제 단위기간 확대 등을 골자로 하는 근로기준법 개정안을 처리하기로 합의했다. 다만 정의당은 의견을 달리했다.

첫발 뗀 여야정 국정상설협의체, 눈길 가는 내용들

오마이뉴스 | 2018.11.05. 기사

탄력근로제 확대, 추가 규제혁신, 선거구제 개혁, 아동수당 등 11개 항에 합의

▲ 문재인 대통령과 여야5당 원내대표들 문재인 대통령이 5일 청와대에서 여야 5당 원내대표들과 여야정 상설협의체 첫 회의에서 여야 원내대표들과 얘기를 나누고 있다. 왼쪽부터 정의당 윤소하, 바른미래당 김관영, 민주평화당 장병완 원내대표, 한병도 정무수석, 더불어민주당 홍영표 원내대표, 문 대통령, 자유한국당 김성태 원내대표. 연합뉴스사진

　　나는 이때 보람을 느꼈다. 업계의 소화 능력을 무시하고 추진된 정책이 현실에 맞게 일부 조정되는 데 기여했다고 자평했기 때문이었다. 그러나 이 정책 개선 노력은 노조의 반발로 결과적으로 유야무야 되고 말았다.

탄력근로 연내 개정 무산…내년부터 '주 52시간 쇼크'

매일경제 | 2018.11.23. 기사

與, 여야정 합의 뒤집어

홍영표 더불어민주당 원내대표가 탄력근로제 단위기간 확대 입법을 연내에 처리하겠다는 기존 입장을 사실상 철회했다. 지난 22일 출범한 경제사회노동위원회(경사노위) 논의를 지켜보고 내년 2월 임시국회 때 입법에 나서겠다는 얘기다. 예정된 주 52시간 근무제 보완이 이뤄지지 않은 채 내년 1월 1일부터 근로시간 위반 기업 대표에 대한 처벌이 가능해지면서 재계는 비상이 걸렸다.

홍 원내대표는 23일 국회에서 열린 의원총회에서 "이제 경사노위가 출범했기 때문에 여기에서 노동계와 경제계가 동의해 논의하겠다고 하면 국회에서도 기다렸다가 그 결과를 입법하는 것이 사회적 갈등을 줄이고, 또 사회적 대화를 촉진하는 데 큰 도움이 되리라 생각한다"고 밝혔다.

지난 5일 문재인 대통령과 여야 원내대표들이 여야정 상설협의체에서 올해 안에 탄력근로제 단위기간 확대를 골자로 하는 근로기준법 개정안을 처리하기로 합의한 지 18일 만에 여당이 말을 바꾼 셈이다. 야권은 반발했고 한 달가량 남은 계도기간 종료를 앞둔 재계는 발등에 불이 떨어졌다.

탄력근로제는 주 52시간 근무를 시행하되 업종 특성과 계절적 요인에 따라 일정 기간 근무시간이 늘어날 수 있다는 점을 감안해 최장 3개월의 단위기간 기준 주 52시간을 맞추는 것을 허용하는 제도인데, 이 3개월을 6개월 이상으로 늘려 달라는 게 재계의 요구이자 정부·여야의 합의 사항이었다.

대정비 보수작업이 필요한 석유·화학·철강업과 시운전 기간이 필요한 조선업, 기상 악화로 인한 공사 지연을 대비해야 하는 건설업, 장시간 촬영이 불가피한 방송·영화 제작사는 내년 1월부터 잠재적인 범법자가 될까봐 노심초사하고 있다. 처벌 유예 기간이 끝나는 내년 1월부터 기업들이 직격탄을 맞을 가능성이 크기 때문이다. 이들 기업은 일시적 연장 근로도 법정 근로 연장 사유로 인정해줄 것을 요구하면서 동시에 현행 3개월인 탄력근로제 상한을 6개월 이상으로 확대해줄 것을 요구해왔다.

재계 고위 관계자는 "정유·화학·철강 등 업종은 정기보수를 하는 데 주 80시간 정도 소요되는데 탄력근로제 도입 없이 주 52시간 근무제를 본격 시행할 경우 해당 기업 대표들은 모두 범법자가 되는 상황이 벌어질 것"이라고 목소리를 높였다.

야권도 민주당 방침에 대해 반대 입장을 펴고 있다. 손학규 바른미래당 대표는 이날 최고위원회의에서 "탄력근로제 확대를 관철해야 한다"며 "우리 민생 경제가 파탄으로 치닫고 있다. 민생 경제를 살리기 위한 대책을 언제까지 기다려야 하느냐"고 말했다.

강두순 기자 / 김효성 기자

이 일을 끝으로 나는 국민경제자문회의가 앞으로 주어진 책무를 잘할 수 있는 내부 역량을 보완하는 데 노력하면서 나의 후임이 빨리 결정되기를 기다리고 있었다. 그 내부 역량 강화 노력의 일환으로 추진해온 것이 글로벌 네트워크 구축이었다.

이런 일에 열중하고 있는 상태에서 국민경제자문위원회의 연말 일정이 확정되었다. 나는 이 모임이 나에게는 마지막으로 생각하고 제안드릴 정책 의견을 정리했다. 그 과정에서 가까이 지내는 후배인 백용호 이명박 정부 청와대 정책실장이 그가 이사장으로 봉사하는 안민정책포럼에 와서 문 정부의 경제 정책에 관한 견해를 밝혀달라는 부탁을 했다.

나는 문 정부의 경제 정책이 왜 그 선한 의도와는 다른 결과를 초래하게 되었는지에 대한 나의 견해를 정리했다. 나는 논리의 초점을 정책 입안과 집행의 하부구조에 맞추었다. 그 구조와 내용은 일반론을 전개하기 위한 것이었는데 듣는 사람들은 문 정부의 경제 정책을 비판하는 것으로 이해한 듯했다. 그러나 내가 정리한 정책 하부구조의 구조적 문제점이 개선되지 않는 한 어떤 정부의 경제 정책도 그 의도된 효과를 얻기 힘들 것으로 생각했다. 현재의 윤석열 정부도 정책 입안과 집행의 하부구조 취약으로 의도된 성과를 내지 못하고 있다.

김광두 "문 대통령의 사람 중심 경제는 인적투자가 핵심…임금·근로시간에만 매몰돼 본질 흐려져"
한국경제 | 2018.11.02. 기사

쓴소리 쏟아낸 김광두

'원팀'으로 정책 집행해야
'소주성' 첫 고리부터 끊어져
일자리 성적 나쁘니 변명 못할것

정책, 가장 중요한 건 타이밍과 속도

상태보며 강약 조절해야 하는데
현장 무시한 정책 밀어붙여 부작용

김광두 국민경제자문회의 부의장(맨 오른쪽)이 2일 서울 충무로 라이온스빌딩에서
열린 안민정책포럼 세미나에서 '경제정책의 효율성 구조'를 주제로 강연하고 있다.

◆ "소득주도성장, 첫 고리부터 끊겨"

김 부의장은 2일 안민정책포럼에서 현 정부의 소득주도성장 정책
은 자신이 설계해 문재인 대통령이 채택한 '사람 중심 경제'와는
전혀 다른 방향으로 가고 있다고 지적했다. 그는 "원래 사람 중심
경제는 사람의 전문성과 능력을 키워주고, 이를 통해 고부가가치
산업 구조를 형성해 성장동력을 확보하고 선순환 구조를 만들자는
의미"라며 "내가 설계한 정책의 핵심인 교육 등 인적 투자는 뒷전
으로 밀리고, 최저임금 인상과 노동시간 단축만 부각되면서 본질
이 흐려졌다"고 했다.

정부가 밀어붙이는 소득주도성장도 "의도는 좋았지만 성공할 수
있을지 의문"이라며 부정적인 평가를 내렸다. 소득주도성장의 출
발점은 근로자 임금을 높여 가처분 소득을 확대하겠다는 것이다.
소비가 늘고 내수시장이 살아나면서 기업 투자 및 고용 확대→경

제 성장→임금 상승→가계소득 증가의 선순환이 이어질 것이라는 게 정부의 의도다. 하지만 '고용 참사'가 일어나면서 오히려 근로자 전체의 소득이 감소할 위기에 처했고, 소득주도성장의 첫 고리부터 끊겼다는 설명이다.

그 결과 현 정부가 추구하는 '정의'마저 흔들리고 있다고 그는 꼬집었다. 그는 "경제에서 정의의 기준은 국민이 물질적인 면에서 무엇을 가지고 행복을 느끼느냐인데, 그 중심은 좋은 일자리를 늘리는 것"이라며 "현재 일자리 성적표가 나쁘기 때문에 (정부가) 변명할 여지가 별로 없다"고 말했다.

◆ "정책 근거 부족하고, 대화도 안 돼"

김 부의장은 현 정부가 제대로 된 근거가 나오지 않은 상황에서 정책을 일방적으로 밀어붙이고 있다고 했다. 그는 '동일노동 동일임금' 정책을 예로 들며 "직무 분석이 돼 있어야 어느 게 동일노동인지 알 수 있는데, 분석도 안 된 상태에서 어떻게 관련 정책을 설계하고 시행하겠는가"라고 반문했다. 최저임금 인상 업종별 차등 적용에 대해서도 "음식업 종류도 한식 중식 일식 등 온갖 종류가 다 있고 질적 수준도 천차만별인데 어떻게 똑같겠느냐"고 지적했다.

경제정책 의사결정자들의 갈등도 문제점으로 지적했다. 김 부의장은 "경제팀이 내부적으로 토론하더라도 밖에 나오는 목소리는 하나여야 한다"며 "어떤 정부든 간에 이 부분에서 어려움을 겪으면 정책이 제대로 만들어지기도 전달되기도 어렵다"고 설명했다.

그는 "최근 여러 가지 큰 정책 부작용을 경험한 것은 (정부가) 너무 쉽게 생각했기 때문"이라며 "똑같은 정책도 건강한 이에게는 효과가 있지만 병든 이에게는 치명적일 수 있다"고 말했다. 정부가

현장을 무시한 정책을 일방적으로 밀어붙인다는 비판으로 풀이
된다.

◆ "정책 속도 조절하고 대화 나서야"

헌법상 대통령 자문기관의 부의장이지만 '장외 비판'을 이어가는
데 대한 자괴감도 토로했다. 그는 "여러 의견을 정책결정자들에게
전달했지만 받아들이지 않으면 어쩔 수 없고, 거기까지가 법이 자
문기관에 준 한계"라고 했다.
정책 속도 조절이 필요하다고 김 부의장은 강조했다. 그는 "대기
업의 중소기업 기술 탈취나 갑질 등은 고쳐야 하지만, 속도가 너무
빨라 부작용이 있다"며 "기업들이 지나치게 위축돼 일자리 상황이
더욱 나빠진 측면도 있다"고 말했다.

성수영 기자 / 김영우 기자

2018년 12월 26일 국민경제자문회의가 열렸다. 자문회의는
"대한민국 산업혁신 추진 방향"을 주제로 문 대통령께 보고했다.
　나는 미래지향적 노사관계 구축, 적극적인 규제개혁, 기업하려
는 분위기 조성, 핵심기술 선택과 집중, 플랫폼 정부 구축, 사람에
대한 투자 등에 대해 의견을 제시했다. 특히 진행 중인 적폐 청산의
원칙과 기준이 명확하게 제시되어야 기업들이 활기를 회복할 것이
란 점을 강조했다. 이것이 국민경제자문회의 부의장으로서의 마지
막 역할이었다.

김광두 "적폐 청산 기업에 부담…기업하는 분위기 만들어달라"
조선일보 | 2018.12.26. 기사

문재인 대통령이 26일 오후 청와대에서 열린 국민경제자문회의에 참석하기 위해 김광두 부의장(오른쪽)과 입장하며 얘기를 나누고 있다.

김광두 국민경제자문회의 부의장은 26일 문재인 대통령에게 "적폐청산이 기업들에게 부담으로 작용할 수 있다"며 "기업들이 기업하려는 분위기를 좀 더 잘 만들어 달라"고 말했다.

김 부의장은 이날 문 대통령이 주재한 국민경제자문회의에서 "기업이 느끼기에는 노조의 불법행위가 과다하다고 느끼는 부분이 있다"며 이같이 말했다. 그러면서 "전기차 배터리, 센서 부품, AI와 같은 핵심부품소재·장비 등 산업경쟁력 강화를 위해 이런 부분에 좀 더 선택과 집중을 해야 된다"고도 했다.

51 유명무실해진 경제정책회의와 부의장직 사임

김 부의장은 이날 15분에 걸쳐 '대한민국 산업혁신 추진방향'을 보고했다. 특히 미래지향적 노사관계 구축, 적극적인 규제개혁, 기업하려는 분위기 조성, 핵심기술 선택과 집중, 플랫폼 정부 구축, 사람에 대한 투자 등에 대해 제안한 것으로 전해졌다.

그는 박근혜 전 대통령의 '경제 가정교사'로 불렸던 보수 학자로, 작년 3월 문재인 캠프에 합류했다. 정부 출범 이후에는 국민경제자문회의 부의장을 맡아 정부 경제정책에 대해 쓴소리를 해왔다.

김 부의장은 탄력근로제 관련 단위기간 확대가 필요하다는 조언을 계속해 왔고, 문 대통령은 이같은 조언을 수용해 지난달 5일 여야정 상설협의체 첫 회의에서 5당 원내대표들과 탄력근로제 확대 입법에 합의했다. 이후 김 부의장은 자신이 할 일을 다했다고 판단해 사의를 밝힌 것으로 알려졌다.

청와대 고위 관계자는 이날 회의가 끝난 뒤 기자들과 만나 "김 부의장의 사의 표명은 있었지만 이를 수리할지 재신임할지는 인사권자인 대통령의 고유 권한"이라며 "대통령이 어떤 판단을 할지는 두고봐야 할 것 같다"고 말했다.

변지희 기자

나는 2019년 1월부터 국가미래연구원장으로 복귀했고, 2019 가을학기에 서강대 경제과 대학원에 인적 자본론(Human Capital Theory)을 개설하여 강의를 시작했다. 나의 자유로운 영혼이 고향으로 돌아온 것이다.

사진: 인적자본론을 수강한 대학원 학생들과 남덕우 경제관 강의실에서. 2019.12.

51 유명무실해진 경제정책회의와 부의장직 사임

52
부록

[인적자본론 개설(概說)]

1.기초 개념.

A .인적자본이란?

인적자본이란 일정 수준 이상의 축적된(투입된 또는 체화된) 지식과 노 하우, 건강 그리고 탄력성(resilience)을 보유한 인간을 의미한다. 여기서 탄력성은 외적 변화에 대한 인간의 대응 능력을 의미한다. 이런 측면들에 있어서 일정 수준은 국별로 차이가 있다. 국별로 평균 수준이 다르기 때문이다. 평균 수준의 차이에 따라 어느 나라에서는 인적자본으로 분류되는 사람이 다른 나라에서는 단순 노동자로 분류될 수도 있다.

여기에서 지식(knowledge)과 노 하우(Knowhow)는 다른 의미를 갖는다. 지식은 교육 훈련을 통해서 투입된 것으로 문장이나 기호로 표현할 수 있으며(codified), 다수가 동시에 사용할 수 있는 범용성(non-excludable)을 내포한다. 한편 노 하우(know how)는 현장 경험의 축적을 통해서 몸과 머리에 습득한 것으로, 문장이나 기호로 표현 할 수 없고(non-codified) 그 사람만이 가지고 있는 그 사람 고유의 능력이다(excludable.)

B. 인적자본에 대한 투자.

지식과 노 하우의 축적, 건강 증진, 그리고 인간 의지의 탄력성 제고 등을 위해서 하는 행위를 말한다. 이 행위들에 비용이 들고 그에 따른 지출의 규모가 화폐단위로 표현되면, 그 총액을 인적자본에 대한 투자 지출이라 한다.

한 국가의 예산에서 인적자본에 대한 투자가 차지하는 비중을 보면 그 나라의 경제 사회정책의 특성을 알 수 있다. 경제적 관점에서는 비용 편익의 분석을 바탕으로 그 규모가 결정되기 때문에 기계설비 등 물적자본(physical capital)과 그 결정 요인이 동일하다. 그러나 사회정책의 차원에서 보면 취약 계층의 사회적 이동성(social mobility) 제고 등 사회 통합을 지향하기 때문에 그 국가가 추구하는 사회적 가치(social value)의 중요성에 따라 그 크기가 결정된다.

세대 간, 세대 내 계층 이동성의 제고를 위해서 정부가 하는 지출은 주로 가치재(merit goods)의 제공을 중심으로 이루어진다. 가치재는 그 사회적 편익이 시장 가격보다 커서, 시장 메커니즘에 의해서 생산되는 것보다 더 많은 생산량이 공급되는 것이 사회적으로 바람직한 재화와 서비스이다. 가치재는 특정 그룹의 사람들에 한해서 혜택을 준다는 측면에서 국가사회 구성원 모두에게 혜택을 주는 공공재(public goods)와 다르다.

가치재로서 대표적인 것이 교육 – 훈련, 보건 – 의료 등이다. 취약 계층의 입장에서 교육 – 훈련이나 보건 – 의료서비스를 원하는 만큼 받을 수 없을 가능성이 크다. 때문에 지적 능력이나 신체적 건강의 측면에서 여유 계층에 비해서 불리한 상황에 처하게 된다. 이런 상황은 취약 계층의 고착화나 대물림을 초래한다. 사회적 통합의 관점에서 이런 현상은 개선되어야 한다. 이것이 정부가 개입해야 하는 이유다.

한편 공공재란 국방, 가로등, 상하수도 시설, 홍수방지시스템, 방역 시스템, 공원 등 국가사회 구성원 모두가 함께 혜택을 받을 수 있는 시설과 서비스이다. 이것은 국가의 기본 의무에 속한다.

C. 인적 자본 투자의 수단.

인적 자본에 대한 투자는 인적 자본의 축적을 위해서 필요하다. 그 투자의 수단으로서 교육, 훈련, 보육, 보건 – 건강 등이 중점적으로 거론된다.

1) 교육(보편성> 전문성의 배양.); 이것은 흔히 교육 기간으로 측정된다.

2) 훈련(전문성> 보편성.); 자기가 하는 일에 따라 각각 다른 내용을 익히며, 재교육, 평생교육, 재훈련 등으로 분류할 수 있다.

3) 보건 – 건강; 유아 시절 영양 관리. 보건 위생관리 시스템, 의료 방역 시스템 등으로 분류할 수 있다.

D. 인적자본의 축적 모형.

1) 개인들의 지식 – knowhow 축적; 기초 소양은 태어날 때의 DNA가 결정하나, 그것을 바탕으로 한 인간 능력(지식, 건강, 탄력성)의 증대는 인적자본 투자와 현장에서 축적된 경험, 그리고 본인의 의지와 노력을 바탕으로 가능하다.

2) 축적의 동기는 축적에 따른 성과와 보상에 따라 강해지기도 약해지기도 한다. 그 보상은 물질적인 경우가 일반적이지 만 문화적 정신적 만족일 경우도 있다.

3) 축적 비용은 교육비 등의 직접 지출과 교육이나 훈련 기간 중의 기회비용으로 구성된다. 그 기간 중, 당사자는 다른 일을 할 수 없기 때문이다.

4) 축적으로부터 발생하는 수익은 시차적 성격을 띠며. 일정 기간에 걸쳐 발생한다. 동시에 축적된 인적자본이 속하는 노동시장과 제품시장의 완전성, 불완전성, 성장성, 국제성 등이 보상 수익의 크기에 영향을 미친다.

   결과적으로 나타나는 보상 수익의 크기에 따라 교육 – 훈련에 대한 투자 지출의 규모도 영향을 받는다. 이런 메커니즘에 의해서 인적자본 투자의 업종별 규모와 업종간 구성, 그리고 업종간 인력의 재배분이 자연스럽게 이루어진다.

5) 인적자본에 대한 투자의 동태적 보완성(Dynamic complemen – tarity.)

어렸을 때의 기초교육과 영양, 건강이 성년이 되어가는 과정이나 그 후에 뒤따르는 교육과 훈련의 성과에 보완적 영향을 준다. 이 보완적 효과가 클수록 유아 시절부터 인적 자본 투자의 크기와 그 중요성이 증대된다. 이 보완성이 크다면 취약 계층의 어린이들이 불평등한 경제 사회적 기회를 경험할 가능성이 크기 때문에 정부의 정책적 지출이 요구된다.

E. 인적자본 투자함수.

인적자본 투자 (HCI) = f[재능과 의지. 비용, 편익(시차 할인율을 적용한 현재가치.)]

여기에서 재능과 의지, 비용(기회비용) 등은 각자가 속한 가정의 여건에 따라 다르다. 예컨대 재능과 의지가 동일 수준인 경우, 취약 계층 가족의 기회비용이 그 가정에 더 부담스러울 수 있다. 어린이들이 가족의 생계를 위해서 일을 해야 하는 경우가 있다.

다른 조건이 동일하면 인적 자본 투자로 얻을 수 있는 편익이 비용보다 클 수록 인적자본 투자의 규모는 증가할 것이다.

F. 인적자본 투자의 사적 수익과 사회적 수익.

사적 수익은 금전적 수입을 의미하며 삶을 풍부하게 하고, 사회적으로 좀 더 좋은 대우를 받게 해준다.

사회적 수익은 인성의 함양으로 범죄가 감소하고 국민의 건강 수준이 높아져 건강보험 재정이 건전화된다. 더 나아가 노동의 전문성과 생산성의 상승으로 기업, 산업, 국가의 경쟁력이 강화된다.

2. 인적자본과 경제성장, 분배의 순환구조.

A. 생산함수.

국민총생산의 기초적 형태는 $Y = Af(K,L)$이다. 이것을 함수 형태로 바꾸면 $Y = AK\alpha L\beta$이다. 이 함수에서 규모에 대한 수익은 불변(Constant returns to scale)하는 것으로 가정한다.(Cobdouglas Function.)

이 함수에서 A는 기술 혁신 요인이고, K는 자본 스톡, 그리고 L은 노동공급량(출산율, 기대수명, 건강, 노동시장 참여율 등을 내포)을 의미한다. 여기에 자연 자원(natural resources)과 제도(institutions and system)가 추가될 수 있다.

제도는 생산에 투입되는 요소들을 어떤 방식으로 배분하고, 이 요소들 간의 상호 관계를 어떻게 조정할 것인지를 결정해주는 역할을 한다. 즉 다른 제도에 따라 다른 배분과 조정 방식이 다르게 된다. 예컨대 사회주의와 자본주의 시장경제는 서로 다른 방법으로 배분하고 조정한다.

어느 국가사회의 제도는 그 사회가 존중하는 사회적 가치를 반영하며, 그 가치에 적합하게 그 사회가 추구하는 경제적 성과를 추구한다. 이 제도에 따라 그 사회의 생산 요소와 법적 사회적 기구들을 유기적으로 연결하여 상호 작용을 하면서 순환하게 하는 사회적 생산체제(social system of production)가 달라진다.

세계화된 개방 경제하에서는 상품, 산업, 국가의 경쟁력이 약화하는 추세가 나타날 때는 기존 사회적 생산체제에 대해서 재검토해야 한다. 기존 제도가 현존 Global rule과 조화롭지 못하여 경쟁력 약화가 초래되었다고 볼 수 있기 때문이다.

기술과 산업구조의 변화, 그에 따른 생산방법의 전환에 따라 제도도 영향을 받고, 사회적 가치도 변화할 수 있다. 기존 제도가 유연성을 가지고 사회적 생산함수의 구성 요인들의 변화에 대응해야 국가 자원의 효율성과 생산성이 유지 강화되어 국민 후생이 유지 상승될 수 있다.

그러나 때로는 효율성과 경쟁력이 한 사회의 사회적 가치와 충돌할 수도 있다. 사회적 가치(Social Value)는 한 사회 구성원들 간의 통합과 화합을 위해서 존중되어야 한다. 왜냐하면 그 가치는 그 사회의 시대정신을 반영하고 있기 때문이다. 여기에서 선택의 문제가 발생한다.

한 사회가 추구하는 사회적 가치가 그 사회의 장기적 경제 성과를 결정하는 동태적 경제 효율성(dynamic economic efficiency)과 조화를 이루지 못할 경우도 있기 때문이다. 성장과 분배 간의 갈등이 한 예이다. 이 선택은 결국 정치로 연결된다.

B. 인적자본의 질적 차이와 질적 구조.

인적자본으로 돌아가 이 생산함수에서 노동은 동질적인가? 이질적인가?

인적자본에 대한 논의는 여기에서 시작된다.

사람마다 다른 지식, Know-how, 건강, 마음의 자세(의지, 탄력성)를 가질 수 있다. 그리고 그 수준과 특성이 본인의 노력과 여건에 따라서 일생의 주기에 따라 달라질 수 있다. 각자가 노력하여 얻거나 또는 여건상 각자에게 주어진 교육, 재훈련-재교육, 심신 수련 등의 기간과 내용에 따라 노동은 노동과 과 인적자본으로 구분된다. 그러나 L(노동공급량)의 차별성이 H(인적자본)에 폭넓게 내포되어있는 것으로 보면, H 속에 L이 폭넓은 스펙트럼으로 포함되어 있는 것으로 표현할 수도 있다.

즉 H는 노동의 양적 지표인 L(출산율, 수명)과 질적 지표인 H(보육, 교육, 훈련, 심신 수련에 대한 투자의 결실)을 함께 표현하는 것으로 볼 수도 있는 것이다.

여기에서 A와 H, K와 H, A와 K 간에 상호작용이 있을 수 있다. 더 나아가 제도와 부존 자연 자원이 A, H, 및 이들 간의 상관관계에 영향을 미칠 수 있다. 때문에 이들을 모두 내생변수(endogenous vaiable)로 설정할 수도 있다.

또한 이 함수를 Y = Af(K, vH)로 전환하여 가용 인적자본(Human cpital stock) 중 실제 사용되고 있는 투입량을 고려할 수 있다. 이 식에서 V는 가용 인적자본(Human capital stock) 중 현재 생산활동에 투입되고 있는 양의 비율을 의미한다.

완전고용을 가정할 경우, [1-v]는 재훈련, 재교육, 심신 단련 등을 통해서 그들의 지식, 기능, 건강의 수준과 전문성을 제고 하는 과정에 있는 사람들의 비중이다. 이 과정을 거침에 따라 해당 인적자본의 질적 수준이 상승하여 결과적으로 가용 인적자본은 증대된다.

여기서 H를 분석의 목적에 따라 숙련 노동과 비숙련 노동(skilled, unskilled)로 나누어 표시할 수도 있다. 그렇게 하면 위의 식은 Y＝Af(K,VsHs,VuHu)로 바꾸어 표시할 수 있다. 여기에서 "s"는 skilled, "u"는 unskilled를 각각 의미한다. 연구목적에 따라서 인적자본을 그 질적 수준에 따라 구분한 여러 가지 변형이 가능한 것이다.

C. 인적자본(Human capital,) 기술발전, 자본생산성 간의 상호 보완성.

인적자본의 긍정적 영향으로 기술 발전(A)의 속도와 내용이 더 빨라지고 고도화될 수 있다. 또한 자본재로부터 얻을 수 있는 수익(returns)도 체감(diminish)하지 않고 증가할 수도 있다. 여기에서 자본재(K)도 동질적이지 않고 생산 연도와 체화된 기술에 따라 차별화되는 경우들이 흔하다. 예를 들면 초일류 엔지니어와 과학자(super talent)가 발전시키고 있는 인공지능(AI)은 K의 수익을 증가시키고, 기술발전의 속도가 더욱 빠르고 그 내용이 더욱 유익하도록 촉진한다. 이런 긍정적 영향은 상호적 보완적이다. K, A도 H에 보완적이고 긍정인 영향을 미칠 수 있는 것이다.

동시에 H는 새로운 지식과 기능을 창출하여 H 자체를 축적하고 고급화한다. 이렇게 보면 H를 생산에 투입되는 부분과 지식 창출에 기여하는 부분으로 나누어 볼 수도 있다. 현재와 미래의 두 시점을 놓고 비교해서 보는 접근 방법이다.

D. 내생적 혁신성장 모형.(Endogeneous Innovation-led Growth Model.)

1) 인적자본의 투입이 유발하는 기술발전.

기술의 변화가 외부로부터 주어진다고 보는 것이 전통적 견해였다. 그러나 기술변화의 속도가 빨라지고 신기술이 미치는 경제 사회적 영향이 넓고 깊어짐에 따라 기술변화가 외부에서 주어지는 것이 아니고 경제순환 구조 내에서 발생한다고 보는 견해가 근래에는 더 설득력을 얻고 있다.

이 견해는 아래와 같은 생산함수로 표현되며.

$$Y = AF(K, \phi H) \quad [1]$$

기술발전은 아래와 같은 함수로 표현된다.

$$A = G[(1-\phi)H] \quad [2]$$

여기에서 ϕ는 가용 인적자본 중 현재 생산에 투입되고 있는 부분의 비중이고, $1-\phi$는 가용 인적자본 중 새로운 기술지식의 창출에 투입되고 부분의 비중이다.

현재 가용한 인적자본 중 일부는 생산에 투입되지 않고 신기술의 창조에 투입되며, 그 비중은 경제 활동에 참여하고 있는 경제 주체들이 결정한다는 것이다. 그리고 이 비중의 크기에 따라 기술발전의 속도와 내용이 달라질 수 있음을 보여주고 있다.

이 견해는 H와 K를 상호 구분하지 않고, 내부적으로 상호작용하는 것으로 가정한다. K는 불변 한계생산물을 유지하는 것으로 가정한다. 따라서 K의 증가는 장기 성장의 원천이 된다.

2) 혁신 주도형 성장.

이 모형에서 성장은 기술 혁신(제품, 생산방법)에 의해서 촉진된다. 여기에서는 인적자본 중 지적자본(Intellectual Capital)을 별도 분리하여, R&D를 수행하는 인력으로 정의한다. 과학자, 연구 엔지니어, 엔지니어, 전문화된 기술자 등이 지적자본에 포함된다. 위의 식 [2]에서 $1-\phi$가 이 부분이다.

기술 혁신은 이들의 R&D에 의해서 유발된다. 즉 지적자본은 A(기술 발전, 생산성 상승)를 유발하는 투입재이다. 이 모형은 동시에 A가 축적된 지식으로써 인적자본을 고급화하고 증대시키는데 기여함으로서 A와 H는 상호 시너지 효과를 갖는다고 본다.

기술발전으로 인한 제품과 생산과정 혁신은 새로운 다양한 제품 및 중간재들의 출현을 유발함으로써 결과적으로 기존제품 및 중간재들의 몰락을 초래하여 산업구조를 변화시키며 소득재분배를 유발한다.

E. 소득분배 효과.

1) 기술혁신은 그 내용에 따라 나름대로 고유의 특성을 가진 인적자본 별로 그 특성에 적합한 내용의 보상을 한다. 예컨대 전자기술 혁신은 기계공학 엔지니어보다는 전자공학 엔지니어들에게 더 큰 혜택을 주는 것이다. 또 인공지능(AI)이나 로봇(Robot)의 경우, 노동자보다는 자본 설비의 생산성에 더 큰 긍정적 영향을 미치게 된다. 산업별로 보면 전자기술 부문에서의 혁신적 변화는 전자산업에 종사하는 노동자와 자본가들이 섬유공업 부문에 관련된 자본

가와 노동자들 보다 더 큰 혜택을 받게 한다.

기술혁신에 의해서 유발된 이 기술변화의 과정에서 미숙련 노동자는 재교육, 재훈련과정을 거쳐 신기술을 사용하거나 응용하는 고부가가치 산업으로 전직하거나, 그렇지 못할 경우 실직, 또는 저부가가치 기존 업종에 머물러 저임금을 감수하게 된다.

2) 인적자본과 물적자본 간의 상호작용 과정에서도 소득재분배 효과는 발생한다.

K/L의 비율이 높아지면, 노동과 자본이, 이 비율의 변화 이후에도 모두 동질적이면, 노동 생산성은 상승하고 자본생산성은 하락한다. 그 결과 노동 소득의 비중은 상승하고 자본 소득의 비중은 하락한다.

그러나 이 비율의 변화에 따라 생산에 참여하는 자본과 노동이 각각 변화 전(前)과 질적으로 다른 것으로 변할 경우에는 다양한 조합이 발생할 수 있고, 그에 따라 다양한 소득분배 효과가 나타난다.

또 자본과 노동의 보완성·대체성, 기술적 특성, 노동의 숙련도와 전문성 수준, 생산 기지의 국가 지역 간 이동성 여부에 따라 다양한 소득분 배의 변화 효과가 발생한다.

인공지능(AI)을 예로 들면, 자본재의 생산성이 상승하고 그 가격은 하락하는 결과가 일반적이다. 기계설비 5대의 기능을 AI로 무장된 1대가 대체하기 때문이다. 따라서 자본가들이 더 큰 혜택을 보게 된다.

노동의 경우 AI와 관련된 업종 종사자들이나 이 업종에서 요구하는 전 문성과 숙련도를 가진 노동자들이 혜택을 보고, 인공지능에 의해서 대체되는 기계업종에 관련된 노동자들은 상대적으로 소외되게 된다. 이 과정에서 전직에 필요한 직업훈련이나 재교육의 기회가 소득재분배에 중요한 역할을 한다.

F. 경험적 연구의 결과.

이론적으로, 경험적으로 인적자본 형성을 위한 투자는 기업, 산업, 국가의 경쟁력 강화 효과를 통해서 안정적인 경제성장과 1인당 국민 소득 증가에 긍정적 영향을 미친다. 인적 자본 투자는 기술발전과 노동 생산성 상승을 촉진하고, 신기술에 적합한 설비 투자와 연관 중간재 원자재 생산 기술·설비 투자를 유발한다.

국민 소득의 증대와 함께 소득분배에 있어서 인적자본의 질적 수준 제고와 자본 노동 비율(K/L ratio)의 상승은 노동 분배율을 높이는 효과를 나타낸다.

그러나 이런 긍정적인 효과는 국별 특성에 따라서 그 크기가 상이하다. 각국이 가지고 있는 사회적 생산체제(Social Production System)에 따라 그 효과의 크기와 내용이 달라지게 되는 것이다.

「진영갈등과 인적자본 투자」

1. 진영 갈등으로 정체된 한국경제
2. 자유, 평등을 기본사상으로 하는 자본주의와 민주주의의 구조적 갈등 구조
3. 동태적 효율성과 사회적 가치 간의 조화: 좋은 일자리 창출과 인적자본투자

1. 진영 갈등으로 정체된 한국경제

진영 갈등으로 정체된 한국경제

- 경제정책의 입안에서 집행에 이르기까지 평균 3년 이상 소요(노무현 정권 이후)
- 입안 취지와 성안 내용이 논의 과정에서 변질
  (예: 규제 샌드박스 법, 2018.10. 실제 실행 어려운 구조)
- 집행 과정에서 이익집단의 집단 반발로 정책의 유효성 저하
  (예: 구조조정 관련 법과 노조)
- 근본원인:

동태적 효율성(Dynamic Efficiency)을 우선시하는 우파 세력과 사회적 가치(Social Value: 공정, 평등, 정의)를 우선시하는 좌파 세력간의 갈등이 대한민국의 헌법체제인 민주주의라는 정치질서와 자본주의 시장경제라는 경제질서를 바탕으로 구조적으로 심화되어 있기 때문

2. 자유, 평등을 기본 사상으로 하는 자본주의와 민주주의의 구조적 갈등구조

민주주의(정치)와 자본주의(경제)의 갈등 구조

민주주의:

인간의 자유: 정치적 선택

인간의 평등: 1인 1표

자본주의:

자유: 이윤과 효용 추구

사유재산권: 법적 보호

시장 경제: 자유로운 거래, 계약의 자유

평등: 기회의 평등

갈등요인:

- 정치적 평등과 경제적 평등

- 정치적 평등은 사전적 기회의 평등은 물론 사후적 분배의 평등까지도 요구할 잠재적 가능성

- 경제적 평등은 인간의 재능과 노력의 차이를 인정.
동일한 기회를 주되, 각자의 재능과 노력의 차이에 따라 소득과 부의 격차는 자연스럽게 발생할 것으로 보고 평등이 범위를 사전적 기회로 제한하는 개념

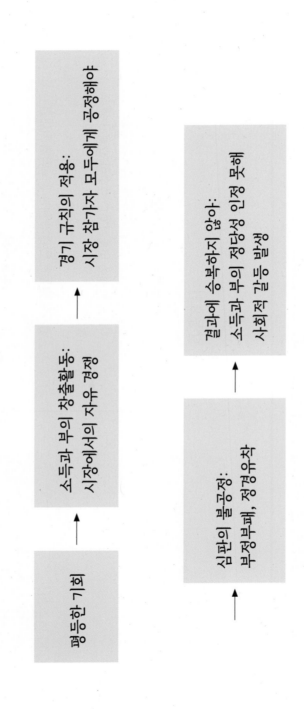

경기 규칙의 문제

평등한 기회 → 소득과 부의 창출활동: 시장에서의 자유 경쟁 → 경기 규칙의 적용: 시장 참가자 모두에게 공정해야

심판의 불공정: 부정부패, 정경유착 → 결과에 승복하지 않아: 소득과 부의 정당성 인정 못해 사회적 갈등 발생

생존권과 상대적 빈곤의 문제

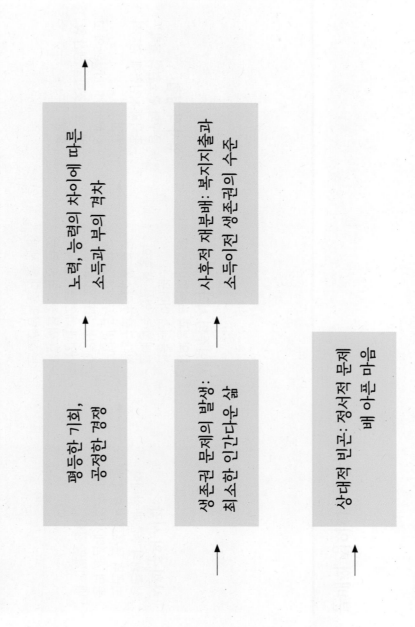

평등한 기회,
공정한 경쟁 → 노력, 능력의 차이에 따른
소득과 부의 격차

생존권 문제의 발생:
최소한 인간다운 삶 → 사후적 재분배: 복지지출과
소득이전 생존권의 수준

상대적 빈곤: 정서적 문제
배 아픈 마음

분배적 정의와 사회주의의 매력

사회주의 시각:
생존권의 수준과 상대적 빈곤의 문제를 사후적 평등의 개념에서 접근, 재분배 기능의 강화

→

사회주의 시각의 오류:
- 창의성과 노력없이는 생산증대가 어려워
- 분배할 수 있는 생산량이 절대규모가 감소할 경우 구성원 모두에게 돌아갈 수 있는 몫도 감소
- 기업과 개인들의 경제의 욕구 작을 정도의 재분배는 생산량의 증대를 저해

→

역사적 경험:
- 동구와 구소련의 몰락
- 중국의 시장경제, 경제적 변영
- K. Marx, F. Engels의 고백: 부루조아의 생산 창출력

분배적 정의와 세계화

분배적 정의의 상대성: 세계 시장에서 경쟁국가들의 상대적 상황 비교 해야

→

일반적 분배 정의의 시행: 국가 경쟁력의 약화, 경기 침체, 하향 평준화

→

국가 경쟁력 강화를 유지하는 범위에서 생존권, 상대적 빈곤 문제를 다루어야: 경제성장, 함께 더 잘사는 경제 가능

디지털 기술 혁명과 기초산업의 디지털화

산업구조와 생산방식의 변화:

- 자본가 그룹, 디지털 기술 그룹과 그 외 그룹으로 분화
- 자본재 생산성의 급상승
- 노동을 인적자본과 단순노동으로 양분화
- 인적 자본도 Intellectual 인적자본 등 수준별로 다층화

분배적 정의와 디지털 기술혁명

디지털 기술 자본가, 기타자본가, 고수준 인적자본, 인적자본, 단순 노동자 간의 부와 소득 차별화 심화

전 분야에 걸쳐 전문성 증가 요구

기존 생산양식론의 변화:

- 노동비용, 디지털 자본재로 이미 약해져
- 다국적 기업들의 생산입지, 인적자본 중심으로 재편
- Value Chain에 의한 부가가치 조합으로 국가별, 노동자별, 차별화 진전
- Business 형태의 Platform화로 생산입지의 변동성 상승

고용형태의 변화:

- 플랫폼 비즈니스 확산으로 이웃소싱 수 요확대
- 온라인 재택원격근로 수요확대
- 프리랜서 멀티잡 증가

3. 한국의 길:
동태적 효율성과 사회적 가치간의 조화

A. 자본주의 경제체제 유형과 스웨덴 모델

자본주의 경제체제의 분류

	북유럽형	지중해형	유럽대륙형	앵글로색슨형	미국형
복지수준	매우 높음	낮음	높음	중간 정도	매우 낮음
고용보호	낮음	높음	높음	낮음	낮음
노조의 힘	약함	강함	강함	매우 약함	매우 약함
정부의 재분배	매우 높음	낮음	높음	높은 편임	높은 편임
국가들	덴마크, 핀란드, 스웨덴, 네덜란드	그리스, 이태리, 스페인, 포르투갈	독일, 프랑스, 오스트리아, 벨기에, 룩셈부르크	영국, 아일랜드	미국

스웨덴의 자본주의:
큰 정부, 자유로운 기업, 강한 국가 경쟁력

스웨덴 정부의 경제 이데올로기:

1. 경쟁과 자유로운 기업 활동
2. 소득이전보다는 사회적 지출 확대를 통한 복지수준의 제고 (교육, 의료, 육아 등)
3. 법인세보다는 소득세, 환경세의 상대적 중과
4. 기업 혁신의 여건 조성

큰 정부, 자유로운 기업, 강한 국가 경쟁력:

1. 조세의 구성, 복지지출의 구성이 성장친화적
2. 발렌베리(Wallenberg)가문의 경제력 집중 불간섭, 경영권 보호
3. 노조의 절제, 생산적 복지, 노블리스 오블리제의 준수로 사회적 화합
4. 선택과 집중의 전략

B. 포용성장(Inclusive Growth)과 Hamilton Project

포용적 성장(Inclusive Growth)

- 모두에게 성장의 혜택이 돌아가는 성장

- 일자리를 원하는 사람들이 모두 일자리를 가질 수 있게 되는 성장

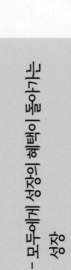

주요 정책 수단

① 교육 · 재훈련 기회의 평등 추구
- 노동자 재훈련
- 저소득 가구 어린이 교육 · 기능훈련 확충
- 인적자본 축적 투자 증대

② 기업간 기술 · 혁신 이전의 촉진

미국 민주당의 Hamilton Project

3대 기조

① 양극화 완화

② 사회 안전망

③ 재정규율과 효과적 정부

→

4대 정책제안

① 인적자본 투자
(+금융기회, 기업간 기술이전, 사회적
이동성 제고)

② 혁신과 인프라 구축
(Public Good과 Merits Goods에 투자)

③ 사회 안전망
(패자부활전, 생존권 보장: 도덕적 해
이 경계)

④ 정부 역할 제고
(효과적 정부, 재정균형)

C. Dynamic Efficiency 와 Social Value(공정·정의)의 Trade-Off와 상호 보완성

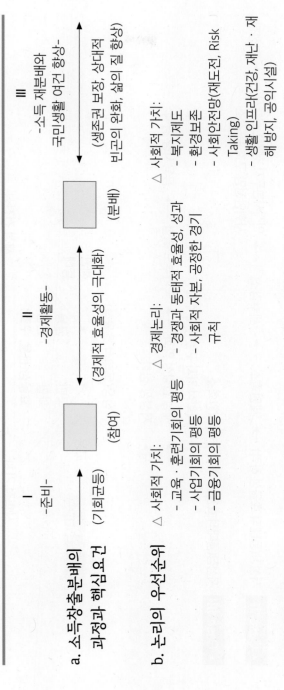

	I	II	III
	-준비-	-경제활동-	-소득 재분배와 국민생활 여건 향상-
	(기회균등)	(경제적 효율성이 극대화)	(생존권 보장, 상대적 빈곤의 완화, 삶의 질 향상)
	(참여)	(분배)	

a. 소득창출분배의 과정과 핵심요건

b. 논리의 우선순위

△ 사회적 가치:
- 교육·훈련기회의 평등
- 사업기회의 평등
- 금융기회의 평등

△ 경제논리:
- 경쟁과 동태적 효율성, 성과
- 사회적 자본, 공정한 경기 규칙

△ 사회적 가치:
- 복지제도
- 환경보존
- 사회안전망(제도전, Risk Taking)
- 생활 인프라(건강, 재난·재해 방지, 공익시설)

c. 정치(사회적 가치)와 경제(효율성) 간의 갈등

* I 과 III의 부담이 II에 주는 영향 때문에 발생
* II는 "잘 살기" 위해서 I 과 III은 "함께" 잘 살기 위해서 각각 그 역할이 주어짐 그러나 II 없이는 I 과 III도 어려워. 따라서 II에 우선순위가 주어져야.
  "함께 못살기"는 피해야.
* II와 I 과 III간의 조화기준: 일자리 창출 → II와 III간의 상호보완성에 조점: 경제적 효율성의 극대화로 국가·산업경쟁력 강화

C. 동태적 효율성과 사회적 가치의 선순환 구조가 정착되어야

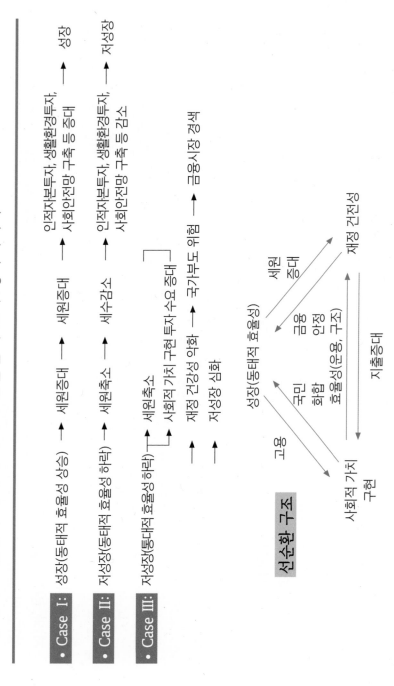

• Case I: 성장(동태적 효율성 상승) → 세원증대 → 인적자본투자, 생활환경투자, 사회안전망 구축 등 증대 → 성장

• Case II: 저성장(동태적 효율성 하락) → 세원축소 → 세수감소 → 인적자본투자, 생활환경투자, 사회안전망 구축 등 감소 → 저성장

• Case III: 저성장(동태적 효율성 하락) → 세원축소 / 사회적 가치 구현 투자 수요 증대 → 재정 건강성 악화 → 국가부도 위험 → 금융시장 경색 → 저성장 심화

선순환 구조

성장(동태적 효율성)
사회적 가치 구현
재정 건전성
고용
국민 화합
금융 안정(운용, 구조)
효율성(운용, 구조)
세원 증대
지출증대

D. 정의로운 경제: 일자리 창출 능력

- 경제 정의(Economic Justice): 소득과 거래에 있어서 공정성(Fairness)의 실현

- J. M. Keynes: 구체적 성과를 "Marco Wage Bill"로 표현

- 정의로운 경제: 궁극적으로 좋은 일자리를 지속적으로 창출할 수 있는 질서와 구조가 내재화된 경제

- 정의로운 경제정책: 이런 질서와 구조를 구축하는데 도움을 주는 정책

D. 지속적 일자리 창출을 위해서는 산업/국가 경쟁력 강화가 필수

일자리 창출

일거리(일감) 확보
상품 판매 증가 → 기업 투자 수요 증가

산업/국가 경쟁력 강화
품질↑가격↓성능↑신제품 개발, 사회통합

핵심가치 경쟁력 확보
Global Value Chain
(인적자본, 기술, 제도)

E. 결어

- 사회적 가치 구현과 동태적 효율성의 제고가 상호 보완적으로 작동할 수 있는 사회적 생산 체제 (Social Production System) 구축해야

- 세계 각국들이 채택하고 있는 다양한 모델들 중, 한국의 기초 여건을 반영한 "독일식 사회적 생산 체제"가 바람직함

- 독일식 사회적 생산체제의 핵심은 높은 수준의 인적자본 축적

- 한국의 진영 간 갈등은 인적자본에 대한 투자로 해소할 수 있어

* 사회적 생산체제:

한 국가의 생산요소들과 범적 사회 기구들을 유기적으로 연결하여 이들이 상호작용을 하면서 순환하도록 하는 체제.
이 체제는 한 국가가 존중하는 사회적 가치를 반영하여 형성된다.

* 독일식 혁신

▲ 기존 제품의 원가절감과 품질개선을 추구하는 스타일. 재래산업, 중소기업.
보다 많은 노동자 · 기업들에 혜택

▲ 산업 현장에서의 재훈련, 재교육 프로그램 확충
- 민관협동 비용 부담
- 재훈련, 재교육 Quota 설정
- 고용 창출(Quota만큼 신규채용 가능)
- 기능 마이스터 인정(박사급 대우)
- 노동생산성 상승과 임금상승 병행, 기업 경쟁력 강화

· 임금과 생산성의 대 · 중소기업 간 양극화 개선: 소득과 부의 양극화 심화의 뿌리 제거
· 국내 부가가치 비중의 증대: 소(소재) · 부(부품) · 장(장비)의 국산화율 제고
· 대 · 중소기업, 첨단 · 전통산업의 병행 발전

* 미국식 혁신

▲ 미래지향적 첨단기술로 새로운 영역을 개척하는 스타일, 창업기술 중심, 소수의 엘리트와 첨단기술기업에 혜택

▲ 신기술 인력의 양성 인프라 확충
- 대학 교육의 질적 고도화 투자(교수, 시설, 학생, 커리큘럼): 등록금 자율화, 기부금 제도 활성화
- 산학 협동 교육·연구 프로그램 활성화 여건 조성
- 대학 교육 행정의 보장성 자율성 보장과 대학 간 경쟁 환경 조성

저자소개

김 광 두

[현재]
- 국가미래연구원 원장/이사장
- 경제금융협력연구위원회 회장/이사장
- 남덕우 기념사업회 회장

[주요경력]
- 서강대학교 교수/석좌교수, 교학부총장
- 한국 국제경제학회 회장
- 국민경제자문위원회, 부의장
- 한국은행, 금융통화운영위원회 위원
- 산업자원부, 산업발전심의위원회 위원장
- 일본 히토쓰바시 대학, 객원교수

자유로운 영혼의 경제학 여정

초판발행	2023년 5월 31일
지은이	김광두
펴낸이	안종만·안상준
편 집	탁종민
기획/마케팅	조성호
표지디자인	이수빈
제 작	고철민·조영환
펴낸곳	(주)**박영사**
	서울특별시 금천구 가산디지털2로 53, 210호(가산동, 한라시그마밸리)
	등록 1959.3.11. 제300-1959-1호(倫)
전 화	02)733-6771
f a x	02)736-4818
e-mail	pys@pybook.co.kr
homepage	www.pybook.co.kr
ISBN	979-11-303-1769-4 03800

*파본은 구입하신 곳에서 교환해 드립니다. 본서의 무단복제행위를 금합니다.

정 가 32,000원